Mi pecado favorito

Noa Alférez nació en Berja, Almería, en 1976. Siempre le ha gustado la fotografía, la pintura y en definitiva todo lo que requiera algo de creatividad. Lectora incansable, disfruta de todo tipo de géneros, especialmente novela negra, suspense y romance, pero a la hora de crear se siente cómoda escribiendo novela romántica, sobre todo romance histórico, aunque no descarta probar con otros géneros en algún momento. Se adentró en este mundo por casualidad y como un reto más que superar. Su primera novela salió a la venta en 2021, y desde entonces han llegado unas cuantas más, entre ellas la serie Greenwood, que ha tenido una acogida inmejorable por parte de las lectoras. Lo que comenzó como una afición se ha convertido en una pasión, que espera que la acompañe siempre.

Mi pecado favorito

Noa Alférez

Penguin
Random House
Grupo Editorial

Primera edición en Rocabolsillo: febrero de 2026

© 2022, Noa Alférez
© 2022, 2026, Roca Editorial de Libros, S.L.U.
Travessera de Gràcia, 47-49. 08021 Barcelona
Diseño de la cubierta: Penguin Random House Grupo Editorial
Imagen de la cubierta: © Celia Mallada

Printed in Spain – Impreso en España

ISBN: 978-84-19498-27-4
Depósito legal: B-21.509-2025

Compuesto en Comptex & Ass., S.L.
Impreso en Novoprint
Sant Andreu de la Barca (Barcelona)

RB 9 8 2 7 4

Prólogo

Londres, primavera de 1864

Vivian Carpenter suspiró con los ojos clavados en la puerta de madera de roble de su casa. Hacía unos segundos que su madre había salido por ella con varios baúles tras darle un rápido beso en la mejilla. Esta vez la razón de la marcha de lady Carpenter era la débil salud de su hermana y la necesidad de trasladarse a su residencia en el campo para ofrecerle consuelo y compañía. No se había tomado la molestia de insistir en que su hija la acompañara, con la excusa de que no se podía permitir perderse los últimos eventos de la temporada social londinense. Vivian no podía desaprovechar la más mínima oportunidad de encontrar un buen partido, aunque fuese sin la supervisión de su madre.

El ambiente en lo que, hasta ese momento, había sido un hogar normal y corriente se había enrarecido, pero Vivian no sabía decir exactamente qué era lo que había cambiado. Solo sabía que con el paso de los días se sentía más sola entre las paredes de aquella mansión que cada vez resultaba más fría. Quizá debería aprovechar la ausencia de su madre para interrogar a su progenitor al respecto, aunque él también pasaba cada vez menos tiempo en casa. Quizá, aunque no estaba segura de querer conocer la verdad.

De todas formas, en ese momento no tenía demasiado tiempo que perder haciendo conjeturas inútiles sobre los problemas matrimoniales de sus padres. De hecho, pensaba aprovechar la situación a su favor. Su amiga, Isabelle Taylor, le había propuesto adentrarse en el mundo oscuro y peligroso que encerraban las paredes del Dark, un lujoso club de juego donde las damas podían desinhibirse bailando, bebiendo y saltándose un poquito las estrictas normas sociales. Más bien había sido ella quien se había acoplado a los disparatados planes de Isabelle de jugar a las cartas para intentar conseguir algo de dinero que aliviara su delicada situación familiar. Debía prepararse para salir de su casa sin ser vista, aunque teniendo en cuenta las circunstancias, no le costaría demasiado. Bastaba con contarle a su padre una mentira a medias, y él se creería a pies juntillas que su dulce retoño acudiría a una fiesta inofensiva acompañada de la futura duquesa de Kensington y su carabina, aliviado por no tener que ser él quien la acompañase. Era la primera aventura en toda regla que Vivian Carpenter iba a vivir, y pensaba disfrutarla con todos sus sentidos.

1

Al filo de la medianoche, Vivian e Isabelle bajaron del carruaje en el callejón del Dark en el que Adam, hermano de Isabelle y el culpable de la desastrosa situación financiera de la familia Taylor, esperaría a que volvieran a una distancia prudencial. Habían conseguido que el primo de Clarice Hamilton, la otra integrante del trío inseparable de amigas, les prestara una de las codiciadas invitaciones para entrar al club. Lástima que ella no hubiera podido acompañarlas en aquella alocada idea. Ignoraron los comentarios soeces de un par de tipos a los que se les había denegado la entrada al club y enseñaron su invitación al enorme guarda de la puerta, que sin mediar palabra las instó a pasar. Ambas se cogieron de la mano con fuerza al entrar en el pasillo en penumbra que conducía al interior. A pesar de las máscaras se conocían tan bien que podían saber lo que pensaban sin palabras, y la tensión en sus cuerpos era más que elocuente.

—¿Preparada? —preguntó Isabelle al notar que Vivi le apretaba la mano con demasiada fuerza.

—Creo que no voy a estarlo más de lo que lo estoy ya, así que entremos de una maldita vez o vomitaré la cena.

El ambiente festivo era contagioso, pero a Isabelle, que ya había estado allí antes, no la sorprendió. Un lacayo les ofreció unas copas de champán frío que ambas aceptaron. Se miraron con una sonrisa de complicidad y tras un rápido brindis las apuraron casi de golpe. Vivian parecía estar flotando a varios centíme-

9

tros del suelo, mirando a su alrededor con una sonrisa extasiada, ajena a las miradas de admiración que le dedicaban los caballeros debido a su exuberante cuerpo. Su vestido de raso de un brillante color cobre no era ni mucho menos tan provocativo como el de Isabelle, pero el escote en V favorecía la forma voluptuosa de sus pechos, y sus generosas curvas llamaban la atención, aunque ella no fuera consciente. Llegó el momento de dirigirse a la sala de juegos, según habían planeado, pero Vivian estaba demasiado intrigada con todo lo que sucedía a su alrededor.

—¿No podemos bailar antes un poquito? Mira qué ambiente nos rodea, todo el mundo parece estar pasándolo bien. Y la verdad es que a mí las cartas me aburren muchísimo. Solo conseguiría ponerte nerviosa allí parada, observándote como un pasmarote.

—Vivi…, no voy a dejarte sola. Me prometiste que harías lo que yo te dijera.

Vivian se cruzó de brazos como si fuese una niña pequeña.

—Hablas como si fueras una habitual en este tipo de sitios y, querida, solo has estado una vez. No es que seas una experta. Issy, por favor, prometo no meterme en líos.

—Está bien —concedió Isabelle—. Tú quédate aquí y baila cuanto quieras. Pero dame tu palabra, Vivi. No saldrás de la pista, no harás ninguna tontería y bajo ningún concepto entrarás en ninguna habitación con ningún hombre.

—Pero ¿por quién me tomas? —Vivi se echó a reír sin poder evitarlo—. Jamás haría algo semejante. Solo quiero divertirme un poco, no volverme una descocada.

—Por muy decente que te parezca un hombre, no te fíes de ninguno. Algunos pueden resultar muy convincentes y podrías acabar con la reputación arruinada antes de que te des cuenta.

Vivian parpadeó debajo de su máscara y sujetó las manos de Isabelle para tranquilizarla.

—Prefiero no saber cómo has llegado a esa conclusión, Issy. No voy a salir de esta zona, te lo prometo. Y ahora, márchate, y no vuelvas hasta que hayas desplumado a esos tipejos. Nos vemos aquí.

Isabelle cedió, cuadró los hombros y se dirigió hacia la zona de juegos aparentando una serenidad que no sentía mientras rezaba para que su amiga no cometiera ninguna insensatez en su ausencia.

La música seguía sonando y Vivian recibía una invitación para bailar detrás de otra. No podía evitar reír escandalizada y divertida ante los pícaros comentarios de sus compañeros de baile, e incluso había tenido que pararles los pies a dos tipos que le habían propuesto marcharse a un lugar más privado. No terminaba de entender exactamente el doble sentido de algunas frases, pero intuía que aquellas palabras escondían un trasfondo turbio. No era tan ingenua como para no deducir que el séptimo cielo al que querían llevarla no tenía nada de angelical y que cuando hablaban de arrancarle sonrisas extasiadas, probablemente no pretenderían contarle chascarrillos graciosos para conseguirlo. Aun así, estaba bastante orgullosa de cómo estaba capeando esas situaciones.

—Iré a por un par de copas de champán, señorita —sugirió el caballero con el que acababa de bailar una pieza. El salón estaba empezando a llenarse de gente y el calor se estaba volviendo sofocante—. Oh, mire, ahí hay un lacayo.

Vivian se quedó mirando cómo el atractivo muchacho cruzaba la pista para alcanzar al lacayo y de repente su sonrisa se desvaneció por completo. Alguien muy parecido a su padre, el puritano lord Carpenter, avanzaba por uno de los pasillos laterales con una flamante dama colgada del brazo. Y podía asegurar, como que estaba respirando, que esa dama no era su madre. Vivian no era estúpida y sabía perfectamente que la de sus padres no era una unión por amor. Después de que ella naciese y ante la imposibilidad de tener más hijos debido a complicaciones durante el parto, las puertas del dormitorio de lady Carpenter se cerraron para siempre, para gran alivio de su esposo, aunque de cara a la galería seguían fingiendo que todo era armonía, algo bastante común en los matrimonios de su clase. Su padre, o ese hombre que tanto se le parecía, miró sin mucho interés hacia los bailarines que atestaban la pista. Vivian se colocó detrás de una pareja y giró a la par que ellos para no quedar a la vista. Cuando la pareja le lanzó una mirada de pocos amigos, quizá pensando que se burlaba de ellos, esbozó una sonrisa de disculpa y se apartó con disimulo. Avanzó unos pasos, aprovechando el movimiento de otro par de bailarines para cubrirse, hasta lograr salir de la pista y ocultarse estratégicamente tras una columna.

El caballero y la llamativa mujer se marcharon por las escaleras, flanqueadas por un imponente guarda, que a pesar de su impecable vestimenta tenía un aspecto rudo, propio de un matón de los bajos fondos. Vivian sabía que no debía moverse de la pista, y que Isabelle iría a buscarla para marcharse en cualquier momento, pero se había percatado de que varios clientes habían desaparecido por el mismo lugar que el hombre que se parecía a su padre. A pesar de que su instinto le decía que probablemente lo que iba a encontrar no le gustase en absoluto, sintió la irresistible necesidad de seguirle, sin saber muy bien con qué fin. Subió las escaleras con decisión hasta que llegó a la altura del guarda, que extendió el brazo para impedirle el paso.

—¿Tiene pase para entrar en el Red, señora?

El Red. El primo de Clarice les había hablado brevemente de ese otro club, y aunque no había entrado en demasiados detalles, sí había dejado claro que no era un lugar que una joven inocente debiera visitar. Según él, en su escenario se representaban espectáculos subidos de tono, y los clientes reservaban habitaciones para llevar a cabo las fantasías eróticas más inconfesables. No tenía ni idea de en qué podían consistir esas fantasías. Hasta donde a ella le habían explicado, las relaciones no tenían demasiado misterio y todo lo que no estuviera destinado a la procreación era un acto depravado y antinatural alejado de los caminos del Señor. De hecho, su padre era un firme defensor de la moralidad y la decencia, así que no podía creer que estuviera en un local semejante. Puede que, después de todo, se hubiera confundido. En ese momento de indecisión trató de convencerse, como mecanismo de defensa, de que ese hombre era mucho más alto y esbelto que su padre. A decir verdad, ese caballero lucía un lustroso flequillo negro como el carbón, impropio de un hombre de su edad, y su progenitor estaba bastante calvo. Necesitaba cerciorarse o la duda no le permitiría volver a mirarlo a la cara, aunque a saber cómo lidiaría con ello si descubría que su progenitor se había puesto un bisoñé para flirtear con una señora despampanante en sus narices.

El guardia carraspeó al ver que Vivian no contestaba.

—Sí, por supuesto que tengo invitación. De lo contrario no estaría intentando entrar en el Red. ¿No le parece? Pues claro que la tengo. ¿Qué tipo de persona intentaría entrar en un sitio al que no ha sido invitada? ¿Le parezco ese tipo de persona? ¿Eso es lo que está insinuando? —El hombre levantó una ceja y extendió la palma de la mano, con una paciencia admirable, esperando la correspondiente tarjeta. Vivian fingió malinterpretarlo, sorprendida e indignada—. ¿En serio? ¿Me está exigiendo una propina incluso antes de abrir esta maldita cortina? Es increíble. Cobráis hasta por respirar en este sitio. Hablaré con el encargado para poner una queja. ¿A dónde vamos a llegar…? —continuó con su teatrillo intentando vencerle usando su incansable verborrea.

Vivian bufó haciéndose la ofendida y de nuevo intentó cruzar al otro lado creyendo que la treta le daría resultado, pero el individuo no se tragó su actuación y de nuevo extendió el brazo para impedirlo.

—Señora, necesito ver su invitación.

—Pues en ese caso llame a lord Carpenter, la lleva en su bolsillo y acaba de pasar. Me he retrasado saludando a… Pero, bueno, ¿en serio tengo que darle explicaciones sobre mis actividades? —Vivian imitó el tono prepotente y chillón que usaba su madre cuando quería imponerse sobre alguien usando su estatus—. Esto es inaudito. Carpenter se va a enfadar, y me gustará ver la cara de su jefe cuando se entere de que me ha retenido aquí, a ojos de todo el mundo, por su excesivo e infundado celo.

Algo dentro de la frase pareció alterar el ánimo del hombre, puede que fuera la mención de su jefe, pero a Vivian no le importó. Lo único importante era que la cortina se había abierto invitándola a pasar y, tras elevar la barbilla con una sonrisa de triunfo, comenzó a avanzar. El pasillo estaba poco iluminado, y el tapizado rojo sangre de suelo y paredes resultaba un tanto asfixiante. Daba la impresión de que tras la siguiente puerta desembocaría en el mismísimo infierno. Caminó tan despacio que tuvo la sensación de que no avanzaba en absoluto, como si estuviera inmersa en un túnel trucado. Unas estridentes carcajadas femeninas a lo lejos la sobresaltaron; varios clientes querían tomar el mismo camino que ella para adentrarse en el mundo de perversión del Red. De pronto se sintió indecisa, ya no tenía tan claro que quisiera entrar allí, y mucho menos ser vista. No era más que una joven dama soltera, inocente y sin experiencia, y ni siquiera sabía en qué clase de mundo se estaba adentrando. La absurdez de su plan se hizo patente ante sus ojos. ¿Qué pasaría si en realidad encontraba a su padre en aquel lugar con algo parecido a un gato negro plantado sobre la cabeza? Se volverían las tornas y sería ella quien tuviera que justificar su presencia allí. La encerraría en un convento de clausura hasta que se convirtiera en una viejecita enjuta, arrugada y sin dientes. O, lo que era peor, acabaría casada con alguno de esos viejos y ricos amigos suyos que solo querían una joven a la que poder manosear de vez en cuando. Ella sería quien pagara la penitencia por ser testigo de sus pecadillos. Tenía que volver, buscar a Isabelle, salir de allí cuanto antes y fingir que no había visto nada. De nuevo se escucharon las risas, esta vez más cerca. Miró a su alrededor buscando una salida y vio un pequeño pasillo de aproximadamente un metro de largo en el que apenas cabía una persona, y que parecía no llevar a ninguna parte. Puede que si se quedaba allí muy quieta el grupo pasara de largo sin verla. Pero la discreción no era el fuerte de Vivian y justo cuando iba a esconderse se pisó el bajo del vestido estampándose de bruces contra la pared del fondo del pequeño recoveco. Se agarró a una de las figuras de escayola con forma de cabeza de león que adornaban aquel extraño rincón para poder levantarse lo más rápido posible, pero la figura giró con un clic metálico, y lo que hasta ese momento parecía una sólida pared se abrió, dando paso a una habitación. La conversación de los clientes a sus espaldas se acercaba hasta ella, y sin pensarlo demasiado y sin perder tiempo en ponerse de pie, se adentró andando de rodillas en la estancia que acababa de descubrir, cerrando el panel tras ella. Se sentó en el suelo con las piernas estiradas con un suspiro de alivio, y de pronto cayó en la cuenta de que el remedio posiblemente fuera peor que la enfermedad. Levantó la vista y estuvo a punto de gritar al ver a un hombre que se había quedado paralizado por su interrupción mientras contaba un fajo de billetes. El joven levantó una ceja, visiblemente sorprendido por su aparición, y tras colocar el dinero en una caja metálica, la cerró con una pequeña llave que se guardó en el bolsillo de la chaqueta.

—Qué curioso…, nunca me han gustado las sorpresas, pero he de reconocer que es la primera vez que una dama se echa a mis pies de una manera tan convincente.

Vivian tragó saliva y recordó que Isabelle le había hablado de un tipo misterioso a quien todos llamaban el Jefe, un hombre alto y moreno, bastante desconcertante. El hombre, que acababa de ponerse en cuclillas delante de ella para observarla de cerca, era sin duda alto, desconcertante, y muy muy atractivo. Aunque no sabría decir si era misterioso, ya que su mirada burlona era bastante notoria, y solo había que verlo una vez para saber que parecía un pícaro sinvergüenza. Además, su pelo era castaño claro o más bien pelirrojo, aunque con la escasa luz no pudo estar segura.

—¿Es… es usted… el Jefe?

El hombre se rio con ganas.

—No, por Dios. Yo solo soy el que manda de verdad aquí —dijo con ironía—. ¿Lo está buscando por alguna razón? —preguntó pasando los ojos de manera descarada por su exuberante cuerpo.

—No. Supongo que me he perdido. Al verlo aquí pensé que era usted. Pero no se lleve una falsa impresión. No lo conozco. No conozco a nadie aquí, en realidad. Es la primera vez que vengo.

—Pues para ser la primera vez que viene, ha conseguido lo que muchísima gente lleva años deseando hacer sin éxito. Ha descubierto la guarida del león, es toda una valiente.

—Pues no era mi intención, desde luego. Solo pretendía esconderme como una ardilla asustada —admitió Vivian con sinceridad.

—¿De quién huía? ¿Alguien la ha molestado? Aquí somos totalmente intolerantes con ese tipo de comportamientos. —El tono y el semblante del hombre se endurecieron de repente.

—En realidad era yo la que perseguía a alguien —reconoció con su incontinencia verbal habitual, encogiéndose de hombros.

—¿A algún amante, a su enamorado tal vez?

—A mi padre. —El hombre enarcó las cejas—. Me pareció reconocerlo y quise asegurarme de que era él, pero luego decidí que, si realmente estaba aquí, sería mejor que no lo supiera. ¿Se imagina la tensión mañana en la mesa del desayuno? ¿Cómo podría pedirle que me pasara la sal después de eso?

—Supongo que tiene razón. En la vida hay misterios que es mejor no resolver. Desentrañar otros, en cambio, resulta un verdadero placer —dijo con tono misterioso mientras la miraba con picardía y, sin saber muy bien por qué, Vivian se sonrojó. El apuesto joven le dedicó su sonrisa más cautivadora y le cogió la mano para depositar un beso que le hizo cosquillas hasta en la planta de los pies, en lo que pretendía ser un gesto galante, pero que teniendo en cuenta que ella seguía sentada en el suelo, resultó bastante cómico—. Soy Lionel Jones, y soy el dueño del Red. Todos me llaman Lion, el rey de la selva y de estos dominios. Pocos me conocen, ya que me gusta la tranquilidad del anonimato, pero no soy tan propenso a rodearme de un halo de misterio como mi… mi socio, el Jefe.

—¿Y por qué me ha desvelado quién es? —preguntó Vivian con una sonrisa embelesada.

—No lo sé. Parece usted de fiar, alguien sin dobleces. ¿Cómo se llama?

—Electra. —La carcajada de Lion resonó en la habitación y

fue tan contagiosa que Vivian acabó riéndose también, mientras él la ayudaba a levantarse—. Está bien, me pareció un buen nombre en mi cabeza. Pero al decirlo en voz alta parece un poco excesivo. Me llamo Vivian.

—Sí, un tanto «demasiado» excesivo. De lo mejorcito que he escuchado por aquí, la verdad. Vivian es mucho más hermoso, casi tanto como su sonrisa.

—Señor Lion, ¿está usted coqueteando conmigo? —La pregunta salió de forma tan natural que Vivian se tapó la boca en un acto reflejo, sabiendo que había resultado tan descarada como descortés. Pero le extrañaba que un hombre como ese le dedicara un cumplido sincero. La carcajada espontánea y contagiosa de Lion sonó de nuevo en la habitación, y Vivian se sintió tan reconfortada que entendió la advertencia de Isabelle de no quedarse a solas con ningún hombre.

—Adoro que me haya encontrado, creo que es la primera mujer que visita mi oficina. —Vivian se giró y observó por primera vez la estancia decorada en tonos verdes y dorados, y le resultó acogedora por su sencillez—. Me encantaría continuar charlando con usted, Electra. Pero, sintiéndolo mucho, debo atender mis obligaciones.

Lion se metió la mano en el bolsillo, sacó una tarjeta roja con letras doradas y se la entregó.

—Esto es un pase especial. Tan especial como usted. Si alguna vez quiere desentrañar algún misterio, entregue esto en la puerta. La conducirán directamente ante mí. Guárdela bien, es un tesoro que muy pocos poseen. Y ahora, acompáñeme.

Salieron de la habitación y Lion la precedió por un estrecho pasillo hasta llegar a una pared en la que, a simple vista, no había ninguna puerta, solo una filigrana con forma de luna adornándola. Él la miró mientras apoyaba la mano en la figura en relieve y se inclinó para susurrarle al oído:

—Espero que sepa guardarnos el secreto sobre nuestra guarida, Electra. O tendremos que encerrarla en una mazmorra y convertirla en nuestra esclava hasta el final de sus días, y no estoy seguro de si eso sería más placentero para mí o para usted.

Su tono era tan suave que, en lugar de una amenaza, a Vivian le resultó una broma inocente y no pudo evitar sonreír, aunque le intrigó que hablase en plural. Giró la figura de escayola y, con un clic metálico, el panel se abrió lo suficiente para poder asomarse al interior de la habitación. Desde dentro se escuchó una voz masculina recriminándole que de nuevo hubiese abierto sin llamar.

—Cúbrete, te traigo un regalo.

Tras unos segundos, Lion la hizo pasar a la estancia más suntuosa e intimidante en la que Vivian había estado. En contraste con el despacho de Lion, que se asemejaba a la salita de una casa campestre, esta habitación parecía la antesala del mismísimo infierno. El lujoso mobiliario era de madera tan oscura como el ébano, del mismo tono que la tapicería del sofá y las sillas. Las paredes estaban pintadas en el mismo color carmesí que el resto de los pasillos, pero lo que más la impresionó fue la extraordinaria pared de brillante mármol negro, con vetas blancas y grises, que presidía la habitación y delante de la cual se situaba una enorme mesa de escritorio y un sillón de piel.

En una de las esquinas, había colocado un biombo con motivos chinos del que salió el hombre más impresionante y misterioso que Vivian había visto jamás, a pesar de que su rostro no estuviese a la vista. Sus movimientos eran elegantes y vestía completamente de negro, incluyendo su camisa. Su cabello, ligeramente alborotado, brillaba como las alas de un cuervo, y la máscara blanca que le cubría la cara por entero carecía de toda expresión, lo que no ayudaba a dulcificar ni un ápice su aspecto peligroso. Así que ese era el Jefe. Vivian tragó saliva al notar que el hombre se quedaba paralizado al verla y cerraba los puños a los costados.

El Jefe maldijo bajo su imperturbable máscara. Era imposible no reconocer la deseable silueta de Vivian Carpenter, al menos para él, y ese ridículo y minúsculo antifaz no desviaba la atención ni por un momento. Más aún cuando llevaba el mismo peinado que solía llevar, el mismo colgante de plata y brillantes con forma de corazón de siempre, e incluso creía haberla visto ya con ese llamativo vestido de color cobrizo. Por suerte, él, por deformación profesional, era mucho más observador que la mayoría, y contaba con que el resto de los clientes estuviesen demasiado inmersos en sus propias diversiones para haberla reconocido, o su reputación acabaría por el fango. Y él no había fundado el Dark para arruinar reputaciones de jóvenes inocentes.

—¿Qué significa esto? —A pesar de que su voz sonaba amortiguada y pastosa a través de la gruesa máscara, estaba más que claro que aquello no era una bienvenida precisamente amable.

—Un tierno corderito se ha escapado de tu redil, Jefe. Dile a tu gente que no se deje engatusar tan fácilmente por una sonrisa bonita. —Lion se giró hacia Vivian y besó galantemente su mano—. Ha sido un auténtico placer, Electra. Y algo me dice que esta no será la última vez que nos veamos. Créame, la esperaré ansioso. —Se despidió para luego marcharse, usando esta vez una enorme puerta de madera oscura en lugar de la entrada secreta.

Vivian soltó una risita nerviosa, que se vio interrumpida por algo parecido a un gruñido detrás de la máscara del otro hombre.

—Siéntese. —Le indicó con sequedad un asiento frente a su escritorio, visiblemente más pequeño que el suyo. Todo en aquella habitación estaba diseñado para impresionar a los incautos que se atrevieran a entrar allí dentro, todo era enorme, magnífico y deslumbrante, a la par que siniestro. Por un momento, a Vivi se le ocurrió que quizá aquel hombre llevara alzas en los zapatos para parecer más alto y tuvo que morderse el labio para que no se le escapara de nuevo una de esas carcajadas nerviosas, que la dejaban en evidencia en los momentos más inoportunos.

—Prefiero estar de pie si no le importa —dijo al fin.

—He dicho que se siente. —El tono del Jefe fue inflexible

y lo enfatizó haciendo una breve parada después de cada palabra.

Vivian se acercó al asiento, que, por cierto, además de pequeño era también bastante incómodo, y se sentó sin esperar a que él tuviera la cortesía de acercarle la silla. El Jefe se acomodó frente a ella tamborileando con los dedos sobre el escritorio, con una cadencia desesperadamente lenta, y sin dejar de observarla durante lo que a ella se le antojó una eternidad. Quería intimidarla, era más que obvio, y aunque tenía ganas de resoplar y poner los ojos en blanco por lo evidentes que resultaban sus intenciones, Vivian tenía que reconocer que la táctica estaba empezando a dar resultado.

—¿Cómo ha llegado hasta aquí? ¿Quién le ha dicho cómo entrar? Dudo que haya encontrado una fisura en nuestra seguridad usted sola.

—¿Fisura? —Esta vez no pudo evitar poner los ojos en blanco, y dio gracias por llevar el antifaz ya que ese hombre no parecía tomarse las bromas demasiado bien—. Por el amor de Dios, he entrado por accidente y sin ninguna pretensión de hacerlo. Supongo que alguien con experiencia y que de verdad quisiera invadir su territorio no tendría mayor problema. ¿Una cabeza de león giratoria? Hasta yo lo hubiera deducido si hubiera pensado un poco. No es que hayan sido muy originales teniendo en cuenta que el dueño se llama Lion.

Durante un momento interminable el Jefe se limitó a mirarla completamente inmóvil. Sus ojos a través de la máscara eran solo dos manchas oscuras y brillantes, y Vivian llegó a temer que en cualquier momento saltara la mesa y la apuñalara con su magnífico abrecartas de oro y ébano.

—¿A dónde se dirigía? ¿Iba al Red? —continuó con su voz ronca y siniestra. Ella se limitó a asentir con gesto vacilante—. ¿Y qué demonios se le ha perdido en un sitio como ese?

Lo que le había relatado a Lion Jones sin apenas esfuerzo ahora se le antojaba un pesado secreto imposible de confesar. Se sentía juzgada y estudiada como si fuera un insecto insignificante por aquel hombre enorme y de gestos irresistiblemente elegantes, que con toda seguridad se reiría de su situación. Vivian se encogió de hombros.

—Quería descubrir algo nuevo, vivir una aventura, señor… Jefe.

Con los andares lentos de una pantera agazapada entre la vegetación, el Jefe se levantó y rodeó la mesa hasta que se situó detrás de la silla de Vivian. Sentía su proximidad como una lengua de aire caliente sobre la piel descubierta de su espalda, y no tuvo ninguna duda de que, desde donde estaba, debía de tener una vista privilegiada de su escote. Aunque dudaba que tuviese algún tipo de interés en ella, más que el de cortarle la lengua para que no revelara su absurda entrada secreta, se dio un discreto e infructuoso tirón de la tela de su vestido, intentando cubrir un poco más su pecho. Cerró los ojos instintivamente al sentir que él se inclinaba hacia su asiento y colocaba sus manos sobre los reposabrazos de la silla, enmarcando su cuerpo, pero sin llegar a tocarla. Se sentía como si estuviese perdida en mitad de la noche y un animal salvaje la olfateara calibrando si era lo suficientemente jugosa para tomarse el trabajo de hincarle el diente.

—Una aventura. ¿Una de esas aventuras en las que una joven de buena familia, en edad casadera, ve su reputación hecha añicos por culpa de su propia insensatez?

Vivian tensó la espalda, percibiendo con total claridad el magnetismo que él irradiaba.

—Discúlpeme, pero eso no es de su incumbencia —se defendió con poca convicción.

—Sí lo es cuando ocurre bajo mi techo. Solo hay que verla para saber que atraerá los problemas como la miel a las moscas.

—Usted no me conoce.

La risa del Jefe sonó extrañamente hueca bajo la máscara.

—Yo lo sé todo, Electra. Conozco a todo el mundo, desde la gente más cercana a la corona, pasando por los nobles de las casas más renombradas, hasta el último estibador del puerto o cualquier maleante de los bajos fondos. Y eso la incluye a usted, Vivian Frances Carpenter.

Vivian se puso de pie para enfrentarlo, con la boca abierta de asombro.

—Por favor, no diga nada. Si mi familia se entera, me matará —rogó ella perdiendo la falsa fachada de insolencia que pretendía mantener.

—Sería contraproducente para mí hacer algo así. Supongo que no ha venido sola.

—He venido con una amiga —admitió en un tono de voz casi inaudible. Vivian bajó la cabeza y se retorció las manos, totalmente abatida. Su aventurilla había llegado a su fin demasiado pronto, y lo peor era que sus aspiraciones de volver allí se habían frustrado por completo.

—Ya lo imaginaba. ¿La señorita Taylor o la señorita Hamilton?

Le dedicó una rápida mirada; realmente ese hombre conocía todo lo que pasaba entre las paredes de su club.

—Isabelle Taylor —confesó, sabiendo que no tenía sentido intentar guardarse la información.

—Bien, le diré lo que vamos a hacer. Va a buscar a su amiga y se va a marchar de aquí sin causar ni buscar problemas. Y, por supuesto, va a olvidar por completo que ha estado aquí y que nos ha conocido a Lion y a mí. ¿Entendido?

Ella asintió con la vista clavada en la alfombra. Su actitud de arrepentimiento era tan convincente que el Jefe debió de enternecerse. Las punteras de sus brillantes zapatos negros entraron en el campo de visión de Vivian cuando apoyó los dedos en su mentón para que levantara la mirada. Vivian apenas podía respirar con normalidad mientras él deslizaba el dorso de la mano por su mandíbula y su cuello, en una caricia lenta y tan sutil que parecía que solo era producto de su mente.

—No le haga caso a Lion, por favor. No vuelva. En este mundo hay demasiada oscuridad, sería una pena que apagase la luz de su sonrisa.

Vivian aún estaba intentando asimilar lo que estaba pasando, pero el Jefe ya la arrastraba con suavidad para sacarla de su despacho. Llegaron a un oscuro pasillo, presionó uno de los paneles y la madera se abrió, dando paso a un nuevo corredor más espacioso hasta donde llegaba, amortiguado por una pesada cortina, el bullicio de las conversaciones y la música.

—Adiós, Vivian.

Cuando al fin se giró hacia él, estaba sola y no había rastro ni del hombre ni del lugar por el que habían llegado hasta allí. Ni leones, ni lunas ni caballeros misteriosos. Vivian pensó que todo aquello bien podía ser un sueño o un delirio de su fértil imaginación, pero al mirar su mano vio que aún llevaba apretada entre los dedos la invitación de Lion.

2

Septiembre de 1864

Sin duda este había sido el peor verano de los que Vivian recordaba, y no podía más que dar gracias por que ya hubiera llegado a su fin. No entendía por qué ese año los Carpenter no habían acudido a pasar la temporada estival, según su costumbre, a su casa de campo y se había tenido que conformar con trasladarse junto a su madre a casa de su tía Winnifred. Tampoco entendía el celo con el que lady Carpenter se empeñaba en cuidar de su hermana, ya que, a ojos de Vivian, no parecía haber empeorado de sus dolencias lo más mínimo. Desde que tenía uso de razón la única enfermedad que había detectado en su pariente era la amargura que ella misma se provocaba en su incontenible afán de despellejar al prójimo. Temió volverse como ella si pasaba un segundo más en aquella casa sombría, en la que todas las cortinas permanecían echadas permanentemente, y en la que todo el mundo hablaba en susurros. Puede que esa fuera la causa por la que su madre había adquirido un tono ceniciento y sus migrañas se habían agudizado, a pesar de la tranquilidad que las rodeaba. Envidiaba a su padre, que con la excusa de solucionar unos imprevistos había rehusado acompañarlas. De hecho, el barón Carpenter debía de estar bastante ocupado, ya que no se había mostrado demasiado ilusionado con la idea de que su hija volviera del campo sin la compañía de su madre, para prepararse para la Little Season, la avanzadilla de la temporada social londinense que tenía lugar en otoño. Lo que menos le apetecía era ejercer de carabina, y tener que acompañarla a cada velada y cada evento. Pero no parecía haber demasiadas opciones, ya que la necesidad de que su hija encontrase un buen partido se estaba convirtiendo en una cuestión apremiante.

Vivian también era consciente de ello. Con diecinueve años había pasado por los salones sin pena ni gloria, y hasta ahora no había percibido un interés serio por parte de ningún caballero y solo podía achacar eso a su mala suerte. Su físico no era desagradable, su dote era aceptable, y no había cometido ninguna indiscreción a destacar, a pesar de que era bastante impulsiva. En cambio, sus dos mejores amigas parecían tener la vida encauzada. Isabelle Taylor se había convertido ese verano en la flamante duquesa de Kensington y su incipiente barriguita no era más que otro signo de la felicidad que rodeaba a la pareja. Su otra amiga, Clarice Hamilton, aún no había recibido una propuesta de matrimonio oficial, pero era previsible que el conde de Rutherford se decidiera a no mucho tardar. Durante la temporada anterior su interés por la joven parecía evidente, aunque era difícil adivinar lo que sentía un hombre tan frío y reservado como Marcus Frederick Bowden. Vivian estaba segura de que mantendría la misma actitud impersonal y gélida aunque estuviera la mar de contento, iracundo o se hubiera pillado el dedo con una puerta. No, el conde de Rutherford no era santo de su devoción, nunca mejor dicho. Y la antipatía era mutua, a juzgar por las miradas acusatorias que le dedicaba desde que la había «pillado» hablando mal de él con sus amigas. En cuanto se encontraban, ella se sentía juzgada como si fuera capaz de provocar el apocalipsis con solo aletear las pestañas. Ese hombre era un santurrón, gazmoño y un pájaro de mal agüero, y la idea de que Clarice pudiera contagiarse de ese carácter agrio no le agradaba. Incluso el duque de Kensington había resultado ser más simpático que él a pesar de su impresionante y regia fachada, resultando más accesible y cercano. Pero había que reconocer que casarse con lord Rutherford no era lo peor que le podía pasar a una dama. Era atractivo, joven, parecía estar en posesión de todas sus piezas dentales y podía brindarle un nivel de vida bastante aceptable. Mejor eso que nada.

Vivian suspiró profundamente, absorta en sus pensamientos, hasta que sintió la mano de Isabelle apretando la suya, mientras el duque fingía no prestarles atención, con la vista perdida en la ventanilla del carruaje.

—¿Todo bien? —preguntó la duquesa en voz baja, para no incomodarla.

Vivian asintió y esbozó una sonrisa cansada. Sin darse cuenta había estado abstraída y con el ceño fruncido todo el trayecto, y su amiga la conocía demasiado bien para pensar que eso fuera casual. Estaba tan ansiosa por ver caras amigas y salir de su aburrimiento que había aceptado la invitación de los Turner a pasar un día en su coqueta casa solariega a las afueras de la ciudad, a pesar de no conocerlos demasiado. Lord Turner estaba muy involucrado en política y en la necesidad de su renovación, y periódicamente organizaba reuniones con los pares más influyentes del reino para trazar estrategias comunes y tratar temas importantes. Mientras los hombres hablaban de política, su esposa organizaba una distendida reunión con las damas, aunque a nadie se le escapaba que, al igual que el resto de las mujeres presentes, la astuta lady Turner estaba tan involucrada en los temas que se trataban como su propio esposo.

No era ningún secreto que el motivo por el que Vivian estaba allí era porque su nombre había sido sugerido por la nueva duquesa de Kensington, que se sentía mucho más cómoda al tener a su amiga cerca en una reunión en la que no conocía demasiado al resto de las invitadas. Las mujeres que se congregaron en el jardín, aprovechando los tímidos rayos de sol que de cuando en cuando se filtraban entre las nubes, eran muy variopintas y tenían un rasgo en común, un carácter arrollador. Por suerte, entre ellas había varios rostros conocidos, como la condesa de Hardwick y su cuñada Caroline, por lo que no les resultó difícil integrarse en el grupo. Todo parecía ir a las mil maravillas hasta que se dirigieron al comedor, donde los hombres ya las esperaban para tomar el almuerzo. El ceño de Vivian volvió a arrugarse al descubrir entre los caballeros unos ojos que se clavaban persistentemente en ella.

—Si me hubieras dicho que ese hombre estaría aquí no sé si hubiera venido —susurró Vivian al oído de Isabelle con poco disimulo—. ¿Ves? Ya está juzgándome y ni siquiera he abierto la boca.

—Puede que sea porque lo estás mirando como si te acabara de robar la merienda. —Isabelle se tapó la boca con su mano enguantada intentando disimular la risa, mientras se acercaban hasta donde estaba su esposo—. Y no. No tenía ni idea de que Rutherford estuviera interesado en la política. De haberlo sabido hubiera insistido más para que Clarice aceptara la invitación.

—¿Bromeas? Está interesado en cualquier cosa en la que pueda señalarles a los demás que están equivocados.

Esta vez Isabelle no pudo retener la carcajada aguda que salió de su boca, pero al ver que su esposo la miraba con una sonrisa no le importó llamar un poco la atención.

Lady Turner disfrutaba siendo una buena anfitriona, y, además de un menú envidiable, había organizado algunas actividades para pasar la tarde de manera amena y en las que tanto hombres como mujeres pudiesen participar. En esta ocasión había escondido distintas pistas por la finca y la casa, para que los invitados, distribuidos en parejas, encontraran un pequeño tesoro. Todos salieron al jardín para recibir las instrucciones.

—Me he tomado la libertad de formar yo misma las parejas para esta «búsqueda del tesoro». Cada matrimonio irá con su cónyuge, por supuesto. No quiero ser la causante de ninguna crisis matrimonial —bromeó provocando un coro de risitas entre los presentes—. Y en cuanto a los solteros, espero que estén conformes con mi elección.

—Oh, por Dios, solo espero que me toque con el sobrino de los Turner, o con quien sea excepto con «lord Aguafiestas» —susurró Vivian cerca del oído de Isabelle mientras lady Turner iba nombrando los invitados de dos en dos.

—Deja de cuchichear, es de mala educación —la amonestó su amiga con un guiño cómplice.

No había demasiados solteros, así que no tardó demasiado en llegarle su turno, y a pesar de lo inocente de aquel juego no pudo evitar tensarse.

—Señorita Carpenter…, su acompañante será lord Rutherford.

Si los ojos de la mayoría de los presentes no estuvieran sobre ella en ese momento, hubiera resoplado con gusto, habría puesto los ojos en blanco o habría pataleado como una niña pequeña ante la idea de compartir aunque solo fuera media hora de su vida con semejante hombre. Era como ir a un baile con el párroco del pueblo, el sermón estaba asegurado. Lo único que alivió su malestar fue comprobar que Rutherford estaba tan ilusionado con la idea como ella, a juzgar por su ceño fruncido y su gesto mal disimulado de desagrado. Lady Turner se aclaró la voz y se dispuso a recitar, con más solemnidad de la necesaria, la primera pista que daba inicio al juego.

«Desde Italia hasta Inglaterra, ninguna tormenta le aterra, girando sigue forjando, a base de hierro y flechas, todos los puntos de la tierra».

Todas las parejas se desperdigaron por la finca dándole vueltas al primer mensaje, aunque la mayoría tenían claro lo que debían buscar, excepto Isabelle y Sebastian, que, con disimulo, se adentraron en la mansión buscando un saloncito tranquilo donde poder descansar.

—Creo que lo verdaderamente trascendente está en el país que ha elegido. Italia. Eso es —afirmó Vivian convencida.

—Es una veleta. Por más que usted quiera darle la vuelta no hay ninguna duda. Hierro…, forja los puntos de la tierra… Se refiere a los cuatro puntos cardinales. Durante las tormentas suele hacer viento. Una veleta, ¡por el amor de Dios! Es tan obvio… —El conde de Rutherford hizo un gesto ofuscado con la mano para intentar que a su pareja de juegos se le metiera en la cabeza lo que resultaba tan evidente.

—Pero si fuera tan fácil todos lo acertarían.

—Es que con toda seguridad lo han acertado todos. Hay una veleta en una de las glorietas, en aquella dirección. Quizá deberíamos ir y comprobarlo.

—Vale, supongamos que la pista es una veleta. Pero no quiere decir que se refiera a una veleta en el sentido material. Eso con seguridad nos llevará a la pista fundamental. A ver, repasemos. Italia. Hierro. Forjar. Veleta.

Vivian se dio golpecitos con el dedo índice sobre la boca fruncida, negándose a aceptar que la inteligente lady Turner se hubiera limitado a dar una pista tan evidente. Era una mujer brillante, seguro que había algo más oculto y solo intentaba despistarlos.

Marcus metió el dedo entre la tela de su camisa y su cuello intentando aliviar la presión, mientras aquella mujer obstinada se empeñaba en hacer de un simple acertijo un jeroglífico indescifrable. Se sentó en la escalinata del patio sin importarle mancharse los impolutos pantalones gris claro y resopló resignado.

—Señorita Carpenter, le repito que las pistas no son rebuscadas. No estamos buscando la tumba de un faraón. La única razón por la que la señora de la casa organiza este juego de niños es para disponer de un rato para echarse una siesta sin resultar descortés, o para que las parejas en ciernes tengan un momento de intimidad, que, gracias a Dios, no es nuestro caso. Al final les dará el mismo premio a todos los invitados, un bordado con el emblema de la familia hecho por ella misma, como recuerdo. Tengo dos, ya he estado aquí antes. Y ahora, ¿podría hacer el favor de dejar de fantasear y buscar la dichosa veleta?

—¡¡Ya lo tengo!! —exclamó ignorando su discurso por completo—. ¿Sabe italiano? Una de mis institutrices me enseñó, pero no lo practico hace tiempo, y estoy algo oxidada. ¿Cómo demonios se dice veleta en italiano?

—*Banderuola*.

—¡Eso es! —Vivian dio un corto paseo en una y otra dirección intentando cuadrar en su cabeza las piezas, mientras Rutherford se daba por vencido. No es que tuviera ningún interés en ganar aquella chiquillada, pero no le apetecía estar más tiempo del necesario con aquella enervante joven, y mucho menos ser arrastrado por la mansión persiguiendo sus hilarantes ocurrencias.

Vivian se detuvo en seco y lo miró con los ojos muy abiertos y una sonrisa triunfal.

—Debemos ir a la cocina.

—¿Cómo quiere que hagamos eso? Es una estancia privada de la casa, yo no voy por ahí colándome en las cocinas ajenas. Es imposible que la pista esté ahí. No sería apropiado.

—Es usted muy cerrado de mente, lord Rutherford.

—Amén de otros muchos defectos, según usted.

Vivian enrojeció, pero prefirió centrarse en el juego; no quería volver a insultar al que con toda probabilidad se convertiría en el marido de su amiga. Viéndolo allí sentado, sin su rigidez habitual, tenía que reconocer que era bastante atractivo. Era alto y delgado, sus andares eran discretos y elegantes, y tenía los ojos del color del chocolate, aunque cuando se enfadaba o alguna situación se escapaba de su rigurosa rectitud parecían volverse negros. Y lo más importante, el conde era buena persona, por lo que decían quienes lo conocían bien. Si Clarice era capaz de soportar su soporífera actitud remilgada, sin duda sería muy afortunada casándose con él.

—*Banderuola*. Es muy parecido a *casseruola*, es decir, cazuela —continuó exponiendo su deducción, más para sí misma que para el conde, que no parecía muy ansioso por oírla—. También es de hierro. Y en todos los puntos cardinales se utiliza, llueva o truene o haya tormenta. En fin, yo voy a la cocina a buscar mi pista. Usted haga lo que quiera.

Lo que Rutherford quería era volver a Londres a ocuparse de sus propios asuntos. Y lo peor no era tener que aguantar que aquella muchacha lo arrastrara de un lado a otro de la propiedad de los Turner por culpa de su excesiva imaginación. Lo peor era que, debido a aquella estúpida elección de parejas de la anfitriona, se sentía responsable del desastre que Vivian Carpenter pudiera causar por su falta de juicio y su tendencia innata a meterse en líos. Vivian sonrió para sus adentros al ver que la había seguido a través del patio, hasta llegar a la cocina. Por suerte, a esa hora de la tarde ya no quedaba ningún sirviente allí y pudo comenzar a investigar a sus anchas.

—Aquí no hay nada. ¿Contenta? Venga, vayámonos. Reconozca que se ha equivocado y no se lo restregaré por las narices demasiado tiempo.

—No estoy equivocada —insistió, completamente convencida de sus razonamientos.

Vivian abrió y cerró varias puertas, ignorando la mirada de censura del conde, hasta que al fin dio con lo que buscaba: una enorme despensa en la que, aparte de algunos productos comestibles, se guardaban los utensilios de cocina. Rebuscó entre ollas y cacerolas sin encontrar nada, hasta que algo en una de las estanterías superiores llamó su atención: una especie de bulto de tela que había que inspeccionar. Al girarse se encontró a Rutherford con la cadera apoyada en la mesa y los brazos cruzados sobre el pecho, contemplándola impasible.

—Creo que es ahí arriba. Hay algo, pero yo no llego a cogerlo. Podría…

—No —la cortó secamente—. Me marcho de aquí, ya es suficiente, señorita Carpenter. Esto roza la mala educación.

Vivian se limitó a encogerse de hombros y buscó algo donde poder subirse hasta dar con una caja de madera que colocó diligentemente para usarla como escalera. Se detuvo unos segundos para recolocarla al ver que se tambaleaba un poco, ya que era algo tosca, desoyendo las advertencias de Rutherford. Ese hombre era la representación en carne y hueso del aburrimiento. Se subió, al fin, sobre la madera intentando conservar el equilibrio y se estiró todo lo que pudo, poniéndose de puntillas para llegar al objeto que intentaba coger. Dio un pequeño gritito al sentir que la caja se tambaleaba de nuevo y, aunque no estaba a mucha altura, no quería hacer el ridículo cayéndose al suelo delante de lord Rutherford. Intentó sujetarse a la estantería, pero la vieja madera que la sostenía crujió y cedió bajo su pie. Cuando pensaba que no podría mantener el equilibrio ni un segundo más sintió el cuerpo de Rutherford pegarse a su espalda, y sus brazos rodearla por la cintura evitando que cayera.

Durante unos segundos interminables Marcus se mantuvo lo más impasible que pudo, con el cálido cuerpo de Vivian pegado al suyo. Sus formas contundentes y redondeadas eran todo lo que un hombre podía desear en su cama, al menos lo que él podía desear en su cama, a pesar de que lo sacaba de quicio hasta límites desconocidos. Pero era demasiado cerebral y estricto con sus propios caprichos como para permitirse siquiera fantasear con una mujer como ella, que solo le traería quebraderos de cabeza.

Debería haberla soltado de inmediato, pero se quedó allí más tiempo de lo que cualquiera aceptaría como prudente manteniendo su firme agarre, sintiendo cómo su cuerpo, tan femenino y deseable, se tensaba contra el suyo con la respiración entrecortada. Sin pensarlo hundió la cara en su pelo disfrutando de ese momento de intimidad robada, rogando para que ella no lo notara.

—¿No le parece que ya es hora de acabar con esta tontería? —preguntó el conde demasiado cerca de su nuca, provocándole una sensación electrizante que la sorprendió, y por un momento no supo a qué demonios se refería.

—Yo…, por favor… Suélteme —rogó apretando entre sus manos la tela áspera del objeto que había querido atrapar.

—Volvamos con los demás, y asuma que aquí no hay ninguna pista —ordenó después de carraspear, tratando de recuperar su frialdad y serenidad habituales.

Vivian asintió.

—Me gustaría bajarme de aquí.

Rutherford se sintió estúpido y, con más fuerza de la que Vivian había esperado, la sujetó en vilo para bajarla de la caja.

Vivian seguía empecinada en conseguir su pista y tiró del objeto en su bajada. Una lluvia blanca cayó sobre lord Rutherford, tan rápido que no tuvo tiempo de reaccionar. Harina. El preciado objeto no era más que un saco de harina que pringó a

Marcus de la cabeza a los pies, arruinando por completo su carísimo traje, su elaborado peinado y la estudiada expresión de dignidad de su cara.

Vivian, que apenas había recibido una pequeña salpicadura de harina sobre su falda, se llevó las manos a los labios, al ver cómo Rutherford tosía y parpadeaba bajo una capa blanca, que le daba el aspecto de un malhumorado muñeco de nieve. Marcus se sacudió la harina del rostro, al menos lo justo para abrir los ojos y respirar, y sobre todo para dedicarle la mirada asesina más fiera que pudo componer. A pesar de su intención de parecer compungida, ella no pudo contener un ataque de risa nerviosa que hizo que tuviera que enjugarse las lágrimas.

—Lo siento —se disculpó sin poder retener una carcajada.

—Es usted la persona más, más… ridícula que conozco —masculló el conde totalmente indignado, consiguiendo que la risa se congelara en la garganta de Vivian.

—No está en posición de llamarme ridícula a mí, milord.

—Esto es por su culpa; madure de una vez y deje de comportarse como una cría maleducada.

Marcus salió de la cocina echando chispas, dejando un reguero de harina a su paso y a Vivian totalmente boquiabierta por sus modales. Puede que más tarde se arrepintiera de haberse tomado aquel episodio como un ataque, y quizá acabaría riéndose por haber tenido que salir de la casa de los Turner por la puerta de atrás, escondido en su carruaje, antes de que alguien más lo viera de esa guisa. Pero no estaba acostumbrado a que se burlaran de él y si había algo que detestaba era que las situaciones escaparan de su control. Y todo apuntaba a que, con Vivian Carpenter cerca, el control era algo a lo que no podía aspirar.

3

Nadie quería perderse la primera velada oficial ofrecida por el duque de Kensington y su esposa en su impresionante mansión, situada en la zona más exclusiva de Londres, y que daba el pistoletazo de salida a la temporada otoñal. Aunque entre los de su clase casarse por amor, y mucho más demostrarlo, no era algo usual ni elegante, solo había que ver cómo se miraban y la complicidad que mostraban entre ellos para que se desataran las envidias y los suspiros de admiración, y nadie estaba dispuesto a perderse semejante espectáculo.

Vivian entrelazó el brazo con el de la duquesa tras haberla acompañado a refrescarse un poco. Todavía era pronto para que su embarazo comenzara a resultar demasiado evidente, pero Isabelle había optado por un vestido un poco más holgado de lo normal para estar más cómoda. Aun así, los síntomas propios de su estado hacían que el aire cargado del salón le resultara un tanto agobiante.

—¿Estás bien? Si quieres, podemos dar un paseo por la terraza.

—Gracias, Vivi. Ya estoy un poco mejor y si me ausento más tiempo me tacharán de pésima anfitriona.

—¿Importa? Eres duquesa, puedes permitírtelo. Aunque sirvieras vino agrio y los músicos desafinaran, la gente mataría por volver a pisar tu salón. Además, a estas horas los invitados ya están enfrascados en sus asuntos, bailando, bebiendo, cotilleando…

—La verdad es que no me importa lo más mínimo lo que piensen —admitió mientras avanzaban entre la gente, dedicándoles una sonrisa y una inclinación de cabeza a unas señoras que charlaban formando un corrillo—. Pero no quiero dejar a Sebastian solo tanto tiempo. Oh, mira, allí está. Y Clarice también.

Vivian estiró el cuello para localizarlos entre los invitados que los separaban.

—Sí, y también está su primo Nicholas, y el santurrón de Rutherford —dijo poniendo un gesto de hastío.

Isabelle se rio y le dio un golpecito en el brazo con el abanico para amonestarla.

—Vamos, no seas tan dura con él. No lo conoces lo suficiente para juzgarlo, quizá te sorprenderías si lo trataras más. Además, es uno de los mejores amigos de Sebastian y si, al final, su interés por Clarice acaba en noviazgo vamos a coincidir con él en muchas ocasiones.

—No me apetece tratarlo más, créeme. ¿Sabes lo que me dijo el día de tu boda? Yo estaba nerviosa porque tú no te sentías bien y no tuvo ninguna delicadeza conmigo. Sebastian había ido a buscarte y tu cuñado Neil estaba diciéndoles a los invitados que iba a haber un pequeño retraso. En fin, que, como siempre, me habló con sequedad, yo le llamé chismoso, él me devolvió el insulto, una cosa llevó a la otra y… Resumiendo, el individuo, sin alterarse lo más mínimo ni variar ni un ápice su expresión avinagrada, me dijo que era tan irritante como un forúnculo.

Isabelle se tapó la boca para contener la carcajada.

—¿Marcus dijo eso?

—Sí, san Marcus dijo eso. No te rías. ¿Qué tipo de hombre compara a una señorita con un forúnculo? —Esta vez ambas estallaron en risas—. Y eso sin contar el episodio de la harina. Me llamó ridícula. En serio, Isabelle. Ese hombre parece llevar una nube de tormenta permanentemente sobre la cabeza, acompañándolo a donde quiera que vaya. Creo que no es precisamente lo que Clarice necesita. Solo espero que se fije en otra persona y deje a nuestra amiga en paz.

La duquesa suspiró y miró a Vivi.

—Me temo que, aunque aún no haya nada definido, no hay muchas opciones. Lord Rutherford está muy interesado en la dote de Clarice.

—¿Su dote? No puedo creerlo, la dote de Clarice es más que modesta.

—Puede que no haya una gran cantidad de dinero en efectivo, pero incluye unas tierras que el conde desea.

—¿Quieres decir que va a amargar la vida de Clarice por un puñado de tierra? —preguntó apenada.

—Vivi, si cuentas algo de esto, mi esposo se enfadará conmigo y no tendré más remedio que cortarte la lengua. La familia Hamilton, especialmente la abuela de Clarice, está ansiosa por emparentar con la nobleza, algo que se le ha escapado entre los dedos durante generaciones. Cazar a Rutherford parece ser su prioridad. Pero no están dispuestos a esperar demasiado y, si él no se decide, Clarice puede acabar casada de la noche a la mañana con cualquier otro. Y, créeme, Marcus no es el peor candidato que puede encontrar.

Ambas siguieron sorteando a los invitados que rodeaban la pista de baile. Cuando se unieron al grupo que las aguardaba, Sebastian cogió la mano de Isabelle apretándola en la suya, y le preguntó al oído si se encontraba bien. Ella asintió y depositó un rápido beso en su mejilla, saltándose cualquier norma de protocolo, que todos sus amigos ignoraron convenientemente.

—Espero que lo estéis pasando bien, siento haberme ausentado —se disculpó Isabelle con una sonrisa radiante.

—Está todo perfecto. El ambiente es fantástico —dijo Clarice, devolviéndole la sonrisa.

—Tanto que no puedo aguantar ni un minuto más sin sacar a mi prima a bailar — intervino Nicholas Hamilton, tirando de la mano de Clarice para arrastrarla a la pista de baile entre bromas.

El duque, que solo tenía ojos para su esposa, le guiñó un ojo.

—Es imperdonable que los anfitriones aún no hayan bailado ni una sola pieza. ¿Te apetece, cariño?

—Será un placer —contestó Isabelle tendiéndole la mano, y ambos se perdieron entre el resto de los bailarines que ya esperaban en la pista a que los músicos comenzaran a tocar.

Vivian no pudo evitar mirar a Isabelle entrecerrando los ojos por la clamorosa traición que acababa de sufrir, dejándola sola con ese hombre que tanto la incomodaba.

—Una fiesta agradable —comentó el conde de Rutherford intentando romper el incómodo silencio, aunque Vivian pensó que tras su tono cortés se escondía un velado sarcasmo, impropio en alguien tan sumamente correcto y soso como él.

—Ajá —contestó fingiendo estar muy interesada en las lámparas de araña del techo y sus cientos de velas, y en las guirnaldas de flores blancas y malva que adornaban las paredes.

—¿Le apetece bailar? —sugirió, a sabiendas de que la respuesta sería una aguda negativa.

—No, gracias. Tengo un terrible dolor de pies. Oh, discúlpeme. Había olvidado que ese tipo de observaciones son completamente inapropiadas. La etiqueta dice que no se debe hablar de partes del cuerpo ni de cosas excesivamente personales. Pero eso usted ya lo sabe, claro.

Marcus movió la cabeza y se encogió de hombros con la vista fija en un punto indefinido frente a ellos. Estaba deseando alejarse de aquella mujer, pero su buena educación le impedía dejarla sola junto a la pista.

—Como quiera. Podemos permanecer aquí en silencio hasta que nuestros amigos vuelvan, fingiendo que nos toleramos.

Ella le dirigió una rápida mirada y con un gesto brusco le ofreció su mano aceptando el baile, justo cuando la música comenzaba a sonar. Vivian se esmeró en fijar la vista con tanta atención en el alfiler de la corbata del conde que tuvo que parpadear para no ponerse bizca.

—Así que con su silencio lo admite, no le caigo bien —apuntó Marcus, aunque no había que ser una eminencia para deducir que entre ellos era imposible que existiera algo parecido a la cordialidad.

—Usted lo ha dicho primero. No me tolera —se justificó ella frunciendo el ceño.

—¿Por qué?

—¿Por qué no me cae bien? No se ofenda, lord Rutherford. No es que me caiga mal. Es solo que no me gusta la gente que se declara adalid de la perfección, la moralidad y la sensatez.

—Soy sensato y tengo principios, pero disto mucho de ser adalid de nada, mucho menos de la perfección. No soy perfecto en absoluto.

—¿Y usted? —inquirió Vivian con tono seco.

—Yo, ¿qué? —Marcus fingió no entender la pregunta mientras seguían girando por la pista, tan concentrados en su conversación que no eran demasiado conscientes de la fluidez con la que seguían la música.

—¿Por qué no me tolera?

—Sí la tolero. De hecho, la he invitado a bailar. Solo lo he dicho para que usted confesara.

Vivian jadeó indignada y se atrevió a levantar la vista hacia su rostro, sintiéndose un poco intimidada por su cercanía. La sonrisa de Marcus la dejó aún más desconcertada.

—Confiéselo, Rutherford, no me soporta. Al menos, no demasiado rato —insistió ella.

—De acuerdo, confesaré. Lo que no soporto es que actúe de manera tan impetuosa. Estoy seguro de que el mundo sería un lugar mejor si todos pensáramos las cosas mejor antes de abrir la boca o actuar.

—¿Usted siempre piensa las cosas dos veces?

—En ocasiones hasta tres —bromeó.

—Debe de ser aburrido. Le recomiendo que sea un poco más impulsivo, al menos una vez al día. —Le devolvió la sonrisa de manera espontánea.

—Lo intentaré, solo si usted intenta pensar las cosas dos veces antes de actuar. Al menos una vez al día.

Durante unos instantes ninguno de los dos dijo nada más,

aunque fueron conscientes de que la situación parecía haberse destensado un poco entre ellos.

—En realidad… —comenzó a decir Vivian incapaz de quedarse con nada dentro—. En realidad, no es que no piense las cosas. Al contrario. Las pienso muchísimo. Pero tengo la dudosa habilidad de decantarme siempre por la opción equivocada.

—Eso es más que evidente. —Marcus asintió con la cabeza dándole la razón y Vivian arqueó la ceja.

Cualquier caballero la hubiera adulado diciendo que eso no era cierto, pero él no tenía intención de hacer tal cosa.

—¿Evidente? Usted no me conoce tanto como para aseverar algo así —bufó, indignada. Una cosa era reconocer sus propios fallos y otra bien distinta que él pudiera permitirse ese lujo.

—¿Usted cree? Sé muchas cosas. Por ejemplo, que suele hacer juicios erróneos, señorita Carpenter.

—Por lo que veo, con usted no me equivoco —gruñó Vivian clavando la vista en su hombro.

—Sí que lo hace. En realidad, solo leo la Biblia los martes y los jueves.

Vivian cerró los ojos unos instantes, avergonzada. Unos meses antes, durante una fiesta, lord Rutherford había llegado justo cuando ella se burlaba de él con sus amigas diciendo que era un mojigato siempre pendiente de corregir a los demás, y que imaginaba que leía la Biblia cada noche antes de ir a dormir. Hasta ese momento tenía la esperanza de que él no la hubiera oído, pero al parecer se había enterado de toda la conversación. De todas formas, era muy poco elegante por su parte regodearse en su metedura de pata y no estaba dispuesta a dejarse amilanar.

—Y entonces ¿qué hace el resto de la semana, lord Rutherford? ¿Se dedica a las buenas obras? ¿Hornea pasteles? —preguntó tratando de molestarle.

—Pecar, qué otra cosa podría hacer.

Vivian lo miró sorprendida al descubrir una sonrisa cargada de algo perverso, que jamás hubiera esperado encontrar en aquel hombre. En ese momento, mientras él le dedicaba una mirada que parecía leer hasta el más íntimo de sus secretos, sintió que quien la conducía por la pista con maestría era otra persona totalmente distinta. Se desestabilizó tanto que perdió el paso y le propinó un tremendo pisotón a Rutherford, que aguantó el dolor estoicamente siseando con los dientes apretados. Los músicos tocaron los últimos compases y el conde volvió a componer su expresión más inofensiva mientras acompañaba a Vivian de vuelta con sus amigas. No había ni rastro en él de aquel destello que había confundido a Vivian, hasta tal punto que dudaba si había sido real o si ella lo había malinterpretado.

Lord Carpenter interceptó a su hija en cuanto salió de la pista para informarla de que ya se marchaban, sin dar lugar a una réplica. Se despidieron de los anfitriones y se dirigieron en silencio hasta su carruaje, que ya los esperaba en la puerta de Kensington House para conducirlos a su domicilio. Su padre mantenía una actitud serena, con las manos cruzadas sobre su bastón, mirando por la ventana del vehículo. Vivian no pudo aguantar más el pesado silencio, que ya duraba demasiado tiempo entre ellos.

—Padre, ¿sabes cuándo volverá mamá?

Él suspiró y, tras unos instantes interminables, contestó.

—Supongo que vendrá dentro de unos días. En cuanto se aburra del campo.

Vivian no estaba satisfecha en absoluto con esa respuesta evasiva. Su instinto le decía que, aunque la situación en su casa no pareciese muy diferente a su rutina habitual, algo había cambiado, y percibía una mala sensación tensando el ambiente.

—¿Ocurre algo malo entre vosotros?

Su padre la miró por primera vez desde que se montaron en el vehículo. El carruaje se detuvo y el lacayo saltó del pescante para abrir la puerta y colocar la escalinata. Lord Carpenter se inclinó hacia delante para dar un pellizco cariñoso en la mejilla de su hija y le sonrió afectuosamente, en un gesto que Vivian llevaba mucho tiempo echando de menos.

—Todo está bien, pequeña. Ahora entra en casa y descansa.

Vivian aceptó la mano que le tendía el sirviente con el cuerpo completamente frío, y después la puerta volvió a cerrarse. Se giró antes de subir los escalones que conducían a su casa pensando que su padre la seguía, pero no fue así. El vehículo se alejaba traqueteando por los adoquines y levantó la mano para despedirse de él aunque supiera que era absurdo. Lord Carpenter no la vio. Estaba demasiado enfrascado en su propio mundo, pensando en el siguiente compromiso que le esperaba esa noche.

4

La duquesa de Kensington estuvo a punto de regar a sus dos amigas con el té, incapaz de controlar el ataque de risa.

—No te rías, Isabelle —se quejó Clarice, colorada como un tomate—. En serio, pasé una vergüenza horrible.

—Pero explícame de dónde ha sacado ese médico la idea de que una mujer de la edad de tu abuela tenía semejante dolencia, Clarice —preguntó Vivian, secándose con un pañuelo las lágrimas de risa.

—Supongo que estará harto de probar con ella todos los remedios sin ningún resultado. Solo tenía dos opciones, atiborrarla de láudano para que dejara de quejarse o hacer un diagnóstico un poco más atrevido.

—«Histeria femenina» —repitió Isabelle.

—Exacto. Según él, los dolores de cabeza, los bochornos, la irritabilidad… todos los síntomas cuadran. El remedio es bastante fácil. Un masaje en…, o sea…, ahí.

—Un masaje pélvico —volvió a apuntar Isabelle.

—¿Y tú cómo sabes tanto sobre el tema? —inquirió Vivian, sorprendida.

—Una de las veces que fui a visitar al doctor Preston me prestó una revista científica donde hablaban sobre el tema. El artículo explicaba que el médico utiliza las manos para estimular la zona íntima femenina. Aunque ahora, desde la distancia, no sé cómo tomarme que me diera justo una revista con esa temática, la verdad.

—Se supone que los problemas originados en esa parte de la anatomía femenina repercuten en el resto del organismo. Como mi abuela lleva tanto sin… practicar el tipo de actividades propias de las mujeres casadas…

—Se llama hacer el amor, Clarice. Hasta yo sé lo que es, aunque no haya oído hablar nunca de esa «histeria» ni de esos masajes —bromeó Vivian al ver la timidez de Clarice, mucho más reservada para esos temas que ella.

—Pues eso. A mi abuela casi le da un nuevo ataque cuando le ha dicho que se subiera a la camilla y se remangara las enaguas. El doctor ha dicho que a su edad era muy difícil que alcanzara el «paroxismo histérico», así lo ha definido. Así que pensaba probar un lavado interno con agua tibia.

—Y entonces ha sido cuando le ha golpeado, supongo —concluyó Isabelle con los labios apretados conteniendo la risa al imaginar la cara de la anciana.

Clarice asintió y dio un largo sorbo a su té.

—No sé cómo de efectivo sería el dichoso lavado, pero desde luego que darle una lluvia de golpes al médico ha obrado magia en ella. Cuando ha salido de la consulta parecía diez años más joven.

Las tres amigas se rieron con ganas al pensar en la escena. Vivian miró a Isabelle entrecerrando los ojos durante unos segundos.

—Tú tienes más información sobre esos temas que nosotras. ¿Ese paroxismo existe de verdad?

—No creo que un marido haga ese tipo de cosas, Vivi. Estremecimientos, gritos, convulsiones internas, acaloramiento… El médico describió así el efecto de ese masaje, y eso no parece demasiado apetecible. Realmente parece peor el remedio que la enfermedad. Aunque por lo visto hay bastantes damas que se están sometiendo a esas técnicas, y dicen que es algo bastante placentero y eficaz —continuó Clarice, que no conseguía que su piel dejara de brillar con el color de una granada madura.

Isabelle sufrió un ataque de risita nerviosa que por suerte

consiguió controlar rápidamente y sus dos amigas la miraron, intrigadas.

—Solo puedo decir que desde que tuve el primer encuentro con Sebastian no me ha vuelto a doler la cabeza —bromeó la duquesa, que estaba disfrutando de lo lindo al ver las expresiones confusas de sus inexpertas amigas—. Aunque yo no lo definiría exactamente como «paroxismo», sí puedo decir que es una experiencia fascinante, arrebatadora y…, y, ahora, sintiéndolo mucho, tengo que marcharme, chicas. Sebastian me espera desde hace casi una hora. —Se puso de pie y con un gesto inconsciente se acarició la incipiente barriguita con una sonrisa.

—Pero tú eres la única que nos puede dar datos fiables sobre lo que pasa en ese tipo de actos —se quejó Vivian.

—Lo único que me ha dicho mi abuela al respecto es que, cuando llegue el momento, debo permanecer quieta para no desconcertar a mi marido, y mostrarme pudorosa y en absoluto interesada por el acto en sí —convino Clarice, mirando pensativa el líquido de su taza.

—Y a mí mi madre me contó que «eso» es solo un medio para conseguir un fin. Y que cuando haya terminado tengo que quedarme acostada durante unas horas y con las piernas hacia arriba para quedarme embarazada con rapidez. No pienso colgarme del dosel como si fuera un murciélago para que eso ocurra.

Isabelle apretó los labios conteniendo una sonrisa.

—Esa es la información que nos dan a todas, pero creo que lo hacen porque ellas no disfrutaron de su vida matrimonial. Estoy segura de que encontrareis a un hombre que os respete y os valore lo suficiente para haceros disfrutar de ese momento tan íntimo.

—¿En serio tienes que irte ya? —preguntó Clarice apenada.

—Otro día hablaremos del tema, os lo prometo.

Vivian se quejó como una niña pequeña intentando convencerla para que le diera más datos, pero Isabelle las besó en las mejillas y se marchó, dejándolas disfrutar de sus cotilleos y sus risas el resto de la tarde.

—¿En tu casa las cosas siguen igual? —preguntó Clarice cambiando de tema, y la sonrisa de Vivian se esfumó como si acabaran de arrojarle un jarro de agua fría.

—Sí, todo igual. En realidad, no ha pasado nada fuera de lo normal. Tengo una sensación extraña, el presentimiento de que todo puede cambiar en cualquier momento. Y eso me asusta, Clarice.

—La vida puede cambiar en cualquier momento para todas las personas. Pero somos felices porque lo ignoramos.

—Puede ser. Pero mi padre está más frío que de costumbre. Cuando me mira tengo la impresión de que está a punto de decirme algo, pero al final desvía la mirada y no dice nada.

—¿Y tu madre?

—Sigue en el campo, en casa de mi tía. Eso también es frecuente, pero casi siempre me dice cuándo va a volver y esta vez no lo ha hecho. En fin, no lo sé, puede que solo sean imaginaciones mías, pero me siento muy sola.

—Sabes que puedes quedarte aquí conmigo siempre que quieras. —Clarice alargó la mano y estrechó la de su amiga en un gesto cariñoso.

El sonido de un fuerte golpe en el piso de arriba las hizo dar un respingo.

—Tranquila, es normal.

—Creía que tu abuela había salido. ¿Es alguien del servicio? —preguntó Vivi extrañada por la mirada seria de Clarice y su actitud esquiva.

—Debe de ser John.

—¿John?

Clarice sonrió y recolocó los cojines del sofá intentando desviar la atención. Pero Vivian seguía mirándola con los ojos muy abiertos, esperando una respuesta.

—John es el fantasma que vive en el desván. —Vivian enarcó la ceja, y se hubiera reído si no le aterraran ese tipo de historias.

—Desde que tengo uso de razón se han escuchado ruidos extraños; al fin y al cabo, es una casa antigua. —Algo parecido al sonido de un mueble al arrastrarse durante unos pocos segundos rompió el silencio, confirmando sus palabras—. Pero es cierto que hay una habitación al final del pasillo que es un tanto escalofriante y no sé muy bien el porqué. Está siempre cerrada.

—¿Y me lo cuentas como si nada?

—Ya estoy acostumbrada. Todo el mundo aquí lo sabe. Yo prefiero no pensar demasiado en ello. Una de las doncellas trajo unas velas de la iglesia. El párroco le dijo que las quemara para iluminar el alma de quien estuviera allí.

—¿Y bien? —preguntó inclinándose hacia adelante con la tensión escrita en la cara. Vivian estaba aterrorizada e intrigada a partes iguales y necesitaba conocer todos los detalles de la historia.

—Nada. Encendió la vela, pero esta no se consumió —concluyó Clarice con voz calmada a pesar del escalofrío que le había recorrido la espalda.

—¿Se apagó?

—No. No se apagó. —Clarice tragó saliva intentando contar aquello sin transmitirle la intranquilidad que le provocaba, y sobre todo tratando de que Vivian no creyera que había perdido el juicio—. Pasaron las horas y, aunque la llama seguía ardiendo, no se consumió lo más mínimo. Siguió igual durante un día entero. Después de eso decidieron probar con el agua bendita. Dos doncellas fueron hasta allí a rociarla por las esquinas según las instrucciones que les dio el clérigo, pero tras unos minutos salieron despavoridas de la habitación y no quisieron contarle a nadie lo que había pasado.

—Buenas tardes.

La voz rasgada de la abuela Hamilton sonó desde el umbral de la puerta y Clarice y Vivian gritaron sobresaltadas.

—Abuela, no te oímos llegar —saludó su nieta con una sonrisa forzada.

Vivian se rio por lo bajo de su propia reacción, pero no podía negar que la historia le había puesto los pelos de punta y que su corazón retumbaba como si fuera a salírsele del pecho.

El chirrido de la verja de hierro al abrirse y el ruido de un carruaje deteniéndose frente a la puerta principal alertaron a Vivian, que saltó de la cama para asomarse a la ventana. Su padre apareció en su campo de visión, con traje de noche y la chistera ajustada sobre la cabeza, y se montó en el vehículo, que emprendió inmediatamente la marcha. Una mala sensación se asentó en su estómago. Como era habitual, ni siquiera se había molestado en cenar con ella o en informarla de que iba a salir. Vivian acercó la nariz al cristal de la ventana para ver la calle mojada por la fina lluvia que había caído durante toda la tarde. Deslizó la yema del dedo por la película blanca que su respiración había formado sobre la superficie fría y por instinto dibujó un corazón. Miró el dibujo con el ceño fruncido y deslizó los dedos sobre él para borrarlo convirtiéndolo en una mancha de pequeñas gotitas condensadas, antes de volver a la cama.

Si alguien le hubiera dicho que echaría de menos las monótonas charlas de su madre, su mirada ceñuda cuando, con frecuencia, se saltaba el protocolo, y sus pequeños pellizquitos inofensivos cuando la veía atacar con glotonería la bandeja de las galletas, nunca lo hubiera creído. Pero así era. Se sentía sola. Había estado tentada de aceptar la invitación para quedarse en casa de Clarice. Pero su abuela siempre la miraba con ese gesto seco y altivo, como si estuviese buscando un defecto imperdonable en su comportamiento, o más bien como si ya lo hubiese encontrado. La hacía sentir incómoda e insignificante. Estuvo a punto de reír al pensar qué buena pareja haría la anciana con Marcus Bowden, paseando con sus brazos entrelazados y señalando a los pobres pecadores que se cruzasen en su camino.

Tenía que admitir que la historia de John había influido también en su decisión y en su estado de ánimo; desde que se había refugiado en la soledad de su habitación cualquier ruido insignificante la alteraba. Abrió su diario, quizá escribir un poco la entretendría, pero después de mojar la pluma volvió a dejarla sobre el escritorio. De qué iba a escribir si no le pasaba absolutamente nada digno de ser inmortalizado. Maldijo al ver que una pequeña gotita de tinta negra había caído sobre la superficie de la mesa y se iba extendiendo, filtrándose por las finas grietas de la madera. Unos golpes en la puerta la hicieron pegar un gritito, y se rio para sus adentros ante esa reacción infantil. Su doncella entró con un gran tazón de chocolate caliente.

—Gracias, Flora. Eres un amor.

La joven sonrió con una reverencia dispuesta a marcharse.

—No te vayas, por favor —la detuvo Vivian, aunque no sabía si sería demasiado ridículo pedirle a su doncella que la acompañara hasta que consiguiese quitarse de la cabeza los espeluznantes ruidos de John.

La joven se detuvo con las manos entrelazadas esperando sus órdenes. Podría pedirle que se tomara un chocolate caliente con ella, como habían hecho muchas tardes desde que eran unas crías, pero al final Flora se marcharía y ella seguiría estando sola en aquella enorme casa llena de habitaciones vacías. Necesitaba llenar su cabeza con algo mucho más emocionante que ruidos fantasmales, y había una cosa a la que llevaba días dándole vueltas. Y esta era la noche perfecta para llevarla a cabo.

—Flora, necesito que me busques un carruaje de alquiler para esta noche.

La doncella asintió, repasando mentalmente los compromisos sociales de su señora para esa semana. Era jueves, y según sus cuentas no tenía ninguna cena, ni ningún otro evento, sin contar el hecho de que era demasiado tarde para acudir a cualquier lugar decente.

—Pero es muy importante que esto quede entre nosotras.

—Ay, señorita. No me diga que va a tener una cita clandestina. No me meta en estos líos; ya sabe que me pongo enferma cuando tengo que guardar un secreto.

Y Flora tenía razón, su ánimo se volvía irritable y su estómago más aún cada vez que alguien la hacía partícipe de alguna confidencia.

—En ese caso no te daré ni un solo detalle de lo que voy a hacer, solo te diré que necesito máxima discreción, y un vestido bonito.

Una hora después Flora daba los últimos toques a su encantador recogido y ajustaba los largos guantes de satén de color turquesa, a juego con su vestido. Vivian se miró en el espejo y le pareció que su aspecto era demasiado angelical para ir a un club nocturno, pero su idea era simple: tomarle la palabra a Lionel Jones e ir a charlar con él, o puede que a bailar un poco. A partir de ahí habría que improvisar porque no tenía ni idea de lo que una dama solía hacer en un club como el Red.

Su estómago se encogió con nerviosismo al pensar que cabía la posibilidad de encontrar también a ese otro hombre alto, misterioso y oscuro, y, de repente, aquella idea de acudir sola a un lugar lleno de perversos secretos no le pareció tan brillante como al principio. Pero estaba aburrida, se sentía muy sola en aquella casa enorme en la que solo se oía el eco de sus propios pasos y presentía que conciliar el sueño no iba a ser algo sencillo. Sabía que no debería ser impulsiva, pero también sabía que si no se atrevía a dar ese paso se arrepentiría. Tenía el firme convencimiento de que era mejor arrepentirse de las cosas que hacía, que lamentarse por no haber tenido el valor de hacerlas. Suspiró y se dirigió hacia la puerta tras dedicarle una sonrisa nerviosa a Flora.

—Señorita Vivian. Olvida esto. —Flora le acercó el antifaz y ella lo ocultó bajo su capa—. ¿Está segura de que quiere ir sola?

Vivian asintió con una extraña mezcla de determinación y pánico.

Los vehículos entraban y salían del callejón donde se ubicaba la discreta puerta que conducía al club. Las piernas de Vivian no dejaban de temblar, provocando que los tacones de sus zapatos golpearan con un sonido rítmico el suelo del carruaje mientras miraba por la sucia ventana. El cochero abrió con un movimiento brusco el ventanuco que comunicaba el techo del carruaje con el exterior y asomó la cabeza con expresión de pocos amigos.

—Ya hemos llegado. Bájese, estamos estorbando —pronunció con un fuerte acento que Vivian no supo identificar.

Estaba bastante claro que en el precio que había pagado, a pesar de no ser poco dinero, no estaba incluido un tratamiento mínimamente cortés. Se sujetó las faldas tratando de no tropezarse con ellas, bajó con un saltito muy poco elegante y aterrizó sobre un charco que le empapó las medias blancas con salpicaduras de barro. Soltó la tela de las faldas y las sacudió para acomodarlas, y justo cuando iba a darse la vuelta para decirle al «amable» cochero a qué hora debía pasar a recogerla, este emprendió la marcha dejándola con la mano extendida y la boca abierta. Pero no era el momento de entrar en pánico, o ¿puede que sí? Un nuevo carruaje ocupó su lugar en el callejón y de él salieron dos damas ataviadas con extravagantes tocados de plumas, vestidos de colores chillones y un perfume tan potente que podría tumbar a un oso. Vivian dio un paso atrás para dejarlas pasar, y ellas continuaron su camino ignorándola por completo. Las observó mientras se dirigían hacia la puerta, con la confianza de quien gobierna su vida sin miedo. En cambio, ella se había quedado petrificada como un ratoncito asustado en un callejón lleno de gatos hambrientos. Y puede que aquella no fuera una mala comparación. Pero no se había arriesgado a salir de su casa y llegar hasta allí para quedarse pegada a una sucia pared mientras el mundo seguía su curso. Intentó tranquilizarse pensando que ya se preocuparía de encontrar la forma de regresar a casa llegado el momento. Tomó aire y avanzó hacia la fila de clientes que esperaban para entrar, deteniéndose a una distancia prudencial, con la espalda muy recta y la cabeza alta, intentando aparentar que sabía lo que estaba haciendo. No muy lejos de su posición cuatro caballeros reían y hablaban demasiado fuerte, mientras se pasaban una botella. Uno de ellos se percató de la presencia de la solitaria dama, y levantó una mano para hacer callar a sus acompañantes. Silbó para llamar su atención, pero ella permaneció muy quieta mirando la espalda de las damas que esperaban para entrar delante de ella y que habían entablado conversación con otra pareja. Todo el mundo parecía demasiado enfrascado en sus propios asuntos para percatarse del interés que Vivian había despertado en aquellos muchachos. El que había silbado le pasó el brazo por el hombro a uno de sus amigos y lo arrastró hacia donde se encontraba Vivian, tan rígida como una estatua de mármol.

—¿Has visto qué pastelito tan dulce, Ted?

El tal Ted soltó una risa bobalicona y se acercó un poco más a ella, hasta que su aliento ebrio invadió las fosas nasales de Vivian.

—Estoy deseando hincarle el diente. —El tipo tiró de uno de los tirabuzones de color chocolate de Vivian y lo enredó en sus dedos.

Ella levantó la vista y le clavó su mirada más asesina.

—No se atreva a tocarme, maldito imbécil.

Ambos hombres se miraron y comenzaron a reír con escandalosas carcajadas, mientras ella se deshacía de su contacto propinándole un manotazo. La expresión del hombre se transformó en una mirada torva que no presagiaba nada bueno. A pesar de sus lujosos trajes de noche y su porte elegante, saltaba a la vista que solo eran caballeros de nombre, no de actitud.

—Así que el pastelito sabe pelear. Qué miedo me da —se burló el tipo inclinándose hacia ella en actitud amenazadora.

Vivian se cruzó de brazos y levantó la barbilla con insolencia, sin ninguna intención de dejarse amedrentar por dos niñatos borrachos. Más aún cuando su anonimato le permitía comportarse con todo el descaro que quisiera.

—Sí, sé pelear. Sé morder y dar patadas, y si no quiere marcharse a su casa con su hombría por los suelos le aconsejo que me deje en paz.

Los dos hombres se tensaron visiblemente y guardaron silencio, dando un par de pequeños pasos hacia atrás.

—Largaos de aquí —apostilló Vivian, satisfecha de sí misma.

Ted dio una palmada en el brazo de su amigo, un gesto silencioso que indicaba que había llegado la hora de retirarse. Vivian estaba a punto de soltar una última bravata, envalentonada por el éxito de su discurso, cuando unos dedos fuertes la sujetaron por el antebrazo y una voz masculina, demasiado cerca de su cuello, le provocó un escalofrío en la columna.

—¿Qué habíamos dicho sobre pensar las cosas dos veces?

5

—Y pensar que me había creído su intención de reformarse. —La voz de lord Rutherford sonó en un tono tan seco que le heló la sangre.

Vivian se giró sorprendida para descubrir la cara malhumorada del conde e intentó zafarse sin éxito. Uno de los enormes guardas se acercó discretamente, tratando de no atraer sobre ellos la atención de los que esperaban para entrar.

—¿Va todo bien, lord Rutherford? ¿Esos caballeros les estaban molestando?

—Tranquilo, estamos bien. Pero parece que esos jóvenes van buscando problemas.

—Me ocuparé de ellos.

El enorme tipo le hizo un gesto a uno de los hombres que vigilaban la puerta, y ambos se dirigieron hacia el fondo del callejón donde los cuatro caballeros seguían bromeando y bebiendo, aunque todo parecía indicar que tendrían que seguir la fiesta en otra parte. A Vivian le hubiese encantado saber qué iba a ocurrir con ellos, pero se quedó con la duda, ya que Marcus la arrastró hasta su carruaje, un vehículo oscuro y sin ningún distintivo que esperaba al otro lado de la calle.

—¿Puede saberse qué le da a usted derecho a tratarme de esta manera tan autoritaria? —le recriminó intentando resistirse a marcharse de allí. Pero Rutherford ni siquiera se molestó en escucharla.

—Suba al carruaje inmediatamente, señorita Carpenter.

Vivian abrió la boca de nuevo para protestar, pero la mirada iracunda de Marcus le hizo pensárselo mejor. Su actitud no daba lugar a la réplica y maldijo para sus adentros, sabiendo que su aventura acababa de irse al traste. Se sentó en el asiento de piel y se cruzó de brazos como una niña pequeña pillada infraganti en una travesura. Rutherford subió al carruaje tras ella y cerró dando un portazo antes de sentarse en el asiento de enfrente echando chispas por los ojos, con una ira tan palpable que Vivian creyó notar cómo el aire crepitaba entre ellos.

Sabía que el silencio era su mejor baza, y si lo hubiera pensado dos veces hubiera mantenido la boca cerrada, pero antes casi de que Rutherford se dejara caer en el asiento, ella ya estaba preparada para discutir sus métodos.

—Es usted un tirano.

—Y usted una cría insensata e inmadura.

—Y eso, sin duda, no es su problema, milord.

—Sí que lo es. Para nuestra desgracia tenemos amigos en común a los que les tengo mucho aprecio. Si su reputación queda arrastrada por el fango, la buena imagen de los duques de Kensington y de la señorita Hamilton también se verá salpicada.

—Eso es una idiotez —le contradijo Vivian negándose a dar su brazo a torcer.

—Idiotez es pensar que puede venir hasta aquí desafiando cualquier norma de buena conducta y plantarse en un mugriento callejón, arriesgando su honor y hasta su propia seguridad —la increpó el conde, a punto de perder los papeles.

—¿Es siempre tan agorero y tan… aguafiestas?

—¿Aguafiestas? Ah, ya entiendo su táctica. Pretende sacarme de mis casillas para que me ponga a su nivel y que así su transgresión pase a un segundo plano.

—No es una táctica, simplemente creo que exagera. Todo estaba controlado, ya estaba deshaciéndome de esos caballeros que habían malinterpretado la situación y…

—No sé si realmente es tan ingenua como para creer que eso era lo que estaba ocurriendo o si quiere hacerme quedar como un tonto —reprochó el conde exasperado, pasándose la mano por su repeinado flequillo, desordenándolo—. Esos hombres estaban borrachos, y han dicho que querían devorarla como si fuera un pastel. Dígame que no es tan inocente como para creer que eso era un cumplido, por favor.

—Sé que no era un cumplido, no soy estúpida. Pero ellos…

—Ellos se hubieran propasado con usted sin darle tiempo a parpadear si hubiesen tenido la oportunidad. Esa es la cruda realidad. Estaban tan perjudicados que no les han permitido la entrada en el club para evitar problemas. Lo único que los ha detenido ha sido mi presencia y el miedo a que llamara a los guardas. Por mucho que nos desagrade la idea a usted y a mí, un callejón no es el mejor sitio para una mujer sola, haya lo que haya tras sus paredes de ladrillo.

Marcus observó en silencio cómo Vivian apretaba los labios y comenzaba a respirar con fuerza abriendo mucho las aletas de la nariz, como si estuviese a punto de llorar, o en su defecto, de despedir fuego por la boca. Y por lo poco que la conocía sabía que optaría por la segunda opción.

—Estoy segura de que su parte favorita de las Sagradas Escrituras es el Apocalipsis, lord Rutherford. Si no fuera porque sé que eso no es posible, pensaría que lo ha escrito usted mismo —sentenció, al fin, con la voz temblorosa por el enfado que bullía furioso en su interior.

Vivian Carpenter, además de no pensar las cosas antes de actuar, contaba entre sus defectos con una incapacidad total para tolerar las regañinas, sobre todo cuando ella creía que no las merecía, que era la mayoría de las veces. Y aunque en el fondo sabía que Rutherford tenía razón, no estaba dispuesta a reconocerlo. La frustración de no haber podido adentrarse en aquel mundo lleno de cosas por descubrir, de bailes atrevidos, brillos y lujos, pesaba mucho más que su sensatez.

—No me importa que ahora se comporte como una niñita consentida a la que no le han comprado el juguete que quería. Sabe tan bien como yo que estar aquí es una auténtica locura —continuó con su sermón inclinándose hacia delante hasta que sus caras estuvieron muy cerca, tanto que si no hubiesen estado rodeados por la oscuridad del interior del carruaje hubiera podido ver como la furia llameaba en las pupilas de Vivian.

—¿Cómo me ha reconocido? —preguntó Vivian, cortante, cayendo en la cuenta de que aún llevaba puesta su preciosa máscara adornada con perlitas blancas.

Rutherford soltó una carcajada que sonó profunda y cálida en el reducido espacio, y antes de que ella reaccionara alargó la mano, y con un rápido movimiento le sacó la máscara por encima de la cabeza.

—Deme eso, maldita sea. No tiene ningún derecho a tratarme así —gritó ella.

—Pobre niña ingenua. De veras ha creído que este ridículo antifaz, que apenas le cubre los ojos, es suficiente para ocultarla. Si, como parece, quiere que todo el mundo la vea, puede prescindir de él y entrar a cara descubierta. El resultado sería el mismo. Para empezar, la gente que acude a este tipo de sitios intenta vestirse de tal manera que les sea difícil ser reconocidos. Y, mírese, usted va vestida como si fuese a tomar el té en su saloncito.

Vivian miró su vestido, y recordó el atrevido aspecto de su amiga Isabelle cuando había acudido al Dark la ocasión anterior.

—¿Quiere decir que debería ir vestida como una descocada? ¿Que mi atuendo no es adecuado para estas horas de la noche? —Aunque su tono era desafiante algo le dijo a Marcus que la pregunta iba en serio.

—A estas horas de la noche lo único que debería cubrir su cuerpo es un casto camisón blanco y una cálida manta de lana.

Vivian trató de ignorar el pellizquito que la frase, pronunciada en ese tono de voz ronco, le produjo. En ese momento el conde suspiró exasperado y se dio cuenta de que el carruaje no se había movido del sitio. La ofuscación que le provocaba esa irritante mujer había hecho que se olvidara de darle instrucciones al cochero.

Abrió la abertura de madera que lo comunicaba con él y le dio la dirección de la mansión de los Carpenter, mirando a Vivian con el ceño fruncido cuando ella bufó sonoramente.

—La próxima vez, ni siquiera usted me reconocerá —le desafió con la vista clavada en la ventanilla, observando los edificios que pasaban al otro lado del cristal.

—Si vuelvo a encontrarla aquí una próxima vez, le juro que se lo diré a su padre.

—¡No se atreverá! —jadeó indignada, plantándole cara.

—Póngame a prueba.

—Además de pesimista, es usted un vulgar chivato. Devuélvame mi antifaz inmediatamente, seguro que lo necesitaré en cualquier momento —siguió provocándole para sacarle de quicio.

Marcus la miró sin decir nada, y estiró el brazo alejando la máscara de su alcance cuando ella intentó arrebatársela. Vivian se puso de pie sin calcular la altura del vehículo y maldijo al golpearse la cabeza con el techo, lo que provocó que al conde se le escapara una risita infantil. Con un gruñido intentó abalanzarse sobre él para recuperar el antifaz, pero en ese momento el carruaje giró en una curva pronunciada, haciendo que se desestabilizara y se precipitara sobre Marcus. Él intentó sujetarla por la cintura, pero calculó mal y acabó apretando sus caderas. Aun así, ella pareció no darse cuenta del contacto demasiado íntimo, con la mente fija en su objetivo de salirse con la suya y recuperar el antifaz. El conde la aplastó contra su cuerpo sentándola sobre su regazo para intentar detener el forcejeo. Si alguien le hubiera dicho a Vivian que la noche, que había previsto que fuese emocionante e incierta, iba a llevarla a sentarse sobre el regazo del conde de Rutherford, se hubiese muerto de la risa.

—Le ordeno que me suelte.

—Usted no da las órdenes aquí, señorita. Lo haré cuando esa gata salvaje que lleva dentro se tranquilice.

Vivian jamás había pensado que el cuerpo del conde pudiera ser tan fuerte y cálido. Era un hombre joven y esbelto, y, aunque no había querido detenerse demasiado a pensar en su atractivo, se había formado en su mente la idea de un cuerpo blandito y debilucho. Pero mientras él le hablaba con la cara prácticamente enterrada en su pelo, no podía negar que los músculos que ocultaban su sobria vestimenta desprendían una fuerza y un magnetismo irresistibles, y que sus brazos rodeándola no resultaban repulsivos ni flácidos, sino cálidos y acogedores.

No podía reconocerse a sí misma que en realidad no tenía ninguna prisa por que ese abrazo forzoso terminase, aunque se convenció de que todo se debía a que se sentía falta de cariño últimamente.

Marcus fue aflojando los brazos lentamente, aunque nada le apetecía más que continuar con el sugerente cuerpo de Vivian acomodado sobre el suyo y su embriagador perfume a canela envolviéndolo e hipnotizándolo. Pero, como el hombre sensato y prudente que era, la soltó permitiéndole que volviera a su asiento. Con un rápido movimiento, Vivian aprovechó la distracción y recuperó su antifaz.

—Mire esto, lo ha roto —se quejó, mostrándole el lazo arrancado y fingiéndose compungida mientras trataba de acompasar su respiración, que se había agitado sin un motivo lógico.

—Tampoco es que sirviera de mucho. No se preocupe, le regalaré uno que sirva para su propósito de ocultarle la cara, y podrá usarlo en la intimidad de su dormitorio mientras juega a ser una mujer de mundo.

Vivian entrecerró los ojos intentando encontrar el doble sentido de la frase, que seguro que por su ignorancia en esos temas se le escapaba. Pero, viniendo de un ser tan anodino y aburrido como Rutherford, probablemente no lo tendría.

—Por cierto, además de reafirmarme en todo lo que he dicho antes, añado que es usted un mentiroso —siguió retándole mientras acomodaba las faldas de su vestido—. Hoy es jueves. Debería estar leyendo la Biblia —concluyó con una sonrisa burlona y un pestañeo de ojos tan inocente como falso.

Marcus sonrió.

—El martes leí el doble para hoy poder tomarme la noche libre —le siguió la broma aceptando la pequeña y efímera tregua.

—Eso es trampa.

—Nadie ha dicho que sea un santo. Aunque parece que usted piensa que aspiro a serlo.

—Es lo que parece, milord. Solo un santo varón se tomaría tan en serio salvarme de una hipotética ruina que solo existe en su oscura imaginación —se burló con sarcasmo.

—Le aseguro que no es producto de mi imaginación. Entrar en ese club es un paso bastante firme para arruinar su reputación, señorita Carpenter.

—Pues por ahora lo único que se ha arruinado es mi noche.

—Y la mía —aseguró Marcus sin apartar los ojos de sus dedos, que no dejaban de juguetear con los lazos de su antifaz roto.

—Pero usted tendrá más noches, todas las que quiera. Isabelle tiene razón. Los hombres pueden hacer lo que quieran y solo recibirán palmaditas en la espalda. Y nosotras, en cambio, desde la desdichada Eva y la manzana, somos las depositarias de todo el escarnio del mundo.

—¿Y pretende remediar esa injusticia bailando y apostando en un club lleno de desinhibición y pecado?

—Por algún sitio hay que empezar —admitió ella, encogiéndose de hombros.

—Pues empiece metiéndose en su cama, lejos de cualquier peligro.

Vivian miró por la ventana cuando el carruaje se detuvo en la puerta trasera de su casa, y agradeció mentalmente la discreción de Rutherford. El conde la ayudó a bajar y la acompañó hasta la puerta de las cocinas, y no pareció sorprenderle en absoluto que Vivian hubiese escondido la llave bajo uno de los ladrillos que bordeaban el camino.

—Así que lo tenía todo bien organizado —concedió Rutherford.

—Lo intento. Y eso que solo pienso las cosas una vez.

Marcus no pudo evitar sonreír mientras ella continuaba sujetando la puerta entreabierta sin terminar de entrar.

—Vaya adentro de una vez, y no olvide lo que le he dicho. Nada de locuras.

Ella puso los ojos en blanco y miró hacia arriba exasperada.

—Por cierto, lord Rutherford. Solo por curiosidad, ¿qué parte de la Biblia leyó el martes? —preguntó con un susurro, intentando pillarle desprevenido.

—El Génesis —contestó bajando la voz él también—. Génesis 3:6, más concretamente.

Vivian intuyó su sonrisa en la oscuridad, mientras el conde se tocaba el ala del sombrero y se daba la vuelta para marcharse. Mientras subía a oscuras hacia la seguridad de su habitación, el corazón parecía saltar en su pecho a punto de salirse de su eje, a pesar de que ya estaba fuera de cualquier peligro. Se quitó el vestido como pudo haciendo crujir las costuras, a punto de desencajarse los hombros en una postura imposible, pero no le apetecía llamar a su doncella y tener que confesar que todas sus expectativas se habían visto frustradas por ese metomentodo de Rutherford.

Se metió en la cama y cerró los ojos intentando conciliar el sueño cuanto antes; quería que ese día terminase de una vez. Pero imágenes de lo ocurrido la bombardeaban constantemente, y aunque no hubiese conseguido su propósito de entrar en el club, la noche había tenido bastantes emociones, después de todo. El bueno del fantasma John y los desconcertantes ruidos de la casa de Clarice no aparecieron en sus pensamientos ni una sola vez, para su enorme suerte. Pero las caras ebrias de los caballeros que habían intentado molestarla la acosaban una y otra vez. Con el paso de las horas había tenido que admitir que Rutherford probablemente tenía razón. Aunque solo un poco, y muy en el fondo. Si aquellos hombres hubiesen intentado sobrepasarse, no habría podido hacer nada para evitarlo más que gritar para pedir ayuda, lo cual hubiera sido nefasto para su reputación.

Un pastelito. Cuando Vivian pensaba en un pastel solo venía a su cabeza la imagen de una pringosa y redonda tarta de manzana. No era algo demasiado elegante para comparar a una dama, pero es que ellos no eran demasiado elegantes, y más bien parecían algo cortos de luces. Quedarse en aquel callejón sin medio de transporte para regresar a casa y con su poco sutil disfraz había sido una temeridad, y, de hecho, Rutherford la había reconocido inmediatamente. La próxima vez tendría que elaborar un poco más su atuendo, porque no tenía ninguna duda de que habría una próxima vez, aunque tendría que tomar más precauciones. Puede que llevar la pequeña pistola que su padre le regaló en secreto cuando cumplió dieciocho años fuera una buena solución. El conde de Rutherford sufriría un ataque si llegaba a enterarse. Se le escapó una risita al imaginarlo, y se tapó la boca en un acto reflejo a pesar de estar en la soledad de su habitación. Ese hombre era exasperante. Las imágenes del conde reemplazaron todas las demás. Su cara malhumorada, su preocupación, sus labios apretados en una línea recta cada vez que ella le rebatía alguna de sus conclusiones pesimistas. Era una pena que la mayor parte del tiempo adoptara esa expresión, porque había que reconocer que tenía una sonrisa muy bonita. Recordó la sensación de estar sentada en su regazo y sintió que enrojecía. Había actuado como una niña pequeña queriendo quitarle un antifaz que no le importaba en absoluto. Se frotó la cara y gruñó, estaba totalmente desvelada. Trató de imaginar a Marcus Bowden con un batín de seda, sentado junto a la chimenea con un vaso de leche caliente y un libro en la mano, y se preguntó si después de dejarla en casa se habría retirado a su mansión o habría vuelto a hacer lo que fuera que tenía planeado para esa noche. Si la había encontrado en aquel callejón era porque entraba o salía de uno de los clubes, a pesar de ser un santurrón intransigente de pocas miras.

Ojalá ella hubiera nacido hombre. Todos, su padre el primero, hubiesen sido más felices. Recordó la voz severa de Rutherford y lo imaginó leyendo el Génesis en voz alta. Tenía una buena voz, lástima que no hubiese decidido ser sacerdote. Se levantó al recordar el versículo, e intrigada, fue hasta la habitación de costura de su madre para buscar la pequeña Biblia que guardaba en una de las mesitas. Abrió el libro hasta dar con el fragmento en cuestión:

> Y como viese la mujer que el árbol era bueno para comer, apetecible a la vista y codiciable para lograr sabiduría, tomó de su fruto y comió; y dio también a su marido, que igualmente comió.

Cuando Vivian se despertó a la mañana siguiente la actividad en la mansión ya hacía rato que había comenzado. Se estiró perezosamente bostezando, dispuesta a quedarse en la cama cinco minutos más, hasta que recordó lo que había hecho antes de irse a dormir. Salió de la cama de un salto, se colocó la bata y a punto estuvo de chocar con la doncella que entraba en ese momento con un jarro de agua caliente en las manos.

—Flora, ¿se han llevado ya la correspondencia?

—Sí, señorita. Sabe que su padre es muy estricto con esa norma y exige que salga a primera hora de la mañana.

Vivian cerró los ojos y volvió a entrar en su habitación con ganas de meterse en la cama y taparse hasta las orejas. Rutherford tenía razón, debía pensar las cosas dos veces antes de actuar. La noche anterior, tras leer el pasaje del Génesis, había recordado otro versículo que siempre le había resultado intrigante. Ni corta ni perezosa había escrito una brevísima nota para Rutherford y había bajado hasta el despacho de su padre para colocarla en la bandeja del correo diario, que el diligente mayordomo ya se había encargado de enviar. No era algo trascendental, pero ahora ese hombre sabría que ella se había tomado la molestia de pensar en él.

Marcus se sirvió una taza de té humeante sentado ante la mesa de su despacho mientras atendía la correspondencia. Como siempre, las invitaciones a eventos que no le interesaban lo más mínimo se acumulaban, y eso que se suponía que en otoño los bailes eran mucho menos frecuentes. Llamó su atención un sobre pequeño de color crema con una hermosa filigrana dorada en forma de flor, y en un acto impulsivo se lo acercó para olerlo. Olía a papel nuevo y a canela. Apartó los otros sobres y lo abrió para comprobar que solo contenía una escueta frase.

Mateo 7:15.

Marcus conocía perfectamente qué versículo era ese y lo recitó en voz muy baja: «Cuidaos de los falsos profetas, que vienen a vosotros vestidos de ovejas, pero por dentro son lobos rapaces».

Se dio cuenta de que una sonrisa había curvado sus labios. La nota no iba firmada pero no tenía la más mínima duda de que, esa noche de jueves, quien había estado repasando la Biblia había sido Vivian Carpenter.

6

Vivian se quitó el vestido de muselina color lavanda, y, con un gesto de fastidio, lo lanzó sobre la torre de telas de tonos pastel que se iba acumulando sobre la cama de su habitación. Su doncella elevó los ojos al cielo pidiendo paciencia, sabiendo que esa tarde le iba a tocar volver a planchar todas las vaporosas faldas de nuevo.

—¿Cuál quiere probarse ahora, señorita? —preguntó sin disimular su fastidio.

Vivian se puso una bata y la abrochó con fuerza.

—Ninguno. Son todos horribles. Parezco un pastelito de crema. No me extraña que me comparen con un dulce —se quejó, enfurruñada.

—No lo entiendo. Hace una semana estaba encantada con el contenido de su armario. Esa ropa es preciosa.

—Es preciosa para una niña, pero yo ya soy una mujer. Hay lugares a los que no se puede acudir vestida como un angelito indefenso, necesito algo que me haga ver más madura, más... deseable.

—Por Dios bendito, señorita. Dígame que no está pensando en volver a ese sitio de nuevo. Tuvo suerte de que ese caballero tan encantador la encontrara; si no, a saber lo que hubiera pasado. Puede que a estas alturas estuviera en el fondo del río. O secuestrada en un sótano oscuro rodeada de ratas, atada de una pierna a merced de la lujuria de su raptor. O en un callejón con su...

Flora guardó silencio al ver a Vivian mirándola con cara de horror y los ojos muy abiertos.

—Si hay algo que aprecio de ti es tu optimismo, Flora.

—No me llame pesimista. En su barrio no pasan esas cosas, pero hay un Londres oscuro e inquietante, lleno de peligros y gente cruel, donde pasan cosas que una señorita criada entre algodones como usted ni siquiera imagina.

—¿Pretendes asustarme?

—Sí —reconoció sin inmutarse.

—Pues no lo has conseguido. —Vivian se dirigió a la puerta de su habitación ignorando a su doncella, que continuaba mascullando entre dientes—. Vamos a mirar el armario de mi madre por si tiene algo que me valga.

Se giró y le clavó una mirada asesina al escuchar la risita que no pudo retener ni tapándose la boca con la mano.

Su madre, además de medir un palmo más que ella, era fina como un junco, y carecía de las curvas contra las que Vivian luchaba constantemente. Vivian había heredado las facciones dulces y el cuerpo redondeado de los Carpenter. Ignorando a Flora se dirigió al armario de su madre y lo desechó inmediatamente al encontrar solo tonos grises y verdes oscuros. Lina Carpenter adoraba el color verde, pero no el verde manzana, verde mar, o cualquier verde que evocara la primavera o la vida. El verde que predominaba en sus ropas era ese tono oscuro del musgo húmedo, cercano al negro, y que en contraste con su tez pálida resultaba un tanto tétrico. A pesar de que su carácter era tan alegre como su vestuario, y que su única motivación para ir a los eventos era estar al tanto de cualquier chisme, por pequeño que fuera, había algo que a lady Carpenter le fascinaba. Las fiestas de máscaras. Tenía un armario repleto de trajes de fantasía y multitud de disfraces con sus complementos correspondientes. Vivian se sintió de nuevo como esa niña que se tumbaba en la cama con la carita redonda apoyada sobre las palmas de las manos, y observaba encandilada cómo la seca Lina se transformaba en una sultana, una emperatriz romana o simplemente se enfundaba un alegre vestido ribeteado de plumas de colores con su antifaz a juego. Si su madre la viera manoseando sus preciados disfraces le daría un ataque, y Vivian pensó con una maléfica satisfacción que aquella sería su pequeña aunque insignificante venganza por haberla dejado sola.

Se apretó contra el pecho una túnica blanca ribeteada con volantitos dorados y se giró frente al espejo para ver su efecto. Por mucho que lo intentara, era más que evidente que no entraría en ella ni embadurnándose en resbaladiza manteca.

—No entiendo por qué debe disfrazarse. O sea, entiendo que quiera cambiar su aspecto, pero si no es una fiesta de disfraces corre el riesgo de hacer un ridículo espantoso —planteó Flora, devolviendo los trajes a su lugar.

—No quiero disfrazarme. Solo quiero un vestido sofisticado, atrevido y con un toque diferente. En ese sitio las mujeres llevan los tocados más llamativos que puedas imaginar, y visten con escotes exagerados y colores maravillosos y brillantes. Todo son deslumbrantes dorados, púrpuras y… ¡rojo! —Vivian gritó entusiasmada al pasar la mano por las telas y encontrar el que sin duda había sido desde siempre su traje preferido.

Se trataba de un kimono de estilo oriental de corte cruzado y con mangas anchas, elaborado en una tela que podría competir con la del vestido de noche más lujoso, de un vivo rojo escarlata y exóticos pájaros bordados en tonos naranjas y oro.

Vivian acarició la tela y la extendió para calibrar sus medidas. Se quitó la bata y se colocó el kimono tironeando de los extremos, intentando que cubriera su generoso escote. Gruñó frustrada al ver que le faltaban varios centímetros para que cerrara en la parte del pecho, y que en las caderas se quedaba completamente abierto. Estaba a punto de quitárselo para devolverlo a su sitio cuando la doncella la detuvo.

—¿Cree que su madre lo echaría en falta?

—Lo dudo. Tiene tantos y tan hermosos… Además, hace mucho tiempo que no suele prodigarse en ese tipo de eventos. ¿Por qué?

Flora la rodeó, observando el corte de la tela y el cuerpo de Vivi con el ceño fruncido.

—No me mires más, ya sé que mi cuerpo es demasiado… voluptuoso.

—Mire el lado positivo, jamás tendrá que recurrir a un miriñaque para rellenar sus faldas.

Vivian la miró entrecerrando los ojos.

—Sigue así y te pondré a limpiar todas las chimeneas de la casa, o mejor aún, los orinales.

—Entonces desperdiciará mi talento para la costura, señorita Vivian —rebatió la doncella haciéndose la interesante.

Después de mucho pensar, decidieron darle al kimono la forma de una chaqueta corta, que quedaría perfecta sobre un sencillo vestido de color rosa fuerte sin adornos, que Vivian jamás usaba. Dos días después estaba listo. El resultado era llamativo, original y favorecedor, y por qué no decirlo, bastante seductor.

Vivian estaba tan ansiosa por volver al club que no quiso esperar más, y decidió hacerlo esa misma noche. Después de mucho pensarlo, había llegado a la conclusión de que el conde de Rutherford había tenido razón en una cosa. No había sido prudente plantándose en la peor zona de la ciudad sola y sin prever la manera de volver a casa. Pero esta vez no le pasaría lo mismo. Con una buena dosis de persuasión y una generosa propina, había conseguido convencer a Martin, uno de los mozos de cuadra que hacía las veces de cochero para ella y su madre, para que la llevara hasta el club, la acompañara hasta que pudiese acceder al interior, y después volviera a recogerla. El muchacho se había mostrado reticente, ya que sabía que si lord Carpenter se enteraba lo colgaría de la chimenea, pero un velado chantaje a costa de su secreta relación con Flora terminó de convencerle.

Vivian se miró en el espejo y suspiró con fuerza intentando contener los nervios. Había insistido en que su doncella le cepillara el pelo una y otra vez para alisarlo y lo recogiera en un tenso rodete alto, muy diferente de los bucles que solía lucir.

Dio un respingo cuando Flora abrió la puerta de la habitación y entró presurosa.

—Su padre ya se ha marchado.

—Perfecto. ¿Está Martin preparado?

La doncella asintió.

—Tome, ya le he terminado el antifaz. —Vivian se probó la máscara a la que le había añadido un pequeño encaje de color rojo en la parte inferior para que ocultase un poco más el rostro.

—Señorita Vivian, ¿está segura de que ese sitio no es peligroso? Esos barrios están llenos de maleantes.

—Tendré cuidado, lo prometo. Y ahora, deséame suerte, esta vez no pienso quedarme en la puerta.

Apenas media hora después, Vivian se plantó en la entrada del club y le mostró al portero su invitación especial con una sensación de euforia incontenible, y un nerviosismo que hacía que su estómago se encogiera y diera saltos. El enorme tipo, sin apenas mirarla a la cara, se limitó a abrir para franquearle el paso sin contestar al cantarín saludo que ella le dedicó. Una dama sofisticada no mostraría esa alegría contagiosa solo por haber conseguido traspasar la puerta. Una dama sofisticada entraría con templanza y seguridad en sí misma. Pero Vivian estaba tan feliz que estuvo a punto de dar saltitos y chillar como un roedor. Avanzó por el pasillo de paredes rojas y cuando estaba a punto de llegar a la entrada del salón, un hombre igual de grande que el portero que le había abierto, pero bastante más refinado, la interceptó.

—Buenas noches, señora. Tiene usted una invitación especial, ¿me equivoco?

—Sí, la tengo. Mi nombre es… Electra. —Vivian forcejeó con su bolsito, súbitamente nerviosa, para buscar la dichosa invitación temiendo que no la dejara entrar, pero el hombre la interrumpió.

—Acompáñeme.

Sintiéndose como una privilegiada lo siguió hasta una salita, absurdamente lujosa.

—Voy a informar de que está aquí. Enseguida enviaré a alguien para que la atienda mientras espera.

Cuando Vivian abrió la boca para añadir algo la puerta ya se había cerrado y se encontró sola en aquella agobiante estancia, rodeada de estatuas, candelabros y tapices. Se sentó en el borde del sofá completamente desubicada y sin saber muy bien qué debería esperar.

El Jefe levantó la vista de los papeles que estaba ojeando al escuchar los golpes en la puerta y dio permiso para entrar intuyendo que sería Storm, su mano derecha, ya que Lion la mayoría de las veces entraba sin llamar.

—Jefe…

—¿Algún problema?

—¿Recuerdas el altercado de la otra noche en el callejón? Los cuatro petimetres que molestaron a aquella dama…

—No me digas que han vuelto… Hay gente que no sabe captar una indirecta —contestó con ironía y un fastidio más que evidente.

El secreto del éxito de su club era poder garantizar la seguridad de los clientes, especialmente las damas, y a pesar del ambiente desinhibido no solía haber conflictos. Y una de las normas para lograrlo era prohibir la entrada a gente problemática o que estuviera excesivamente bebida. Los hombres de Storm habían sido bastante contundentes con ellos y les habían dejado claro que no querían problemas allí.

—Es la dama quien ha vuelto. —El Jefe tamborileó con los dedos de la mano izquierda sobre la mesa, un gesto al que recurría cuando necesitaba pensar sobre algo—. Y quiere hacer uso de una invitación especial al Red.

En cuanto supo que Lion le había entregado una de esas escasas y exclusivas invitaciones a alguien sin la experiencia ni la prudencia necesaria para estar allí, había ordenado a su hombre de confianza que le avisara si ella volvía. Después del altercado en el callejón había comprobado que su intuición era cierta y que la presencia de Vivian Carpenter solo podía significar una cosa: problemas.

—¿Dónde está? —preguntó visiblemente tenso. Lo último que necesitaba era una joven inexperta y curiosa metiendo las narices en el club y tentando su propia suerte. Especialmente, si la joven en cuestión era de una buena familia y tenía conexiones con algunos de los aristócratas más renombrados de la ciudad.

—La he dejado esperando en la sala de las visitas.

—Está bien. Puedes retirarte. —El Jefe se levantó soltando el aire, frustrado.

Eligió, como la primera vez que Vivian estuvo allí, una máscara completa que no dejaba a la vista ni un solo centímetro de su cara, y que resultaba bastante intimidante, y salió de su despacho en busca de la molesta e inoportuna señorita Carpenter. Caminó por los oscuros pasillos privados hasta llegar a la puerta de la sala de visitas, un espacio de cuestionable gusto en cuanto a lo que decoración se refería, hecho para que quien esperase en ella fuera consciente de la opulencia y el lujo que le aguardaban en el interior de los clubes. Cerró los puños un par de veces con fuerza para recuperar la serenidad, y cuando sus dedos apretaron la manivela de la puerta una voz socarrona a sus espaldas lo detuvo.

—Perdona, Jefe, pero creo que la dama ha venido a buscarme a mí. —La voz burlona de Lion, que acababa de llegar desde el otro pasillo, lo hizo girarse.

Maldijo al darse cuenta de que Storm había avisado también al León de la presencia de la chica.

—Ha venido a buscarte a ti y a tus absurdas ocurrencias, está claro. Yo jamás citaría a alguien así aquí.

—¿En otro lugar sí? —preguntó Lionel cruzándose de brazos.

—No. No citaría a esta mujer en ninguna parte. Su segundo nombre debe de ser Problema, y si existiera un tercero sería Insensatez.

—Eres un exagerado. —Lion alargó la mano para abrir la puerta, pero el Jefe lo detuvo.

—No soy un exagerado, Lion. Hace unos días ya creó un conflicto, antes siquiera de acceder al club.

—Storm me informó de lo ocurrido. En realidad, fueron esos borrachos imberbes los que crearon el problema cuando fueron a molestarla. Suerte que ese aristócrata tan atento la rescatara, ¿verdad?

—Puedes escoger la versión que quieras, pero el caso es que su presencia lo desencadenó.

—No estás siendo justo. No es la primera vez que invito a alguien que no es habitual aquí. De lo contrario ¿cómo se supone que renovaríamos la clientela?

—Este sitio no se inventó para destrozar reputaciones de jovencitas vírgenes que se sonrojan cuando les das la mano, Lionel.

—Me molesta sobremanera que pienses que estoy interesado en destrozar su reputación —se defendió Lion, empezando a perder su buen talante.

—No será necesario. Estoy seguro de que la destrozará ella solita, con o sin tu ayuda —insistió el Jefe, cada vez más molesto, al ver que no conseguía hacerle ver lo desacertado de aquella situación.

—No parece que Vivian Carpenter sea el tipo de mujer interesada en arruinarse a sí misma, y desde luego no es ninguna estúpida.

—Déjame que...

La puerta se abrió de golpe iluminando el pasillo en penumbra y ambos se quedaron mudos al ver a Vivian Carpenter vestida como una llamarada rojiza, con los brazos cruzados y la boca torcida en un gesto furioso.

—Además del sistema de seguridad deberían revisar el grosor de las paredes. Parecen de papel, y no he tenido que levantarme del sofá para escuchar cada punto y cada coma de su entretenida conversación.

—Discúlpenos, bella Electra. —Lionel se adelantó para besarle la mano con una reverencia y una sonrisa seductora que hubiese hecho temblar las rodillas de cualquiera.

Las de Vivian hubieran sufrido la misma suerte de no ser porque estaba demasiado ocupada intentando escudriñar la mirada oscura que se entreveía por las aberturas de la máscara del Jefe, que mostraba una manifiesta hostilidad. Con un gesto de su mano Lionel la instó a volver a la sala, no era demasiado cómodo hablar en la semioscuridad, y el Jefe los siguió aun sin ser invitado.

—Ya estaba empezando a perder la esperanza de que aceptara mi invitación —dijo con tono zalamero.

—No me ha sido posible venir antes —se excusó ella, completamente obnubilada por la cálida cercanía del joven.

—La espera ha merecido la pena. Realmente está usted espectacular. —Lion la repasó con la vista de la cabeza a los pies, evitando pararse en el más que sugerente escote, y en las curvas que potenciaba el fajín que ceñía su cintura.

—¿En serio? —preguntó Vivian sin poder contener una carcajada ilusionada y un tanto infantil, muy poco apropiada para la dama sofisticada que pretendía ser esa noche. Carraspeó recuperando su postura recta y elegante, evitando mirar al Jefe, que los observaba en un segundo plano como si fuera una sombra.

—Completamente en serio. Espero que la hayan atendido como se merece mientras esperaba.

Ella asintió con una sonrisa deslumbrante. Lionel miró hacia la mesa baja, situada junto al sofá que había ocupado Vivi hasta ese momento y donde había una jarra y una copa.

—¿Ponche? —Lion se giró para mirar a su socio con una ceja levantada—. No sabía que servíamos ponche.

El Jefe emitió algo parecido a un bufido y se encogió de hombros.

—Está muy bueno, ¿quiere un poco? —Vivian se mordió el labio sintiéndose estúpida y torpe, y se arrepintió de su ofrecimiento. Todo lo que había allí le pertenecía, no era necesario que ella le ofreciera nada. Pero la presencia estática del Jefe con las manos cruzadas a la espalda, taladrándola con sus ojos oscuros, la desconcertaba y la hacía sentirse como una chiquilla inmadura y fuera de lugar. Bueno, en realidad ella era exactamente eso, pero tampoco hacía falta pregonarlo a los cuatro vientos.

—No, gracias. De hecho, me disponía a cenar. Me pregunto si le gustaría acompañarme, Electra.

—¿A estas horas? —preguntó sin filtrar su sorpresa, ya que era casi medianoche.

Su madre siempre le insistía en que el silencio era la actitud más favorecedora para una mujer. Una dama callada podía resultar misteriosa, inteligente o sencillamente prudente. Pero una que hablara demasiado tarde o temprano quedaría en evidencia mostrando sus carencias. Vivian no sentía que tuviera ninguna carencia que ocultar, pero estaba claro que en muchas ocasiones desearía poder mantener su boca cerrada y parecer más interesante.

—Mis horarios son un desastre, lo reconozco. —Se encogió de hombros sin perder la sonrisa—. Pero al menos puede tomar una copa de vino o alguno de los postres que prepara nuestro cocinero. Es un maestro.

—Será un placer —aceptó ella devolviéndole la sonrisa.

—Te invitaría a acompañarnos, Jefe. —Lionel se giró con sorna hacia el hombre que contemplaba la escena y que, a pesar de no haberse movido, a Vivian se le antojaba que ocupaba toda la estancia—. Pero dudo que aceptes. —Señaló su máscara con el dedo y el Jefe emitió algo que a Vivian le resultó un murmullo ininteligible y que Lionel debió de entender perfectamente, ya que soltó una breve carcajada.

—Tengo trabajo —fue su seca respuesta y, sin despedirse, se marchó dejándolos solos.

Vivian miraba a su alrededor tratando de absorber todo el color y todo el lujo del ambiente festivo que la rodeaba. Se sentía tan cómoda con su acompañante que no le importaba mostrarse excesivamente ilusionada.

Lionel Jones, además de guapo y encantador, era un anfitrión excelente, y al cabo de pocos minutos tenía la impresión de que eran amigos de toda la vida. A pesar de que no dejaba de lanzarle pícaros halagos e insinuaciones más o menos pecaminosas, Vivian tenía la sensación de que aquello no era más que un juego inofensivo que no encerraba peligro. Habían cenado en una sala privada, y ella había accedido a quitarse el antifaz para estar más cómoda. Lion sonrió al ver cómo saboreaba con deleite un sabroso postre cubierto de chocolate y volvió a rellenar su copa de champán. Ella le dio un largo trago disfrutando del contraste de sabores y él negó con la cabeza al tiempo que chasqueaba la lengua.

—Cuidado, Vivian. Dudo que esté acostumbrada a beber alcohol y este champán, aunque tenga un sabor suave, se le puede subir a la cabeza. No quiero que su recuerdo de esta noche sea una espantosa resaca.

Ella soltó una risita y dejó la copa. La sala se comunicaba con un palco del que los separaba una gruesa cortina de terciopelo negro, y hasta ellos subía el murmullo de la gente y la música. Vivian se moría de curiosidad por acceder al palco y contemplar el espectáculo, y su acompañante lo notó.

—La ayudaré a ponerse el antifaz; dentro de unos minutos comenzará la única actuación que le permitiré ver esta noche.

Se levantó y se colocó detrás de ella para anudarle la máscara. Sus manos cálidas rozaron sus mejillas al ajustárselo y Vivian sintió un leve toque en el cuello, tan sutil que no supo decir si había sido sin querer.

—¿Preparada? —añadió cerca de su oído, lo que le provocó un agradable cosquilleo. Ella asintió y, puede que por efecto del champán, procesó sus palabras un poco tarde.

—¿Por qué solo me permitirá ver ese espectáculo?

Lionel, que estaba a punto de abrir la cortina para permitirle salir, se detuvo con una sonrisa indescifrable.

—Porque aún no está preparada para todos los «juegos» que se practican en un sitio como este. Usted es un ser inocente y, aunque me fascina su determinación, no estoy seguro de querer que pierda esa candidez.

Vivian se quedó sin aire.

—Yo…, no creerá que yo… Yo no quiero perder nada, señor Lionel. Espero que no haya pensado que quiero que usted y yo…

La risa de Lion la relajó un poco, pero su sonrojo no se redujo lo más mínimo.

—No me refería al plano físico. Algunos espectáculos son muy subidos de tono, no creo que usted se sintiera cómoda presenciándolos.

Abrió la boca sorprendida y le pareció que sus orejas ardían de tal forma que le chamuscarían el pelo en cualquier momento. Lionel le tendió la mano y ella no titubeó. Sujetó sus dedos cálidos y se dejó conducir al palco, sintiendo que después de ese paso nada volvería a ser igual.

7

Vivian parpadeó como si sus ojos no fuesen capaces de asimilar todo lo que tenían delante, mientras miraba alrededor con avidez. Unos metros más abajo, en lugar de un patio de butacas al uso, el espacio estaba ocupado por mesitas redondas donde los espectadores podían contemplar el espectáculo mientras tomaban una copa. En el escenario, profusamente iluminado, apareció un hombre vestido de etiqueta y a Vivian le sorprendió ver que llevaba el rostro maquillado como una mujer, con unos llamativos labios rojos. Contuvo su expresión de sorpresa para no parecer más inmadura de lo que ya se sentía, pero Lion parecía leerle el pensamiento. Se acercó a su oído y de nuevo le provocó un agradable cosquilleo con su aliento.

—Ese es Solomon, el maestro de ceremonias. Estoy seguro de que usted le va a encantar.

Vivian sonrió, pero era incapaz de apartar los ojos de los movimientos fluidos y excesivos de aquel hombre y de su voz profunda, que con pícaros comentarios anunciaba a la artista que actuaría a continuación, una tal Artemisa. Se le escapó una risita, ese nombre era casi tan bueno como Electra, y encima vestía un kimono parecido al suyo, solo que en tonos dorados y con una enorme cola que arrastraba por el suelo tras sus pasos lentos y sugerentes. Aunque, a diferencia de ella, a la esbelta Artemisa sí le cerraba por completo.

Los murmullos de la sala se silenciaron inmediatamente en cuanto Artemisa comenzó a cantar con voz aguda y vibrante una pieza de ópera más propia del más prestigioso de los teatros de la ciudad. Era inevitable dejarse llevar por la perfección y la emoción con la que cantaba. Mientras hipnotizaba al público con su voz, Artemisa, con movimientos sensuales acompasados con la música de violín que la acompañaba, comenzó a jugar con su ropa, tirando con suavidad del enorme lazo que cerraba la prenda sobre su cintura. Estiró su brazo con un elegante movimiento hasta que el nudo se deshizo abriendo el kimono, y se contorsionó al son de la música haciendo que la prenda se deslizara con suavidad por los hombros. La cara de Vivian ardía al notar la mirada de Lionel observándola. El violín hacía que el aire a su alrededor vibrase mientras la cantante bailaba moviendo sus hombros con un erotismo fascinante, hasta que la piel blanca de su espalda quedó al descubierto. Artemisa se giró cantando otra pequeña estrofa y dejó que su ropa cayera a sus pies mostrando su pecho: un pecho plano y con una fina capa de vello oscuro que descendía hasta perderse en el corsé de piel y hebillas metálicas que se ceñía a su cintura y que había mantenido oculto bajo su ropa. Aunque Vivian pretendía mantenerse contenida, no pudo evitar jadear por la sorpresa y mirar a Lion con la boca abierta.

—¿Es un hombre?

El León sonrió como si tuviera en su poder todos los secretos del mundo, y movió las cejas provocando que a Vivian se le escapara una pequeña carcajada. Pero la risa se estranguló en su garganta al percatarse de que, unos palcos más allá, la sombría y oscura presencia del Jefe no le quitaba los ojos de encima. Tuvo que reconocer que era el hombre más impresionante que había visto jamás y no dudaba que se debía al misterio que irradiaba. Estaba de pie con las manos apoyadas en la baranda de madera, como si lo que pasaba alrededor no le importase lo más mínimo, porque en el fondo era consciente de que todo lo que pasaba allí ocurría porque él lo permitía. Sus miradas se quedaron conectadas durante lo que pareció una eternidad, convirtiendo la voz de Artemisa en un eco lejano, y los ojos dulces color avellana de Vivian se perdieron en las profundidades negras de la máscara del Jefe.

Una despampanante mujer rubia con un escote de vértigo apareció detrás de él y pasó la mano por su brazo, tratando de llamar su atención, pero él no varió ni un ápice su postura. La dama continuó tocándolo de manera descarada, acariciando su espalda y sus hombros, hasta que se puso de puntillas para susurrarle algo al oído consiguiendo, al fin, que él la mirase.

—¿Es su amante? —La pregunta se formó tan rápido en su boca que Vivian fue incapaz de retenerla.

Lionel no se molestó en fingir que no había entendido a quién se refería, ya que la atención de Vivian estaba completamente volcada en el palco de su socio.

—Puede ser.

—¿Por qué lleva esa máscara? Debe de ser terriblemente incómodo.

—Para lo que suelen usarse las máscaras, Vivian. Para que no lo reconozcan.

—¿Por qué? Es decir, usted no la lleva.

—A mí me da exactamente igual que vean mi cara. No me muevo por los lugares elegantes y decentes de la ciudad; en cambio, él sí lo hace. No podría permitirse que se supiera que es el dueño de un club de juego donde la gente viene a desinhibirse, perder su dinero, ser infieles y otras muchas cosas que una jovencita como usted no debería saber. Le gusta mantener su anonimato, y de paso ese halo de misterio, que a las mujeres parece volverlas locas y a los hombres les inspira respeto.

—A mí no me vuelve loca —aseveró demasiado rápido.

—Pues entonces deje de mirarle de esa manera o me pondré terriblemente celoso —bromeó sujetándola del mentón. Vivian trató de ignorar el comentario, que había sonado como una broma sin importancia.

—Es un poco hipócrita, ¿no le parece? Debe conservar el anonimato para que los mismos hombres que vienen aquí a disfrutar de los placeres que ofrece no lo juzguen por brindarles lo que ellos reclaman. ¿Entiende lo que le quiero decir?

—Perfectamente. Acaba usted de descubrir el secreto que rige la sociedad puritana en la que vivimos. La hipocresía. Nadie reconoce la naturaleza de sus deseos más íntimos, de los placeres que anhelan. Especialmente las damas, a las que se les vendan los ojos desde que empiezan a florecer para que no se entreguen al gozo. La gente peca de puertas para adentro, y esas puertas a menudo no son las de sus propios dormitorios. Apuesto a que usted, bella Electra, no sabe nada del placer. Por eso está aquí. ¿Me equivoco?

Vivian contuvo el impulso de alejarse mientras Lion se acercaba con su voz sugerente, deteniendo su rostro a escasos centímetros del suyo. La palabra placer saliendo de su boca había accionado un resorte que la había hecho buscar de manera inconsciente el palco del Jefe. Pero ni él ni la rubia estaban ya allí. Lion se levantó de su asiento y le ofreció su mano de nuevo.

—Lo siento, Vivian. Debo dar por terminada la visita, el deber me llama.

Pero Vivian quería más, se le antojaba que era demasiado temprano para volver a meterse entre sus sábanas blancas y castas. Cuando llegaron al pasillo que conducía a la salida y que comunicaba con el Dark frenó en seco.

—¿Podría quedarme un rato en el Dark? Me apetece bailar.

—Por supuesto, preciosa. Yo no soy su dueño, solo su anfitrión, puede hacer lo que le venga en gana.

Lion cambió la dirección de sus pasos para complacerla, y tras una puerta de madera roja apareció ante ella la luminosa y alegre euforia del Dark. La música sonaba, la gente reía y bailaba, y era inevitable contagiarse del ambiente. Lionel le hizo un leve gesto con la cabeza a uno de los guardas, que ella no notó; una orden silenciosa para que se encargara de tener un especial cuidado con ella.

—¿No me acompaña? —preguntó Vivian, sintiéndose un poco insegura.

—Mis obligaciones me reclaman. Espero que me regale una nueva visita muy pronto. —Besó el dorso de su mano clavando en ella su mirada pícara—. Pórtese bien, señorita Carpenter.

Lionel deslizó el dedo índice por el óvalo de su cara con suavidad y se marchó con su aire indolente dejando a Vivian a su suerte.

Estaba tan absorta tratando de no perderse ningún detalle de lo que la rodeaba que dio un respingo cuando el primer caballero se acercó a ella para ofrecerle una copa de champán. Dio pequeños sorbitos fingiendo beber mientras conversaba con él. Lion tenía razón con respecto al champán y se le había subido un poco a la cabeza. Sentía un agradable sopor que le calentaba el estómago y hacía que se le escapara una risita floja con cada comentario ocurrente de su acompañante. Se dejó conducir a la pista y bailó con él dos piezas sin importarle demasiado que estuviera demasiado cerca y que sus manos la apretaran más de la cuenta. Otro bailarín le solicitó intercambiar la pareja de baile, y aunque a su acompañante no le hizo demasiada gracia, no le quedó más remedio que aceptar cuando Vivian se apresuró a sujetar la mano del nuevo caballero, que le resultaba bastante más atractivo. Hacía demasiado calor allí dentro y estaba empezando a sentirse un poco mareada con tanto giro. El hombre se marchó a buscar una bebida cuando ella decidió parar unos minutos junto a una de las columnas que rodeaban la pista. Necesitaba apoyarse en algo sólido al menos un instante y recuperar el ritmo de la respiración. Una presencia alta se colocó a su izquierda y Vivian se giró con una sonrisa pensando que era el caballero con el que acababa de bailar. Su gesto se convirtió en una mueca tensa al ver al conde de Rutherford a su lado, bebiendo de su copa mientras observaba a los bailarines que seguían girando en la pista. Cerró los ojos, rezando para que no la hubiera reconocido; al fin y al cabo, su apariencia era bastante diferente a lo habitual. Se dio cuenta en ese momento de que, mientras había elegido qué ropa llevar, mientras se había arreglado el pelo, incluso cuando había esperado en el callejón su turno para entrar, el conde de Rutherford había estado siempre en su cabeza, como si él, de una forma u otra, formara parte de su aventura. Encontrarlo allí era algo que había deseado y rechazado a partes iguales. Lo miró de soslayo con discreción, con la intención de descubrir algún gesto que indicara si había sido descubierta, pero en la cara de Rutherford solo encontró la misma expresión desabrida y severa de siempre. Contempló un segundo su perfil elegante, su nariz recta y afilada, su pelo negro repeinado con pulcritud. Era una pena que nunca sonriera, podría ser muy atractivo si dejara esa actitud avinagrada. Se subió ligeramente el ruedo de sus faldas dispuesta a huir de allí sin importarle lo más mínimo que su vocecita interior la increpara llamándola cobarde. La voz del conde la paralizó unos instantes.

—Parece que es usted una bailarina notable. Sería una pena que se marchase sin concederme el privilegio de bailar conmigo.

A riesgo de parecer descortés se limitó a negar con la cabeza sonriendo, y tras dedicarle una leve reverencia se dispuso a sortearle para salir de allí. Había sido una noche emocionante y divertida y no permitiría que un amargo sermón le aguara la velada. Se mezcló entre la gente en dirección a la salida, pero en cuanto traspasó la puerta que conducía al pasillo, una mano se aferró a su muñeca, deteniéndola.

—Espero que no haya pensado ni un solo instante que no la he reconocido en cuanto la he visto.

Vivian jadeó sorprendida y se soltó de su agarre de un tirón.

—¡Santo Dios! —se quejó girándose hacia él para encararlo en el pasillo en penumbra—. Es usted agotador, lord Rutherford.

—Y usted insoportablemente testaruda.

—¿En serio no tiene ningún alma descarriada que torturar más que la mía?

—Así que reconoce que está empezando a descarriarse. Ese es el primer paso hacia la perdición —la sermoneó agitando un dedo frente a su cara.

—No estoy dando ningún paso hacia ninguna parte. Bueno, en realidad estaba dando los pasos necesarios para volver a mi casa.

—No debería haber salido de ella.

Vivian puso los ojos en blanco dentro de su antifaz y se cruzó de brazos haciendo que su exuberante escote se marcase aún más. Marcus carraspeó intentando controlar el movimiento involuntario de sus ojos, que se desviaban por decisión propia hacia esa parte de piel tan apetecible.

—Esta vez he tomado precauciones. He trabajado más concienzudamente mi disfraz, y mi cochero me espera en el callejón para garantizar mi seguridad —se justificó sin saber muy bien porqué.

—Pues yo la he reconocido.

Marcus admitió a regañadientes que su aspecto era mucho más elaborado, pero habría preferido que fuese menos llamativo y no hubiera provocado que todos los hombres del club giraran la cabeza a su paso. Aunque, a decir verdad, no entendía qué demonios le importaba quién mirara a esa molesta muchacha. No era de su incumbencia, como tampoco lo era su presencia en el club ni el riesgo para su reputación. Y aun así encontraba una perversa satisfacción en echarle en cara su comportamiento y demostrarle lo fácil que era descubrirla haciendo lo que no debía.

—Debe de tener una especie de don. Si me disculpa tengo que irme, milord.

—La acompañaré. Mi caballerosidad me obliga.

Vivian estaba empezando a desesperarse por su actitud sobreprotectora, que, por otra parte, nadie le había pedido, y continuó avanzando hacia la salida sabiendo que él la seguiría.

—Lord Rutherford, no se ofenda. Pero aún no entiendo cómo se atrevió a compararme con un forúnculo, cuando usted es... es... como una plaga bíblica. Ranas, langostas... elija la que más le guste.

—Eso se lo dejo a usted; estoy seguro de que si se desvela me mandará algún versículo para que lo lea mientras desayuno —la provocó Rutherford, abriéndole la puerta con más fuerza de la necesaria para que saliera al exterior.

Vivian localizó a su cochero, que ya la esperaba encogido de frío junto al carruaje, y se dirigió hacia allí sin mirar atrás, notando la persistente mirada de Rutherford sobre ella. Agradeció el aire helado refrescando sus sonrojadas mejillas, pero ni siquiera un alud de nieve podría apagar el ardor de su ánimo en esos momentos.

8

Marcus apenas pudo contener un bostezo cuando se sentó delante de la mesa del comedor donde habían servido el desayuno. Aunque no había vuelto a casa demasiado tarde, le había costado bastante conciliar el sueño, y en su cabeza se repetía de manera recurrente la imagen de Vivian Carpenter y su escandaloso vestido. De buena gana se hubiera quedado en la cama un rato más, pero su administrador vendría esa mañana a una de sus reuniones periódicas y quería estar despejado para recibirle, o no sobreviviría a la interminable retahíla sobre números y gastos que solía presentarle. El mayordomo, siguiendo sus órdenes, había dejado la bandeja con la correspondencia junto a los cubiertos, para que pudiese ojearla mientras saboreaba un té bien cargado. Movió las cartas sin prestar demasiada atención, y se dio cuenta de que, de manera inconsciente, había esperado encontrar un sobre color crema con flores doradas, pero jamás reconocería que había sentido un pequeño pellizco de decepción al no hallarlo. Levantó la vista al ver que el mayordomo volvía a acercarse a la mesa con una bandejita de plata que contenía una solitaria carta.

—Milord, acaban de traerla.

Antes de que pudiera dejar la bandeja sobre la mesa, Marcus cogió el sobre y lo abrió tratando en vano de disimular su impaciencia.

Apocalipsis 16:13.

—Tomaré el desayuno en mi despacho, por favor —dijo mientras se levantaba y se dirigía hacia allí.

Marcus sacó la Biblia de uno de los cajones de la estantería y buscó el pasaje, mientras, en un gesto espontáneo, se acercaba la carta a la nariz para aspirar el dulce aroma a canela con una sonrisa.

> Y vi salir de la boca del dragón, y de la boca de la bestia, y de la boca del falso profeta, tres espíritus inmundos a manera de ranas.

Lion entró en la habitación personal del Jefe, una estancia bastante menos intimidante que el despacho contiguo, y que usaba para cambiarse de ropa, para dormir las noches que acababa demasiado tarde, y en las raras ocasiones en las que se dejaba querer por alguna de sus esporádicas amantes. Se apoyó perezosamente en el umbral con los brazos cruzados sobre el pecho, observando cómo su socio se anudaba el pañuelo en un elaborado nudo.

Había dejado sobre la cama la ropa negra que usaba cuando estaba en el club desempeñando su papel de dueño, gerente y, en ocasiones, Dios todopoderoso de sus dominios.

—¿Te marchas?

El Jefe lo miró a través del espejo mientras domaba su pelo oscuro hasta que ni un solo cabello estuviese fuera de lugar.

—Sí, ya he avisado a Storm para que me sustituya.

—¿Una cita interesante?

—Una cena con cinco viudas.

—Caramba, voy a tener que replantearme mi decisión de no mezclarme con los de tu clase —bromeó Lion.

—La media de edad está por encima de los setenta años, no sé si es exactamente el tipo de cita que tienes en mente. Son un grupo de damas encantadoras y dulces, ansiosas por quitarme hasta el último penique de mis bolsillos para sus obras benéficas.

—Tienes mi bendición, entonces —Lion hizo la señal de la cruz con la mano haciendo que el Jefe frunciera el ceño.

—No necesito tu bendición para irme, idiota.

—Qué suerte la tuya, porque parece que yo sí que necesito que me bendigas para tener una cita con una dulce e inofensiva dama.

El Jefe se paralizó durante unos segundos mientras se ponía la chaqueta para clavar sus ojos en el pelirrojo.

—Ella es inocente, pero tú no. Y tu mundo tampoco. —Soltó el aire desencantado; no le apetecía volver a mantener esa conversación de nuevo, en la que ninguno transigiría para darle la razón al otro—. Dejemos el tema.

—Te vi con Alice en el palco. —La voz de Lion rompió el tenso silencio que se estaba instalando entre ellos.

—Vino a hacer una visita.

—¿Nada más?

—Ella siempre quiere mucho más, ya lo sabes —contestó cortante al pensar en la hermosa rubia que había intentado tentarle, como tantas otras veces.

—La cuestión es si tú se lo vas a dar —insistió con media sonrisa.

—También sabes que no. Puede que ella no albergue una pizca de lealtad hacia su marido, pero a mí las relaciones a tres bandas no me gustan, no quiero problemas. —El Jefe se dio un último vistazo en el espejo, satisfecho con el resultado—. Y ahora, si has terminado con el interrogatorio, tengo que marcharme, odio llegar tarde.

Lion se giró para marcharse y en el último momento se detuvo.

—Por cierto, he recibido una carta de mi madre hoy.

—Dios, no tengo arreglo. Hace una semana que quiero escribirle y siempre lo olvido. ¿Está bien?

—Sí, perfectamente. Pero me ha pedido que cuando vaya a visitarla te lleve conmigo, aunque sea a rastras.

El Jefe sonrió al pensar en la sonrisa afable de Bertha Jones, en cómo fruncía el ceño cuando, por testarudez, se negaba a darle la razón, o en lo eficaces que habían resultado siempre sus tirones de orejas a la hora de corregir sus actitudes díscolas propias de la juventud.

—Prometo ir pronto a Blythe Hill —reiteró antes de salir por la puerta—. Contigo o sin ti.

Aún no había demasiada gente en el club ni en los alrededores, por lo que no se molestó en ocultarse para salir. Se montó en su carruaje oscuro, un tanto siniestro, carente de algún distintivo que llamase la atención. Miró por la ventana y unas calles antes de llegar a su destino le pidió al cochero que se detuviera. Le apetecía sentir el aire, el reconfortante sonido de sus pasos sobre el suelo adoquinado, el frío en la cara. En esta parte de la ciudad, a diferencia de las calles de Whitechapel, la vida empezaba a ralentizarse con la oscuridad del ocaso. Apenas se cruzó con varios carruajes, que continuaban su camino sin prestarle atención. Se subió el cuello del abrigo y se caló un poco más el sombrero para protegerse del frío. Pasear por las calles de más prestigio de la ciudad le ayudaba a sacar a relucir la otra parte de sí mismo, aunque cada vez le costaba más trabajo discernir dónde acababa el noble y dónde empezaba el Jefe.

Ser el dueño de un club nocturno de moral relajada había empezado como un medio para conseguir un fin. Pero el Jefe, el personaje misterioso que siempre estaba por encima del bien y del mal, alguien respetado, deseado y temido a partes iguales, se había convertido en su verdadera personalidad. A menudo sentía que ese era el verdadero hombre que habitaba en su piel y que había conseguido imponerse a la persona que había creído ser desde que nació. La oscuridad de la noche, la oscuridad de su mundo, la oscuridad del Jefe cada vez se hacían más presentes, tan negras como él, como sus ojos, como su pelo, como su propio corazón. Se sentía tan cómodo en esa negrura que sabía que tarde o temprano el hombre sería absorbido por el *alter ego* que él mismo había creado. Cada vez le resultaba menos apetecible tener que meterse en el pellejo del buen samaritano que colabora en obras de caridad, el intachable noble, piadoso y temeroso de Dios, amable, insulso, sin sangre, sin instintos…

Si todos esos ilusos que lo invitaban a sus salones, ansiosos por entregarle la mano de sus hijas inocentes, supieran que no era más que un lobo con piel de cordero, correrían a esconderlas bajo las camas y a cerrar sus puertas con siete cerrojos para protegerlas. No sospechaban que no le temblaba el pulso a la hora de caminar entre las sombras de la noche y enfrentarse con aquellos que no tenían nada que perder, porque él tampoco lo tenía. Pocos imaginarían que aquellas manos que procuraban no hacer ruido mientras removían el té con una fina cucharita de plata no titubeaban a la hora de partir el cuello de alguien o lanzar un puñal con una puntería pasmosa, si con eso podía salvar la vida de alguien a quien quería. El hombre que se escondía tras la máscara no tenía nada de misterioso, solo era alguien a quien le resultaba más fácil fingir ser otra persona que asumir con valentía lo que hacía para ganarse la vida.

El caballero que se vestía con trajes discretos, con una apocada sonrisa que no se reflejaba en sus ojos, y frecuentaba los salones de los aristócratas tratándolos de igual a igual, dedicando miradas de censura a todo aquel que se atreviera a saltarse las normas del decoro, no era más que un fraude.

Los dos eran una gran mentira, en realidad, y la unión de esas dos mentiras era lo que formaba su verdad.

Se detuvo delante de la escalinata de la mansión de lady Balfour y suspiró, sabiendo que las ancianas viudas ya estarían esperándole, cotilleando y haciendo mil conjeturas y predicciones sobre su futuro matrimonial. Todas tenían una nieta, una sobrina o la hija de una prima lejana que podría ejecutar el papel de esposa sin tacha. Todas eran aceptables y su carácter, dócil y sencillo, casaría a la perfección con el suyo propio.

Un mayordomo bastante entrado en años le abrió la puerta, y tras coger su tarjeta le hizo esperar en el recibidor mientras lo anunciaba. El Jefe se miró en el espejo que ocupaba una de las paredes para comprobar que la raya que le separaba el pelo en la parte derecha de la cabeza estuviese perfecta, y que ni un solo cabello hubiera escapado de su lugar. Vio la expresión dura de su mandíbula, el brillo de sus ojos y su ceño fruncido, e inmediatamente adoptó su pose más inofensiva, acorde con el remilgado hombre que esas mujeres estaban esperando. Desde donde estaba se escuchaban las voces amortiguadas de las señoras que lo esperaban para cenar un par de puertas más allá, y que guardaron silencio para prestar atención al mayordomo.

—Lady Balfour… —carraspeó el hombre antes de continuar—. Lord Rutherford acaba de llegar.

9

Lady Balfour se levantó para recibir al conde de Rutherford, que la saludó con una impecable reverencia.

—Milord, es un honor que aceptara la invitación con tan poca antelación.

—Al contrario, el honor es mío. No hay nada que me agrade más que pasar una velada con unas damas tan encantadoras y…

Su voz fue perdiendo intensidad cuando su vista se detuvo sobre la joven que, sentada con rigidez en uno de los sofás, lo miraba tratando de disimular su sorpresa. Vivian Carpenter, envuelta en seda melocotón y con sus sugerentes labios fruncidos en un mohín de disgusto, era toda una tentación para los sentidos.

—Dos de las damas asiduas a nuestra reunión no han podido venir y hemos invitado a dos muchachas maravillosas en su lugar. Un poco de sangre joven no les vendrá mal a estas pobres viejas.

Marcus saludó a lady Margaret Duncan y a la dama que la acompañaba, y después se acercó hasta donde se encontraba Vivian acompañada de Clarice Hamilton y su abuela. La anciana se deshizo en atenciones con él, y le hizo prometer que se sentaría junto a ella durante la cena.

Al ser una cena informal los asientos no estaban asignados, y cuando llegaron al comedor la señora Hamilton se encargó de sentarse a la derecha del conde, dándole un discreto empujón a su nieta para que se colocara a su izquierda. Vivian resopló disimuladamente al comprobar que Rutherford estaba sentado justo en el asiento frente al suyo, aunque al ser tan pocos comensales no había muchas opciones más. Por suerte, estaba sentada junto a lady Duncan, que, aunque tuviera fama de excéntrica, a ella le resultaba encantadora y muy divertida. Siempre le había caído bien esa dama. Si su madre hubiese estado allí seguro que habría fruncido el ceño al verla hablar con la anciana, ya que no era santo de su devoción. Demasiado vivaz para su gusto.

A decir verdad, había dos cosas que su madre no perdonaba en el carácter de la gente; una era que se salieran de lo establecido y la otra era la sinceridad. Y lady Duncan tenía bastante rebeldía y franqueza en su carácter para ganarse la antipatía de Lina Carpenter. En cambio, esos rasgos eran los que Vivian más admiraba en los demás.

Vivian estaba hambrienta y había que reconocer que las cocineras de lady Balfour se habían esmerado en preparar el menú. No iba a permitir que las miradas reprobatorias de la señora Hamilton le quitasen el apetito, aunque tenía que reconocer que la inesperada presencia del conde de Rutherford había hecho que se le encogiera el estómago un poco y que se limitara a picotear aquí y allá. Intentó afinar el oído para captar lo que decían Clarice y el conde entre las conversaciones mezcladas del comedor, pero ambos hablaban en un tono tan bajito que tuvo que desistir. Y la verdad era que tampoco debería importarle demasiado, seguro que no decían nada interesante. Se fijó detenidamente en la pareja que formaban. Los dos hablaban en el mismo tono, que en otras personas hubiera podido resultar confidencial e íntimo, pero en ellos solo resultaba discreto. Clarice, con su fina belleza y sus modales exquisitos, era el complemento perfecto para la atractiva serenidad del conde. Ella sonreía con recato, sin excesos. Él simplemente curvaba sus labios ligeramente, más elevados en el lado izquierdo donde se intuía un hoyuelo. Vivian se preguntó si alguna vez Marcus Bowden se habría reído a carcajadas, hasta que le doliera el estómago y le lloraran los ojos. Probablemente no.

Como casi siempre, el conde llevaba un traje gris, sobrio y elegante. Estuvo a punto de reír al pensar que, si su madre tenía preferencia por los vestidos confeccionados en toda la escala de verdes oscuros, al conde de Rutherford le ocurría lo mismo con los grises. Gris clarito, gris medio, gris oscuro casi negro, gris con rayitas más claras… Tonos acordes con su carácter. Al ver que el conde dedicaba toda su atención a Clarice y que la había ignorado magistralmente desde que había llegado, se relajó y se dispuso a disfrutar de la velada y de la buena comida. Cuando sirvieron el postre, Vivian estuvo a punto de relamerse antes siquiera de probarlo. Miró encantada la perfecta porción de bizcocho relleno de compota de fresa y cubierto de chocolate y merengue.

—Es una verdadera delicia ver que alguien disfruta de esa manera tan franca de la comida —apuntó lady Duncan jugueteando con las pulseras de su mano, sin tocar su postre.

Vivian se sonrojó hasta las orejas y dejó cuidadosamente la cuchara junto a su plato.

—Oh, no, querida. No era mi intención incomodarla. Lo he dicho totalmente en serio. Estoy cansada de ver a todas las damas comer como pajaritos y quedarse con hambre por una cuestión de decoro. O por culpa de esos condenados corsés.

—Usted no ha probado su postre… —contestó con un susurro, temiendo de una manera totalmente ilógica que Rutherford hubiese escuchado la conversación.

—Es solo porque el chocolate me sienta mal. Vamos, mi niña. Mire a su alrededor. ¿Cree que lady Balfour no come? Sé de buena tinta que en cuanto nos marchemos bajará a la cocina a atiborrarse con las sobras de la cena.

A Vivian se le escapó una incontenible y cantarina carcajada, algo que su madre detestaba y siempre había tratado de corregir sin éxito. Se tapó la boca y en un acto instintivo miró de nuevo a Rutherford esperando su mirada de censura, pero no la encontró, ya que parecía atrapado en una conversación con la abuela Hamilton.

—¿Y se ha fijado en la señora Peterson? Apenas ha tocado

la comida de su plato, limitándose a mirarla con asco —continuó la anciana—. Pero, por el amor de Dios, esa mujer tiene tres papadas. Por más que finja está claro que no se alimenta de aire, sino de tocino y pasteles.

Vivian se tapó la boca con la servilleta para ocultar de nuevo la risa. Más tranquila, terminó su plato y estuvo tentada a repasarlo con la yema del dedo para rebañar hasta la última gota de chocolate.

—Tome también el mío. Yo no lo he probado —insistió lady Duncan.

—Mi madre me cortaría las manos si me viera hacer algo así —bromeó Vivi, y tras dedicar una rápida mirada al conde suspiró—. Y apuesto a que no sería la única.

Lady Duncan la miró y se acercó un poco más a ella como si fuera su confidente, con la pregunta escrita en la cara.

—Es ese hombre —continuó desahogándose, intentando no levantar la voz, a pesar de no tener excesiva confianza con la anciana Duncan—. Siempre parece estar vigilante para decirme todo lo que hago mal. Es un poco agorero.

—¿Lord Rutherford? Hasta donde tengo entendido está interesado en la joven Clarice. ¿Por qué debería importarle cómo se comporta usted?

—Eso mismo me pregunto yo —susurró Vivian, mientras aceptaba el plato que lady Duncan intercambiaba con el suyo, a pesar de que aquello era un acto totalmente desacostumbrado. Pero nadie en la mesa parecía estar prestándoles atención.

—Su porción ciertamente era muy pequeña, y odio que se desperdicie la comida. Vamos, cómasela —insistió la anciana.

Vivian se encogió de hombros y se metió una nueva cucharada de pastel en la boca, mientras la anciana observaba la manera sumamente correcta, a la par que desapasionada, en la que Clarice y Marcus conversaban.

—¿Seguro que no quiere un poco de pastel, lady Duncan? Está realmente delicioso. Podría comer esto todos los días, a todas horas. Por cierto… —preguntó mirando fijamente las capas perfectas de bizcocho y compota y dándoles toquecitos con su cuchara—. Esto tendrá un nombre, ¿no?

—Gula. —La voz de Marcus sonó alta y clara desde el otro lado de la mesa y Vivian estuvo a punto de dejar caer la cuchara.

Clavó en él su mirada del mismo color que el chocolate que cubría la tarta, queriendo fulminarlo hasta convertirlo en cenizas.

—Me refería al postre —dijo con los dientes apretados, agradeciendo que el resto de las comensales estuvieran ocupadas con su propia cháchara.

—Oh, disculpe mi error. No estaba mirando —se excusó el conde sin resultar en absoluto convincente.

—Pero, por lo visto, sí estaba escuchando. —Vivian dejó los cubiertos mientras apretaba los labios con rabia.

Marcus la miró con esa expresión contenida que intentaba no mostrar lo que había detrás, aunque esta vez el brillo en sus ojos, sorprendentemente, reflejaba diversión.

—Solo quería ayudarla, señorita Carpenter. Discúlpeme por inmiscuirme en la conversación —volvió a excusarse con el rostro impasible.

—No se preocupe, milord. Pero, ahora que lo menciona, la gula es uno de los pecados más inofensivos que hay.

—Esa es su opinión. Pero dígaselo a las aves de corral, a los terneros, o a ese pobre pastel de chocolate. —Era increíble la capacidad que tenía para bromear sin cambiar ni un ápice la expresión de su cara, hasta el punto de que no podía asegurar si estaba burlándose de ella o haciendo una velada defensa de los animales.

—Cualquier pecado es malo, pero los hay peores —insistió Vivian intentando defenderse—. Por ejemplo, la soberbia, la vanidad, la impertinencia…

—¿La impertinencia es un pecado, señorita Carpenter?

—No lo sé, lord Rutherford. Pero desde luego es bastante molesta.

Lady Duncan disimuló como pudo una risita ante el intercambio que acababa de presenciar, desde luego mucho más vivaz y entretenido que la conversación que el conde y la bonita Clarice habían mantenido toda la noche. La señora Hamilton no podía soportar que la atención del único hombre casadero en la habitación no recayera sobre su nieta, y menos aún que la depositaria fuese Vivian, y con un carraspeo los interrumpió, haciéndole un favor involuntario a la joven.

—Lord Rutherford, he oído que es usted un verdadero portento al piano, pero nunca he tenido el placer de escucharle tocar.

Marcus se tomó unos segundos para contestar, con su cerebro aún enganchado en el pequeño rifirrafe que acababa de tener con Vivian, y que hubiese estado encantado de prolongar un poco más.

—Eso es un poco exagerado, señora Hamilton. Me gusta tocar. Pero mi padre siempre decía que, si seguía siendo aprendiz de tantas cosas, jamás llegaría a ser maestro en ninguna de ellas. Y tenía razón.

—Seguro que lo dice por modestia. Lady Balfour tiene un pianoforte magnífico. Quizá pueda tocar con Clarice. Mi nieta tiene un don para la música, entre otras muchas virtudes.

Todas las presentes le dieron la razón a la anciana, alabando la belleza, la gracia, la destreza, la elegancia, y todas las demás cualidades de Clarice, las reales y las que ellas mismas imaginaban que tendría una joven tan perfecta. Vivian se relajó un poco, sintiéndose invisible durante unos minutos, aunque no se le escapó la mirada poco amable que la abuela de su amiga le dirigía de cuando en cuando. Nunca le había gustado a la vieja Hamilton. La consideraba demasiado alegre, espontánea, ruidosa, inoportuna…, y temía que Clarice se contagiara de esa actitud tan poco adecuada para una dama refinada. De repente lady Duncan habló con un tono lo bastante fuerte como para que todas las miradas se dirigieran a ese lado de la mesa.

—¿Qué me dice de usted, señorita Carpenter? ¿Cuál es su don?

Vivian tragó saliva visiblemente incómoda cuando todos

los ojos se dirigieron hacia ella. Sintió con toda claridad el sonrojo subiendo desde su cuello hasta sus mejillas y sus orejas.

—Yo..., yo... —tartamudeó nerviosa sin saber qué decir. Realmente no sabía qué virtud podría ensalzar de su carácter que fuera digna de mención.

—Vamos, querida, no sea tímida. ¿La música, el arte...? —insistió la anfitriona, sonriéndole con amabilidad.

—Déjeme adivinar. Seguro que bordar se le da bien. Creo recordar que su madre hacía unos trabajos realmente delicados —añadió otra señora con su mejor intención, mientras el azoramiento de Vivian crecía.

Vivian no veía demasiado bien de cerca, y lo único que conseguía cuando cogía una aguja era pincharse varias veces y bordar algo torcido.

—No se haga de rogar, señorita Carpenter. Es de mala educación. No quiero pensar que no sea especialmente brillante en nada —aseveró la señora Hamilton con una seca sonrisa. Sabía que Vivian no era habilidosa, no sabía pintar, y, aunque sabía tocar el piano y la flauta, no era especialmente buena.

—Vivian tiene muchísimas cualidades, lo que ocurre es que es demasiado tímida para reconocerlo —la defendió Clarice, molesta por la actitud de su abuela.

—No lo dudamos, querida —le dio la razón lady Duncan. El resto de las damas comenzaron a opinar y a intentar adivinar esa gran habilidad que ella mantenía oculta.

Vivian seguía sonrojándose más allá de los límites de lo posible y no veía el momento de que aquello parase, sintiendo sobre ella la mirada intensa y silenciosa del conde de Rutherford. Abrió la boca durante unos segundos, pero decidió que era mejor no hablar. Sin embargo, su cerebro tenía otros planes.

—Disparar. Se me da bien disparar —susurró jugueteando con su cuchara y dibujando circulitos con el chocolate sobre la porcelana de su plato.

Marcus estuvo a punto de escupir el vino y las damas la miraron como si acabara de nacerle un cuerno en mitad de la frente, mientras el silencio se instalaba en la estancia. Lady Duncan dio una palmada en la mesa con un tintineo de sus pulseras y soltó una carcajada, encantada con la idea de ver a una muchacha con un buen rifle en la mano.

—Sabía que no me decepcionaría la respuesta —admitió con una espléndida sonrisa.

—¿Disparar? ¿Se refiere a una pistola? —preguntó lady Balfour inclinándose sobre la mesa para no perder detalle, a punto de meter su voluminoso pecho en lo que le quedaba de postre.

—No, Amelia. Se refiere a los huesos de la fruta —contestó con sarcasmo lady Margaret, mirando al techo.

Vivian se contuvo para no reír a carcajadas ante la ocurrencia de la mujer. De repente a nadie parecía interesarle lo más mínimo que la señora Hamilton mascullara entre dientes su desagrado. Todas, animadas por el interés de las demás, estaban ansiosas por saciar su morbosa curiosidad y la miraban con los ojos muy abiertos.

—Mi padre siempre quiso tener un hijo varón. Cuando se resignó a que eso no iba a ocurrir decidió enseñarme a montar y a disparar como lo hubiera hecho con su heredero.

—Oh, Dios… ¿Y su madre lo permitió?

—Cuando se enteró nos prohibió continuar.

—Es lo más lógico. Una dama no necesita aprender ese tipo de cosas que lo único que hacen es agriar y deformar su carácter —sentenció la abuela de Clarice.

—Si se queda más tranquila, jamás he disparado a otra cosa que no fuese una botella vacía o una diana. Nunca a algo vivo —se justificó Vivian tratando de no sentirse como un bicho raro.

Esos momentos de complicidad con su padre eran los mejores recuerdos de su niñez. Su padre era su héroe y disfrutaba de lo lindo de su atención, ya fuera practicando con el arco, con una pistola o con un tirachinas. Lo importante era pasar tiempo juntos y escuchar su risa satisfecha cuando acertaba un blanco especialmente difícil.

Marcus no dijo nada; se limitó a observarla y a intentar ignorar los comentarios malintencionados de la señora Hamilton, que se empeñaba descaradamente en arruinar la imagen que él tenía de Vivian. Lo cual no importaba demasiado, ya que Clarice era la mujer perfecta que cualquier hombre desearía.

El humor de Vivian había amanecido tan oscuro como el cielo, que había descargado una intensa lluvia durante toda la mañana. La velada le había dejado un sabor agridulce y cuando se metió en la cama había sido incapaz de conciliar el sueño. Había buscado algunos pasajes de la Biblia, deseosa de enviarle a Rutherford alguna frase lapidaria que le bajara los humos, pero al recordar cómo la había ignorado la mayor parte de la noche arrugó el papel y lo arrojó a la chimenea.

Lord Rutherford estaba interesado en una de sus mejores amigas, sin olvidar el hecho de que a ella no le gustaba ese hombre en absoluto. No tenía demasiado sentido prolongar ese extraño desafío que había surgido entre ellos y que ni ella misma entendía. Ese día se había levantado tarde y no había querido compartir con Flora los detalles de la velada como era su costumbre. Había pasado gran parte de la mañana mirando a través de la ventana sin ver otra cosa que la lluvia que empañaba los cristales, y había comido sola en una de las salitas.

Su padre, como siempre, había desaparecido a primera hora y no se le esperaba en todo el día. Iba a retirarse a sus habitaciones cuando el mayordomo entró en la estancia con un paquete que un chico acababa de entregar. Vivian cogió la caja, sorprendida, y subió rápidamente a su habitación para abrirlo a solas, sin saber muy bien por qué.

Se sentó en la cama, nerviosa, con la cajita apoyada en su regazo. Tiró con suavidad del cordel de color carmesí deshaciendo el lazo que lo cerraba. Estaba expectante y se dio cuenta de que se estaba mordiendo el labio con impaciencia. Apartó el envoltorio de color marrón y acarició las flores de colores dibujadas en la tapa, con reverencia. La abrió despacio y el olor profundo y apetecible del chocolate llegó hasta sus fosas nasales.

No pudo evitar soltar una carcajada alegre e instintivamente se llevó la mano a los labios para retenerla. Nunca había visto un surtido de bombones con tantos colores y formas diferentes, a cual más apetecible, todos brillantes y perfectos. Eligió uno de chocolate oscuro con forma de caracola. Al morderlo la capa exterior se rompió con un crujido y disfrutó de su sabor ligeramente amargo, mientras la suave crema del relleno se deshacía en su lengua. Vivian cerró los ojos con un gemido de placer saboreando el exquisito dulce. Desde luego que quien había dicho que la gula era un pecado no iba desencaminado. Se chupó los dedos con deleite y abrió la pequeña nota que acompañaba el regalo.

Verla pecar es un placer.

No había ninguna firma, pero no era necesario. Vivian sabía quién le había mandado esos bombones y eso le provocó la primera sonrisa del día.

10

Vivian se negaba a pensar demasiado en el conde de Rutherford, en los bombones que le había enviado y en la dedicatoria que contenía su nota. Aunque el hecho de tener que esforzarse en quitárselo de la cabeza ya implicaba pensar en él más de lo que estaba dispuesta a permitirse. Como si fuera un regalo del destino, otra nota acaparó toda su atención el resto de la tarde sumiéndola en un estado de excitación y euforia. Lion Jones la invitaba a cenar y se ofrecía a enviarle un carruaje para recogerla de la manera más discreta posible. Por supuesto aceptó la invitación y, a la hora acordada, un vehículo oscuro se presentó a recogerla en la puerta trasera de su mansión.

Como en la ocasión anterior, Lion la había conducido a su sala privada para tomar una cena ligera y disfrutar del espectáculo desde su palco. Su amabilidad, su actitud galante y pícara a la vez, su naturalidad, hacían que fuera muy fácil confiar en él. Lion escuchaba las opiniones de Vivian con atención, siempre con un comentario ingenioso y divertido como réplica. Era inevitable sentirse segura y confiada en su compañía.

Esa noche el espectáculo era un número cómico con un toque de picaresca y el ambiente entre los clientes era distendido y alegre. En el escenario una actriz excesivamente emperifollada se debatía entre el amor de un estirado noble y el de un limpiabotas. Ambos la perseguían con desigual suerte, pero sin duda los desorbitados atributos del pobre limpiabotas decantaban la balanza a su favor. El público se desternillaba cada vez que el hombre se abría el gabán mostrando un exagerado abultamiento dentro de sus pantalones que llegaba casi hasta su rodilla, gesto que era acompañado de un gracioso sonido producido por un violín.

Cuando la función terminó, Vivian esperó que Lion dijera que había llegado el momento de volver a casa, pero esta vez él le sonrió de manera enigmática y rellenó su copa de champán. Tras la presentación de Solomon, una mujer espectacular ocupó el escenario. Vivian sintió el nerviosismo de la anticipación, mientras un silencio sepulcral lo cubría todo. La música comenzó a sonar y la mujer inició una danza sensual sobre el escenario desprendiéndose poco a poco de su ropa. La bailarina bajó los escalones que la separaban del público y comenzó a pasear con andares seductores entre las mesas hasta que tocó en el hombro a un caballero que disfrutaba del espectáculo en solitario. El hombre la siguió hasta el escenario ante las miradas expectantes y envidiosas de los demás espectadores. Mientras la música seguía sonando, la mujer le instó a desnudarla ofreciéndole la espalda de su vestido, que él desabrochó con lentitud. La prenda cayó a sus pies dejando a la vista una delicada ropa interior de un llamativo color rojo.

Vivian contuvo un jadeo de sorpresa cuando ella sujetó las manos del improvisado ayudante y comenzó a deslizarlas sobre sus pechos. El caballero continuó acariciando sus caderas, volviendo de nuevo a los pechos, haciendo que ella se retorciera contra él con una expresión sensual en la cara. A pesar de su aparente entrega, sus movimientos seguían siendo sincronizados y elegantes, como si fuera una estudiada coreografía. El rubor de Vivian era tan intenso que podría traspasar su máscara, y los ojos de Lion fijos en ella no ayudaban a disimular su azoramiento.

—Tranquila, no es un espectador cualquiera. Él es su pareja —dijo acercándose a ella con una sonrisa burlona y Vivian lo miró sorprendida de que hubiera adivinado lo que le pasaba por la mente.

—¿Estás bromeando?

—No, preciosa. Es solo un espectáculo. Mira a esos hombres. Algunos de ellos vienen cada semana a ver la actuación, se sientan en silencio expectantes, con sus cuerpos en tensión y la excitación hirviendo en su sangre. Ansían desesperadamente ser ellos los elegidos. Están tan pendientes de esa mujer, de su propio deseo, que no son capaces de ver que siempre es el mismo hombre el elegido. Solo necesita cambiar un poco su aspecto para que nadie lo perciba. Los ojos ven lo que quieren ver, y a veces, cuando la verdad no es lo suficientemente seductora, nuestra mente se niega a reconocerla.

Vivian dirigió de nuevo la vista al escenario donde el hombre había desatado el corpiño dejándolo caer sobre la tarima; la mujer había quedado casi desnuda, solo cubierta por una atrevida camisola transparente que dejaba muy poco a la imaginación.

—Pero… si es su pareja… ¿No le molesta que otros la deseen? ¿No siente vergüenza al tocarla de esa forma…?

—Bella Electra, aún no sabes nada del placer. —Su tono de voz bajó y se acercó un poco más a ella como si fuera a hacerla partícipe de algún secreto—. Cada cual tiene su propia concepción de lo que le hace disfrutar, hay tantas fantasías como personas. Y los que se atreven a venir a un sitio como este lo hacen con la promesa de verlas cumplidas.

—¿Quieres decir que encuentra placer en saber que otros desean a su mujer?

Su pregunta pareció hacerle gracia, pero Vivian no se sintió molesta por ello.

—¿Te resulta extraño? La vanidad hace que muchos disfruten sabiendo que otros codician lo que ellos tienen y hacen ostentosidad de ello. Un purasangre, una mansión, una joya…, o incluso una mujer.

—Pero esto es distinto. Dónde queda el pudor o la decencia.

—A menudo la lujuria consigue solapar todo lo demás. Todos, en algún momento, nos dejamos llevar por instintos, y hay que ser lo bastante fuerte y lúcido para no dejar que estos nos dominen. Pero si sabemos dónde están nuestros propios límites no hay nada de malo en dejarse llevar.

El corazón de Vivian se apretó en su pecho y dio un pequeño respingo, sobresaltada, cuando el público comenzó a aplaudir mientras la bailarina agradecía los vítores entusiastas con una reverencia.

—Muchos disfrutan mirando, y otros dejándose ver —continuó Lion con un susurro—. ¿Vas a decirme que tú misma no has sentido nada cuando has visto cómo la acariciaba?

Podría mentir, decir que su pulso no se había acelerado, que su pecho no se había caldeado ante la visión de las grandes manos apretando los voluptuosos senos, o que el hueco entre sus muslos no había reaccionado con un desconocido cosquilleo. Prefirió guardar silencio y dejar que Lionel la taladrara con sus ojos color avellana.

—Te sorprenderías de las cosas que la gente… —Lion suspiró y acarició su mano con ternura—. Pero tus ojos aún son demasiado inocentes, Vivian. Y prefiero que sigan siendo así.

—Cuéntame, Lion. Háblame de esas cosas —se atrevió a pedir.

—Cosas que aún no puedes entender. Cuando estés preparada puede que te lleve a conocer el pasillo oscuro y ahí resolverás muchas de tus dudas.

—Suena algo tétrico.

La alegre carcajada de Lion destensó el ambiente, rompiendo la corriente que parecía conectarlos.

—En algunas ocasiones, lo es. Verás, algunos clientes hacen uso de habitaciones privadas para realizar sus fantasías. Muchos prefieren hacerlo en la intimidad, pero otros disfrutan sintiéndose observados por alguien desconocido, que, a su vez, se excita viéndolos disfrutar. Es como una simbiosis, un intercambio, placer por placer. Las habitaciones tienen unos ventanales que dan a un pasillo oscuro desde donde se les puede observar sin ser vistos.

—¿Qué tipo de fantasías?

—Todas, siempre y cuando sean consentidas por todas las partes. Hay hombres que disfrutan viendo cómo otros dan placer a sus esposas, algunos que prefieren compartir el lecho con varias personas a la vez, otros que adoran los disfraces…, e incluso los hay que disfrutan jugando con los límites del dolor.

Vivian sintió que su mortificación crecía por momentos al imaginar el tipo de actividades que se llevaban a cabo a pocos metros de distancia.

—Mucha gente solo viene hasta aquí para disfrutar del espectáculo y de la bebida. No todos usan las habitaciones.

Por un momento una pregunta se formó en su mente. ¿Usarían Lionel y su socio esas habitaciones? La imagen del Jefe rodeado de mujeres entregándose a la lujuria y los placeres de la carne, vestido solo con su máscara blanca, le aceleró el pulso. Sacudió la cabeza para alejar ese oscuro pensamiento; el domingo tendría que confesarse ante el párroco por semejante osadía. Era desconcertante que, a pesar de lo atrevido de la conversación, no se sintiera cohibida ni intimidada por Lion en ningún momento y que, en cambio, la sola idea de pensar en su socio la turbara de forma tan considerable.

—Creo que es hora de que vuelvas a casa, señorita. Pediré a uno de mis hombres que te acompañe. —Lionel la guio hasta el pasillo, y una vez allí, se llevó su mano a los labios y la besó caballerosamente—. Espero no haberte asustado, Vivian. Y también espero que no te hayas llevado una idea equivocada sobre lo que te he contado. Mi intención no es pervertirte.

Vivian no pudo evitar que se le escapara una carcajada nerviosa. Sabía por instinto que lo que le había dicho era sincero.

—¿Puedo contar entonces con que vuelvas a acompañarme para cenar?

—Por supuesto. No te desharás de mí tan fácilmente. —Se despidió con una sonrisa radiante.

Vivian dio varios tironcitos de la estrecha manga de encaje de su vestido de noche para ajustársela a la muñeca y se miró al espejo satisfecha con el resultado.

El color malva no era de sus favoritos, y el escote tipo barco tampoco, pero las expertas manos de Flora habían conseguido con un par de fruncidos dejar unos centímetros más de sus hombros al descubierto con un resultado muy favorecedor. Su hábil doncella había trenzado su cabello oscuro y lo había recogido en un rodete en la coronilla y había tomado prestado del joyero de su madre una gargantilla que se ajustaba a su cuello, dándole un aspecto sofisticado a su atuendo. Flora colocó la capa sobre los hombros de Vivian y dio los últimos retoques a su pelo. El carruaje ya debía de estar esperando discretamente en el callejón y Vivian abrió la puerta de su habitación con ímpetu para no hacerlo esperar más. Sofocó un grito de sorpresa cuando estuvo a punto de chocar con su padre.

—¿A dónde vas con esas prisas, muchacha?

—Yo…, eh, padre. No esperaba encontrarlo aquí. ¿Esta noche no sale? —preguntó fijándose en que llevaba puestas sus pantuflas y un cómodo batín sobre su camisa blanca.

—No, debo de estar pescando un resfriado. Voy a tomarme algo caliente y a meterme en la cama. El cochero no me dijo que fueras a salir.

—Es que Isabelle, la duquesa, quiero decir, me ha mandado su carruaje. Voy a cenar en su casa. Con ella y su marido. Y varios nobles más. Todos honorables. Quiero decir… que será una cena con invitados y solo cenaremos. Gente con gran sentido del decoro. Será una cena decente llena de gente normal.

A Vivian nunca se le había dado bien mentir. Cuando su madre le decía que el silencio la favorecía se refería justo a ese tipo de situaciones. Vivian se mordió la lengua intentando no seguir metiendo la pata.

—De acuerdo. Por cierto, tu madre volverá pronto. Tenemos asuntos que tratar.

—¿Asuntos? —Resultaba un poco extraño que su madre volviera a casa para tratar asuntos y no porque fuera el sitio al que pertenecía. Su hogar.

—En referencia a tu futuro, Vivi. Si hay algún hombre que haya mostrado algún interés en ti…, es el momento de sincerarte conmigo, cariño.

Vivian se sonrojó ante la mirada comprensiva de su padre y

por un momento se sintió culpable, como si no conseguir ninguna propuesta, ni siquiera una insinuación de matrimonio, significara que le estaba fallando. Ese año, varias tiernas debutantes mejor posicionadas que Vivian, con dotes considerables y una buena cantidad de virtudes bajo el brazo, habían copado el mercado matrimonial; al menos esa era la razón a la que Vivian se aferraba para no reconocer su absoluta incapacidad para atraer el interés de algún candidato.

—No, padre. Aún no, pero estoy segura de que…

Lord Carpenter acarició la mejilla de su hija con ternura y suspiró.

—Hablaremos con tranquilidad en otro momento, cielo. Ahora ve, no hagas esperar a los duques.

—Lo siento, señorita Electra. Pero el señor Lion está ocupado en estos momentos con unos clientes. Me pide que le transmita sus disculpas y le informe que vendrá en cuanto pueda. Le traeré algo de cenar mientras tanto.

Vivian asintió un poco decepcionada y se sentó en la ostentosa y asfixiante sala donde había esperado días antes. Media hora después ya estaba harta de esperar, y aunque la bandeja de canapés que le habían traído era exquisita, ella no había ido hasta allí para comer sola. Ya tenía bastante dosis de soledad en su propia casa. La descripción de Lion de las fantasías ajenas y de los pasillos oscuros que serpenteaban por el esqueleto del club la intrigaban y asustaban a partes iguales, pero no podía evitar estar deseando descubrir lo que había detrás de esa fachada de lujo. Abrió la puerta con cautela y asomó ligeramente la cabeza, consciente de que si alguno de los hombres de vigilancia la veían la mandarían de vuelta a la sala de visitas o, lo que era peor, a su casa.

El corredor estaba desierto. Avanzó decidida y en lugar de girar hacia la derecha para llegar a la puerta que comunicaba con el Dark giró hacia la izquierda. Después de caminar por varios pasillos exactamente iguales perdió la orientación, y se detuvo unos instantes para decidir qué dirección tomar. Oyó una puerta abrirse y el sonido de unas conversaciones lejanas, y decidió caminar hacia allí. Estaba totalmente perdida, y pensó que sería la muerte más ridícula de la historia encontrar su final perdida entre aquellos pasillos. Ya podía imaginar los titulares de las revistas de chismes —«Chica de la buena sociedad muere de hambre por su propia idiotez entre los oscuros pasillos de un club de dudosa moralidad y es encontrada varios años después»—, porque estaba segura de que sus padres no la echarían en falta si ella desaparecía en esos momentos. Decidió seguir avanzando; al fin y al cabo, ser descubierta no podía ser peor que morir de inanición allí dentro.

En el nuevo pasillo que había tomado ya no había lujoso papel rojo en las paredes ni moqueta del mismo tono tapizando el suelo. Todo era mucho más discreto y funcional. Avanzó sigilosa hasta el extremo, donde había varias puertas. Los sonidos de pasos, conversaciones apagadas y la vajilla chocando entre sí se filtraban a través de una de ellas, y por las rendijas se colaban pequeñas cuñas de luz. Debería desechar la tentación de asomarse para curiosear por el ojo de la cerradura, era infantil y poco digno. Pero, si nadie la pillaba husmeando, no tendría importancia, y necesitaba saber dónde demonios se hallaba. Estaba a punto de inclinarse para averiguar lo que había al otro lado de la madera cuando una puerta a sus espaldas se abrió de golpe. Vivian se dio la vuelta, sobresaltada, con la mano en el corazón, como si así pudiera contenerlo y evitar que se le escapara por la boca.

11

Tres mujeres interrumpieron su escandalosa cháchara para mirarla de la cabeza a los pies.

—¿Y esta quién es? —preguntó la más bajita, poniéndose de puntillas para observar por encima del hombro de una impresionante morena vestida con un escandaloso vestido de color naranja.

—Debe de ser la nueva. ¿Eres la nueva?

Vivian abrió la boca para negarlo, pero en realidad no sabía si era la nueva a la que se referían, porque en realidad sí que era nueva allí. Sin tiempo para contestar, Vivian se vio arrollada por el ímpetu de las tres mujeres, que abrieron sin ceremonias la puerta por la que ella estaba a punto de asomarse. Se trataba de una enorme cocina, donde varias personas trabajaban afanándose en los fogones. Antes de que pudiera reaccionar, ya estaba sentada junto a las mujeres en una mesa alargada y delante de un contundente plato lleno de albóndigas.

—Chicas, creo que hemos sido muy poco refinadas. Ni siquiera nos hemos presentado —señaló una de las muchachas hablando con la boca llena.

—Es verdad —asintió la morena. Era realmente una mujer de una belleza exótica con el pelo oscuro y rizado, unos enormes ojos de color ambarino y unos labios llenos y sugerentes—. Yo soy Chocolat, la pelirroja esmirriada es Cherry, y la rubia es Sugar.

—Como ves, no hemos sido demasiado originales con los

nombres —bromeó la chica del pelo rubio platino con tono seco.

—Supongo que Honey te habrá hablado de nosotras antes de marcharse. La echaremos de menos —intervino la pelirroja, que frunció los ojos para mirar con más detenimiento a Vivian—. La verdad es que no te imaginaba así. Tu aspecto es demasiado angelical.

—Oh, oh. Ya apareció tu vena envidiosa —la provocó Chocolat—. No te preocupes, niña. Cherry odia a todas las mujeres que tienen más tetas que ella. Y, por lo que parece, tu delantera es… impresionante. ¿Son tuyas o llevas relleno?

La mujer extendió la mano hacia Vivian intentando tocarle los pechos, pero esta fue más rápida y la esquivó echándose hacia atrás. Vivian entendió rápidamente que aquellas mujeres se dedicaban a la profesión más antigua del mundo. Sus ropas escandalosas de colores llameantes, sus peinados exuberantes, su maquillaje excesivo y su forma descarada de hablar las delataban.

—Creo que me habéis confundido con otra persona. Yo…, yo no conozco a Honey. No he venido a sustituirla.

Las tres mujeres la miraron en un tenso silencio como si de pronto le hubiera salido un tercer ojo en la frente y el ambiente eufórico desapareció por completo. Hasta el bullicio de los fogones parecía haberse detenido.

—¿Quién eres? —preguntó Sugar inclinándose con actitud amenazadora, observando la ropa refinada y los rasgos dulces de Vivian.

—En realidad…, soy Electra, amiga de Lion.

Como si el mundo hubiera comenzado de nuevo a girar después de una incómoda parada, la actividad se reanudó en la cocina y las mujeres volvieron a relajarse.

—Las amigas de Lion son nuestras amigas. La verdad es que prefiero que no seas una fulana. Serías una competencia difícil.

Las tres se rieron a carcajadas mientras el cocinero ponía un plato de chuletas de cordero frente a ellas.

—Eres un amor, Ray —gritó Cherry pellizcándole el trasero al viejo cocinero, que le contestó con una carcajada.

—Bien, chica. ¿Qué haces aquí? No es que nos moleste tu presencia. Pero las señoritingas como tú no suelen visitar nuestro pequeño albergue.

—Lion se ha retrasado y salí a buscarlo. Supongo que me confundí al girar en alguno de los pasillos.

—Mientras eso sea lo único que se te retrase… —bromeó Chocolat y las otras respondieron con soeces carcajadas.

Vivian sonrió, aunque no había captado el significado de la broma.

—Vosotras…, ¿trabajáis aquí?

Sugar, la que parecía mayor que las demás y más incómoda con su presencia, la miró durante unos segundos interminables mientras repasaba con la punta de la lengua sus dientes en un gesto no demasiado elegante.

—Eres un dulce pajarito recién caído del nido, ¿no es cierto? Ten cuidado, no te vaya a comer el gato.

—Deja a la chica en paz —intervino Chocolat—. No trabajamos para el club, si es eso lo que preguntas. Lo que ganamos es solo nuestro.

—No en todos los negocios dejan entrar gente como nosotras, ¿sabes? Pero el León y el Jefe nos respetan, siempre que nosotras nos portemos como es debido —aclaró Cherry.

—Algunos clientes disfrutan de nuestra compañía, les gusta tomarse una copa con nosotras y hablar un poco antes de…

—Limpiar sus bayonetas —cortó Sugar con una risa socarrona.

—Es mejor trabajar aquí que en la calle, desde luego. Es mucho más seguro y podemos cobrar más. Los clientes están contentos y eso hace que vacíen sus bolsillos con más alegría.

—Y nunca nos falta un buen plato de comida o un techo bajo el que dormir. Las puertas del club siempre están abiertas para aquel que lo necesite. Así que, si alguna vez quieres dedicarte a la profesión, niña, te sugiero que lo hagas aquí. Ellos te protegerán.

Vivian se sonrojó impactada por lo que acababa de escuchar. Nunca había conocido a una prostituta, y a excepción de la actitud desafiante de la rubia, la verdad es que esas mujeres le despertaban simpatía.

—Lo tendré en cuenta —respondió con timidez.

—Y ¿cuánto tiempo llevas beneficiándote a ese dios pelirrojo? —Chocolat compuso una mueca de exagerada lascivia que hizo que Vivian soltara una risa divertida.

—No estoy…, es decir…, aún…, yo no… Quiero decir que solo somos amigos.

—Lo que yo daría por ser tú. Te aseguro que, si yo fuera esa clase de amiga a la que invita a la parte privada del club, me lo comería de arriba abajo sin dejarme ni una sola peca de su musculoso cuerpo. Es un auténtico pecado —se rio Cherry relamiéndose los dedos con fingido entusiasmo.

—Yo prefiero al Jefe. Sabe Dios que ese hombre reservado no se va a la cama con cualquiera. Pero dicen que es tan hermoso como misterioso, y las que se han colado en su cama aseguran que quita el aliento con su enorme po…

—¡Sugar! —la interrumpió Chocolat mirando a Vivian—. Solo es una chiquilla. Intentemos recordar lo que se sentía siendo tan inocente.

La rubia refunfuñó y se bebió su vaso de vino de golpe.

—Qué culpa tengo yo de que la tenga grande y que sepa hacerla funcionar…

Todas se rieron y Vivian no pudo evitar contagiarse del ambiente distendido y bromista que había entre ellas, y se atrevió a preguntar lo que llevaba días atormentándola.

—¿La habéis visto?

—¿Su herramienta?

—¡Su cara! —gritó Vivian, escandalizada, con voz aguda—. La cara del Jefe. Quiero decir…, decís que es hermoso. ¿Conocéis su rostro? —preguntó Vivian sin poder evitarlo, arrepintiéndose de mostrar interés por él ante aquellas desconocidas. Sin duda, el Jefe era un misterio que no estaba segura de querer resolver—. Olvidadlo, no importa.

—No, nunca anda por aquí sin su antifaz. Pero dicen que es muy pero que muy atractivo.

—Y todo un caballero —añadió la morena.

—Alguien inalcanzable —suspiró Cherry apoyando la barbilla sobre la palma de su mano.

—Vamos, terminad de comer, los clientes deben de estar al llegar —ordenó Sugar dando varias palmadas para meter prisa a sus compañeras.

Estaban terminando sus platos cuando la puerta que daba al pasillo se abrió y una alta figura apareció, deteniéndose lo que pareció una eternidad en el umbral.

—Señoras, esta humilde habitación jamás había brillado tanto como ahora, y todo es por culpa de vuestra belleza —dijo el Jefe con su voz ronca, oculto por la impertérrita expresión de su máscara.

Todas se rieron encantadas correspondiendo al saludo con comentarios impregnados de falsa modestia y bromas pícaras. Todas menos Vivian, que acababa de quedarse congelada en su lugar como si la hubieran atado a la silla con una cuerda invisible. El Jefe acortó la distancia que lo separaba de ella con pasos lentos y las manos cruzadas tras la espalda.

—Veo que habéis encontrado a la esquiva y bella Electra.

—Buenas noches —fue lo único coherente que su mente pudo hilar y se sintió tremendamente ridícula en aquella cocina donde todo el mundo parecía saber todo de la vida mientras ella no era más que una intrusa ignorante.

—Acompáñeme. Lion está con unos clientes y creo que se retrasará bastante.

Vivian miró la elegante mano que se extendía ante ella y no le quedó más remedio que aceptar, básicamente porque dudaba que fuera capaz de salir por sí misma de aquel laberinto de pasillos rojos.

—Señoras, ha sido un placer conocerlas —se despidió Vivian con una sincera sonrisa.

—Si eres la amiga de Lion volveremos a vernos, encanto —le correspondió Chocolat alegremente.

Salieron de la cocina y caminaron por uno de los interminables pasillos en silencio. Vivian esperaba una amonestación por parte del Jefe por haber accedido a una parte completamente privada del recinto, pero se limitó a guiarla por el espacio en penumbra sin decir ni una palabra.

—¿Cómo me ha encontrado? —Vivian era incapaz de mantener la boca cerrada ni un segundo más, a pesar de que probablemente eso iría en su contra.

—Espero que sea consciente de que yo sabré todo lo que usted haga aquí dentro, señorita Carpenter. Soy el dueño y señor de este lugar.

El comentario debería haberle parecido pedante, incluso intimidante, pero su típica risita nerviosa apareció tan inoportuna como siempre, sin que fuera capaz de retenerla.

—¿Le resultó divertido?

—No.

—¿Aburrido, entonces?

—Tampoco. No sé muy bien qué pensar de usted —admitió ella con sinceridad.

—En ese caso, lo mejor será que no piense demasiado en mí.

—¿A dónde me lleva? ¿Vamos a buscar a Lion?

—Lion está ocupado. Nuestro trabajo, en ocasiones, consiste en acompañar a los clientes. A veces se organizan partidas de cartas con gente importante, y uno de los mayores alicientes es tratar de desplumar al dueño del club. Otra de nuestras obligaciones es supervisar que todo marche correctamente. ¿Le importaría acompañarme en mi ronda?

Vivian se quedó desconcertada ante su petición, pero accedió encantada. Recorrer los entresijos de aquel lugar tan misterioso con su aún más misteriosa compañía era algo emocionante. Tras abrir una pesada cortina, ante ellos apareció el vibrante ambiente festivo del Dark, donde la pista comenzaba a llenarse. Casi todas las miradas se dirigieron durante más o menos tiempo hacia lo alto de la escalera, desde donde el Jefe observaba a los asistentes con una bella y desconocida acompañante colgada de su brazo.

Vivian le acompañó mientras paseaban entre la multitud que abarrotaba el salón y que se abría diligentemente para que ellos pasaran, saludando al dueño con una profusión de zalamería que a ella le resultaba ridícula y excesiva. Una vez llegaron a la sala de juego, el Jefe se detuvo unos minutos observando cómo las partidas se desarrollaban con fluidez en las mesas.

—¿Por qué hace esto? Me refiero a pasear conmigo... ¿Ya no le importa que cause problemas?

La máscara se giró hacia ella con lentitud y Vivian entrecerró los ojos tratando de vislumbrar qué escondía.

—No soy ni su padre, ni su hermano, ni... su amante. Es libre de arruinarse si le place. Supongo que, aunque yo ponga a su disposición las herramientas para que lo haga, no soy dueño de su voluntad. Confío en que tenga buen juicio, o mi pelo se teñirá de canas antes de lo deseado.

Vivian se rio mientras observaba su brillante pelo negro.

—Por fin dice usted algo sensato —concedió ella.

Aunque el Jefe no resultaba demasiado hablador, y la mayor parte del tiempo parecía concentrado en sus propios asuntos, su compañía provocaba en Vivian una bulliciosa euforia que la hacía sentirse completamente fascinada y que su estricta educación conseguía disimular a duras penas. Tras pasear por el Dark llegó el turno de hacer la ronda por el Red, ya que parecía que Lion iba a estar ocupado en la sala privada con sus compañeros de cartas el resto de la noche.

El estómago de Vivian se encogió de nerviosismo ante la sola idea de que su paseo incluyera un *tour* por el pasillo oscuro del que había hablado Lion, pero no se sentía con fuerzas para preguntar al respecto. Tendría que ser valiente y dejar de comportarse como la cría que se escondía tras la falda de su madre ante cualquier cosa desconocida, porque reconocer su debilidad delante de aquel hombre no era una opción. Esta vez no subieron a los palcos privados, y el Jefe se paseó con Vivian del brazo entre las mesas, aprovechando que había una pausa entre una actuación y la siguiente.

En una de las mesas, Cherry miraba embelesada a un caballero de mediana edad que no paraba de parlotear, y al ver pasar a Vivi le guiñó un ojo con complicidad. Tras cruzar el gran salón llegaron hasta otra sala donde la fiesta era incluso más animada que en el Dark y el ambiente mucho más desinhibido.

Las paredes estaban profusamente decoradas con abundancia de molduras y adornos dorados, cortinajes y guirnaldas. En cada rincón se exponían estatuas desnudas, y jarrones con flores exuberantes. Los ruidosos asistentes se sentaban o incluso se tumbaban de manera relajada sobre la multitud de sillones y otomanas repartidos por doquier y adornados con cojines de colores vibrantes, olvidándose de cualquier tipo de decoro. Era la representación misma de la ostentación y el lujo de dudoso gusto, pero todo parecía encajar a la perfección.

Un cuarteto de músicos tocaba una alegre melodía sobre una tarima colocada en un extremo de la estancia, mientras un regimiento de lacayos con bombachos de llamativos colores repartía licores entre los asistentes. Vivian miró a su alrededor completamente fascinada, olvidándose de que se había prometido a sí misma que se comportaría como una mujer madura a la que no le impresionaban las actitudes mundanas. Pero a quién quería engañar, todo aquel ambiente decadente y bullicioso la dejaba anonadada y tenía que admitir que la asustaba un poco. Se fijó con más detenimiento y jadeó sorprendida al ver a una pareja besándose de manera apasionada mientras bailaban. En uno de los sofás un caballero se sumergía, entregado, entre los pechos de su acompañante, y un poco más allá dos hombres se acariciaban sin dejar de mirarse a los ojos de manera sensual. Todo era tan depravado y sorprendente que se sentía como una verdadera impostora. Al sentir la oscura mirada del Jefe sobre ella, se dio cuenta de que estaba clavando los dedos enguantados en su antebrazo con demasiada fuerza y, musitando una disculpa, aflojó la presión.

—Si no se siente cómoda nos iremos de aquí —susurró el Jefe con la cara casi enterrada en el hueco de su cuello, más cerca y más tiempo de lo estrictamente necesario—. Su olor es… enloquecedor.

Vivian estaba a punto de contestar, algo absurdo e inapropiado, probablemente, cuando la presión de la mano que el Jefe apoyaba en su cintura se intensificó mandándole una descarga por toda su espalda y dejándola sin habla. Continuó un ascenso lento por su columna hasta llegar al borde de la tela de su vestido, y, sin dejar de mirarla a los ojos desde las aberturas oscuras de su antifaz, acarició con las yemas de los dedos la piel expuesta provocándole un escalofrío. Vivian bajó la mirada buscando otros ojos, unos que la taladraban a pocos metros de distancia con tal intensidad que podía sentir su toque como un puñal sobre ella. La mujer rubia que había visto en el palco acariciando al Jefe varias noches antes los observaba con una expresión indescifrable, y tras unos instantes en los que pareció recomponerse caminó hacia ellos con paso seguro.

—Así que es cierto. Al fin has buscado a mi digna sustituta, y he de reconocer que es hermosa. —Ante la sorpresa de Vivian, el Jefe asintió levemente con la cabeza. La mujer torció la boca en una sonrisa desabrida, y tras unos instantes alzó la barbilla con actitud altiva y elevó su copa en un solitario brindis—. Disfrútalo mientras dure, angelito. No podrás tenerlo eternamente y cuando se canse de ti, cosa que ocurrirá pronto, no habrá vuelta atrás.

La mujer se giró sobre sus talones y volvió junto a su acompañante, un joven al que sujetó por la pechera de la camisa para acercarlo hasta ella y besarlo de manera salvaje. Vivian miró al Jefe con la boca abierta, pero él pareció no darle importancia a lo que acababa de ocurrir. Aunque, claro estaba, resultaba imposible saber qué demonios estaba pensando con sus facciones completamente ocultas por la porcelana blanca.

—Lo siento, Vivian, si le hubiera pedido que fingiera por mí no hubiese resultado tan creíble.

—¿Quiere decir que…? ¿Me ha utilizado para dejarla?

—No. La dejé hace mucho tiempo. Pero ella es de ideas fijas y parecía no entenderlo. Ahora le ha quedado claro.

—No puedo creer que haya hecho algo así. No puede ser tan inmaduro. Está haciendo creer a cualquiera que nos mire que yo…, que yo…

—Que es mi amante.

Vivian estaba a punto de decirle lo depravado y repulsivo que le parecía todo aquello, pero el Jefe se disculpó sin darle la oportunidad de continuar y se alejó de ella unos metros para saludar a varias damas que lo reclamaban. Se sentía hervir de furia por haber sido usada de esa manera tan vil, pero no tuvo tiempo de regodearse en sus desgracias. Una mano enguantada sujetó la suya y de un tirón la hizo girar sobre sí misma siguiendo el ritmo de la música. Solomon, el maestro de ceremonias, giró con ella un par de veces más antes de detenerse para observarla con detenimiento de manera golosa.

—Así que al fin tengo ante mí a este hermoso pajarillo que tanto me intriga.

Vivian no pudo evitar sonreír.

—Ya es la segunda vez esta noche que me comparan con uno.

—Es que eres como un ave del paraíso, mi vida. Voluptuosa, inocente, pícara… Como una diosa de la fertilidad, una diosa pagana. —El hombre se rio de manera escandalosa y se relamió los labios, pintados de un rojo brillante—. Soy Solomon, bella Electra. Aunque supongo que ya lo sabes —se presentó guiñándole un ojo. Era fascinante ver el contraste entre su porte masculino y elegante con su impecable traje de gala, y su cara maquillada como la de la más escandalosa de las rameras. Solomon alternaba su porte caballeroso con exagerados ademanes femeninos y la ambigua mezcla no le hacía perder ni un ápice de su atractivo.

—Sí, Lion me dijo quién eras. El maestro de ceremonias y el alma del Red.

—El León es muy generoso. Puede que por eso haya dejado que su hermano te marque.

—¿Su hermano?

—El Jefe, pajarillo. Oh, siempre hablo demasiado —se lamentó con un elegante aspaviento de las manos—. Ellos nunca se roban las amantes. Si estás con el Jefe es porque el León lo ha permitido. Y viceversa —terminó con voz burlona.

La información la había sorprendido, pero creía recordar que su amiga Isabelle le había hablado con anterioridad de eso. Lion y el Jefe no podían ser más diferentes entre sí, por lo que no había caído en su parentesco. De pronto, su mente reaccionó a lo que Solomon acababa de decir. Ella no era propiedad de nadie para ser cedida como si fuera una bota vieja.

—¿Qué ha querido decir con lo de marcarme?

Solomon sujetó un mechón de pelo oscuro y se lo acercó para olerlo con devoción como si ese simple hecho lo llevara al éxtasis, y se aproximó tanto al rostro de Vivian que por un momento pensó que iba a besarla.

—Es una regla no escrita, pajarillo. Ser presentada por el Jefe implica que le perteneces. Eres suya y te ha exhibido como si fuera un pavo real por sus dominios. Ahora todos estos pobres mortales saben que no deben mirarte, ni tocarte, ni sacarte a bailar…, ni siquiera estornudar cerca de ti. Todos te respetarán como si fueras la reina. Eres la elegida, una de las pocas que han existido. ¿No es maravilloso?

—No. No lo es en absoluto. Yo no le pertenezco, no tiene por qué elegirme para nada. Maldito fanfarrón presuntuoso. ¿Se cree que es un regalo divino o qué?

Solomon la miró perplejo durante unos segundos hasta que al fin estalló en una risa histriónica que casi le hizo doblarse por la mitad.

—Pajarillo, voy a disfrutar mucho de ti. Lo sé.

Con una exagerada reverencia que casi le hace dar con la frente en el suelo, el hombre se marchó perdiéndose entre los grupos de alborotados asistentes justo en el momento en el que la oscura sombra del Jefe volvía a situarse junto a Vivian.

—¿Quiere alguna bebida? —preguntó acercándose demasiado a su oído, aunque puede que solo fuera para hacerse oír a través de la máscara.

—Cianuro. Pero no para mí —masculló Vivian entre dientes—. ¿Le parece que tengo pinta de oveja o algo parecido?

Antes de que el Jefe pudiera procesar lo que acababa de decir Vivian, ella ya se dirigía hacia la salida con el ímpetu de un toro enfurecido. El conde de Rutherford no consentiría jamás que nadie le dejara en evidencia de esa forma, pero desde luego que el Jefe no podía permitirse bajo ningún concepto una escenita que pusiera en entredicho su poder o su autoridad. Intentando no llamar demasiado la atención sujetó a Vivian por la cintura haciendo cambiar la dirección de sus pasos. Una vez sumergidos de nuevo en la penumbra de los intrincados pasillos interiores se cruzó de brazos intentando intimidarla con su envergadura, un truquito infantil que solía surtir efecto con la mayoría de la gente, excepto con la insufrible Vivian Carpenter.

—Puede que no sea una mujer de mundo, pero no soy ninguna estúpida a la que pueda manejar a su antojo. No sé qué le ha dicho Lion sobre mí, pero si alguno de los dos se cree con el derecho de traspasarme como si fuera una yegua...

—No he hablado con Lion sobre usted.

—Solomon me ha dicho que nunca se disputan las amantes.

—Usted no es mi amante. Y supongo que tampoco la de Lion. ¿No es así?

—Eso no es de su maldita incumbencia. —Vivian estaba tan furiosa que sentía la necesidad de golpear algo, de gritar, o ambas cosas a la vez.

—¿Puede decirme qué le ofende tanto? —preguntó el Jefe con voz ronca intentando controlarse.

—Para empezar, me ha utilizado para alejar a esa mujer.

—Y le agradezco su ayuda.

—No se la he ofrecido. ¿Acaso es usted un crío pequeño que no puede deshacerse solo de sus problemas?

—Podría ser más contundente con ella, pero le haría daño de manera innecesaria y su vida no es demasiado fácil. Ahora ella sabe que he emprendido mi propio camino y está lista para seguir con el suyo. No creo que sea tan grave. —Se justificó encogiéndose ligeramente de hombros.

—¿Y cuando descubra que no hay nada entre nosotros?

—Cuando lo haga, y espero que sea tarde, ya se habrá encaprichado lo suficiente de su nuevo amante y yo seré historia. Fin del asunto.

—¿Y qué hay del otro asunto? —preguntó con los brazos en jarras.

Marcus extendió las manos instándola a que expusiera lo que tanto la enfurecía, aunque tenía claro que seguramente la conversación con el bocazas de Solomon ya le habría esclarecido bastante sus intenciones.

—Me ha marcado como si fuera una res. Solo le ha faltado grabarme sus iniciales en el tras... —Vivian se mordió la lengua para no resultar excesivamente vulgar, pero cuando se enfurecía de esa forma, todas las lecciones sobre protocolo de sus institutrices pasaban al olvido—. ¿Lo ha hecho adrede?

—¿Marcarla? Sí —reconoció ocultando su diversión. En ocasiones como aquella Marcus agradecía que la odiosa máscara ocultara sus facciones y poder así sonreír a gusto ante la situación sin que ella lo notase.

—¡¿Por qué?! Acaba de arruinar cualquier mínima posibilidad de divertirme.

—Acabo de conseguir que todos la respeten —la corrigió inclinándose ligeramente hacia ella.

—Nadie me mirará, ni entablará una conversación amistosa, ni siquiera me pedirán un baile.

—Ni le harán insinuaciones indecentes, ni la perseguirán, ni se propasarán. A no ser... que ese fuera el fin que usted estuviera persiguiendo al venir aquí.

Vivian jadeó indignada y cerró las manos en puños.

—Si no llevara esa máscara lo abofetearía. —Sin que Marcus lo esperase, Vivian le propinó una patada en la espinilla que lo hizo gruñir—. Dé gracias a que no le he dado en otra parte.

Marcus la sujetó de los hombros y la pegó a la pared con la furia creciendo en salvajes oleadas. No había pensado ni por un momento en las consecuencias que sus actos acarrearían. Cuando se había enterado de que Lion había vuelto a invitarla al club se había dejado llevar por algo que aún no sabía definir, puede que por la ira que le provocaba la inconsciencia de su hermano. Lionel jamás podría darle a Vivian nada de lo que ella anhelaba. Absolutamente nada. Y, aunque no dudaba de que su acercamiento a ella fuera fruto de una amistad noble, no podía quitarse de la cabeza la idea de que Vivian pudiera sufrir por ello. Era demasiado ingenua y carente de experiencia para capear los temporales que azotaban su oscuro mundo. La había buscado durante un buen rato por todo el club y estaba empezando a preocuparse, hasta que dio con ella en el sitio más insospechado. Le resultó divertido que hubiera conseguido llegar hasta allí, pero, tratándose de Vivian, encontrarla en las cocinas rodeada de prostitutas no era algo descabellado. Vivian aún era demasiado inocente para poder lidiar con las insinuaciones y la sordidez que a menudo envolvían a las personas que acudían al Red. No tenía las armas suficientes para detectar el peligro o simplemente para luchar contra la incomodidad que podían suponer para ella ciertas proposiciones, que seguro acabarían llegándole si seguía acudiendo allí. O puede que, simplemente, él no estuviera dispuesto a que ella pasara por ese trance. La forma más eficaz de protegerla era haciéndola intocable a ojos de los demás, y para eso solo tenía que reclamarla como suya. De paso mataría dos pájaros de un tiro.

Aún le quemaba en el bolsillo la última nota dramática de Alice declarándole su deseo. La conocía y sabía que no cejaría en su empeño de arrastrarlo a su cama hasta que viera que otra había ocupado su lugar. Para Alice, el Jefe era un trofeo, pero no soportaba tener que competir con nadie más, no aguantaría la vergüenza de la derrota, y renunciar siempre era mejor que perder. Marcus no había esperado que Vivian se percatara tan pronto de lo que significaba todo aquello, ni tampoco que reaccionara pateándole ni resistiéndose a su agarre con vehemencia.

Los dedos desnudos del Jefe sobre la piel de sus hombros le provocaban una sensación tan cálida que Vivian pensaba que comenzaría a arder en cualquier momento y, poco a poco, dejó de forcejear, consciente de que acabaría haciéndose daño a sí misma. En ese momento entendía por qué resultaba tan intimidante. Era imposible descifrar a través de la máscara si estaba asustado, conmovido o irritado, solo podía percibir la fuerza y el magnetismo que su cuerpo alto y espigado irradiaba bajo aquella luz tenue. El silencio los envolvía, solo roto por sus respiraciones agitadas por la discusión. Marcus aspiró con fuerza. A través de las aperturas de la máscara entró de nuevo el aroma de Vivian, y cerró los ojos como si su perfume le hubiera golpeado. La soltó de inmediato recuperando el dominio de sí mismo.

—Siento haberla envuelto en esto, pero, sin duda, ser mi protegida no es lo peor que le puede pasar en un mundo tan oscuro y lleno de secretos como este. Sin embargo, si lo prefiere, puedo desmentirlo.

De pronto la idea de ser repudiada por él no era tan atrayente, a pesar de que sus métodos la habían encolerizado.

—Quiero irme a casa —fue su única respuesta.

Vivian avanzó por el pasillo sin saber muy bien hacia dónde iba, sintiendo la potente presencia de ese hombre oscuro caminando tras ella.

12

—No es necesario que me acompañes, Flora. Clarice pasará a recogerme, así que tienes el resto de la tarde libre.

Flora estuvo a punto de dar saltitos de alegría ante la perspectiva de tener varias horas para dedicárselas a sí misma y se amonestó interiormente por mostrar su emoción tan abiertamente. Pero Vivian la apreciaba tal como era y no se tomaba a mal sus reacciones; a pesar de que su madre siempre le hacía notar que su doncella era corta de entendederas, ella sabía que no era así. Flora era inocente, se sonrojaba hasta el límite de lo humano con más facilidad que los demás y tenía tendencia a decir lo que se le pasaba por la cabeza sin filtrar nada. En eso, ambas se parecían. Era leal y sincera, a veces demasiado, y puede que por eso Vivian viera en ella a una verdadera confidente en lugar de una sirvienta, y le concedía más privilegios de los que se considerarían apropiados. Lina Carpenter jamás había confraternizado con nadie del servicio, más bien los trataba como si fueran seres inferiores carentes de alma o de necesidades, pero prefería hacer la vista gorda con respecto a la relación de su hija y Flora.

Vivian estaba terminando de arreglarse para acudir a tomar el té a casa de la duquesa, cuando la alertó un alboroto en la entrada. Bajó las escaleras con la sombra de Flora tras ella y descubrió con alegría que dos lacayos estaban entrando en casa los baúles de su madre. La fina silueta de Lina Carpenter con su sobrio vestido verde oscuro apareció en el umbral.

—¡Madre! —gritó Vivian corriendo hacia ella.

La rodeó con sus brazos en un gesto espontáneo que no fue correspondido. La señora Carpenter se limitó a dar varias palmaditas en la espalda de su hija y esbozó una breve sonrisa como respuesta. Vivian la soltó, sorprendida por su frialdad. A pesar de que nunca había sido demasiado efusiva en sus demostraciones de afecto, esperaba que después de su ausencia hubiera demostrado un poco más de cariño o un leve rastro de humanidad en su gesto. Su madre la repasó con la vista mientras se deshacía de sus guantes y su sombrero.

—Has cogido peso. Está claro que si no estoy yo para recordarte que debes contenerte, comes como si fueran a prohibir la comida en cualquier momento.

La sonrisa de Vivian se fue apagando a medida que su madre la escudriñaba censurando su ropa, su peinado y hasta su misma persona.

—¿Has tenido un buen viaje? No me has avisado de que venías.

—No esperaba un gran recibimiento. —Vivian pensó con pesar que realmente no merecía ese gran recibimiento—. El viaje ha sido un espanto, con ese odioso camino lleno de baches. Estoy agotada.

—Iba a visitar a la duquesa, pero enviaré una nota y le diré que has vuelto.

—No es necesario —contestó mientras se dirigía a la escalera con una sonrisa cortés y distante, muy alejada del afecto que Vivian esperaba y necesitaba de su progenitora—. Voy a retirarme a descansar.

Por más que Vivian lo intentara, le resultaba imposible contagiarse del optimismo y la emoción que Isabelle y Clarice transmitían. La duquesa les mostraba con una tierna sonrisa las pequeñas botitas tejidas, las mantas y los suaves trajecitos que ya empezaba a preparar para su bebé, aunque aún faltaban meses para su llegada.

—Todo es precioso, Issy. En serio. Si estuviera en tu lugar me pasaría los días enteros llorando de la emoción.

—Siempre y cuando las náuseas y el malestar te lo permitiesen, claro —bromeó la embarazada—. Aunque reconozco que es emocionante, y Sebastian está todo el tiempo pendiente de mí.

—¿Estabais hablando de mí? Espero que fuera bueno —las interrumpió el duque desde la puerta de la sala.

—Por supuesto, cariño. ¿Ya habéis terminado la reunión? Vamos, pasad y acompañadnos.

Vivian levantó la cabeza de su taza de té para comprobar con espanto que Sebastian no estaba solo, y que su acompañante era el último hombre que le apetecía ver en esos momentos. El conde de Rutherford entró en la sala con su rectitud y solemnidad habituales, y tras saludar a las damas tomó asiento en la silla que le ofreció la anfitriona.

La conversación era agradable y distendida, pero Vivian era incapaz de integrarse y sentía que una sensación desagradable se aposentaba en su estómago cada vez que pensaba en sus padres y en los asuntos que tenían que tratar con ella. No le gustaba ser pesimista, y siempre intentaba concentrarse en la opción menos mala que su mente imaginativa le ofrecía. Estaba claro que el asunto tendría que ver con su futuro, con el matrimonio, y quiso pensar que quizá su padre tuviera algún candidato agradable para ella, o alguna estrategia para presentarle posibles pretendientes aceptables. No pudo evitar sentirse tensa y observada, y la inquietud comenzó a apoderarse de ella.

En un acto impulsivo se puso de pie sin pensarlo demasiado, haciendo que la conversación en el salón se detuviera y todos los ojos se clavasen en ella.

—Disculpadme, pero voy a volver a casa. Se está haciendo tarde.

—Pero… mi carruaje vendrá en menos de una hora a recogernos. No puedes marcharte andando sin ni siquiera la compañía de una doncella —objetó Clarice.

—Solo son un par de calles y estamos en pleno día. Estaré bien, Clarice.

—¿Seguro que te encuentras bien, Vivi? —preguntó Isabelle preocupada ante su repentino deseo de volver a casa—. Si quieres marcharte, alguien puede acompañarte.

—No, os lo agradezco, pero no os preocupéis. Es simplemente que me apetece tomar un poco de aire. Gracias por el té, Isabelle.

Sebastian miró con disimulo a su esposa preguntándole con la mirada si debía insistir en buscarle un modo de volver a casa, pero Isabelle negó con la cabeza, no quería atosigar a su amiga. Vivian se despidió de los caballeros con una reverencia cortés y prometió a sus amigas verse al día siguiente. Antes de llegar a la puerta de la sala, la voz de Rutherford la detuvo en seco y la hizo girarse sobre sus talones.

—Yo la acompañaré —sentenció poniéndose de pie y acortando la distancia que los separaba.

—No es necesario, lord Rutherford.

—Insisto.

—Le repito que…

—Y yo le repito que insisto.

Vivian apretó los labios en una fina línea sabiendo que la actitud intransigente del conde anunciaba que no aceptaría un no por respuesta. Abrió la boca para volver a rechazar su propuesta, pero las caras perplejas de sus amigos, que los observaban en silencio, y con los ojos abiertos como platos la hicieron aceptar a regañadientes.

—Iremos dando un paseo, si le apetece caminar —propuso el conde.

Vivian contestó con algo parecido a un gruñido al pasar por su lado y él contuvo una sonrisa.

Vivian se cerró el cuello de suave piel de su capa ante la corriente helada que los recibió al salir a la calle y comenzó a caminar en silencio.

—¿Se encuentra mal? No ha probado los dulces. —Rutherford trató de romper el hielo sin mucho éxito.

—Soy capaz de resistirme, no me lanzo sobre el chocolate como una posesa cuando lo tengo delante, milord.

—No quería ofenderla.

—No lo ha hecho —contestó Vivian intentando mantener un tono más conciliador mientras paseaban por la acera en dirección a su casa—. Los que me envió estaban deliciosos, por cierto. Gracias.

Marcus inclinó ligeramente la cabeza a modo de respuesta y suspiró.

—Supongo que debo asumir que la tirantez es su forma natural de tratarme —reconoció tras otro tenso silencio.

—Suponga que es la respuesta natural a su actitud de superioridad habitual, milord.

Durante unos metros ninguno dijo nada más, sumiéndose en un nuevo silencio incómodo.

—¿Y a qué se debe esa prisa por marcharse, señorita Carpenter? ¿Debe preparar su atuendo para una de sus imprudentes salidas nocturnas?

Vivian frenó el paso para mirarlo boquiabierta. Con ese hombre era imposible mantener demasiado tiempo una tregua. Marcus contuvo su sonrisa habiendo conseguido, al fin, hacerla reaccionar, y procuró no variar ni lo más mínimo su expresión imperturbable, la rectitud de sus andares, ni sus gestos secos y refinados, todo tan alejado de la actitud desenfadada pero igualmente elegante que mantenía el Jefe.

—¿Le molestaría si fuese así? —le provocó ella con una sonrisa.

—En general, me suele molestar la estupidez humana.

—¿Me está llamando estúpida? Le tenía por alguien educado y cortés.

—A usted no, pero a su conducta sí. De qué otra manera podría calificar su empeño en meterse en la boca del lobo. No sé qué pretende conseguir con su actitud temeraria, fingiendo ser una mujer de mundo que claramente no es.

Si hubiera sido coherente se hubiese sonrojado de pura vergüenza, él, que durante el día tenía una personalidad totalmente opuesta a la que ostentaba durante la noche, y ni siquiera sabía cuál de las dos facetas era la real.

—Para su información, me siento como pez en el agua en el club.

—No me diga.

—Sí, le digo. —Vivian sabía que era mejor cerrar la boca, pero las ganas de restregarle en las narices que sabía manejarse perfectamente en cualquier situación sin correr peligro le ganaron la batalla—. No solo no me han atacado esos monstruos imaginarios que solo usted ve, sino que sé desenvolverme muy bien. Me he convertido en algo así como una clienta especial y los dueños me tratan de una manera impecable —presumió con altanería.

Marcus se detuvo con las manos cruzadas a la espalda y el ceño fruncido de manera severa, y ella se vio obligada a detenerse y enfrentarlo.

—Supongo que entiende que ese trato especial no le va a salir gratis.

—¿Qué quiere decir? —Lo miró con el ceño fruncido.

—Pues que si fuera más abierta de miras podría ver con claridad que no le están prodigando esas atenciones por altruismo. Tarde o temprano tendrá que demostrar su lealtad y le aseguro que lo que le pedirán no será algo honorable.

—No sé si pretende ofenderme o asustarme, lord Rutherford.

—Prevenirla.

Vivian giró airada sobre sus talones y continuó caminando, pero el conde la alcanzó en solo dos zancadas.

—Para ser alguien tan devoto, su mente es bastante sucia, milord. No me han hecho ninguna proposición indecente ni me he sentido violentada por nadie en el club. Y si no me cree, puede acompañarme y verlo con sus propios ojos.

—Qué idea tan fantástica. ¿Quiere que nos expongamos juntos a la ruina?

—¿Tiene miedo? No es la primera vez que usted va allí, y si le preocupa tanto que nos vean juntos, siempre puedo prestarle uno de mis antifaces —le retó con una sonrisa de suficiencia—. Olvídelo, supongo que una velada con usted no es lo más divertido que…

—Acepto. —Vivian abrió los ojos como platos y parpadeó sin saber qué decir. Jamás había esperado que ese hombre aceptara acudir con ella a ninguna parte—. A no ser que sea usted la que tiene miedo de pasar una velada conmigo.

—Por supuesto que no le tengo miedo, ni a usted ni a una docena como usted.

—En ese caso la recogeré a las once.

Las cartas empezaban a caer sobre la mesa y estaba más que claro que ambos iban de farol. Marcus hizo una reverencia capaz de obnubilar a todas las miradas curiosas que se clavaban sobre ellos. Vivian pareció no entender y se sonrojó cuando, con un gesto de la cabeza, Rutherford le hizo notar que habían llegado a la puerta de su casa. Marcus se marchó con el gesto un poco más relajado y tratando de contener una sonrisa. Aunque no tenía demasiados motivos para reír. Se había dejado llevar por las ansias absurdas de ponerla a prueba. Ahora se enfrentaba a la posibilidad de que, al pasearse por el club sin máscara y en compañía de la mujer que el Jefe había reclamado como suya, alguien ajeno atara cabos. Contaba con la ventaja de que la mayoría de los clientes valoraban demasiado la discreción y la privacidad como para fijarse demasiado en los demás, pero el riesgo existía. Aunque también se enfrentaba con cada encuentro a la posibilidad de que Vivian acabara reconociéndolo, por mucho que su voz enronquecida a propósito y distorsionada por la máscara la despistara.

Era consciente de que el principal motivo por el que ella no lo identificaba era porque su cerebro se negaba a casar dos identidades tan opuestas en una sola, y estaba tan concentrada en vivir su pequeña aventura que el resto de la realidad que la rodeaba pasaba a un segundo plano. Pero mientras durara aquella farsa, poder conocer a Vivian desde su otro yo era fascinante.

—¿Está dormida? —preguntó Vivian al ver entrar a su doncella con aire conspiratorio en su habitación.

—Como un tronco, señorita. Ha tomado un poco de láudano para su jaqueca. Si le digo la verdad, creo que su madre abusa de ese brebaje, pero quién soy yo para juzgarla. Mi tía Daisy me contó que una vez trabajó para una señora que tomaba todos los días y que…

—Flora —susurró airada para interrumpirla. La doncella se sonrojó y guardó silencio apretando los labios—. Y si está dormida en el otro extremo de la casa, ¿por qué susurramos, demonios?

—No lo sé. —Ambas soltaron una risita nerviosa—. Hay un carruaje oscuro esperando en el callejón, señorita.

—¿Qué tal estoy? —preguntó más nerviosa de lo que le gustaría reconocer.

La doncella repasó de arriba abajo su atuendo. Había elegido un vestido de color plateado con pedrería bordada en la voluminosa falda. Pero sin duda, toda la atención recaía en el corpiño. Además del pronunciado escote en V que resaltaba su rotundo pecho y los hombros, las mangas eran de un delicado encaje que dejaba entrever un poco su piel. En el centro Flora había insistido en prender un broche de brillantes en un vago esfuerzo por desviar la atención de los encantos de Vivi. Resultaba evidente que el vestido era demasiado atrevido, además de poco abrigado para estar a finales de octubre, pero Vivian quería deslumbrar y había elegido bien.

—Maravi… —carraspeó la doncella al ver que aún susurraba innecesariamente—. Maravillosa, señorita.

Vivian suspiró con fuerza y se dirigió al tocador para elegir uno de los antifaces.

No había duda de que el antifaz de raso gris oscuro, además de ser más grande, combinaba mejor con el vestido plateado que llevaba puesto, pero en el último momento, con una sonrisa maléfica, se decantó por el blanco ribeteado de perlas que

Flora había arreglado y que Marcus le había advertido que no le cubría lo suficiente el rostro. Enfurecer a san Marcus era casi tan tentador como desafiar al Jefe, y estaba segura de que esa noche conseguiría matar dos pájaros de un tiro. El conde vería su paciencia probada hasta el límite contemplando el mundo de moral relajada del Red junto a ella, porque ese sería el destino elegido por Vivian, y el Jefe comprobaría lo poco que le importaba que él la marcara como suya delante de los demás. Se pasearía con otro hombre delante de sus narices y de las de todos aquellos que pensaban que ella era de su propiedad. Así aprendería a no jugar con ella.

Los trabajadores del club, especialmente los que conocían el verdadero rostro del Jefe, estaban aleccionados para no mostrar la más mínima emoción, cosa que Marcus agradeció cuando traspasó las puertas del club. Obedientemente se dejaba guiar por Vivian, fingiendo que estaba a su merced en su propio mundo.

—¿A dónde me lleva, señorita Carpenter? ¿Debo empezar a preocuparme por mi virtud? —preguntó con sorna mientras la seguía por el pasillo que daba al Red.

—Por mi parte, no. Puede estar seguro de que no tengo ningún interés en ella, conde.

—Creí que se conformaría con un par de bailes y alguna partida de naipes. Pero entrar en el Red ya es subir un peldaño la escala del pecado.

—En ese caso mañana a primera hora ambos tendremos que ir a confesarnos, milord —se burló con una sonrisa, aunque su estómago se retorcía inquieto.

—¿Está segura de que quiere hacer esto? La he reconocido perfectamente con ese antifaz.

—Me ha recogido en la puerta de mi casa, lo lógico es que lo hiciera. Pero no esté tan preocupado, solo veremos un espectáculo y nos marcharemos. Será tan inofensivo como ir a la ópera.

Uno de los vigilantes abrió la puerta para franquearles el paso y en ese momento fue como si, por arte de magia, las tornas hubiesen cambiado. Marcus ya no actuaba como un perrito que sigue a su dueño, sino que su actitud se transformó por completo. Dio varias órdenes a los lacayos, que de inmediato los condujeron a una de las mesas situadas en un lateral del salón, en un lugar discreto y poco iluminado.

Vivian se mordió el labio mirando a su alrededor. Se había hecho a la idea de que estarían en un palco, y al encontrarse rodeada de clientes se sentía un poco más expuesta y menos segura de lo que estaba haciendo. Nadie parecía ser consciente de su presencia, concentrados en la actuación de un mago y su bella ayudante. Un lacayo les trajo una botella de champán y les sirvió unas copas, y Marcus le dijo algo al oído que ella no pudo oír, para después concentrarse como el resto en lo que sucedía en el escenario.

El mago giraba un paraguas abierto delante de la dama y con un chasquido de sus dedos hacía que su vestido cambiara de color y forma. Uno morado, otro amarillo, otro blanco... cada uno más atrevido que el anterior, hasta que su única prenda fue una liviana bata de encaje blanco. En un alarde de valentía, y ante los vítores entusiastas de los espectadores, el mago giró de nuevo el paraguas delante de la mujer, pero esta vez una pequeña explosión de humo hizo desaparecer a la dama y en su lugar apareció una paloma blanca. Todos aplaudieron extasiados y un poco decepcionados por no haberla visto sin la última prenda, pero se deshicieron en aplausos que el ilusionista agradeció profusamente. Vivian, aún sorprendida por el truco, miró a Marcus para ver su reacción, pero su semblante permanecía tan impasible como el de una vaca que pasta serena mientras el tren pasa por delante de su hocico.

—No ha sido tan grave, ¿no? —Estaba dispuesta a comportarse como una mujer de mundo y le preguntó con toda la suficiencia que pudo.

El conde se encogió de hombros y dio un trago a su copa. Contemplar el espectáculo desde esa perspectiva y con una acompañante como Vivian hacía que lo viera de forma totalmente distinta. Ella conservaba aquella chispa de inocencia que hacía que todo brillara más, para ella todo era nuevo, sorprendente y vibrante. Él, en cambio, hacía mucho tiempo que había perdido la capacidad de sorprenderse o emocionarse de esa manera tan sana.

—Al principio, pensé que tendría que sacar mi petaca de agua bendita y rociar con ella a todos estos pecadores, pero no. No ha sido tan grave.

Vivian lo miró con los ojos muy abiertos planteándose si realmente esa petaca existiría, pero Marcus no pudo resistir más y soltó una carcajada, que Vivian correspondió.

—Vaya, lord Rutherford, ¿quién habría dicho que tiene sentido del humor? —Se entretuvo en contemplar la sonrisa que aún curvaba los labios de aquel hombre, una sonrisa verdadera y no ese gesto falto de sentimiento que lucía habitualmente. El aire parecía haber cambiado entre ellos, como si fuera la primera vez que se veían. Ella sonrió también, con esa expresión dulce y soñadora suya, y Marcus imaginó las pequeñas arrugas que se formaban junto a sus ojos cuando lo hacía y que ahora ocultaba el antifaz—. Debería sonreír más, milord. Un día en el que no se sonríe es un día desperdiciado.

Marcus tuvo claro que un día en el que Vivian Carpenter no sonriera no merecía ser vivido.

Solomon subió al escenario para presentar la siguiente actuación, pero durante unos instantes ni Marcus ni Vivian fueron muy conscientes de su presencia, mirándose como si en aquel enorme edificio no hubiese nadie más que ellos dos. Con un carraspeo el conde volvió a recuperar su compostura y su actitud hermética de siempre, y miró al escenario arqueando una ceja y fingiendo sorpresa al ver el atuendo de Solomon. El maestro de ceremonias lucía muy atractivo, con un impecable traje de gala, con los ojos perfilados de negro, los pómulos marcados exageradamente por el colorete y los labios rivalizando en color con la rosa roja que prendía en el ojal de su chaqué. Con extravagantes y refinados ademanes presentó a Artemisa, que los deleitaría con su maravillosa voz. Se bajó del escenario y se acercó a la mesa donde Vivian y el conde disfrutaban de la velada, fingiendo un encuentro casual. Marcus apretó la mandíbula al ver cómo su provocador empleado los miraba con una sonrisa lobuna y se detenía justo detrás de la silla de Vivian, colocando las manos sobre los hombros de la joven. Ella sonrió, le caía bien, a pesar de que fuera un poco excéntrico.

—Buenas noches, pajarillo. —Solomon se inclinó sobre ella mucho más de lo que Marcus consideraba aceptable y lo taladró con la mirada.

—Buenas noches, Solomon —le contestó con amabilidad disfrutando de la evidente tensión de su acompañante.

El maestro de ceremonias se acercó a su oído hasta que sus labios casi la rozaron, y Vivian no pudo evitar ponerse un poco nerviosa.

—Tienes que decirme cómo lo haces para estar siempre rodeada de ejemplares tan deliciosos. —Ella soltó una pequeña carcajada nerviosa ante el atrevido comentario, pero al ver la mirada de Marcus se mordió el labio conteniéndose—. Debe de ser este maravilloso perfume que usas, que con seguridad resucitaría a un muerto. Tienes que prestármelo, mi reina.

Vivian se estremeció al sentir que Solomon deslizaba la nariz por su cuello, sin apartar la mirada de los ojos de Marcus. Sentía una ilógica y desconocida satisfacción al ver su expresión mientras otro hombre le prodigaba una provocadora caricia. La mirada fría de Marcus le indicó al empleado que estaba rayando el límite de lo tolerable y este se incorporó con una carcajada cantarina, no queriendo arriesgarse a ser el depositario de su ira. Puede que por sus gestos ambiguos muchas mujeres pensaran que Solomon era inofensivo, pero, en cuanto al sexo, era un depredador, y solo el hecho de saber que Vivian estaba marcada por el Jefe le impedía continuar avanzando en su conquista. Pero siendo un provocador nato no había podido resistirse a tocarle las narices al Jefe, especialmente porque era consciente de que, cuando interpretaba su faceta respetable, tenía las manos atadas.

—En fin, parejita. Espero que disfrutéis del espectáculo —se despidió cuando Artemisa tomó posesión del escenario con un brillante vestido amarillo—. Y una cosa más, caballero. Trate bien a mi pajarillo o le daré una paliza con mis propias manos.

Las florituras excesivamente afeminadas de sus manos le quitaron un poco de fuerza a la amenaza, pero no ayudaron a disminuir la furia que había provocado en Marcus su atrevido acercamiento a Vivian.

—¿Esa es su idea de una diversión inofensiva? —preguntó con los dientes apretados, ignorando los primeros ecos de la música, mientras Solomon se perdía entre las mesas.

—Tranquilícese, lord Rutherford. No creo que tuviera intención de seducirme.

—¿Y deja que todo aquel sin intención de seducirla la manosee en público?

Marcus no entendía por qué no podía contener su lengua, pero lo atribuyó al poco eficaz disfraz de Vivian. Si alguien la reconocía, su reputación y su futuro acabarían destrozados de un plumazo. Y él no podía evitar sentirse responsable por ello al haberla envuelto en aquel peligroso juego.

—No voy a consentirle que cuestione mi decencia. —Vivian hizo ademán de levantarse, pero Marcus la sujetó de la muñeca y de un tirón la obligó a sentarse de nuevo clavando en ella su mirada, más oscura y rigurosa de lo acostumbrado. Acercó la silla a la suya para advertirla de que no se levantaría de allí hasta que él lo decidiera.

—No va a formar una escenita para atraer la atención de todos sobre nosotros, señorita Carpenter —susurró cerca de su oído con los dientes apretados.

Vivian, resignada, cruzó los brazos sobre el pecho y levantó su altiva nariz mientras él intentaba sin éxito concentrarse en la maravillosa voz que cantaba sobre el escenario. Se sentía tan molesta con el conde que mantenerse sentada en aquella silla a su lado le estaba resultando una tortura. Al menos una docena de insultos poco elegantes acudieron a su mente. Tenía suerte de que sus padres la hubiesen educado de manera exquisita. Su padre...

¡Su padre!

El mismísimo lord Carpenter estaba sentado a pocas mesas de distancia con algo parecido a una ardilla oscura sobre la cabeza. Su flequillo era tan frondoso y tan alejado de la frente despoblada que lucía a diario que no era de extrañar que Vivian no hubiera percibido su presencia. Se había quedado tan petrificada que se había olvidado de respirar. Su padre miraba hacia el escenario sin percatarse de que su hija también estaba allí. Una dama con un vistoso pero elegante vestido y provista de un antifaz se sentaba a su lado de espaldas a Vivian. Una mujer desconocida que era el polo opuesto a Lina Carpenter. Vivian se quedó anonadada al ver que su progenitor se giraba hacia ella y le hablaba con total familiaridad, acariciando su mentón para después depositar un suave beso en sus labios. Su cara estaba girada en dirección a Vivian y era cuestión de tiempo que dejara de mirar a su amante para clavar los ojos en su patidifusa hija. Presa del pánico, Vivian optó por la única salida que encontró, ocultarse bajo la mesa. Pero su apretado corsé no le dejaba mucha libertad de movimientos y lo único que pudo hacer fue encogerse sobre sí misma y lanzarse sobre el regazo de Marcus. El conde estuvo a punto de saltar de su asiento ante la inesperada reacción. Miró a su alrededor rezando, esta vez sí, todo lo que recordaba para que nadie se percatara de que Vivian tenía la cabeza enterrada en semejante parte de su anatomía. No tenía ni idea de lo que había desencadenado ese comportamiento, pero trató con desesperación de hacerla volver a su sitio. Intentó mantener la compostura mirando al frente como una estatua, pero sentir los senos de Vivian sobre sus muslos no era algo fácil de ignorar.

—Señorita Carpenter... —susurró con voz ahogada, totalmente sobrepasado, tirando de sus hombros con todo el disimulo posible para no llamar la atención.

Pero ella se aferró a sus piernas desesperada, decidida a mantenerse allí, oculta por la mesa que a duras penas la cubría, hasta que el mundo se abriera y se la tragara. Marcus miró alrededor con expresión de pánico y se encontró con la mirada de circunstancias de uno de los lacayos apostado discretamente alrededor de las mesas, y que en esos momentos no sabía dónde meterse. En esa zona del club no se permitían las mismas actitudes relajadas que en los salones donde se realizaban las fiestas o los palcos, y el ambiente era bastante más sobrio. Que el mismísimo Jefe fuera invitado a abandonar la sala por un comportamiento demasiado «cariñoso» sería bochornoso. Respiró hondo intentando controlar la erección que inoportunamente comenzaba a apretarse en sus pantalones, pero la presión del cuerpo de Vivian sobre esa zona concreta, por muy incómodo que fuese el momento, era insoportable.

—Vivian, levántate —susurró entre dientes.

—No puedo. Me va a ver —siseó frenética mientras Artemisa interpretaba una desgarrada estrofa.

El conde miró a su alrededor, pero su azoramiento le impidió reconocer el motivo del nerviosismo de su acompañante. Al menos comprobó agradecido que todo el mundo estaba demasiado pendiente del escenario para ser testigos de su pequeña tortura. En un último intento de salvaguardar la dignidad de ambos sujetó a Vivian por los hombros de nuevo. La incorporó de un tirón, aunque se dio cuenta demasiado tarde de que el delicado encaje del corpiño de Vivian se había enganchado en uno de los botones de su pantalón. El crujido de la tela coincidió con un agudo grito de la cantante, con una maldición de Marcus y con un jadeo de espanto de Vivian que vio que el frontal de su vestido se rasgaba y comenzaba a bajar por el peso del broche. Sin otra opción más que la huida, el conde la sujetó de la mano y la arrastró hacia uno de los pasillos, mientras Vivian sujetaba la tela como podía contra su pecho.

Una vez en la soledad del corredor la soltó, ignorando el impulso de presionarla contra la pared y besarla hasta que se desmayase, y se dispuso a soltarle un sermón sobre el decoro, la castidad y las buenas formas que de paso enfriara sus instintos. Se detuvo en seco cuando se dio cuenta de que ella estaba temblando.

—¿Está bien?

Vivian asintió tragando saliva y cerrando los ojos con fuerza.

—He… He visto a un amigo de mi padre —mintió sin dejar de sujetar la tela contra su pecho—. Me ha inculcado tan profundamente que es fácil reconocerme que me asusté.

Marcus la miró entrecerrando los ojos sin creerla del todo, pero aceptó la respuesta.

—Permítame que la ayude con eso —pidió con suavidad señalando el trozo de tela que se había roto.

—No es necesario. —Le rechazó con un hilo de voz y la cabeza gacha, mientras con una mano seguía sosteniendo la tela y con la otra intentaba soltar el pesado broche—. Intentaré sujetarla con la joya, seguro que quedará bien.

A Marcus no le gustaba en absoluto su cambio de actitud. De pronto, parecía que había perdido la energía.

Vivian sentía que se iba a echar a llorar en cualquier momento. Era incapaz de mirar a la cara a Rutherford, mientras sus dedos entorpecidos por los nervios le impedían conseguir su objetivo. Se resignó a aceptar su ayuda cuando las manos de Marcus se acercaron muy despacio tratando de no alterarla más. Con movimientos lentos y hábiles desprendió el pasador de brillantes procurando no rozarla y apartó con suavidad la mano de Vivian, que continuaba presionando con más fuerza de la necesaria la tela por encima de su pecho. El ambiente en la penumbra y la soledad del pasillo era de una intimidad asfixiante, solo interrumpida por el sonido de sus respiraciones agitadas y el eco lejano de la música que venía del salón, y ella tuvo que deshacerse de su antifaz en un vano intento de recuperar el aliento.

Marcus deslizó los dedos bajo la tela a la altura del corazón de Vivian, que latía desbocado bajo su toque, para poder juntar las partes rasgadas del vestido y sujetarlas con el broche. Sus manos estaban frías, y Vivian aguantó la respiración sintiendo su piel arder mientras él terminaba el minucioso trabajo. Su cabeza estaba inclinada sobre ella y la luz rojiza del pasillo jugaba con sus rasgos, dándole el aspecto de un bello demonio muy alejado del santo que pretendía ser.

—Listo —susurró, y su aliento cálido rozó su mejilla.

Vivian levantó la mirada hacia la suya, lo cual fue un tremendo error. Sus cuerpos se aproximaban guiados por una fuerza invisible e irresistible mientras Marcus mimaba con una caricia dulce su mejilla. Deseaba tanto que él no se detuviera que su mente había dejado de funcionar. La presencia de su padre a pocos metros de allí, el saber que los cimientos de la familia que ella había conocido hasta ese momento acababan de derrumbarse, o incluso la lealtad hacia su mejor amiga… todo aquello ya no importaba. Quería ser egoísta por una vez en su vida y sentir de verdad. Y los labios de Marcus Bowden eran todo lo que quería sentir en ese momento.

—¿Interrumpo algo? —La voz insolente de Lion les hizo separarse abruptamente—. ¿Va todo bien, Vivian?

—Perfectamente, muchas gracias —contestó llevándose una mano al broche para cerciorarse de que todo estaba en su sitio—. He tenido un problema con mi vestido, pero ya está todo arreglado.

—No es esa la impresión que me ha dado.

—Ya ha escuchado a la dama. No necesitamos que venga a rescatarla. —Marcus dio un paso adelante con los puños apretados y unas ganas inmensas de estrangularle.

—¿Vivian? —insistió Lion ignorando deliberadamente a su hermano, que estaba a punto de echar humo. Pero Marcus no la dejó que contestara.

—¿No me ha escuchado? Vivian está bien conmigo —resaltó a propósito el nombre de pila, molesto por la familiaridad que Lion usaba con ella.

—Deje que conteste ella, señor…

—Él es lord Rutherford. Es perfectamente respe…

—Si vas a decir respetable, ahórrate el calificativo, tesoro. —Esta vez fue Lion quien no la dejó terminar la frase y continuó disfrutando de la situación, retando a un Marcus que estaba rozando el límite de su paciencia.

—Me está insultando, señor —se quejó, sin entender a dónde quería llegar Lionel.

—¿Cómo quiere que califique a alguien que arrastra a una joven inocente hasta un pasillo oscuro con dudosas intenciones? ¿Honorable? ¿Decente? Lo único que puedo pensar es que usted no es de fiar.

Marcus avanzó hacia él dispuesto a borrarle la sonrisa burlona y desafiante de la cara, pero Vivian se interpuso entre ambos.

—Señorita Carpenter, será mejor que nos marchemos antes de que olvide mis principios y le haga tragarse sus palabras a este idiota —ordenó Rutherford sujetándola por el brazo.

—Vivian, no es necesario que te vayas con él. Yo me encargaré de que llegues sana y salva a casa —se opuso Lion sujetándola del otro brazo.

Vivian parpadeó mirando a ambos hombres y sacudió los brazos zafándose del agarre. Ya solo faltaba que el Jefe apareciera reclamando que la había marcado como suya para que el desastre fuese completo. Jamás había imaginado que la expresión del conde pudiera volverse tan sombría, tan alejada de su habitual actitud inofensiva y cauta. De repente, la realidad de lo que había estado a punto de pasar entre ellos cayó sobre ella como un jarro de agua fría y la necesidad de alejarse de Marcus la hizo tomar una decisión.

—Lord Rutherford, será mejor que se marche. Creo que puedo volver a casa por mis propios medios.

—Vivian… —El tono de advertencia del conde fue ignorado completamente por ella.

—Ya ha oído a la dama —intervino el pelirrojo.

—Por favor, márchese —rogó Vivian, dándole la espalda y alejándose varios pasos de él. Cuando volvió a girarse, Marcus había desaparecido y Lion sonreía complacido por su efímera victoria.

—Acompáñame a mi palco —le pidió ofreciendo su brazo con galantería, creyéndose vencedor.

—No. Me marcho a casa. Ya he tenido suficiente espectáculo por esta noche —se negó visiblemente indignada.

—Vivian…

—No necesito que dos gallitos se peleen por mí como si yo no estuviese delante o fuera una completa inútil sin capacidad para decidir por mí misma. No soy un títere. Si alguien piensa que resulta halagador es que no tiene ni idea de lo que siente una mujer —sentenció cortante, marchándose tan altiva como una reina y tan furiosa como una guerrera, dejando a Lion plantado y boquiabierto en aquel pasillo oscuro.

13

Vivian recorrió ofuscada los pasillos, enfadándose un poco más si cabe cada vez que se confundía de dirección en aquel maldito laberinto de moqueta roja. No había querido salir por el mismo sitio por el que habían llegado por si el conde de Rutherford aún andaba por allí. No estaba preparada para enfrentarlo después de lo que había estado a punto de pasar. Al fin, llegó a un pasillo conocido que desembocaba en las cocinas, mientras entre dientes mantenía una interesante conversación consigo misma, en la que quedaba claro que ambos hombres eran unos malditos zopencos.

—… inflagaitas metomentodo, y el otro… arggg… el otro no es más que un asno con sotana y un mercachifle de la moral.

Estaba a punto de tomar la dirección hacia la salida cuando una voz a su espalda la sobresaltó.

—Lo del asno ha tenido su gracia. Aunque la verdad es que los ricos sois raros hasta para insultar.

—Señora Sugar, me ha asustado.

La risa de la mujer sonó áspera y demasiado fuerte.

—Señora Sugar —repitió burlándose, sorbiendo sonoramente por la nariz—. Es usted graciosa, señorita como se llame.

—Vivian. Ese es mi nombre real.

—Agradezco que me lo diga. ¿Por qué está tan enfadada? ¿Una mala noche? Debe acostumbrarse, si va a convertirse en la querida del Jefe no será fácil. Su mundo a veces le resultará confuso.

—Yo no soy la querida de nadie.

—Pues no es eso lo que se comenta por aquí. Él no suele marcar a mujeres para que nadie las toque. Sus encantos deben de haberle enloquecido —se burló mirando el curvilíneo cuerpo de Vivian, lo que hizo que se enfadara todavía más.

—Como usted ha dicho, no ha sido una buena noche, si me disculpa… —Vivian se dio la vuelta para marcharse. Lo último que deseaba aguantar eran los comentarios malintencionados de esa mujer desagradable y tosca.

—Espere…, por favor —rogó con la voz mucho más suave, lo que hizo que Vivian se pusiera alerta—. Necesito… un favor.

—No sé qué favor podría hacerle yo a usted.

—Quiere decir que no sabe cómo podría devolvérselo después, ¿verdad? Todos sois iguales, por muchas sonrisas angelicales que luzcáis.

—Sugar, dígame qué necesita —la cortó comenzando a exasperarse, deseosa de salir de allí.

La rubia se retorció las manos, indecisa, hasta que al final sacó un papel arrugado de su bolsillo.

—¿Podría leérmela?

Vivian alargó la mano y cogió la carta que le tendía, escrita con una letra algo burda y desigual.

—Por supuesto. Pero necesito un poco más de luz, no veo demasiado bien de cerca. Pero no se lo diga a nadie —susurró con aire cómplice haciendo que la mujer sonriera.

—Vamos a la cocina. Seguro que Ray tiene algo para calentarnos las tripas y el espíritu, señorita. Allí me la podrá leer.

En la larga mesa de la cocina, Chocolat y Cherry daban cuenta de un buen tazón de caldo caliente y las saludaron sonrientes al verlas aparecer. Ray, silencioso como siempre, colocó delante de ellas varios platos con bollos y una jarra de vino dulce, pero Sugar tenía el frío asentado en los huesos después de tantos años en la calle y le pidió una botella de licor de menta. El hombre colocó frente a las damas varios vasitos pequeños y una botella llena de un líquido verde muy brillante que lanzaba reflejos sobre la mesa a la luz de las velas. Entre bromas y un ambiente agradable y ausente de cualquier ceremonia, comenzaron a comer. Vivian levantó el vaso lleno de líquido verdoso y lo miró al trasluz asombrada por ese color tan llamativo e inusual, y se lo acercó a la nariz. Arrugó el gesto, pero le dio un sorbito. El sabor era agradable, pero su boca parecía arder.

—Eso no se bebe así... —Sugar le hizo una demostración tragándose el contenido de su vaso de un trago—. Es medicinal. Bébetelo y verás cómo respiras mejor.

Vivian dio un trago un poco más grande y lo paladeó, disfrutando de su sabor dulzón, y tuvo que reconocer que sabía bastante bien.

—Vamos, niña. Léeme la carta, llevo tres días con ella en el bolsillo y me recomen los nervios.

Vivian se sentía en confianza en aquella habitación en la que todos parecían preocuparse por los demás como si fuesen una gran familia. Se quitó el antifaz y desplegó la carta, pasando la mano varias veces sobre ella para quitar las arrugas. Las mujeres la miraron en silencio y levantó la vista para entender el motivo de su súbito mutismo.

—Tienes unos ojos preciosos —dijo Chocolat limpiándose la boca con el dorso de la mano—. A juego con tu sonrisa, pareces un ángel recién caído del cielo.

—Caramba, no me extraña que el Jefe esté encaprichado contigo, niña —la aduló la pelirroja.

—Bueno, ya sabemos que no es solo por sus pechos.

Todas rieron ante la broma malintencionada de la rubia y Vivian, tras poner los ojos en blanco, comenzó a leer.

—«Querida Maggie, me alegra saber que sigues trabajando de cocinera en el negocio de esos hombres tan amables. Estoy segura de que seguirán cuidando de ti como hasta ahora». —Vivi levantó la vista y Sugar se encogió de hombros.

—No puedo decirle a mi hermana que soy prostituta, ¿verdad? Una pequeña mentira no hace daño a nadie.

—«Micky y Nancy están cada vez más altos. Es una pena que yo no pueda correr junto a ellos, pero me siento en el porche y los veo jugar con una sonrisa de orgullo. Y mientras tanto solo puedo pensar que están bien gracias a ti y a tu ayuda».

Chocolat y Cherry se limpiaron las lágrimas con disimulo, mientras Sugar sorbía y se sonaba sonoramente con una servilleta.

—«Sé que es difícil viajar así —continuó Vivian—, y que solo seríamos un estorbo para ti en la ciudad, pero tengo muchas ganas de verte. Estoy deseando que los niños te vean también, les hablo mucho de ti y les digo que si yo falto ellos nunca estarán solos. Porque tú siempre serás nuestra hada madrina y yo vuestro ángel de la guarda». —La voz de Vivian sonó ahogada por la emoción y estiró la mano para apretar la de Sugar—. ¿Quieres que te ayude a contestarle?

—No quiero aprovecharme de tu paciencia. Hay un comerciante que escribe cartas por encargo a unas calles de aquí. Ese sarnoso se aprovecha de la gente humilde, pero nos apañamos.

—El muy desgraciado…, la última vez me tuvo de rodillas tanto rato que pensé que me hubiera salido mejor llevar yo misma la noticia a pie.

—¿Queréis decir que… os pide favores a cambio de…? —Vivian parpadeó y miró a las tres mujeres sin entender nada, pero intuyendo que aquello tendría algún doble sentido.

—¿Favores? Nos pide que se la chu…

—¡¡Sugar!! —gritaron Chocolat y Cherry a la vez haciéndola callar.

—Nos pide un intercambio. Él se encarga de escribir y enviar nuestras cartas a cambio de que nosotras le hagamos un «trabajito» —explicó Chocolat con un poco más de diplomacia.

—Y ese viejo es de gustos fijos —apuntó Sugar llevándose a la boca otro trago de menta.

—Hablando de gustos fijos. Esta noche ha venido a verme John el Mustio —comentó Cherry tras apurar su vaso de licor.

—¿En serio? Habrás tenido que trabajar a fondo —dijo Chocolat compadeciéndose de su amiga.

—¿Por qué le llamáis así? ¿Es un tipo triste?

—Su cosita es triste —soltó Cherry haciendo que Sugar se atragantara con la bebida y estuviera a punto de pringar a Chocolat, que estaba sentada en frente—. Esa almendrita suya estaba aún más mustia de lo normal.

—Y has tenido que esmerarte más de lo normal. Por suerte, ese hombre te deja buenas propinas.

—Sí, Cherry ha tenido que hacer magia con su lengua para que aquello creciera y creciera… —bromeó la pelirroja con aire de superioridad.

Todas rieron con ganas. Todas excepto Vivian, que no entendía absolutamente nada de su lenguaje en clave y se limitaba a mirarlas con los ojos muy abiertos y con miedo a preguntar.

—Sabes cómo funciona el sexo, ¿verdad, niña? —preguntó la morena rellenando las copas de licor.

—Yo… Bueno, no soy una experta. Sé que los hombres disfrutan con ello y que es una demostración de amor conyugal dejarlos hacer. Que las esposas deben mostrarse disciplinadas y dóciles. Sé que es necesario para procrear… —Terminó en un susurro para que Ray, que limpiaba las perolas donde había cocinado, no la oyera.

—¿Crees que alguno de los mamarrachos con los que nos acostamos cada noche nos aman o tienen intención de procrear con nosotras?

—Es lo que mi madre me dijo a mí cuando era una cría —recordó Cherry con nostalgia—. Por las madres y por sus bienintencionados e inútiles consejos —brindó y se bebió lo que quedaba en su vaso.

—No todos los consejos son malos. Es cierto que los hombres sienten placer, y que el fin puede ser tener bebés. Pero te aseguro que las mujeres también podemos disfrutar tanto como ellos. Y te garantizo que un hombre como el Jefe es de los que te hacen disfrutar, ya lo verás —Chocolat levantó el vaso y le guiñó un ojo—. Por los hombres como el Jefe.

—Yo no estoy con el Jefe.

—Tú te lo pierdes —aseguró Sugar, llenándole el vaso de nuevo e instándola a bebérselo.

—Pero tenéis razón en algo —continuó Vivian dando un largo trago a la bebida de color verde—. Los consejos de mi madre no me resultarán demasiado prácticos. Son útiles si uno quiere llevar la vida que lleva mi madre, que supongo es la pretensión de la mayoría de las jóvenes. No quiero decir que la mía no lo sea. Ni que la vida de mi madre no sea correcta. Pero…

—Vivian se sentía envalentonada y algo aturdida por el alcohol, y se atrevió a expresar lo que pensaba. O eso intentó, porque sus palabras parecían embrollarse en su lengua—. Todo lo que decís me resulta extraño e incomprensible. Y no es que quiera llevar a cabo ninguna de esas actividades de las que habláis, válgame Dios. Ni que yo haya pensado alguna vez… No es que no lo piense, en realidad, es que una señorita soltera no debe pensar demasiado en eso, ni en eso ni en nada, y tampoco debe rozar el límite de la decencia, ni mucho menos sobrepasarlo… Y no digo que no seáis decentes, lo que quiero decir es…

—Que alguien pare a esta muchacha, me está doliendo la cabeza. Toma, bebe y calla —le ordenó Sugar llenándole el vaso de nuevo.

—Cariño, no nos ofendes. No somos decentes, somos putas. Aunque somos honestas y de buen corazón —reconoció Cherry con una sonrisa.

—Lo que quieres decir es que tienes dudas —resumió eficazmente Chocolat, haciendo que Vivian resoplara de alivio y la señalara con la mano para darle la razón.

—Cientos de ellas. Cada vez que oigo esos eufemismos sobre almendritas y lenguas y todo ese tipo de cosas os juro que mi mente se imagina lo peor.

—¿Eufe… qué?

—Comparaciones.

—Ah, bueno. Pues, verás, ¿cómo explicarlo para no ofender tus refinados oídos? La almendrita es la herramienta, y la lengua es la lengua. No hay más. Y si la usas bien, la almendrita se trasforma en algo bastante más grande, y si tienes suerte no te cabrá en la…

—Qué sutileza la tuya, Sugar —la regañó Chocolat al ver la cara de horror de Vivian.

—¿Queréis decir que hay que poner la lengua… a… a…

ahí? ¡Por encima de mi cadáver! Si eso es así prefiero no tener hijos. Y hasta quedarme soltera. Esa información no puede ser buena, señoras. En serio. Es la primera vez que escucho una aberración así. Debe de haber algún error —concluyó Vivian, nerviosa, levantándose de la mesa mientras se estrujaba la tela de la falda.

Las tres prostitutas comenzaron a reír a carcajadas hasta que sus ojos se llenaron de lágrimas, mientras el cocinero aguantaba la risa con disimulo y se marchaba a la despensa para continuar recogiendo los enseres.

—Os estáis burlando de mí. Ya me parecía que eso no podía ser así —dijo más tranquila volviéndose a sentar.

—Me temo que no. Al principio todo te parecerá extraño; al fin y al cabo, nos han educado para que reneguemos del placer. Hay muchas cosas que se pueden hacer para disfrutar de tu cuerpo y del de tu hombre, pequeña. Siempre y cuando a los dos os guste.

En lugar de aclarar sus dudas, las preguntas y, lo que era peor, los miedos se agolpaban en su cabeza. Desconocía tanto el mundo en el que ellas se desenvolvían que ni siquiera era capaz de verbalizar las cosas que no comprendía.

—Te diríamos todo lo que sabemos, pero entonces sabrías lo mismo que nosotras. Y todo tiene su precio.

—Hagamos un trueque. —Todas miraron a Vivian sin saber a qué se refería. No había nada que pudieran querer de ella—. Yo os escribiré las cartas que necesitéis y me encargaré de enviarlas a su destino a cambio de que me expliquéis esas cosas de las que habláis. No hace falta que entréis en detalles escabrosos. No quiero ser una experta en el tema ni convertirme en una afamada cortesana. Solo quiero saber qué debo esperar.

—¿Y por qué no le preguntas al Jefe? Seguro que él está más que dispuesto a enseñarte la parte práctica, y me da en la nariz que no tardará mucho en hacerlo. El olfato de la vieja Sugar nunca falla.

—Te repito que no soy ni seré la amante de ese hombre.

—Pero él te ha reclamado delante de todos —afirmó Cherry, confundida, y Vivian hizo un gesto con la mano como si estuviera espantando una mosca.

—Eso ahora no importa. Reconsideradlo, por favor. Solo tenéis que contarme algunas cosas básicas. Os pido bastante menos que ese comerciante, y no tendréis que poneros de rodillas.

Cherry soltó una carcajada bastante parecida al rebuzno de un asno.

—Está bien, yo me encargaré. Vosotras la asustaríais con vuestras sucias lenguas. Solo te explicaré lo justo para que no vayas a ciegas por el mundo. Nada de detalles obscenos ni información innecesaria —se ofreció Chocolat, temerosa de que sus dos compañeras pudieran empañar la inocencia de Vivian. A ella le hubiera gustado que alguien le hubiese explicado, cuando aún era una muchacha inocente, lo que debía esperar, lo que debía temer y lo que debía rehuir. Puede que así su vida hubiese sido distinta. Le hizo un breve resumen de los conceptos básicos y del funcionamiento mecánico con una precisión propia de un experto en anatomía humana, sin privarse de darle a todo un ligero toque romántico. Aunque para ella las relaciones con los hombres hacía tiempo que se habían convertido en cualquier cosa menos en algo con una sombra de romanticismo.

La mayoría de los actos que Chocolat le describía eran tan ajenos para Vivian que, aunque se esforzara, su cabeza era incapaz de formar una imagen de lo que estaba escuchando. La puerta de la cocina se abrió de golpe y todas se sobresaltaron.

—Por Dios, Storm. Casi nos matas del susto —se quejó Sugar con una mano en el corazón.

—Si te has sobresaltado es porque seguramente estarías criticando a algún hombre, tu deporte favorito.

—No solo a uno, a tooooodos en general.

Storm se rio y clavó la vista en una sonrojada Vivian que parecía querer encogerse sobre sí misma hasta desaparecer, a pesar de que él no había escuchado ni una palabra de su conversación.

—Señorita, el Jefe me envía a ofrecerle un carruaje para volver a casa. Pensó que lo necesitaría.

Ella asintió preguntándose cómo demonios se había enterado de que se había quedado sola una vez que se había deshecho de su flamante acompañante. Entonces recordó sus palabras. Él se enteraba de todo lo que ocurría bajo su techo. Puede que también supiera que se había abalanzado vergonzosamente sobre el regazo del conde de Rutherford. Ahora, gracias a las enseñanzas de sus nuevas amigas, entendía el azoramiento del hombre, y solo esperaba que nadie hubiese sido testigo de la bochornosa escena. Estaba tan a gusto en aquella cocina que había olvidado momentáneamente a su padre, a Marcus y a Lion, pero era hora de volver a la realidad.

—Dele las gracias de mi parte. Si es tan amable, creo que es hora de irme.

Las tres mujeres se quejaron; para ellas la noche aún era joven.

—Tengo que marcharme antes de que me pillen, pero anuncio solemnemente que mañana vendré con todo lo necesario para escribir esas cartas, señoras. —Su anuncio fue recibido con un aplauso y un brindis por parte de las tres, y Storm se marchó para preparar el carruaje con una sonrisa en los labios.

Vivian abrió solo un ojo deseando que aún no hubiera amanecido para poder dormir un poco más, pero para su desgracia el sol brillaba y se filtraba por las cortinas entreabiertas de su ventana para ir a parar justo sobre su cara. Gruñó con desagrado e hizo un esfuerzo por levantarse. Su cabeza zumbaba y su estómago dio un ligero vuelco al ponerse en posición vertical. No había que ser ningún experto en la materia para deducir que su malestar se debía al licor de menta, ya que al volver a casa había sentido que el suelo se movía ligeramente bajo sus pies y su cama no había dejado de dar vueltas. Volvió a gruñir, esta vez de mortificación, al recordar lo ocurrido con el conde y la conversación subida de tono con las prostitutas, que de no haber sido por el licor no se habría atrevido a tener.

Recordar la escena de Marcus en el pasillo oscuro con sus dedos fríos rozando suavemente su piel y su cara cada vez más cerca de la suya le provocó una sensación de desasosiego, y tuvo la impresión de que su contacto aún estaba allí. Decidió que lo razonable era no volver a pensar en ello. Aquel hombre no estaba dentro de sus posibilidades y, aunque no hubiese manifestado su interés en su mejor amiga, no sería un candidato aceptable. Eran tan distintos que se matarían antes de terminar la luna de miel. El conde de Rutherford no era una opción. Lo mejor era centrarse en su malestar físico, ya que en ese momento era el tema más acuciante. Se acercó al espejo de su tocador para comprobar que lucía exactamente igual de mal que se sentía, con el pelo convertido en un nido de cigüeñas y unas ojeras violáceas e hinchadas. Sentía la lengua adormecida y un regusto amargo y dulzón a la vez. Abrió la boca y sacó la lengua y estuvo a punto de gritar al ver que tenía un color verdoso. El maldito licor la había dejado marcada y solo Dios sabía cuánto tiempo duraría el efecto. Solo faltaba que sus padres decidieran hablar con ella en ese momento. Seguro que su madre, con su vista de águila, lo detectaba enseguida.

Flora entró en la habitación tras llamar y no obtener respuesta, y se detuvo en seco mirando a su señora, sorprendida. Vivian sujetaba un vaso con ambas manos y mantenía la lengua en el interior del agua en una postura inverosímil y algo ridícula.

—¿Qué se supone que está haciendo con la lengua en remojo, señorita?

—Gno guedo hgaglar —contestó con un sonido gutural, con la cabeza inclinada hacia abajo y la lengua aún metida en el vaso.

—¿Ha perdido el juicio? Sabía que si seguía apretándole tanto el corsé tarde o temprano esto pasaría —refunfuñó Flora intentando contener la risa.

Vivian dejó el vaso y se masajeó las mandíbulas y las mejillas para aliviar la tensión que la forzada postura le había dejado.

—No te rías. Mi mundo se hunde y la persona que está a mi lado se ríe. Perfecto.

—¿Qué ha pasado esta vez que debe resolverse con la lengua fuera y metida en un vaso?

Vivian cogió su espejito de mano y abrió la boca, y con un berrinche propio de un crío gruñó desesperada. Sacó la lengua para que Flora la viera, a lo que esta contestó con un nuevo ataque de risa.

—Es por culpa del licor de menta. A saber cuánto durará, lo que tengo claro es que no sé cómo le explicaré a mi madre que tengo la lengua del color de uno de sus vestidos.

—Simplemente hable poco y sin gesticular. No se ría, cosa que cerca de su madre no será difícil. Y dentro de unas horas seguramente el efecto se habrá pasado.

—¿Tú crees?

—Nunca he oído que usen licor de menta para pintar paredes o teñir telas, lo cual debe indicar que no es duradero, ¿no cree?

—Una lógica aplastante.

Flora asintió satisfecha sin notar el sarcasmo de su señora.

—Por cierto, su madre la espera en su salita.

—¿Y mi padre? —preguntó Vivian sin ningún deseo de encontrarse con su progenitor tan pronto, después de haber presenciado cómo besaba a una mujer.

—No lo sé. No lo he visto esta mañana, creo que no está en casa.

—Bien, no hagamos esperar a mi madre.

Vivian entró en la sala de recibir visitas de su madre y por primera vez sintió que aquel lugar era ajeno a ella, como si Lina Carpenter fuera la dueña del aire de la estancia y de todo lo que la envolvía, y ella no fuese más que una intrusa.

—Madre, ¿querías verme? —preguntó intentando hablar lo mejor que podía sin separar demasiado los labios. Si su madre veía su lengua verde no sabría qué excusa poner.

—Ya era hora. Mantenerse ociosa y ser una vaga no es lo que se te ha enseñado en esta casa —le reprochó sin levantar la vista de la carta que estaba escribiendo.

—¿Hay correspondencia para mí? —preguntó impaciente.

—No. Bueno, a decir verdad, había una carta. Deben de haberla enviado por error, solo contenía unas pocas palabras y no venía firmada. Nadie decente manda una carta sin firmar.

Vivian miró instintivamente hacia la papelera, donde un papel arrugado destacaba sobre los demás.

—Siéntate. Esperaba que tu padre estuviese aquí para aclarar esto, pero veo que está demasiado ocupado, como siempre.

—¿Ocurre algo, madre?

Su madre se puso de pie y se dirigió hacia la ventana manteniéndose en silencio durante varios segundos. Alta y delgada, con su vestido verde oscuro parecía un ciprés, uno de esos que hacen guardia junto a las tumbas de los cementerios. Vivian se amonestó mentalmente por el funesto pensamiento y, en cuanto se cercioró de que no la miraba, estiró la mano para hacerse con su carta y guardarla en el bolsillo de la falda con rapidez.

—No ocurre nada que no esté dentro de lo esperado en tu caso. En todos estos meses no has recibido ninguna petición de matrimonio formal, Vivian. Nuestras finanzas se han visto mermadas últimamente, y con ellas tu dote. La gente lo sabe, todos hablan, y eso se nota. Hay candidatas más ricas, mejor posicionadas y con un carácter más apetecible para un hombre que el tuyo. Es mi obligación ser sincera.

—No sabía que nuestra situación…

—No tenías por qué saberlo. Pero ha llegado el momento de que seas consciente de que tu matrimonio es una cuestión de urgencia. Tu padre está trabajando arduamente en ello, y espero que, lo antes posible, hayamos encontrado un candidato que solvente este asunto.

Este asunto, como ella lo llamaba, era su futuro, era el resto de su vida, era su felicidad, y su madre hablaba de ello como si se tratase de elegir unas cortinas para el salón.

—Madre, si me permites darte mi opinión, este año cuento con el apoyo de la nueva duquesa de Kensington y puede que algunos candidatos se animen…

—¿Isabelle? No me hagas reír. Esa duquesa tosca y sin gracia… Si crees que te ayudará su influencia es que estás loca. La gente solo la tolera porque su esposo es un duque rico, pero nadie la respeta. Tiene suerte de que su padre amañara su matrimonio cuando nació; si no, a saber qué habría sido de ella. Tienes un gusto horrendo para elegir amistades. Una Taylor y una Hamilton. Aunque al menos tu amiga Clarice ha sido más lista y ha conseguido la atención de ese conde mojigato. —Ahí estaba su madre en estado puro, cotilleando y despellejando con mordacidad, sin apenas variar su gesto ni un milímetro.

—Madre…

—Cállate. Ni siquiera has tenido la iniciativa suficiente para engatusar a alguien aceptable. Mírate. Tu cuerpo voluptuoso incita al pecado, eres como todas las Carpenter, pero no has sido tan viva como ellas. Una pequeña indiscreción y una boda rápida, eso hubiera estado bien. Pero ahora que todos saben que nuestras arcas peligran, nadie se arriesgará a un acercamiento contigo. Huelen el peligro.

Vivian estaba a punto de echarse a llorar ante el veneno que encerraban sus palabras. Su madre hablaba en un tono sin inflexión, como si estuviese hablando consigo misma, clavando una puñalada con cada frase. Que la mujer que le había dado la vida tuviera tan bajo concepto de ella era desolador. Sin ser consciente dejó escapar un sollozo que pareció sacar a Lina de su trance.

—Cariño, no pienses que te estoy juzgando. Tú no has hecho nada malo. Eres mi hija y te quiero. Pero conozco tu naturaleza soñadora, yo también fui así una vez. Me hubiera venido bien que alguien me abriera los ojos ante la realidad que me esperaba, igual que estoy haciendo yo contigo. Lo mejor que te puede pasar es encontrar un marido que te dé una vida tranquila y no te exija demasiado. La excesiva emotividad no es buena y harías bien en comenzar a dominarla.

—¿Y si esa no es la realidad que yo quiero, madre? —Se atrevió a preguntar con la vista clavada en la alfombra.

—En esta vida no siempre podemos tener lo que queremos.

Vivian cerró la puerta de su habitación con fuerza y se apoyó contra ella intentando contener los sollozos que apenas la dejaban respirar. Desde niñas las damas de su clase eran educadas con una única finalidad: encontrar esposo y formar su propia familia. Pero el frío y desapasionado sermón de su madre había conseguido helarle la sangre. No conseguía entender por qué el matrimonio debía ser inminente, ya que dudaba que los problemas económicos de su familia fueran realmente tan acuciantes. Pero al parecer no tenía otra opción más que aceptar al candidato que su padre consiguiera convencer. Puede que si dispusiera de algo más de tiempo… A quién quería engañar. Su madre tenía razón. No había sido capaz de atraer a ningún hombre con fines honestos. Puede que fuera un cúmulo de mala suerte, o simplemente que hubiera algo malo en ella, en su apariencia. ¿Y si solo la veían como una mujer a la que desear, pero no alguien a quien respetar? Se tumbó en la cama con la vista borrosa por el llanto clavada en el dosel. De repente se acordó de la carta que había rescatado de la basura. Se incorporó secándose las lágrimas y alisó el papel con rabia. Lo último que necesitaba esa mañana era que alguien más le recordara que ardería en el infierno por culpa de su voluptuosidad, su temeridad o cualquier otra cosa, y aun así estaba ansiosa por leer lo que Rutherford le había enviado. Porque no tenía ninguna duda de que esa misiva era suya.

Timoteo 5:22.

Sacó la Biblia que había guardado en el cajón de su mesilla para desgranar el nuevo enigma y no supo si sentirse furiosa por el párrafo elegido o agradecida porque al menos alguien pensara en ella.

No impongas las manos sobre nadie con ligereza, compartiendo así los pecados de otros.

Lo que no tenía claro exactamente era a los pecados de quién se refería.

14

Vivian cuadró sus papeles de manera perfecta y colocó con precisión milimétrica su tintero, su pluma y la cajita de madera donde los guardaba. Le encantaba ver todo perfectamente ordenado aunque sabía que en realidad el efecto duraría poco, ya que era incapaz de terminar una tarea sin derramar alguna gota de tinta, pringarse las manos o acabar con todo desperdigado sin orden ni concierto. No solo le ocurría con los artículos de escritura desgraciadamente, y su madre siempre le insistía en que ese desorden sería un reflejo de su propia vida si no se enmendaba.

Vivian era un desastre andante. Aparte de ser desordenada, tenía una molesta tendencia a dejar todo en cualquier parte, o lo que era peor, a guardarlo concienzudamente y olvidarlo casi al instante. Tenía una multitud de objetos personales que habían desaparecido, para reaparecer de manera milagrosa cuando uno buscaba otra cosa en los sitios más variopintos. Por eso disfrutaba tanto de esos pequeños instantes previos al caos, llenos de simetría y orden.

Cuando terminó la emotiva carta de la cascarrabias Sugar, ya había varias pequeñas gotitas de tinta sobre la madera de la mesa y se apresuró a limpiarlas con la servilleta antes de que Ray las viera. Chocolat acudió a pedirle que escribiera una carta para su madre y, Vivian se sorprendió al saber que tenía una hija de casi quince años que vivía en un tranquilo pueblecito con su abuela.

—Yo tenía solo quince años cuando tuve a mi hija, ¿sabes?

El señor de la casa donde trabajaba me engatusó con palabras dulces hasta que una noche me violó sobre los montones de ropa que acababa de planchar. No dije nada, estaba tan avergonzada y me sentía tan responsable de lo ocurrido que soporté cada nuevo abuso en silencio. No me pegaba ni me amenazaba, no era sucio, ni mal parecido... pero nunca me he sentido tan humillada como en sus manos. Simplemente aparecía y tomaba lo que quería, sin más. Cuando mi estado fue evidente me echaron con el sueldo de seis meses en el bolsillo. Y aun así tuve suerte, otras se van sin nada.

—Lo siento, Chocolat —musitó Vivian consternada, sin saber muy bien qué más decir.

—No lo sientas, es algo muy frecuente que los señores crean que el servicio les pertenece. Mi pequeña es lo único bueno que he hecho en mi vida. Ahora me va bien, al menos me puedo permitir el lujo de elegir a mis clientes. —La morena sonrió con orgullo al pensar en su hija—. Mi madre está haciendo de ella la damita cabal que yo no fui, y yo les mando el dinero que puedo para que vaya a una escuela de señoritas.

—Si es la mitad de fuerte que tú, conseguirá que la vida le sonría.

—Ojalá —dijo levantándose y atusándose el pelo, un gesto trivial que la ayudaba a evadirse de su parte emocional—. Es hora de que vuelva al trabajo. Gracias, Vivian. Tú también te mereces que la vida te sonría.

Vivian se puso el antifaz que se había quitado para escribir con más comodidad y recogió sus cosas sin tener muy claro si volver a casa o quedarse un rato más. Pero justo al abrir la puerta, la alta figura de Lion apoyado en la pared con actitud desenfadada y una sonrisa traviesa inclinó la balanza a su favor.

—Te estaba esperando, mademoiselle.

—No sé si tengo ganas de verte.

—Si mi actitud de anoche te molestó, te pido disculpas.

Vivian puso cara de enfurruñada no queriendo ponérselo demasiado fácil, pero al final su picardía la desarmó y acabó sonriéndole.

—¿Eso quiere decir que me perdonas? ¿Qué llevas ahí? —preguntó, quitándole el estuche de madera de las manos y dejándolo sobre la mesa—. Déjaselo a Ray, luego lo recogerás antes de marcharte.

Vivian le acompañó por los pasillos cogida de su brazo conversando de manera distendida.

—Así que eres amiga de ese conde remilgado y beato.

—En realidad no somos exactamente amigos.

—Pues parecíais muy íntimos cuando os interrumpí.

—Pues tu vista te falló, no nos soportamos. Él odia mi forma de ser, y no le culpo. Soy un poco desastre.

—¿Y tú?

—Yo a veces tampoco me soporto —bromeó fingiendo no entender la pregunta.

—¿Qué piensas de él? —insistió Lion intentando disimular su curiosidad.

Vivian suspiró y guardó silencio unos segundos preguntándose qué pensaba realmente sobre el conde de Rutherford.

—Lord Rutherford es… Está interesado en mi amiga, Clarice Hamilton. Los dos son tan perfectos, tan hermosos, tan correctos… son la pareja ideal. —Lion la miró intrigado al notar una leve tristeza en su voz—. Para ser sinceros, lo que yo piense de él no tiene importancia.

—Hablas como si en lugar de una virtud, pensaras que la perfección es un defecto.

—Lo es cuando se esgrime como un arma para señalar a los demás. De todas formas, no importa. Tengo problemas más importantes que intentar agradar al conde.

Lion se detuvo y trató de escudriñar la expresión de Vivian. Estaba realmente intrigado por saber qué era lo que había entre ella y su hermano. El Jefe se había paseado con ella de su brazo en un primitivo intento de posesión, con el único fin de que ningún otro hombre se le acercara. Encontrarlo interpretando su personaje de conde moralista que se salta sus propias normas para asistir a un espectáculo subido de tono en compañía de Vivian fue totalmente inesperado, y aún más increíble y divertido fue interrumpirlo cuando estaba a punto de dejarse llevar y besarla en un pasillo oscuro. Tanto el conde de Rutherford como el Jefe tenían una cosa en común. Aparte del hombre que se escondía bajo su máscara, metafórica o no, ambos se regían por un riguroso y estricto control sobre sí mismos. Marcus nunca dejaba nada al azar, nunca se dejaba llevar por sus instintos ni mucho menos por sus impulsos. Y sin embargo, Vivian, esa chica inofensiva, parecía estar abriendo una pequeña grieta por la que colarse con tan solo rascar un poquito en aquella dura pared.

—¿Estás bien? —preguntó Lion inclinándose ligeramente hacia ella—. Te noto un poco triste, tesoro.

Vivian suspiró y, tras quitarse el antifaz, se apoyó en la pared y cerró los ojos. No debía hablar de su intimidad con alguien que era casi un desconocido, pero el peso de las palabras de su madre era demasiado para llevarlo ella sola.

—Mis padres están buscando un candidato para casarme cuanto antes y todo indica que mi opinión al respecto no va a ser tenida en cuenta. Mi madre parece estar muy decepcionada conmigo. O más bien con mi escasa o nula capacidad para resultar atractiva a un hombre decente.

—¿Nula capacidad para atraer a un hombre? ¿Quién te ha dicho semejante estupidez?

—Es un hecho, Lion.

—Eres preciosa, tienes unos ojos puros y llenos de vida, y…

—No te lo he dicho para que me adules, no es necesario.

Lion se rio y acarició su mejilla.

—¿Me ves como el tipo de hombre que hace esas cosas?

—Supongo que no. Pero debe de haber algo terriblemente malo en mí para que ni siquiera…

—¿Ni siquiera…? —La instó a continuar.

—No es solo que no tenga propuestas de matrimonio. Ni siquiera he despertado el interés romántico de ninguno de ellos, ni siquiera me han besado —confesó con un susurro casi inaudible.

Lion continuó acariciando su mejilla con dulzura, y levantó su cara hacia él.

—Puede que sean esos hombres con los que te has cruzado los que tienen algo malo. No tú.

Rodeados de aquella intimidad, parecía lo más normal del mundo que comenzase a aproximar su rostro al suyo. Algo inevitable, que estaba destinado a suceder. No quería pensar que Lion pudiera besarla por lástima, pero esa posibilidad existía. Aun así, deseaba que lo hiciera, recibir un beso de verdad antes de que su vida cambiara para siempre. Esos escasos segundos de espera daban para pensar mucho. No sabía si debía hacer algo, sacar morritos, cerrar la boca o abrirla, y simplemente se limitó a esperar. Sintió el rostro del León cada vez más cerca de sus labios, el contacto de su boca era inminente y no se atrevía a moverse por si la magia se desvanecía.

Y de repente… De repente, nada. Solo el aire frío del pasillo.

—¿Qué demonios…? —El gruñido de Lion la hizo abrir los ojos.

Ninguno de los dos se había percatado de que no estaban solos en aquel corredor hasta que el Jefe había sujetado a su hermano del cuello de la chaqueta y lo había separado bruscamente de Vivian de un tirón.

—Te esperan abajo —rugió desde detrás de su máscara.

Lion miró a su hermano con ganas de asesinarlo por la poco diplomática manera de interrumpirlo, mientras daba tironcitos de su chaqueta para acomodarla de nuevo en su lugar. Le acababa de devolver su inesperada aparición de la noche anterior, y no podía culparlo.

—Quién me espera.

Pero el Jefe no le dio tiempo a seguir interrogándole. Sujetó a Vivian de la mano y comenzó a caminar arrastrándola a grandes zancadas a través de los pasillos. Marcus no sabía muy bien lo que estaba haciendo ni por qué, y desde luego su parte sensata era incapaz de ofrecerle una respuesta coherente. Entró en su despacho con una Vivian que a duras penas podía mantener el ritmo de sus largas piernas y cerró la puerta de un portazo. Ella lo taladró con la mirada mientras intentaba recuperar el ritmo de su respiración. El Jefe daba cortos paseos delante de ella de un lado a otro de la habitación con las oscuras aberturas de su máscara despidiendo fuego, retándola a decir algo. La realidad era que no sabía qué decir para justificar su exabrupto y solo pretendía ganar tiempo para calmarse. Encontrarla en aquel pasillo oscuro sin ni siquiera la protección de su ridículo antifaz y a punto de ser besada por su hermano lo había sacado de quicio. De una manera irracional y absurda, pero imposible de controlar.

—¿Esta es la forma en la que se supone que intimida a sus víctimas?

Marcus detuvo sus pasos y se cuadró frente a la insolente Vivian con los brazos cruzados.

—¿Se siente intimidada? —preguntó acercándose a ella con pasos lentos y seguros.

Muy a su pesar Vivian retrocedió hasta que su trasero chocó con la enorme mesa de madera oscura que presidía el despacho.

—Ni lo más mínimo.

Si no le hubiera temblado un poco la voz, Marcus habría estado tentado de creerla y no pudo evitar sonreír.

—Qué valiente, Electra.

—Si eso es lo mejor que puede hacer para darme miedo, no funciona.

El Jefe en su máxima expresión, oscuro y siniestro, con su ropa negra y su pálida máscara, se inclinó sobre ella y colocó las manos sobre la mesa a ambos lados de su cuerpo.

—Qué decepción —gruñó en un susurro ronco y percibió con claridad que ella tragaba saliva.

—Lo que es una decepción es comprobar que ser un aguafiestas parece ser un defecto de familia —le provocó Vivian intentando romper la tensión que ese hombre estaba consiguiendo crear, con su halo misterioso y su actitud altiva y chulesca.

Si se dejaba amedrentar estaría perdida ante él, y no podía

dejar que se diera cuenta de que no solo la acobardaba, sino que alteraba sus nervios hasta límites intolerables.

—Así que ya va conociendo los pequeños secretos de mi mundo. —Marcus se separó un poco de ella dándole espacio, o más bien dándoselo a sí mismo—. Pues le diré otro. No me gusta que me dejen en ridículo.

—¿Y cómo podría haber hecho yo tal cosa?

—Me paseé con usted a ojos de todos porque parece que es imposible librarme de su presencia. Que piensen que es mía garantiza que nadie le haga proposiciones indeseables mientras deambula a sus anchas por mi club, metiendo las narices donde no la llaman.

—Marcar, ser suya... No soy un perrito. ¿Sabe? Es usted un poco primitivo.

—Soy realista. Ayer me desafió exhibiéndose con ese lord de pacotilla y hoy la encuentro a cara descubierta y a punto de ser besada por el León.

Recordó el antifaz que había guardado arrugado en el bolsillo de su falda antes de que Lion intentara besarla, y tuvo que reconocer que quizá se estaba volviendo demasiado confiada.

—Le está bien empleado. Yo no le he pedido que me proteja y mucho menos que me marque como a una vaca. No le pertenezco. Y le recuerdo que no hay ninguna relación entre nosotros. De ningún tipo, ni siquiera amistosa.

—Y doy gracias a Dios por ello.

—Ya somos dos. En ese caso déjeme en paz, señor Jefe. Seguro que tiene clientes mucho más problemáticos que yo, gente que se emborracha, que no paga sus deudas y a saber qué cosas más. ¿Por qué esa fijación conmigo? Vive rodeado de este ambiente tétrico y misterioso, y en el fondo es como todos los demás. Estoy cansada de que todo el mundo quiera restregarme mis errores por las narices y que se crean con el derecho de dirigir mis pasos como si fuese idiota. —Vivian se dio cuenta de que estaba levantando la voz más de lo que se podía considerar prudente a un hombre potencialmente peligroso y respiró hondo para calmarse—. Discúlpeme.

—No intento decirle qué debe hacer. Pero debo advertirle que no es buena idea encapricharse de Lion.

—No estoy encaprichada de él. Es atractivo, divertido… no niego que es alguien capaz de despertar interés, sin duda tiene atributos suficientes… con atributos no me refiero a… —Vivi no pudo evitar que una inoportuna risita nerviosa se le escapara—. Ay, Dios. Siempre hablo demasiado. Quiero decir que es un amigo, solo eso.

—¿Besa a sus amigos?

—¡No! Yo no… Nunca… quiero decir… ¿Y a usted qué le importa? —Zanjó Vivian sintiendo que el color subía por sus mejillas. Pero por lo visto el Jefe no era alguien que se conformase con una escueta respuesta y no se movió ni un milímetro esperando a que ella contestara.

Sin duda llevar la cara oculta era un verdadero privilegio. Podía examinar a su gusto a quien tenía enfrente y en cambio él podía estar burlándose, o censurándola o despreciándola y ella no se daría ni cuenta. Siempre contaba con esa baza a su favor. Seguro que si ella llevara la cara oculta no se atropellaría dando respuestas sin sentido llevada por el nerviosismo.

—Si no siente nada por él, y estaba a punto de besarle… me lleva a pensar que es usted la que está jugando con los sentimientos del pobre Lion.

—Yo no pretendía eso. —Vivian jadeó y enrojeció aún más sin percatarse de su tono burlón—. Solo quise aprovechar lo que, con seguridad, era mi única oportunidad de recibir un beso de alguien medianamente atractivo.

—Si Lion se entera de que lo ha calificado así, llorará durante días. Está muy orgulloso de su físico.

—No quiero decir que no me resulte guapo, solo digo que… —Vivian negó con la cabeza, exasperada, sabiendo que se estaba metiendo en un charco cada vez más profundo y fangoso, pero su lengua era incapaz de detenerse y con cada afirmación enredaba todo todavía más—. Un momento. Se está burlando de mí.

Algo parecido a una risa ahogada salió de detrás de la máscara y Vivian entrecerró los ojos con furia.

—He escuchado lo que le ha contado.

—Chismoso —se quejó entre dientes para sí misma sin poder evitarlo—. Bien, entonces sabrá cuál es mi situación. Espero que se sienta muy culpable por haber arruinado mí… acercamiento.

—No lo dude. No sé si podré dormir esta noche con ese peso en mi conciencia —contestó con un susurro ronco, y Vivi tuvo el convencimiento de que bajo la máscara estaba sonriendo—. Supongo que debería remediarlo.

Vivian parpadeó con sus enormes pestañas oscuras y la indecisión reflejada en sus hermosos ojos castaños. Que realmente pensara que no era atractiva era algo inconcebible. En esos momentos su dulce boca entreabierta mostraba su sorpresa, y sus mejillas tenían el color rosado que el enfado y el acaloramiento por el atrevido tema de conversación le habían provocado. Puede que quisiera jugar a ser una mujer decidida, pero no era más que una chiquilla demasiado inocente para aquel mundo lleno de cosas que no podía entender.

Marcus se estaba equivocando. Lo sabía y ni siquiera así podía detenerse. Con movimientos lentos deshizo el nudo que cerraba el pañuelo de su cuello y tiró de él.

Era una idiotez, era un poco infantil, incluso, pero ver su camisa sin aquel complemento hizo que Vivian se acalorara más, como si en lugar de la corbata se hubiese desnudado completamente.

—Cierra los ojos —susurró él.

Y simplemente ella le obedeció, sin querer cuestionarse qué pretendía hacer y si estaba o no preparada para ello. El Jefe deslizó el suave pañuelo cegando sus ojos con la seda negra, aunque ella los apretaba tan fuerte que ni un fogonazo de luz hubiera podido traspasar la barrera de sus pestañas. Ató un nudo firme en la parte trasera de su cabeza con cuidado de no apretarle demasiado. Marcus se dio cuenta para su sorpresa de que estaba excitado antes de tocarla y que la sola idea de pensar en rozar su boca lo enardecía hasta la locura. Puede que no fuera por ella, que solo fuese el morbo de la situación. Le gustaba el juego del erotismo y la sensualidad tanto como el sexo en sí, y tener a la dulce Vivian Carpenter expectante y ansiosa sin saber qué podía esperar era lo más excitante que le había pasado en años. Se deshizo de la máscara y con cuidado la dejó sobre la mesa del escritorio notando por la tensión en el cuerpo de Vivian que podía percibir sus movimientos. Con un solo gesto ella podría deshacerse de su venda y descubrir que el insoportable Rutherford y el Jefe eran la misma persona, pero su intuición le decía que ella no lo haría. Estaba demasiado fascinada por el misterio que la envolvía como para querer desentrañarlo. Sin duda prefería no conocer la identidad del hombre de la alta sociedad que se escondía tras el dueño de un sórdido club nocturno y continuar con sus arriesgadas escapadas, guiada por su falsa sensación de anonimato.

Instintivamente, Vivian se retiró hacia atrás cuando notó que el cuerpo del Jefe se acercaba hasta ella implacable, pero la firme barrera de la mesa a sus espaldas le impidió alejarse. Era absurdo apartarse. Si la idea de recibir un beso de Lion le había parecido algo agradable, sentir el aliento del Jefe sobre su boca era realmente irresistible. Durante una fracción de segundo la imagen del conde de Rutherford acercándose a su rostro en el pasillo oscuro cruzó por su mente, pero en cuanto los dedos fríos del Jefe comenzaron a acariciar su cuello, su cerebro dejó de funcionar. Tener los ojos vendados hacía que percibiera con más claridad lo que la rodeaba y la sensación de su tacto sobre la piel parecía grabarse a fuego. La mejilla del Jefe acarició la suya con suavidad para después hundir la cara en el hueco de su cuello, aspirando el aroma de su pelo, rozando su garganta y el lóbulo de la oreja con la nariz. Sus pulgares se deslizaron por el borde de su mandíbula hasta llegar a su mentón, para seguir subiendo hasta alcanzar su boca. Con un roce sutil y casi imperceptible Marcus recorrió la forma de sus labios llenos sintiendo la ligera humedad de su saliva y su respiración cada vez más agitada, que hacía que su pecho subiera y bajara frenético. Escuchó el sonido de un corazón latiendo furioso, pero era el suyo propio que estaba a punto de salir de su pecho, incapaz de soportar la espera.

Vivian no sabía si podría resistir ni un segundo más. Estaba a punto de desmadejarse por el nerviosismo, de gritar que se detuviera o que la besara de una vez. Pero la suave caricia de la boca del Jefe sobre la suya acalló todos sus miedos. Absurdamente había pensado que su boca sería fría como sus manos, como la máscara que lo cubría, pero su boca quemaba, y ella, con cada caricia, con cada movimiento sutil ardía también.

El deseo comenzaba a escalar imparable por las venas de Marcus, provocándole una necesidad desesperada de tenerla más y más cerca, de apretarla contra su cuerpo, de tenderse con ella sobre la alfombra para sentir su cuerpo acogedor y voluptuoso bajo el suyo. La boca de Marcus se deslizó ansiosa por saborear cada pulgada de Vivian hasta llegar a su garganta. Un leve roce de los dientes en la zona donde se unían su cuello y su hombro le arrancó un gemido involuntario que a él le supo a gloria, y continuó con el asalto, mientras ella respondía aferrándose con más fuerza a sus hombros. Durante una décima de segundo la cordura pugnó por imponerse y volvió a su boca para depositar un suave beso que finalizara aquel juego que estaba empezando a volverse peligroso.

Vivian se aferró a su cuello con más fuerza, entrelazó sus dedos temblorosos en el pelo oscuro que se enroscaba en su nuca y lo atrajo con decisión, impidiendo que diera el beso por concluido. Y eso fue lo único que Marcus necesitó para perder el control. Tomó su boca de manera apasionada, invadiéndola con su lengua hasta que ella le respondió con la misma entrega.

Las manos de Marcus no podían continuar privándose de lo que tanto deseaba y comenzó a acariciarla, tentándola, avanzando hasta subir por sus costados y acariciar sus pechos.

Cada vez más excitada, jadeó cuando él mordisqueó sus labios y se atrevió a apartar las manos de su cuello para deslizarlas sobre su torso. Vivian necesitaba aire. Lo que debería haber sido un beso sin importancia estaba convirtiéndose en una arriesgada espiral de deseo desmedido. El conde había tenido razón al intentar prevenirla del peligro que suponía dejarse tentar por el pecado. La imagen de Marcus surgió confusa e inoportuna sin que nadie la llamase, mezclándose con los retazos borrosos del Jefe. Intentó apartarlo de su mente, pero era muy difícil cuando el hombre que la besaba no tenía rostro, cuando su única referencia era el sabor de sus labios, que la devoraban sin tregua. Durante un momento fugaz deseó que la boca que la besaba, que las manos que apretaban sus pechos con suavidad enloqueciéndola, pertenecieran a Marcus Bowden. La sorpresa de esa revelación deshizo aquella nube maravillosa que la envolvía y apoyó las manos en el pecho del Jefe apartándolo con más brusquedad de la que hubiese querido. Marcus se detuvo inmediatamente, agradecido de que al menos uno de los dos hubiese tenido la prudencia o la lucidez de parar aquello. Con movimientos torpes cogió su máscara y se la puso, ocultando de nuevo su rostro y su aturdimiento.

Nunca se había engañado respecto a la atracción física que sentía por Vivian Carpenter, pero había confiado en su capacidad de control para contenerse en el improbable caso de llegar a tenerla entre sus brazos. Por desgracia, no era ni tan inmune ni tan fuerte como siempre había creído. Observó a Vivian, que se mantenía inmóvil, con las manos aferradas al escritorio, como si temiera que sus piernas no la sostuvieran. Tomó aire varias veces en un vano intento de recuperar la compostura y soltó el pañuelo que ocultaba sus ojos castaños con un escrupuloso cuidado de no tocarla.

Vivian mantenía los ojos fuertemente cerrados y suspiró aliviada cuando al fin se atrevió a abrirlos. El Jefe se había apartado varios pasos de ella y la observaba desde su hermética y fría fachada. Ninguno de los dos se esforzó en llenar el vacío silencioso que había caído sobre ellos como una noche prematura. Vivian simplemente se marchó con un susurro ininteligible cerrando la puerta tras de sí, y Marcus se quedó en su despacho, resistiendo con todas sus fuerzas las ganas de seguirla.

15

Vivian golpeó su almohada repetidamente intentando crear un hueco perfecto en el que ahogar su terrible cargo de conciencia. No podía creer que le hubiese permitido semejantes libertades a un hombre al que ni siquiera podía ponerle rostro. Santo Dios, si ni siquiera sabía su nombre. Se había levantado varias veces a beber agua, se había arrodillado junto a su cama intentando rezar algo que calmara su desasosiego, y al final había hundido la cabeza en el colchón con un grito silencioso. Puede que siendo generosa pudiera perdonarse a sí misma compartir un beso con un hombre apuesto. Puede que un abrazo atrevido y algún flirteo entraran dentro del comportamiento normal de una joven dama enamorada. Pero ella no estaba enamorada, no tenía ninguna relación con el Jefe y sus atenciones habían llegado a unos límites que no eran aceptables. Se lamentó con un sollozo al recordar la sensualidad con la que él había frotado su mejilla contra la suya, y cómo había olido su cuello y su pelo como si los necesitara para respirar. Si había mantenido la lengua en remojo durante una hora para borrar el rastro del licor de menta no quería ni pensar cuánto rato necesitaría para eliminar la sensación cálida que la embargaba cuando recordaba que ese hombre había recorrido su boca con avidez, que había mordido sus labios y, lo que era peor, que ella le había correspondido como si fuera una salvaje en celo. Sus padres no la habían educado para que se dejara manosear de esa forma a la primera oportunidad. Aunque a la vista estaba que sus padres no parecían ser un buen ejemplo de vida.

Vivian era una muchacha apasionada, pero no era de recibo que hubiera perdido la capacidad de raciocinio con el primer roce. De nuevo el recuerdo de las manos del Jefe apretándola contra su cuerpo y acariciando sus pechos por encima de la ropa la hicieron gruñir de mortificación. Y lo peor era que ni siquiera había intentado desentrañar el misterio de su identidad. Cada vez que acudiera a un baile, o a pasear por Hyde Park, tendría la duda de si alguno de esos caballeros con los que se cruzara habría acariciado sus pechos de manera lasciva. Y si alguien la sacaba a bailar o se ofrecía a traerle una bebida y resultaba ser ese hombre misterioso... ¿sería capaz de reconocerlo?

Ese individuo conocería su parte lujuriosa, una parte que ella misma ignoraba hasta esa noche, conocería los pequeños gemidos que no había podido retener, la forma en la que se había aferrado a él para rozar su cuerpo con el suyo. Era una sensación desconcertante y aterradora.

Flora entró con unas toallas limpias y estuvo a punto de dejarlas caer del susto.

La cabeza despeinada de Vivian colgaba por un lateral de la cama, mientras que uno de los pies descansaba en la almohada y el otro se enredaba en la sábana en una postura imposible. Sus ojos no estaban cerrados del todo y de su boca entreabierta escapaba un sonido de ultratumba.

—¿Señorita? —susurró la doncella mientras se acercaba despacio hasta Vivian, temiendo que hubiera sufrido algún tipo de ataque. Extendió el dedo índice y le dio varios toquecitos suaves en la frente.

Vivian dio un profundo ronquido y se incorporó con tanto ímpetu que estuvo a punto de caerse de la cama. Flora gritó con la mano en el pecho y suspiró de alivio al ver que estaba sana y salva.

—Augh —se quejó Vivian al notar la tirantez de su cuello por la difícil postura en la que se había dormido—. Me has asustado. Maldita sea, creo que solo hacía cinco minutos que me había dormido.

Se frotó la cara con las dos manos y se dejó caer en la cama con los brazos extendidos en cruz.

—Déjame que vuelva a dormirme. Me encuentro fatal —se quejó haciendo un puchero.

—No, eso sí que no. Su madre pronto bajará a desayunar y no quiero que me grite porque usted no esté lista. —Flora sujetó la muñeca de Vivian y tiró de ella hasta que se sentó con un gruñido lastimero y el pelo sobre la cara—. No me diga que… no me diga que volvió a beber ese licor. Vamos, saque la lengua. Quiero ver de qué color está.

Vivian obedeció, pero cerró la boca y se la tapó con las manos al recordar cómo el Jefe la había devorado. ¿Y si había alguna marca que la delatara y que ella desconocía? Se dio cuenta de lo absurdo de su deducción y trató de levantarse para que Flora no la interrogara, pero esta se lo impidió plantándose frente a ella con los brazos en jarras mientras la observaba con los ojos entrecerrados. Un dedo acusador se agitó delante de la cara de Vivian.

—Usted ha hecho algo que no debería, señorita. A mí no me engaña.

Y luego la gente decía que la muchacha era poco espabilada. Vivian se dejó caer en la cama de nuevo y se tapó la cara con el almohadón intentando ahogar su mortificación con el relleno de plumas de oca. El rostro enfurruñado de la sirvienta apareció en su campo de visión cuando le arrancó la almohada de un tirón.

—Está bien, está bien. Pero prométeme que no me vas a soltar un sermón. Sé que lo que he hecho no está bien.

—No me diga que… Ay, señorita. Sabía que ese sitio no le traería nada bueno. Su madre nos meterá a las dos en un convento. Ya lo verá. Y que Dios me perdone, pero yo no valgo para estar todo el día rezando —sollozó retorciéndose el delantal.

—Flora, por favor. Ya me estoy flagelando lo suficiente como para que tú eches sal en la herida.

—Pero… pero… ¿está herida? ¿Está sangrando? ¿Quiere decir que… le hicieron daño?

—Ay, noooo. Deja que te explique. No debes ser tan literal. —Vivian se sentó en una butaca y subió los pies descalzos a la tapicería, cosa que a su madre la horrorizaba—. Me besó.

—¿Quién? ¿Lord Rutherford?

—¿Por qué debería besarme ese hombre arrogante? —Disimuló, a pesar de que la idea le produjo una oleada de calor en el rostro—. No, fue el Jefe.

—Ave María Purísima —rezó Flora santiguándose—. Ese hombre es el demonio en la tierra. No le traerá nada bueno. Más que placeres mundanos. Se lo digo yo.

Vivian enterró la cabeza entre las manos, sonrojándose al recordar las atrevidas caricias de la lengua de él en su cuello y sus manos subiendo despacio hasta sus pechos.

—Me siento fatal, Flora. Creo que debería ir a confesarme ahora mismo.

—Si solo fue un beso… bueno, todo el mundo recibe uno alguna vez.

—No ese tipo de besos. Fue un beso… No sé describirlo.

—¿Le gustó?

—Sí —confesó sin dudar, volviendo a ocultar su rostro—. Fue increíble. Creo que no me había sentido tan viva nunca.

—Pues si le cuenta eso al cura, ya le digo que no la absolverá.

Ambas rieron a carcajadas.

—Somos unas blasfemas. Pero ¿no pasó nada más? Un hombre de la noche debe de tener mucha experiencia. Hablemos con franqueza, un hombre que tiene a su disposición todo tipo de placeres no se conforma con un besito de nada, señorita. Debe tener cuidado.

—Lo sé. Creo que yo no seré suficiente para él. Dudo que quiera repetir, así que quédate tranquila.

—Está bromeando, ¿verdad? Es usted preciosa, y con ese cuerpo… Seguro que él estará babeando pensando en sus… —Flora carraspeó y dejó la frase a medias.

—¿Crees que a él le afectaría el beso tanto como a mí? Yo me sentía aturdida, como si me hubiera bebido una botella entera de licor de menta. —Vivian suspiró y comenzó a tirar de un hilito de la manga de su camisón—. Supongo que alguien como el Jefe necesita experiencias más fuertes para aturdirse. Estaba tan anonadada que ni siquiera me percaté de si...

—¿De qué? Continúe, no me deje así —la apremió Flora sentándose en la cama frente a ella con actitud cómplice.

—Las chicas que trabajan allí me dijeron que su... «almendrita»... crece cuando sienten placer. —Vivian se acercó a Flora y la cogió de la mano—. Flora, sé que tú y Martin tenéis citas clandestinas. Me dio vergüenza ahondar en mis dudas con las prostitutas, pero seguro que tú...

—¡¿Prostitutas?! ¿Está pidiéndoles consejo a unas furcias? Ay, no, señorita. Le juro que no la dejaré ir más a ese sitio. No, señor. Está perdiendo usted el buen juicio.

—Solo me dieron unas nociones básicas. Flora, dime cómo es. ¿Crece tanto como para resultar evidente?

—¿Evidente? —Flora se levantó de la cama y paseó por la alfombra sin saber cómo enfocar la explicación sin morir de la vergüenza—. Supongo que sí. Normalmente cuando la almendrita, como usted la llama, está tranquila se nota un poco, pero cuando el hombre tiene ganas o siente placer empieza a crecer. También le digo que hay almendritas y almendritas. Aunque yo no soy ninguna experta, he oído las conversaciones de las demás mujeres en la cocina.

—Cuéntame, a mí nadie me dice nada.

—Pues cada almendra es un mundo. Y que sea más grande o más pequeña es importante, pero también que el hombre sepa lo que hace con ella. Yo ahí no puedo decirle nada más porque no pienso permitirle más confianzas a Martin hasta que me demuestre que tiene intenciones honorables.

—Pero vamos al grano, Flora. ¿Tú has notado que ha cambiado el tamaño?

Flora se rio nerviosa y asintió con la cabeza, y Vivian se quedó pensativa unos instantes.

—Las chicas me dijeron que algunas... ¿Crees que hay algún problema si es demasiado grande?

—Tampoco crea que se convierte en una de esas serpientes enormes que aparecen en los libros de ilustraciones. ¿Cómo se llaman…?

—¿Anacondas?

Unos golpes en la puerta las interrumpieron y ambas dieron un gritito sobresaltadas. La cara pálida y severa de Lina Carpenter apareció en el umbral.

—¿Todavía estás así? Date prisa, tengo visitas que hacer.

Lina Carpenter necesitaba tantear cómo era recibida en las casas de las familias influyentes para saber si la bomba que estaba a punto de estallar había prendido la mecha, ya que no confiaba demasiado en la discreción de su marido, y qué mejor manera que presentarse de improviso a visitar a sus conocidas.

—Por los pelos —susurró Flora cuando de nuevo estuvieron a solas resoplando de alivio.

—Luego seguiremos hablando. Vamos, démonos prisa.

Después de pasar el día pateándose las casas de las supuestas amigas de su madre, lo único que le apetecía a Vivian era meterse en la cama. Las mejillas le dolían de tanta sonrisa impostada y había bebido tanto té que sentía el cuerpo revuelto. Si tenía que volver a escuchar el relato de la maravillosa estancia de Lina Carpenter en el campo vomitaría definitivamente. Su madre tenía la capacidad para relatar todo con las mismas palabras y el mismo tono desapasionado una y otra vez, como si estuviese leyendo un guion. Para su sorpresa al llegar a casa su padre estaba allí, y su madre aprovechó para encerrarse largo rato con él en su despacho. Estuvo tentada de acercarse a escuchar la conversación, pero decidió que prefería esperar y mantenerse en una cómoda ignorancia. Ambos salieron ilesos de la reunión, y le informaron que esa noche acudirían juntos a la cena de lady Dolby, como una perfecta y feliz familia inglesa.

Ninguno de los tres pronunció una palabra durante el trayecto en carruaje, y consiguieron con habilidad no cruzar sus miradas ni una sola vez. A eso se había reducido su familia, a tres extraños que se asfixiaban cuando compartían el mismo espacio. Llegaron pronto, puede que demasiado, con la intención de ser vistos por cuantos más mejor y marcharse en cuanto pudieran de allí. Lady Dolby había organizado una «pequeña» cena con tan solo una treintena de invitados para celebrar su cumpleaños. No obstante, todos sabían que el objetivo principal era restregarles a todos el nuevo salón que habían estrenado y que ella personalmente había decorado. Habían aprovechado el desnivel que daba al jardín trasero para construirlo y se accedía a él por unas recargadas escaleras de mármol gris que hacían juego con el más que cuestionable gusto que reinaba en el resto de la estancia. A donde quiera que mirase había algo que la atrapaba y de lo que no podía apartar la vista durante unos instantes, y no precisamente por su hermosura. Arcos, columnas de todos los estilos, filigranas de escayola, estatuas, tapices… Aquel salón era una oda a la extravagancia y el exceso, y Vivian, disimulando una risita, pensó que se parecía a la sala donde la habían hecho esperar cuando visitó el Red.

Miró a su alrededor avergonzada, ya que había estado a punto de pedirle perdón a una estatua de bronce de tamaño natural con la que tropezó pensando que era un invitado. Poco después, al girarse, tuvo que contener un gritito al toparse con una serpiente tallada en mármol que se enroscaba en una de las columnas en busca de una manzana. No sabía si sería una anaconda o una víbora común, pero lo cierto era que esos bichos, aunque estuviesen petrificados, le daban repelús.

Su padre la había estado arrastrando de aquí para allá después de la cena para presentarle a varios caballeros, y un escalofrío recorría su espalda a la par que las miradas de esos hombres la repasaban de arriba abajo. Se sentía como si estuviera en una feria de ganado y ella fuese el ternero que estaban a punto de subastar. Sus plegarias fueron oídas y su padre fue requerido para acudir con varios de sus amigos a una sala contigua donde fumar y tomar una copa con tranquilidad. Buscó a su madre con la mirada, y la descubrió sentada en una de las sillas que habían dispuesto frente a una tarima donde se representaría un pequeño recital. Lina estaba en su salsa, rodeada de sus mejores amigas, tan criticonas como ella, despellejando a todo aquel que se cruzase en su campo de visión.

El ambiente era sofocante y no precisamente por la temperatura del salón, donde a pesar de las múltiples lámparas y la presencia de los invitados el aire era gélido. Vivian se sentía extraña, observada y juzgada, y quiso pensar que era su propia conciencia la que la castigaba y la hacía ver cosas donde no las había. Se situó discretamente al pie de la escalera que conducía al resto de la casa a esperar a que Isabelle y su esposo bajaran, ya que se habían entretenido conversando con algunos invitados después de la cena. Los duques habían llegado tarde, por su estatus se lo podían permitir, y no habían tenido tiempo más que de saludarse desde lejos. Estar cerca de la salida le otorgaba una falsa sensación de seguridad, como si tuviese la certeza de que en cualquier momento necesitaría escapar de aquel ambiente hostil. Su madre giró el cuello con una flexibilidad admirable, la localizó de inmediato como si tuviese un ojo oculto en la nuca, y le hizo un elocuente gesto de desagrado al ver que estaba allí sola, pero Vivi la ignoró con su expresión más angelical.

Una risa familiar llamó la atención de Vivian. Lady Duncan bajaba las suntuosas escaleras del brazo de un caballero y ambos se detuvieron en medio de la escalinata para observar el salón con detenimiento desde esa perspectiva. Vivian giró la cabeza hacia allí con una sonrisa para saludar a la dama, pero sus ojos se detuvieron sobre las caderas de su acompañante, que estaban justo ante su campo de visión. Jamás se le había pasado por la cabeza posar la mirada en esa parte concreta de la anatomía masculina, y Dios sabía que hasta hacía muy poco ni siquiera había pensado qué se escondía debajo de la ropa, pero en esos momentos, como si su vista fuese capaz de percibir cosas que antes pasaban inadvertidas, sus ojos se clavaron en el pronunciado abultamiento que lucía aquel hombre.

La tela gris marcaba una forma contundente que no sabría decir si era más grande de lo normal o no, ya que no tenía con qué compararla, pero dudaba bastante que la presencia de la anciana o la decoración horrible de aquel lugar pudieran despertar sensaciones carnales en nadie. Aquel debía de ser su estado natural. Vivian se maldijo para sus adentros recordando las advertencias de Flora, y tuvo que reconocer que su moral estaba empezando a descarriarse. Su cara ardía y, a falta de abanico, agitó una mano enguantada frente a sus mejillas intentando tomar aire. Solo por curiosidad levantó la vista de la zona baja de ese cuerpo masculino para subir por el exquisito chaleco de brocado y el pulcro nudo de su pañuelo blanco, hasta llegar a la cara del conde de Rutherford, que la observaba con una expresión de extrañeza y una ceja arqueada en su habitual semblante serio.

Completamente mortificada, giró sobre sí misma desesperada por encontrar alguna estatua, columna o agujero en el suelo en el que esconderse, sin pensar en lo condenadamente extraña que resultaba su huida. No importó, ya que no tuvo tiempo de llegar muy lejos. Un lacayo que en ese momento se acercaba portando una bandeja se interpuso en su camino. Lady Dolby, en un derroche de creatividad, había elegido una original selección de licores de sabores y colores variados para brindar por su cumpleaños, y estos fueron a parar sobre la falda de su vestido color crema formando un arcoíris viscoso. La vergüenza actuó como un eficaz motor, y la hizo reaccionar tan rápido que antes de que la gente descubriese de dónde venía el estruendo de cristal roto, ella ya había desaparecido por uno de los pasillos. Se detuvo en la semioscuridad del corredor y apoyó una mano en la pared intentando recuperar el resuello, pero los latidos de su corazón resonaban en los oídos mareándola. Había hecho el ridículo más espantoso delante de lo más granado de Londres, y bajo la atenta mirada de Marcus Bowden. Lo único que podía empeorar la situación era que él hubiera notado que su azoramiento se debía al escrutinio que había dedicado a sus atributos. Mientras sacudía inútilmente la falda de su vestido y lo estropeaba aún más frotándolo con su pañuelo, se preguntó si de ahora en adelante sus ojos se desviarían inevitablemente hacia los pantalones masculinos. Esperaba que su perversión no llegara a esos límites.

—Vivian Carpenter, eres un completo desastre y nada ni nadie podrá cambiar eso —se regañó a sí misma en voz alta.

—No sea tan dura consigo misma, los lacayos están adiestrados para colocarse detrás de uno siempre que intenta huir. Es lo primero que les enseñan cuando los contratan. —Vivian dio un respingo al oír la voz de Rutherford detrás de ella y su corazón volvió a recobrar su frenético latido—. La pregunta es de qué huía.

—Pues si la respuesta fuera que huía de usted habría arruinado mi vestido en vano —contestó con altanería intentando disimular el nerviosismo.

Un lacayo silencioso se acercó por el solitario pasillo con una bandejita y tras entregársela al conde se marchó tan raudo y discreto como había llegado.

—Siéntese —le pidió señalándole con la cabeza un banquito de madera situado frente a uno de los ventanales que daba al jardín.

—¿Qué es eso?

Marcus le mostró la bandeja, que contenía una jarrita plateada y varios paños de lino blanco.

—Agua. Supuse que querría intentar limpiar el desastre, pero... —Marcus hizo una mueca al ver la enorme mancha multicolor de la parte baja de la falda.

Vivian se dejó caer en el banco con pocas ceremonias y aceptó el paño que le tendió. Agacharse con el ceñido corsé era una tarea más que imposible. Abrió la boca sorprendida cuando el estirado lord Aguafiestas, el mismísimo san Marcus, se arrodilló ante ella y le quitó la tela de las manos para comenzar a frotar con brío el bajo de su vestido. No había nada indecoroso en que un caballero intentase ayudar a una dama en apuros, al fin y al cabo ni siquiera la había rozado. Pero el hecho de estar en un pasillo desierto manipulando el ruedo de su falda, por muy casta que fuese su intención, era algo bastante infrecuente y más que cuestionable.

—Arreglar su vestuario se está convirtiendo en una costumbre —rompió el íntimo silencio que los envolvía, sin apartar la vista de la mancha, que lejos de mejorar se estaba extendiendo aún más.

Vivian soltó una risita infantil y él alzó la vista hacia ella. Incluso en aquel lugar con una luz tan escasa, su sonrisa brillaba iluminando sus ojos y todo lo que la rodeaba.

—Siento lo que pasó la otra noche, le puse en una situación comprometida.

—Supongo que no está dispuesta a decirme qué es lo que vio para reaccionar de esa forma. ¿Es lo mismo que ha visto hoy?

—¡No! —negó vehementemente con la cabeza—. No tiene importancia, fue una reacción impulsiva. Ya sabe, mi tendencia a no pensar demasiado.

Rutherford bufó frustrado. Sabía que con Lion se desahogaba con libertad y en cambio con él le costaba sincerarse. Tampoco podía culparla por ello. Siempre la juzgaba y se encargaba de mostrarle todas esas cosas en las que se equivocaba. En realidad no tenía ningún derecho a amonestarla constantemente, cuando él era el más imperfecto de todos.

Vivian se inclinó un poco hacia delante para ver sus progresos, y clavó los ojos en sus dedos y en cómo deslizaba el paño sobre la mancha de color indefinible.

Llevada por una fuerza invisible se atrevió a acercarse un poco más a Marcus. Su cara estaba muy cerca de la de él, tanto que percibía su respiración y el calor que desprendía. Cerró los ojos, y por un momento estuvo tentada de rozar su mejilla contra la suya.

—Creo que esto no tiene solución.

Abrió los ojos de golpe sin saber muy bien a qué se refería el conde y soltó el aire aliviada al ver que señalaba la tela de su vestido.

—Oh, ya veo. No importa, le agradezco el esfuerzo igualmente, milord.

Marcus levantó los ojos hacia ella consciente de que se había acercado demasiado, preguntándose si Vivian era tan inocente como parecía o si en realidad podía ver más allá de su mentira. Su olor, ese bendito olor a canela, a dulzura y a algo prohibido, lo estaba volviendo loco desde que se había arrodillado a su lado. El deseo de volver a probar sus labios era insoportable. No, no era deseo, era una necesidad dolorosa. Quizá pudiera permitirse un único roce, un beso breve y casto, que lo calmara por dentro. Ambos podrían continuar como si nada hubiese ocurrido, quizá mereciera la pena intentarlo y olvidarlo después. Qué fácil era mentirse a uno mismo.

—No deberíamos estar aquí —reconoció con un hilo de voz mientras sus caras se acercaban hasta rozarse, buscando en ella la cordura que a él se le estaba agotando.

—Debería levantarse, milord —susurró apoyando la frente en la de él con los ojos cerrados en un gesto cómplice, ansiando que alguno de los dos se atreviese a girar el rostro y unir sus labios—. Cualquiera podría creer que me está proponiendo matrimonio.

Marcus sonrió sin saber si tenía motivos para hacerlo ante aquel comentario, tan efectivo como un jarro de agua fría sobre su cabeza.

—Nada tan honorable como eso, probablemente. —La voz cortante de la duquesa de Kensington rompió la magia y el ardor del momento, irrumpiendo en el pasillo seguida por su marido.

Marcus se levantó de golpe y Vivian quiso recopilar algún tipo de informe visual que la ayudara en su investigación sobre las almendras, pero la cara furiosa de su amiga Isabelle le quitó las ganas.

—Issy, no es lo que piensas. Me manché el vestido y el conde me estaba ayudando.

—Cariño, ya te he hablado del conde y su encomiable vocación por ayudar al prójimo —añadió Sebastian con tono burlón intentando eliminar la tensión, ganándose una mirada asesina de su esposa, que no estaba para tolerar bromas.

—Acompaña a Vivian, Sebastian. Su madre la estaba buscando. Quizá sea conveniente no cruzar el salón con su vestido así.

El duque asintió y escoltó a Vivian, sabiendo que su esposa no saldría de allí hasta haberle puesto los puntos sobre las íes a su amigo.

—Suerte —gesticuló sin que su mujer lo viera antes de perderse por el pasillo haciendo que Marcus apretara los labios para no reír. Aunque cualquier atisbo de broma desapareció al ver la mirada furibunda que la duquesa le dedicaba.

Isabelle observó cómo su expresión corporal cambiaba por completo en cuanto Vivian estuvo fuera de su campo de visión. Incluso sin la máscara era más que obvio que ahora estaba hablando con el Jefe y no con el conde de Rutherford. La mayoría de los que lo conocían pensaban que el conde se disfrazaba cada noche para representar el papel de dueño del Dark, pero el personaje había acabado devorando a la persona hasta que se habían invertido los papeles.

—Lo único que impide que ahora mismo le cuente a todo el mundo que eres un farsante es que estaré siempre en deuda contigo por salvar nuestras vidas. Te debo discreción y lealtad, pero no me faltan ganas, Marcus.

—Cuento con ello.

—Pero no pienses que voy a permitir que juegues con mis amigas —continuó, sintiendo que su enfado se disipaba a medida que hablaba—. Especialmente con Vivi.

—No estoy jugando con Vivian. —A Isabelle no se le escapó que solo defendió su posición con respecto a ella y no nombró a Clarice, quien claramente era su objetivo desde el principio.

—Se supone que tienes intención de casarte con Clarice, y sé que es el tipo de matrimonio ventajoso para todas las partes, el tipo de unión que se espera entre nuestro círculo. Pero ella merece saber con qué tipo de hombre compartirá su vida.

—Te prometí que hablaría con ella, y cuando llegue el momento lo haré.

—En cuanto a Vivian… No sé qué es lo que he visto esta noche, pero no quiero que se repita. Si le haces daño te las verás conmigo.

—Ella es más fuerte de lo que todos pensáis.

—Eso no te da derecho a destrozarla. Sigue tu camino, Marcus. Y si ese camino es con Clarice, haz las cosas bien.

—Entendido, duquesa.

Marcus hizo una reverencia perfecta y le dedicó una fría sonrisa, e Isabelle tomó conciencia de que acababa de transformarse de nuevo en el perfecto y respetado conde de Rutherford.

16

—Hace tiempo que debería haberme rendido contigo. No importa cuántas veces te repita que seas decorosa y discreta, o simplemente que mires por donde caminas. Pareces disfrutar dejándome en ridículo constantemente.

Lina se quitó la capa con un gesto airado y se la entregó a su mayordomo, que esperó pacientemente a que una Vivian cabizbaja le entregara la suya. Abrió los ojos como platos al ver el lamentable estado del vestido de la señorita y le dedicó una disimulada mirada de comprensión mientras se retiraba discretamente. Vivian abrió la boca para justificarse por enésima vez, pero desistió, consciente de que no la escucharía. Solo había sido un accidente sin importancia, pero su madre parecía disfrutar ensañándose con su hija, volcando sobre ella todas sus frustraciones. Clavó su mirada de desprecio sobre la mancha oscura de la falda de Vivian y subió los ojos hasta su cara.

—¿Tienes idea de cuánto vale ese vestido que llevas? Eres una desagradecida. Darte algún tipo de privilegio es como lanzar margaritas a los cerdos. Siempre en tu mundo de fantasía, siempre atolondrada, tan ignorante de lo que te rodea. Tus despistes te traerán consecuencias. Serías capaz de chocar contra un muro una y otra vez hasta que alguien te dijera que cambiases de dirección.

—Ya es suficiente, madre. Creo que te estás excediendo, ha sido sin querer.

—¿Te atreves a replicarme? —Lina levantó la mano para

abofetear a su hija, pero en el último momento la dejó paralizada en el aire, espantada ante su desmedida reacción. Tomó aire
intentando calmar su ira, consciente de que el traspiés de Vivian solo había sido la última gota que había desatado sus destrozados nervios—. Planta los pies en el suelo de una vez, Vivian. O cuando caigas de tu nube, el golpe será tremendo.

Vivian permaneció en el mismo lugar con los labios apretados y las lágrimas a punto de derramarse hasta que el lejano
portazo en el otro extremo de la casa le indicó que su madre se
había refugiado en su habitación. Al entrar en su dormitorio
encontró a una afectada Flora, que había escuchado la disputa,
dispuesta a ser su paño de lágrimas. Pero Vivian no quería autocompadecerse. Había aguantado estoicamente el sermón a medias cariñoso, a medias furioso, de Isabelle tras encontrarla a
solas con el conde, sabiendo que tenía razón en amonestarla por
ser tan poco cuidadosa. Había fingido que no notaba la actitud
condescendiente del duque mientras la acompañaba discretamente con una sonrisa sarcástica hasta la salida. Después, la interminable e hiriente queja de su madre. Ya era suficiente por
una noche. Y en cuanto a Rutherford… no sabía qué pensar.

Ya era la segunda vez que se acercaba peligrosamente a ella.
Y lo que era aún peor, ella había buscado y deseado ese contacto
que nunca llegó. Era absurdo. No solo existía una guerra encu-
bierta entre ellos por su diferencia de caracteres, además estaba
el espinoso tema de Clarice. Su amiga era la dama perfecta para el
conde perfecto. No se perdonaría interferir entre ellos, en el
improbable caso de que Rutherford tuviera algún interés real
en ella. No podía ser, al conde le molestaba todo lo que Vivian
hacía y todo lo que Vivian representaba. Lo que la llevaba a
pensar que probablemente, para él, aquello no era más que un
juego. La sospecha de que Marcus pudiera haberse formado
una idea equivocada sobre ella de pronto la paralizó. La presencia de Vivian en el club, su insistencia en recordarle que el pecado siempre la rondaba, y su propia maldición, el cuerpo incitador
de todas las Carpenter, tal y como su madre había señalado. Todo
podría haberle hecho pensar que podía tomarse libertades con

ella que serían impensables con una futura esposa. El maldito santurrón era un hombre de carne y hueso, con deseos y necesidades, ¿verdad? La furia comenzó a hervir en su interior.

—Prepara el vestido rojo.

—¿Va a salir? —preguntó Flora, espantada—. Su madre todavía está despierta, si se entera…

—Si mi madre se entera puede deportarme a Siberia, si le apetece. Me ha pedido que baje de mi nube y eso es justo lo que voy a hacer. Voy a ir al club, voy a bailar, a reír y a divertirme sin que nadie me juzgue.

—Señorita…, si mañana la vuelvo a encontrar con la lengua metida en un vaso presentaré mi renuncia.

—No te preocupes. No pienso acercarme a ningún hombre, no me fio de ninguno, y no voy a beber. Solo quiero olvidarme de que esta noche ha existido, y sobre todo olvidar todos los malditos sermones que la gente cree que merezco escuchar.

Vivian se miró en el espejo una última vez reconociendo apenas a la mujer despampanante que el cristal le devolvía, pero antes de marcharse se dio la vuelta y se dirigió hacia su escritorio. Sacó la pequeña Biblia que guardaba en el cajón y buscó entre las páginas que había marcado con trocitos de papel y pequeñas anotaciones, hasta encontrar lo que estaba buscando.

Romanos 2:1-3.

Con trazos rápidos escribió el versículo en un papel y, tras sellar el sobre, se lo dio a Flora.

—Encárgate de que sea entregada mañana —le pidió, mientras repetía mentalmente una y otra vez el fragmento que le había dedicado.

> Por tanto, no tienes excusa tú, quienquiera que seas, cuando juzgas a los demás, pues al juzgar a otros te condenas a ti mismo, ya que practicas las mismas cosas….

Vivian no tenía idea de cuán acertada era su elección.

Marcus se cambió de ropa y, tras ajustarse el nudo del pañuelo negro por enésima vez, se sentó en la mesa de su despacho con una copa de brandy. Estaba distraído y agotado, pero sobre todo estaba hastiado. Lo que para la clientela del club era algo extravagante y lleno de emoción para él no era más que una repetición constante, como vivir la misma noche una y otra vez. El sexo con mujeres osadas y atractivas ya no le resultaba tan excitante, los bailes ya no le parecían atrevidos, el juego carecía de emoción. Por suerte esa noche no tenía ningún compromiso y podría volver a casa y descansar en la comodidad de su hogar. Era habitual que los clientes más importantes solicitaran partidas con los dueños del club, en las que las cantidades que se jugaban eran estratosféricas y que solían durar hasta bien entrada la madrugada. Esas noches Marcus se quedaba a dormir en el club, en la habitación contigua a su despacho, y durante los primeros años no solía hacerlo solo. Dio un trago a su copa y tras mirar el reloj maldijo al ver que aún faltaban horas para poder marcharse. Alargó la mano, cogió el daguerrotipo que permanecía sobre su mesa desde el primer día y deslizó las yemas de los dedos sobre él con nostalgia. Recordaba el día en que les tomaron ese retrato como uno de los últimos en los que fue plenamente feliz.

Marcus siempre había sido un muchacho inquieto al que le interesaba todo lo que tuviera que ver con inventos y cachivaches, como decía su padre. Se pasaba el día hablando de placas de plata pulidas en las que, mediante un elaborado proceso con mercurio, y a saber qué cosas más, se conseguía plasmar una imagen. Era un proceso caro y muy poca gente lo dominaba, aunque entre las clases altas ya comenzaba a extenderse el deseo de convertir su imagen en algo eterno. Pero el conde, que no terminaba de asumir que el mundo comenzaba a avanzar vertiginosamente, no se decidía a buscar a un retratista. «Brujerías», solía decir. Sin embargo, esa mañana de domingo, sin avisar, como solía hacer las cosas su padre, trajo consigo a un hombre con un carruaje lleno de artilugios hasta su discreta casa de campo para inmortalizar a una familia feliz en su cuidado jardín de verano. Fue unos pocos meses antes de morir y de que sus vidas, sobre todo la de Marcus, cambiaran para siempre.

El fotógrafo, un charlatán que recorría las ciudades con sus inventos, le había dado a Marcus una clase magistral sobre cómo utilizar la cámara y había despertado en él el gusanillo de lo que luego se convertiría en su afición. Las técnicas avanzaban cada año, de los daguerrotipos pasaron a las imágenes en papel y Marcus fue de los primeros en adquirir una de las nuevas cámaras, montando un pequeño estudio en su casa de campo.

Pero por mucho que hubiesen mejorado en calidad, ningún retrato era comparable al que ahora contemplaba entre sus manos. El viejo conde de Rutherford se sentaba en la silla más majestuosa que pudieron encontrar en casa junto a Bertha Jones, a la que cogía la mano con gesto cariñoso. De pie, detrás de ellos, estaban Lionel y Marcus, de diecinueve y veinte años respectivamente, adoptando una pose gallarda, estirando los hombros y el cuello. Cada uno trataba de parecer más alto que el otro, en un duelo silencioso que resultaba tan ridículo como entrañable. Pero para eso estaban los hermanos, para fastidiarse mutuamente. Todos sonreían, y la cara de la indómita Bertha aparecía ligeramente borrosa, porque cansada por la espera se había movido un poco. Eran felices, no importaba que la verdadera lady Rutherford, su madre, en esos momentos estuviera tomando el té con lo más granado de la sociedad londinense. Su verdadera familia estaba en ese retrato, en ese jardín sencillo y esa casa sin grandes lujos. La única mujer que en algún momento había mostrado cariño sincero, compasión y bondad por los Bowden, y que a día de hoy seguía haciéndolo, era la madre de Lionel.

Marcus Frederick Bowden nació un apacible día de verano en su mansión londinense y un año después Lionel Jones Bowden hizo lo propio en una noche tormentosa en su acogedora casita de Blythe Hill, y fue reconocido como segundo hijo del conde. Durante años el conde de Rutherford vivió una doble vida, al igual que ahora lo hacía su hijo, solo que él alternaba una vida en Londres, donde jamás descuidaba sus obligaciones y en la que su máxima alegría era su hijo Marcus, con la apacible existencia de un tranquilo noble rural completamente satisfecho con su historia de amor y con su familia.

Cuando Marcus conoció a Bertha y a Lionel, no era más que un crío de ocho años al que su admirado y adorado padre le había hecho prometer que guardaría el secreto que le iba a revelar. Era mucha responsabilidad, pero un futuro conde debía ser digno de la confianza que se depositaba en él. No solo le guardaría el secreto, moriría por él. Al principio Frederick Bowden no había sabido cómo afrontar la situación, pero tenía claro que quería que sus hijos creciesen amándose como hermanos que eran. Durante muchos años se planteó si debía robarle la inocencia a un niño tan pequeño, pero se sentía un egoísta por privarle de aquella felicidad. Marcus necesitaba una familia y aunque él le diera todo el amor que podía, no era suficiente. En Londres era el heredero al que su madre trataba con cariño, pero con distancia; en el campo junto a Bertha y Lion podía ser un niño feliz.

Bertha había sido el amor de juventud del conde, pero fue desposada casi a la fuerza por su familia con un pariente lejano, sin que el joven Fred, que se encontraba fuera del país en ese momento, pudiera hacer nada para impedirlo. Ninguna de las dos familias apoyaba su relación y ellos eran demasiado jóvenes e inexpertos para rebelarse. Pero ambos se arrepintieron amargamente por no haber reunido el valor para fugarse juntos cuando tuvieron la oportunidad. Cuando Bertha enviudó poco después, como si fuese una broma del destino que se empeñaba en alejarlos, lord Rutherford había contraído matrimonio con la mujer elegida para él por su familia, pero nunca olvidó a su verdadero amor. Un par de años más tarde, con un Fred completamente desencantado de su tormentosa vida conyugal y una esposa al fin encinta, se reencontraron por casualidad en Blythe Hill, donde el conde había adquirido una pequeña propiedad en la que evadirse en soledad de su tediosa vida y Bertha había acudido a visitar a unos familiares. Les fue imposible negarse la fuerza de lo que sentían. Nadie dijo nunca que para amar de verdad todo debía ser perfecto, a veces uno tenía que transgredir los límites de su propia moral para atrapar un pellizco de felicidad. Ellos no eran un buen ejemplo, sin duda. Pero decidieron amarse a pesar de todo. Era un amor prohibido al que no tenían derecho, pero Fred nunca sintió que estuviera traicionando a una esposa que sin duda agradecía su ausencia. Era condesa y madre del futuro conde, había cumplido su deber y eso era todo lo que necesitaba. Para él, Bertha Jones era su mujer. Ahora, viéndolo desde la distancia, Marcus entendía que su padre había sido muy valiente, y comprendía también por qué se había enamorado de aquella mujer. Él también se había enamorado un poco de Bertha desde la inocencia de la niñez en cuanto la vio. Bertha era una joven risueña, con sus ojos brillantes y su sonrisa perpetua, una de esas que parecen iluminarlo todo. Como la de Vivian. Pronto asumió que aquella situación extraña era parte de un mundo privado al que los demás no estaban invitados. Pero se acostumbró rápidamente al ambiente cálido, al trato cercano, al cariño que emanaba de su padre y de su madrina, como le gustaba llamar a Bertha, en contraste con las frías y escasas muestras de amor que recibía de la mujer que lo había traído al mundo, mucho más preocupada de no estropear su peinado ni arrugar su vestido que de abrazar a su hijo. Nunca lo trató mal siendo un niño, pero Rosemary Bowden vivía demasiado ocupada complaciendo sus caprichos para pensar que los demás también tenían sus propias carencias afectivas. Simplemente la habían educado para delegar en niñeras y tutores, tal y como habían hecho con ella.

Durante sus estancias en Blythe Hill, Marcus se adaptó sin preguntar demasiado a la idea de que su padre y Bertha se querían y lo demostraban abiertamente; al fin y al cabo, nunca había visto a sus padres relacionarse entre sí más que para alguna fría y breve conversación. Pero al contrario de lo que Fred había imaginado, el pequeño Marc encontró en aquella fierecilla pelirroja llamado León a una seria competencia y a un duro contrincante que no dudaba en lanzarle un puñetazo en cuanto veía amenazado su espacio.

Estirado, nenita, larguirucho, cucaracha, blandengue… Esos eran los calificativos más suaves que usaba para referirse a su hermano mayor cuando nadie los veía, y que Marcus aguantaba pacientemente porque así se lo habían enseñado. *Un caballero no pelea, un caballero no se ensucia, un caballero no se aprovecha de su superioridad.*

Lionel era un bocazas, y como a todos los bocazas algún día le llegaría la hora de que alguien lo hiciese callar. Ese día llegó cuando tuvo un enfrentamiento con unos chicos del pueblo vecino. Eran tres y le sacaban una cabeza, pero Lion no se achantaba nunca. Si Marcus no hubiese aparecido en el momento justo para defender a su hermano, la cosa habría sido un poco más grave que un par de moratones. Un caballero no hacía esas cosas, pero qué bien sentaba darle a un fanfarrón su merecido, demonios. Desde entonces todo cambió entre ellos y Lion pasó a convertirse en el fiel escudero e inseparable confidente de su hermano, y viceversa.

Al recordar aquel altercado, Marcus se tocó inconscientemente la pequeña cicatriz que le había quedado de recuerdo en la frente y sonrió. Dejó el daguerrotipo en su lugar y de repente cayó en la cuenta de que Vivian había estado allí, y si hubiera sido un poco más curiosa podría haber descubierto el retrato. Aunque hiciera una década desde que se tomó, era fácil reconocerlos, tanto a él como a Lionel. La puerta se abrió de golpe sobresaltándolo y se enderezó en su asiento, resoplando al ver entrar a su hermano.

—No sabía si habías vuelto ya de tu apasionante vida social, hermanito.

—¿Y a qué venías entonces, a cotillear en mi despacho en mi ausencia?

—No eres tan interesante. Aunque últimamente me estás sorprendiendo, la verdad. —Lion se sentó en la silla frente a él y colocó los pies sobre la lustrosa mesa del despacho, cruzados a la altura de los tobillos.

Marcus le dio un manotazo para que los bajase, pero los volvió a subir para fastidiarlo y se repantingó en el asiento con las manos enlazadas tras la nuca.

—¿Qué es lo que te sorprende? —preguntó malhumorado, aunque no eludiría más un tema que era necesario aclarar entre ellos.

—Una muchacha virgen y perturbadora dentro del despacho de uno de los hombres más peligrosos de los bajos fondos. Nunca has hecho nada semejante, Marc.

—No sé si me siento cómodo hablando de la castidad de Vivian contigo. Aunque sí te hablaré de su inocencia. No quiero que juegues con ella, ¿te queda claro?

—Eso depende de qué juego estemos hablando.

—Lionel, hablo en serio. Ella no está acostumbrada a este mundo. No voy a permitir que… —se interrumpió antes de decir algo que delatara que realmente estaba más preocupado por ella de lo que le gustaría.

—Continúa, Marc. ¿Qué es lo que no me permitirás, y qué te hace pensar que eres mejor que yo?

—Tú no puedes darle lo que ella necesita.

Lion soltó una amarga carcajada y se enderezó en el asiento.

—No creo que su afán por encontrar al hombre de su vida la haya traído hasta aquí. Quiere emoción y travesuras. Y hasta donde yo sé soy el maestro en eso.

—No. —El puñetazo en la mesa de Marcus fue sorprendente hasta para sí mismo—. Sabes que respeto tu vida, pero…

—Pero ¿qué? No estoy jugando con ella, no con la intención de herirla. Le tengo aprecio y si intenté besarla fue porque me apetecía. No está mal probar la luz de vez en cuando, tanta oscuridad cansa.

—Pues no volverás a intentarlo. —La mirada furiosa de Marcus hubiera hecho temblar a cualquiera menos a Lion.

—Tranquilo, si tanto te interesa… —Le provocó a propósito.

—No me interesa. Pero ella no está preparada para entender tus… gustos, tu mundo.

—Si te refieres a Solomon…

—Tus jueguecitos con Solomon no me importan. —Marcus se pasó la mano por el pelo con nerviosismo. Aunque confiaran el uno en el otro, ese tema era muy delicado y nunca se atrevían a tratarlo abiertamente—. Sé que te cuesta hablar de este asunto con franqueza, pero tarde o temprano tendremos que hacerlo.

—Pues, si sabes que me cuesta, déjalo estar.

—Hay veces que las cosas no se arreglan solo dejándolas estar, Lion. No me han educado para entender este tipo de actitudes. Pero sí me educaron para respetar, y sobre todo para apoyar a la gente que quiero. Las juergas con Solomon y vuestras amigas son lo de menos, no quiero que te engañes a ti mismo y mucho menos que arrastres a una muchacha inocente en el camino. Tarde o temprano tendrás que echar el freno y asumir lo que sientes, sea por quien sea.

—No es tan fácil, Marcus. Tú deberías saberlo mejor que yo. Todo eso forma parte de tu mundo de mierda. Toda la hipocresía que lo rodea, la estirpe, la clase, las apariencias. Qué importa amar a alguien si nunca lo vas a tener. Tarde o temprano habré perdido a esa persona para siempre. Quiero estar preparado cuando eso ocurra.

—Nunca estarás preparado para eso.

—Puede ser. O puede que ni siquiera sea amor. Puede que la gente que nos juzga tenga razón al afirmar que en mi mundo solo hay perversión y no seamos capaces de sentir nada honesto.

—La gente es imbécil.

—Sí. Y sin embargo tú te dejas arrastrar por la misma marea que mueve a los demás. Yo no tengo otra opción. No puedo luchar por la persona que quiero, pero en cambio tú vas derecho a condenarte por propia voluntad.

—No es lo mismo.

—Sí lo es, Marcus. Dices que yo me engaño a mí mismo y me recriminas que pueda jugar con la inocencia de Vivian. Pero ¿acaso tú no lo haces? He visto cómo miraba al conde y he visto cómo miraba al Jefe. Dime, ¿por un momento te has parado a pensar cómo se sentirá cuando descubra que los dos hombres que la traen de cabeza son la misma persona?

—Pensará que tiene muy buena puntería.

—No bromees con eso. No sé si sientes algo por Vivian o por cualquier otra, pero tengo claro que no sientes nada por la chica de los Hamilton. ¿Por qué te obcecas en elegirla a ella?

—Sabes por qué. Por honor, por justicia, por recuperar lo que nunca se debió perder.

—No puedes renunciar a tu felicidad por algo tan carente de lógica. Lo único importante era nuestro padre, y por desgracia a él no puedes traerlo de vuelta. Ya has hecho bastante, seguro que estaría orgulloso de ti. Olvida esas tierras, Marcus. A veces pienso que están malditas.

—Se lo prometí.

—Él no te pidió esa promesa. No es justo que te hayas impuesto esa carga. Y si no eres capaz de olvidar ese maldito sentido del honor que os invade cuando heredáis un título, al menos aplícate tus propios consejos y no juegues con Vivian. La estás poniendo entre la espada y la pared.

Unos golpes en la puerta los interrumpieron y Storm apareció intentando disimular su diversión.

—Creo que alguno de vosotros debería bajar a las cocinas; hay una pequeña rebelión y Ray está a punto de perder los nervios.

—¿Qué ocurre? —preguntó el Jefe con un mal presentimiento mientras se ajustaba la máscara.

—La señorita Electra parece haber montado una pequeña oficina y la clientela se le está amontonando.

Lion soltó una carcajada y con gesto burlón le cedió el paso a Marcus.

—Toda tuya, hermano.

17

Más que una cocina, el territorio de Ray parecía un campo de batalla donde al menos media docena de mujeres discutían, se reían y trataban de colarse usando los métodos a su alcance para ser las primeras en captar la atención de Vivian. El Jefe se apoyó de brazos cruzados en el marco de la puerta, contemplando perplejo a una Vivian especialmente hermosa con un atrevido vestido rojo sangre, que aguantaba con paciencia el chaparrón de exigencias de las prostitutas. Por suerte para él su máscara ocultaba su expresión, mitad enojo y mitad diversión. Ray miró a los hermanos con cara de alivio al saberse salvado de aquella marabunta de féminas ansiosas, y continuó con su faena intentando ignorar el bullicio. Vivian sopló el papel que acababa de escribir y dijo algo a la mujer que se sentaba junto a ella, que la besó en la mejilla efusivamente y se levantó para marcharse con una sonrisa de felicidad en su ajada cara. El barullo se intensificó y dos mujeres tironearon de la silla para coger su turno. Vivi intentó mediar sin éxito mientras las voces iban subiendo de tono.

—¡Silencio! —El grito contundente y la palmada en la mesa de Vivian la sorprendió hasta a ella misma y la bulliciosa cocina se volvió tan silenciosa como una catedral. Tras esto se enderezó y soltó el aire despacio intentando calmarse—. Señoras, entiendo que todas queréis vuestra carta y me comprometo a que la tendréis. Pero, por favor. Somos personas adultas…

—¿Adúlteras ha dicho? —preguntó una de ellas desde atrás

haciendo que varias rieran y otras pidieran silencio con un resoplido.

—Quiero que forméis una fila por orden de llegada y os mantengáis calmadas. Si alguna tiene mucha prisa y tiene que irse no os preocupéis, pienso seguir viniendo mientras necesitéis mi ayuda.

Tras un murmullo de aprobación y algún silencioso empujón, todas obedecieron.

—Vaya con la carita de ángel —susurró Lion a su hermano dándole un codazo en las costillas—. Tiene carácter y dotes de mando. Me gusta.

La mujer que se había sentado junto a ella comenzó a relatarle atropelladamente lo que quería que escribiera en su misiva. Vivian, que no se había percatado de la llegada de ambos hombres con su campo de visión limitado por las mujeres que rodeaban su mesa, se sobresaltó al oír la voz profunda del Jefe.

—Electra, tesoro. Te estaba buscando. Sabes que no me gusta que me hagas esperar.

La mandíbula de la joven se desencajó por la sorpresa al ser tratada con tanta familiaridad, hasta que dedujo que de nuevo estaba marcando su territorio como si fuera el lobo de la manada, y su gesto viró rápidamente de la sorpresa a la furia contenida. Las prostitutas soltaron una especie de aullido agudo entre risitas y algún que otro comentario soez que ella prefirió ignorar. Esta noche no era la más adecuada para los jueguecitos de «voy a marcarte como mía». La examante del Jefe no estaba presente, y no había ningún hombre que pudiera querer molestarla por allí, así que no había ninguna necesidad de fingir.

—Discúlpame, cielo —contestó con altanería devolviéndole la provocación—. Todavía tengo muchas cosas que hacer aquí, como puedes ver.

Su sonrisa tirante fue más que reveladora. Estaba tensa, rabiosa, y le costaba trabajo tutearle delante de toda aquella gente.

—Ya veo. Pero seguro que estas encantadoras damas pueden volver mañana de manera ordenada para continuar. ¿Me equivoco, señoras?

Con la misma eficacia de una orden directa todas comenzaron a desfilar dedicando sonrisas y miradas de admiración a los dueños del club sin la más mínima queja. La mujer que en esos momentos estaba sentada junto a Vivian comenzó a mirar alrededor como un pollito asustado sin saber qué hacer, hasta que ella, con una elocuente mirada, le indicó que continuara en su lugar.

—¿Señora? —inquirió Marcus acercándose con paso lento a la mesa—. ¿Debo entender que su asunto es urgente?

—Nnnn… no, señor Jefe —tartamudeó intentando ponerse de pie, pero Vivian la sujetó del brazo y la sentó de un tirón.

—La señora…

—Maddy —contestó la mujer, confundida.

—La señora Maddy no se irá hasta que terminemos su carta.

Marcus se acercó lentamente para colocarse detrás de la silla de Vivian. Apoyó las manos en el respaldo y se acercó a su oído hasta que ella fue capaz de escuchar su respiración dentro de la máscara.

—Como gustes. Pero esta noche no vayas al Red, el espectáculo es demasiado subido de tono.

Vivian contuvo la respiración consciente de que si se movía un milímetro sus cuerpos se rozarían.

—¿Es una orden?

—Solo una sugerencia, *il mio uccellino* —susurró en un más que perfecto italiano—. Y ponte el bendito antifaz de una vez, esto sí es una orden.

El Jefe se marchó de aquella cocina seguido de Lion, que le guiñó un ojo divertido a la morena antes de marcharse.

—Vaya, señorita —comentó Maddy, contemplando la puerta por donde los dueños habían salido, con la misma expresión embobada que lucía Vivian en ese momento.

—¿Me ha llamado… pato? —Vivi parpadeó volviendo a la realidad y miró a Maddy como si no recordara qué demonios hacía allí.

—No lo sé, señorita. —La mujer se encogió de hombros—. Pero si me llamara cualquier bicho con plumas o sin ellas con esa voz susurrante me correría en ese mismo momento…

—¿Cómo ha dicho?

Maddy enrojeció por primera vez en años al ver la cara confundida de la muchacha y caer en la cuenta de que aún quedaba gente que mantenía intacta la inocencia que ella había perdido hacía tanto tiempo. La tosecilla del silencioso Ray, que limpiaba una olla con brío, rompió el tenso momento.

—Pajarillo —la corrigió sin levantar la vista de su labor.

Esta vez fue Vivi quien se sonrojó ante el apelativo cariñoso que él había usado y trató de concentrarse en la carta que Maddy quería enviar a su familia.

—Señorita Electra, no tengo manera de pagarle este enorme favor. Las chicas y yo le estamos eternamente agradecidas.

—No tiene importancia, Maddy. No me cuesta nada hacerlo y me siento bien sirviendo de ayuda.

—El Jefe y el León dicen siempre esas mismas palabras. Creo que por eso él la ha elegido.

Vivian optó por no corregirla. Estaba segura de que esa escenita había sido solo una manera más de molestarla y hacerle saber que solo estaba allí porque él lo permitía y bajo sus propias condiciones.

—¿Él…, ellos las ayudan?

—Ellos son nuestros ángeles de la guarda. El barrio era muy distinto antes de que ellos llegaran. Hace diez años la mugre nos comía, señorita. La gente enfermaba constantemente por culpa del agua insalubre y la basura que se acumulaba por todas partes. Se gastaron un verdadero dineral para canalizar la porquería. Pero esa no fue la única mugre que quitaron de en medio.

—¿A qué se refiere? —la instó a continuar, intentando no parecer muy interesada mientras soplaba el papel para que se secase la tinta.

—Al otro lado de estas puertas no hay brillos ni vestidos caros. Hay vicio y peligro. Hay muchos hombres perversos con gustos antinaturales y otros tantos sin escrúpulos que ganan dinero a su costa.

—¿Gustos antinaturales? —No sabía a qué se refería, pero no pudo evitar que su estómago se encogiese.

—No ensuciaré sus oídos con esas cosas. —Maddy apretó su mano con dulzura y una sonrisa triste—. Solo puedo decirle que nadie que haya llamado a su puerta se ha ido sin obtener ayuda. Las mujeres estamos más protegidas de lo que hemos estado nunca y nuestros hijos también. Antes una no podía salir a la calle sin arriesgarse a que le rebanaran el pescuezo, y cada vez que mis hijos tardaban en volver, la angustia de pensar que algún desalmado pudiera haberles hecho daño… —Maddy sacudió la cabeza intentando alejar los recuerdos negativos.

—¿Tienes hijos? —se interesó intentando aliviar el pesar que parecía haberse abatido sobre la mujer.

—Sí, tengo dos. El Jefe les buscó un trabajo para que me ayudaran en casa. Pero un trabajo de verdad, no como esos desgraciados que contratan a los chiquillos para que limpien las chimeneas. El mayor es jardinero en una casa de buena familia y el pequeño vende periódicos. Pero ya la he entretenido bastante, cuando me pongo a hablar no hay quien me pare.

La mujer volvió a apretarle las manos, agradecida, y se marchó a seguir con su noche. Vivian se puso el antifaz con aire pensativo, consciente de que cuanto más tiempo pasaba en aquel lugar más le intrigaba lo que había detrás.

El guarda abrió la puerta para franquearle el paso y Vivian se vio envuelta inmediatamente en el ambiente bullicioso y alegre de cada noche. Paseó alrededor de la pista hasta detenerse en un lugar donde no había demasiada gente. No pudo evitar sonreír al ver a un grupo que bailaba en corro cogidos de la mano entre risas. Al pasar por su lado un hombre intentó cogerla de la mano para que se uniera a ellos, pero ella se zafó con una alegre carcajada. Durante un rato observó a los bailarines sumida en sus pensamientos hasta que sintió una persistente mirada sobre ella. Levantó la vista hasta la escalera que llevaba a la zona privada, y la oscura presencia del Jefe le provocó un estremecimiento. Por primera vez desde que lo había conocido sintió verdadera curiosidad por el rostro que se ocultaba bajo esa fachada inmutable. Las aberturas oscuras de sus ojos y su boca resaltaban sobre la máscara blanca y sin expresión. ¿La estaría mirando con el ceño fruncido, con admiración, con una sonrisa?

Pensar en su sonrisa trajo de golpe el recuerdo de los labios de él sobre los suyos y todo su cuerpo pareció revivir la sensación. Como si hubiera percibido su llamada silenciosa, el Jefe abandonó su postura relajada junto a la balaustrada para bajar los escalones con una elegancia animal y una lentitud desconcertante. Vivian se mordió el labio con fuerza al comprender que se dirigía directamente hacia ella. Sin mediar palabra la cogió de la mano y la condujo a la pista de baile. Un vals mucho más alegre y estridente que las versiones que se interpretaban en los salones más renombrados comenzó a sonar. Marcus la pegó a su cuerpo y comenzó a girar con ella entre sus brazos.

—¿Ha quedado Maddy satisfecha con su misiva?

—Mucho —respondió sonriendo—. ¿Por qué ha echado a las chicas de la cocina? ¿Y a qué ha venido ese numerito de novio celoso? Odio que me llamen «tesoro». Es irritante.

—Por eso, precisamente. Porque es una cocina. Si quiere seguir ayudándolas con eso tendrá que buscar otro sitio. Y ya sabe por qué lo he hecho, para protegerla. A estas horas el rumor de que estoy siempre pendiente de usted se habrá expandido tanto dentro como fuera del club.

—No es necesario que haga eso. Es…

—Irritante.

—Sí —asintió, haciendo un esfuerzo por no mirar el lugar donde se escondían sus ojos. Ver esa pequeña parte de él la desconcertaba, como si estuviera accediendo a un lugar vetado—. Me ha dicho que ayudan a sus hijos a ganarse la vida. —Él asintió—. Es loable, pero… solo son niños. No deberían tener que trabajar, deberían ir a la escuela, jugar…

Marcus desvió la trayectoria mientras giraban para no chocar con una pareja de bailarines, más ocupada en darse arrumacos que en seguir la música. Que el dueño del club estuviera bailando mezclado con el resto de los clientes era algo inaudito, pero nadie se atrevía, si sabían lo que les convenía, a dedicarles una mirada que durase más de un segundo.

—La vida aquí no es como en su lujoso barrio, Vivian. Aquí la gente tiene que esforzarse para ganarse la vida. Los ayudamos, pero no podemos cambiar sus circunstancias.

—¿Y si se pudiera? ¿Qué pasará con ese chico que gana unos peniques vendiendo periódicos? Cuando crezca no podrá mantener una familia con esa miseria. Tendrá que acabar en alguna fábrica dejándose la salud, si tiene suerte, o quién sabe, elegir un camino bastante menos honorable. Pero si le damos otra opción, si se educan, podrían cambiar su futuro.

—¿Educar a los pobres? No la tenía por una reaccionaria —la provocó, aunque estaba realmente intrigado por el rumbo de sus pensamientos—. ¿Y qué ha pensado su cabecita?

—Si supieran leer y escribir, y algo de números, y nociones básicas de… —Vivian lo miró ceñuda al escuchar una risita que sonó algo tétrica a través de la máscara—. ¿Se está riendo de mí?

Marcus levantó el brazo haciéndola girar sobre sí misma para atraerla de nuevo hacia él. Desconcertada por el inesperado paso de baile chocó contra su pecho y aguantó la respiración unos segundos al notar la mano del Jefe sujetándola con fuerza por la cintura.

—En absoluto, jamás me reiría de usted. Me parece fascinante, pero esa empresa no es nada fácil.

—Puedo enseñarles lo básico. Este sitio es enorme, seguro que tiene algún almacén o habitación que no use, yo traeré los libros y lo que necesite —rogó emocionada ante la idea de poder hacer algo útil. ¿Me dejaría intentarlo?

—¿Por qué será que me temía que esa sería su siguiente pregunta?

—Déjeme hablar con las chicas, muchas tienen hijos. Podemos empezar con dos o tres clases a la semana. ¿Qué pueden perder?

—Lo pensaré.

Vivian dio un gritito de alegría, al menos no le había dado un no rotundo. Una nueva canción igual de alegre que la anterior comenzó a sonar y, en contra de lo que ella había esperado, el Jefe continuó guiándola por la pista en un baile desenfadado y atrevido. Volvió a hacerla girar sobre sí misma varias veces haciendo que sus faldas se arremolinaran sobre sus piernas arrancándole una cantarina carcajada.

—Tengo otra pregunta.

—Me lo temía.

—¿Qué es «correrse»? —El Jefe estuvo a punto de tropezarse con sus faldas y ella se arrepintió inmediatamente de haber soltado semejante cuestión sin pensar. Probablemente sería algo terrible e inadecuado, pero se había dejado llevar por el ambiente distendido entre ellos—. Olvide que le he preguntado eso, por favor. Es algo malo, ¿verdad? No, déjelo, mejor no me conteste.

Marcus soltó una carcajada, pero trató de contenerse al ver que Vivian se sonrojaba hasta las orejas. Su inocencia era deliciosa, por eso era un crimen mantenerla en su mundo y arriesgarse a que eso desapareciera.

—Señorita Electra, no me haga que le lave la boca con jabón.

—No se preocupe, ya me encargo yo de poner la lengua en remojo —masculló entre dientes.

—¿Qué ha dicho?

—Nada importante.

La apretó con fuerza contra su cuerpo y giró con ella haciendo que sus pies se despegaran del suelo y sus faldas se arremolinaran a su alrededor. Vivian dio un pequeño grito agudo por la sorpresa y se rio a carcajadas. Dentro de aquel ambiente festivo no eran más que otra pareja que se fundía en la amalgama de colores y risas que llenaban la pista.

—No me gusta que me hablen entre dientes, señorita, me gustan las cosas a la cara —dijo el Jefe acercándose a su oído.

—Claro, por eso lleva la suya completamente oculta.

—No ande por caminos espinosos, se puede pinchar —le advirtió, aunque su tono parecía divertido. Vivian deseó con todas sus ganas saber qué expresión tendría en ese momento.

Sin saber por qué ambos guardaron silencio durante unos segundos interminables, como si no se hubiesen dado cuenta hasta ese momento de que sus cuerpos estaban demasiado cerca y ahora no pudieran ser conscientes de otra cosa que no fueran sus manos entrelazadas y sus miradas conectadas. Los músicos comenzaron una nueva melodía, algo más tranquila que las anteriores, pero a ellos no parecía importarles. Los ojos de Marcus se deslizaron por el cuello de Vivian, por la porción de sus hombros que brillaba bajo la luz de las velas, por su pecho, que estaba peligrosamente cerca de rozar el suyo. Su cuerpo se aproximaba al de ella de manera inexorable y maldijo aquella máscara que le impedía acercarse a su cuello, deslizar la nariz por su piel para embeberse de su aroma y morder su hombro desnudo. Su mano se deslizó por la espalda de Vivian en una caricia lenta que no saciaba en absoluto las ganas de Marcus ni la ansiosa curiosidad de ella. Escuchaban las notas de los violines, las risas de los bailarines, las voces demasiado altas que los envolvían sin poder llegar a su pequeña parcela privada, donde no cabía nadie más que ellos.

—Béseme.

Marcus sacudió la cabeza como si le hubiera hablado en un idioma extraño, pero la orden de Vivian había sido muy clara. Ella ni siquiera había sido muy consciente de que el sonido había salido de su boca, su cerebro parecía anestesiado por la euforia que la rodeaba y por el magnetismo que ese hombre desprendía. Por segunda vez esa noche no había podido resistir la necesidad de acercarse a alguien de esa manera íntima y temía que dentro de ella se hubiese despertado una especie de monstruo imposible de contener.

Apenas se había dado cuenta de que el Jefe la llevaba escaleras arriba hasta que se encontró a solas con él en un estrecho pasillo que parecía no conducir a ninguna parte, como casi todo dentro de aquel extraño lugar. Su corazón bombeaba frenético dentro del pecho haciendo que la música de la sala y el murmullo de voces resultara algo muy lejano.

Por un momento, en la penumbra del pasillo, la figura esbelta del Jefe, su pelo oscuro y su porte elegante le recordaron a otro hombre, uno al que tenía que esforzarse en olvidar con todas sus fuerzas. Pero su cabeza desechó inmediatamente cualquier similitud entre ellos.

Marcus se consumía por dentro luchando entre lo que anhelaba desesperadamente desde que había visto a Vivian en la fiesta de los Dolby y lo que su integridad le ordenaba. Tanto la duquesa de Kensington como su propio hermano habían sido bastante claros en cuanto a lo que pensaban sobre su forma de relacionarse con Vivian. Y él estaba más que de acuerdo con eso; de hecho, él era el máximo defensor de la idea de alejarse de ella y centrarse en sus planes matrimoniales con Clarice Hamilton. Cuando llegara el momento. No ahora, que no podía concentrarse en otra cosa que no fuera Vivian, la respiración agitada que hacía que su pecho se elevase dentro de su provocativo vestido rojo, la luz tenue que le daba un aspecto casi mágico a su piel, su boca entreabierta por el nerviosismo y la anticipación. Ella solo tenía que pronunciar un par de palabras, negar con la cabeza o darle a entender que se arrepentía de su impetuosa petición y aquello se acabaría inmediatamente. Esa maldita costumbre suya de hacer las cosas sin pensarlas dos veces acabaría con él tarde o temprano, estaba seguro. Controlar sus instintos y sus deseos nunca había sido un problema para Marcus, siempre lógico y sensato, siempre práctico, con los pies pisando firmemente sobre el suelo, aunque este estuviese cubierto de resbaladizo fango. Y ahora le había bastado una petición susurrada por una joven inocente para arrastrarla a un oscuro rincón y ceder a lo que le pedía.

Con movimientos lentos el Jefe se acercó hasta ella haciéndola retroceder, hasta que su espalda tocó la pared. Alargó la mano y apagó la lamparilla de aceite que iluminaba tenuemente aquel espacio hasta que la oscuridad los envolvió como una caricia. Se deshizo de su máscara y la mantuvo en vilo entre los dedos como un títere que pende de una sola cuerda y que en cualquier momento caerá desmadejado sobre el suelo. Sus bocas se encontraron con la facilidad del que busca su propio cuerpo, como si ese fuera el lugar natural al que pertenecían. Los labios del Jefe se movían sobre los de Vivian con una enloquecedora lentitud, saboreando cada rincón de su boca con una sensualidad que la desarmaba por completo. Pero eso ya no era suficiente para ella, su cuerpo inexperto le pedía a gritos más contacto, quería tener a ese hombre más cerca de lo que jamás había tenido a nadie. El Jefe pareció leerle la mente y la aprisionó con más fuerza contra la pared con sus caderas pegadas a las de ella. Vivian no sabía de dónde había salido esa osadía, pero se atrevió a colar las manos dentro de su chaqueta y acariciar su espalda evitando que se alejara. El beso se volvió más desordenado, desesperado y atrevido. Marcus deslizó la lengua marcando el contorno de sus labios, y por instinto ella trató de imitarle, pero él atrapo su lengua entre los dientes con suavidad.

Con una especie de gruñido él abandonó su boca y enterró la cara en el hueco de su cuello intentando serenarse, aunque no aflojó su abrazo, dominado por la placentera sensación del cuerpo de Vivian amoldándose al suyo. No podía, no quería romper aquel momento, que no sabía si se volvería repetir. Siendo sensatos, más valía que no se repitiera, especialmente por el bien de Vivian. Besó con dulzura la suave piel de su garganta y se separó de ella para volver a ocultar su rostro tras la máscara.

—Debería plantearse si es capaz de jugar a este juego, Vivian. A veces el premio no es tan suculento como para arriesgarse de esta forma.

—Yo no estoy jugando.

Marcus la sujetó por la muñeca y la condujo de vuelta a las escaleras, donde uno de sus guardas vigilaba el recinto, tan estático como si estuviese esculpido en mármol.

—Ocúpate de que la lleven a casa. Ahora. —El hombre asintió sin inmutarse.

Vivian se giró hacia él ansiosa por tener la última palabra, pero su sombra oscura ya se perdía en la negrura del pasillo.

18

Romanos 2:1-3.
Por tanto, no tienes excusa tú, quienquiera que seas, cuando juzgas a los demás, pues al juzgar a otros te condenas a ti mismo, ya que practicas las mismas cosas....

Marcus releyó de nuevo el versículo deslizando el dedo índice sobre sus labios con gesto pensativo. «Quienquiera que seas». Pero ¿quién era él en realidad? Vivian no sabía que detrás del disfraz del Jefe se escondía Marcus Bowden, y estaba seguro de ello porque era demasiado honesta e impulsiva como para guardar semejante secreto o actuar con disimulo. Ella no era una persona sibilina y con dobleces, y si supiera que él estaba tras la máscara, en lugar de mandarle una nota le estamparía la Biblia más pesada que encontrase directamente en la cabeza. Pero puede que, por instinto o por una clarividencia innata, acertara de lleno con cada frase, que resultaba tan certera como una puñalada.

El conde de Rutherford tenía un objetivo claramente marcado, que no era otro que cumplir con su deber como hijo y como heredero, y para ello tendría que resistir la tentación que suponían los dulces labios de Vivian Carpenter. Pero el Jefe no tenía ninguna deuda con nadie que no fuese él mismo. Vivian estaba vetada para el conde, pero no para el dueño siniestro y misterioso del club. Si era o no deshonesto pensar de esa manera en ese momento poco importaba, por muy ilógico que resultase competir consigo mismo. Rutherford no podía luchar contra la fascinación y el deseo que el personaje del Jefe despertaba en ella, pero no era estúpido, y era consciente de que Vivian estaba intentando resistirse a aquello que el conde le hacía sentir.

Marcus se debatía entre sus dos versiones. Estaba absurdamente celoso de sí mismo, y, mientras tanto, sentía que su deseo por ella se iba cocinando a fuego lento, creciendo con cada mirada, cada sonrisa dulce, cada locura y cada pequeño desastre que Vivian Carpenter desataba.

Se acercó la nota para olerla y la mantuvo allí, disfrutando del suave aroma que le hacía revivir el olor de la piel caliente de Vivian bajo sus labios. El mayordomo le avisó que tenía una visita y guardó la nota en el cajón de su mesa.

El duque de Kensington entró en el despacho e inmediatamente Marcus supo por su expresión que estaba preocupado.

—Sebastian, no te esperaba tan temprano. ¿Ocurre algo?

—¿Temprano? Es casi mediodía. Deberías probar a salir alguna mañana a que te dé el sol, estás pálido.

—No he dormido demasiado —se justificó, aunque no podía admitir que el motivo de su insomnio no era el trabajo, sino el deseo insatisfecho que lo torturó durante horas.

—No creo que sea saludable mantener ese ritmo de vida, Marc. El club, tus fincas, tu vida social…

—Estoy bien, no te preocupes. Pero dime, no creo que esa expresión de malhumor se deba a mis hábitos de sueño. ¿Isabelle está bien?

—Sí, aunque solo piensa en estrangularte, ella está bien. He desayunado en mi club y he escuchado algunos rumores que debes saber.

Marcus se enderezó en su silla y lo instó a continuar.

—Hay un nuevo jefe de policía en la zona de Whitechapel, un meapilas con ganas de destacar y que no duda en usar los métodos a su alcance para, según él, acabar con el vicio.

—¿Quién es?

—Un tal Horace Brown. —Marcus asintió y chasqueó la lengua, preocupado—. ¿Lo conoces?

—Por desgracia sí. Hace unos años era policía, y tienes razón en lo de sus métodos. Es uno de esos hipócritas que castigan a los demás intentando ocultar sus propios pecados. Es un degenerado y un hijo de puta. Utilizaba su poder para aprovecharse de las mujeres que trabajaban en la calle, algunas eran apenas unas crías. Obtenía lo que quería de una manera u otra, por las buenas o por las malas.

—Toda una joya —añadió Sebastian sacudiendo la cabeza.

—Sus hombres y él no dudaban en darle una paliza a todo aquel que se atreviera a contradecirles o no les diera información. Hubo un asunto turbio y una paliza que se les fue de las manos, y lo destinaron en otra parte durante un tiempo. Además, era un chivato, y supongo que se habrá arrastrado como una alimaña para ascender.

—¿Crees que os tiene inquina?

—Posiblemente; en más de una ocasión le paramos los pies.

—Están haciendo redadas y registrando clubes de la zona, Marc. Pronto os tocará a vosotros.

—No hay nada ilegal en el club que deba preocuparme —trató de tranquilizar a su amigo y de paso tranquilizarse a sí mismo, aunque la situación no daba pie al optimismo.

—Pero es obvio que los clientes de clase alta van a tu club por el anonimato. A nadie le gusta que aireen sus trapos sucios y mucho menos que un policía hurgue en ellos.

—Es obvio, sí. Siempre que eso ocurre la clientela baja durante unos días, pero después vuelve a la normalidad poco a poco. Hay otra cosa que me preocupa más que eso. Supongo que has oído hablar de la Ley de Enfermedades Contagiosas. La han vuelto a poner en marcha con la excusa de controlar las enfermedades venéreas que tanto abundan entre el ejército y los altos cargos. No tiene sentido aplicarla aquí. Puede que al principio la ley se hiciera de buena fe y, en buenas manos, quizá hubiese tenido su razón de ser, pero para esta gente no es más que una excusa para retener a las prostitutas y examinarlas a la fuerza, y así poder encarcelarlas en cuanto se resisten. Es una herramienta para limitar completamente sus derechos y consiguen tenerlas a su merced con amenazas.

—Se aprovechan de ellas y de paso controlan todo lo que ocurre en los bajos fondos. Es una forma de opresión muy efectiva; la que no les ayuda sabe que puede acabar ultrajada y encarcelada en cualquier momento —añadió el duque con una sensación desagradable en el estómago—. De todas formas, en el Dark y el Red no se ejerce la prostitución.

—No. No se ejerce. Las mujeres que entran allí no lo hacen para trabajar, aunque a veces algunos clientes les piden que los acompañen. Pero conozco a la mayoría. Son mujeres que no tienen otra forma de ganarse la vida; aunque hemos intentado ayudar a todas las que hemos podido, la mayoría no encuentra otra salida. La presencia de Horace con esa ley en la mano solo traerá terror a su mundo. Y ya han tenido bastante de eso en sus vidas.

—Adviértelas y que se anden con cuidado. Y tú también.

—Gracias por avisar. Le diré a Lionel que hable con sus contactos dentro de la policía. Debemos estar prevenidos. Cada cierto tiempo nos enfrentamos a algo así.

El duque asintió y guardó silencio unos instantes.

—Por cierto, cambiando de tema. ¿Qué tal te fue el tirón de orejas de mi duquesa?

—Supongo que… es normal que se preocupe por sus amigas. Pero jamás le haría daño a Vivian Carpenter.

—No conscientemente, Marcus. Vivian es una muchacha inocente. No juegues con ella si tienes tan claro que la elegida es la señorita Hamilton. Era más que evidente lo que estaba a punto de ocurrir en aquel pasillo cuando aparecimos.

—Pero aparecisteis. Justo a tiempo.

—¿Te gusta?

—¿A quién no? Es hermosa, dulce, generosa, un auténtico huracán y un poco desastre, pero…

—¿Y cómo se supone que has llegado a conocerla tanto? —preguntó Sebastian reclinándose en su asiento y escudriñando su expresión—. Se supone que ni siquiera te caía bien.

—La verdad es que no lo sé. Y tampoco importa. Lo único trascendente es que no voy a inmiscuirme en sus asuntos ni ella en los míos.

—No tendrás mucho tiempo para eso. Su padre parece muy ansioso por buscar un marido para ella, y no sé exactamente si sus prisas se deben a su falta de dote o si hay algo más.

Marcus no quiso hacerle caso al pellizco ansioso que le revolvió el estómago. Las directrices de su vida se habían marcado hacía más de diez años y ninguna joven alocada las cambiaría, por mucho que cada vez que estuviera cerca de Vivian su cabeza y su mundo se volvieran un caos.

—Supongo que ese es el destino de la mayoría de las jóvenes de buena cuna —suspiró con la vista perdida en un punto indefinido.

Sebastian miró a su amigo en silencio, preguntándose si la expresión seria de su rostro se debía a la información que le acababa de brindar o al futuro incierto de Vivian Carpenter. Algo le decía que no tardaría mucho en averiguarlo.

—¿Dónde demonios estabas metido? Llevo más de media hora aquí sentado —increpó Marcus a su hermano, bastante molesto, levantándose del sillón de su despacho—. Tenemos que hablar.

—Discúlpeme, majestad —se burló Lion con una exagerada reverencia sacándolo un poco más de quicio—. Quizá si me hubieras avisado…

—Para eso debería haber sabido dónde te escondías. En fin, no tengo tiempo para esto —zanjó con un airado gesto de la mano como si estuviese espantando una mosca—. Se avecinan problemas.

—¿Qué ocurre? —El semblante de Lion perdió la expresión desenfadada de inmediato.

—¿Recuerdas a Horace Brown? Pues ha vuelto. Y, por lo visto, lo han ascendido. Ya han hecho varias redadas en algunos clubes, no tardará en llegar nuestro turno.

—Había oído algo sobre las redadas, pero no sabía que ese malnacido tenía algo que ver.

—Hay que avisar a las chicas, que se anden con ojo. Intenta hablar con ese amigo que tenías en la policía, quizá pueda darte alguna información sobre sus movimientos.

Lion asintió. Aunque a Marcus no le gustara hablar de eso, algunas de las actividades que se llevaban a cabo en sus clubes, especialmente en el Red, no estaban bien vistas por la sociedad, ya que rozaban el límite de la legalidad, y no les interesaba que la policía metiera las narices en ellas. Volvía a hacerse más notorio aquel círculo hipócrita que lo gobernaba todo; los mismos que estaban ansiosos por sumergirse en el pecado eran los que lo perseguían para estigmatizar a los demás.

—Una cosa más. No sé si Vivian Carpenter tiene pensado volver, pero si lo hace…

Lion desvió la vista hacia el techo y resopló sonoramente, interrumpiéndolo, y su hermano se pasó la mano por el pelo sabiendo cuál sería la respuesta antes de preguntar.

—Está aquí, ¿verdad?

—Me dijo que le diste permiso para darles clase a los niños del barrio. Me pareció una idea fantástica, algo que realmente puede ser de ayuda.

—Yo no le di permiso, le dije que me lo pensaría.

—No le dijiste que no —contestó Lion divertido.

—Pues, como comprenderás, no es el mejor momento para que esté rondando por aquí. Si hay una redada y la policía la identifica, el escándalo será tan imparable que tendrá que mudarse de continente.

—Sabes que las redadas suelen producirse cuando la noche ya está muy avanzada, y si va a dar clases vendrá por las tardes y…

—Lion…

—Le he dicho que puede usar uno de los locales que dan a la calle principal; ya hay varios hombres limpiándolo y ella está hablando con las chicas para reclutar alumnos. Algunas son un poco reticentes porque sus hijos necesitan trabajar, pero la mayoría están encantadas con la idea.

—No puedo creer que te haya convencido para llevar a cabo esa locura.

—Qué puedo decir. Su optimismo es arrollador. Y ya es hora de que alguien piense de verdad en ayudar a los que lo tienen difícil.

—¿Sabes qué, hermano? No quiero saber absolutamente nada sobre su optimismo ni las consecuencias de esto —vociferó Marcus fuera de sí, caminando de un lado a otro del despacho de su hermano—. Me rindo, en serio. Al fin y al cabo, ella no es nadie por quien deba preocuparme.

Lion se sentó cómodamente en su sillón con las manos cruzadas detrás de la nuca disfrutando del espectáculo de ver a su hermano perdiendo los nervios, algo que muy pocas veces ocurría.

—Ella es una inconsciente, y tú eres peor aún por consentirlo —continuó su discurso—. Ya es bastante malo que venga algunas noches, ahora también vendrá a la luz del día. Es de locos. Pero no me importa, de verdad. No me importa lo que le ocurra.

—Ya lo veo, no te importa nada en absoluto —apuntó Lionel, aunque su hermano no lo escuchó.

—La reputación de Vivian Carpenter, Electra o Magnolia o como demonios se quiera llamar no me quitará el sueño. Tú te has convertido en su héroe poniendo a su disposición todos los servicios del club para que desempeñe su extraordinaria labor altruista. Pues ocúpate de ella. Ahora es tu responsabilidad. Su reputación y su seguridad están en tus capaces manos. A ver cómo manejas esa incontrolable fuerza de la naturaleza.

—Está bien —aceptó con voz calmada—. Estoy seguro de que sabré desempeñar esa labor mejor que tú. Soy perfectamente capaz de cuidar de ella, y, sobre todo, de evitar que cualquiera se le acerque con dudosas intenciones. Así que ándate con ojo, te estaré vigilando.

—No necesito que me vigiles.

—Pues yo no diría tanto. Anoche, después de bailar como dos pajarillos enamoradizos, te perdiste con ella un buen rato.

—No es de tu incumbencia. Pero puedes estar tranquilo, no voy a volver a besarla.

—¿La besaste? Eres un desgraciado —le acusó dando una palmada en la mesa y echándose a reír, mientras Marcus maldecía porque su frustración hubiese desatado su lengua—. ¿Cómo puedes ser tan hipócrita, hermano? Al final va a resultar que vas a ser de verdad el típico santurrón que peca a escondidas mientras enarbola la fe y la rectitud por bandera.

—No volverá a suceder. Fue un error imperdonable por mi parte.

—Claro que no volverá a suceder. No voy a perderte de vista, lord Aguafiestas.

Marcus lo miró con ganas de estrangularle.

—¿Sabías que Vivian te llama así? No podía dejar de reír cuando me lo dijo.

—¿A eso dedicáis el tiempo, a hablar de mí?

—No te pavonees, solo me estaba hablando de sus amigas y me comentó que el tal san Marcus, alias lord Aguafiestas, parece tener intenciones respetables con una de ellas, fue una conversación casual. Eso sí, no me dijo que ese santo varón fue el que la acompañó a ver un espectáculo subido de tono y luego se escondió con ella en un pasillo para intentar besarla, hasta que yo le interrumpí.

—No voy a darte explicaciones, Lion. Solo te informo de que ella es tu problema a partir de este momento. Me lavo las manos.

La mente de Marcus por instinto rebuscó en sus confines el versículo apropiado para esa afirmación, pero negó con la cabeza y simplemente se marchó a intentar ocupar su tiempo en algo que no tuviera nada que ver con Vivian Carpenter.

19

Vivian siempre había pensado que había dos formas de enfrentarse a una situación negativa: dejándose caer en el desánimo o buscando la forma de darle la vuelta y aprovecharla en beneficio propio. La mansión de los Carpenter desde la vuelta de su madre se asemejaba a un mausoleo donde todo el mundo parecía caminar de puntillas y entre susurros. En parte, entendía que su padre quisiera escapar de aquel ambiente asfixiante; cómo podría culparle si ella misma lo hacía en cuanto tenía ocasión. No sabía si las dolencias y jaquecas de su madre eran reales o no, pero solo parecían mejorar cuando salía a visitar a alguna de sus amigas o parientes, volviendo a manifestarse con fuerza cuando cruzaba el umbral de su hogar, o en cuanto veía la cara de su hija o su marido. Puede que su madre ya no la quisiera, o que la identificara con una vida que parecía no gustarle en absoluto. Era duro y difícil de asimilar, sin duda.

Pero la soledad y el desapego de sus progenitores le daban a Vivian la posibilidad de disfrutar de una independencia que ellos desconocían. Lina Carpenter parecía demasiado ocupada compadeciéndose de sus dolores y de la incomprensión de los suyos para comprobar si las continuas visitas de su hija a la duquesa de Kensington y a Clarice Hamilton eran reales o no.

En lugar de lamentarse por su soledad, Vivian decidió aprovechar cada minuto disponible. En quince días había conseguido encauzar, al menos en parte, su pequeño proyecto. Había acudido por las mañanas a preparar las dependencias que Lion le había cedido, había hablado con madres y padres indecisos, y había hecho una larga lista de cosas necesarias que el León y Storm no habían dudado en complacer. Estufas, sillas, una pizarra... Todo estaba a su disposición en cuanto lo pedía. Su esfuerzo comenzaba a dar sus frutos, aunque tuviera que usar algún que otro truco para mantener la atención de los niños. A punto de finalizar noviembre, el frío en las calles era difícil de soportar, y qué mejor solución que entrar en la acogedora y cálida habitación destinada a escuela de la señorita Vivian Smith, como se había rebautizado para no dar su verdadero nombre. Vivian recordaba lo bien que funcionaba con ella el chantaje cuando era niña, aunque su institutriz insistía en llamarlo «motivación adicional». Comenzó a tentarles con grandes jarras de chocolate caliente y sabrosas galletas consiguiendo que, aunque solo fuera por el afán de merendar, los niños se quedasen hasta el final de la clase.

Independientemente de los premios, se sorprendió al comprobar cómo cambiaba la actitud reticente de la mayoría de ellos. Gracias a su amena forma de explicar, los niños cada vez prestaban más atención y acudían ilusionados a clase, y no solo por las ganas de probar los dulces, que no eran pocas. Pero Vivian no solo aprovechaba el tiempo para estar con los niños. Algunas noches acudía al club para cenar con Lion o ayudar a las chicas con la correspondencia. En todo este tiempo no vio al Jefe ni una sola vez. Parecía que se lo hubiese tragado la tierra, aunque creía que estaba al tanto de sus avances; al fin y al cabo, él lo sabía todo, ¿no? No quería pensar demasiado en que tampoco había vuelto a ver al conde de Rutherford desde que la había ayudado con la mancha de su vestido en la fiesta de los Dolby. Aunque era lógico que no hubiese tenido noticias, ya que ella no había acudido a ningún evento y sus encuentros con sus amigas se habían limitado a un par de breves visitas para tomar el té. Por lo visto Rutherford sí había hecho acto de presencia acudiendo a visitar a Clarice e invitándola a pasear en compañía de su abuela. Vivian se convenció de que debía estar muy pero que muy contenta por su amiga y por sus avances con el conde.

Todo, excepto su propia vida, parecía seguir su rumbo lógico. Tal y como al imperturbable y ordenado Rutherford le gustaba.

Vivian entró en la cocina y saludó a Ray, a la cocinera y a dos muchachos desgarbados que lo ayudaban esa noche. Estaba realmente orgullosa de haber conseguido que el cocinero le dirigiera más de tres palabras seguidas, y poco a poco parecía abrirse a ella.

—¿Qué es esto? —preguntó ojeando una cesta que contenía varios paquetitos envueltos y una nota donde aparecía garabateado con letra desigual su nombre.

—Para usted. De Chocolat.

Abrió el papel que envolvía una pastilla de jabón y se la acercó a la nariz. Olía a canela. Abrió otro envoltorio que contenía una pastilla redondeada y casi transparente en la que se podía ver una ramita de lavanda atrapada en su interior, como si fuese un insecto petrificado en ámbar. No solo olía de maravilla, era una obra de arte.

—Dice que es un pequeño presente para darle las gracias por todo lo que hace.

—No era necesario —contestó Vivian disimulando que le había emocionado el detalle.

—Las hace ella. También hace colorete y aceites perfumados para regalarlos —añadió la cocinera.

—¿En serio? Son fantásticas, nunca he visto nada igual. —Vivian comenzó a calcular mentalmente cuánto pagarían por un jabón tan bien hecho, mientras giraba la pastilla ovalada en la mano. Podría hablar con su modista; en ocasiones vendía perfumes, jabones y cajitas con polvos de arroz y coloretes por una pequeña fortuna, y no alcanzaban ni de lejos la calidad de aquellos.

Su vista se desvió hacia una caja mucho más grande de vistosos colores en el otro extremo de la mesa.

—¿Qué es esto? —Antes de que pudieran contestar la curiosidad la hizo abrirla, aunque sabía que el contenido no era para ella.

Soltó rápidamente la tapa con un agudo grito que hizo que todas las cabezas se girasen hacia ella con preocupación. Vivian se llevó la mano al pecho y volvió a destaparla despacio para mirar con cautela. Se trataba de una peluca de pelo rizado de color rojo colocada sobre un soporte de madera que imitaba la forma de una cabeza.

—Santo Dios, es solo una peluca. Creí que era de verdad. Eso me pasa por cotillear.

—La chica se pensaba que habían decapitado a algún incauto y nos lo habían enviado para servirlo durante la cena.

Todos comenzaron a reír a carcajadas ante su sobresalto, ella incluida, hasta que se les saltaron las lágrimas.

—La han traído para Artemisa. ¿Aún no se la has llevado? —Ray regañó a uno de los chicos, que refunfuñó entre dientes.

—Tengo que llevar esta comida a uno de los palcos antes de que se enfríe. No puedo hacerlo todo a la vez —se quejó mientras salía de la cocina con unas bandejas.

—Yo lo llevaré, Ray —se ofreció Vivian para sorpresa de los presentes.

—No, usted no trabaja aquí.

—No me molesta, en serio. Vamos, trae la caja. Yo la llevaré antes de irme a casa. De todas formas, hoy las chicas no me necesitan.

—Está bien, pero recuerde. —Con un gesto de su mano le señaló que no llevaba puesto el antifaz.

Con una risita nerviosa Vivian sacó la pequeña máscara que llevaba en el bolsillo de la falda y se la puso. Ray le explicó cómo llegar hasta el camerino de Artemisa aun sabiendo que el Jefe lo estrangularía si se enteraba de que la había usado como recadera. Pero a esa muchacha no había manera de decirle que no cuando se empeñaba en hacer algo.

Vivian cumplió diligentemente con el encargo y se dispuso a volver a las cocinas para marcharse. Todavía era temprano, las actuaciones no comenzarían hasta una hora después, y el ambiente en el club era tranquilo. Caminó por los pasillos oscuros y desiertos que se escondían detrás del escenario preguntándose a dónde conducirían. Puede que esta vez nadie se enterase si cotilleaba un poco.

Marcus apenas había puesto un pie en las escaleras que subían a su despacho cuando Storm lo interceptó.

—Jefe, necesito tu ayuda con un asuntillo.

—Qué ocurre.

—Es la señora Oswell.

Marcus bajó los escalones que le separaban de su empleado. Marcia Oswell era una mujer de mediana edad que solía frecuentar el Red desde sus inicios, en compañía de su marido. Había regentado un glamuroso burdel donde acudían caballeros de clase alta antes de que ellos llegaran al barrio, hasta que se casó con uno de sus clientes habituales. Se había convertido en una buena amiga que les había aconsejado a la hora de conseguir clientela y les había recomendado a los mejores artistas para sus espectáculos eróticos.

Marcus era su debilidad. Había intentado sin éxito llevárselo a la cama en multitud de ocasiones, y entre ellos había una relación de complicidad y cariño. El único problema era que cuando Marcia bebía se volvía violenta y celosa, y eso ocurría bastante a menudo.

—Está en una de las salas del pasillo oscuro con su marido y un par de chicas. Ya sabe lo que le pasa cuando bebe. Ha roto todo lo que tenía a mano y las ha acorralado en una esquina.

—Ya sabéis que solo necesita que alguien la escuche. No es peligrosa.

—Pero solo quiere hablar contigo, Jefe.

—Como siempre —suspiró sin ganas de presenciar uno de sus numeritos histéricos—. Voy a cambiarme y bajaré.

—Date prisa, las muchachas están aterrorizadas.

—Está bien, vamos —accedió, resignado, sin molestarse en

subir a por su máscara. De todas formas iba a desempeñar la labor de amigo fiel y no de dueño del club.

Marcus avanzó por los pasillos seguido de cerca por Storm, hasta llegar a la sala donde se vislumbraba, tras la puerta entreabierta, una silla rota y varias botellas que habían sido estampadas contra la pared. Despidió a su empleado y empujó la puerta despacio con una sonrisa comprensiva en la cara. En la habitación solo estaba Marcia, que se había sentado en el suelo con la espalda apoyada en la pared, y le devolvió una sonrisa compungida.

—¿Molesto? —preguntó Marcus entrando en la habitación.

—Tú nunca molestas, mi niño precioso.

—Parece que has montado una buena fiesta —dijo sentándose en el suelo a su lado.

—Perdóname. Lo pagaré todo —se disculpó con un sollozo y Marcus le prestó su pañuelo para que se secara las lágrimas—. Es lo mismo de siempre. Me convence para que vivamos una aventura con alguna joven belleza, en este caso dos nada menos, pero luego me ignora. No soporto que les preste más atención que a mí. Se supone que estos juegos son para que ambos disfrutemos, pero en cuanto ellas se desnudan, yo dejo de tener importancia. A veces no sé si lo hace para humillarme.

—¿Dónde está tu marido?

—Me dijo que estaba loca y se marchó. Las chicas también, no les he hecho daño.

—Lo sé, no le harías daño ni a una mosca.

La mujer reclinó la cabeza en el hombro de Marcus y suspiró.

—Me hago mayor, Marcus. Finjo que no me importa lo que haga mi esposo, que no me molesta compartirlo con otras mujeres, pero no es así. Solo lo hago porque tengo miedo de perderlo.

—No deberías acceder a practicar estos juegos si no estás cómoda. Sincérate con él, y sobre todo respétate a ti misma. Y si no te valora dale una patada en el trasero. Desde cuándo has necesitado tú a un hombre para ser feliz.

Después de escuchar sus penas de amor durante un buen rato Marcus la ayudó a levantarse y la acompañó cogida de su brazo hasta la salida del corredor, que comunicaba con el resto del club.

—Siempre me reconforta hablar contigo. Eres un verdadero amor, Marcus. Lástima que nunca haya conseguido meterte en mi cama. Porque sigues resistiéndote a mis encantos, ¿verdad?

—Me pregunto si alguna vez dejarás de intentarlo.

—Nunca, querido.

Marcia dedicó una caricia melosa a la mejilla de Marcus y depositó un beso sobre sus labios a modo de despedida, como siempre hacía. Como si de repente ambos hubieran notado la presencia de alguien más, sus rostros se giraron hacia la puerta.

Vivian apenas pudo contener el jadeo de sorpresa al ver a lord Rutherford salir de aquel lugar oscuro, el rincón más depravado y pecaminoso del club, en compañía de una mujer. Sus ojos se abrieron como platos al ver que la hermosa señora lo besaba en los labios con total confianza. Aquel maldito hipócrita de doble moral azuzaba a cualquiera que se atreviese a pensar diferente y, mientras tanto, se dedicaba a recrearse en sus propios vicios. Ardía en deseos de abofetearle, gritarle y dejarle bien claro lo que pensaba de él, pero no sabía si tenía razones para sentirse tan herida como lo estaba en ese momento. Intentó convencerse de que era por su amiga Clarice, la correcta e ingenua Clarice, que creía haber encontrado a su príncipe azul y en realidad se había topado con un sapo como los demás. Pero, siendo sincera, dudaba que aquella sensación de decepción mezclada con ira se debiese a alguien más que no fuera ella misma. Giró sobre sus pasos con un revuelo de faldas y se marchó corriendo, dejando a Marcus y a su acompañante petrificados en su lugar. Marcia miró a Marcus intentando averiguar si esa muchacha era alguien importante, y la frustración que mostraba su cara y la maldición que no pudo contener le dieron la respuesta.

—Espero no haber estropeado nada.

—No te preocupes. Cualquier situación entre esa mujer y yo siempre se estropea.

—Vamos, ve y explícale lo que ha ocurrido. No la dejes marcharse con una impresión equivocada.

Marcus negó despacio con la cabeza mirando el lugar por el que Vivian se había marchado.

—Es mejor así.

—Pues por tu expresión desolada no lo parece.

—Tarde o temprano debo romper con esto, así que mejor que sea ahora.

—Si con «esto» te refieres a su corazón…

—¿Quieres tomar una copa? —la interrumpió, no queriendo ahondar más en sus sentimientos.

—No, en otra ocasión, quizá. Tengo que encontrar a mi marido. Gracias por escucharme, Marcus. Eres un amor. —Marcia se puso de puntillas para besarlo, esta vez en la mejilla—. Ve y busca a esa chica.

Marcia se marchó con su andar sugerente y él permaneció durante unos minutos a oscuras en aquel rincón, intentando refrenar el impulso de ir a buscar a Vivian. Aunque tendría que hablar con ella si quería evitar que le contara lo que había visto a Clarice, lo que de verdad le preocupaba era la posibilidad de que al encontrarlo allí dedujera que Marcus Bowden era quien se escondía tras la máscara blanca del Jefe. Eso era todo, ¿verdad? Porque no le importaba en absoluto que Vivian pensara que era un farsante, un hipócrita y un vividor que se escondía tras una fachada de imperturbable moralidad. Quizá si se lo repetía muchas veces se convencería a sí mismo.

Emprendió el camino de vuelta a su despacho y estuvo a punto de chocar con Lion, que venía corriendo hacia él.

—Demonios, menos mal que te encuentro.

—¿Qué ocurre, hermano?

—Me han avisado de que van a hacer una redada, están a punto de llegar. ¿Hay alguien en las salas del pasillo oscuro?

—No, aún es temprano. No hay nadie.

Lion hizo una señal a los guardas que le acompañaban para que se acercaran.

—Vamos a precintar la entrada. —Los dos hombres se dispusieron a desplazar unas puertas correderas que hacían desaparecer cualquier rastro del pasillo en apenas segundos. Donde antes había una entrada a un mundo de placeres prohibidos, ahora no había más que una sólida pared de madera pintada de color crema. Todo fuera por darle al local el aspecto de un club respetable donde se escuchaba ópera y se interpretaban espectáculos de magia—. Tienes que irte, Marcus. No te preocupes, yo me haré cargo de todo. Estamos pidiéndoles a los clientes que se marchen con calma, pero sabes que pronto esto será un caos.

—No, hasta que todo esté controlado. ¿Y las chicas? —preguntó Marcus intentando sin éxito disimular su nerviosismo.

—Marcus, escúchame. Si te encuentran aquí tu reputación se hará añicos. Ya he mandado a alguien para que las avise, a las que hay en el club y a las que trabajan por los alrededores.

De repente Marcus palideció.

—Vivian.

Uno de sus hombres llegó corriendo para dar la voz de aviso. La policía ya estaba en las puertas del club.

Vivian pegó la espalda a la pared, a punto de ser arrollada por una pareja que quería llegar cuanto antes a la salida. Varios trabajadores del club pasaron raudos a su lado y el desconcierto comenzó a adueñarse de todo lo que la rodeaba. No sabía qué catástrofe se cernía sobre ellos, nadie se detenía a decirle nada, pero todo el mundo parecía querer correr hacia algún punto diferente. El ruido de sillas y mesas arrastrándose por el suelo se hizo más persistente y Vivian vio cómo los pocos clientes que hasta hace unos momentos tomaban sus bebidas en las mesas se levantaban rápidamente para buscar la salida más próxima. Una mujer desconocida la agarró por el brazo y tiró de ella queriendo arrastrarla en su huida.

—No se quede ahí, señora, la policía está al llegar.

Vivian se quedó paralizada, debatiéndose entre ir a buscar al conde de Rutherford para avisarle o marcharse, sin contar con la incertidumbre que le producía no saber por qué tenía que huir si no estaba haciendo nada malo. La sensatez ganó la batalla; si la policía la encontraba sería muy difícil explicar su presencia allí. Recogiéndose las faldas corrió hacia las cocinas a toda velocidad. Chocolat y varias chicas se dirigían hacia la salida de servicio en ese momento. Una de ellas la sujetó de la mano y, sin darle tiempo a preguntar, la condujo a la carrera hacia el exterior. El aire frío de la noche le provocó un escalofrío. En la calle el caos era incluso peor que en el interior del club. Los carruajes de los clientes se agolpaban en la entrada del callejón bloqueándose el paso los unos a los otros, mientras los gritos y los silbatos de la policía instándolos a detenerse se escuchaban cada vez más cerca. La mayoría, tanto hombres como mujeres, venían al club a espaldas de sus parejas, para dar rienda suelta a las fantasías sexuales que no podían satisfacer en su dormitorio o para jugarse una fortuna sin ser juzgados. Nadie quería pasar el incómodo trance de ser identificado en un club de dudosa reputación por más que no estuviera haciendo nada ilegal.

Todo el mundo parecía querer huir de allí, los nobles para no tener que dar explicaciones sobre sus actividades privadas, y las prostitutas que los acompañaban por razones mucho más urgentes. Vivian se detuvo completamente desconcertada en medio de aquel infierno de gritos y empujones. Chocolat volvió sobre sus pasos y la sujetó de los brazos intentando hacerla reaccionar.

—Vivi, vamos. Ven conmigo. No puedes quedarte aquí. Cuando todo se calme buscaremos la forma de que vuelvas a tu casa.

Vivian asintió sin saber muy bien qué otra cosa hacer. Antes de poder dar un solo paso una mano fuerte sujetó la suya tirando de ella, la mano del conde de Rutherford. Se volvió sobresaltada y estuvo a punto de llorar de alivio al ver los ojos preocupados de Marcus taladrándola.

—Yo me encargo de ella.

Chocolat lo miró sorprendida, pero Marcus hizo un leve gesto de negación con la cabeza que fue suficiente para indicarle que debía guardar silencio.

—Márchate. Estaré bien, preciosa. No vuelvas por aquí hasta que no pasen unos días. ¿De acuerdo? —intentó tranquilizarla Chocolat.

—Pero los niños…

—Yo les avisaré de que las clases se aplazan. Vamos, vete con él. —Chocolat le dedicó una última sonrisa nerviosa y se marchó corriendo por una de las salidas del callejón.

Marcus le quitó de un tirón el antifaz y, antes de que Vivian preguntara, le dedicó una mirada tan dura que no daba lugar a réplicas.

—Por una vez, solo por una vez, no me cuestiones, Vivian.

Sin darle tiempo a reaccionar, Rutherford la condujo a grandes zancadas a través de callejones oscuros, alejándola del tumulto de voces que rompían la noche. Su mano apretaba la suya infundiéndole una sensación de cálida seguridad, aunque era imposible librarse del deseo de romper en llanto. Marcus solo se detuvo el tiempo suficiente para quitarse el abrigo y echárselo sobre los hombros a Vivian. A pesar de la carrera, no dejaba de temblar, sin ser consciente de que estaba helada hasta que él la arropó con la prenda. Rutherford dio tres golpes secos en la puerta desvencijada de un edificio de ladrillo y, después de unos segundos de espera, un hombre apareció en el umbral. Tras echarles una rápida mirada y sin decir una palabra los dejó pasar, y los condujo a lo largo de un estrecho e interminable corredor hasta desembocar en una nueva puerta. El conde estrechó su mano y, cuando trató de darle una moneda de plata, el hombre negó con la cabeza y simplemente se llevó la mano al corazón con una leve inclinación de cabeza.

Vivian no entendía absolutamente nada. La tensión y lo extraño de la situación le impedían pensar con claridad. Tras cruzar la puerta se encontraron en una calle mucho más iluminada y con edificios más nuevos y cuidados. Avanzaron unos metros sin soltarse de la mano hasta que el conde detuvo un carruaje de alquiler. Hasta que no se encontraron sentados en su interior uno frente a otro, a salvo de aquella locura, Marcus no se atrevió a respirar con normalidad. Con pocas ceremonias le lanzó el antifaz sobre el regazo.

—Si pretendes hacer creer que no estabas en el club no tiene sentido pasear con un antifaz por la calle.

—Disculpa mi poca experiencia en este tipo de situaciones. No estoy muy acostumbrada a la clandestinidad —contestó molesta por su brusquedad y volvió la cara hacia la ventanilla.

—A ver si entiendes de una vez por todas que esto no es un juego, Vivian.

—No estoy jugando. No vengo al club a dar rienda suelta a mis perversiones, como haces tú.

Marcus soltó una carcajada que no transmitía ni una sola pizca de humor.

—¿Y qué sabrás tú a lo que vengo?

—¿Estabas recitándole los Evangelios a tu amiga en un pasillo oscuro en el que se practican los actos más perversos? Ah, no. Disculpa, para poder recitar necesitarías tener la boca libre, y no era el caso.

—Parece que te molesta que me comporte como un hombre joven con sangre en las venas.

—No, solo me molesta que seas un cretino. No quiero que juegues con Clarice, eso es todo.

—Qué loable tu sentido de la amistad. Pero, vamos, cuéntame, Vivian. Por qué vienes tú aquí si no es para hacer lo mismo que los demás. El club no es un convento. Aquí se apuesta, se bebe y se…

—Tengo un propósito.

—Vivian Carpenter con un propósito. Resulta aterrador.

—Es un propósito digno. ¿Y por qué demonios nos estamos tuteando? —preguntó indignada y Marcus levantó las manos en señal de rendición—. Quiero enseñar a leer a los niños del barrio. No pretendo que usted me entienda, lord Rutherford. Al fin y al cabo su idea de ayudar al prójimo es darle un mendrugo de pan y una manta. Pero cuando la manta se deshilache y el pan se acabe, ¿qué pasará? Yo solo quiero darles una herramienta más con la que poder mejorar.

—Vaya, se cree que es Juana de Arco. Pues suerte con ello. Pero su concepción romántica y heroica del mundo es una distorsión de la realidad. No hay romanticismo ahí fuera, ¿sabe? Solo hay hambre, opresión y, sobre todo, mucha necesidad. La gente hace lo que tiene que hacer para dar de comer a sus hijos. Si cree que porque les enseñe el alfabeto eso va a cambiar de la noche a la mañana ya le aviso que su decepción será tan grande como su inconsciencia.

—¡¿Cree que es mejor no hacer nada?! —gritó dando rienda suelta a la tensión que se había acumulado durante toda la noche.

—Creo que es mejor no arriesgar su integridad por un fin inalcanzable, eso creo.

—Suerte que usted no es nadie para juzgarme y mucho menos para prohibirme nada.

Marcus se inclinó en el asiento hacia ella intimidándola con su cercanía.

—Por lo pronto soy quien la ha librado del escarnio público que hubiera supuesto encontrarla aquí esta noche.

—Y se lo agradezco enormemente. Le recordaré en mis oraciones durante toda una semana.

—Dudo que aún recuerde cómo se hace.

Vivian jadeó indignada y lo miró con los ojos entrecerrados.

—Clarice debe de estar contentísima al pensar en la joya de esposo que va a conseguir.

—Le recuerdo que todavía no estamos prometidos. Aunque seguro que soy bastante más honorable que esos tipos con los que se relaciona y que solo miran por su propio disfrute. ¿Dónde estaba ese tal Lion y el otro como se llame mientras usted estaba expuesta a la mayor de las vergüenzas o a algo incluso peor? ¿Se han preocupado de usted? Yo se lo diré, estaban cuidando su propio pellejo.

Marcus se detuvo al ver a la escasa luz del carruaje los ojos de Vivian brillantes, a punto de dejar escapar las lágrimas. Miró por la ventanilla preguntándose por qué le importaba tanto lo que le ocurriera a aquella testaruda muchacha, y por qué demonios tardaban tanto en llegar a su destino. Suspiró agradecido al ver que ya estaban llegando al lujoso barrio donde estaba ubicada la mansión de los Carpenter. En cuanto el vehículo se detuvo en la parte trasera de la casa, bajó de un salto, e intuyendo que el orgullo de Vivian no le permitiría aceptar su mano para descender, la sujetó directamente por la cintura para bajarla en vilo.

—¿No le parece que se está tomando demasiadas confianzas, milord?

Marcus se rio y movió la cabeza.

—Qué remilgada es usted teniendo en cuenta que pasa las noches en un club de pervertidos.

Vivian quería enfadarse y lanzarle algún improperio, pero no pudo evitar que su comentario le hiciera gracia y se tapó la boca con la mano intentando retener una risita.

—Hágale caso a esa mujer, Vivian. No vaya por allí por el momento; si han hecho una redada es probable que vuelvan, y puede que la próxima vez no tenga tanta suerte.

Vivian sabía que tenía razón y lo más sensato era esperar a que las aguas volvieran a su cauce antes de regresar al club, pero no pudo resistirse a contradecirlo de nuevo. Lo miró desafiante mientras se quitaba su abrigo para devolvérselo.

—Un simple contratiempo no me apartará de mi propósito. No me gusta dejar las cosas a medias.

Marcus subió de nuevo en el carruaje después de ver que la puerta de la mansión se cerraba detrás de Vivian. Apoyó la cabeza en el respaldo y se frotó la cara con las manos, absolutamente frustrado y sobrepasado por los acontecimientos. No estaba acostumbrado a que las cosas escapasen de su control, y esa noche había comprobado que no siempre podía dirigir lo que sucedía a su alrededor.

20

La noche estaba siendo un verdadero infierno para Marcus. Se sirvió una copa y se sentó en el sofá de su despacho frente a la chimenea, intentando contener el pánico que le provocaba la incertidumbre. A los pocos segundos volvió a ponerse de pie para recorrer la alfombra de punta a punta por enésima vez. Unos pasos se acercaron por el pasillo y suspiró, aliviado, al ver entrar a Lion con aspecto cansado.

—Gracias a Dios. Estaba a punto de volverme loco. ¿Estás bien?

—Sí, ese desgraciado me ha tenido de pie en el callejón más de cuatro horas. Estoy helado —se quejó quitándole la copa de las manos y bebiéndose el contenido de un trago.

Marcus rellenó la copa y sirvió otra para él mientras su hermano se arrellanaba en el sofá y subía los pies sobre la mesita baja frente a él. Gruñó al ver sus botas sobre la brillante superficie, pero ya había tenido una noche bastante dura para regañarle por eso.

—Cuéntame.

—Han registrado los clubes hasta el último rincón, pero no han encontrado nada. Lo cual les ha cabreado bastante.

—¿Qué estaban buscando?

—Cualquier cosa que pudiera perjudicarnos. Nos han retenido en el callejón expuestos al frío hasta que nos han identificado a todos, incluyendo a una docena de clientes. Se han llevado a dos chicas que trabajaban en la calle y a un pobre diablo envalentonado por la borrachera que los ha increpado cuando se marchaban. Ninguno de los detenidos eran gente del club, pero he mandado a Storm por si podía hacer algo por ellos.

—Volverán, estoy seguro —aseguró Marcus.

—Sí, hasta que se cansen o hasta que nos dejen sin clientes. Dudo que los próximos días el ambiente sea demasiado alegre.

—Mandaremos una nota a los clientes que han retenido lamentando lo ocurrido y les ofreceremos una sala privada, una compensación o lo que se nos ocurra —decidió Marcus sobre la marcha.

—¿Y Vivian?

—A salvo en su casa. La llevé yo mismo.

Lion asintió aliviado, durante toda la noche había estado preocupado por su seguridad. Un barrio como ese no era el lugar más adecuado para una joven inexperta como ella, y, aunque le pesara, tenía que darle la razón a su hermano en ese sentido.

—¿Ha descubierto quién eres? —preguntó preocupado.

—No, pero de seguir así no tardará en averiguarlo. He tenido que llevarla por atajos que ningún noble decente conocería. Aunque estaba demasiado preocupada e impactada por todo lo que estaba ocurriendo para pensar con claridad. Sigue empeñada en dar clases y volverá por el club más pronto que tarde.

—No es buena idea que vuelva durante unos días, estoy seguro de que Horace Brown no tardará en aparecer de nuevo hasta que encuentre otro objetivo al que destruir.

Marcus clavó la vista en el fuego de la chimenea intentando encontrar una solución. Vivian se había hecho tan presente en el club que sin darse cuenta se había adueñado de una parte de él, de una parte de todos, puede que incluso ya hubiese conquistado una parte de sí mismo sin que él hubiese sido consciente.

—Pensaré en algo. Vamos a descansar. —Marcus se frotó la cara dándose cuenta de lo agotado que se sentía—. Quédate a dormir, es tarde para que vuelvas a cruzar la ciudad, Lion.

El único sonido que obtuvo por respuesta fue un suave ronquido de su hermano, que ya se había quedado dormido en el sofá.

A pesar de que se sentía completamente agotado, Marcus no había conseguido pegar ojo en toda la noche. Pero no por el futuro del Dark, ni mucho menos. La idea de que Vivian pudiese verse envuelta en un escándalo, o lo que era peor, en una situación peligrosa hacía que le costase respirar. Conocía a los hombres como Horace Brown y no tenía duda de que era el tipo de persona que cuando mordía una presa no la soltaba hasta exprimirle la última gota de sangre. Si encontraba a Vivian en el club no dudaría en querer darle una lección para que cundiera el ejemplo y exponerla al escarnio público para cubrirse de gloria.

Un club que pervertía a jóvenes damas de bien no tenía cabida en aquella sociedad decente, y allí estaba él para hacerlos desaparecer de la faz de la tierra.

Se dio un baño intentando calmar los nervios y bajó a desayunar inusualmente temprano. Pero la desazón le hacía imposible tragar ni un solo bocado. En cuanto consideró que era una hora prudente para hacer visitas, se montó en su caballo y se dirigió a la casa de los duques de Kensington. Sebastian le recibió en su despacho, extrañado por el gesto desencajado de su amigo. Marcus le relató brevemente que, tal como temían, Horace Brown y sus hombres habían aparecido en el club la noche anterior.

—Necesito vuestra ayuda, Sebastian.

—Ya he hablado con mis contactos. Estoy intentando que alguien de arriba le dé un toque a ese tipo para que os deje en paz. Me deben un par de favores, pero no conozco a ningún superior directo de Brown, por lo que tardaré un poco más. No puedo exponerme ni exponerte a ti mostrando demasiado interés, pero he dejado caer que en el club conocéis muchos secretos que no conviene que salgan a la luz.

Marcus sacudió la cabeza valorando el esfuerzo de su amigo, pero no era eso lo que le había quitado el sueño.

—Te lo agradezco, pero no es eso lo que me urge en estos momentos.

Sebastian le sirvió una taza de té, intrigado por su actitud. Parecía que no dominaba la situación, algo muy inusual en un hombre acostumbrado a manejar todo lo que le rodeaba.

—Es sobre Vivian Carpenter, pero preferiría que manejáramos esto con discreción, y que los detalles sobre la situación no llegaran a oídos de Isabelle. No quiero que me asesine con un tenedor.

—No te preocupes, me bastan mis propias manos para hacerlo —los interrumpió la aludida desde la puerta con el ceño fruncido.

Sebastian puso cara de circunstancias y Marcus se pasó la mano por la cara con frustración. Isabelle tomó asiento en uno de los sofás con la actitud de una reina a punto de ordenar una decapitación, mientras el conde, que se sentía incapaz de mantenerse en su asiento, prefirió quedarse de pie.

—Estoy esperando, Marcus. Comienza a hablar —le ordenó con tono cortante.

Marcus miró a Sebastian, que se limitó a encogerse de hombros anunciándole que no podía hacer nada para ayudarle a salir de ese charco.

—Está bien, pero antes de poner el grito en el cielo escucha todo lo que tengo que decir —carraspeó, visiblemente incómodo.

—Estoy en mi casa y necesitas mi ayuda, pondré el grito en el cielo si me apetece.

—Mi vida, sé comprensiva. Marcus ha pasado una noche complicada —le pidió su marido sentándose a su lado.

Isabelle suspiró y con un gesto de su mano le instó a explicarse.

—Vivian lleva acudiendo al club desde hace un tiempo. Ha conseguido entablar una relación bastante estrecha con los dueños y los empleados.

—Contigo, quieres decir —apuntó Isabelle con los dientes apretados.

—Ella no sabe que soy yo, y debe seguir así, Isabelle. Me lo debes. Debes darme tu palabra de que no vas a delatarme. Por el bien de Vivian, el Jefe y el conde de Rutherford tienen que seguir siendo dos personas diferentes.

La duquesa gruñó entre dientes negándose a darle la razón; sabía que no era por el bien de Vivian, sino por el suyo propio, pero prefirió dejarlo continuar.

—Isabelle…, por favor —suplicó, intentando arrancarle una promesa.

—Está bien, está bien. Ya te dije que no te delataría. Continúa, por el amor de Dios.

—Se ha involucrado tanto con todo lo que rodea al Dark que se ha empeñado en llevar a cabo un «proyecto». Ha montado una especie de escuela en uno de los salones que dan a la calle principal y da clases a los niños del barrio.

—¿Has perdido el juicio? ¿Me estás diciendo que has permitido que Vivian vaya hasta allí a diario a cara descubierta? ¡Porque no creo que les enseñe a escribir llevando un antifaz! —vociferó poniéndose de pie, hasta que su marido sujetó su muñeca y, tirando de ella con suavidad, la hizo sentarse de nuevo.

Sebastian acarició su mano con dulzura y depositó un suave beso en su palma calmándola un poco, a pesar de que sus ojos seguían taladrando a Rutherford.

—No pensareis que está haciendo algo así por sugerencia mía, ¿verdad? Intentar parar a Vivian es como querer detener la lluvia con las manos.

—En la fiesta os vi demasiado juntos para ser dos personas que apenas se conocen. Hay algo que no termino de entender, y es por qué razón Marcus parece estar tan cerca de ella como el Jefe. Quiero que seas sincero y me digas si ha pasado algo entre vosotros.

—Nada en absoluto —mintió con total naturalidad—. El problema es otro, y es mucho más serio que un malentendido en una fiesta.

—Isabelle, se están produciendo redadas en los clubes nocturnos de la zona. Anoche le tocó el turno al club de Marcus —intervino el duque.

—No me digas que Vivian ha tenido problemas. —La duquesa saltó de nuevo del sofá como si tuviera un resorte. Sebastian volvió a sujetarla con suavidad, temeroso de que la tensión pudiera afectarla en su estado, acariciando su espalda, tratando de hacer magia sobre sus crispados nervios.

—Tranquila, cielo. Marcus no permitiría que le ocurriera nada. ¿Me equivoco? —preguntó mirando al conde con una ceja arqueada.

—Por supuesto que no. Por eso necesito que me ayudéis. Cuando la policía entró en el club ella ya se había ido, yo la acompañé a su casa.

—¿Tú, Marcus? ¿O tú, Jefe? —interrumpió Isabelle con sorna intentando entender la enrevesada situación.

—Marcus. Pero no nos perdamos en los detalles. El problema es que temo que esta redada no sea más que un primer aviso. Necesito alejar a Vivian del club al menos hasta que las cosas se hayan calmado, pero es tan testaruda que se empeña en seguir viniendo para continuar con las dichosas clases.

—Lógico, no le gusta dejar las cosas a medias.

—No es lógico, es temerario. Admiro su determinación y sus buenas intenciones, pero me saca de quicio que no entre en razón cuando es obvio que lo mejor para ella es quedarse en casa. Además…, estoy seguro de que también querrá venir por las noches. Hay varias prostitutas con las que tiene buena relación y las ayuda con la correspondencia.

—Cielo santo. —Isabelle se apretó las sienes con los dedos—. ¿Quieres que hable con ella para convencerla de que no vaya?

—Ambos sabemos que eso con Vivian no funcionaría. —Isabelle enarcó la ceja sorprendida de lo bien que había llegado a conocerla—. He pensado en sacarla de Londres. No me mires así, caray. No hablo de secuestrarla.

—No me culpes por pensar mal de ti, he visto cómo te manejas en los bajos fondos en primera persona.

—Mi idea es pasar unos días en el campo, cerca de Wallington —continuó Marcus ignorando su pulla—. Mi casa está a poco más de una hora de la ciudad. Isabelle, no tendrás que acusar el cansancio de un largo viaje, y yo podré volver a Londres con facilidad en caso de ser necesario. Además, a mi abuela le encanta ejercer de anfitriona y agradecerá tener la casa llena de gente. He pensado invitar también a la señorita Hamilton y su abuela para que no resulte extraño. Al fin y al cabo, sois amigas y…

—Al fin y al cabo, estás interesado en la señorita Hamilton —ironizó Isabelle ante el trato distante que usaba con la mujer con la que pretendía empezar un cortejo—. Así matas dos pájaros de un tiro. Proteges a Vivian y enamoras a Clarice. Es todo tan romántico…

—Exacto. Esa es la idea —le dio la razón, fingiendo que no le molestaba su comentario—. Lo que necesito es que me ayudes a convencer a Vivian. Puede venir con su madre, si le apetece. Si tú se lo pides no rechazará la invitación —añadió buscando la aprobación de los duques, dejando entrever lo desesperado que estaba.

Los duques se miraron entre sí unos segundos. Realmente Vivian necesitaba tomar un poco de distancia; puede que así viera con claridad que estaba caminando sobre el borde de un precipicio. Isabelle suspiró resignada.

—Está bien. Voy a ayudarte, pero te estaré vigilando muy de cerca, Marcus. Ah, y mi cuñado Neil también vendrá, está pasando unos días con nosotros y no nos vamos a marchar dejándolo solo aquí.

—De acuerdo —respiró, aliviado—. Lo prepararé todo, te dejo libertad para inventarte la excusa que quieras.

Tras ultimar los detalles sobre cómo organizarían el viaje y el asunto de las invitaciones, Marcus se marchó de la mansión. Isabelle miró a su marido con gesto serio.

—Voy a casa de Vivian; espero que su madre no se oponga.

Sebastian la acompañó al recibidor y la ayudó a ponerse el abrigo.

—¿Seguro que no quieres que te acompañe?

—No, cariño. Negocio mejor cuando tú no me estás observando. Pero tengo la sensación de que esto no va a acabar bien. Es como si estuviese viendo avecinarse el desastre y no pudiera hacer nada para detenerlo.

—Seguro que Marcus es capaz de manejar esto —la tranquilizó Sebastian, aunque tenía el mismo presentimiento que su esposa y la certeza de que una de las dos amigas, o puede que las dos, acabarían con el corazón roto.

Isabelle había intentado darle conversación a Vivian durante el viaje, pero ella no estaba demasiado habladora. Había mandado al cochero a recabar algo de información sobre lo que había ocurrido en el club, pero a pesar de que las noticias no eran del todo malas, no conseguía librarse de la sensación de desasosiego. No había querido analizar por qué el conde de Rutherford no le había comentado nada sobre una supuesta invitación a su casa de campo con anterioridad, pero quiso pensar que simplemente había preferido delegar en Isabelle para ello.

Le sorprendió descubrir que la casa de campo de lord Rutherford distaba bastante de la lujosa mansión que poseía en la zona más exclusiva de Londres. Se trataba de una encantadora casa de dos plantas rodeada de una zona arbolada y con un enorme prado en la parte trasera. Lejos de ser una casa ostentosa, daba la impresión de ser acogedora y cálida. Rutherford salió a recibirles con una sonriente Clarice colgada de su brazo, que había llegado unas horas antes con su abuela desde Londres. Los saludó como el más correcto anfitrión, pero cuando el resto caminó hacia el interior de la casa se entretuvo para quedar a solas con Vivian unos instantes.

—¿Todo bien? —preguntó discretamente.

Vivian contestó con un simple movimiento de cabeza, no por prudencia, sino porque inexplicablemente su cercanía y su mirada intensa sobre ella habían hecho que su boca se secara y su estómago se cerrara con una sensación desconocida.

Después de haber descansado unas horas, Vivian se preparó para la cena. Había elegido un sobrio vestido de terciopelo color rosa claro, con cuello alto y elegantes mangas hasta la muñeca, y se sorprendió cuando al bajar al salón encontró a Clarice, de nuevo junto al conde, con un escotado vestido amarillo no demasiado apropiado para una velada íntima en el campo. La señora Hamilton le dedicó una mirada de desagrado desde el sofá donde se sentaba, como si fuera la dueña y señora del lugar.

Una señora mayor sentada junto a ella se acercó a la nariz unos impertinentes con mango de carey y repasó a Vivian de la cabeza a los pies. La anciana mujer se levantó de su asiento trabajosamente aceptando el brazo que Marcus le ofreció. Era delgada, alta, a pesar del ligero encorvamiento de su espalda, y seguía manteniendo la elegancia y la belleza en sus rasgos afilados.

—Abuela, deja que te presente a la señorita Vivian Carpenter. Señorita Carpenter, ella es mi abuela, lady Norma Bowden, condesa viuda de Rutherford, nieta del marqués de Damiany y descendiente de un tataranieto de un príncipe italiano del que nunca recuerdo el nombre. —La mujer continuó con su escrutinio mientras Vivian le dedicaba una reverencia—. Le encanta que la presente haciendo hincapié en que su sangre es tan azul como un cielo de verano —bromeó en voz baja para que solo Vivi pudiera escucharle. Ella no pudo evitar soltar una pequeña risita y la anciana los miró a ambos con cara de malas pulgas.

—¿Esta es la chica que te gusta, Marc? —Su nieto abrió la boca para contestar, pero no encontró nada que decir que no ofendiera a alguna de las damas de la sala —. Me gusta, esta sí me gusta —terminó ella con una sonrisa.

—Lady Rutherford —intervino Isabelle para aliviar la tensión ante el carraspeo nervioso del anfitrión—. Su casa es preciosa y muy acogedora.

La mujer la miró con el ceño fruncido.

—¿Y esta quién es? —preguntó dándole una palmada a su nieto en el brazo.

—Es la duquesa, te la presenté hace un rato. Y a su esposo también.

—Oh, sí, es cierto. Gracias a Dios que no has elegido a esta, Marcus. Porque está preñada.

Vivian e Isabelle rieron con disimulo y el conde los condujo hasta el comedor cortando la conversación. Su abuela tenía momentos de despiste cada vez más frecuentes, que alternaba con otros de extrema lucidez, aunque Marcus sospechaba que aprovechaba su edad para decir lo que se le antojaba en cada ocasión.

El conde presidía la mesa y a su lado se sentaba su abuela y una abnegada Clarice, que prestaba atención, embelesada, a todo lo que salía de su boca. Su cambio de actitud tenía desconcertada a Vivian, y a juzgar por la expresión de Isabelle no era la única. Sospechaba que su abuela podría haberla instado a tener una actitud mucho más cercana hacia el conde con el fin de reforzar el incipiente vínculo entre ellos.

Vivian agradeció que junto a ella se sentase Neil Morton. Era un sinvergüenza y un cabeza hueca, pero era condenadamente atractivo y muy divertido. Se tapó la boca con la servilleta intentando contener un ataque de risa mientras Neil le contaba una de sus noches locas y las consecuencias de excederse con el vino barato.

—No le creo, está exagerando.

—Le doy mi palabra, señorita Carpenter. Si no llega a ser porque ese hombre me zurró por robarle el catre, hubiese amanecido en ese barco en mitad del océano con solo unos peniques en el bolsillo. Y le juro que aún hoy me pregunto cómo diablos acabé allí.

—¿Y qué hizo?

—Correr despavorido antes de que el barco zarpara. En honor a la verdad le diré que, cuando aterricé con mis huesos en el mugriento suelo del puerto de Londres, me enteré de que todavía faltaban dos días para zarpar, pero igualmente hui sin mirar atrás. Desde entonces no abuso del vino tinto.

—¿Solo del blanco, entonces? —preguntó Vivian con atrevimiento, provocando una sonora carcajada del joven que atrajo todas las miradas hacia ellos—. De todas formas, hubiese sido una experiencia interesante. Aparecer en una parte del mundo desconocida, dejarse llevar por el destino, conocer gente nueva.

—Mi idea de viajar y conocer mundo no incluye limpiar la cubierta y los orinales de la tripulación para pagarme el pasaje —añadió ella, haciéndole reír de nuevo.

La abuela de Marcus levantó sus lentes colocándoselas sobre la nariz y los miró desde el otro extremo de la mesa.

—Marcus, ese chico te va a quitar a tu novia —le advirtió lo bastante fuerte como para que todos, incluyendo los lacayos que servían la mesa, la escucharan.

—No es mi novia, abuela —susurró incómodo.

—Ni lo será, si no espabilas.

La abuela Hamilton torció la boca con un gesto de desagrado hacia Vivian, haciendo que se sonrojara y clavara los ojos en el postre que le acababan de servir. Miró la porción de pastel y cortó un trocito con su tenedor, para comprobar sorprendida que era el mismo postre que le que habían servido en la cena en casa de lady Balfour, cuando él la había acusado de pecar de gula.

—Clarice, esta es la tarta que tanto te gustó en la cena con mis amigas, ¿verdad? Es de agradecer que lord Rutherford haya tenido el detalle de servirnos un postre tan delicioso —comentó la abuela de Clarice.

—No, abuela. A quien le encantó la tarta fue a Vivian —reconoció su nieta con tirantez—. Aunque es cierto que es deliciosa.

—¿Le gusta el chocolate, Vivian? —preguntó Norma mirándola a través de las lentes.

—Me encanta, milady.

—Entonces, será por eso por lo que mi nieto ha cambiado los menús y ha insistido tanto en que haya chocolate en todos los postres.

Un tenso silencio cayó sobre la mesa, solo interrumpido por la risita sardónica del duque de Kensington, que veía cómo su amigo, que se manejaba sin titubear entre maleantes, borrachos y asuntos turbios, parecía a punto de colapsar por culpa de unas cuantas damas inofensivas. Marcus desvió con acierto el tema de conversación hacia la bien surtida sala de música de su abuela, y la señora Hamilton aprovechó de nuevo para alabar las cualidades de su nieta intentando impresionarle. Tras la cena se dirigieron hasta allí para que Clarice demostrara sus dotes al pianoforte. Vivian no pudo disfrutar de la música. Estaba demasiado ocupada tratando de ocultar cuánto le molestaban las miraditas tímidas, las sonrisas apocadas y las caídas de pestañas que su amiga le dedicaba a Rutherford.

Comprobar que en el club todo parecía marchar con normalidad había conseguido en parte serenar los nervios de Marcus. Tras la velada, una vez que los invitados se habían retirado a sus habitaciones, había ido a Londres para ver cómo estaba la situación y, tras dormir unas horas en el club, había vuelto con tiempo suficiente para desayunar con ellos y que nadie notase su ausencia.

La mañana había amanecido soleada, así que decidieron salir a dar un apacible paseo por los alrededores y organizar un pequeño pícnic. El ambiente bucólico parecía sentar muy bien a la pareja en ciernes, que se veía más cómplice que nunca.

—¿Crees que se declarará antes de que volvamos a Londres? —preguntó Vivian a Isabelle, haciendo que girara la cabeza para mirar hacia la pareja, que caminaba de vuelta a la mansión cogida del brazo.

—Lo dices como si te molestara.

—En absoluto. Solo creo que Clarice parece haber descubierto un Rutherford que hasta hace unos días no existía. Nunca se ha mostrado demasiado ilusionada con la idea, más bien resignada. Y en cambio ahora, mírala. Seguro que al final del día le dolerán las mejillas de tanto fingir esa sonrisa perfecta. Ni siquiera sabía que una persona pudiese tener tantos dientes.

La duquesa ahogó una risita ante su tono cínico.

—Parece que no es la única en haber descubierto algo nuevo. Veo que mi cuñado y tú habéis congeniado muy bien.

—Es muy simpático. Y no me mira como si estuviese a punto de desatar la ira de Dios con mi insensatez.

—¿Quién te mira de esa forma? —indagó intentando que Vivian se abriera a ella, aunque sabía de sobra a quién se refería.

—Nadie en particular. —Vivian sabía que no podía revelar que su relación con Rutherford era más cercana de lo que debería o tendría que dar muchas explicaciones.

Providencialmente, Neil se acercó hasta ellas y con uno de sus chascarrillos se convirtió en el centro de atención de las damas, ajeno a la mirada asesina que Marcus le dirigió.

Aunque Rutherford había intentado ignorar la presencia de Vivian desde su llegada, era consciente, a su pesar, de cada movimiento, cada risa, cada mirada, especialmente de las que le dedicaba a Neil Morton. Esa muchacha iba en busca del peligro en cada una de las elecciones que tomaba, y si había organizado todo aquel paripé para alejarla del club no iba a consentir que como consecuencia cayera en las garras de ese sinvergüenza, por mucho que fuera el hermano de su mejor amigo. Como si ambos hubiesen hecho un pacto tácito, sus pasos se ralentizaron hasta que quedaron los últimos de la comitiva, y avanzaron durante unos metros el uno junto al otro sin mediar palabra.

—Así que ha encontrado una nueva locura que emprender. Viajar por el mundo en un barco con rumbo desconocido. —Vivian esbozó una sonrisa sin mirarlo, pero no le contestó, por lo que Marcus continuó pinchándola—. Creí que ya había perdido la capacidad de sorprenderme. Pero debería haber supuesto que, tras su desinhibida vida social, encontraría adecuado coquetear con un hombre como Neil.

—Si lo que pretende es ofenderme, no lo va a conseguir.

—Jamás la ofendería, no me malinterprete —se excusó.

—Usted va a ese club igual que voy yo, lord Rutherford, solo que mis fines son más honestos.

—Claro, había olvidado lo de su noble propósito. ¿Neil es otra causa perdida que salvar?

—¿Qué tiene de malo acercarse a un hombre como él? Es hijo de un duque.

—Así que no lo niega. Está coqueteando con él.

Esta vez sí que lo miró sorprendida.

—No he dicho eso. Simplemente… —Vivian gruñó frustrada—. No puede haber en el mundo nadie que albergue todas las virtudes que usted considera imprescindibles.

—Soy tan exigente conmigo como con los demás. No pido a nadie una virtud de la que yo mismo carezco.

—La vanidad, lord Rutherford. Cuidado con ella —sonrió mientras jugueteaba con una brizna de hierba entre los dedos.

—¿Me acusa de pecar, señorita Carpenter? —Marcus no pudo evitar reírse.

Vivian se volvió hacia el conde con una sonrisa misteriosa que hubiese desarmado a cualquiera. Incluido él.

—Es usted un pecador potencial, algo me dice que no es tan perfecto como usted quiere hacer creer. Solo espero que no le haga daño a Clarice.

—Cuidado con los falsos testimonios, Vivian. No soy perfecto, pero intento no dañar a los que me importan.

—Y Clarice le importa —afirmó con tono desapasionado.

Marcus sabía que ella estaba esperando una confirmación, una confesión por su parte sobre sus buenas intenciones, sobre la admiración que sentía por Clarice Hamilton, por su serena belleza, por su carácter calmado y sus modales perfectos. Pero fue incapaz de decir ni una palabra. Continuó caminando en silencio a su lado hasta llegar a la casa.

Cuando Marcus supo que parte de las tierras que su familia había perdido de manera injusta y despiadada estaban incluidas por cosas del destino en la dote de Clarice, su objetivo estuvo claro. Era la última pieza del puzle que llevaba años encajando con cada parcela recuperada. Había intentado comprarla sin tener que implicar a la joven, pero ante la negativa de la familia se había visto obligado a cambiar su estrategia. Se lo debía a su padre, y si para ello tenía que contraer matrimonio con ella, lo haría sin dudarlo; al fin y al cabo, aquello no distaría de lo que cualquier aristócrata de buena cuna debía hacer para cumplir con su obligación. Así que, sí. Clarice le importaba en la medida en la que ella era la pieza que faltaba para conseguir sus fines.

Ni siquiera el chocolate más dulce había podido cambiar la expresión avinagrada de Marcus mientras observaba cómo Neil Morton, el atractivo y descerebrado hermano del duque, hacía las delicias de Vivian, amenizando su cena con una animada conversación.

Había estado distraído, y, por más que lo intentó, le resultó imposible concentrarse en la conversación que lo rodeaba, por mucho que Clarice y su abuela se esforzaron en monopolizarle.

En cuanto los invitados se retiraron, Marcus se preparó para salir discretamente en busca de su carruaje y volver a Londres. Aunque no había pensado acudir esa noche al club, su estado de ánimo funesto no le permitiría dormir y al menos así mantendría la mente ocupada.

La voz de Sebastian lo detuvo cuando estaba a punto de salir de la casa.

—Pensé que hoy no irías al Dark.

—No pensaba ir. Pero me quedo más tranquilo si me paso por allí, aunque sea un par de horas. Por cierto, hoy apenas hemos tenido tiempo de hablar. Parece que tu advertencia surtió efecto. Por ahora la atención de la policía se centra en otras zonas bastante más necesitadas de vigilancia, zonas donde realmente se está delinquiendo.

—Me alegro. De todas formas, sugerí que sería aconsejable hacer una investigación interna sobre los métodos utilizados por Brown.

—Es un mal bicho. Puede que se haya alejado temporalmente, pero lo conozco y no suelta a su presa con facilidad. Tarde o temprano volverá.

—Esperemos que no —añadió el duque intentando darle ánimos—. Vuelvo a mi habitación, mañana hablamos.

—Sebastian. —El duque se giró antes de comenzar a subir

los escalones—. No sé cómo decir esto, pero… En fin, todos sabemos cómo es tu hermano.

Sebastian se cruzó de brazos y lo miró con expresión burlona. Había esperado ese momento desde que había visto la buena sintonía entre Neil y Vivian, y había notado cuánto le desagradaba inexplicablemente aquello a su amigo.

—¿Cómo es mi hermano, Marc?

—No es alguien comprometido ni centrado. Al menos no todavía. Es demasiado inmaduro para…

—¿… para conquistar a una dama? —terminó la frase por él disimulando una sonrisa.

—Es perfectamente capaz de conquistarla, lo que no sé es si es capaz de hacerlo con un fin honorable.

—En cualquier caso, puedes estar tranquilo, no parece que tenga ningún interés en la señorita Hamilton —lo provocó, dándose la vuelta para seguir su camino.

—Eso está claro —lo detuvo Marcus—. No podría estar más diáfano. De hecho, es tan obvio que está interesado en Vivian que habría que estar ciego, sordo y medio muerto para no verlo. Solo falta que la persiga tocando una fanfarria con una gaita y lanzando pétalos de flores a su paso para que sea más evidente.

Sebastian no contestó, dio una palmada en el hombro de su amigo y comenzó a subir los escalones despacio con una sonrisa.

—¿Y eso es todo? —preguntó el conde, desconcertado.

—Neil no sabe tocar la gaita, relájate —contestó el duque sin molestarse en mirarlo, conteniendo una carcajada—. Nos vemos mañana.

Marcus se ajustó el abrigo y se marchó maldiciendo entre dientes. Necesitaba una copa, y estaba seguro de que el viaje hasta Londres se le iba a hacer interminable.

21

Marcus estaba seguro de que la actividad que había planeado para esa mañana entusiasmaría a todos por igual, o a casi todos. Cuando los invitados llegaron al patio les esperaban varios sillones dispuestos en la zona más soleada, rodeados de frondosos macetones, frente a dos cámaras fotográficas montadas sobre trípodes.

—¡Oh, Marcus! No me digas que me vas a tener otra vez toda la mañana aquí sentada haciendo experimentos —se quejó la condesa viuda.

—Vamos, abuela. No te quejes, luego te encanta el resultado.

—¿Ha traído un retratista? —preguntó Vivian ilusionada.

Su padre había encargado que les hicieran un daguerrotipo, como toda familia de la buena sociedad que se preciase, pero de eso hacía varios años y casi no se reconocía en aquella muchacha con la cara redonda y sonrisa angelical. Siempre había querido un retrato familiar más actual, pero la situación en su casa no era tan idílica como para querer inmortalizarla. Un lacayo apareció con una gran maleta en la que transportaba, con sumo cuidado, el material necesario para la sesión.

—No ha necesitado buscar un retratista. Nuestro anfitrión guarda celosamente algún que otro secreto —intervino Sebastian—. No es raro encontrarlo por ahí cargado con todas esas cosas intentando captar el momento perfecto para plasmarlo en un papel.

Vivian miró a Marcus con admiración mientras preparaba la cámara. Jamás habría imaginado que ese hombre tan insulso tuviese un lado creativo, aunque era de esperar que hiciese algo más que leer la Biblia. Durante toda la mañana se colocaron en diferentes poses. Primero las tres amigas juntas, después acompañadas del duque y su hermano, los duques en solitario…

Todos posaron encantados, excepto Norma Bowden, que era bastante reticente a los adelantos y se desesperaba mientras su nieto ajustaba las lentes o preparaba los productos.

—Vamos, lady Rutherford. Yo me sentaré a su lado —dijo Vivian intentando entretener a la mujer para acallar sus quejas, arrancándole una sonrisa.

—Soy una vieja arrugada, no entiendo en qué beneficiaría al retrato que yo aparezca en él.

—Eso no es cierto. Usted aporta elegancia, madurez, saber estar…

—Eres una zalamera, muchacha —repuso la anciana dándole una palmada en la mano—. Mi nieto sabe que me molesta sobremanera posar para él.

—Entonces boicoteemos la sesión. Podemos poner los ojos bizcos, o sacar la lengua, o dar un salto justo cuando vaya a disparar… ¿Qué le parece?

—No le dé ideas, señorita Carpenter. La mente de mi abuela ya es suficientemente perversa.

El conde se acercó hasta ellas sin apartar la vista de Vivian, encantado al ver que ambas habían congeniado a pesar del carácter seco de la anciana. Al final, su abuela accedió a participar con la condición de que la foto fuera tomada por el ayudante para que Marcus también apareciera en el retrato. Las dos ancianas y la duquesa se sentaron en el sillón, mientras que Clarice, Vivian y Neil permanecieron de pie en segundo plano. Sebastian era tan alto que hubiese desequilibrado el plano por completo, por lo que Marcus le dio instrucciones para que se sentase junto a su esposa. Una vez que tuvo a todo el mundo en la posición que él consideró adecuada se dispuso a ocupar su lugar, que casualmente era el hueco que quedaba justo junto a

Vivian. Ambos se mantuvieron firmes mientras el lacayo reconvertido en fotógrafo le indicaba al conde que se acercara un poco más a ella. Sus hombros estaban a punto de rozarse, pero el lacayo estaba demasiado ocupado en lograr un encuadre perfecto para notar cualquier incomodidad.

—Preparen su mejor sonrisa —gritó el muchacho como si no estuviera a unos pocos metros de distancia.

—Usted no, Rutherford, o si no nadie lo reconocerá —susurró Vivian para que solo él lo oyera.

Se miraron y no pudieron evitar sonreír. No hizo falta que nadie les recordase que debían mantenerse inmóviles para que el retrato fuese perfecto. Ambos se habían quedado enredados en una tela de araña invisible que les hacía imposible romper la conexión que se había establecido entre ellos.

Marcus repasó con los ojos, ansiando el imposible de hacerlo con sus dedos, su nariz respingona, sus labios llenos perfilados por una curva perfecta y tentadora, y sus mejillas redondeadas que comenzaban a ruborizarse por su intenso escrutinio. El ayudante finalizó su cuenta atrás con un ruidoso fogonazo de luz que los sacó de aquel íntimo círculo que habían creado sin proponérselo.

—Fantástico, hemos sido inmortalizados con cara de idiotas —apuntó Vivian con una sonrisa, intentando deshacerse de la sensación de complicidad que se había establecido entre ellos.

Todos se dirigieron al interior de la casa comentando la experiencia mientras Marcus y el muchacho recogían las cosas. Excepto Vivian, que fue reclamada por la anciana condesa.

—Cielo, acompáñame a dar un paseo. Estas viejas piernas necesitan movimiento.

Norma Bowden entrelazó su brazo con el de Vivian y comenzó a caminar despacio mientras soltaba una retahíla de consejos matrimoniales que ella no sabía cómo tomarse.

—No te aconsejo en absoluto que te conviertas en una mujer sumisa. Si dejas que ellos tomen demasiado terreno acabarás desapareciendo. ¿Y qué hombre quiere una esposa invisible? Desde luego ninguno que merezca la pena.

Vivian asintió mientras llegaban a una zona alejada de la casa principal rodeada por un cercado de madera. A juzgar por el olor, las cuadras debían de andar cerca.

—Tampoco es necesario que la actitud sea beligerante. Cada uno tiene que brindar ciertas concesiones, poner de su parte. Marcus parece muy estricto e intransigente. Bueno, puede que lo sea en realidad. Pero sabe escuchar y tiene un gran corazón, os entenderéis perfectamente.

—Milady, no quiero ser yo quien la contradiga. —La anciana dejó apoyado su bastón en la valla y se perdió unos instantes en el interior de un pequeño cobertizo de madera para salir poco después con un recipiente de barro en las manos—. Entre lord Rutherford y yo no hay nada. En realidad, él está interesado en…

—No me digas que tú también te has tragado ese cuento. No digo que Clarice no sea una buena muchacha, pero solo hay que mirarlos para saber que no hay luz entre ellos.

—¿Usted cree que… entre nosotros hay esa… luz? —preguntó, indecisa, sin saber si sería capaz de asimilar la respuesta.

La mujer colocó en sus manos el recipiente lleno de maíz y la miró con una sonrisa.

—Siempre que necesito pensar vengo a darles de comer a las gallinas. Creo que tienen hambre.

Norma se marchó con paso lento apoyada en su bastón, dejando a Vivian completamente desconcertada mirando el cercado y el maíz alternativamente. Durante un instante calibró la posibilidad de que la anciana se estuviera burlando de ella, pero no podía dejar a esos pobres animales sin comer. Caminó unos metros hasta encontrar una parte del cercado de madera lo bastante baja como para poder lanzar la comida desde arriba. Pero era demasiado alta como para hacerlo con comodidad. Aunque no le agradaba la idea de interactuar de manera directa con aquellos animales, acabó abriendo con cautela la puerta para entrar al recinto.

—Vamos, bonitas. Comed rápido para que pueda salir de este apestoso lugar —dijo con voz melosa—. Solo a mí me pasan estas cosas. Miiish…, missssh. Demonios, creo que eso se usa para llamar a los gatos.

Tironeó de su falda maldiciendo, ya que los bajos estaban arrastrando el fango y otras cosas que prefería no investigar demasiado. Las gallinas se arremolinaron a su alrededor picoteando el maíz que ella les lanzaba y comenzó a ponerse cada vez más nerviosa. No le gustaban demasiado los animales, no se entendía con ellos, y aquellas gallinas nerviosas le parecían impredecibles. Cada vez hacían más ruido y se acercaban más a ella y estaba empezando a rozar la histeria.

—¿Cómo puede alguien pensar con estas cosas a su alrededor?

De pronto se percató de que una de ellas la miraba con actitud amenazante.

—Sé que no te gusto, gallina bonita. Tú tampoco me gustas, así que voy a marcharme muy despacio para que puedas comer tranquila.

Vivian comenzó a recular lentamente mientras la gallina extendía las alas en actitud guerrera. Como si le hubiera leído el pensamiento y hubiera detectado su miedo, el animal se lanzó hacia ella corriendo a toda velocidad agitando las alas. Con un grito agudo, Vivian dejó caer el cuenco con la comida y salió corriendo, pero se olvidó de cerrar la puerta. El ave continuó persiguiéndola, a pesar de que ella cambió varias veces de dirección corriendo en un frenético zigzag y gritando como una auténtica loca. En su huida se dirigió hacia la parte trasera de la casa con la esperanza de guarecerse del peligro, con el animal a la zaga emitiendo un amenazante cacareo. Puede que solo fuera una gallina inofensiva, pero no se arriesgaría a recibir un picotazo. Unas impolutas sábanas blancas puestas a secar se mecían plácidamente por la suave brisa y Vivian intentó esquivarlas para alcanzar las cocinas y ponerse a salvo, sin éxito. El impacto con un cuerpo duro la dejó sin aire y la hizo perder el equilibrio cayendo al suelo. Vivian no veía nada más que una tela blanca y mojada pegada a su cara, pero la poco amable maldición que escuchó le indicó que el cuerpo sobre el que estaba tumbada en ese momento pertenecía al conde de Rutherford.

Intentó levantarse rápidamente, para lo cual no dudó en clavar los codos y las rodillas sobre él. Marcus, con un gruñido de dolor, consiguió al fin incorporarse palpándose la nariz para comprobar si sangraba, ya que en el choque Vivian le había propinado un buen cabezazo.

—¿Puede saberse de qué demonios estaba huyendo? ¿Un oso furioso, un asesino con un hacha?

Con la respiración entrecortada por la carrera y por el impacto de haber notado el cuerpo de Marcus en contacto con el suyo de manera totalmente inapropiada, Vivian se limitó a señalar hacia el lugar en el que la gallina parecía afilarse el pico contra el suelo. Marcus se puso de pie sacudiéndose la ropa.

—¿Casi me parte la nariz por ese pobre animal inofensivo?

—¿Inofensivo? Me ha atacado. ¿Tiene idea de cuánto corre? Yo solo estaba dándoles de comer, su abuela me pidió que lo hiciera. Le dije unas cuantas palabras amorosas, pero no se las tomó bien.

—Mi abuela, ya entiendo. —Se rio por lo bajo—. ¿Y exactamente qué le ha dicho? ¿Cuál es su idea de «palabras amorosas»? —preguntó sin poder resistirse a acercarse más de lo necesario y apartarle el pelo que se había soltado de su peinado y rozaba su mejilla.

Vivian sintió que su cerebro se espesaba y su lengua se volvía torpe ante su proximidad y, tras tartamudear un poco, dijo lo primero que se le ocurrió.

—Gallina bonita. Ven, preciosa… y…

La carcajada de Marcus la sorprendió y le encantó a partes iguales. Puede que hubiese visto algún atisbo de sonrisa verdadera en él, pero nunca lo había escuchado reír con ganas como esta vez.

—No me extraña que la haya atacado. Es un gallo, no una gallina. Ha cuestionado su hombría —bromeó.

Vivian abrió los ojos como platos y no pudo evitar reír también, al ver que Marcus espantaba al animal con solo unas palmadas.

—Es usted una caja de sorpresas. Fotógrafo, domador de gallos furiosos... ¿Oculta algún talento más?

—Muchos —admitió, mirándola con intensidad—. Pero no puedo desvelárselos todos de golpe.

Vivian intuyó algo oculto en su respuesta, pero no podía permitirse indagar en ello; sabía que no tendrían tiempo para descubrir nada más el uno del otro. Por más que el momento del compromiso del conde se dilatara en el tiempo, Clarice se mostraba más que receptiva a sus atenciones, lo que indicaba que estaba ansiosa por recibir la propuesta cuanto antes. Qué sentido tenía entonces intentar averiguar si Marcus era realmente ese hombre insulso y puritano que aparentaba ser, o si escondía una parte mucho más interesante y tentadora.

—¿Hace mucho tiempo que se dedica a ello?

—¿A domar gallos? Desde niño —contestó conteniendo la risa—. A la fotografía desde que tenía unos veinte años. Empecé comprando una cámara de segunda mano, y poco a poco adquirí todo lo que caía en mis manos. Aunque mi aprendizaje no ha sido idílico, he estado a punto de volar la casa un par de veces y tuve un pequeño conato de incendio en mi estudio. Se usan productos químicos muy potentes para el revelado y hay que ser muy cuidadoso.

—Parece muy interesante.

—¿Quiere verlo?

Ella asintió ilusionada y Marcus la guio hasta unas escaleras de piedra en la parte trasera de la casa que conducían a un sótano. Dejó la puerta abierta en pos del decoro pero, aun así, la sensación de intimidad era abrumadora.

—¿A qué huele? —preguntó Vivian arrugando la nariz.

—A los productos químicos que se usan para plasmar la imagen en papel. La técnica que se usa se llama calotipo —explicó Marcus colocando una caja sobre la mesa para buscar algunas de las fotografías que había hecho—. Con los primeros métodos las imágenes salían invertidas, como si se vieran a través de un espejo. Pero con esta técnica, además de plasmar la realidad con fidelidad, se pueden sacar cuantas copias quieras.

—Resulta más romántico pensar que cada imagen es única e irrepetible.

—Cierto. Pero no es demasiado práctico. Ni barato.

—Son preciosas —susurró Vivian acariciando la imagen de un paisaje en el que se veía un puente de piedra sobre un río.

—Está cerca de aquí. Si quiere puedo llevarla a visitarlo. Es un sitio precioso. Por muchas veces que lo fotografío siempre resulta una imagen diferente e igual de fascinante. Algunos lugares tienen ese poder, algunas personas también.

Vivian se tensó al notar que Marcus se había colocado justo a su espalda y observaba la fotografía por encima de su hombro. Contuvo el deseo irracional de cerrar los ojos y reclinarse contra su pecho. No entendía qué le estaba ocurriendo, por qué su cuerpo reaccionaba de esa manera cuando lo tenía cerca. Tenía que cortar aquella situación que la empujaba a desear algo que no le pertenecía.

—Me gustaría visitarlo. Siempre que me prometa que no hay gallinas cerca.

Marcus rio y se acercó un poco más.

—Solo algún que otro pato.

—Por cierto. ¿Cómo se dice pato en italiano? —Su cerebro trabajaba a toda velocidad buscando una salida, aunque fuese a base de preguntas estúpidas, pero su cuerpo se mantenía firmemente anclado a aquel punto de la tierra.

—*Anatra*.

—Y... ¿pajarito? ¿Cómo se dice pajarito?

Vivian no entendía por qué había hecho esa pregunta inoportuna, por qué jugaba a aquel juego sin sentido y mucho menos por qué el pulso del conde parecía haberse detenido de repente.

—No lo recuerdo, mi italiano está un poco oxidado.

Giró la cabeza para mirarle y se encontró con los ojos oscuros de Marcus clavados en los suyos con una expresión indescifrable. Sus rostros estaban tan cerca que podía notar su respiración acelerada con tanta claridad como la suya propia.

—Me gustaría que posaras para mí. —Vivian no supo si era

una petición o si solo había dado voz a un pensamiento perdido; fuera lo que fuese no podía dejar de mirar sus labios mientras le hablaba—. Tu pelo contrasta de manera extraordinaria con tu piel, tus ojos son tan intensos que traspasarían el papel, tu sonrisa...

Marcus acortó la distancia entre ellos y rozó su mejilla con la suya. Deseaba tanto volver a probar sus labios que no se veía con fuerzas para alejarse de ella.

—¿Vivian? —La voz suave de Clarice en la puerta les hizo sobresaltarse y Marcus dio un paso hacia atrás marcando las distancias—. Espero no interrumpir.

Vivian la conocía lo suficiente para saber que tras su amable sonrisa se escondía un gesto tirante. Puede que se hubiera percatado de lo que había estado a punto de ocurrir entre ellos, o simplemente se sintiera tan culpable que veía cosas donde no las había.

—Estaba mostrándole a la señorita Carpenter algunas de las fotografías que tomé en la finca.

Clarice asintió con el rostro tenso.

—Pronto será la hora de comer —fue la única respuesta de la joven, que estaba ansiosa por alejarse de la escena que acababa de interrumpir. Puede que no hubiera pasado nada entre ellos, pero estaba empezando a percibir que existía una inesperada conexión entre Rutherford y Vivian, tan intensa que casi era palpable, y no podía permitirse el lujo de que aquello siguiera creciendo.

—Vayamos, entonces —asintió el conde.

Vivian se alejó de Marcus y pasó junto a su amiga sin atreverse a mirarla.

—Milord, tengo curiosidad por ver sus retratos. ¿Podría mostrármelos? Vivian, por favor, adelántate tú. Nosotros iremos enseguida.

Vivian asintió con la cabeza y se marchó lo más rápido que pudo con una sensación de vértigo.

—Así que te escondías aquí —dijo Vivian al encontrar a Isabelle recostada en uno de los cómodos sillones de la biblioteca.

—Me has asustado —se quejó, sacando un plato de galletas que había escondido debajo de un cojín.

—¿Y esto? —Vivian le quitó una pasta y le dio un buen mordisco.

—Apenas probé bocado durante la comida. La abuela de Clarice no hace más que mirarme con cara de censura cada vez que me ve comer, hablar o incluso respirar. Así que no comí casi nada del segundo plato y no probé el postre. Y el sonido de mis tripas vacías no me ha dejado echarme la siesta. He intentado sobornar a una de las doncellas para que me consiga algo de comida, por lo visto le he dado pena y me ha traído un plato de galletas.

Vivian soltó una carcajada.

—Que la zurzan. Esa mujer es cada vez más odiosa, estoy empezando a cansarme de que me mire como si estuviera oliendo algo podrido —se quejó Vivi.

—No le ha sentado muy bien que Rutherford y tú hayáis estado un rato desaparecidos. Ha azuzado a Clarice hasta que ha ido a buscaros.

Vivian dio un nuevo mordisco a la galleta, que se convirtió en una masa arenosa imposible de engullir mientras ganaba tiempo para armar una respuesta neutra.

—Estaba enseñándome algunas fotografías —respondió al fin jugando con un hilito suelto de su falda.

—Deja eso o agujerearás la tela. Vivi, ¿hay algo de lo que quieras hablar?

—No, ¿por qué lo preguntas? —contestó a la defensiva desviando la mirada hacia la alfombra, consciente de que Isabelle sería capaz de leer sus ojos.

—Porque te noto distinta. Más reservada, como si guardaras un secreto. Creo que te gusta alguien y espero que sea Neil.

Vivian levantó la cabeza y la miró con la ceja arqueada. Ni siquiera se le había pasado por la mente que Neil pudiese ser un candidato. Una conversación en el pasillo atrajo su atención salvándola de la incómoda pregunta, que aún no tenía una respuesta lógica ni para ella misma.

—Vamos a ver qué hacen los demás —sugirió Issy después de darle un suave pellizco en la mejilla—. Pero dejaremos las galletas convenientemente escondidas por si tampoco puedo cenar a gusto.

Ambas salieron de la biblioteca todavía riendo, pero la risa de Vivian perdió su intensidad al ver llegar a Clarice cogida del brazo de Rutherford. La joven sonrió ampliamente cuando vio a sus amigas, pero el conde mantuvo su habitual porte frío y comedido.

—Qué flores tan bonitas —señaló Isabelle al ver el ramillete de flores silvestres de color morado que portaba Clarice.

—Sí, son hermosas. Se resisten a desaparecer a pesar del frío. Hemos ido a dar un paseo hasta un maravilloso puente de piedra y lord Rutherford ha cogido este pequeño ramo para mí.

—Qué encantador… —masculló Vivian con sarcasmo sin poder evitar la punzada de rabia—. ¿Ese es el sitio tan bucólico que me ha comentado que quería fotografiar? Clarice será una modelo excelente, sin duda su pelo hará un maravilloso contraste con todo lo que la rodea. Con las piedras, con los patos, los insectos…

Marcus la contempló con la actitud más indiferente que pudo componer durante lo que pareció una eternidad.

—Yo pienso lo mismo, señorita Carpenter. Si me disculpan, tengo asuntos que atender antes de la cena —zanjó, haciendo una reverencia antes de marcharse

Las tres observaron en silencio su figura perderse por el pasillo con expresiones totalmente diferentes en sus rostros.

—¿Y bien? Parece que todo avanza entre vosotros a pasos agigantados —se aventuró a decir la duquesa.

—Ha sido un paseo encantador, aunque no hemos ido solos. Mi abuela ha insistido en que nos acompañara una doncella. A decir verdad, yo también lo prefiero así. No quiero que un hombre tan cabal y correcto como lord Marcus se lleve una falsa impresión sobre mí.

Aunque Clarice contemplaba las flores que sostenía mientras hablaba, Vivian no tuvo ninguna duda de que el dardo envenenado iba dirigido directamente a ella, que no tuvo más remedio que guardar silencio y sonreír como una idiota ante la falsa felicidad que trataba de irradiar su amiga.

Unas campanadas sonaron a lo lejos en algún lugar de la mansión. Dos... Tres... Vivian no estaba segura, pero daba igual. Todo parecía indicar que pasaría el resto de la noche en vela. Apenas había cenado, cosa inusual en ella, ya que esta vez había sido su turno de soportar las agrias miradas de la abuela de Clarice cada vez que se llevaba el tenedor a la boca. También había ayudado a arruinar su apetito la forma exagerada en la que Clarice había alabado las virtudes del conde de Rutherford durante toda la cena. Gracias a Dios que su fiel acompañante Neil se esforzó en amenizar la velada contándole anécdotas tan disparatadas que a veces sospechaba que se las inventaba.

Pensó en qué estarían haciendo Lion o Chocolat en el club a estas horas, o la alocada Cherry, o el Jefe. No quería permitirse pensar en él, pero era inevitable que su imagen se colara en su mente en los momentos más inoportunos. Se preguntó si habría pensado en ella, si se habría preocupado por su ausencia, si la noche de la redada habría intentado buscarla... No debería importarle lo que él pensara, al fin y al cabo, para él aquello no era más que un juego. Quizá fuera buena idea que ella también empezara a jugar. No, eso era una pésima idea fruto del insomnio. Su estómago se quejó sonoramente por haber cenado menos de lo que su cuerpo le pedía. Esa maldita señora Hamilton tenía la culpa, seguro que ella también era la responsable de que Clarice se estuviera volviendo tan irritante. Porque, aunque no quisiera reconocerlo, la omnipresente Clarice estaba empezando a irritarla con su manía de perseguir a Rutherford por todas partes como un perrito faldero. Se giró sobre el colchón y golpeó la almohada repetidamente intentando amoldarla para encontrar una postura cómoda. A los pocos segundos volvió a girarse sobre sí misma, desvelada. Tenía hambre. Quizá podría bajar hasta la cocina y buscar algo de comer. Sería vergonzoso que la pillaran saqueando la despensa, pero dudaba que a esas horas hubiera alguien despierto. Se levantó y se envolvió en su echarpe de lana y, tras asomar la cabeza con cautela y comprobar que en el pasillo no se escuchaba el más mínimo ruido, salió de puntillas de su habitación. Al llegar al piso inferior se detuvo, indecisa. No había estado nunca en la zona de las cocinas y había bajado sin ni siquiera coger una vela, orientándose gracias a la luz de la luna que se filtraba por las ventanas que daban al exterior. Entonces recordó las deliciosas galletas que Isabelle había dejado escondidas en la biblioteca y cambió el rumbo de sus pasos. Empujó la puerta despacio, y se quedó inmóvil cuando chirrió sobre sus goznes, con un sonido que en la quietud de la noche podría despertar a un muerto. En contraste con el frío del pasillo, la biblioteca resultaba cálida y acogedora, y se percató de que el fuego ardía en la chimenea.

—¿Una cita clandestina, señorita Carpenter?

La voz del conde de Rutherford la hizo girarse de golpe sofocando un grito de sorpresa. Marcus estaba apoyado en una de las estanterías junto a la puerta sujetando una copa de manera descuidada con la yema de los dedos. Iba vestido de manera informal, mucho más informal de lo que cualquiera consideraría decoroso. Llevaba los mismos pantalones grises que había usado durante la cena y una camisa blanca desabrochada hasta la mitad del pecho. La expresión de su cara no dejaba entrever ningún sentimiento, ni siquiera sorpresa, y no cambió ni un ápice mientras cerraba la puerta y se dirigía con pasos lentos hacia donde estaba Vivian.

—Me honra ver que tiene tan buen concepto de mí, milord. Pero vuelve a pecar de soberbia, usted no lo sabe todo.

—No se me ocurre otra razón para abandonar la comodidad de su habitación a estas horas.

—Supongo que ese será el motivo por el que usted… —Vivian se tapó la boca con la mano temiéndose lo peor—. Usted…

¡Oh, Dios mío! ¿Está esperando a Clarice? No se preocupe, me iré antes de que…

—¿Le parezco el tipo de hombre que tiene citas clandestinas con la casa llena de invitados?

—Me ofende que usted piense que soy el tipo de mujer que sí las tiene.

—Es el tipo de mujer que arriesga su seguridad a cambio de un poco de emoción. No puede negarme eso.

—Ni usted puede negarme que no es el dechado de virtudes que finge ser, milord.

Marcus soltó una carcajada y vació el contenido de su copa de un trago, dejando el vaso sobre la mesa con más fuerza de la necesaria.

—¿Qué hace aquí? —insistió él, cortante.

—Tenía hambre, ¿de acuerdo? —Vivian estuvo tentada de mentir y decirle que había quedado con Neil solo para fastidiarle, pero por alguna razón pesaba más la necesidad de hacerle ver que ella no era la insensata descocada que él creía.

—Cuando se habla de devorar un libro se dice en sentido figurado —bromeó él mientras se servía otro whisky.

—Pues usted parece que ha venido hasta aquí para bebérselos. —Marcus levantó el vaso en señal de brindis y apuró su contenido—. No podía dormir, me desvelé y me dio hambre, y cuando me da hambre no puedo volver a dormirme. Es como una serpiente que se muerde la cola. Isabelle dejó unas galletas en aquella mesita y vine a buscarlas. No hay nada sórdido ni indecente en bajar a buscar galletas.

—Es una excusa tan inverosímil que debe de ser cierta.

—Lo es. Esta es su casa, no me perdonaría faltarle al respeto de esa forma.

—Pero sí me lo falta burlándose de mí.

—Yo… yo no me he burlado.

—Ah, ¿no? Le dije que quería que posara para mí, pero ha aprovechado la primera oportunidad para delegar amablemente en su amiga utilizando mis mismas palabras. Si quisiera retratar a Clarice se lo hubiera pedido a ella, no necesito intermediarios.

—¿Y por qué no lo ha hecho mientras cogía florecillas silvestres para ella, como el perfecto pretendiente? ¿Le ha parecido demasiado atrevido?

—Quizá, aunque no aspiro a que lo entienda. Su sentido del atrevimiento es, cuando menos, cuestionable. Puede que eso le lleve a encontrar divertido a un tipo que solo le habla de sus borracheras y de su total falta de madurez. Neil es un imbécil, por mucho que sea el hermano de mi mejor amigo.

Vivian gruñó frustrada.

—Yo tampoco pretendo que entienda lo que es mostrarse sin artificios. Neil no finge ser perfecto. En cambio, estoy empezando a pensar que usted se rige por la misma doble moral que el resto de la sociedad que nos rodea. Mira con su expresión de suficiencia a todos los demás mientras bailan, mientras se ríen, mientras viven… Censura todo lo que no sea pasar por la vida de puntillas. Pero solo de puertas para afuera, ¿verdad? Cuando cree que nadie puede verle, bebe, juega y se sumerge en los rincones prohibidos del Red para practicar cosas que ni siquiera alcanzo a imaginar. Es humano, es igual de débil que todos nosotros, yo lo sé. Y no podrá ocultarlo eternamente —sentenció sorprendida de su propia vehemencia.

Pero nada de lo que había dicho pareció afectar a Marcus, que se limitó a encogerse de hombros y sentarse en el sofá con actitud relajada.

—Bravo, ha descubierto que no voy a alcanzar la santidad. Pero se equivoca en algo, y es que hay una diferencia abismal entre usted y yo. Yo soy capaz de decidir dónde está mi límite, lo que me tienta y lo que no. En cambio, usted simplemente se deja arrastrar a la deriva.

—No es cierto. Nadie puede decidir qué es lo que le tienta. Es un impulso que nace de dentro. Lo único que puedes hacer es dejarte vencer por él o esquivarlo, pero nada más.

—En ese caso, ponme a prueba. —El silencio se hizo tan espeso que Vivian creyó que podría escuchar el sonido de la sangre fluyendo desbocada por sus venas—. Demuestra que no soy digno, Vivian. Descubre mis secretos, demuéstrame que estoy equivocado y yo mismo confesaré ante la bendita señorita Hamilton que no soy el hombre que ella piensa. —Marcus se reclinó y extendió los brazos en cruz en el respaldo del sofá, con una actitud insolente y provocadora impropia en él.

Sus ojos se veían brillantes por el reflejo del fuego y del candelabro que se encontraba sobre la mesa. Sus piernas se marcaban con fuerza a través de la tela tirante de su pantalón y el vello oscuro de su pecho asomaba por la cuña de piel que la camisa entreabierta dejaba al descubierto. La luz jugaba con sus facciones, y Vivian se sintió torpe e indecisa ante aquel despliegue de masculinidad y belleza. Pero lo que más la amedrentaba era la visión de su boca, su media sonrisa, que parecía retarla sin decir nada.

Estaba a punto de marcharse y admitir su derrota cuando una sola palabra la golpeó haciéndola reaccionar.

—Sedúceme.

22

Vivian dio un paso atrás de manera inconsciente, y estaba más que segura de que debía huir de allí, hasta que vio cómo el conde de Rutherford chasqueaba la lengua con una sonrisa de triunfo en la cara. La había retado pensando que ella no sería capaz de hacerlo. Pero últimamente Vivian no llevaba demasiado bien el hecho de que la infravaloraran, especialmente cuando se trataba de aquel hombre que escondía su soberbia y su vanidad tras versículos y salmos.

—Cree que no seré capaz —afirmó con un hilo de voz.

—Creo que da palos de ciego creyendo que puede manejar este juego, pero es demasiado inocente para saber lo que hace.

Vivian sonrió y Marcus supo que había ido demasiado lejos con esa provocación.

—Entonces, quizá deba arriesgarme y apostar más alto. Ya sabe, siempre se ha alabado la suerte de los principiantes.

Giró los hombros lo justo para que el chal de lana que llevaba se deslizara hasta el suelo quedando su sugerente figura enmarcada por la ligera tela blanca de su casto camisón. Marcus tragó saliva con dificultad mientras recorría con los ojos la seductora imagen que tenía delante, entreteniéndose en los pequeños lacitos que cerraban la prenda a la altura del pecho. Negó con la cabeza fingiendo que daba por terminada una broma de mal gusto que nunca debió empezar, pero la tensión de su rostro y sus brazos, que se aferraban como garras al sofá, decían lo contrario.

—Bien, Vivian. Supongo que la impulsividad es una cualidad imprescindible para ser valiente, y a usted eso le sobra. Se lo concedo. Pero también puede desembocar en desastre, y esta estupidez ya ha durado bastante. Será mejor que vuelva a su dormitorio.

Marcus intentó levantarse del asiento, pero la mano de Vivian se apoyó en su hombro impidiéndoselo.

—Me tiene miedo —susurró sin poder contener la sorpresa que le causaba ver la expresión insegura en los ojos del conde.

—Estoy aterrorizado. —El tono de Marcus pretendía ser sarcástico, pero no había ninguna palabra que definiera mejor su estado de ánimo que esa, terror.

La mano cálida de Vivian quemaba a través de la tela de su camisa y el aroma de su perfume era tan atrayente que lo único que le apetecía era cerrar los ojos y aspirar con fuerza sobre cada centímetro de su piel. Levantó la vista hacia su rostro y su expresión lo dejó noqueado. En su cara se reflejaba la lucha que libraban su inocencia y su cabezonería.

Como no podía ser de otra manera, Vivian Carpenter siempre escogía la peor de las dos opciones posibles, aunque eso supusiera caer de cabeza por un precipicio. Sin pensar en otra cosa que no fuera desafiarle, se sentó con timidez en su regazo, disfrutando de la sensación de saberlo más nervioso que ella. Deslizó su mano por la columna de su cuello dejándolo sin respiración, hasta enredarla en el pelo oscuro de la nuca. Se acercó muy despacio a sus labios deteniéndose justo cuando estaban a punto de rozarse. Marcus esquivó el contacto moviéndose apenas unos milímetros, y rozó su nariz con la de ella jugando con su cercanía. Era muy difícil luchar contra la necesidad de huir, pero más aún rebelarse contra la desesperación que le empujaba a unirse a ella. Vivian pensó que, cuando al fin consiguiera unir su boca con la del conde de Rutherford, escucharía las trompetas del Apocalipsis tronar sobre su cabeza o que el suelo se abriría mostrando las llamaradas del infierno. No ocurrió nada parecido. Y sin embargo el desastre fue igual de incontenible. Apoyó la palma de la mano sobre la mejilla de Marcus evitando que volviera a esquivarla y se acercó de nuevo hasta que sus labios se posaron en los de él.

Todo su valor se esfumó cuando el calor se fue extendiendo por su boca con cada roce, caldeándole hasta el alma, arruinando cualquier excusa que intentara justificar lo que estaba ocurriendo. Su pecho ardía como si acabara de correr hasta el límite de sus fuerzas, su piel dolía ansiando que él la tocara y una sensación vibrante se había instalado en su intimidad. Las manos de Marcus comenzaron a deslizarse con suavidad por su espalda y sus muslos, pegándola más a él, pero ella sabía que no tendría bastante con eso para calmar sus ganas. Apretó los ojos intentando alejar los pensamientos que la acosaban, pero no podía ignorarlos por mucho que las sensaciones más primarias de su cuerpo lucharan por imponerse.

Sin poder contener más el deseo, Marcus profundizó el beso acariciando los labios de Vivian con su lengua hasta que ella se atrevió a corresponderle con la misma entrega. Las imágenes confusas se abrieron paso entre la oscuridad de su mente. Los labios de otro hombre, otro pecho apretándose contra el suyo, el sabor de otros besos, los besos de un hombre sin rostro ni nombre. Tan parecido y tan diferente a la vez. Vivian interrumpió el beso y se levantó mirándolo espantada. Apretó sus labios con los dedos temblorosos intentando librarse del hormigueo adictivo que no cesaba ni aunque el beso hubiera concluido. No podía ser, su cuerpo le decía algo que su mente se negaba a aceptar. Era simplemente imposible.

Ambos eran altos y morenos, y ambos la sacaban de quicio con la misma intensidad que la atraían. Y ahí acababan las semejanzas entre ellos. Negó con la cabeza mientras daba un paso atrás y Marcus sintió que un escalofrío recorría su columna vertebral. Se puso de pie despacio temiendo que hubiera ocurrido lo inevitable y lo hubiese descubierto al fin. No le gustaba lo que veía en sus ojos, no le gustaba el sentimiento de culpa, la sorpresa y la confusión que reflejaban.

—Vivian… —susurró intentando retenerla.

—No. —Lo detuvo alzando la mano—. Esto no está bien. No debí… Lo siento.

Ella dio otro paso para alejarse de él. Estaba segura de que lo que había sentido era solo producto de su imaginación. Era inevitable que comparase el beso de Marcus con el del Jefe. Estaba segura de que, si besara de esa manera tan íntima a Lion o incluso a Neil, tendría la misma sensación de haber vivido aquello antes. El Jefe estaba demasiado presente en sus pensamientos, casi tanto como la voz de su conciencia. No. No podía ser.

Delante de ella no estaba el Jefe, ese ser libre que disfrutaba de la vida como se le antojaba en su reino de placeres prohibidos. Solo estaba Marcus Bowden, el conde de Rutherford. Un hombre que presumía de su decencia, que señalaba con decidida convicción los pecados ajenos, ese dechado de virtudes que siempre pensaba las cosas concienzudamente hasta tomar la decisión acertada. El hombre que había decidido que en un futuro no muy lejano pediría la perfecta mano de la correcta Clarice Hamilton. Marcus no intentó retener a Vivian cuando abrió la puerta para marcharse a toda velocidad hasta su habitación. Recogió el chal que yacía olvidado en el suelo como un animal dormido y se lo acercó para aspirar su olor. Quizá debería intentar hablar con ella, pero sabía que todo se podía complicar todavía más. Se limitó a servirse otra copa y a maldecir su propia estupidez.

23

El tiempo era apacible, pero el ánimo de Marcus seguía estando cubierto por oscuros nubarrones, hasta tal punto que dudaba que fuese oportuno continuar con la actividad que había programado para esa tarde. Ver a Neil totalmente volcado en complacer, adular y hacer sonreír a Vivian le estaba sacando de quicio, pero sus invitados se merecían que se portase como un buen anfitrión.

—¿Tiro al plato? No, gracias, estoy cansada del paseo de esta mañana —se excusó Isabelle—. Lo que menos me apetece es estar a la intemperie viendo cómo medís vuestros egos entre estruendosos disparos.

—Mi nieta y yo también nos retiramos a descansar. Así estaremos más frescas para la cena y, si le apetece, Clarice amenizará de nuevo la velada tocando alguna pieza al pianoforte.

—Como quieran, señoras —aceptó Marcus observando de soslayo a Vivian, que se mordía el labio sin saber qué hacer.

Ella había dicho en una ocasión que se le daba bien disparar, pero entre ellos la incomodidad era más que obvia tras lo ocurrido la noche anterior y no estaba seguro de si le apetecería compartir la tarde con ellos.

—Señorita Carpenter, ¿le gustaría acompañarnos? —se atrevió a preguntar al fin, haciendo que todos los ojos se volvieran hacia él. Vivian titubeó, aunque la verdad era que estaba ansiosa por participar.

—No es un divertimento demasiado adecuado para una joven, y seguro que los hombres gustan de realizar ese tipo de actividades sin presencia femenina —intervino la señora Hamilton sin darle tiempo a reaccionar.

—A mí me encantaría que participara —opinó Neil.

—A mí también —Sebastian sonrió a Vivian con complicidad, ansioso por ver cómo terminaba la tarde.

—Yo os acompañaré para que nadie ponga ningún pero en cuanto al decoro —anunció la vieja condesa mirando a la señora Hamilton a través de sus impertinentes, retándola a contradecirla.

La mujer se colgó del brazo de su nieta y, tras realizar una seca reverencia, se marchó hasta sus habitaciones, seguidas por la duquesa.

—Gracias a Dios, creí que no se marcharía nunca —resopló la anciana—. En fin, sé que os portareis bien. Me marcho a descansar.

—Entonces ¿no viene? —preguntó Vivian desconcertada.

—Solo lo he dicho para que esa vieja urraca no tuviera motivos para darle a la lengua. Sé que los chicos te cuidarán bien. Nos vemos en la cena.

Al conde de Rutherford le gustaba tenerlo todo bien organizado, y cuando los cuatro llegaron al prado, los esperaban varios lacayos con las armas y todo lo necesario preparado.

—¿Qué es eso? —preguntó Vivian al ver dos artefactos metálicos separados entre sí por varios metros de distancia.

—Son lanzaderas. Hice algunas mejoras sobre un diseño que realizó mi padre y me las fabricó el herrero del pueblo.

—Son fantásticas. Creo que antes de marcharme encargaré unas iguales —le alabó Sebastian observándolas más de cerca.

—Desde luego es mucho más limpio que el tiro al pichón —bromeó Neil girando uno de los discos de porcelana entre sus dedos.

—No me gusta matar solo por diversión —le cortó Marcus dirigiéndole una fría mirada antes de quitarle el plato de las manos.

Vivian también se acercó a observar la pequeña catapulta con curiosidad.

—El disco de cerámica se coloca en esta parte, y se acciona esta palanca de aquí que lo lanza a gran velocidad. Se puede graduar a distintas alturas —le explicó Marcus inclinándose junto a ella.

Su cercanía, a pesar de que el tema de conversación era bastante inocuo, hizo que ella se sonrojara. Levantó la vista y sus ojos se quedaron atrapados en su mirada oscura, tan oscura como los ojos que se escondían tras la máscara del Jefe. Definitivamente estaba perdiendo el juicio, pretendiendo encontrar similitudes entre los dos hombres más dispares sobre la faz de la tierra.

—Creo que lo mejor es que juguemos por parejas. —El duque los interrumpió rompiendo la magia que parecía haberlos atrapado momentáneamente.

—Vivian, espero que acceda a ser mi compañera. No es que esto sea mi fuerte, pero prometo suplir mi falta de acierto con mi buena disposición.

La petición de Neil le hizo ganarse una nueva mirada tirante del anfitrión, pero, con sinceridad, estaba disfrutando de lo lindo poniendo al límite de su paciencia al conde, que procedió a contarles cómo sería la competición.

—Las dos lanzaderas se activarán a la vez y disparará un miembro de cada equipo. Gana el equipo que más veces dé al blanco, como es lógico —informó, pasando entre Neil y Vivian obligándolos a distanciarse a pesar de que tenía toda la campiña inglesa disponible—. Si os parece, haremos rondas de cinco disparos.

Vivian se situó junto a Neil en la lanzadera de la derecha, y Marcus y Sebastian hicieron lo propio en la de la izquierda. Los lacayos, perfectamente sincronizados como si lo hubiesen hecho mil veces, accionaron los mecanismos y los platos salieron disparados silbando a una altura más que considerable. Sebastian acertó el blanco cuando este comenzaba a alcanzar la curva descendente, pero Neil solo consiguió rozarlo haciéndole cambiar la trayectoria pero sin romperlo.

—Debería ser válido, en realidad le he dado.

—Deja de lloriquear y concéntrate más la próxima vez —le recriminó Marcus.

Se colocó en posición y por el rabillo del ojo observó cómo Vivian sujetaba el arma, un fusil de doble cañón demasiado pesado para alguien de su complexión física, y la colocaba contra su hombro sin titubear. En cuanto el plato alcanzó la altura adecuada ambos dispararon casi a la vez acertando en el blanco, rompiendo el disco en cientos de pedazos blancos que se diseminaron por el prado.

—¿Está bien? —preguntó el conde acercándose hasta ella con semblante preocupado—. Quizá debería buscarle otra arma, esta tiene un retroceso demasiado fuerte, puede que se haga daño.

—Estoy bien —cortó tajante mientras cedía su puesto a Neil.

Tras varios disparos quedó más que constatado que, a pesar de que Sebastian tenía una excelente puntería, los blancos en movimiento no eran su fuerte, y mucho menos el de Neil, mientras que Vivian y Marcus acertaban de pleno cada tiro. En la primera ronda empataron en aciertos y se dispusieron a jugar una nueva serie. Vivian giró los hombros para aliviar la pesadez de los brazos y la molestia que el cañón del arma le provocaba, pero antes muerta que admitir ante Marcus Bowden que estaba cansada. Neil comenzó a vitorear de manera entusiasta cada nuevo acierto de Vivian, consiguiendo su objetivo, que no era otro que crispar los nervios de Marcus, haciendo que fallara el último tiro. Neil levantó a Vivian en el aire y la besó efusivamente en la mejilla haciéndola reír, y Sebastian carraspeó disimulando la risa al escuchar la maldición que Marcus no pudo retener.

—¿Continuamos o la dama ya ha tenido suficiente emoción por una tarde? —preguntó con la voz cargada de cinismo.

—Por supuesto que no he tenido bastante. Quiero volver a ganarle.

Cargaron las armas con rapidez y volvieron a efectuar un

disparo cada uno. Marcus y ella acertaron de nuevo, pero cuando Sebastian intentó reclamar su turno, su compañero no se movió ni un ápice del sitio con la vista clavada en Vivian. Neil se acercó a su vez para relevarla, pero ella había aceptado la tácita provocación de Marcus, y le hizo un gesto con la cabeza para que la dejara disparar de nuevo. Los Morton se apartaron para disfrutar del espectáculo como meros espectadores.

—Que me ignoren a mí tiene un pase, pero tú eres duque —se burló Neil de su hermano, que le dio un puñetazo en el hombro en respuesta—. Ánimo, Vivi. Eres la mejor. ¡Confío en ti!

—«Confío en ti» —lo imitó Marcus susurrando con tono de mofa para sus adentros, cada vez más enfadado—. Serás imbécil.

—¿Decía algo, milord? —preguntó Vivian con una falsa sonrisa angelical—. ¿O solo está pidiendo ayuda divina para poder ganarme?

—Puede que la que tenga que rezar algo sea usted.

El aire parecía cargado de electricidad entre ellos, y las miradas que se dedicaban rebosaban una competitividad que iba más allá de conseguir darle a un trozo de porcelana blanca. Se estaban desafiando y ninguno estaba dispuesto a ceder terreno. Los lacayos accionaron los mecanismos y Marcus volvió a acertar en cuanto el plato empezó a subir. En cambio Vivian, con una sonrisa de suficiencia, esperó a que comenzara su descenso para dar de lleno en su objetivo.

—¡Esa es mi chica! —gritó Neil entusiasmado, mientras Vivian sonreía y miraba a Marcus con una ceja levantada.

Los platos volvieron a volar, pero esta vez, antes de que él pudiera reaccionar, Vivian disparó el objetivo de Marcus e inmediatamente después el suyo, provocando una lluvia de trocitos de porcelana blanca. Marcus la miró con el ceño fruncido mientras los espectadores, lacayos incluidos, aplaudían su osadía.

—En el juego hay que ser respetuoso con las reglas, señorita Carpenter. Un jugador honesto debe concentrarse en su objetivo y no robar el de los demás. Tiro nulo —sentenció sin querer dar su brazo a torcer.

Vivian abrió los ojos anonadada ante su comentario. Lo conocía lo suficiente para saber que eso era una referencia velada a su encuentro. Si pensaba que él era su objetivo estaba más que equivocado, y le bajaría los humos en cuanto tuviera ocasión. La culpa era suya por haberse permitido acercarse a él, aunque en el fondo sabía que sus palabras eran ciertas. No debería haberse permitido besar a un hombre que, aunque aún fuese soltero, con seguridad acabaría siendo el esposo de su amiga. Pero la atracción que sentía por él la estaba superando y no sabía cómo luchar contra ella.

—Tiene usted muy mal perder, lord Rutherford.

—Será porque nunca pierdo, eso sí, cuando mi contrincante no hace trampas.

—Yo no he hecho trampas, es su soberbia la que no le deja ver más allá. Pero está bien, repitamos el tiro. No tengo inconveniente en volver a acertar en sus narices.

Vivian estuvo tentada a volver a interceptar el disco de Marcus, quería enfadarlo y desmantelar la fachada de rectitud y serenidad que siempre lucía. Pero deseaba mucho más que eso, quería que se mostrara visceral, accesible, cercano, apasionado, quería que fuera atrevido... Quería que fuera el Jefe. Y ese descubrimiento estuvo a punto de desorientarla.

De pronto lo vio claro. Eso era justo lo que estaba pasando, ella misma creaba en su cabeza las similitudes entre ellos para convencerse de que Marcus era algo más que esa persona gazmoña y santurrona que siempre miraba a los demás a través de la lupa de su propia moral. Quería ver en Marcus a un hombre que no era.

El sonido de los platos silbando en el aire la sacó de su ensimismamiento, pero un poco más tarde de lo que hubiera querido. Marcus acertó de nuevo su blanco, mientras el de Vivian realizaba una parábola perfecta e iniciaba su descenso. La figura estaba a punto de rozar la línea visual del bosquecillo y ella se concentró para no fallar. La mano de Marcus sujetó el cañón del arma de Vivian elevándola de golpe haciendo que el disparo se perdiese en el cielo azul por encima de sus cabezas. Sobresaltada, se volvió hacia él con los ojos color avellana abiertos de par en par y su respiración agitada. Estaba muy cerca, tan cerca que casi podría jurar que veía salir pequeñas nubecitas de humo provocadas por la ira de sus orejas.

—¡¿Qué demonios cree que está haciendo?! —gritó dándole un pequeño empujón con la mano libre para que se alejara.

—¡¿Se atreve a preguntar qué estoy haciendo yo?! Esto es solo un maldito juego, señorita Carpenter. No permitiré que nadie salga herido —dijo levantándole la voz.

—¿Quién podría salir herido apuntando a las copas de los árboles? ¿Una ardilla?

—¡Pues sería una ardilla inocente, después de todo! Cuando dijo que sabía disparar supuse que estaría instruida en las normas básicas de seguridad, pero ya veo que con usted todo es así.

—¿Así, cómo? —preguntó con el tono de voz igual de elevado que el suyo.

—Como todo lo que hace. Irracional, impetuoso e irresponsable. No consentiré que por su afán de protagonismo y su vanidad alguien salga perjudicado. Si quiere lucirse delante de algún caballero le aconsejo que opte por mejorar sus habilidades musicales, como el resto de las damas.

—Sin duda me encantaría tener un enorme violonchelo para estampárselo en la cabeza, milord. Eso sí que sería una mejora. —Tras esto, Vivian se marchó caminando airada en dirección al bosquecillo. Estaba tan furiosa que necesitaba alejarse de todo y de todos. Solo quería un lugar solitario en el que poder gritar para disipar la rabia que hervía en su interior.

Marcus se negaba a correr tras una niña caprichosa solo porque hubiera tenido un berrinche, y se limitó a observar cómo se perdía por el camino de tierra, con el pelo oscuro llameando tras ella como una bandera. Un carraspeo a sus espaldas le recordó que no estaba solo. Se giró para ver que los Morton lo observaban con distintas actitudes, el duque con expresión de condescendencia y Neil con cara de querer matarlo.

—Te has pasado de la raya —le amonestó Sebastian torciendo el gesto.

—Lo último que necesito es que encima te pongas de su parte.

—No era necesario hablarle de esa forma —recriminó Neil, con un semblante serio poco habitual en él.

—Le debes una disculpa, amigo. Y yo que tú me daría prisa antes de que se pierda en el bosque y el resultado sea aún peor.

Marcus maldijo y comenzó a caminar a grandes zancadas aguantando las ganas de echar a correr tras ella.

24

—La culpa es tuya, Vivian. Solo tú serías tan tonta como
para creer que debajo de esa fachada estirada hay otra cosa que
no sea hostilidad o… o estupidez —se regañó a sí misma mientras avanzaba a paso rápido por el camino de tierra que serpen-
teaba entre los árboles.

Le dio un manotazo a una rama baja y trató de esquivarla
sin éxito. Un tallo fino se enredó en sus bucles oscuros desorde-
nando su peinado y gruñó de dolor mientras se soltaba.

—Pero ¿es que hasta la naturaleza se va a poner en mi contra, maldición? —gruñó frustrada mientras continuaba caminando con paso airado.

Un súbito tirón y el ruido de la tela al rasgarse la hizo detenerse. El bajo de su vestido azul claro, manchado por la tierra y
las hojas que había arrastrado en su caminata, se había enganchado en unas zarzas que crecían a la orilla del camino.

—Fantástico. Solo falta que un pájaro haga sus necesidades
sobre mi cabeza para que mi infortunio sea completo —se lamentó intentando soltar sin éxito la tela. Cuando estaba enfadada o nerviosa sus dedos parecían volverse torpes y le costaba
tomar decisiones coherentes.

Levantó la cabeza de lo que estaba haciendo al escuchar la
voz del conde llamándola a gritos a lo lejos.

—No puedo creerlo, será patán —maldijo, tironeando de la
tela sucia con más brío hasta que esta se desgarró y, sin reparar
en lo que hacía, se limpió la tierra de las manos en la falda.

Cerró los ojos y soltó el aire con fuerza intentando contener las ganas de gritar, luego continuó avanzando más rápido para alejarse el máximo posible de aquel hombre insoportable. Pero Rutherford contaba con la ventaja de no arrastrar unas pesadas faldas, además de conocer el terreno, y sus largas piernas avanzaban el doble de rápido que las de Vivian.

—¡Vivian, espera! —gritó cuando apenas faltaban unos metros para alcanzarla—. ¿Puedes escucharme, aunque solo sea un minuto?

Vivian se detuvo delante de una pequeña colina que bajaba suavemente hacia el río, donde la espesura de los árboles era mucho menos densa. Se cruzó de brazos para enfrentar al conde de Rutherford, que la repasó enarcando las cejas, sorprendido por su aspecto. Su pelo, que minutos antes estaba recogido en los laterales con unas pequeñas horquillas, ahora caía desordenado en uno de los lados y casi le ocultaba un ojo. Su falda parecía haber sido usada para barrer el polvoriento camino, pero lo que más llamaba la atención era que arrastraba la parte delantera, ya que se había rasgado casi un palmo.

—¿Qué te ha pasado? ¿Estás bien?

—Estoy perfectamente. —Vivian se enderezó en toda su estatura con actitud digna—. ¿Algo que objetar?

—No… —titubeó Marcus sin entender nada—. Es solo que parece que te hayas peleado con un oso en los pocos minutos que te he perdido de vista.

Vivian se miró la ropa entendiendo la expresión confundida del conde y se retiró el pelo de la cara con un gesto brusco.

—Lo siento.

—Lo siento.

Ambos se disculparon a la vez y Vivian resopló, mientras Marcus la miraba con actitud interrogante.

—Por lo de su ardilla imaginaria. No pretendía hacer daño a un animal inocente —aclaró, altanera.

—Las ardillas no son estúpidas, se habrán marchado de allí en cuanto hayan escuchado el primer disparo —admitió Marcus encogiéndose de hombros.

—Entonces, retiro mis disculpas. Y no sé si estoy preparada para aceptar las suyas.

—Por qué será que no me extraña.

—Porque en el fondo sabe que se ha comportado como un cretino.

—He venido para disculparme por mi brusquedad. No debí hablarte así, menos aún delante de los Morton. Pero al menos reconoce que te has portado de manera inmadura.

Vivian parpadeó intentando asimilar lo que estaba escuchando.

—Me ha dicho que estaba intentando lucirme delante de usted, me ha llamado vanidosa y me ha acusado de querer robar el objetivo de otra persona, como si fuera usted un trofeo. Y todo eso porque es incapaz de soportar que una mujer le supere. ¿Y tiene el arrojo de llamarme inmadura a mí? —Vivian se giró para marcharse de nuevo, pero se lo pensó mejor y volvió a encararlo—. Y deje de tutearme, lord Rutherford.

—No me tomes por idiota, Vivian —continuó tuteándola adrede, ignorando el gruñido poco femenino de Vivi—. Te estabas luciendo delante de ese cabeza hueca de Neil. Aunque no sé de qué me sorprendo. Es un descarado y un bribón, supongo que eso te resulta atrayente.

—Neil es un caballero. Le recuerdo que es hijo de un duque.

—Entonces, supongo que, con toda esa honorabilidad que le caracteriza, pronto te hará una proposición decente —la provocó en tono sarcástico.

—No espero eso de él —jadeó indignada—. Somos amigos. Me trata usted como si estuviera buscando un marido desesperadamente.

—¿Y a qué aspiras exactamente, «Esa es mi chica»? —imitó a Neil con tono cómico, aunque por su expresión no le había hecho ninguna gracia—. Por favor. Es patético. Supongo que no habrás olvidado aquella ocasión en la que se presentó en un estado lamentable en una fiesta a la que no había sido invitado con la examante de Sebastian, con el único propósito de humillar a Isabelle. Puede que Neil no sea un mal chico, pero le falta mucho para ser un hombre cabal.

—Eso ocurrió hace mucho tiempo y los duques le han perdonado por ello. No veo por qué nosotros deberíamos erigirnos en sus jueces.

—Ni en sus defensores tampoco.

—No le entiendo. ¿Todo esto es por Neil?

—Todo esto es por… Esto es por… No deberías permitirle atenciones a un tipo con quien no aspiras a tener nada serio. Eso es todo. Eres demasiado inocente y…

—¿Vuelve a cuestionarme? Pues debería recordarle que usted también me dedicó sus atenciones anoche, y que su objetivo es Clarice y no yo.

Vivian se giró para alejarse; por mucho que su frustración desatara su lengua no estaba preparada para mantener una conversación íntima con un hombre que la desquiciaba de esa forma. Se levantó el ruedo de sus faldas para comenzar a bajar la ladera intentando no pisar el bajo destrozado.

—No necesito que me recuerdes eso, dudo que pueda olvidarlo.

Vivian se detuvo de golpe y giró la cabeza para mirarle con demasiada brusquedad. Sin darse cuenta, sus pies pisaron sobre las hojas secas que se acumulaban en el suelo, haciendo que resbalara y cayera hacia atrás, arrastrándose colina abajo sobre su trasero durante un buen trecho. Marcus corrió para socorrerla y se arrodilló a su lado, preocupado, mientras Vivian se tapaba la cara con las manos.

—¿Estás bien? ¿Te has hecho daño? ¿Te has roto algo?

Los hombros de Vivian temblaban, y emitía una especie de hipo ahogado sin dejar de ocultar su cara. Marcus le retiró el pelo que le caía hacia delante y apartó con delicadeza sus manos para descubrir que en lugar de llorar ella se estaba riendo a carcajadas.

—Supongo que entonces no te has hecho daño —dedujo aliviado, echándose a reír también.

—Solo en mi dignidad.

Marcus se sentó junto a ella con las manos cruzadas sobre sus rodillas mirando pensativo el paisaje, y solo en ese momento Vivian levantó la vista hacia lo que tenía delante de sus ojos. La ladera descendía en una suave pendiente hacia un riachuelo, bordeado de árboles en distintas tonalidades que iban del verde profundo al amarillo ocre, e incluso algunos ya habían perdido sus hojas por completo. Más allá de las ramas semidesnudas, el puente de piedra que Marcus había fotografiado tantas veces cruzaba hasta la otra orilla, como mudo protagonista y testigo del paso del tiempo. El sol que ya comenzaba a bajar se filtraba entre los árboles y se reflejaba en el agua, dándole a todo el conjunto un aspecto casi mágico.

—Es precioso. No me extraña que quiera atrapar esta belleza en un papel.

—Cuando lo veas en primavera, te enamorarás aún más de este lugar. La luz aquí es especial.

Marcus giró el rostro hacia ella y se quedó maravillado de la manera en la que la luz cambiante de la tarde arrancaba reflejos dorados a sus ojos oscuros y a su pelo del color del chocolate. Ojalá también pudiera plasmar aquella expresión soñadora en una fotografía para poder contemplarla cuando se sintiera solo. Era imposible no quedarse atrapado en aquellas largas pestañas, en la forma perfecta de su insolente nariz, en la curva jugosa de sus labios.

—Siento lo de anoche, no debí ponerlo en una situación tan… inadecuada —se disculpó, sacudiendo sus faldas y tirando de ellas hasta cubrir sus zapatos.

—Fui yo quien te retó.

—Pero cualquier dama en su sano juicio hubiese rechazado el reto.

—Eres Vivian Carpenter. Sabía que…

—¿Qué?

—No lo sé, Vivian. Esperaba, deseaba, que aceptaras.

—Pero se arrepiente. No es adecuado. Yo no soy adecuada.

—No hay nada inadecuado en ti. Es… complicado. —Marcus dejó escapar un suspiro—. Haces que olvide lo que es conveniente y lo que no. Cuando te acercas es como si hubiera abierto las ventanas de una habitación que lleva mucho tiempo cerrada, y el sol y el aire entraran a raudales. Tanto aire que desordena todo a su paso, y tanta luz que consigue cegarme.

Vivian tragó saliva sin saber qué decir. Desorden y ceguera. Como piropo ciertamente era mejorable, aunque mirando un poco más allá, que el estricto e imperturbable conde de Rutherford reconociera que había algo que lo descolocaba era un gran paso. Un paso que Vivian había dado sin saber ni cómo.

—¿Tú estás arrepentida?

—Sí —asintió esquivando sus ojos—. Me dejé llevar, como ha visto no sé resistirme a un reto. Ya sabe, la absurda costumbre de no pensar las cosas dos veces. Yo no deseaba que sucediera algo así entre nosotros. Clarice…

—No te he preguntado por Clarice. Así que me estás diciendo que no lo deseabas en absoluto, que solo accediste porque era un reto.

—Exacto. Ni siquiera me gustó —mintió, recolocando la tela de su falda de nuevo, con la misma delicadeza que si se encontrara en un lujoso salón tomando el té, y no tirada en el suelo en mitad del bosque—. Y deje de tutearme, milord.

Marcus se giró hacia ella y Vivian cometió el error de mirarle y descubrir el brillo peligroso que había en sus ojos. Apartó la mirada, nerviosa, clavándola en el puente y el arroyo que discurría calmado bajo él.

—No soy demasiado bueno interpretando las señales, pero… —La sujetó del mentón obligándola a mirarle de nuevo—. Pude percibir que lo deseabas tanto como yo, y que lo disfrutaste tanto como yo.

—No es cierto —replicó demasiado rápido intentando apartarse, pero solo consiguió que el conde se acercara más y deslizara los dedos por su cuello hasta llegar a su nuca.

—Hay tanta verdad en ti que te resulta imposible disimular. Puedo percibir con total claridad lo que sientes en este momento, Vivian. —Los dedos de Marcus se deslizaron con suavidad debajo de su pelo, acercando su rostro al suyo y arrancándole un estremecimiento—. Puedo ver cómo brillan tus ojos por la anticipación. Tu boca intenta atrapar un poco más de aire, pero nada resulta suficiente porque tus pulmones parecen arder. Tanto como tu corazón, que late desbocado y furioso. Sientes un hormigueo en tus labios que desean pedirme que los bese, y solo el pudor te impide hacerlo. ¿Quieres que continúe? —La respuesta de Vivian fue silenciada por el roce casi imperceptible de la boca de Marcus sobre la suya—. La tela de tu vestido pesa de manera insoportable y tus pechos se aprietan contra ella como si de repente necesitaran liberarse, pero tú sabes que lo que necesitan es una caricia. —Un suspiro involuntario escapó de los labios de Vivian a punto de fundirse con los de Marcus—. El calor que recorre toda tu piel empieza a ser una tortura que necesitas aliviar cuanto antes, y deseas que sea yo quien lo haga.

Intentó besarla, pero Vivian se retiró antes de que llegara a tocarla.

—Tiene razón, no es demasiado bueno interpretando señales.

—¿Me estás retando, Vivian? —Marcus deslizó el pulgar sobre sus labios entreabiertos en una caricia que terminó de minar la determinación de mantenerse alejada de él.

Vivian se acercó hasta que sus bocas estuvieron a punto de tocarse de nuevo en un juego de voluntades que rayaba la tortura, pero esta vez fue él quien se retiró con un exagerado suspiro.

—En fin, puede que me equivoque y no sientas absolutamente nada teniéndome cerca.

En un acto impulsivo y completamente irracional, Vivian lo sujetó por la solapa de la chaqueta y lo acercó de un tirón hasta que unieron sus labios. Marcus rio contra su boca por la impulsividad de su gesto. Pero cuando notó que ella quería detenerse, molesta por su reacción, tomó la iniciativa y hundió los dedos en su pelo evitando que se alejara. El beso se volvió posesivo e intenso y con suavidad la tendió sobre su espalda devorando su boca sin tregua. Su lengua buscó la de ella, cálida y apremiante, mordió sus labios con suavidad mientras sus respiraciones se fundían en un único aliento. Marcus necesitaba hacerle olvidar los besos del Jefe, sus propios besos, su oscuridad. Era absurdo estar celoso del personaje que él mismo había creado, de su otro yo, pero en esos momentos lo odiaba por haberla besado por primera vez, por haber conseguido su admiración, por haber invadido sus sueños. A pesar de que no podía prometerle nada, quería serlo todo para ella, al menos en ese instante y en ese lugar, por muy egoísta que resultase. Aunque después cada uno tomara conciencia de lo diferentes que eran sus caminos. Vivian gimió cuando la boca de Marcus se deslizó por su cuello y su mano apretó su pecho con suavidad por encima de la tela. Esta vez ningún recuerdo de otro hombre podría enturbiar aquel encuentro. Estaba total y completamente absorbida por la presencia de Marcus Bowden. Su cuerpo se apretaba contra el suyo, fuerte y pesado, su boca la devastaba con cada roce, y sus manos dejaban un rastro ardiente a pesar de que los separaba la ropa. Vivian se atrevió a deslizar las manos por la espalda musculosa y firme de Marcus apretándolo con fuerza, ansiando sentir su calidez.

—Vivian —susurró contra su cuello, y ella no pudo evitar estremecerse al escuchar su nombre pronunciado con ese anhelo cargado de impaciencia—. Súbete la falda, por favor.

El cuerpo de Vivian se paralizó durante una décima de segundo, y él temió haber ido demasiado lejos, haber perdido completamente el control de sí mismo y de la situación. Pero en lugar de alejarse, Vivian se encontró a sí misma tirando despacio de la pesada tela de su recatada falda azul. Marcus se perdió en sus ojos oscuros y profundos, incapaz de pensar en nada que no fuera la ilógica y egoísta idea de descubrirle el placer que era capaz de darle. Sin dejar de mirarla tiró del lazo que cerraba su ropa interior hasta que se aflojó lo suficiente para poder alcanzar su piel suave. Vivian giró la cara sonrojada cuando la mano de Marcus comenzó a acariciar sus muslos con movimientos lentos.

—No, no apartes la mirada. Mírame, quiero ver tus ojos.

Quiero verte, Vivian. Quiero que me veas —suplicó, sin poder soportar que se atreviera a soñar con otro, con un hombre sin rostro.

Ella enterró la cara en el cuello de Marcus aferrándose con las manos a sus hombros al notar cómo sus dedos comenzaban a acariciarla entre los muslos, abriéndose paso en su intimidad, que parecía arder y cobrar vida con cada toque. Estaba húmeda y preparada para recibir sus caricias, cada vez más atrevidas, cada vez más íntimas, tan intensas que su respiración se había vuelto incontrolable. Marcus volvió a besarla con desesperación mientras sus dedos seguían explorándola y transportándola a un mundo desconocido para ella. Y mientras tanto apenas podía controlar el deseo que lo estaba consumiendo y le impedía pensar en nada mínimamente racional. Maldijo contra su boca cuando Vivian se atrevió a acariciarlo, cuando sus manos se olvidaron de su propio placer y comenzaron a pasearse por su espalda y su pecho, hasta que un tanto inseguras bajaron hacia la excitación que se marcaba en sus pantalones.

Por más que las chicas del club le hubieran explicado los conceptos básicos sobre el sexo y el placer, nada la había preparado para la sensación de poder que la invadió al sentir que el hombre al que acariciaba se estremecía al poner sus manos sobre él. Marcus sujetó su muñeca y la apartó con suavidad evitando que siguiera tocándolo y le hiciera más difícil resistir la tentación de pedirle un poco más. Pero para lo que realmente no estaba preparada Vivian era para entender el nudo de deliciosa tensión que se iba acumulando en su interior, extendiéndose desde el centro de su sexo hasta el resto de su cuerpo, estallando en oleadas que la alejaron de sí misma durante unos instantes que parecieron eternos. Marcus continuó besándola con ternura mientras su cuerpo volvía a la realidad que la rodeaba.

Ella fue consciente entonces de los ruidos del bosque que se preparaba para el crepúsculo, de la piedra que se clavaba, incómoda, en su espalda, del frío del suelo que calaba a través de su ropa, de la temeridad que acababan de cometer, y de la urgencia con la que Marcus intentaba ayudarla a recomponer su ropa. El conde de Rutherford se puso de pie alejándose de ella, en un inútil intento de recuperar la serenidad. Vivian observó su silueta remarcada por la luz que iba descendiendo para perderse tras los árboles y sintió que su corazón se encogía. Su cerebro unía y desunía piezas, formaba teorías imposibles que inmediatamente desechaba por inverosímiles… No podía ser, definitivamente no podía ser. Estaba aturdida por lo que acababa de experimentar, eso era todo.

Se pasó las manos por el pelo intentando tranquilizarse y se recolocó las horquillas lo mejor que pudo. Como siempre ocurría cuando la situación la superaba, las palabras salieron de su boca sin pasar por el filtro de su cerebro.

—Entonces ¿esto es lo que llaman el «paroxismo histérico»? —preguntó más para sí misma que para obtener una respuesta.

Marcus la miró por encima del hombro completamente perplejo.

—¿Cómo has dicho?

—Olvídalo, tengo tendencia a rellenar los silencios incómodos con frases aún más incómodas.

—Sí, algunos lo llaman así. —El conde movió la cabeza con una sonrisa incrédula; conocía el término, pero estaba tan desconcertado por la manera en la que se había dejado llevar por el deseo que la pregunta lo había pillado desprevenido—. Los franceses lo llaman *la petite mort*.

—«La pequeña muerte». Bien definido, sin duda.

Vivian se levantó sin ayuda y se sacudió la falda intentando tener un aspecto medianamente decente. La situación se había vuelto tan tensa que de repente parecían dos desconocidos. De nuevo el hombre que tenía delante era el frío, intransigente y hermético lord Rutherford de los inicios, ese que la miraba cuestionando cada paso que daba.

—Vivian…

—Lo sé —lo interrumpió alzando la mano—. Es complicado. No necesito que me lo repita.

—No iba a decir eso. Ha sido una temeridad dejarnos llevar de esta manera donde podría habernos visto cualquiera.

—Es un poco tarde para lamentarse. Si no le importa, lo único que necesito es marcharme de aquí.

—Tienes razón, deberíamos volver antes de que…

—Me refiero a que quiero marcharme de su casa. Quiero volver a Londres.

Marcus se tensó y su rictus se volvió mortalmente serio. Pero asintió, sabiendo que lo más aconsejable para ambos era mantenerse alejados, al menos de momento.

—Tendrás un carruaje a tu disposición mañana a primera ahora.

—Inmediatamente. Quiero marcharme ya. No me apetece dar explicaciones sobre el motivo de mi marcha, no quiero ver a nadie en estos momentos. Isabelle tiene el don de leerme la mente y Clarice… —Se apretó el estómago con la mano intentando controlar los nervios—. Ahora mismo soy incapaz de mirarla a la cara, por mucho que me diga que todavía no han formalizado su relación. Diremos que hemos discutido por lo que ha pasado mientras disparábamos, será lo mejor. A nadie le extrañará.

—No puedo consentir que te marches de esta manera, como si fueses una fugitiva, pronto anochecerá.

—Entonces, mejor no perdamos más el tiempo.

—Vivian, lo que me pides es…

—¡Por el amor de Dios! Puede que seas tan frío que puedas fingir que no ha ocurrido nada, pero tú mismo lo has dicho, yo no sé disimular. No puedo tomarme una sopa a tu lado cuando aún siento tus manos sobre mí.

No tenía sentido seguir discutiendo, no podía obligarla a quedarse si no lo deseaba, y en el fondo puede que tuviera razón.

—Está bien. Entraremos por la entrada del servicio y no tendrás que encontrarte con nadie. Mientras tanto, ordenaré un carruaje para ti, pero uno de los lacayos te acompañará.

Vivian asintió, y lo siguió por el camino que conducía a la

parte trasera de la mansión. Aquella parte del bosque era realmente hermosa y lamentaba no haber tenido oportunidad de pasear por ella con tranquilidad.

Por más que Marcus trataba de serenar sus pasos para amoldarse a la velocidad de Vivian, la ansiedad y la frustración le hacían avanzar con rapidez por la senda de tierra.

—¿Por qué lo hace? ¿Por qué se esconde tras un personaje que no representa?

El miedo hizo que Marcus se detuviese en seco y se girase lentamente para enfrentar a aquella mujer que, a pesar de su inocencia, siempre parecía ver mucho más allá que los demás.

—No sé a qué te refieres.

—No es frío, ni inaccesible, y mucho menos un santo. ¿Por qué finge ser otra persona?

—No finjo. Simplemente me comporto como el hombre que quiero ser. Alguien capaz de decidir con la cabeza fría en lugar de dejarse llevar por los instintos. Se llama ser una persona civilizada.

—Lo que ha pasado no ha sido demasiado civilizado, que digamos.

—Eso es lo que me ocurre cuando tú andas cerca, Vivian. Me olvido de lo que quiero ser, haces que aflore una versión de mí mismo que prefiero mantener a buen recaudo.

—¿Y si esa fuera la versión real?

Marcus la miró de una manera tan intensa que Vivian sintió que sus piernas dejarían de sostenerla en cualquier momento.

—Olvídelo. No soy quién para cuestionarle. —Vivian se recogió el ruedo de sus faldas y continuó andando hasta rebasarlo, pasando por su lado con la barbilla bien alta. Marcus cerró los ojos al percibir el aroma de su perfume y el deseo volvió a aguijonearle—. Y no me tutee, milord. Llámeme señorita Carpenter. Solo mis amigos me llaman por mi nombre.

En cuanto el carruaje emprendió la marcha, alejándola de la encantadora casa de campo de los Rutherford, Vivian cerró los ojos y apoyó la cabeza en el cómodo respaldo de su asiento. Había dejado una nota de disculpa para la abuela de Marcus y otra para Isabelle, pero no se le había pasado por la cabeza hacer lo mismo con Clarice. Un solloz o escapó de su garganta mientras las imágenes de su tórrido encuentro en el bosque la bombardeaban. Debería sentirse mortificada al pensar en los dedos de Marcus Bowden acariciando su sexo, entrando en su interior, arrancándole gemidos descontrolados de placer. Pero lo único que podía sentir era su conciencia acicateándola por su indigno y desleal comportamiento hacia su amiga.

Se frotó los ojos con los dedos intentando alejar esos pensamientos de su cabeza, pero otros aún más preocupantes comenzaron a socavar la poca calma que le quedaba. La imagen alta y esbelta de Marcus en sombras, recortada contra la luz de la tarde, su pelo oscuro, su postura elegante. El sabor de sus besos, su olor, su voz ronca susurrando contra su cuello palabras que ella aún no alcanzaba a entender. Era inútil mentirse a sí misma e intentar convencerse de que la única razón de su abrupta marcha era no poder enfrentar la situación. Tenía un presentimiento y necesitaba encontrar una respuesta, fuese cual fuese.

¿Y si no estuviera volviéndose loca, y si realmente fuera posible que tras la máscara del Jefe estuviera Marcus?

Lo que estaba claro era que, por más que el dueño del club fuera poderoso, no era Dios y no poseía el don de la ubicuidad. Si el conde de Rutherford permanecía en el campo atendiendo de manera impecable a sus invitados no podría pasar la noche en el Dark. Estuvo tentada de pedirle al cochero que incrementara la velocidad, pero se obligó a tranquilizarse. Necesitaba mantener la calma si quería descubrir si su intuición era cierta o si sus pasiones estaban empezando a nublar su buen juicio.

25

A pesar de la insistencia de Flora, Vivian no cenó nada; sentía su estómago oprimido por el nerviosismo y no tenía tiempo que perder, y en cuanto estuvo lista se marchó hacia el club. Por suerte, y en lo que ya se había convertido en su tónica habitual, no había nadie a quien dar explicaciones en casa. Su padre había salido, y su madre, aprovechando la ausencia de Vivian, se había marchado a pasar un par de días a casa de una de sus numerosas primas. Miró el pequeño reloj que llevaba en su bolsito, satisfecha de lo poco que había tardado en asearse y cambiarse de ropa, mientras avanzaba hacia las cocinas del Dark. Nada más abrir la puerta, un coro de gritos y risas alegres la recibió y las chicas se pusieron de pie para abrazarla y hacerle mil preguntas a la vez, incluso la arisca Sugar.

—Estábamos muy preocupadas por ti, pequeña.

—Sí, no sabíamos nada de ti desde que ese policía del demonio vino a registrar el local, aunque Chocolat nos dijo que habías salido a tiempo y acompañada de un caballero.

—Estoy bien. He pasado unos días fuera de la ciudad. Pero, contadme, cómo estáis vosotras. Cómo va todo por aquí.

—Todo va bien —contestó Cherry jugueteando con uno de los tirabuzones de Vivi—. Aunque, como siempre pasa en estos casos, la clientela ha bajado.

—Pero volverá, no pueden estar sin nosotras —apuntó Sugar con una palmada en la mesa.

—¿Cómo están Lion y… el Jefe? —Vivian intentó aparentar que se trataba de una pregunta casual, escudriñándolas con la mirada para captar cualquier reacción—. ¿Están aquí?

—Claro, dónde iban a estar.

—No sé, pensé que podrían haberse alejado un poco de todo esto hasta que las cosas se calmasen.

—Tienen contactos en todas partes, y parece que la situación está controlada. No se han alejado de aquí, todo lo contrario. Pasan más tiempo en el club que nunca —se apresuró a decir Chocolat, la única de las chicas que sabía que el hombre que había sacado a Vivian del club era el mismo que se escondía tras la máscara y que no debía revelar su identidad a nadie.

—¿El Jefe también? —insistió.

—Sí, pequeña. Jamás descuida su negocio. Además, su presencia tranquiliza a los clientes.

—Entonces, supongo que esta noche también estará aquí. —Todas asintieron extrañadas por su insistencia—. Voy a dar una vuelta, quiero saludarle a él y a Lion.

El conde de Rutherford no había descuidado ni un instante a sus invitados en su casa de campo, era imposible que hubiera pasado las noches en el club a no ser que hubiera acudido después de que todos se hubiesen retirado, algo que resultaba bastante inverosímil. Además, la noche que le encontró en la biblioteca, estaba bien entrada la madrugada y sin embargo Marcus se hallaba allí bebiendo relajadamente, algo improbable en alguien tan preocupado por su negocio. Su burbuja estaba empezando a desinflarse y las dudas volvían a asediarla. Probablemente su hipótesis fuera fruto de su mente atolondrada.

A estas horas acabarían de levantarse de la mesa del comedor, y Marcus Bowden estaría dirigiéndose embelesado hacia la sala donde Clarice los deleitaría con sus maravillosas dotes musicales, hasta que su abuela decidiese que ya era suficiente. Porque la señora Hamilton era de la opinión de que los placeres debían obtenerse en dosis pequeñas. Era materialmente imposible que Marcus hubiese podido asistir a la cena, a la sobremesa, y dirigirse a Londres con tiempo de estar ya en el club. Imposible. Así que si el Jefe no estaba en el Dark tendría su respuesta.

Lion levantó la vista de los papeles cuando escuchó la puerta de su despacho abrirse, pero volvió a lo que estaba haciendo inmediatamente.

—¿Qué necesitas? —preguntó sobre su hombro.

Solomon se acercó hasta colocarse detrás de su silla y comenzó a depositar suaves besos en su cuello.

—Tengo trabajo, por favor.

Pero Solomon no se dio por vencido y le giró la cara para poder besarle en la boca.

Lion se dejó hacer y le correspondió al beso, aunque sin mucho afán; no estaba de humor para sus zalamerías.

—Tengo una amiga que está ansiosa por conocerte, quiere entrar en la guarida del león —dijo con tono sensual bajando las manos por su pecho—. ¿Te apetece que juguemos un rato los tres?

—Tengo muchas cosas en la cabeza, Solomon. Hoy no estoy para juegos. —Lion detuvo la mano de Solomon que ya se deslizaba hacia el frontal de sus pantalones—. En serio, quizá en otro momento.

El joven se enderezó y suspiró resignado.

—De acuerdo, si cambias de opinión estaré abajo. Por cierto… —Se volvió antes de salir del despacho—. El pajarito ha vuelto al nido.

—¿Vivian? ¿Está aquí?

Solomon disimuló el fastidio que le produjo que la actitud hastiada de unos segundos antes hubiese desaparecido por arte de magia y se marchó sin decir nada más. Lion bajó hacia la zona de la cocina y estuvo a punto de arrollar a Vivian, que venía en dirección contraria.

—Mi dulce y traviesa Electra. Pero ¿dónde demonios estabas metida? —preguntó tras darle un rápido abrazo. Aunque en realidad no estaba preocupado por su ausencia, sino todo lo contrario. Lo que le intranquilizaba era que estuviese en el club cuando se suponía que debería estar en el campo, en la casa de su abuela y bajo la atenta supervisión de Marcus.

—He pasado unos días en el campo. Pero me cansé del aire demasiado limpio, de la paz y… de las gallinas.

—¿Gallinas?

—Sí, es una larga historia. Pero, cuéntame, cómo va todo por aquí.

—Bien, todo va como siempre. Aunque demasiado tranquilo para mi gusto.

—Las chicas me dijeron que hay poca clientela. —A Vivian le apetecía seguir hablando con Lionel, pero tenía algo más urgente en mente, y no podía esperar—. ¿Te parece que sigamos hablando después? Ahora me gustaría ver al Jefe.

—Supongo que al ser temprano estará en su despacho.

—Perfecto. —Vivian esquivó a Lionel y comenzó a avanzar con paso decidido en esa dirección.

—Pero ¿para qué lo necesitas? Qué te parece si primero comemos algo y después… —Trató de detenerla, extrañado por su actitud.

—No tengo hambre, gracias —le cortó mientras continuaba caminando.

Lion esperaba que Marcus viniera esa noche al club, pero era imposible que hubiese llegado ya. No entendía la premura de la muchacha, pero tampoco tuvo mucho tiempo para analizarla.

En cuanto llegaron a la puerta del despacho del Jefe, Vivian dio dos golpes rápidos y abrió sin esperar a ser invitada. Su corazón comenzó a retumbar en sus sienes con fuerza mientras el calor subía por su cuello hasta acumularse en sus mejillas. Plantado en medio de la habitación, el Jefe la miraba desde detrás de su máscara, mientras daba pequeños tirones a los puños de su camisa para colocarlos perfectamente alineados bajo su chaqueta. Era impensable pensar que Marcus Bowden y ese hombre oscuro fuesen la misma persona. Las maneras de Marcus eran elegantes y frías, y en cambio, la alta figura que la taladraba con la mirada era capaz de conseguir que el fuego recorriera el espacio que los separaba sin necesidad de moverse. Y en cuanto al físico, haber estado con Marcus tan solo unas horas antes le hacía más fácil notar que el Jefe era más alto y sus hombros más anchos. Marcus estaría tomando un oporto en esos momentos en su cómodo sofá a millas de distancia, y se preguntó si habría dedicado un solo minuto a pensar en ella.

—Electra. Qué sorprendente entrada.

Lion le hizo un elocuente gesto a Marcus, para hacerle notar que aún llevaba puesto su sello en el dedo. Por suerte Vivian estaba demasiado impactada para notar como cruzaba las manos a la espalda para quitárselo de manera sutil.

—Discúlpeme, solo venía a… informarle que mañana reanudaré las clases si le parece bien —improvisó para no quedar en evidencia, recibiendo un asentimiento del Jefe como respuesta.

—Precisamente quería hablar de eso contigo. Hemos decidido que vamos a contratar a alguien para que te ayude con las clases; entendemos que en algunas ocasiones tendrás tus propios compromisos que atender. Y realmente tu idea de enseñar a los niños es lo más útil que alguien ha hecho por la gente del barrio en años —intervino Lion, aunque fue consciente de que las otras dos personas de la habitación no reparaban en su presencia, perdidos cada uno en los ojos del otro.

—Es una idea excelente. Será mejor que me marche ahora. —Vivian le dedicó una sonrisa poco convincente.

Giró sobre sus talones y se marchó con el mismo ímpetu con el que había entrado, pero con una mezcla de sentimientos que apenas podía digerir. No sabía si debería estar aliviada o decepcionada. Pensar que Marcus no tenía una cara oculta era motivo de tranquilidad; en cambio, pensar que se sentía atraída por dos hombres tan distintos y que ninguno de los dos estaba a su alcance era descorazonador.

Los dos hermanos respiraron aliviados en cuanto la puerta se cerró tras ese huracán llamado Vivian Carpenter.

—¿Qué haces aquí tan temprano, y sobre todo qué hace ella aquí? Pensé que todavía estaríais unos días más en casa de la abuela.

Marcus se quitó la máscara y suspiró, cada día pesaba más y le resultaba más difícil respirar cuando la usaba. Se estaba volviendo una carga difícil de llevar, cosa que hasta ahora nunca había sucedido.

—Hemos discutido y la voluble señorita Carpenter ha decidido que era el momento de volver a casa. Creo que está empezando a sospechar; tuve la intuición de que haría una visita al club para comprobar si estaba aquí.

—¿Por qué habéis discutido?

—Qué más da. Siempre discutimos, eso no es una noticia nueva.

—Pero sí lo es que estés tan preocupado por todo lo que gira en torno a ella. Admítelo, sientes algo por esa mujer, y cuanto más esperes para decirle la verdad, más difícil te resultará y peores serán las consecuencias.

—Es… complicado.

—La vida en general lo es.

—Sé que tendré que decírselo, pero déjame que encuentre el momento. No me gustaría que se enterarse de esta manera, tendiéndome una encerrona. No me lo perdonaría.

—Así que lo admites, te importa.

—Lion, tengo mucho en qué pensar. No es tan sencillo.

—Eres un cabezota. Tienes el ejemplo de nuestro padre, él luchó por el amor, y si lo hubiese hecho desde el principio…

—Yo no hubiese nacido —dijo con sorna mientras giraba el sello con su inicial arrancándole destellos bajo la luz de las velas.

—Sabes lo que quiero decir, Marc. Tienes la posibilidad de decidir. Otros no son tan afortunados.

Marcus asintió y dejó escapar el aire de los pulmones con brusquedad, sintiendo el peso de todo lo que era y de lo que fingía ser sobre sus hombros, más enorme y más insostenible que nunca.

—Por cierto… Cuando venía hacia aquí, Storm me dijo que Jacob Pearce ha solicitado una partida privada. —El Jefe siguió jugueteando con su sello mientras calibraba la expresión de su hermano.

Lion sintió que el suelo bajo sus pies no lo sostenía y por un momento estuvo tentado a negarse.

—¿Quieres que vaya yo? —inquirió el Jefe, provocándolo.

—Vete a la mierda, Marcus —bufó, y girando sobre sus talones se marchó con grandes pasos y un sonoro portazo, ignorando la risita condescendiente de su hermano.

Lion se dio cuenta de cuánto le temblaba el pulso cuando sujetó la manivela de la puerta de su sala privada, y apoyó la frente unos segundos sobre la fría madera intentando controlar el ritmo de su respiración. Tras un interminable instante reunió la fuerza necesaria para enfrentar al hombre que lo esperaba, el hombre al que amaba. Su relación con Jacob nunca había sido algo estable, pero tampoco podía definirse como una simple relación carnal. Se habían conocido por casualidad en una exposición de escultura de un amigo en común. Habían chocado sin querer, y cuando se miraron para disculparse, ambos tuvieron claro que el amor, o al menos el deseo, a primera vista existía.

Lion era un desconocido en los círculos de la buena sociedad, pero había sido educado de manera exquisita. Sin embargo, había algo en sus maneras, en el brillo salvaje y atrevido de su mirada, que atrajo a Jacob de inmediato. Lionel Jones era el peligro, lo prohibido, el pecado, y todo eso era justo lo que Jacob necesitaba y no se atrevía a pedir.

Jacob Pearce era el dueño de la editorial Hermanos Pearce, un miembro destacado de la comunidad, y el hijo de un hombre autoritario y ambicioso. Aunque Jacob había tenido relaciones tanto con hombres como con mujeres, nunca había sentido que sus cimientos se tambaleaban de una manera tan contundente como cuando conoció a Lion. Después de una conversación casual y varias miradas cargadas de deseo, ambos habían caminado sin necesidad de mediar palabra hasta un oscuro pasillo, el uno junto al otro, con las ganas palpitando entre los dos como uno más. Apenas se sintieron a salvo de miradas indiscretas, Lionel atrajo a Jacob hacia él para besarlo con una necesidad que jamás había sentido. Fue una temeridad tan innecesaria como inevitable, pero ambos se encontraron acariciándose por debajo de las ropas, mordiéndose en cada espacio de piel que quedaba al descubierto hasta que no pudieron aguantar más y se entregaron a ese placer prohibido que seguro los condenaría. Como heredero de una gran fortuna y del prestigio familiar, Jacob era consciente de lo que se esperaba de él, y eso pesaba demasiado sobre su conciencia. Era incapaz de controlar lo que sentía por Lion, pero tampoco tenía fuerzas para reconocerse a sí mismo que lo amaba sobre todas las cosas. Jacob no aceptaba lo que sentía e intentaba disfrazarlo de lujuria. Sabían que estaban condenados a vivir su relación en la oscuridad, en cuartos cerrados y de manera clandestina, pero Lion renunciaría a todo lo que tenía solo por pasar cada noche del resto de su vida junto a Jacob Pearce.

Ambos tenían influencias y una posición económica lo bastante solvente como para poder retirarse a algún lugar apartado de Londres y vivir su amor como les diera la gana. Permanecer en la ciudad era mantener una espada encima de sus cabezas de manera constante, una espada que en cualquier momento los decapitaría. Pero él parecía ser el único dispuesto a apostar por su relación, y los prejuicios de Jacob estaban demasiado arraigados para dejar su mundo atrás. Siendo un Pearce, su deber era formar una familia ejemplar de cara a la galería. Pero Lion no estaba dispuesto a esperar a que Jacob actuara como el marido perfecto que se escapaba una vez por semana para tener un encuentro furtivo con su amante.

Abrió la puerta y entró en la habitación en silencio cerrando con llave tras de él.

Jacob Pearce, con su traje impecable y tan atractivo como el mismo diablo, levantó la vista que mantenía perdida en el fuego de la chimenea. Durante un instante interminable ninguno de los dos fue capaz de decir nada, y se limitaron a medirse con la mirada. Pero lo que crepitaba entre ellos era demasiado potente para mantenerse impasibles. Lion acortó la distancia que los separaba y, tras sujetar a Jacob por el pelo, le besó con toda la pasión que llevaba tanto tiempo conteniendo. Pierce se aferró a él mordiendo su lengua, saqueando su boca con desesperación mientras tironeaba de la chaqueta, intentando eliminar cualquier barrera que los separase. Le volvía loco la masculinidad y el peligro que el León emanaba por cada poro de su piel. Sin dejar de acariciarse, sin separar sus alientos ni un instante, Lion lo condujo hasta acabar apoyados contra una de las paredes.

Las prendas fueron cayendo arrugadas sobre la alfombra como fantasmas olvidados, mientras sus manos volaban sobre sus cuerpos. Se presionó contra él con fuerza intentando convertirse en una sola piel y llevó su mano hasta el frontal de sus pantalones, donde la erección de su amante se marcaba, tan dura como la suya propia. Las caricias se volvieron más urgentes, las manos apretaban la carne con más intensidad, las respiraciones apenas alcanzaban a llenar sus pulmones, hasta que el placer de los dos fue lo único importante en este mundo. Ambos acompasaron sus movimientos, entregándose por completo a aquel baile de caricias, hasta que el clímax estalló entre ellos con una sincronía casi perfecta.

Sentado cómodamente en el enorme sofá de la sala, Jacob dio un trago a su copa mientras acariciaba los rizos pelirrojos de Lion, que descansaba la cabeza en su regazo.

—¿Por qué has venido, Jacob?

Su mano se crispó durante unos segundos deteniendo la caricia, sabiendo que era inevitable que las preguntas y los reproches anidaran entre ellos de nuevo.

—Te echaba de menos.

—Eso nunca es suficiente, Jacob. Contéstame.

Lion percibió que los músculos de Pierce se tensaban y exhalaba el aire de manera entrecortada. Se puso de pie y recogió su camisa, que aún estaba tirada sobre la alfombra, y comenzó a abotonársela sin apartar los ojos de los suyos. Mientras, Jacob apoyaba los codos sobre sus muslos y enterraba la cabeza entre las manos.

—He conocido a alguien.

—Eso qué quiere decir —preguntó Lion intentando ignorar el escalofrío que recorría su espalda.

—Se llama Wendy. Su familia y la mía tienen buena relación. Es una chica lista, amable y bonita. —Jacob levantó la cabeza al fin, con los ojos enrojecidos por las lágrimas que intentaba contener—. Voy a casarme, Lionel.

La carcajada amarga del pelirrojo resonó en la estancia, mientras movía la cabeza, incrédulo, y cogía una botella de licor de una de las mesitas para beber directamente de ella.

—¿Has venido a invitarme, amor? Ya sabes que soy un hombre ocupado, no sé si podré asistir a tan mágico evento.

—Deja el sarcasmo, por favor —suplicó con voz ahogada—. Tenemos que hablar, Lion.

—¿De qué quieres que hablemos? —gritó estampando la botella contra la pared, que estalló en una lluvia de pequeños pedazos—. Vístete y lárgate de aquí. Vas a casarte con la mujer que otros han elegido para ti, según lo previsto. No tenemos nada más que hablar.

Jacob se puso la camisa y el chaleco en silencio intentando digerir el nudo de su garganta.

—No es lo que piensas. Ella… me gusta. Sé que nos llevaremos bien, he sido yo quien ha decidido pedir su mano. Pero no la amo como a ti.

—¿Y qué sugieres? ¿Que espere tus migajas como un perrito? ¿Que me mantenga fiel y enamorado en las sombras, mientras tú vives tu brillante vida de cara a la galería?

—Sabes que estamos condenados a la oscuridad. No podemos cambiar lo que nos rodea, no podemos pregonar lo que sentimos. Pero podemos seguir viéndonos, te necesito. No puedo soportar la idea de perderte

—Ya lo has hecho, Jacob. Desde el momento que decidiste poner un anillo en su dedo. Desde el momento en que decidiste que preferías aparentar una vida perfecta en lugar de vivirla conmigo aceptando nuestras limitaciones, pero juntos, Jacob. Juntos. He entendido tus miedos, he soportado tus dudas. Santo Dios, hasta esperé sin quejarme mientras tú te desenamorabas de ese infame amigo tuyo, Vincent Rhys. Pero ya no esperaré más…

—No sabes lo que dices, Lion. Vincent es como un hermano para mí. Solo estaba ayudándole a salir del infierno en el que estaba metido, pero nunca estuve enamorado de él.

—¡¿Y quién nos ayudará a nosotros a salir de nuestro propio infierno?! —Lion se pasó las manos por el pelo sintiendo que su corazón se deshacía en mil pedazos igual que la botella que acababa de romper—. He esperado a que entiendas que yo soy tu camino, igual que tú eres el mío. Pero vienes a mí cuando el deseo te arrastra, con desesperación, con angustia. Quiero que me ames con serenidad, quiero un amor que no nos dé miedo. No que acudas a mí como una solución de urgencia contra tu melancolía y tu lujuria.

Jacob acortó la distancia que los separaba y acunó su cara entre las manos, obligándolo a mirarle.

—Sabes que te amo, pero no estás siendo justo. ¿Qué quieres de mí? ¿Que me deje lapidar en una plaza pública, que pierda todo por lo que he luchado tanto tiempo? Puede que yo no sea tan valiente como tú.

—Yo no soy valiente —susurró apartando las manos de Jacob—. Si lo fuera, hace tiempo que habría reunido el valor para despreciarte y sacarte de mi vida.

—No tenemos por qué terminar así, seguro que cuando me haya casado y mi padre haya obtenido lo que quiere tendré más libertad para…

—Para escondernos. Hace tiempo veía ese escondite nuestro como un lugar privado e íntimo, donde solo nosotros dos estábamos invitados. Nuestro pequeño paraíso imaginario que no teníamos que compartir con los demás. Ahora lo veo como una cárcel a la que no quiero volver.

—No me hagas esto.

Lion suspiró con un dolor sordo en el pecho que sabía le acompañaría toda la vida. Jacob nunca le había declarado tan abiertamente su amor, y aunque antes habría matado por escuchar esas palabras, ahora descubría con pesar que no era suficiente.

—Que seas muy feliz, Jacob Pearce. Cierra la puerta cuando te marches.

Jacob observó impotente a Lion mientras salía derrotado de la habitación, desapareciendo de su vista y de su vida, dejando su alma completamente rota.

26

Flora entró en la habitación canturreando y Vivian abrió un ojo para mirarla entre la maraña de rizos color chocolate que le cubría la cara.

—Vamos, arriba, dormilona.

—No soporto que estés de tan buen humor recién levantada. Te odio —refunfuñó tapándose la cara con la manta.

—Será porque hace dos horas que me levanté. Yo no soy una aristócrata perezosa —bromeó Flora, tirando de las mantas.

—¿Mis padres están en casa? —preguntó desperezándose.

—Su madre aún no ha vuelto. Pero su padre está reunido desde hace un buen rato con su hermano.

—¿Mi tío Michael? ¿Habrá pasado algo? Creí que toda la familia estaba en el campo.

—No lo sé, señorita.

Vivian se vistió con un sencillo vestido de día color melocotón y bajó a desayunar con una sensación extraña. Su tío Michael no solía venir mucho a Londres; vivía retirado en su finca junto a sus hijas y su primogénito y solo acudían a la ciudad cuando la temporada social estaba en su pleno apogeo. En cuanto el mayordomo le informó que su tío había abandonado la mansión y que su padre la esperaba en su despacho, acudió sin dilación con un nudo en el estómago. Cuando entró en la estancia disminuyó el ritmo de sus pasos al ver a su padre de pie con la vista perdida en el suelo que se extendía bajo sus pies.

—Padre, ¿va todo bien?

Ralph Carpenter se limitó a suspirar y esbozar una sonrisa triste, mientras acortaba la distancia que le separaba de su hija para darle un abrazo, uno de esos que hacía mucho tiempo no le daba. Tras besarla en la coronilla la acompañó hasta una de las sillas, sabiendo que probablemente ella ya no le permitiría más muestras de cariño de ahora en adelante.

—Padre… —le instó a hablar apretando la mano de él entre las suyas, sintiendo que se iba a echar a llorar en cualquier momento por culpa de los nervios.

—Mi pequeña niña —dijo con voz cansada sentándose en la silla frente a ella; tras un hondo suspiro, la miró con tristeza—. Como habrás supuesto, hay asuntos importantes que debemos tratar. Muchos temas que al principio te costará entender, pero te pido paciencia. Debes escucharme, y sobre todo debes saber que todo esto lo hago con el convencimiento de que es lo mejor para ti.

El estómago de Vivian se cerró en un nudo apretado, con la seguridad de que algo trascendental estaba a punto de ocurrir y que no iba a ser fácil de digerir.

—Nuestra situación económica no es muy halagüeña, aunque Dios sabe que he intentado hacer todo lo que ha estado en mi mano para solventarla.

—Pero no puede ser, hasta hace poco estábamos… —Vivian guardó silencio al ver que su padre le hacía un gesto con la mano.

—En los últimos años, la mala suerte me ha perseguido como una sombra aciaga. Todos los negocios que he emprendido han sido un fiasco. Nuestras propiedades tienen gastos, más de los que imaginas. Es como alimentar a un monstruo que nunca tiene bastante. Las deudas se han ido acumulando una tras otra, y cuanto más me he esforzado en dar un paso hacia adelante, más grande ha sido la caída. Quiero que entiendas que lo he intentado todo, Vivi.

Lord Carpenter sacó un arrugado pañuelo de tela y se lo pasó por la frente para enjugar el sudor, a pesar de que la habitación estaba mortalmente fría.

—¿Por qué me habéis ocultado algo así?

—Porque no quería preocuparte y porque tenía la firme convicción de que podría solucionarlo todo, que solo era una pequeña racha de mala fortuna. Cuando uno de mis amigos me ofreció la posibilidad de iniciarme en el comercio marítimo pensé que esa sería la solución a nuestros problemas. Era algo sencillo. Se trataba de una empresa que se dedicaba a traer productos de Oriente: té, telas, cualquier cosa que pudiera venderse bien. Tenían el barco, los hombres y los contactos. Solo necesitaban el dinero para comprar la mercancía y yo me llevaba un porcentaje lo bastante alto como para resolver nuestros problemas. —Apretó el pañuelo que mantenía enrollado en su mano como si quisiera sacar fuerzas de él, pero sabía que ni el mismísimo Dios podría ayudarle en esos momentos—. Lo invertí todo, Vivian. Lo que tenía y lo que no.

—Padre, no llores, por favor. Entiendo que era una situación desesperada.

—Nuestras arcas estaban vacías —continuó con voz ahogada sin querer aceptar la comprensión de su hija, sabiendo que no la merecía—. Utilicé tu dote para el nuevo proyecto, pero no era suficiente. El vizconde de Relish se ofreció a ayudarme, y en esos momentos estaba tan ofuscado que acepté sus condiciones sin pensar. Todo parecía ir sobre ruedas. Pero una tormenta hizo que el barco acabase en el fondo del océano. Junto con mis esperanzas y las de todos los que perecieron en él. El vizconde va a quedarse con nuestra casa si no ponemos remedio, Vivi. Y aun así no será suficiente para saldar la deuda. No pensé… no pensé que todo se me iría de las manos de esta manera. Me salté mis propios principios con tal de salir del atolladero cuanto antes. El plazo para saldar la deuda finalizó hace semanas y la soga cada vez se aprieta más a nuestro cuello.

Vivian no se dio cuenta de que estaba llorando hasta que su padre le quitó las lágrimas de las mejillas con una caricia de sus enormes manos regordetas, como cuando era una niña. La angustia atenazaba el pecho de Vivi al pensar en todas las familias que habrían quedado destrozadas por la pérdida de los suyos, no solo por sus acuciantes problemas.

—Te juro que pensé que podría revertir el desastre, y no fui lo cauto que debería haber sido. Siempre fui demasiado optimista para ser un hombre de negocios.

—¿Por eso estaba aquí el tío Michael? ¿Va a ayudarnos?

Vivian notó cómo la congoja en el rostro de su padre dio paso a un gesto tenso y decidido.

—Hemos acordado que él comprará la casa antes de que nos la reclamen a cambio de la deuda. El dinero se usará para pagar a Relish. Tienen buena relación y no le costará trabajo mediar por mí y que este infierno se acabe.

No estaba todo perdido, seguro que saldrían adelante, y aun así Vivian sentía que unas manos invisibles se cernían sobre su cuello apretándolo cada vez con más fuerza.

—Pero eso no es todo, ¿verdad?

—No, hija. La situación es muy delicada. Sin dote y con el escándalo acechando a nuestra familia, tu futuro…

—¿Qué escándalo, padre? Si tu hermano te va a ayudar a pagar la deuda no habrá ningún escándalo. Saldremos de esta, no me importa vivir sin lujos, seguro que…

—Ha puesto una condición. Vas a casarte con tu primo Archie.

La voz de Vivian, su pulso, el aire que había escapado de sus pulmones y hasta su propia vida se quedaron congelados y atrapados en ese segundo maldito.

—No pienso hacer nada semejante, padre. Es una aberración. Nos hemos tratado siempre como hermanos, no podría… No, no y no —se quejó amargamente, poniéndose de pie con tanta brusquedad que estuvo a punto de volcar la silla.

—No te estoy pidiendo tu opinión. Está decidido, Archie es un buen chico. No tiene demasiadas luces, pero seguro que puedes aprovechar eso a tu favor.

—¿A mi favor? ¿Crees que soy una arpía manipuladora? Por el amor de Dios, no puedo verlo de esa manera. Tiene que haber otra solución, esperemos a la nueva temporada social. Estoy segura de que…

—Vivian, la boda se celebrará cuanto antes. Si no te casas

con Archie acabaremos en la calle. Relish reclamará nuestra casa y… quién sabe qué más. La cárcel es una de las opciones más probables. —Ralph se levantó y suspiró profundamente intentando recuperar la calma. Se negaba a pensar en el oscuro futuro que se les presentaba si Vivian se negaba a ese compromiso—. Archie es tu mejor opción. Os quedaréis en Londres unos meses hasta que os adaptéis el uno al otro y después viviréis en el campo. Ya sabes que a tu primo le encanta cazar y pescar, aquí no se encuentra cómodo. Si eres una chica lista, puede que consigas que él se marche solo y tú podrás quedarte aquí con tus amigas y tener tu propia vida.

—Qué futuro tan conmovedor. Voy a preparar mi vestido de novia y mi ajuar inmediatamente —ironizó con un tono que nunca habría imaginado usar con el hombre al que tanto respetaba—. Mi marido, mi primo, alguien de mi misma sangre… y a lo máximo que puedo aspirar, según tú, es a que él me olvide y me deje vivir en paz, ¡mientras pesca truchas!

—No me faltes al respeto, Vivian. Esto no está siendo fácil para mí. ¿Hubieses preferido que aceptase la petición de algún viejo decrépito? ¿O la del propio Relish?

—Hubiese preferido que me hubieras dado alguna opción en lugar de imponerme una boda semejante a toda prisa. Estás fingiendo que es por mi bien, pero no es así, ¿verdad? ¿Por qué tengo la sensación de que quieres que deje de ser tu problema cuanto antes?

—Porque es la pura verdad, hija. —La voz de Lina Carpenter sonó fría y cortante desde la puerta, sobresaltándolos—. Cuéntale toda la verdad, Ralph. Dile qué te llevó a tomar esas decisiones precipitadas, no finjas ser el sacrificado cabeza de familia que intenta salvar a todos. Solo has mirado por ti mismo, como siempre has hecho.

—Eso no es cierto. Yo quería que todos fuésemos felices.

—¿Cómo? ¿Condenándonos al ostracismo, al escarnio, a la vergüenza, a la humillación?

—Madre, ¿qué está pasando? —Vivian pidió una respuesta con un hilo de voz, extrañada por las miradas de odio que se dirigían sus padres, que por un momento se habían olvidado de su existencia.

—Hay un motivo por el que tu amado padre quería conseguir dinero rápidamente, por el que no se paró a pensar las consecuencias. Necesitaba fondos para una nueva vida, pero no tiene las agallas suficientes para decirlo.

—Exijo que me digáis inmediatamente qué es lo que ocurre.

—Yo… Tu madre y yo vamos a divorciarnos —confesó su padre dejándose caer derrotado en la silla.

La losa cayó sobre Vivian, que a pesar de su mal presentimiento no había esperado escuchar nada semejante. La carcajada cínica de su madre a duras penas la sacó de su estupor.

—Tú vas a divorciarte, no me has dejado otra opción. Igual que a Vivian. —Lina se volvió hacia su hija dispuesta a deshacerse de todo el veneno que circulaba por sus entrañas desenmascarando a su marido, sin calibrar el daño que podía causar—. Se ha encaprichado de una cualquiera a la que no le ha importado meterse en medio de una familia decente. Le ha engatusado. Y el muy idiota ha decidido librarse del lastre que suponemos para él.

—Padre… —sollozó Vivian rogando que la desmintiera.

—Vivian, no es así. Estoy enamorado de ella. Es una mujer honorable que dedicó su juventud a cuidar a sus padres, y no voy a consentir que nadie la denigre. Simplemente nos divertimos juntos, nos respetamos y nos queremos. Es libre y yo lo soy cuando estoy con ella.

—Eres libre a costa de hundir nuestra familia —le atacó Lina, sin un mínimo de piedad.

—¿Qué familia, Lina? Lo único que hemos hecho bien juntos fue tener a Vivian. Desde ese momento solo fuimos dos extraños que habitaban una casa enorme sin apenas dirigirse la palabra. Solo piensas en ti, y te has olvidado de nosotros. No quería que esto acabase así.

—Eres patético. —Lina escupió las palabras con expresión de asco—. Cuando ella descubra que no eres rico ni influyente te dará una patada. Ojalá que cuando llegue ese día tengas valor para lanzarte al Támesis.

Lina salió del despacho con una sonrisa triunfal sabiendo que había dado una estocada certera a su orgullo, y Vivian se preguntó quién era esa mujer a la que había creído conocer. Ella también quería huir de aquella habitación y no volver jamás, pero sus pies parecían anclados al suelo, y aunque fuera totalmente ilógico no podía evitar entender a su padre.

—Ella es buena, me quiere tal como soy —se justificó con un hilo de voz—. Tu madre tiene razón en una cosa, no calibré las consecuencias. Creí que todo saldría bien. Solo quería ganar el suficiente dinero para que los tres tuviéramos una situación acomodada. Pensé que podría doblar tu dote y asegurarte un buen matrimonio antes de que el escándalo de la separación lo empañara todo. Pretendía que tu madre tuviera la vida asegurada, y así poder emprender un futuro con la mujer a la que amo. No te imaginas lo difícil que es vivir una vida infeliz en la que te sientes un intruso.

—No, padre. No me lo imagino, pero gracias a ti pronto lo averiguaré.

—Cielo, lo siento.

—No pensé que fuera tan fácil romper un matrimonio, por lo visto hay muchas cosas en las que soy una ignorante. De todas formas, esto puede durar años y mientras tanto nos lapidarán. Aunque me case, tendré que abandonar por completo mi vida. Pero supongo que eso a ti no te importa.

—Hay una nueva ley, la Ley de Causas Matrimoniales. Todo es mucho menos tortuoso que hace unos años, aunque sé que será un proceso difícil. Antes de lo que pensamos surgirá cualquier otro escándalo entre la alta sociedad que empañe lo nuestro. Siempre pasa lo mismo.

Carpenter intentó poner un toque menos dramático haciéndole ver que aún tenía todo bajo control, quizá hablar de los aspectos burocráticos del asunto sirviera para apagar la furia que ardía en Vivian de manera palpable, pero el resultado no fue demasiado bien recibido.

—Qué ilustrativo…, ¿vas a recitarme el proyecto de ley, padre? —preguntó con cinismo cruzándose de brazos.

—Sé que ahora no puedes entenderlo.

—Lo entiendo. Te sometiste a un matrimonio de conveniencia como tantos otros, insatisfactorio y asfixiante, y, por supuesto, sin amor. Ahora has descubierto que quieres pasar los últimos años de tu vida con la persona que tú has elegido y me parece muy valiente. Pero para ello me condenas al mismo calvario que tú sufriste. Me impones tu decisión sin pensar que puede que yo también desee amar, compartir mi vida con alguien a quien yo elija.

—Vivian, créeme, no era así como quería que ocurrieran las cosas.

—Claro que no. Tú querías actuar a mis espaldas, fingir que todo iba bien, y darme la puñalada cuando ya no fuera tu problema. ¿Has pensado alguna vez en lo que yo sentiría? —gritó temblando, visiblemente alterada.

—Mi obligación, independientemente de mi divorcio, era encontrar un buen marido para ti. Debes entender que he elegido la mejor opción. Tienes que serenarte y aceptar esa unión, y no dejarte llevar por la impulsividad ni las palabras envenenadas de tu madre. Es lo mejor para todos.

El miedo a que Vivian se negase a desposarse de pronto fue una realidad bastante posible y el pánico se reflejó en los ojos de Carpenter. Vivian miró a su padre por primera vez en su vida con desprecio, intuyendo su inseguridad. Siempre lo había admirado, pero, al ver que levantaba las manos como si quisiera serenar a un caballo encabritado, sintió lástima de él.

—No te preocupes, padre. No voy a cometer ninguna temeridad. Tienes mi palabra de que cumpliré lo que has dispuesto para mí. A diferencia de ti, yo sería incapaz de vivir sabiendo que por mi culpa tu bienestar se vería comprometido. Puedes continuar con tus planes, no podría dormir sabiendo que por mis faltas acabas en una cárcel para deudores o durmiendo en las calles.

Vivian se marchó del despacho extrañamente serena, sintiendo que había envejecido de repente, y que la chica atolondrada que vivía en su interior estaba muerta y enterrada.

Desde la reunión del día anterior, la casa de los Carpenter estaba desconcertantemente silenciosa, y hasta el servicio parecía andar de puntillas como si intuyeran que el desastre podía desencadenarse en cualquier momento.

Esa tarde, Vivian había acudido a la escuela y había descubierto que el chico que habían contratado para ayudarla en las clases, un joven llamado Collins, era muy agradable y preparado. El único problema era que el barrio le aterrorizaba, casi tanto como el contacto con los alumnos, aunque era cuestión de tiempo que se acostumbrase. Sintió un dolor en el pecho al pensar que sus visitas al club y sus clases tenían los días contados, pero al menos le quedaba la satisfacción de que alguien regalaría un poco de esperanza a los niños cuando ella no estuviera. Pero Collins no era la única sorpresa que la esperaba. El Jefe había provisto a su pequeña clase de material suficiente para mantenerse durante años. De la pared colgaban varios mapas de distintas partes del mundo, en las estanterías se apilaban libros ilustrados con maravillosos dibujos y figuras de madera de formas geométricas pintadas de brillantes colores, estuches de acuarelas, papel y cualquier otra cosa que pudiesen necesitar. Pero lo que más entusiasmaba a los niños eran sus cuadernos, todos con el lomo de piel y con finas hojas perfumadas con estampaciones. Collins, que no le quitaba ojo mientras ella paseaba entre los pupitres revisando los ejercicios de los pequeños, le sonrió.

—Se le da muy bien tratar con ellos. La respetan.

—Me gusta tratarlos con respeto a ellos también, por lo que sé de sus vidas no es algo que les sobre. —Vivian esbozó una sonrisa triste—. Solo falta que las niñas también se animen a venir, o más bien que les permitan hacerlo.

—No se desanime. Deles un poco de tiempo, estoy seguro de que usted consigue todo lo que se propone, señorita Smith.

Vivian estuvo a punto de reír al escuchar su apellido ficticio, al que le costaba tanto acostumbrarse. Pero escuchar hablar de tiempo era algo que minaba su estado de ánimo. No sabía cuánto le quedaba allí y sentía que estaba próxima a cumplir una condena que no se merecía. Intentaba concentrarse en las pequeñas cosas que la anclaban a esa realidad para atesorar cada uno de los recuerdos a los que aferrarse cuando todo se tornase en una existencia mediocre e infeliz.

Pero había un tema mucho más doloroso en el que no quería regodearse y que trataba de ignorar sin éxito. Se había negado durante esos dos días transcurridos desde la conversación con su padre la posibilidad de echar de menos al conde de Rutherford. De qué serviría torturarse con un imposible. Sus caminos definitivamente se separaban ahí. No más besos, no más versículos, ni chocolates, ni discusiones, y, sobre todo, no más remordimientos. Era extraño añorar lo que nunca había sido suyo, pero no podía evitar que una ilógica y punzante nostalgia la asaltara cada vez que la imagen hermosa y serena de Marcus se cruzaba por su mente.

Vivian se asomó al cristal de la ventana con la vista perdida en la gente que caminaba de aquí para allá, sin percatarse de que un carruaje tan desvencijado como todo lo que la rodeaba llevaba horas estacionado a una distancia prudencial de la escuela, y de que unos ojos astutos y maliciosos no la perdían de vista.

27

Vivian se sentía asfixiada entre las paredes de su casa y no estaba dispuesta a desaprovechar ni un solo instante. Con la firme decisión de disfrutar al máximo el tiempo, aprovechó que el casi extinto matrimonio Carpenter había llegado al acuerdo tácito de recluirse en sus respectivas habitaciones para realizar una de sus visitas al club, dispuesta a exprimir cada minuto de libertad que le quedara. Vivian se decepcionó un poco al enterarse de que las chicas habían sido invitadas a una fiesta privada y no podría pasar un rato con ellas. Tampoco parecía haber rastro de Lion por ninguna parte. Se dirigió hacia el Dark, con la esperanza de que la música y el ambiente distendido le dieran la falsa sensación de que la vida continuaba siendo igual que siempre.

Sintió la presencia oscura tras ella sin necesidad de girarse.

—¿Necesitas compañía?

Vivian sonrió dando un trago a su copa sin mirar al Jefe, que mantenía sus ojos clavados en ella.

—¿La suya?

—La de quién si no —preguntó con sorna.

—En realidad estaba buscando a Lion.

—Lion no estará aquí esta noche. ¿Puedo ayudarte yo?

Vivian levantó la vista al fin para mirarle y sonrió, aunque fue obvio para él que su sonrisa parecía más apagada de lo habitual.

—Creo que Storm puede ocuparse de todo esta noche, el ambiente está tranquilo. ¿Te apetece venir conmigo a una de las salas de juegos? —Marcus no pudo evitar reír al ver, a pesar del antifaz, la cara de estupor de Vivian—. No te estoy proponiendo nada deshonesto. Cartas, dados, incluso creo que debe de haber un ajedrez en alguna parte —se apresuró a sugerir, sorprendido por la desesperación con la que esperaba que aceptara.

—Está bien. Acepto, pero le advierto que no me gusta perder.

—Ya somos dos.

Vivian le acompañó en silencio hasta una sala alejada, donde no llegaba ni el más mínimo eco de la música y la gente, y no pudo evitar dar un respingo al oír que la puerta se cerraba tras ellos. La habitación estaba elegantemente decorada con paneles de madera oscura, y papel en tonos verde musgo y dorado en las paredes. Todo olía a limpio y a nuevo, como si nadie hubiese estado nunca allí. En un extremo, cerca de la chimenea, había una mesita con cuatro sillas y una mesa alargada mucho más grande tapizada en color verde brillante.

—¿Sabes jugar al billar? —Vivian negó con la cabeza un poco cohibida por la inevitable sensación de intimidad—. ¿A las cartas? ¿A los dardos, quizá?

El Jefe sacó una cajita de madera de un aparador, y Vivian se acercó con curiosidad. En su interior había varios dardos tallados en madera oscura, con una punta metálica extraordinariamente afilada y vistosas plumas de colores en el extremo.

—Ven por aquí. —Marcus le indicó la pared del fondo, donde se encontraba colgada una diana pintada con círculos concéntricos en tonos azules, blancos y rojos, y números escritos en cada uno de ellos.

—Si te parece jugaremos a una versión simplificada. Series de seis tiros, se suma la puntuación de cada uno. Solo se puede acertar en el blanco tres veces.

—Perfecto —aceptó con una sonrisa mientras se quitaba el antifaz—. ¿Cuál es el premio?

Vivian se colocó sobre una marca casi imperceptible dibujada en el suelo, mientras levantaba la mano calibrando su puntería.

—Yo sé bien el premio que deseo —susurró el Jefe a sus espaldas, con la intención de hacerle errar el tiro.

Vivian lanzó el dardo con fuerza acertando en el centro.

—Será mejor que sea yo la que vaya pensando qué premio deseo —replicó con suficiencia, cediéndole su lugar al Jefe, que intentaba concentrarse en apuntar a la diana.

Marcus lanzó su dardo acertando en una de las franjas con la puntuación más baja y maldijo por lo bajo.

—Por cierto, gracias por lo que está haciendo por la escuela —comentó Vivian observando cómo los dedos largos del Jefe retiraban el dardo de la diana.

—No me las des. Deberíamos haber hecho algo así mucho antes.

—¿Reconoce que mi presencia aquí no es tan mala, después de todo? —se burló mientras aceptaba los dardos que él le tendió, sintiendo que poco a poco su mal humor se disipaba.

Enderezó los hombros recolocándose en su posición y dio un respingo cuando las manos del Jefe la sujetaron por la cintura tirando de ella con suavidad hacia atrás.

—No me mires así. Estás un paso por delante de la marca, pequeña tramposa. Y, por cierto, puedes tutearme. No creo que sea necesaria tanta ceremonia aquí dentro.

Vivian rio y aceptó las indicaciones, tratando de ignorar el calor que permanecía en su piel a pesar de que ya no la tocaba. Con cada nuevo tiro Vivian iba relajándose sin darse cuenta, riéndose de buena gana cuando el Jefe fallaba y fingiéndose indignada cuando era él quien hacía algún comentario mordaz. La complicidad entre ellos iba haciéndose cada vez más patente, los roces casuales se repetían constantemente y recordó cómo la había cogido en brazos para girar con ella como dos chiquillos cuando habían bailado juntos días atrás. Realmente estaba consiguiendo evadirse de sus problemas y del poco halagüeño futuro que se le presentaba por delante.

Marcus estaba a punto de perder y aunque eso normalmente le enfurecía, estaba disfrutando de cada segundo. La risa de Vivian parecía caldearle el pecho, el olor de su perfume ponía en alerta todos sus sentidos, y el color arrebolado de sus mejillas le llevaba inevitablemente a recordar cómo se había estremecido de placer entre sus brazos en el bosque. Nunca había sentido tantos deseos de arrancarse la maldita máscara y pisotearla con fuerza. Tenía que encontrar el momento oportuno para confesarle la verdad, porque tenía claro que tenía que hacerlo, y sobre todo, estaba seguro de que quería hacerlo. Pero era consciente de que descubrirse en ese momento solo conseguiría romper el vínculo que parecía estar creándose entre ellos.

Vivian sopló sobre el dardo que sujetaba entre los dedos y lo miró con la ceja arqueada y expresión triunfadora, restregándole por las narices que si hacía un buen tiro se declararía triunfadora. Era una pena que no pudiera ver su expresión extasiada en esos momentos, aunque le reconfortó escuchar una risa ahogada desde detrás de la máscara. El dardo voló con rapidez clavándose de manera certera justo en el centro de la diana, y Vivian dio un saltito con una carcajada de alegría.

—¡Lo conseguí! —gritó volviéndose hacia el Jefe, que la observaba sin inmutarse a un par de pasos de distancia.

—No hemos hablado de cuál sería el premio para el vencedor. Puede que sea buena idea que te conformes con una victoria moral.

—Ni lo sueñes. Quiero mi premio.

—Por tu determinación parece que tienes claro qué deseas.

Marcus tuvo la certeza de que aquello estaba a punto de escapársele de las manos. Vivian podría exigirle que se deshiciese de la máscara y puede que eso fuera lo mejor. Tenía que estar preparado para su estallido de furia cuando descubriera la verdad.

—Quiero… Quiero saber qué es lo que ocurre en el pasillo oscuro.

—Ni hablar —se negó, recogiendo los dardos y empaquetándolos ordenadamente en su estuche. La petición le había dejado descolocado, debería haber previsto algo así—. No estás preparada para eso.

—¿Quién lo dice?

—Yo, que para eso soy el dueño de este lugar.

—¿Qué podría pasar? —gruñó con frustración—. Si me acompañas…

—No —la cortó tajante acercándose hasta ella de forma amenazadora, haciéndola retroceder varios pasos.

—Haré correr el rumor de que haces trampas y no cumples con lo que apuestas.

—¿No entiendes mi idioma? No seré el responsable de que pierdas la inocencia. Lo siento.

—Creo que soy la única persona con potestad para decidir sobre mi propia inocencia.

—Vivian…

—Se lo pediré a Lion, él también es dueño. Y seguro que está más que dispuesto a saldar la deuda.

Marcus maldijo de manera bastante obscena, pero sabía que había sido un error de principiante no negociar lo que iban a apostar antes de jugar. Todo se debía a la atracción absorbente que sentía por ella, y que le hacía perder la sensatez. Vivian estaba en lo cierto, y si Lion se enteraba de que esa petición era fruto de una apuesta no dudaría en acompañarla, y no estaba dispuesto a que fuese otro quien la adentrara en aquel mundo lleno de pecados. Él sería capaz de llevarla a donde ella deseaba, sin traspasar los límites y velando por su seguridad. O eso quería pensar. Suspiró resignado y tendió la mano hacia ella, que fue aferrada rápidamente por sus dedos temblorosos.

Vivian observó al Jefe mientras hablaba de manera confidencial con el lacayo que vigilaba la entrada del pasillo oscuro, y que parecía de piedra, con la vista clavada en algún lugar indefinido delante de él. En cuanto sujetó de nuevo su mano para conducirla al interior de aquel lugar misterioso, la cortina se cerró tras ellos dejándolo todo prácticamente a oscuras, por lo que dedujo que nadie los molestaría mientras estuviesen allí. Subió con la ayuda de ese hombre, que tanto la intimidaba y la atraía, varios escalones hasta llegar a un corredor débilmente iluminado, en uno de cuyos lados se situaban pesadas cortinas de terciopelo que dejaban entrever una tenue luz detrás.

—¿Estás segura? —preguntó Marcus con voz ronca y tono seco, ansiando escuchar un no por respuesta que le evitara pasar por aquello.

Vivian asintió decidida, aunque no estaba segura de nada en esos momentos. Se sentía a la deriva, a la merced de vientos y olas gigantes que la lanzaban con fuerza, hundiéndola en un abismo desconocido. Nunca había sido tan consciente de que no era dueña de su vida con tanta claridad como en ese momento, en el que era una víctima de los tejemanejes de los hombres que decidían por ella. Se sentía furiosa, le estaban robando la posibilidad de ser feliz, la posibilidad de elegir, de vivir como quería. Lo único que le quedaba era tratar de arañar esos pequeños retazos de tiempo para atesorarlos en su corazón y sus recuerdos.

El Jefe descorrió una de las cortinas y Vivian parpadeó para acostumbrarse a la luz que provenía de la habitación tras una puerta acristalada. La decoración era suntuosa, y dondequiera que mirase había enormes jarrones, estatuas o candelabros que portaban docenas de velas. En el centro de la estancia, sobre una otomana circular, una mujer rubia se retorcía mientras un hombre enterraba la cabeza entre sus muslos. Lo más desconcertante de la estampa era que a su vez otra mujer se sentaba con las piernas abiertas sobre la cara de la rubia y se arqueaba mientras se acariciaba sus propios pechos. No podía ver con nitidez lo que estaban haciendo, pero estaba claro que se estaban dando placer con sus bocas. Aquello resultaba tan perverso que ni siquiera se atrevía a imaginar cómo se ejecutaba algo semejante. Y a pesar de su desconocimiento no podía evitar que su cuerpo reaccionara con una ola de calor que avanzaba por su piel a fuego lento. La magnética presencia del Jefe a su espalda era imposible de obviar y su respiración resonaba detrás de la máscara como si el aire no pudiera salir con normalidad de sus pulmones.

—¿Continuamos? —preguntó con la voz más ronca aún de lo habitual y Vivian avanzó en silencio hasta la siguiente sala.

Tras el cristal una pareja hacía el amor de manera apasionada. Ella estaba de pie con las palmas de las manos apoyadas contra una de las paredes y él detrás de ella, enredaba su pelo trenzado alrededor de su mano y tiraba con fuerza haciendo que su cabeza colgara hacia atrás. A pesar de la postura antinatural, la mujer gritaba y sonreía, entregada a lo que estaba sintiendo. En la siguiente sala lo que vio la impactó aún más. En el centro había una enorme cruz de madera y atado a ella, con los brazos y las piernas separadas, un hombre desnudo aceptaba la comida y la bebida que una bella joven le daba de manera sugerente. Pero no estaban solos. Otra pareja se acariciaba mientras contemplaba la escena.

El Jefe se acercó un paso más a ella a pesar de que sabía que corría el riesgo de quedar a su merced. Vivian cerró los ojos con la certeza de que tarde o temprano extendería la mano para acariciarla. Aunque quisiera engañarse a sí misma pensando lo contrario, en esos momentos deseaba que la presencia cálida que notaba acercándose a su espalda fuera la de otro hombre. Los dedos fríos del Jefe iniciaron una caricia lenta por su nuca continuando por la piel de la espalda que su vestido dejaba al descubierto. Era tan fácil soñar que quien la tocaba era el conde de Rutherford que cuando la caricia se volvió más osada y la mano masculina se deslizó por su abdomen para pegarla a su cuerpo, Vivian estuvo a punto de pronunciar su nombre.

Marcus sentía que la máscara le asfixiaba y no solo porque su respiración estuviese tan acelerada como si hubiera cruzado el Támesis nadando. La presencia de esa mujer mitad demonio, mitad ángel, en un espacio tan cargado de sexo como aquel, hacía que su deseo se disparase de una manera infernal. Y no solo porque llevara más tiempo del que recordaba sin compartir su lecho con una mujer. Él no era como Lion, apasionado y desinhibido, él prefería mantener bajo llave sus instintos en lugar de dejarse controlar por ellos. Pero Vivian estaba desmoronando su fuerza de voluntad y le estaba costando un esfuerzo titánico no arrastrarla hacia su mundo oscuro.

—¿Es suficiente? —preguntó soltándola y separándose de ella.

La temperatura pareció descender varios grados y su cálida y reconfortante presencia fue sustituida por una ráfaga de aire helado.

—Quiero entenderlo.

Marcus suspiró antes de hablar, para recomponerse por dentro.

—Todo el mundo tiene fantasías. Tú, yo…, todos. No siempre es fácil llevarlas a cabo en la intimidad de un recatado dormitorio marital. La gente viene aquí para dar rienda suelta a todo eso. Algunos se excitan observando las vivencias de otros, puede que por morbo o porque no son lo bastante valientes para realizar las suyas.

—Me cuesta asimilar que no sienten pudor al ser observados en esa actitud.

—Eso forma parte de sus caprichos. Que otros vean cómo proporcionan y reciben placer forma parte de la fantasía.

Vivian se giró para intentar vislumbrar algo que traspasara esa maldita cáscara blanca y vacía, pero en la penumbra ni siquiera pudo ver el brillo de sus ojos, y tuvo la impresión de que se hallaba frente a un fantasma sin rostro. Los pensamientos confusos, la rabia acumulada y su propia insatisfacción la golpearon con fuerza. Fantasías, deseo, ilusiones prohibidas… Todo un mundo nuevo que Vivian no podría explorar más allá de esa noche, de la pequeña parcela que el Jefe le mostraba a regañadientes. No podía dejar de pensar en practicar todas esas cosas con el hombre que jamás podría tener. No sabía cuándo había comenzado a sentir algo tan fuerte por Marcus Bowden, pero no estaba dispuesta a añadir esa tortura al ya negro futuro que tenía delante. Recordó, a su pesar, cómo sus dedos la habían acariciado hasta hacerla estremecerse de placer, y eso le pareció mucho más excitante que cualquier cosa que pudiera ver allí. Necesitaba borrar las caricias de Marcus de su piel, sus besos y la forma tan perfecta en que su cuerpo se había pegado al suyo en el bosque. Y no se le ocurría un lugar mejor para hacerlo que ese. El Jefe era tan excitante para ella como el conde, pero sin la carga emocional que ambos arrastraban.

—Si hubieras ganado… ¿Qué premio habrías pedido?

—No he ganado. Ya no importa.

—A mí me importa. Hice trampas. Cuando fui a recoger los

dardos después de mi jugada vi que el mío en realidad no estaba clavado en el centro, estaba justo en el límite. Pero mentí para salirme con la mía.

—Hacer trampas es un arte siempre que no te pillen.

—Me dijiste que sabías qué pedirías. Quiero saberlo. Quiero concederte tu premio.

Marcus cabeceó sabiendo que la batalla estaba perdida de antemano.

Acortó la distancia que los separaba hasta que, sin ser muy consciente de ello, la espalda de Vivian chocó contra el cristal que tenía detrás.

—Estás jugando con fuego, Vivian.

—Quizá sea porque estoy dispuesta a quemarme.

A Marcus le costaba digerir ese cambio en la actitud de Vivian. Su dulzura parecía haberse desvanecido dando paso a una determinación casi furiosa. No debería entrar en ese juego peligroso, pero no podía evitar que ella lo arrastrase.

—Te hubiese llevado a una de estas habitaciones para desnudarte y saborear tu cuerpo con mi lengua, hasta que no quedara ni una sola pulgada de ti sin probar —cedió al fin.

—Hazlo.

Marcus se separó de ella, aunque no tenía posibilidad de escapar por más que pasase el resto de su vida huyendo.

—Por favor, quiero entenderlo. —La súplica de Vivian se clavó en él de manera contundente.

—Te daré las explicaciones teóricas necesarias.

Entonces fue Vivian quien lo acorraló contra la pared del otro lado del estrecho pasillo, consciente por instinto del deseo que él también sentía en esos momentos, y deslizó la mano por la solapa de su chaqueta.

—No me sirven.

—Vivian, ¿qué pretendes conseguir? Vas a dejarte llevar por la lujuria sumergiéndote en las caricias perversas de un hombre a quien no conoces. No sabes mi nombre. Ni siquiera conoces mi rostro, bien podría ser un monstruo. No puedes desearme.

—¿Por qué no? Estoy cansada de que los demás manden en mí, en mis decisiones, en mi futuro, en lo que debo o no debo hacer. ¿Por qué no puedo ser la dueña de mi propio cuerpo, de mi propio deseo? ¿Y si lo que anhelo es exactamente eso, dejarme llevar por la tentación con alguien sin rostro? Alguien con quien no haya consecuencias, alguien a quien no tenga que darle explicaciones, poder hacer lo que quiero sin miedo a ser juzgada por quien se esconde bajo la máscara…

—Porque… —Marcus se mordió la lengua para evitar decir que aquello no era sensato. Era más que obvio que no lo era.

Quería marcharse y alejarse de Vivian, pero algo lo ataba a ella con fuerza.

La posibilidad de que Vivian fuera plenamente consciente de que era Marcus quien se escondía tras ese disfraz era cada vez más una certeza. ¿Y si Vivian realmente le hubiese descubierto, y si para ella la máscara fuese una excusa para experimentar sin tener que pensar en las consecuencias?

Podría ser una forma legítima de dejarse llevar y disfrutar de su cuerpo con la libertad del anonimato y después fingir que nada había ocurrido. Solo que para él no sería tan fácil olvidarse sin más.

—¿Me deseas? —preguntó con voz temblorosa devolviéndolo a la realidad.

—Por supuesto que te deseo. ¿Cómo podría no hacerlo? —admitió sabiendo que se estaba condenando él mismo.

—Si tú eres libre para decidir sobre tu deseo, yo también quiero ser libre para decidir sobre el mío. —Vivian se dio cuenta de que estaba alzando la voz llevada por la frustración y la pena, pero no quería dar marcha atrás.

Estaba a punto de salir corriendo de allí cuando la mano del Jefe acarició su mejilla haciendo que se serenase.

—Quiero que estés segura de lo que estás pidiendo. Piénsalo bien y si mañana sigues teniendo la misma opinión…

—No necesito pensar. Y desde luego no quiero esperar a mañana —afirmó con una seguridad que hasta a ella misma le resultó extraña.

28

«Quizá sea porque estoy dispuesta a quemarme».

Las palabras resonaban en la cabeza de Marcus como un mantra, horadando su fuerza de voluntad, empujándolo a aceptar aquella proposición a pesar de que probablemente se arrepentiría después. Ambos lo harían. Si Vivian quería quemarse estaba en el sitio perfecto para ello, y de la mano del hombre que estaba a punto de reducirse a cenizas por su culpa. Abrió la puerta que conducía a una de las habitaciones privadas del pasillo oscuro y, sin soltarla de la mano, la llevó hasta el centro de la estancia.

—¿Eres consciente de lo que va a pasar aquí?

Vivian miró a su alrededor. Su estómago se revolvió cuando sus ojos se clavaron en la enorme cama.

—Soy consciente de que no sobrepasarás los límites si te lo pido.

—No es necesario que lo pidas, no voy a llegar hasta el final.

Vivian tragó saliva; de repente no estaba tan segura de sí misma como quería aparentar. En la pared frente a ella, unas cortinas color azul noche apenas ocultaban un enorme espejo que dedujo sería la ventana que comunicaba con el pasillo oscuro.

—Este es mi mundo, Vivian. Aquí las normas las pongo yo. La primera norma es que vas a tener los ojos vendados, y la segunda que esa venda será lo único que te cubrirá.

El aire se atascó en su garganta e instintivamente miró hacia la ventana de nuevo, mientras todos sus miedos se materializaban traicioneros ante sus ojos.

—No te preocupes, te aseguro que no te reconocerán —la tranquilizó el Jefe bajando la intensidad de las lámparas de aceite hasta que la habitación se quedó en penumbra—. Este es mi juego. Tu placer será mi placer. Tu cuerpo será mío. Tus sentidos me pertenecerán. Mientras estemos aquí yo seré tu dueño. Tú no sabrás quién soy, pero en cambio yo me aprenderé cada rincón de tu piel. ¿Aceptas?

A pesar de la crudeza de sus palabras, a Vivian le bastó con escuchar su voz ronca a través de la máscara para consumirse por dentro, y no estaba segura de poder asimilar lo que le pedía. Él no iba a llegar hasta el final. La acariciaría y la llevaría al éxtasis tal y como había hecho Marcus, y eso era justo lo que necesitaba. Después, ella estaría preparada para continuar con su vida. O al menos eso esperaba.

—Acepto —contestó con la voz entrecortada haciendo que el hombre que tenía frente a ella soltara el aire que contenían sus pulmones. A pesar de que el Jefe era un hombre peligroso también era un caballero, y su intuición le decía que podía confiar en su palabra.

Marcus la hizo acercarse hasta la ventana.

—Las cortinas solo se abrirán si tú lo deseas. ¿Es eso lo que quieres?

Ella asintió. Pensar que alguien podía excitarse observando cómo el Jefe le daba placer despertó en ella una sensación de poder desconocida hasta entonces. Se sentía valiente y terriblemente perversa. Marcus descorrió con lentitud las cortinas de terciopelo para después situarse detrás de Vivian, que se sintió incapaz de apartar la mirada del reflejo que le devolvía el cristal, sin poder reconocerse en la mujer enmascarada que veía en él envuelta en sombras. Los dedos de ese hombre desabotonaban uno a uno la hilera de botones de madreperla de la espalda de su vestido, deslizándolo por sus brazos hasta que este cayó al suelo por el peso. Las enaguas corrieron la misma suerte, y a pesar de que se estaba tomando su tiempo para seguir con el ritual de desnudarla, a Vivian se le antojó que todo estaba ocurriendo demasiado deprisa. Con un par de tirones soltó los lazos del corsé y en cuestión de segundos el espejo le devolvió el reflejo de su cuerpo oculto solo por su camisola interior, sus medias y su antifaz.

El Jefe le dio la mano para ayudarla a salir del enjambre de telas que se arremolinaba a sus pies y ella cayó en la cuenta de que en ningún momento la había acariciado mientras la desnudaba, como si estuviera reservando ese placer para el final. Y era cierto, Marcus no quería comenzar a tocarla porque la deseaba demasiado para soportarlo, y era consciente de que cuando empezase moriría por continuar. Estaba tan excitado que su dureza resultaba casi dolorosa, y sabía que para él aquello solo podía ir a peor. El placer de Vivian sería su propio placer, eso le había dicho y tendría que mantenerlo, consciente de la tortura que supondría no poder saciarse de ella. Pero al menos en eso intentaría mantener el poco honor que le quedaba. Le dio unos segundos para negarse pero ella no lo hizo, con la vista clavada en la imagen de ese hombre vestido de negro y su máscara blanca, que se vislumbraba como un espectro a su espalda.

Vivian cerró los ojos mientras él se arrodillaba frente a ella y metía las manos bajo la camisola para comenzar a bajar sus medias. Jadeó con suavidad cuando sus dedos fríos rozaron la piel de sus muslos, que parecía arder. Abrió los párpados para observarle al sentir que se ponía de pie frente a ella. Era tan alto, tan oscuro, tan masculino que debería sentirse intimidada, pero no lo estaba. Extrañamente solo se sentía expectante y segura en sus manos. Los dedos del Jefe se deslizaron bajo el tirante de encaje para comenzar a bajarlo, pero ella lo detuvo.

—Yo también tengo condiciones. —Marcus sonrió bajo su máscara. La pequeña hechicera había esperado a tenerlo desesperado por su cuerpo para poner sus límites, sabiendo que ante la visión de su desnudez aceptaría cualquier cosa—. No veré tu cara si es lo que deseas, pero no quiero ser la única que esté desnuda.

El corazón de Marcus se saltó varios latidos. Si ella lo tocaba, si sus cuerpos desnudos se rozaban, aunque solo fuera una vez, se volvería loco, estaba seguro. No era tan fuerte como para tentarse a sí mismo de esa manera. Acabaría la noche confesándole quién era y cuánto deseaba hacerle el amor. Pero quería mucho más de ella, no solo su cuerpo, lo quería todo. Era curioso, pero en esos momentos acababa de aceptar que no pararía hasta tenerla de una u otra forma a su lado para siempre. Era mucho más que deseo, era mucho más que el anhelo de tener lo que no estaba a su alcance. Lo que sentía por Vivian Carpenter iba mucho más allá de sus principios y de todo lo que había planeado para sí mismo. Lo que sentía estaba empezando a convertirse en el motor que movía todo su mundo. Vivian quería cumplir esa fantasía y él, egoístamente, se la regalaría. Más tarde pensaría en la manera de afrontar los reproches y las dudas que vendrían. Esta noche él sería su capricho prohibido, quien le enseñaría lo tentador que resultaba visitar el lado oscuro alguna vez, quien le daría todo el placer que ella quisiera. Y solo podía rezar para que después ella le permitiera aferrarse a su luz.

Sin esperar a que él contestara, Vivian comenzó a deshacer el nudo de su pañuelo y lo dejó caer sobre la cama. No se atrevió a mirar hacia las aberturas de la máscara que la observaban traspasándola mientras desabrochaba con dedos inseguros la chaqueta, el chaleco y la camisa, que se fueron arremolinando como un negro fantasma en el suelo junto a ellos. Sentía el calor que irradiaba su piel, y deseó deslizar la lengua por las ondulaciones de sus músculos duros, y pasar las manos sobre el vello oscuro que se perdía en su abdomen. Pero se contuvo, le faltaba experiencia y ni siquiera sabía si él deseaba que tomara la iniciativa. Cuando su mano se dirigió a los botones que cerraban el pantalón Marcus la detuvo, aferrándola con firmeza.

—Te deseo demasiado para permitirte eso, Vivian.

Marcus la giró de nuevo hacia el cristal, sujetándola de los hombros para que viera su reflejo, mientras pegaba su pecho desnudo a su espalda. Vivian sintió que su intimidad reaccionaba al ver cómo las manos grandes del Jefe acariciaban sus pechos con delicadeza por encima de la fina camisola haciendo que se endurecieran, para después acariciar sus caderas, hasta que una de sus manos se perdió bajo la tela buscando la unión entre sus muslos. Gimió echando la cabeza hacia atrás mientras él se colaba entre sus rizos oscuros con caricias sutiles. Ella necesitaba más, y sabía que, aunque ahora el pudor le impedía hacerlo, tarde o temprano acabaría pidiéndoselo.

Marcus tiró de la tela hacia arriba hasta que la camisola acabó junto con el resto de la ropa, tirada por el suelo. Cerró las manos con fuerza unos segundos, tratando de recuperar el ritmo normal de su respiración, pero era imposible. El cuerpo de Vivian era la representación misma del deseo, del pecado, de todo lo que anhelaba. Sus formas redondeadas y seductoras eran simplemente enloquecedoras. Sus pechos generosos, llenos y perfectos eran la tentación pura y estaba deseando enterrarse en ellos.

—Voy a saborear tu cuerpo como te prometí, quiero que me ofrezcas lo que tienes y lo que eres, que te abras a mí como una flor. Que aceptes cada una de las caricias que voy a brindarte.

Cada palabra ronca que escapaba de sus labios la aturdía un poco más, como si estuviera hipnotizándola. Apenas fue consciente de que la giraba de espaldas al espejo para vendarle los ojos con su pañuelo como había hecho en su despacho la primera vez que la besó. Se sentía como si estuviera sumergida en un sueño. Escuchó desde su oscuridad cómo el Jefe se quitaba las botas y las dejaba caer sobre el suelo de la habitación y después intuyó que retiraba las mantas de la cama. Dio un respingo cuando la cogió en brazos para depositarla sobre las sábanas frías, y se estremeció al sentir cómo su cara, libre de la máscara, se enterraba en su cuello aspirando con fuerza.

Notaba su respiración fuerte cerca de su rostro, y sintió que moriría si él no la besaba de una vez.

Marcus se complació mirándola con detenimiento. Era tan hermosa que no entendía cómo podía ser tan afortunado de tenerla entregada de esa manera a sus caricias. Incapaz de contenerse más se acercó y repasó los labios de Vivian con su lengua, delimitando su contorno mientras ella los entreabría en respuesta dejando escapar un suspiro entrecortado. Mordisqueó su turgente labio inferior, volvió a pasar la lengua sobre él humedeciéndolo para después tomar su boca en un beso intenso y lento. Apenas había empezado a acariciarla y solo con eso ya estaba más duro de lo que recordaba haber estado jamás. Su boca jugueteó con la de Vivian durante una eternidad, mientras sus dedos trazaban caricias lentas por sus caderas y sus costados, calentando su cuerpo con una lentitud abrasadora. Su lengua bajó hasta que trazó el camino de descenso entre sus pechos. Sonrió con malicia al ver como ella se mordía el labio, ansiosa, incapaz de pedir lo que necesitaba. Tras torturarla un poco más, al fin acarició sus pechos elevándolos y juntándolos hasta que su boca descendió sobre ellos, devorándolos como si nunca hubiese probado nada tan sublime. Lamió y mordió con delicadeza cada uno hasta que consiguió arrancarle los gemidos que ella contenía por pudor.

Ansiosa por no perderse nada, Vivian deslizó sus manos por los hombros de Marcus, por su pecho y por los músculos de su abdomen, endurecidos por la tensión, hasta que sus dedos se volvieron torpes sobrepasada por el placer que la estaba enloqueciendo.

Marcus sentía que su cuerpo ya no le pertenecía. La pulsión dolorosa de su erección ardía, pero se negaba a pensar en ello. Solo podía concentrarse en cada jadeo de la mujer que, tendida sobre la cama, disfrutaba de cada una de las caricias que le regalaba. Descendió lamiendo su abdomen, percibiendo con claridad cómo los músculos de Vivian se tensaban a medida que él bajaba hacia su ombligo. Se retorció ante sus osadas caricias y él aprovechó para morder la redondez de su cadera. La inmovilizó contra el colchón mientras sus manos ascendían por sus piernas separándolas. Su boca se posó en la cara interna de sus muslos, percibiendo el leve impulso que durante una décima de segundo la instó a rechazar la caricia por la vergüenza y la inexperiencia. Sus dedos acariciaron al fin su sexo, separando sus pliegues para que su boca hiciera el resto. Deslizó la lengua haciendo que Vivian se quedara inmóvil, sorprendida por la descarga de placer que la suave caricia provocaba. Como había prometido, Marcus saboreó cada centímetro de su intimidad, rozándola con delicadeza, martirizándola con sus labios, llenándola con su lengua.

Un nombre pugnaba por escaparse de la boca de Vivian, el nombre de alguien que debía arrancar de su corazón con todas sus fuerzas, y se mordió el labio para retenerlo y relegarlo a un rincón de su cabeza del que no debía salir. Los dedos del Jefe comenzaron a jugar en su interior con un movimiento rítmico cada vez más profundo que hacía que sus paredes se contrajeran en respuesta. Vivian no pudo contenerse, arqueándose contra él buscando liberar toda la tensión que se acumulaba en sus entrañas, ajena ya por completo al pudor. Todo su cuerpo se redujo a esa porción de piel que se estremecía con las expertas atenciones del Jefe, hasta que su interior convulsionó dejándola exhausta. Marcus se recostó a su lado acariciándola con ternura mientras sus respiraciones se acompasaban, aunque el deseo seguía martirizándole. Envuelta en la oscuridad y la inconsciencia de su venda, y en el silencio solo roto por sus respiraciones agitadas, Vivian se acurrucó contra el cuerpo acogedor y cálido de ese hombre que acababa de sobrepasar todos sus límites. Sus dedos comenzaron a vagar por el pecho desnudo del Jefe y percibió con total claridad que su respiración se entrecortaba bajo sus caricias. En un alarde de osadía descendió con deliberada lentitud, midiendo su reacción silenciosa, hasta alcanzar la erección que aún se marcaba pegándose contra su muslo desnudo.

Marcus estaba demasiado excitado para detenerla, la deseaba demasiado para resistirse a sentir sus manos sobre él. Sabía que era una temeridad, que trasgredir ese límite se alejaba de todo lo razonable, de lo decente, pero cuando la mano de Vivian comenzó a acariciar su erección bajo la ropa solo tuvo fuerzas para dejarse arrastrar por las sensaciones. Marcus sujetó su mano sobre la de ella para guiar el ritmo de sus caricias hasta que el clímax le sorprendió intenso y arrollador. Cuando al fin consiguió librarse de la telaraña que le atrapaba y le unía a Vivian, las manos todavía le temblaban. Con movimientos desacostumbradamente torpes se vistió con rapidez y volvió a colocarse su máscara. Nunca le había resultado tan necesario ocultarse como en ese momento. Había pretendido darle una lección sobre placer y deseo a una joven inocente y sin experiencia, y en cambio había descubierto que él había sido el verdadero ignorante hasta ahora. Vivian le había dicho al conde que uno no podía elegir el objeto que le tentaba y había estado en lo cierto. Por más que pusiera todas sus fuerzas en intentar resistirse a la tentación de enterrarse el resto de su vida entre los brazos de Vivian, no habría fuerza entre el cielo y la tierra que pudiera apartarla de él.

Vivian se acurrucó en la soledad de su habitación adornada en colores pastel, tan alejada del turbador mundo de oscuras tentaciones en el que se había sumergido esa noche. Sabía que había mucho más debajo de aquella máscara que el misterioso dueño de un club nocturno que se recreaba realizando las fantasías de jóvenes inexpertas. El Jefe escondía un corazón capaz de preocuparse por la gente que le rodeaba, por los desfavorecidos, e incluso por ella misma. Notaba que tras su fachada había nobleza, y eso la fascinaba mucho más que su parte misteriosa. Lo que la desconcertaba de esta noche no había sido su entrega, sino la desagradable sensación de que le había fallado a alguien. Era absurdo, era ilógico, pero sentía que había traicionado a Marcus Bowden entregándose a las caricias de otro hombre. Miró la Biblia que descansaba sobre su mesita de noche con innumerables papelitos marcando pasajes y anotaciones. Si en lugar del Jefe hubiera sido Marcus quien la hubiera acompañado esa noche en su búsqueda de la tentación, a buen seguro encontraría bastantes frases que dedicarle para que las leyera a la hora del desayuno.

29

La noche anterior, después de su encuentro, Marcus había intentado por todos los medios conservar la entereza delante de Vivian, aunque por dentro su frialdad se había derretido por completo. Lo único que deseaba era arrastrarla hasta su cama y entregarse a ella en cuerpo y alma, arrancarle estremecimientos de placer y desgranar cada uno de los secretos que guardaba a buen recaudo. Le había pedido que se abriera a él sin reservas, y en cambio era él quien parecía haberse roto por dentro, dejando escapar la luz que creía extinta.

—¿Todo bien? Acabo de cruzarme con tu abogado —preguntó Lion entrando en el despacho de su hermano.

Los días de descanso en casa de Marcus alejado del club le habían sentado muy bien y, aunque aún se veía la tristeza en su mirada, tenía bastante mejor aspecto. Marcus apoyó la cabeza en el respaldo de su sillón y suspiró mirando al techo.

—Los Hamilton han vuelto a rechazar la oferta por la venta de las tierras.

—No sabía que habías hecho otra oferta.

—Llevo semanas intentándolo. Incluso mientras estábamos en casa de la abuela intenté camelar a esa vieja arpía insinuando que podía añadir el dinero de la venta a la dote de Clarice para mejorar sus posibilidades, pero está empecinada en que su nieta consiga el título que ni ella ni su hija consiguieron atrapar.

—Pero ¿por qué esa obsesión?

—Nuestro abuelo tuvo un ligero acercamiento a esa mujer durante un tiempo, pero cuando conoció a la abuela se olvidó de ella. Tuvo que conformarse con un comerciante adinerado pero sin título, y eso pareció escocerle. Papá ya estaba casado cuando su hija fue presentada en sociedad y ahora ha depositado sus esperanzas en que Clarice lo logre.

—La historia vuelve a repetirse, entonces. El conde pretende a la señorita Hamilton, pero cuando todo está encauzado llega un bello huracán que le hace cambiar de idea.

Marcus se levantó y dio la espalda a su hermano, mirando sin ver por la ventana que daba a la calle.

—Al menos no lo niegas. Es un avance —bromeó intentando que su hermano se abriera a él y confesara lo que sentía—. Vamos, Marc. Olvídalo. ¿Crees que nuestro padre habría aprobado que renunciaras a la mujer que quieres por unas malditas fincas? Has recuperado casi todo su patrimonio, ya es hora de comenzar a vivir por ti mismo.

—No espero que lo entiendas. Siento que soy responsable de esto. Es lo único que puedo hacer por él. Ni siquiera… ni siquiera tuve el valor suficiente para vengar su muerte.

—Recuperar un puñado de tierra y piedras no nos lo va a devolver. Y deja ya de hacerte responsable de los pecados ajenos, Marcus. Tú no tienes la culpa de lo que hizo tu madre, por el amor de Dios.

—No nombres a esa… esa víbora. —Marcus se mordió la lengua para no insultar a la mujer que lo había traído al mundo y que los había traicionado dejándolos en la miseria.

—Ella ya está fuera de tu vida. Mantener esa venganza absurda solo hace que no podamos deshacernos de ese dolor. Sobre todo tú. Olvídala.

—No es venganza, es justicia.

—Dios ya se encargó de hacerla, ¿no te parece? Nuestro padre estaría orgulloso de ver cómo salimos adelante. Eso debe bastarnos.

—Dueños de un club de perversión, lleno de fulanas, apostadores y viciosos, y cada uno llevando una doble vida, a cual más complicada. Debe estar regocijándose de dicha allá donde esté —dijo con sarcasmo, y ambos arrancaron en carcajadas.

—Hicimos lo que pudimos con las herramientas que teníamos a mano. Somos ricos y, si queremos volver a la cándida vida que deberíamos haber tenido, todavía estamos a tiempo. Al menos tú. Yo seguiré siendo un pecador, me temo.

—Tienes el corazón más puro que yo, Lionel. Al menos, tú no engañas a la gente que confía en ti. Tu único pecado es enamorarte de alguien prohibido.

Lion se estiró en su asiento y colocó las piernas cruzadas sobre la mesa del despacho ignorando la ceñuda mirada de su hermano.

—Sí, debería haberme dejado engatusar por aquella rolliza posadera del pueblo que me mantenía calenturiento y corriendo tras ella todos los veranos —rememoró con tono soñador evocando a la bonita chica de su juventud—. ¿Te imaginas? Ahora yo sería el posadero, tendría varios chiquillos con las mejillas sonrosadas como su madre y solo tendría que preocuparme de que no faltara cerveza que servir a los borrachuzos del pueblo. ¿Te das cuenta de cómo una simple decisión puede cambiar el ritmo de nuestras vidas? —Marcus asintió con una sonrisa triste, evocando los tiempos en los que la máxima preocupación de ambos era coquetear con las chicas intentando esquivar a los padres ansiosos por cazarlos—. Pues imagina por un momento tu vida con Clarice Hamilton y sus benditas tierras. Y luego imagina la vida con Vivian. Tú solito encontrarás la respuesta.

—Avergonzarse de tener una mente brillante es lo más absurdo que he visto en mi vida —Vivian regañó a un ruborizado niño que intentaba esconder la cabeza entre sus hombros para que los demás no se percataran—. Has resuelto este problema muchísimo más rápido de lo que Collins o yo lo habríamos hecho. De lo que la mayoría de la gente lo hace. Tienes que aprovechar ese don. Hablaré con tu padre y...

—¡No! Si se entera de que estoy en la escuela en lugar de buscándome la vida me…

Vivian lo miró con la preocupación escrita en la cara. Cogió al niño del brazo con suavidad para sacarlo al pasillo y hablar con él sin las miradas escrutadoras de los demás.

—Eres muy inteligente. No pretendo meterme en tu vida. Pero hablaré con él. Yo no soy maestra, solo puedo enseñarte lo que sé. Pero con un profesor adecuado… podrías trabajar en una oficina, o incluso ser profesor. Quién sabe a dónde podrías llegar. Podrías tener un futuro distinto del que él ha tenido.

El niño permanecía mirándose las puntas abiertas de sus botas por las que ya empezaban a asomar las raídas medias de lana. Sabía cuál sería la respuesta de su padre si esa «señoritinga metomentodo», como él la llamaba, iba a hablar con él. Si lo pillaba borracho como de costumbre la echaría sin contemplaciones y luego él recibiría una paliza. Como casi todas las noches.

—Usted no lo entiende. No puede hablar con él. No me haga eso.

Vivian acarició el pelo del niño que ya era casi tan alto como ella, y entendió el pánico que veía en sus ojos.

—Está bien, tranquilo, vuelve a la clase.

Se quedó en el pasillo, y suspiró apesadumbrada intentando encontrar una solución. Pero cada niño tenía su propio problema, problemas complicados de difícil arreglo. Para muchos de ellos la influencia de sus familias y la del mundo que los rodeaba no era lo mejor para su futuro, pero no tenían muchas más opciones. Ella no era Dios, no podía cambiar la vida de la gente de un plumazo sin desencadenar caos y dolor. No iba a rendirse, intentaría ayudarlos, y si para eso tenía que recurrir al Jefe, al duque de Kensington, a Rutherford o a toda la aristocracia londinense se arrastraría ante ellos con tal de conseguir mejorar en lo que pudiera su situación.

La luz que entraba desde la calle se ensombreció repentinamente, y se giró hacia la puerta. La figura alta y elegante del conde de Rutherford se recortaba en la puerta de entrada, como si lo hubiera convocado con el pensamiento. Su respiración se detuvo, el mundo se detuvo, mientras él acortaba los pasos que los separaban.

—Buenas tardes, señorita Smith —la saludó con sorna.

—¿Cómo... cómo me ha encontrado?

—No ha sido muy difícil, la verdad. No hay demasiadas escuelas en este barrio, menos aún gestionadas por una dama con el corazón y el rostro de un ángel.

Vivian lo miró con una ceja arqueada sin creerse el cumplido.

—No me mires así. Pregunté un par de veces por ahí y eso es lo que me dijeron sobre ti. Yo jamás compararía con un ángel a alguien tan irritante como un forúnculo —bromeó.

—Parece que su estancia en el campo ha mejorado su sentido del humor, milord. Lástima que aún tenga que perfeccionarlo un poco más. Será mejor que vuelva allí cuanto antes.

Marcus soltó una pequeña carcajada mientras giraba el sombrero entre sus manos. Tenerla tan cerca era una verdadera prueba de fuego para él. Sus besos, su sabor, su olor... todavía estaban demasiado presentes en su mente como para poder obviarlos. Se moría de ganas de volver a besarla, apretarla entre sus brazos y susurrarle al oído con palabras atrevidas cuánto la deseaba. Como si le hubiera leído el pensamiento o hubiera entendido la mirada lobuna que le dedicaba, Vivian se sonrojó y se mordió el labio con nerviosismo.

—¿Qué le trae por aquí?

—La curiosidad. Quería ver cómo te desenvuelves en este propósito tuyo.

—Quería saber si he fracasado, ¿verdad?

Él parpadeó como si la pulla le hubiera herido.

—En absoluto. Aunque no lo creas..., yo...

Marcus apretó el sombrero sin saber cómo continuar. Inexplicablemente no sabía cómo controlar la situación. No tenía claro qué había pretendido conseguir visitándola esa mañana, con sus besos y su calor aún tan presentes, pero estaba cada vez más convencido del camino que debía tomar y prefería hacerlo con pasos pequeños y seguros.

—Sé que tienes buen corazón y que te dejarás la piel por ayudarles.

El aire pareció caldearse a pesar de la corriente fría que corría por ese pasillo.

—La zona no es precisamente a lo que está acostumbrado, pero si le apetece podemos dar un paseo —sugirió para romper el momento incómodo que había surgido.

Marcus asintió y, tras salir a la calle, le ofreció el brazo. La calle principal a la luz del día no difería demasiado de una calle normal, siempre que uno no se fijara en el barro y la suciedad que se acumulaban en algunas partes, y en el lamentable estado de algunas fachadas. Los pequeños comercios bullían de actividad y en una de las aceras se vendían frutas y verduras en carromatos apostados en línea. Los tenderos vociferaban anunciando su mercancía y las mujeres regateaban intentando arañar una pieza más para llevar a su casa.

—¿Qué tal está su abuela? Espero que no se molestara por mi apresurada marcha —preguntó mientras esquivaban a un chiquillo que huía a la carrera de un comerciante, tras haberle robado una fruta.

Se sonrojó al recordar el motivo de su marcha y se arrepintió al ver cómo él la miraba con sus ojos oscuros. Su pulso se aceleró, y no solo por su mirada, sino al recordar otros ojos que la habrían mirado con la misma intensidad mientras ella se retorcía entregada a sus caricias.

Mientras el Jefe se esmeraba en hacerla flotar arrasada por el deseo, ella había imaginado que eran los labios de Marcus los que se enterraban en su intimidad. Con el pensamiento le fallaba al Jefe y con el cuerpo traicionaba al conde. Y la única verdad era que no podía tener a ninguno de los dos.

El conde miró la pequeña reyerta que se había creado entre los clientes y el tendero tras el inofensivo robo del pequeño y frunció el ceño.

—En serio, Vivian. No me gusta que andes sola por este barrio. Hay gente buena, no te lo discuto. Pero esto parece un polvorín a punto de estallar en cualquier momento.

—No se preocupe, Rutherford. El profesor Collins me acompaña.

Marcus negó con la cabeza y suspiró exasperado al pensar en el escuálido muchacho y en su falta total de espíritu. Si se vieran en un problema estaba seguro de que sería Vivian quien tendría que protegerlo a él.

—Mi abuela está bien. —Volvió a la conversación anterior para no entrar en una nueva discusión con ella—. Ha amenazado con desheredarme por haber estropeado tu visita, olvida que ya soy el conde. La duquesa tampoco se lo tomó demasiado bien, casi no me dio tiempo a esquivar el jarrón que me lanzó a la cabeza.

Vivian soltó una pequeña carcajada nerviosa.

—Bromea, ¿verdad? —preguntó deteniéndose a mirarlo, extasiada con la sonrisa que curvaba sus labios. Una sonrisa verdadera, de las que pocas veces solía mostrar. Era como ver un arcoíris aparecer entre las nubes después de la lluvia. Vivian se amonestó a sí misma por semejante cursilería.

—Bromeo, sí. La cosa no llegó a tanto, pero no le sentó nada bien que te hubiera enfurecido hasta el punto de hacerte regresar a Londres de esa manera. Por supuesto asumí toda la culpa.

—Qué amable por su parte —comentó sarcástica.

—Qué podía hacer. Es culpa mía no tolerar que seas demasiado impulsiva y temeraria, y que no controles tu emotividad. Ah, y que no pienses las cosas antes de hacerlas. Y que…

—Creo que ya le he entendido. Mi emotividad le desagrada, suerte que no volverá a ser el depositario de ella. Y, por cierto, deje de tutearme.

Marcus se detuvo y se inclinó hacia ella más de lo que se consideraba adecuado en plena calle, aunque esa calle no fuera precisamente la de su lujoso barrio.

—Tu emotividad me desarma —confesó sin saber muy bien por qué.

Si la intención de Vivian era la de olvidarse completamente de ese hombre, su cambio de actitud no era precisamente lo más conveniente. Esa mañana estaba demasiado susceptible. Las sensaciones del encuentro de la noche anterior con el Jefe eran tan recientes que su cuerpo aún estaba sensible por todas sus caricias, y su corazón, hecho un verdadero lío. No sabía lo que sentía por él, aunque no tenía demasiado sentido preocuparse por algo que no iba a llegar a ninguna parte, por muy intenso que fuera. La pasión que el dueño del club desataba en ella era abrumadora, y conseguir conocerle del todo era un misterio. Hasta ahora no había sido consciente de cuánto deseaba desentrañarlo. En cambio, sí sabía lo que Marcus desencadenaba en ella. Estaba enamorándose de él con una fuerza sorprendente y saber que escondía un lado apasionado solo hacía que sus sentimientos se intensificaran. Se sorprendió al descubrir que ambos hombres escondían una parte de sí mismos, puede que todos lo hiciéramos en realidad. Pero ella no quería un hombre a medias, ella quería todas sus partes, todas las piezas del rompecabezas. Se apartó de él y continuó caminado. De todas formas, para qué gastar energía en tratar de desentrañar esos misterios. Su destino estaba ligado a Archie Carpenter, que probablemente fuera la única persona sobre la tierra demasiado simple para tener un lado oculto.

—Será mejor que volvamos, lord Rutherford. Collins no consigue apaciguar a esas fierecillas demasiado tiempo.

—No les culpo. A esa edad es difícil mantenerse sentado mucho tiempo en el mismo lugar. Todos nos hemos ganado un tirón de orejas alguna vez.

—No le imagino como un chiquillo que diera problemas a sus profesores, la verdad.

—Eso es porque te empeñas en creer que soy un santo. Siempre he sido muy correcto, pero tenía tendencia a despistarme con facilidad, motivo por el cual me gané unos cuantos coscorrones. Me quedaba embobado mirando cualquier cosa que sucediera al otro lado de la ventana. Puede que por eso me aficionara a la fotografía, para poder contemplar las cosas que me gustan con detenimiento.

La frase era aparentemente inocua, pero Vivian tuvo el convencimiento de que escondía un pecado detrás de las palabras. O puede que su mente se estuviera volviendo un poco perversa y suspicaz como consecuencia de pasar tanto tiempo en el club. Volvieron sobre sus pasos y, al llegar a la puerta de la escuela, Marcus se detuvo e hizo una señal a su cochero, que le esperaba junto a su carruaje al otro lado de la calle. El hombre sacó una caja del vehículo llena de pequeños paquetes envueltos en papel.

—Pídele al profesor Collins que te ayude a repartir los paquetes entre los niños —le ordenó.

El cochero entró en el interior y casi inmediatamente los alumnos comenzaron a gritar de alegría. Vivian lo miró sorprendida mientras el conde le devolvía una media sonrisa.

—Alimentar el espíritu está muy bien, pero alimentar el estómago es aún mejor. Les he traído chocolates y dulces. Espero que se estén portando bien y sean merecedores de ese pequeño capricho.

La sonrisa embobada de Vivian era suficiente premio, pero estuvo tentado de reclamar un pequeño capricho para él, algo dulce que no tenía nada que ver con el chocolate.

—Aunque no estoy de acuerdo con la idea de que deambules por este barrio tú sola, me parece loable lo que estás haciendo, Vivian. Me gustaría ayudar. Si necesitas libros o cualquier otra cosa, no dudes en decírmelo.

—Lo tendré en cuenta, ya tenemos un benefactor que nos ha surtido de bastante material por ahora. Aunque a decir verdad… —Marcus la miró expectante. El misterioso benefactor no era otro que él mismo, pero no le gustó la admiración que se traslucía en su tono de voz. Por un momento le inquietó que realmente sintiera algo por el Jefe en lugar de por el hombre que se escondía detrás, y eso lo descolocó—. No quiero excederme, es solo una sugerencia, pero…

—Por favor, ve al grano, Vivian.

—La mayoría tienen muchas limitaciones en casa. Muchos heredan la ropa de sus hermanos o aprovechan lo que les dan. Algunos llevan los dedos encogidos en zapatos que ya no les sirven, o les quedan tan grandes que se les salen, y en cuanto nieve lo pasarán fatal.

—De acuerdo.

—¿De acuerdo?

—Sí, de acuerdo —repitió. Alargó la mano para apartar un rizo rebelde que se había escapado del recogido de Vivian y le tocaba insistentemente la mejilla. Lo metió detrás de su oreja rozándola intencionadamente en el proceso, en una caricia inofensiva pero demasiado íntima entre ellos—. Enviaré a alguien para que les tome medidas a todos. Si necesitas cualquier otra cosa, dímelo.

Vivian se mordió el labio sin entender el cambio que se estaba produciendo en él. O puede que no estuviera cambiando, y simplemente estuviera dejando aflorar lo que tenía en su interior.

—Y ahora que lo pienso… falta algo más. —Giró sobre sus talones y se dirigió hacia su carruaje.

Ella lo observó mientras cruzaba la calle, con su postura impecable y su pelo brillante en el que ni un solo cabello se atrevía a escaparse de su lugar. Abrió la puerta del carruaje y sacó una cajita de madera envuelta con un lazo de color azul.

—No pensarías que ibas a quedarte sin tu premio.

—¿Chocolate? —preguntó ilusionada al reconocer el envoltorio.

—Es signo de fortaleza reconocer lo que a uno le tienta y aprender a disfrutarlo en pequeñas dosis.

—No recuerdo que eso esté en la Biblia.

—No lo está. Es de mi cosecha.

Sonrojada y extasiada hasta el límite de lo humanamente posible, aceptó el presente, mientras Marcus se despedía con una enigmática sonrisa y se montaba en su carruaje. Estaba ansiosa por abrir la caja, pero quería disfrutar del momento en soledad, así que esperó a estar en casa para gozar de los bombones.

Sentada en la cama, deshizo con lentitud el lazo que envolvía el paquete y retiró el envoltorio como si fuera un ritual. La caja, al igual que la que le había regalado con anterioridad y que ahora usaba para guardar su correspondencia, tenía un hermoso dibujo pintado en la tapa. En esta ocasión era un paisaje, un río cruzado por un puente y rodeado de árboles. No era tan hermoso como el que cruzaba la finca de Rutherford, pero era encantador. Al destapar la caja el profundo aroma dulzón y amargo del chocolate la hizo aspirar con fuerza. Pero en la caja no solo había chocolates de formas y sabores deliciosos. Había un sobre. Se olvidó de los dulces, y lo abrió tan nerviosa como una niña que acaba de recibir su regalo de cumpleaños. Este contenía dos fotografías. La primera era una toma del puente, y aunque Vivian había estado concentrada en las caricias de Rutherford cuando estuvo allí, no tenía duda de que había sido tomada desde la colina donde se habían besado. La otra fotografía era la que se habían tomado todos en el jardín. A pesar de que estaban rodeados de gente, a Vivian le pareció que el resto de las figuras se desvanecían ante sus ojos y solo pudo fijarse en ellos dos. Marcus y ella eran los únicos que ignoraban al fotógrafo, concentrados el uno en el otro con una sonrisa. Había molestado a Marcus diciendo que serían inmortalizados con cara de tontos y tenía razón, se veían como dos tontos completamente hechizados y ajenos a lo que les rodeaba. Se paseó inquieta por la habitación presionando con las manos su estómago en un esfuerzo inútil por contener su nerviosismo. Pero era imposible.

Clarice, Archie, Marcus, el Jefe, su padre... Todos se mezclaban en su cabeza sin orden ni concierto. Si alguna vez había pensado que tenía alguna posibilidad de gobernar su vida, ahora tenía la confirmación de que jamás sería así. No sabía cómo había llegado a ese punto, pero estaba totalmente enamorada del conde de Rutherford, de san Marcus, de lord Aguafiestas y de su intransigencia, de su excesiva moralidad, de sus sonrisas esquivas, de sus citas apocalípticas y, sobre todo, de esa parte de él que había empezado a conocer casi sin querer. Sentir que deseaba a otro hombre con la misma desesperación que le deseaba a él solo la confundía aún más. Deseaba al Jefe y sus caricias;

sus besos y su misterio la volvían loca, pero la generosidad y la nobleza que intuía en él la fascinaban por completo.

Ambos la atraían más por la parte que ocultaban que por la que se empeñaban en mostrar. Puede que estuviera perdiendo la cabeza, o que se estuviera volviendo una mujer caprichosa y casquivana, pero no podía sacar de su mente a ninguno de los dos. Aunque si pensaba con el corazón, este le pertenecía a Marcus.

«Tu emotividad me desarma». ¿Qué demonios había querido decir con eso? ¿Sentiría lo mismo que ella o solo era un capricho con el que entretenerse?

Se sentía perdida, incapaz de encontrar una solución que la sacara de aquel pozo. Necesitaba una opinión, un consejo, un punto de vista diferente al suyo. Isabelle era la indicada para ello. Sus sentimientos se habían convertido en un peso con el que ya no podía cargar sola y estaba segura de que hablar con alguien la aliviaría. Pero ya se sentía lo bastante culpable con respecto a Clarice como para poner a Issy en una situación comprometida haciéndola cómplice de sus secretos. Lo honesto, a pesar de que no tenía ni idea de lo que pretendía conseguir con ello, era confesarle a Clarice la verdad. Al menos su parte. Debía decirle que sentía algo por Rutherford o no podría volver a mirarla a la cara. Al fin y al cabo, Clarice nunca había estado interesada en él como persona, solo había visto a un candidato bien posicionado. Puede que entre las dos pudieran afrontar la situación con serenidad, puede que con la ayuda de Isabelle pudieran encontrar un camino que hiciera felices a todos. Quiso engañarse a sí misma pensando que quizá su padre había exagerado con respecto a su situación y otro futuro fuese posible. O puede que simplemente no hubiese futuro para ella, más que acabar casada con Archie, y sentarse a ver cómo Clarice y Marcus se convertían en el perfecto matrimonio de la aristocracia.

Pero necesitaba desahogarse, afrontar la verdad por difícil e inútil que resultara, o moriría bajo el peso de su propia conciencia.

30

El único sonido que llegaba hasta la sala del té de los Hamilton era el del reloj de pared que marcaba incansable un enervante tictac. Vivian sentía que su espalda estaba empezando a dolerle por culpa de la postura tan rígida que mantenía mientras esperaba a que Clarice llegase. Aquel sitio cada vez parecía más lúgubre, más oscuro, a pesar de que había sido remodelado hacía relativamente poco. El reloj detuvo su sonido unos segundos y unas sonoras campanadas rompieron el silencio haciendo que Vivian saltara en su asiento. Se le escapó una risita nerviosa por su exagerada reacción, pero tenía los nervios a flor de piel. El ruido de unos tacones aproximándose por el pasillo la hizo mantenerse expectante hasta que la figura menuda y perfecta de Clarice apareció en el umbral. A pesar de su intranquilidad, Vivian se alegró al verla y se levantó inmediatamente para acercarse hasta ella y besarla como era su costumbre. Pero el gesto no tuvo eco en su amiga, que permaneció con las manos cruzadas de manera estática frente a su regazo y una mirada distante que reflejaba una clara incomodidad. Vivian esbozó una sonrisa tensa y contuvo cualquier gesto de cariño.

—No te esperaba, Vivian. Sentémonos, enseguida nos traerán el té.

Vivi volvió a sentarse y Clarice ocupó el asiento frente a ella. El tintineo de la porcelana que portaba la doncella rompió el tenso silencio tan poco usual entre ellas. De repente parecían dos desconocidas que acababan de verse atrapadas en un encuentro indeseado.

—¿A qué se debe el placer de tu visita?

Aunque el tono de Clarice era amable, la simple pregunta ya denotaba que algo no estaba bien entre ellas. Nunca habían necesitado un motivo para visitarse, verse y abrazarse, solo el deseo de estar juntas.

—Quería verte —contestó titubeando un poco—. No nos hemos visto desde que visitamos a lord Rutherford. Quería saber cómo te había ido.

Lo que antes habría sido una pregunta sin importancia entre dos amigas cercanas, ahora se sentía como una intromisión en la intimidad. Ellas nunca habían tenido que medir las palabras, se lo habían contado todo y tenían total libertad para indagar en la vida y los sentimientos de la otra, sin miedo a resultar impertinentes. Que se planteara si una pregunta tan inofensiva era oportuna o no, indicaba que algo se había roto entre ellas. Clarice dio un sorbo a su taza y esbozó una sonrisa torcida que a Vivian le recordó a la de su abuela.

—Te refieres a que no nos hemos visto desde que te marchaste de una casa donde te habían invitado y tratado con amabilidad de esa manera tan… inadecuada.

—Lo siento. Debí despedirme de manera correcta. Espero que tu abuela y la condesa viuda no se sintieran ofendidas, pero…

—Por supuesto que se sintieron ofendidas, Vivian —la atacó con tono fingidamente amable, sin variar su expresión ni su rígida postura—. No solo ellas, también estaba el duque de Kensington.

—Clarice, yo…

—Puede que Isabelle y yo hayamos consentido tus rarezas y tus actos impulsivos desde siempre. Pero ella ahora es una duquesa y yo… Ya no somos unas niñas que puedan permitirse el lujo de actuar de esa manera.

—Tenía mis motivos para marcharme. El conde y yo discutimos y no vi correcto quedarme bajo su techo —mintió intentando justificarse, sintiéndose ridícula e inmadura.

—Le faltaste al respeto especialmente a él, que era el anfitrión.

Vivian había esperado un recibimiento un poco más frío del habitual, pero nunca habría imaginado semejante lluvia de reproches. El bochorno y la mortificación colorearon sus mejillas y su respiración comenzó a acelerarse.

—Lord Rutherford entendió que marcharme era la mejor opción.

—La que parece que no entiendes la situación eres tú. No permitiré que arruines mis posibilidades ofendiéndole abiertamente —espetó con los dientes apretados.

Vivian parpadeó sin saber qué contestar.

—No era mi intención ofenderle y dudo que mi marcha pudiera afectar tu relación con él.

De repente, Vivian ya no era la misma persona que se había sentido especial al recibir unas fotografías y unos bombones, la que sentía la necesidad de ser honesta y liberarse de su secreto. Ahora era una intrusa y una oportunista, y posiblemente una descarada indecente.

—Lord Marcus es un abierto defensor de la corrección y las buenas formas. No voy a consentir que tus exabruptos le hagan plantearse su acercamiento a mí. Puede que te considere una mala influencia para mi carácter.

—¿Quieres decir que no quieres que me acerque a ti? —preguntó con incredulidad con la sensación de que aquello no era más que una pesada broma. Pero la cara crispada de Clarice no reflejaba diversión.

—Desde la temporada pasada, lord Marcus ha estado a mi lado dejando claro su interés por mí, de modo que ahora todos dan por sentado que pedirá mi mano, mi familia incluida. Su presencia ha hecho que otros muchos desistan, me volví invisible para los demás candidatos. No puedo permitirme que cambie de opinión.

—Pero, Clarice…

—¡Pero nada, Vivian! —gritó visiblemente alterada con las lágrimas a punto de derramarse—. He de casarme con él, y no consentiré que nada ni nadie se interponga en lo que está destinado para mí. Ni siquiera tú.

Vivian se levantó del sofá con el corazón encogido. Aquella chica bonita y comprensiva que había considerado una hermana había desaparecido. Clarice Hamilton era una mujer desesperada por contraer el matrimonio del que se creía merecedora. Algo había cambiado en ella, algo que Vivian no entendía. No había amor, ni siquiera cariño en su declaración de intenciones hacia Marcus. Solo desesperación. Y no tenía duda de que la familia Hamilton estaba detrás de aquello. Vivian se limitó a asentir y a levantarse con gesto sereno para abandonar la sala.

—Vivian… —susurró con la voz estrangulada por la emoción y el dolor.

Pero Vivian no se volvió, continuó caminando hacia la salida como si estuviera muerta por dentro, sintiendo que su corazón acababa de romperse. Había perdido a una amiga, y era más consciente que nunca de que el hombre al que quería no podría estar en su vida jamás. Y ella era la única responsable de haber permitido que ese sentimiento creciera, ella era la que había actuado mal, ella era la traidora, la que había envidiado y codiciado lo que no le pertenecía, la que había ambicionado algo inalcanzable. Se maldijo por ingenua.

¿Qué había pretendido? ¿Confesar que estaba enamorada de Rutherford y que el mundo se alineara como si eso fuera lo que estaba destinado a suceder?

Era inútil luchar contra lo que ya se había decidido a sus espaldas. Ella era la única que se había empeñado en cambiar de sitio las piezas del rompecabezas queriendo hacerlas encajar a golpes, llevada por su inmadurez y su impulsividad.

Cuando salió a la calle una corriente de aire helado agitó sus ropas y estuvo a punto de arrancarle el bonete de paño que coronaba su peinado, pero ni aunque un huracán la hubiera sacudido habría conseguido volver del trance en el que estaba. Había pedido a su cochero que volviera a buscarla al cabo de una hora sin predecir que le bastarían unos minutos para finiquitar una amistad de años, pero no le importaba caminar hasta casa. Sin ser muy consciente de lo que la rodeaba, comenzó a andar con rapidez esquivando a los transeúntes que corrían a cobijarse de la lluvia que comenzaba a mojar los adoquines. Se recogió el bajo de la falda para avanzar más rápido con la necesidad cada vez más apremiante de huir, aunque no tenía ningún lugar que le pudiera ofrecer un poco de paz y sosiego. Su hogar era frío, su amiga acababa de repudiarla y lo único que le apetecía era desaparecer. La lluvia empezó a arreciar mezclándose con las lágrimas que nublaban su visión, y estaba a punto de echar a correr sin rumbo definido cuando chocó contra un cuerpo duro que le cortó el paso, quedándose sin respiración. Unas fuertes manos la sujetaron por los brazos impidiendo que perdiera el equilibrio.

—Vivian, ¿estás bien? ¿Ha ocurrido algo?

Como si el destino se estuviese burlando de ella, lord Rutherford apareció con su impecable traje gris oscuro y su sombrero calado enmarcando su hermosa cara, que reflejaba su preocupación al verla en ese estado. Con un puchero algo infantil, Vivian intentó desasirse de su agarre con brusquedad. Lo último que necesitaba en ese momento era su compasión, y no era capaz de repetir lo que acababa de ocurrir con Clarice.

—Te estás empapando. Ven, mi carruaje está ahí, no puedes caminar bajo la lluvia.

Vivian parpadeó como si de repente hubiera entendido lo que era más que obvio.

Marcus se dirigía a visitar a Clarice, seguía interesado en ella, su compromiso tendría lugar pasase lo que pasase. Y mientras tanto se entretenía enviándole bombones y haciéndola creer que la deseaba.

—Suélteme, Rutherford. —Forcejeó de nuevo sin importarle encontrarse en mitad de la calle.

Marcus frunció el ceño preocupado al ver su estado de nerviosismo.

—No, no te dejaré irte en este estado. No te soltaré hasta que me digas qué… —La contundente patada de Vivian en su espinilla le hizo interrumpir la frase con un gruñido—. Ya está bien —zanjó arrastrándola hasta el vehículo y montándola prácticamente en volandas.

Vivian le golpeó con los puños cuando él ocupó el asiento junto a ella presionándola para impedirle bajarse.

—Déjeme en paz, maldito cretino. Este juego ha terminado.

—Vivian, no sé qué demonios te pasa, pero tienes que tranquilizarte. Tenemos que hablar.

Marcus se quitó el sombrero y se alisó el pelo con la mano con gesto nervioso tras dar instrucciones al cochero, y volvió a concentrar toda su atención en la irritada mujer que tenía a su lado.

—¿Sobre qué? Ha venido a visitar a Clarice y yo le he interrumpido. Eso es lo único que debe importarnos a ambos.

—Déjame que…

—No. No quiero escucharle. La culpa es solo mía, he sido una estúpida.

Ni siquiera se atrevía a ordenar los pensamientos que cruzaban su mente, él nunca le había dado pie a pensar que entre ellos existiera algo, nunca le había demostrado ningún tipo de sentimiento. No tenía derecho a recriminarle nada y mucho menos a interponerse en el camino hacia la felicidad de Clarice.

—No entiendo nada, Vivian.

Ella negó con la cabeza y se concentró en tratar de controlar su respiración, mientras rezaba para que los caballos acortaran la poca distancia que había hasta su mansión cuanto antes.

—¿Podrías mirarme a la cara?

—No —contestó obstinada.

—Vivian… Creo que no te he hecho nada para que me hables de esa manera, y mucho menos para que me agredas en plena calle.

—Me ha secuestrado, ¿le parece poco?

—Para llevarte a casa y ahorrarte una pulmonía.

—Qué amabilidad, milord. Pero creo que este contratiempo arruinará sus planes para esta maravillosa tarde.

—Si no te importa, yo me preocuparé de mis planes y de lo que hago el resto de la tarde.

Vivian le dirigió una gélida mirada.

—Le prohíbo que me tutee, lord Rutherford.

Él bufó exasperado sin entender a qué venía aquel exabrupto, pero no le cabía duda de que su mal humor se debía a su visita a casa de los Hamilton.

—De acuerdo, señorita Carpenter. Me encantaría que dejase de comportarse como si tuviese diez años y me explicase qué ocurre —dijo con sarcasmo.

—Curioso, porque Clarice me ha echado en cara lo mismo, que no debo comportarme como una niña. Que delicia que sus opiniones y caracteres casen tan bien. Y hablando de casar, debería dar el siguiente paso de una buena vez y dejar de torturarla dilatando innecesariamente el momento de pedir su mano.

—No es necesario que marques las pautas que debo seguir. Necesitamos hablar con calma, Vivian, y un carruaje no es el mejor lugar.

—No necesito hablar con usted. ¿Y sabe qué otra cosa no necesito? No necesito sus sermones, ni sus chocolates, ni sus versículos. No le necesito a usted. En general. —Tenía que marcar las distancias entre ellos y no se le ocurrió una manera mejor de arruinarlo todo que esa—. A decir verdad, tengo un último versículo para usted. Lucas 12 versículo 2: «No hay nada encubierto que no llegue a revelarse, ni nada escondido que no llegue a conocerse».

Vivian no sabía muy bien por qué había evocado ese pasaje en ese preciso instante. Pero desde que lo leyó le había dado vueltas en la cabeza insistentemente, sintiéndose identificada por culpa de sus sentimientos hacia él, por sus encuentros, sus besos y su traición a Clarice. Y, sobre todo, por esa faceta que él se empeñaba en ocultar. Estaba convencida de que Clarice no tenía ni idea del tipo de hombre con el que pretendía casarse.

La verdad que encerraba esa frase golpeó a Marcus dejándolo en blanco durante unos instantes.

—Dígale al cochero que pare, seguiré andando. —Vivian intentó levantarse del asiento deseosa de librarse de la presencia de Marcus, aunque tuviera que apearse del carruaje en marcha.

—Por el amor de Dios, Vivian. Ya basta.

—No, Marcus. No quiero verte más, es absurdo prolongar esto, sea lo que sea.

—Tienes que escuchar lo que tengo que decirte.

—No quiero escuchar ni una sola palabra que salga de tu boca.

Marcus maldijo entre dientes y sujetó su cara para obligarla a mirarle.

—Pues entonces pasemos a los hechos —sentenció atrapando su boca en un beso intenso que la cogió desprevenida.

Vivian se quedó paralizada en un primer momento, incapaz de reaccionar. Intentó apartarse empujando el pecho de Marcus, pero su cuerpo y su voluntad ya no le pertenecían. Sus labios se entreabrieron a él, cuando empezó a acariciarlos con su lengua y ella le correspondió con la misma desesperación hasta que él se detuvo abruptamente.

—Hay demasiada verdad en ti como para que finjas que esto no existe —susurró Marcus con la respiración entrecortada, y la cara enterrada en su cuello.

—No debe existir —sollozó antes de que él volviera a besarla con un ansia casi dolorosa.

Ella se aferró a su cuello saboreando ese último beso, un beso robado al destino y que, estaba segura, no podría repetirse más. El carruaje se detuvo frente a su casa y Marcus suspiró con fuerza mientras se recomponía la ropa. Ayudó a Vivian a bajar, sujetando su mano en lo que desde fuera podría parecer un gesto de cortesía normal y corriente. Pero sus dedos se ceñían a los de Vivian como una garra y no la soltó hasta que ella reunió la fuerza para mirarle a los ojos.

—Mañana vendré y hablaremos.

Vivian negó con la cabeza mientras su pecho subía y bajaba con velocidad, intentando recuperarse de lo que acababa de ocurrir.

—Necesito tiempo. Siempre dices que piense las cosas dos

veces. Cuando esté preparada para hablar contigo, te buscaré. Prométeme que no vendrás.

Marcus asintió a regañadientes con una mala sensación en las entrañas. Vivian entró en su casa sin mirar atrás sabiendo que no lo buscaría, que por mucho que quisiera no podía hacerlo, no debía hacerlo.

—Señorita Vivian, ¿va todo bien? —El mayordomo la observó con gesto preocupado al ver su evidente estado de agitación.

—Sí, me sorprendió la lluvia y tuve que correr un poco, eso es todo. Estaré en mi habitación —se justificó tras entregarle el sombrero y el abrigo.

—Tiene una visita. Su primo la espera en la biblioteca, señorita. —El mayordomo carraspeó incómodo—. El señor Archie Carpenter la espera en la biblioteca.

Vivian asintió y por inercia se atusó un poco el pelo, como si le importase lo más mínimo el aspecto que le ofrecería al visitante.

Respiró hondo antes de entrar a la habitación donde su prometido la esperaba. La realidad se empeñaba en mostrarse con toda su crudeza ante ella para que no tuviera ninguna duda de cuál sería su camino a partir de ese momento, y tendría que afrontarlo con la huella caliente de los besos de Marcus aún en sus labios.

Archie dejó la copa sobre la mesita situada junto al sofá y se levantó en cuanto Vivian cruzó el umbral de la puerta; parecía tan cómodo allí como si fuese su verdadera casa. Y no era de extrañar, de niños y adolescentes se visitaban con asiduidad y pasaban tardes interminables juntos hasta que su familia decidió establecerse en el campo casi todo el año. Frunció el ceño al ver la expresión compungida que Vivian intentaba disimular con todas sus fuerzas, pero al final un sonoro sollozo la delató.

Vivian aceptó los brazos que su primo le tendió para fundirse en un abrazo. Lo necesitaba, necesitaba tanto que alguien le diera un poco de cariño y comprensión que le dolía el cuerpo. Comenzó a llorar desconsolada mientras Archie la calmaba como si fuera un gatito asustado, acariciando su pelo.

Archie tenía una cara bonita, un tanto infantil, como su propio carácter. Carecía de la fortaleza necesaria para gobernar su vida, tomar sus propias decisiones y sobre todo para desafiar a su padre. Siempre había suplido todo aquello con un gran corazón, pero a veces eso no era suficiente. Había sido un niño silencioso que huía de sus iguales porque estaba en clara desventaja, y eso lo volvió aún más reservado y huidizo. Siempre había encontrado en Vivian una compañera de juegos que tomaba el mando sin titubear, y una aliada con quien compartir confidencias cuando la adolescencia les alcanzó. Cuando Archie se dio cuenta de que tendría que alternar en los salones de Londres y esforzarse en agradar a todos los que esperaban que fuera el perfecto caballero, decidió marcharse al campo. Su padre montó en cólera y solo la promesa de que llegada la hora aceptaría a la mujer que su progenitor eligiera para él, le libró de las presiones. Pensaba ingenuamente que ese día no llegaría nunca, pero había llegado y en el momento más inoportuno.

Se sentaron en el sofá estrechándose las manos y Archie se limpió con el dorso de la mano una lagrimilla traicionera que no había podido contener.

—Por lo visto, no soy el único que cree que esto es una pésima idea.

Vivian rio y lloró a la vez, sorbiendo sonoramente como no hubiera hecho ni la misma Sugar.

—Lo siento, Archie. Siempre has sido como un hermano para mí. Y no puedo verte de otra manera. Pero no tengo otra opción que aceptarlo.

—Yo tampoco, cariño. Yo tampoco. Mi padre ya ha llegado a un acuerdo con el vizconde de Relish para el pago de la deuda y le ha dado un adelanto. El resto, cuando la boda se celebre y…

tome posesión de la casa. Esta semana se publicarán las amonestaciones y se hará público el compromiso.

Todo se precipitaba inexorablemente, su vida se encaminaba al desastre y lo único que ambos podían hacer era resignarse. Pronto la casa en la que se había criado ya no sería su hogar, si es que lo había sido alguna vez. Pero al menos la tranquilizaba pensar que su padre no acabaría con los huesos en la cárcel.

—Siento que te hayas visto inmerso en un problema que no te incumbe.

—Somos familia. Sí que me incumbe.

—Pero por qué has tenido que aceptar, Archie. Mi padre irá a la cárcel si no acepto, pero tú… —preguntó sin ningún reproche, solo llevada por la necesidad de entender lo que estaba ocurriendo.

—Acabaré en la calle. Sin dinero, sin apellido… Vivian, voy a ser sincero. Estoy enamorado.

Vivian se llevó una mano a los labios sorprendida y desolada al ver el sufrimiento de su primo, que con la cabeza enterrada entre los hombros y las manos entrelazadas clavaba la vista en la alfombra, con actitud derrotada.

—Archie, lo siento. ¿No hay nada que puedas hacer?

—No. Ella es… una mujer fabulosa. Su único crimen es ser quince años mayor que yo. Era la esposa de uno de nuestros arrendatarios y cuando él murió comencé a visitarla. Estaba sola y desvalida. Y nos enamoramos, así de sencillo.

—¿Tu padre lo sabe?

—Sí. Por eso me obliga a casarme, teme que acabe dejándome llevar. Cree que una mujer sin posición y con más de cuarenta años no es válida para convertirse en mi esposa, y que es difícil que pueda darme hijos. Temo que si no obedezco ella pueda sufrir las consecuencias. —Esta vez fue el turno de Vivian de acariciarle intentando calmar su dolor—. Mi padre me ha prometido que, si me caso contigo, la mujer que amo tendrá una buena vida, podrá empezar de cero, pero sin mí. ¿Qué otra cosa puedo hacer?

—Entiendo lo que sientes.

—Tú también amas a alguien, ¿verdad? —aseguró, al ver que las lágrimas de nuevo recorrían sus mejillas—. Vivian, no sé si voy a poder hacerte feliz. Pero prometo que lo intentaré, y ante todas las cosas, prometo que te respetaré siempre. Puedes estar tranquila, no voy a imponerte nada que no desees. Puede que no seamos los mejores esposos, pero te prometo que seremos los mejores amigos.

Vivian volvió a abrazarlo y esta vez ambos lloraron. Había encontrado un aliado en quien menos esperaba, y aunque su futuro sería igual de aciago, al menos ambos estaban de acuerdo en apoyarse y respetarse. Archie sacó una pequeña caja del bolsillo para cumplir con el ritual de entregarle el anillo, una pieza sencilla y bonita con un brillante, que, aunque Vivian agradeció, fue incapaz de ponerse en el dedo.

—Me gustaría que al menos pudiéramos aportar algo a nuestra boda. ¿Tienes preferencia por alguna fecha en especial, un lugar, invitados?

Vivi suspiró intentando deshacerse del nudo de congoja que se aferraba a su pecho.

—Quiero que sea cuanto antes, y no quiero invitar a nadie. Lo dejo en tus manos.

Se veía incapaz de soportar más tiempo aquella lenta agonía. Después de la conversación con Clarice no se sentía con fuerzas para confesar lo que sentía a nadie, ni siquiera a Isabelle. Era demasiado doloroso. Amaba al conde de Rutherford y jamás podría estar a su lado, los obstáculos que los separaban eran demasiados. Cuanto antes lo asumiera, antes podría empezar a superarlo. Debía centrarse en eso para no desfallecer y eso es lo que haría. Eso, y atesorar el último beso de Marcus Bowden como un salvavidas para la solitaria vida que la esperaba.

Tras asegurarse de que no había nadie a la vista, Solomon caminó por los callejones oscuros sin importarle pisar con sus lustrosas botas los charcos embarrados que había dejado la tormenta. Estaba demasiado tenso como para preocuparse de otra cosa que no fuera su propio pellejo. Un tipo apostado junto a un enorme carruaje oscuro le hizo una seña para que se acercase. En cuanto estuvo en su interior la puerta se cerró con fuerza, y el tipo se mantuvo en el exterior dejándole claro que no saldría de allí hasta que ellos lo decidieran. Solomon se quedó quieto como un cervatillo al que acababan de encañonar, mientras el hombre sentado frente a él daba una larga calada a su cigarro y se acercaba para echarle el humo a la cara. Las piernas de Solomon temblaban de manera incontenible y dio un respingo cuando el hombre comenzó a hablar.

—Me alegra ver que has recapacitado, muchacho.

Solomon se tragó el nudo de su garganta mientras Horace Brown soltaba una tosca carcajada. A pesar de que el carruaje era amplio, su desagradable olor lo impregnaba todo. Olía a sudor rancio, alcohol y tabaco malo.

—Espero que la información que me traes sea lo bastante buena. Y, antes de que me digas que no sabes nada, te expondré claramente lo que ocurrirá contigo si no colaboras. Supongo que sabrás lo que les pasa a los sodomitas asquerosos como tú. Si tienes suerte todo se saldará con la incautación de tus bienes, si es que tienes alguno, y una estancia indeterminada en la cárcel. Por desgracia ya no hay pena de muerte para vosotros, pero te garantizo que cuando lleves una semana en la cárcel desearás que te hubieran colgado. Los guardas te darán una buena lección para que aborrezcas una verga cuando la veas. Y cuando se cansen de ti serás un bocado jugoso para todos esos delincuentes, hombres rudos que llevan tanto tiempo sin desfogarse. Todos te despreciarán, pero no dudarán en usar tu cuerpo hasta que te desmayes. Si sobrevives a eso pasarás el resto de tu vida lamentándote por tu idiotez, preguntándote por qué te sacrificaste para que esos señoritingos pervertidos siguiesen viviendo y follando rodeados de lujo, mientras tú apartabas a las ratas para poder comer.

Solomon intentó hablar, pero de su garganta solo salió un sollozo ahogado y, para su horror, se dio cuenta que estaba llorando como un niño.

—Si hablo…, qué pasará conmigo.

—Te marcharás de Londres con la tranquilidad de que nadie te perseguirá. Creo que es un buen trato. —Solomon enterró la cara entre las manos hasta que Horace le golpeó en la cabeza con la palma de la mano—. Habla de una puta vez, niñita. ¡Dime nombres! Quién es el León en realidad y quién es el Jefe. Quiero los nombres de sus amantes. Y quiero saber quién es esa putita de clase alta que se pasa las horas rondando por el club y les da clases a esos críos piojosos.

Tras unos segundos de indecisión, Solomon comprendió que no tenía más remedio que darle a ese hombre lo que le pedía.

—Lionel Jones es el hermano bastardo del conde de Rutherford.

A pesar de la escasa luz del interior, vio con claridad cómo la sonrisa de Brown se ampliaba por la sorpresa y su mirada se iluminaba. Comenzó a atar cabos rápidamente y a hilar la información que había cosechado durante los últimos años, a pesar de que los propietarios del club gozaban de una burbuja de protección por parte de los que los rodeaban.

—Quieres decir que… ¿el bueno del conde de Rutherford es el Jefe? —La risa socarrona y escandalosa provocó un escalofrío en el joven, que no dejaba de temblar como una hoja, sintiéndose como una verdadera basura por la traición que estaba cometiendo. Cuando, hacía ya una eternidad, fue a pedir trabajo al club, no era más que un crío que se prostituía en la zona del puerto por unas pocas monedas y que malvivía donde podía. Cada día al caer el sol se preguntaba si volvería a ver amanecer o si esa noche sería la última, si su cuerpo aparecería por la mañana sin vida, sobre la mugre y la inmundicia de una calle pestilente. El Jefe y el León no dudaron en darle una oportunidad al ver el potencial que escondía tras su carácter insolente y desvergonzado. Pronto el Red se convirtió en su territorio y él en un elemento imprescindible de ese mundo. Había aprovechado cualquier oportunidad para acercarse a Lion, y aunque se veía incapaz de poner nombre a lo que sentía por él, era la única persona que le hacía sentir algo. Pero el León jamás le había profesado otra cosa que no fuera amistad y sexo.

Lion era un volcán y Solomon había aprendido pronto que compartiendo con él sus juegos podría encontrar un espacio en su vida. No le importaba compartirlo con otros hombres y otras mujeres, si así podía arañar unos cuantos minutos de su atención. Al principio había pensado que Lion era como él, un ser incapaz de sentir amor verdadero por nadie, pero él aspiraba a algo más aunque no quisiera reconocerlo. La verdadera decepción de Solomon llegó el día que comprendió que Lion estaba completamente enamorado de Jacob Pearce. Lionel Jones era capaz de amar, pero no a él.

Solomon siempre había pensado que, a pesar de todo, daría su vida por Lion, y por el Jefe. Pero era muy fácil jurar lealtad cuando el horizonte era limpio y seguro. No lo era tanto cuando su propio pellejo peligraba y, aunque sintiera su alma romperse por lo que estaba haciendo, no tenía más opción. Era supervivencia pura y dura. Vivir o morir. Tu vida o la de otro. Poco a poco Solomon fue desgranando intimidades, apuñalando por la espalda a los que le habían tendido una mano cuando más lo necesitaba, sintiendo que los puñales se los clavaba directamente en su propio corazón. En cuanto a Pearce, aunque no lo quisiera reconocer, le producía una perversa satisfacción destrozar su perfecta fachada de chico ejemplar.

Horace se frotó las manos al escuchar su nombre sabiendo que el patriarca de los Pearce no dudaría en aflojar el bolsillo para detener los rumores, igual que el resto de los renombrados hombres de negocios o aristócratas con impolutas reputaciones que saciaban sus bajos instintos en ese club depravado.

—La chica Carpenter… —rio regocijado mientras Solomon seguía desgranando secretos—. Mi buen amigo Relish estará encantado con esa información. Y cuando está feliz, sus propinas son muy generosas. Y ahora, pequeña rata —dijo satisfecho, palmeando su cara con más fuerza de la necesaria—, ve a casa, recoge tus cosas y desaparece. Si cuando amanezca sigues en la ciudad, mis guardias se encargarán de demostrarte que lo que te he dicho es cierto.

Solomon contuvo el asco que le produjo verlo hacer un gesto obsceno con la mano para culminar su frase y se bajó del carruaje con la sensación de que había envejecido diez años y con la firme advertencia de que le cortarían la lengua si trataba de avisar a alguien. La tentación de dar la voz de alarma era acuciante, pero sabía que lo estaban vigilando y que, por más que le destrozara traicionar a quienes le habían acogido como una familia, la única salida era desaparecer y rezar para que Lion y el Jefe pudieran usar todas sus influencias para sobrevivir al desastre que se avecinaba.

El vizconde de Relish lanzó a Ralph Carpenter la misma mirada de asco que dedicaría a un insecto recién destripado por su bota. Había acudido esa mañana para atar los últimos cabos del acuerdo que dejaría a la familia prácticamente en la miseria, o más bien a apremiarle para que todo el farragoso asunto quedase resuelto cuanto antes.

—No me malinterprete, milord. No me estoy echando atrás. Solo le estoy pidiendo un poco más de tiempo.

—Ha tenido mucho más tiempo del que puedo considerar prudente, Carpenter. Cuando me pidió el dinero yo no le dije que me diera tiempo. Lo puse en sus manos y confié en su buen juicio —le recriminó con su voz cruel y molesta.

Ralph se pasó las manos por los pocos mechones de pelo que aún conservaba intentando ordenar sus ideas. Ese ser que una vez consideró de fiar ahora se había revelado como un auténtico zafio. El vizconde era prácticamente de su misma edad, pero los excesos habían hecho mella en su salud y, cuando hablaba, se notaba que en ocasiones le costaba respirar. Aun así, seguía siendo un hombre imponente. Era alto y corpulento, aunque a su edad su figura tendía más a la obesidad que a un cuerpo fuerte, y su cara estaba surcada de infinidad de venitas rojas, sobre todo en la zona de las mejillas, la redondeada nariz y las bolsas de los ojos, consecuencia de su afición al coñac. Lo que no había perdido ni una pizca de fuerza con los años era su mirada inquisitiva, ni el eterno gesto de asco en sus labios gruesos.

—Hay algo que no me gusta en todo esto. Y comprenderá que lo que está en juego es la felicidad de mi hija.

—Su hija obtendrá un marido, siendo una mujer no puede aspirar a nada más. No olvide que, cuando el secretillo de su divorcio salga a la luz, su vida se irá al garete.

—Pero me han llegado algunas informaciones que…

—Le presté dinero para invertir —le cortó Relish—. Su inversión se hundió con ese barco y ahora tiene que devolverme el dinero. Si es a costa de casar a su hija y perder su casa o si tiene que robar a la mismísima reina es su problema. Fin de la historia.

—Como sabe, la compañía de seguros ha quebrado —insistió—. De la noche a la mañana cerraron las oficinas. Todos los que tenían algo que ver con ella han desaparecido. Además, el mío no es el único barco que ha sufrido la misma suerte. Hasta tres navíos han desaparecido sin dejar ni rastro en el mismo lugar y en las mismas fechas. Ni un solo superviviente, ni una madera flotando, ni una sola pista de lo que haya podido ocurrir. Simplemente el testimonio de alguien que los vio desaparecer tragados por las aguas —argumentó sin percatarse de la desesperación que teñía su voz.

—Es temporada de tormentas, ¿qué puedo decir? —El vizconde se encogió de hombros sin dar importancia a sus excusas.

—Llevo días pateándome las tabernas del puerto. He descubierto que todos los barcos hundidos estaban asegurados por la misma compañía. Hay algo raro en todo esto, Relish. Necesito tiempo para averiguar quién está detrás de este asunto, quién era el dueño de esa compañía aseguradora para saber si…

El vizconde lo sujetó de la pechera de la camisa con violencia, pillándolo desprevenido. —Óyeme bien, Carpenter. Quiero mi dinero. Te ofrecí la opción de quedarme con tu hija y con la casa, y quitarte el problemilla de encima. Pero has preferido resolverlo a tu manera y he sido muy muy paciente. Lo único que me interesa es que cases cuanto antes a tu hija para que tu hermano afloje el bolsillo. Si sigues mareando el asunto, acabarás con tu flácido trasero en un calabozo. ¿Me he explicado bien?

Después de varias noches de dar vueltas y vueltas en la cama sin encontrar el descanso, sorprendentemente esa noche Vivian se había quedado dormida en cuanto había apoyado la cabeza en la almohada. Durante días enteros la incertidumbre y el sentimiento de culpabilidad por lo que le estaba ocultando a Clarice habían minado su estado de ánimo. Pero ahora que todo estaba decidido y que su camino estaba trazado, sabía que no había nada en su mano que pudiera hacer, por lo que solo le quedaba empezar a aprender a vivir con ello. Haber podido descansar no significaba que se encontrase mejor, y vagaba por la casa como un fantasma taciturno.

Las voces masculinas que se filtraban por la puerta entreabierta del despacho de su padre despertaron su curiosidad y se acercó para intentar descubrir con quién estaba reunido y por qué estaba en casa en lugar de dedicándose a lo que fuera que hacía la mayor parte de su tiempo. Al llegar a la puerta se tensó al escuchar que la conversación subía de tono, aunque solo pudo entender palabras inconexas. Empujó la puerta con suavidad y los dos hombres enmudecieron inmediatamente al escuchar cómo la hoja se abría. Relish dio un paso atrás para poner distancia entre ellos y su padre se recolocó la ropa respirando con dificultad.

—¿Padre? ¿Va todo bien?

—Sí, cariño. No te preocupes. Solo estaba ultimando unos detalles con lord Relish —la tranquilizó absteniéndose conscientemente de presentarles.

Hubiera sido muy fácil tratar de negociar con él a través de un matrimonio concertado, pero pensar en su hija en manos de un ser sin escrúpulos como él era desolador. Si algo había intentado desde el primer momento era evitar que Relish, que había enviudado años atrás, pusiera los ojos sobre ella. Consciente de que conseguir un matrimonio para Vivian en esos términos sería complicado, recurrió a su hermano, sabiendo que la posibilidad de poder imponerse ante él y demostrar su supremacía satisfaría la vanidad y la competitividad que siempre había tenido.

El vizconde devoró a Vivian con la mirada de manera tan intensa que ella tuvo la desagradable certeza de que en su cabeza estaba imaginando qué escondía bajo la ropa. Se dirigió hacia ella con paso lento y cogió casi a la fuerza su mano para besarla, sin apartar los ojos de sus pechos. Vivian la retiró tan rápido como pudo y, llevada por el instinto, se colocó junto a su padre.

—Vaya, vaya, Carpenter. Debería estar muy molesto en estos momentos. De hecho, lo estoy. Podríamos haber llegado a un acuerdo mucho más satisfactorio para ambos si hubiera conocido a tu precioso retoño antes de que la comprometieras con el lelo de tu sobrino. Aunque puede que aún estemos a tiempo de…

—No hay tiempo. Ya se han pedido las amonestaciones.

Relish se rio con una carcajada que a ambos les heló la sangre y salió del despacho con una seca reverencia como despedida.

Mientras se alejaba de la mansión de los Carpenter su ánimo se fue ensombreciendo con rapidez. No le gustaba salir perdiendo en los negocios, ni en el resto de las facetas de su vida. Que Carpenter estuviese indagando en las tabernas y tugurios del puerto no le quitaba el sueño. Le bastaba con hablar con Horace Brown para que asustara un poco al viejo, y sinceramente no le importaban los métodos que usara para ello. Ese patán no tenía demasiadas luces, y no era lo que se puede decir discreto, pero como brazo ejecutor y como chivato no tenía precio. Horace conocía a mucha gente, y tenía un don especial para enterarse de qué nobles estaban en situaciones vulnerables y apuros económicos. Por una módica comisión le proporcionaba a Relish toda la información que necesitaba y lo ponía en contacto con lo peorcito de la ciudad, maleantes o gente desesperada, que no dudaban en llevar a cabo los planes que ambos urdían para vaciar los bolsillos del prójimo sin ensuciarse las manos.

Con Carpenter no había sido diferente. A Relish no le gustaban las complicaciones y, aunque llevaba algunos años dándole vueltas a la idea de volver a casarse para tener un heredero antes de que fuese demasiado tarde, no le pareció demasiado atractiva la idea de cargar con la rolliza y poco espabilada hija de Ralph Carpenter hasta que la muerte les separase. Apenas había visto a la chica cuando fue presentada en sociedad y no le había dedicado más de una mirada. Prefirió aceptar el dinero contante y sonante de la deuda, y fingir que aceptaba los regateos desesperados de Carpenter como un favor personal. En cambio, ahora se había sorprendido al descubrir en Vivian a una diosa voluptuosa y apetecible, y tenía la impresión de que se habían aprovechado de su «buena fe», dejándolo en desventaja. Y no había nada que odiara más que quedar en desventaja en uno de sus negocios. La chica era deseable, sin duda, y la quería en su cama, y no dudaba de que lo conseguiría.

31

Vivian se dispuso a guardar ordenadamente su material de escritura en su improvisada oficina en la cocina de Ray.

Unas manos la abrazaron desde atrás sobresaltándola, y recibió un efusivo beso en la mejilla.

—¡Cherry! Me has asustado —dijo con una carcajada.

—¿Qué haces aquí tan sola?

Ray carraspeó dándose por aludido y Cherry le guiñó un ojo en respuesta.

—Estaba escribiendo una carta para Sugar y algunas de las chicas. Se han ido a trabajar hace un instante.

La pelirroja se sentó junto a ella, se sirvió un vaso de licor y comenzó a picotear de la bandeja de galletitas que había en el centro de la mesa.

—Cherry, ¿puedo hacerte una pregunta?

—Dispara, bonita.

—Tú nunca me has pedido que escriba nada para ti. ¿No tienes a nadie a quien…? —Se detuvo al darse cuenta de que estaba invadiendo la intimidad de la chica.

Cherry esbozó una sonrisa triste y negó con la cabeza, intentando disimular que sus ojos se habían humedecido.

—Hace tiempo que mi familia me dejó claro que… no aceptaban el camino que había elegido. Quién podría culparles.

Vivi le apretó las manos queriendo darle apoyo, pero era consciente de que no sería suficiente para curar las heridas que su mirada reflejaba.

—No te preocupes, desde que encontré a esta pequeña familia que formamos no me siento sola. Y además…

—¡Cuéntame, Cherry! Te has sonrojado. Oh, Dios. No me digas que tienes a alguien especial.

La muchacha, en un inesperado arranque de timidez, comenzó a juguetear con el vaso para no contestar, como si fuese una jovencita ilusionada.

—Está bien, está bien —reconoció mirando de soslayo a su alrededor para asegurarse de que nadie las escuchaba—. Hay alguien. Alguien que me trata con respeto, alguien que… No es un enamoramiento de esos que te hacen cosquillitas en las tripas cada vez que piensas en él, ni que te hace querer lanzarte en sus brazos para devorarlo a besos, ni te pasarías horas mirándolo porque te parece que no hay nadie más hermoso en el mundo.

Vivian se sonrojó al pensar que tenía todos los síntomas que Cherry acababa de describir, solo que en su caso eso le ocurría con dos personas completamente distintas. Definitivamente, algo debía de estar rematadamente mal en ella. Era una descerebrada, una coqueta, o su sentido de la decencia no estaba lo bastante afianzado, pero en cuanto pensaba en los dos hombres que la hacían sentir esas cosquillitas por el cuerpo no podía evitar que le subiese la temperatura. Aunque no sería justa si no reconociera que lo que sentía por el conde era mucho más profundo que lo que sentía por el Jefe.

—Sentir eso… ¿no es bueno? —preguntó insegura.

—Claro que es bueno, mi niña. El primer amor siempre es así, y si es amor verdadero esa sensación se irá transformando con el tiempo en un sentimiento más sosegado, pero igual de maravilloso. —Cherry la miró con expresión soñadora y Vivi se sorprendió de sus palabras. De todas las chicas Cherry era la que parecía más superficial, pero era imposible saber el camino que cada persona había recorrido para llegar a donde estaba.

—Cuéntame, Cherry. Háblame de esa persona.

—Es difícil, soy consciente de que él no es para mí. Es… es John.

—¿Tu cliente?

—Sí, el famoso John el Mustio. En realidad, no es tan mustio, es solo que ya no es un jovencito calenturiento. No debería hacerme ilusiones, lo más probable es que él solo me vea como lo que soy. Una mujer de la calle que… —la voz de la pelirroja se estranguló por la emoción—, pero es tan amable, tan atento conmigo. Muchas veces ni siquiera nos metemos en la cama. Hablamos, cenamos y nos reímos, y se nos pasan las horas volando. Pero igualmente me paga generosamente. Me trata como hace tiempo nadie me había tratado, con respeto.

—Te mereces ese respeto, Cherry. Que tu situación te haya llevado a ganarte la vida de esta manera no significa que no merezcas ser feliz. ¿Crees que él siente lo mismo? —Cherry esquivó su mirada sin atreverse a plantearse siquiera la pregunta—. ¿Por qué no le dices lo que sientes?

Cherry soltó una carcajada de incredulidad y la miró con los ojos muy abiertos.

—¿Has perdido el juicio, Vivi? Lo único que conseguiría sería perder el cliente que me ayuda a pagar el alquiler. No puedo hacer eso.

—Pues deberías, ¿y si la vida te estuviera poniendo al alcance de la mano la felicidad y tú no fueras lo bastante valiente para dar un paso hacia ella? Puede que John sea tímido y esté esperando una señal para declararse.

—Aún eres muy ingenua, muchacha. La vida no siempre es un cuento de hadas con final feliz. Lo hombres decentes no arriesgan su posición y su nombre por alguien como yo. Los caballeros no se casan con putas, Vivi —aseguró, molesta, no con Vivian, sino con su propio destino—. Sé que tú no lo entenderás, por suerte tú sí tendrás la oportunidad de vivir un futuro lleno de amor.

—Todos tenemos nuestra propia encrucijada —admitió, entendiendo que dar consejos era muy sencillo, pero aplicárselos a uno mismo era bastante más complicado—. En ocasiones conseguir lo que quieres hace daño a otros, y la mayoría de las veces una joven solo puede obedecer a lo que su familia dispone. Dudo que el amor esté presente en el futuro que me espera.

Cherry la miró arrepentida; aunque a primera vista la vida acomodada de Vivian pudiera parecer sencilla, ella tenía razón, y para juzgar el camino de una persona había que ponerse en su lugar. Puede que tuviera un plato de comida asegurado sobre la mesa cada día, pero había algo de lo que carecía: libertad.

—Seamos optimistas, seguro que Dios nos tiene preparado algo realmente bueno a la vuelta de la esquina.

—Seguro que sí, Cherry.

Storm entró en la cocina y, tras saludarlas, comenzó a dar órdenes a Ray y a una de las mujeres que se encargaban de mantener las habitaciones privadas en orden.

Aunque no era de buena educación cotillear, en cuanto Vivian escuchó que nombraban al Jefe no pudo evitar que todos sus sentidos se pusieran alerta para captar cualquier información. Por lo que pudo escuchar, el Jefe tenía una partida privada con gente importante, por lo que acabaría bastante tarde. En esas ocasiones todos sabían que se quedaba a dormir en su lujosa suite anexa a su despacho, por lo que había pedido que la habitación estuviese preparada, el fuego encendido y que subieran una cena fría por si quería comer algo cuando terminase.

Su mente vagó hasta aquella otra habitación donde ese hombre la había desnudado y la había hecho vibrar, imaginando su cuerpo duro y excitante entre las sábanas. Definitivamente se estaba convirtiendo en una pervertida.

—De cualquier forma, haz caso a la vieja Cherry —continuó acaparando de nuevo su atención—. Si ves el amor pasar por delante de tus narices, alarga la mano y atrápalo. Si no, otra lagarta lo hará en tu lugar.

Ambas rieron y se sirvieron un vasito de licor para sellar semejante consejo.

Vivian sentía que su tiempo se agotaba y que tenía que aprovechar cada segundo disponible, por lo que después de despedirse de Cherry se marchó al Dark intentando mezclarse con el ambiente bullicioso y festivo. Su pie golpeaba el suelo al ritmo de la contagiosa música oculto bajo sus faldas y daba pequeños sorbitos a su copa de champán mientras esbozaba una sonrisa contemplando a los bailarines que giraban sin descanso. Una mano se deslizó por su cintura para pegarla a un cuerpo alto y firme.

—En momentos como estos es cuando odio ser quien soy. —La voz del Jefe cerca de su oído le provocó un estremecimiento y en un acto instintivo dejó que su cuerpo se venciera a su abrazo, apoyando la espalda en su pecho—. Me arrancaría la máscara ahora mismo solo para poder enterrar la cara en tu cuello y embeberme de tu perfume.

—¿Solo por eso? —preguntó con una risita nerviosa.

—No, no solo por eso. También te besaría hasta robarte el aliento —susurró con voz ronca.

Vivian cerró los ojos queriendo creerle, anhelando con desesperación algo a lo que era incapaz de darle forma. Su cuerpo había reaccionado a su presencia, su sangre corría más rápido por sus venas y un cosquilleo ardiente recorría toda su piel.

—En cambio yo, en ocasiones como esta, odio lo que me haces sentir.

El Jefe la hizo girarse para poder ver la expresión de su cara, a pesar del coqueto antifaz a juego con su vestido de color rojo, que la ocultaba parcialmente.

—¿Te arrepientes de lo que pasó la otra noche?

Marcus contuvo la respiración mientras esperaba su respuesta, sintiéndose un ser mezquino e indecente por arrastrarla a vivir algo semejante sin pensar en las consecuencias.

—No. Es simplemente que debo de estar perdiendo el juicio al desear a alguien que no confía en mí lo suficiente para revelarme su nombre y mostrarme su rostro.

—Cuando llegue el momento…

—¿Y si ese momento no llega? ¿Y si no hay más momentos? ¿Y si este fuera el último momento que tuviéramos?

—Si este fuera el último momento no solo me arrancaría la

maldita máscara, me arrancaría el corazón. —Vivian lo miró intentando vislumbrar a través de la oscuridad insondable de sus ojos ocultos si había verdad o no en sus palabras, y aunque fuera una ilusa, le creyó—. No puedo quitarme la máscara y mostrarme ante ti sin más, primero debes entender algunas cosas. Todavía no estás preparada para ver lo que se esconde debajo. Pero te juro que ese momento llegará.

Vivian abrió la boca para rebatir esa afirmación, pero los dedos del Jefe deslizándose con suavidad por su mejilla y su mentón, hasta llegar a sus labios, la enmudecieron. De repente todo el calor de su cuerpo se concentró en aquella pequeña porción de piel que él acariciaba, mientras su corazón luchaba por salirse de su pecho.

—Jefe. —El carraspeo de Storm, que acababa de acercarse a ellos con sigilo, los sacó de su burbuja privada—. Siento interrumpir, pero los jugadores esperan.

A pesar de las ganas de asesinar a su mano derecha, el Jefe asintió. Cada vez le apetecía menos jugar esas dichosas partidas que se prolongaban durante horas, en las que aquellos hombres intentaban potenciar su ego ganando en un juego absurdo al dueño de aquel pequeño universo. Pero, tras darles largas a los clientes más exclusivos durante varias semanas, había tenido que aceptar con desgana.

—De acuerdo —fue su escueta respuesta.

Storm se marchó y Vivian intentó alejarse, pero Marcus sujetó su mano para acercarla de nuevo a él.

—Te doy mi palabra de que habrá más momentos, Vivian. Cientos de ellos.

Con una última caricia en su mejilla, el Jefe desapareció entre la gente para dirigirse a cumplir con su indeseado deber. Vivian siguió mirando el lugar por donde se había marchado a pesar de que ya había desaparecido de su campo de visión, sin percatarse de que una mujer se había acercado a ella y la observaba con gesto altivo.

—Todas hemos pensado alguna vez que conseguiríamos su corazón.

La frase la dejó tan sorprendida que por un momento miró a su alrededor para comprobar que realmente se estaba dirigiendo a ella.

—¿Disculpe? —Vivian estaba a punto de preguntar si se conocían cuando se fijó con más detenimiento en su figura esbelta, su hermoso cabello rubio, y especialmente en el apuesto joven con aspecto de acabar de salir del cascarón que la seguía en un evidente estado de embriaguez. Se tensó de manera inmediata y la otra mujer soltó una carcajada al notarlo.

—Veo que ya me ha reconocido.

—Alice, ¿verdad?

—En efecto. Me alegra ver que el Jefe le ha hablado de mí. No todos los hombres hablan abiertamente de sus antiguas amantes con sus nuevas amantes.

Vivian pensó en contradecirla, pero era más que palpable el desprecio con el que le hablaba, por lo que prefirió disfrutar de manera mezquina de su pequeña victoria.

—Todo el mundo habla, es fácil enterarse de los cotilleos en un sitio como este, pero realmente el Jefe y yo no tenemos tiempo para hablar de usted, lamento que eso sea un golpe para su vanidad.

—Se cree muy especial, ¿verdad? Cuando menos se lo espere descubrirá que está enamorada de ese hombre, y lo que es peor, descubrirá que él solo está jugando.

—Puede que esa sea su experiencia, pero…

—Usted no será diferente a las que la han precedido. Parece una buena chica, mucho más inocente de lo que un hombre como él se merece. —La sonrisa de suficiencia desapareció unos instantes de su cara—. Acepte un consejo: disfrute esta pequeña aventura y después continúe con su vida antes de que le rompan el corazón.

Las palabras de Alice, a su pesar, habían minado su estado de ánimo, aunque ella misma reconocía que era absurdo sentirse así cuando sabía que no podía aspirar a vivir una historia de amor con ese hombre misterioso. Ni con ese ni con ningún otro. Sus ojos comenzaron a arder por culpa de las lágrimas que la impotencia que sentía le provocaban. De repente la música le parecía demasiado estridente, la luz más intensa de lo que podía soportar y el ambiente, que hasta hacía unos minutos era jubiloso, ahora le resultaba desagradable y ruidoso. Se dirigió hacia uno de los laterales menos concurridos para poder tomar algo de aire, pues las frases se agolpaban en su cabeza haciendo que sus sienes palpitaran.

El Jefe le había asegurado que tendrían cientos de momentos, pero ella sabía que el tiempo se agotaba. Y mientras esperaba a que llegara la fecha de su boda para marcar la sentencia definitiva sobre su destino, solo podía conformarse con soñar con lo que podría haber sido. Pero ¿y si se atreviera a alargar la mano y atrapar ese pequeño jirón de felicidad que tenía delante de sus narices? O puede que no fuese tan mala idea aceptar el consejo de Alice y disfrutar de esa aventura antes de continuar con la oscura vida que la esperaba. Vivir algo así con Marcus Bowden no era una opción, ya habían transgredido bastantes límites y, aunque lo amara, difícilmente podría librarse del sentimiento de culpabilidad que aquello le provocaba. Porque lo amaba. De eso no tenía ninguna duda a esas alturas y eso aumentaba la certeza de que debía mantenerse lo más alejada posible de él. Pero vivir una aventura con el Jefe era algo muy diferente; para empezar era un hombre sin prejuicios ni ataduras y no se vería arrastrado a cumplir con lo que el honor mandaba. Si algo tenía claro era que debía dejar de torturarse con lo que el conde de Rutherford le hacía sentir, y que la única persona que despertaba en ella algo equiparable en intensidad era el Jefe. Quizá él podría ayudarla a olvidarse de ese amor imposible, atesorar sus encuentros para cubrir con un manto invisible los besos y las caricias de Marcus.

Vivian clavó la vista en las escaleras que comunicaban con el Red y recordó cómo la primera noche se había colado sin querer en las zonas privadas de los dueños, burlando sin pretenderlo su sistema de seguridad y encontrando la entrada secreta a su mundo. La noche que conoció a Lion, la noche que vio al Jefe por primera vez. Comenzó a subir los escalones hasta que sin mediar palabra el guardián levantó la cortina para que accediera al oscuro corredor. Avanzó casi a ciegas, llevada por un impulso, hasta que encontró una pared con una filigrana de escayola en forma de medialuna en el centro. Su estómago se hizo diminuto por la anticipación y su corazón comenzó a latir desbocado en sus sienes y su pecho. Giró la figura y con un suave clic uno de los paneles cedió dándole acceso a los dominios del hombre más poderoso de la noche. Era ahora o nunca, aprovechar ese momento o conformarse con soñar eternamente con lo que podía haber sucedido.

Con pasos inseguros cruzó el intimidante despacho, mirando de refilón su pared de mármol negro que evocaba el pecado y el infierno que se escondían en aquel mundo de vicios y transgresiones. Empujó la enorme puerta que la separaba del dormitorio, y tras unos segundos de duda se atrevió a cruzar el umbral de la habitación en penumbra, solo iluminada por las llamas anaranjadas de la chimenea. No debería estar allí por mil razones diferentes, pero solo tenía una para quedarse: puede que ese fuera el único momento a su alcance.

A pesar de que la falta total de concentración del Jefe había propiciado que el resto de los jugadores limpiasen sus bolsillos con bastante rapidez, la partida y la charla posterior se habían prolongado hasta bien entrada la madrugada, como era habitual. A Marcus no le importaba demasiado perder, y se había limitado a cumplir con lo que se había convertido en una obligación tediosa. Mientras caminaba hacia sus habitaciones privadas se dio cuenta de que estaba agotado, y no solo físicamente. Su mayor cansancio y el más preocupante era el relacionado con su estado de ánimo y sobre todo con su parte emocional. A pesar de que la puerta de su despacho estaba cerrada con llave, cuando entró no tuvo ninguna duda de que alguien había invadido su intimidad. Puede que fuera la intuición, o su instinto de supervivencia, que se había agudizado con los años, pero sus ojos se desviaron inmediatamente hacia la moldura de escayola con forma de medialuna anclada en una de las paredes y vio que estaba un poco torcida. Alguien había accedido usando la entrada oculta y muy pocas personas conocían su existencia. Con sigilo se dirigió hacia su habitación, cuya puerta estaba entreabierta, y que él siempre dejaba cerrada. En un acto reflejo se llevó la mano al bolsillo interior de su chaqueta para acariciar con suavidad la culata de la pequeña pistola que siempre llevaba consigo, pero en cuanto entró en el dormitorio se percató de que la prueba que le esperaba era mucho más difícil de superar que enfrentar a un intruso.

A pesar de que la habitación estaba en penumbra reconoció inmediatamente el vestido rojo y el antifaz, olvidados de cualquier manera sobre una silla. Como también reconocería hasta con los ojos vendados la enloquecedora silueta de la mujer que dormía apaciblemente envuelta en las sábanas de su cama.

32

Durante lo que le pareció una eternidad sus pies se quedaron ancladas al suelo, mientras se libraba una lucha encarnizada entre el deber y el deseo, entre la tentación, la verdad, la sensatez, la honradez... y un millón de sentimientos más que luchaban por imponerse. El aire se negaba a bombear en sus pulmones con normalidad. Se quitó la chaqueta y el pañuelo queriendo librarse del peso que sentía, pero no lo logró; lo que pesaba no era su ropa, sino su conciencia. Dejó caer las prendas de manera descuidada para acercarse a la cama, dispuesto a afrontar lo que iba a ocurrir. Las máscaras, figuradas o no, estaban a punto de caer. No era así como quería que pasara, necesitaba tiempo para poder decirle la verdad a Vivian o ella acabaría odiándole, pero el destino a menudo no atendía a razones. Y su destino en esos momentos era más tentador de lo que su cordura se podía permitir. Alargó la mano para apartar con suavidad un mechón oscuro de la frente de Vivian, y contuvo una maldición al comprobar que bajo las sábanas se intuía su desnudez. Ella había decidido apostar el todo por el todo y no sabía si tenía derecho a sentirse absurdamente ofendido por haber elegido al Jefe en lugar de al conde. Probablemente, no. Definitivamente, no. Prefería no pensar en ello, porque en el fondo intuía que la lealtad a Clarice y su reciente visita habían tenido mucho que ver en su decisión.

Vivian estaba sumida en uno de esos sueños de los que uno se niega a despertarse, que te atrapan y te seducen, y en los que a pesar de estar dormido sabes que la realidad se empeña en traerte de vuelta contra tu voluntad. En él, la imagen oscura del Jefe se acercaba hasta ella para susurrarle al oído con su voz ronca que todo saldría bien, repitiéndole que tendrían todos los momentos del mundo para ellos, y ella quiso creerle.

Entreabrió los ojos al sentir una leve caricia en su mejilla, resistiéndose a despertar del todo, recordando vagamente que estaba sumergida en las sábanas del Jefe, en la oscuridad de su mundo. Entre sus pestañas se filtró la luz anaranjada y tenue de la chimenea, y percibió entre brumas cómo se reflejaba en la máscara blanca que la observaba.

—Puede que este sea nuestro último momento —susurró sin querer desprenderse de la tela de araña que su ensoñación insistía en tejer a su alrededor.

—Vivian, tenemos que hablar.

—Ahora no. Me dijiste que si no había más momentos te arrancarías la máscara. Puede que este sea el último. Quiero que lo hagas.

—Odiarías lo que esconde. Y no podría vivir con tu odio.

—Sé lo que hay debajo. Siempre lo he sabido —insistió con un sollozo. Claro que sabía lo que ocultaba. Un hombre con un corazón generoso y justo, que se escondía tras una coraza de piedra para que nadie se acercase demasiado. Un hombre capaz de hacerla sentir que era especial, deseable y hermosa.

El corazón de Marcus palpitaba desbocado y el latido de sus sienes le aturdía. No podía ser. Que ella lo aceptara sin preguntas ni reproches era más de lo que se atrevía a soñar. Descubrir cuánto deseaba que eso fuera así le hizo olvidarse de todo lo demás, de la terrible locura que suponía la presencia de Vivian Carpenter desnuda en su cama, de su pretensión de hablar primero y actuar después, de su conveniente costumbre de pensar las cosas más de una vez.

—Vivian… —su voz sonó ronca, pero esta vez no porque pretendiese disimularla, sino porque el nudo de su garganta le impedía hablar.

—Bésame, por favor —rogó sin ápice de vergüenza.

Y Marcus perdió hasta la última gota de sensatez que habitaba en él. Soltó su máscara y le sorprendió tener la templanza necesaria para dejarla en la mesita, en lugar de lanzarla lejos. Se inclinó hacia Vivian y tomó sus labios con una mezcla de ternura, devoción y lujuria. No quería pasar los límites, Dios sabía que quería ser noble, pero la desesperada pasión de Vivian lo dejaba sin fuerzas para luchar. Sus manos pequeñas desabrocharon el chaleco y la camisa y se perdieron dentro de la tela acariciando su piel, sin permitirle alejarse ni un centímetro de ella. Incapaz de contener las ganas de devolverle la caricia se dejó llevar sin parar de besarla y se atrevió a apartar las sábanas para poder tocar con libertad el cuerpo que le atraía como la luna a las mareas.

—No te detengas —musitó Vivian junto a su oído con la voz entrecortada por el deseo y la proximidad del cuerpo del Jefe. Su piel ansiaba el contacto de otra piel desnuda, sus pechos recibían cada toque de sus dedos enardecida, necesitando cada vez más.

Marcus se separó apenas unos instantes para deshacerse de las botas y el resto de su ropa, tan rápido como pudo, a pesar de que el escaso raciocinio que le quedaba le impelía a detenerse. La necesidad de saciar el deseo que su cuerpo sentía por ella era increíblemente fuerte, pero el de su corazón lo era aún más. La amaba, la quería a su lado, y como un iluso pensó que este era el primer paso para conseguirlo, que ambos caminarían juntos a partir de ahora.

Los párpados de Vivian permanecían apretados con fuerza, como si todavía estuviese inmersa en el sueño, como si así pudiera negarse la realidad que tenía delante. Enterró los dedos en el pelo oscuro del hombre que en ese momento se deleitaba besando sus pechos, acariciando su intimidad con hábiles movimientos, haciendo que se arqueara contra él. Entreabrió los ojos, con la penumbra como cómplice de su voluntaria ceguera.

El rostro misterioso que siempre había permanecido oculto la observaba a través de la neblina de excitación, devolviéndola a la fuerza a la realidad. Aunque su consciencia se resistiera, él seguía allí, excitándola, provocando cada una de las terminaciones de sus nervios. El cuerpo, febril y desesperado por alcanzar el placer, luchaba contra un cerebro que se negaba a funcionar. Y en ese momento desistió de luchar contra la cara que su imaginación se empeñaba en encontrar en la oscuridad. Sus labios articularon un nombre en voz alta, en un tono susurrante demasiado parecido a un sollozo, a una súplica, ese nombre que intentaba desterrar sin éxito de su cabeza y su corazón. Fue consciente en ese instante de que ese nombre pronunciado a destiempo debería haber desencadenado el caos, o al menos el rechazo o la sorpresa del hombre que la seducía. Pero su respuesta fue una especie de gruñido y un beso tan profundo que la dejó sin aliento. Vivian se paralizó durante un segundo eterno, mientras en su cabeza dos siluetas oscuras se solapaban en una sola, como dos piezas de un puzle perfectamente recortadas y exactamente idénticas. El contorno de un hombre alto de pelo negro, la voz de alguien empeñado en recitarle versículos y regañarla por su impulsividad, y otra voz que entre susurros ásperos la incitaba a pecar. Y sus manos, esas manos de dedos fríos, elegantes y expertos, capaces de arrastrarla hasta un mundo donde abandonarse al placer más exquisito, las manos del Jefe, las manos del conde de Rutherford.

—Marcus —sus labios volvieron a pronunciar su nombre, pero esta vez con más determinación.

Apoyó las palmas sobre su pecho para apartarlo de ella, parpadeó varias veces para acostumbrar sus ojos a la escasa luz, y entre sombras pudo distinguir perfectamente sus rasgos hermosos. El ardor de la pasión se unió al fulgor de la más pura y genuina ira, y sin saber muy bien cómo, Vivian reunió las fuerzas para empujar a Marcus y acabar a horcajadas sobre él.

Marcus parpadeó sorprendido por su ímpetu, mientras Vivian sujetaba sus muñecas contra la almohada.

—Vivian, tenemos que detenernos. Esta no es la manera en la que deberíamos…

Pero Vivian no quería escuchar nada, no quería pensar. Solo quería sentir, y culminar la decisión que había tomado al entrar en aquella habitación. No tenía poder para dirigir su vida pero sí había aspirado a decidir al menos sobre su cuerpo, sobre su propio placer, sobre el hombre al que quería entregarse por primera y puede que única vez. Pero ese hombre ya no era alguien sin rostro ni nombre, alguien abstracto y etéreo al que aferrarse sin remordimientos. El intenso alivio se impuso a la decepción y a la indignación, muy a su pesar. Saber que no estaba enamorada de dos personas, sino de una sola, era más de lo que podría haber soñado, si le hubieran dado la oportunidad de soñar. Todas sus sospechas, sus deseos más íntimos se materializaban en aquel instante, en aquel cuerpo tenso y ardiente que tenía entre sus muslos. Lo odiaría, no le perdonaría nunca, y ese sería el motor que usaría para alejarse de él. Pero en este instante no quería pensar en eso. Solo quería aprovechar la única oportunidad que la vida le brindaba y después continuar con lo que el destino le tenía deparado.

Con un gesto casi brusco besó a un desconcertado Marcus, que libraba su propia batalla interna para hacer las cosas como el deber obligaba. Pero el cálido cuerpo de Vivian desnudo contra el suyo, piel contra piel, y su lengua buscando la suya con besos hambrientos era lo más enloquecedor que había sentido jamás.

—Vivian…, por favor —suplicó con las manos enterradas en su pelo intentando encontrar un resquicio de voluntad al que aferrarse.

—Cállate, Marcus. Has perdido la oportunidad de explicarte. Ahora no es el momento de hacer caso a tu conciencia. —La convicción en su voz y el roce de su intimidad contra su erección no daban lugar a la negociación, y se dejó arrastrar por el ansia que los consumía a ambos.

Deslizó las manos por sus piernas hasta llegar a sus nalgas, apretándola contra su cuerpo, en una deliciosa fricción. Vivian gimió contra su boca al sentir el calor de su miembro rozando su intimidad, con su cuerpo completamente en contacto con el de Marcus. La falsa sensación de poder se esfumó cuando él tomó de nuevo la iniciativa para tenderla de espaldas sobre el colchón y situarse de rodillas entre sus piernas. Sentir los ojos oscuros de ese hombre sobre ella resultaba intimidante, más si cabe cuando no tenía claro quién era el que la miraba con el deseo tiñendo sus facciones en ese momento. El rostro siempre sereno y contenido de Marcus Bowden distaba mucho de reflejar ninguna de esas emociones, y se entremezclaba en una simbiosis perfecta con la energía latente y misteriosa que emanaba del Jefe. Él deslizó la palma de su mano en un movimiento lento y tortuoso por los pechos y el abdomen de Vivian hasta llegar a su sexo, haciendo que se doblegara bajo su toque. A su pesar, Vivian estaba fascinaba. Y enloquecida de deseo.

—No hay nada que anhele más en este mundo que hacerte el amor, Vivian. No te imaginas cuánto te deseo, cuánto he tenido que luchar contra eso. Pero no sé si estás preparada para asumir las consecuencias.

—Lo estoy. Sé lo que quiero —contestó sujetando su mano contra su cuerpo, evitando que interrumpiera la caricia.

Marcus tragó saliva, sabiendo que había perdido la batalla contra sí mismo antes siquiera de empezar la lucha, y volvió a besarla incapaz de negarse más lo que ambos deseaban. Se tendió sobre ella acoplando su cuerpo duro sobre las curvas acogedoras de Vivian, volviendo a encenderla con las osadas caricias de sus dedos en su humedad, recorriendo su cuello y sus pechos con la lengua y los dientes, hasta avivar de nuevo la llama que los consumía.

Vivian deslizó las manos por la espalda musculosa de Marcus, deteniéndose unos instantes al encontrar una abultada cicatriz en uno de los omoplatos, lo que le hizo tomar conciencia de que no conocía en absoluto la vida del hombre al que creía amar. Ahora el misterio no era el Jefe, el verdadero misterio era Marcus. Sus pensamientos se arremolinaron en su cabeza, enturbiados por las sensaciones apremiantes de su cuerpo, y simplemente se dejó arrastrar por ellas. Enterró el rostro en el cuello de su amante para ahogar la pequeña exclamación de dolor que la invasión de su miembro en sus estrechas paredes le produjo. Ni las palabras tiernas, ni las suaves caricias parecían mitigar aquella molestia, y apenas entendió lo que él le decía, aturdida y sobrepasada por todas esas sensaciones nuevas y sorprendentes. Solo fue consciente del reguero de dulces besos que Marcus depositaba en sus sienes, en su cuello, en sus mejillas con una reconfortante y dulce paciencia. Marcus comenzó a moverse en su interior con extrema suavidad al principio y Vivian ahogó un gemido casi de sorpresa cuando el dolor dio paso a algo muy distinto, una sensación de plenitud que se iba convirtiendo en un calor cada vez más placentero. Aumentó el ritmo al son que el cuerpo de Vivian le exigía, entregados a un placer desordenado y embriagador. Sus cuerpos se tensaron, uno alrededor del otro, uno fundido con el otro, hasta que el placer los envolvió en una ola que parecía destinada a no acabar nunca, sacudiendo sus cimientos y consumiéndolos en una llamarada, que a pesar de su brillo no bastaba para iluminar la oscuridad que se cerniría sobre ellos tarde o temprano.

Apenas habían conseguido sosegar su respiración agitada cuando Vivian se deshizo del abrazo de Marcus para levantarse de la cama, tratando de ignorar la fugaz punzada de dolor de su intimidad. Se dirigió a la silla donde había dejado su vestido intentando no desviar la mirada hacia el hombre al que acababa de entregarle su virtud, y con gesto brusco se colocó la ropa interior y la camisola.

—Vivian, ¿podríamos hablar con calma unos instantes? —preguntó Marcus mientras encendía una lámpara de aceite, haciendo un esfuerzo para que sus manos dejasen de temblar.

—No me hables con ese tono de condescendencia. Mejor aún, no me hables en absoluto.

—Necesitas conocer el porqué de las cosas. No quería que esto ocurriera así.

Vivian se giró para enfrentarlo con expresión airada, pero cerró los ojos con fuerza al encontrarlo de pie completamente desnudo.

—Maldita sea, ¿podrías… podrías taparte… eso?

Marcus asintió obediente y trató de ocultarse lo mejor que pudo con lo primero que encontró a mano, un pequeño cojín de satén que adornaba la cama y que en algún momento de la noche había ido a parar al suelo.

—Abre los ojos, Vivian, no es el momento para volvernos tímidos.

Vivian obedeció y le dirigió la mirada más asesina que pudo componer.

—Te odio, no sabes cuánto te odio. Eres el ser más hipócrita y mezquino que he encontrado jamás, y no te imaginas lo contenta que estoy de no tener que verte nunca más.

Vivian cogió la máscara que Marcus había dejado sobre la mesilla y la miró con una expresión indescifrable durante unos segundos eternos, recogió su ropa en un bulto informe y se dirigió al despacho contiguo para vestirse sin la mirada de Marcus sobre ella. De repente su presencia le resultaba intolerable, pero para su desgracia por motivos equivocados. Por más que sintiera la furia bullendo en su interior, no podía negar la evidencia. Haber podido tenerlo un breve instante solo lo haría todo más difícil, y ahora se daba cuenta de que se había equivocado al entregarse a él.

Con movimientos rápidos Marcus se colocó los pantalones y la alcanzó en pocas zancadas.

—Vas a verme, Vivian. Durante cada uno de los días del resto de tu vida.

—¡Ja! No vas a someterme a una cadena perpetua a tu lado.

—Vamos a hacer lo correcto, y si no querías asumir las consecuencias deberías haberlo pensado dos veces —gruñó acercándose más a ella. Nada más lejos de su intención retenerla a la fuerza a su lado, pero era consciente de que la respuesta furiosa de ella era fruto de la ofuscación.

—Jamás pienso las cosas dos veces, ya deberías saberlo. No te acepto. Lamento que te sientas desilusionado. Eso es lo que se siente cuando te utilizan, igual que tú has hecho conmigo.

Marcus la miró con la cara desencajada, mientras ella intentaba asimilar la imagen del conde de Rutherford medio desnudo en el despacho del dueño del Dark, con su torso musculoso surcado por varias cicatrices y endemoniadamente hermoso. Su actitud, sus gestos, su expresión corporal, todo él era completamente distinto. Se dio cuenta perfectamente de que en esos momentos no había rastro de san Marcus por ningún lado, y aún le costaba casar las dos identidades en su cabeza.

—No te he usado, he intentado controlar lo que sentía por ti. Pero hemos jugado con fuego demasiadas veces.

—Sin duda sabes cómo halagar a una dama —respondió con cinismo.

—No te entiendo, Vivian. Si tanto te desagrada la idea, por qué te has metido en mi cama. Tú misma has dicho que…

—¡Me metí en la cama del Jefe, maldito idiota!

—¡Dijiste que sabías lo que se escondía debajo de la máscara! —alzó la voz llevado por la frustración.

—¡Hablaba en sentido figurado! Hablaba del hombre, no de tu verdadera identidad. Pero ahora veo que también estaba equivocada en eso. Me metí en la cama del Jefe y me desperté en la del conde. Y aun así pretendes que me quede contigo, maldito embustero, embaucador. ¿Tienes idea de lo imbécil que me siento? —le recriminó cada vez más alterada.

—Ni el Jefe ni el conde. Quien te ha hecho el amor es simplemente Marcus.

—Válgame Dios, ahora sois tres. ¿Acaso eres la Santísima Trinidad? —rebatió con sorna dejando caer el bulto de ropa que apretaba contra su cuerpo.

Marcus se pasó los dedos por las sienes intentando poner en orden sus pensamientos.

—Tranquilicémonos, ¿de acuerdo? Cuando te dije que teníamos que hablar me refería a esto. Quería contártelo todo, y quería decirte lo que sentía por ti. Puedes creerme o no, pero esa es la verdad. Aunque te cueste entenderlo, que tenga una identidad oculta no implica que sea un mentiroso. Lo que siento por ti es verdadero. Quiero casarme contigo y sé que tú sientes algo igual de fuerte por mí.

—En estos momentos ni siquiera sé lo que siento, aparte de la decepción y la furia más absoluta. Has jugado conmigo, seduciéndome, haciéndome pensar que estaba loca por desear a dos hombres tan distintos.

—Esto va mucho más allá del deseo y lo sabes.

—Lo sé. Pero de todas formas, sea deseo o sea amor, ya no tiene importancia. Estoy prometida con otro hombre, y te doy mi palabra de que voy a hacer todo lo posible para que la boda se celebre cuanto antes.

Marcus acortó la distancia que lo separaba de ella y la sujetó de los brazos para obligarla a mirarle a los ojos.

—Mientes.

—No miento. Hay algo que el todopoderoso Jefe desconoce —le contradijo con una malvada satisfacción.

—Dime su nombre —exigió a punto de perder la compostura.

—Un hombre honesto que ha venido hasta mí con la verdad por delante desde el primer momento. Eso es lo único que debe importarte.

La carcajada cínica de Marcus le puso los vellos de punta y su piel, a su pesar, acusó su ausencia en cuanto él la soltó.

—Y tú le devuelves la honestidad metiéndote en la cama de otro hombre, un hombre al que se supone que no le ponías rostro ni nombre. Has sabido, o al menos intuido, quién era yo desde hace tiempo, y si fueras lo honesta que presumes ser te lo reconocerías a ti misma, Vivian. Cuando estuvimos en el campo viniste a buscarme inmediatamente al club, ¿acaso no lo hiciste porque reconociste mis besos, porque te hice sentir lo mismo que el Jefe? Te cegaste a ti misma para poder permitirte vivir una aventura.

Vivian tragó saliva y dio un paso atrás necesitando alejarse de él. ¿Lo había sabido realmente? Puede que en algunos momentos hubiese tenido sus sospechas, pero se empeñó en ocultarlas bajo una tonelada de excusas y razonamientos lógicos, queriendo olvidar que esa posibilidad existía. Pero su cuerpo, su piel, su alma lo habían reconocido.

—Entiendo que estés indignada, que creas que me odias en este momento... —intentó acercarse a ella con las manos extendidas como si quisiera tranquilizar a un gatito arisco—, pero cuando te calmes te darás cuenta de que lo que siento por ti es verdadero. Iré a hablar con tu padre y…

—¡No! —Vivian sintió el pánico apoderarse de ella. Recordó la mirada intimidante del vizconde de Relish, las deudas que acuciaban a su padre, la desesperación oculta en la actitud tensa de Clarice. También acudieron a su mente todas esas hazañas que se le atribuían al dueño y señor de la noche, un hombre que se había ganado su sitio a base de saltarse todas las reglas y a menudo las leyes. Sus ojos se desviaron de nuevo hacia las cicatrices de su torso, las marcas propias de alguien que había tenido que elegir en demasiadas ocasiones entre su vida y la de los demás. Un matrimonio con Marcus Bowden no era una opción a su alcance, ni siquiera si llegaba a perdonarle—. No te conozco, Marcus. No creerás que voy a casarme con alguien sin escrúpulos capaz de matar con sus propias manos.

—Nunca he matado a nadie que no lo mereciera —se justificó con tono sombrío, incapaz de hacer frente a todos los reproches y las objeciones de ella. Tenía razón, Vivian tenía razón en todo. No era digno de ella, pero tenía que afrontarlo. La amaba y haría lo que tuviera que hacer para demostrárselo.

—Me dejas más tranquila —respondió con sorna—. ¿Cuándo pensabas decirle a Clarice que su perfecto pretendiente es solo un espejismo?

—Clarice, Clarice…, la bendita Clarice —repitió molesto—. Clarice no tiene nada que ver con nosotros, deja de escudarte en tu inexistente lealtad hacia ella para justificar tu cobardía. Cuando nos encontramos junto a su casa iba a disculparme con ella y a informarle de que iba a pedir tu mano.

Vivian jadeó molesta por llamarla desleal, ignorando deliberadamente el resto de su afirmación.

—Estás tan acostumbrado a manejar todo a tu antojo que no concibes que algo se te escape de las manos, ¿verdad? Pues yo seré ese algo que no vas a poder controlar. Ni tus versículos ni tus mentiras van a convencerme de lo contrario, Marcus.

—No voy a permitir que tomes una decisión tan trascendental llevada por la ira, Vivian.

—Solo contéstame a una cosa —le pidió, mirando la máscara que sostenía entre sus manos y que ya había olvidado que estaba allí. Una pregunta estaba taladrando su mente y, a pesar de que sospechaba cuál sería la respuesta, no sabía si estaba preparada para ella. Aun así necesitaba saberlo—. ¿Isabelle lo sabe?

Marcus desvió la vista y apretó los labios evitando contestar. Todo el peso de los secretos que guardaba tan celosamente día tras día lo había arrollado como si fuera una avalancha de la que no podía escapar. No eran necesarias las palabras, su actitud derrotada resultaba bastante elocuente. Vivian comenzó a respirar con dificultad sintiendo que la desolación y la pena se inflamaban en su interior. Todo su mundo, todas las cosas que creía inmutables no eran más que una burda mentira. Su familia era una pantomima, el hombre al que amaba no existía, Clarice había antepuesto a ese mismo hombre a su amistad, y su amiga Isabelle, a quien consideraba como una hermana, le había ocultado la verdad.

Se sentía sola, y lo que era peor, se sentía patética, ridícula, como si durante mucho tiempo hubiera estado habitando un mundo que solo existía en su imaginación. Después de todo, conseguir una vida anodina, predecible y sin emociones de la mano de Archie no parecía tan malo. Al menos con él sabría lo que podía esperar.

—Todo lo que te rodea es un artificio —musitó casi para sí misma observando el despacho como si estuviera en trance, deteniéndose en la enorme pared de mármol negro que presidía la habitación y que se antojaba la mismísima puerta al infierno—. Todo está diseñado para intimidar y crear una falsa sensación de grandeza.

Marcus trató de abrazarla, en un desesperado intento de hacer desaparecer aquella expresión desesperanzada y dolida de sus ojos. Su decepción dolía como una puñalada, y la idea de perderla era desoladora. La necesitaba, sin su luz no podría salir de las tinieblas que le rodeaban, la vida sin Vivian no sería más que un arduo camino sin sentido. Su cercanía, lejos de tranquilizarla, consiguió el efecto contrario y Vivian se apartó furiosa.

—¡No te atrevas a tocarme! —gritó, y en un acto impulsivo e irracional lanzó la máscara que sujetaba entre sus manos contra el mármol oscuro, haciendo que se rompiera en varios pedazos.

Unos golpes urgentes sonaron en la puerta del despacho y, antes de que un petrificado Marcus reaccionara, esta se abrió. Lion apareció en el umbral y su cara de preocupación dio paso a la sorpresa y la incredulidad.

—Lo siento, venía a hablar contigo sobre Solomon y escuché los gritos. Creí que... creí que estabas en problemas.

—No estás muy desencaminado —gruñó Marcus entre dientes, molesto por la interrupción—. Márchate, Lionel.

—No es necesario, si alguien sobra aquí soy yo —dijo Vivian con actitud desafiante, indignada al caer en la cuenta de que Lion se unía a la lista de gente que no había sido sincera con ella. Se agachó y recogió su ropa con la intención de marcharse de la habitación prácticamente desnuda.

Lion miró alternativamente a su hermano y a Vivi entendiendo lo que acababa de ocurrir. Se quitó la chaqueta y se la puso a Vivian sobre los hombros, intentando detener el temblor de su cuerpo, que ella trataba de disimular.

—Será mejor que salgas, Marc. —Levantó una mano para interrumpir la queja que sabía que llegaría y su hermano apretó la mandíbula guardando silencio—. Creo que Vivian necesita unos minutos, tú puedes vestirte en mis habitaciones.

Sujetó a su hermano por el brazo con suavidad, pero con determinación, y abrió la puerta para echarlo literalmente de su propio despacho. Marcus le dirigió una mirada asesina, sin poder creer que su hermano lo estuviera dejando en el pasillo con unos pantalones como única vestimenta.

—Lionel, te estás excediendo. —Su mirada de advertencia no tuvo ningún efecto.

—Seguro que en mi armario encuentras algo que te sirva

—insistió antes de cerrarle la puerta en las narices y volver toda su atención hacia Vivian.

Hasta ese momento la rabia había conseguido mantener a raya el resto de sentimientos, haciéndola fuerte, pero en cuanto Marcus estuvo lejos de ella un llanto desolador comenzó a sacudir su cuerpo agotado. Lionel la abrazó con fuerza contra su pecho y depositó suaves besos en su coronilla mientras deslizaba sus manos en una suave caricia por su espalda. Vivian tomó conciencia de cuánta falta le hacía ese gesto de apoyo y se sintió más vulnerable de lo que se había sentido jamás.

—Tranquila, cielo. Sé cómo te sientes, pero créeme, todo esto pasará. Todo saldrá bien —susurró con un tono tan convincente que Vivian no tuvo dudas de que sería así, que al día siguiente todo sería menos negro, que el dolor desaparecería.

Lloró desconsolada hasta que su cuerpo quedó exhausto, sus ojos hinchados y la camisa de Lion empapada, pero ni todas las lágrimas del mundo parecían suficientes para calmar la sensación de frío que se había instalado en su corazón.

33

Pasar las noches en vela y torturado por sus propios pensamientos estaba empezando a convertirse en una costumbre para Marcus. Una vez que Lion se encargó de que Vivian llegara sana y salva a su casa ambos habían mantenido una charla, que, a pesar de haber empezado de manera bastante tensa, le había servido para desahogarse y sentirse un poco mejor. Aunque al volver a su habitación el aroma de Vivi entre sus sábanas, y el recuerdo constante de lo que había ocurrido, había supuesto un verdadero calvario para sus sentidos. Y lo peor era que ya siempre sería así. Se había colado tan dentro de él que no podría deshacerse de su risa, su olor, sus locuras, y ahora tampoco de su odio.

Pero su vida sentimental no era el único problema que le acuciaba en esos momentos. Cuando Lion los interrumpió se dirigía a su despacho para preguntarle por Solomon. Esta era la segunda noche que no aparecía por el club, y aunque cuando era más joven era usual que desapareciera durante días arrastrado por un enamoramiento fugaz o una fiesta que se resistía a dar por terminada, hacía años que no desatendía su trabajo. Lion había enviado a alguien del club a buscarlo, pero no estaba en casa y nadie sabía su paradero. Parecía que se lo hubiera tragado la tierra y eso se salía completamente de lo normal, ya que Solomon, al menos la faceta superficial de él, no era alguien que pasara desapercibido. Marcus había desarrollado un sexto sentido a fuerza de lidiar con situaciones escabrosas y hombres peligrosos, y la desaparición de Solomon solo confirmaba sus sospechas de que algo no iba del todo bien a su alrededor. Aún no sabía qué, todo era aparentemente normal y sus contactos no habían visto nada digno de mención, pero tenía un mal presentimiento, y la tensa calma que los rodeaba se asemejaba a la quietud que precede una tormenta, o lo que era peor, a un cataclismo. Seguro que Vivian se reiría de sus pensamientos apocalípticos y volvería a llamarlo agorero.

Puede que Vivian no fuera el mayor de sus problemas, pero desde luego sí era el que más urgencia tenía por resolver.

Miró a su alrededor para asegurarse de que nadie lo observaba y comprobó que los únicos peatones que deambulaban por la calle se perdían en una esquina. Con disimulo, Marcus se asomó a través de la hiedra que tapizaba la reja del jardín trasero de los Carpenter, y hasta él llegó amortiguada por la distancia el sonido de una conversación. No distinguió lo que decían, pero eran dos voces femeninas. Una probablemente pertenecía a la doncella a la que había visto escabullirse hacia la parte trasera de la casa mientras el mayordomo lo despachaba. El señor Carpenter no volvería en todo el día, la señora de la casa regresaría al día siguiente de un viaje que la había mantenido fuera varios días, y la señorita no tenía previsto recibir a nadie esa mañana, con seguridad el resto del día tampoco. Pues a él tendría que recibirle. Le había costado sonsacarle la información que necesitaba al sirviente, pero al menos tenía claro que no habría interrupciones esta vez. Estaba más que seguro que la otra voz que traspasaba los macizos de hiedra era la de Vivian. Tras echar una nueva ojeada alrededor se encaramó a la reja, saltando con la agilidad de un felino, y en pocos segundos, con menos dificultad de la esperada, estuvo dentro del jardín de los Carpenter.

—¿Y no dijo nada más?

—No lo sé, señorita Vivian. Vine a avisarla en cuanto escuché su nombre. —Flora sacó la tijera de podar de la cesta de herramientas que portaba y se la tendió mientras Vivian se ajustaba los guantes de trabajo—. No recuerdo que me dijera que ese hombre era tan... atractivo.

Vivian ignoró la risita de la sirvienta y se dedicó a observar minuciosamente el arbusto sin hojas que tenía delante, dispuesta a ocupar su mente en algo que no fuera rememorar una y otra vez la forma en la que Marcus Bowden le había hecho el amor. Curioso que para ello hubiese elegido un arma cortante y punzante.

—Será porque no te lo dije. Pero seguro que sí te dije que ese hombre era un cretino. Pues bien, me ratifico en ello.

Flora ahogó un gritito de sorpresa y dejó caer la cesta al ver la alta figura que surgió con sigilo desde detrás de un árbol. Vivian siguió la dirección de su mirada y se quedó petrificada al encontrar justo detrás de ella al causante de sus desvelos, más guapo de lo que se consideraba capaz de soportar, sacudiendo de sus manos un rastro de suciedad inexistente con un par de palmadas.

—Espero no interrumpir —saludó cortésmente con un brillo burlón en los ojos.

—Interrumpes. Flora, por favor. Da la voz de alarma, hay un intruso en el jardín —ordenó en tono seco.

—Flora, por favor. La señorita no está hablando en serio.

La muchacha dio un paso para marcharse, pero se detuvo en seco al ver la mirada dura de Marcus sobre ella, que no admitía discusión.

—Flora... —insistió Vivian.

—Flora... —Marcus chasqueó la lengua y avanzó hacia el punto en el que se encontraban las dos mujeres. Pasó de largo junto a Vivian, más cerca de lo necesario, haciendo que todo su cuerpo se tensara, para ignorarla acto seguido y sujetar con delicadeza la mano de la criada. Una punzada de celos irracionales hizo que Vivi apretara los labios en una delgada línea, mientras Marcus conducía a su doncella por el camino hablándole al oído. Flora soltó una risita bobalicona y, tras dedicarle una última mirada a Vivi, se marchó hacia la casa.

—Traidora —musitó cada vez más furiosa, sintiendo que su estómago se retorcía de manera casi dolorosa por el nerviosismo que le producía estar cerca de ese hombre. Había dormido mal y, como casi siempre que le sucedía algo extraordinario o difícil de asimilar, su estómago se rebelaba en respuesta, incapaz de tolerar ningún alimento.

—No la culpes. Le he prometido que cuando trabaje para mí disfrutará de dos tardes libres y un sueldo bastante generoso a cambio de dejarnos hablar a solas.

En realidad, le había pedido a Flora que les diera un poco de intimidad para poder declararse a su señora como mandaba la tradición, pero al ver la cara furibunda de Vivian prefirió omitirlo.

—Si necesitas una doncella puedo recomendarte unas cuantas, no hace falta que me robes la mía.

—Mi esposa necesitará una doncella.

Vivian trató de ignorarle y atacó el arbusto que tenía delante, dando un tajo seco a una de las ramas.

—Vivian, por favor. Deja eso y escúchame —rogó mientras ella andaba varios pasos hasta plantarse ante un rosal desnudo y continuar con su destrozo. Tenía que reconocer que siempre se le había dado fatal la jardinería, pero la casa se le venía encima y lo mejor que se le había ocurrido para aliviar su frustración había sido eso, solo que esperaba no tener espectadores.

—Eres un inconsciente, si mis padres...

—Sé que no están en casa. Tu padre no volverá hasta la noche, y tu madre mañana.

—¿Mi madre regresa mañana? —La afirmación la desconcertó. Si su madre tenía previsto volver, probablemente el asunto de su boda con Archie tendría bastante que ver. Ignoró la mirada de Marcus y su ceja arqueada de manera inquisitiva.

Sin saber lo que estaba haciendo, apoyó la tijera en una de las ramas principales del rosal y lo descabezó desde la base. Marcus instintivamente hizo un gesto de dolor.

—No sé mucho de jardinería, ese es el fuerte de Sebastian. Pero ¿sabes lo que estás haciendo?

—El antiguo jardinero decía que había que hacer una buena poda para regenerar las plantas y que crecieran con más vigor. ¿Quieres que hagamos la prueba? —preguntó con cara maliciosa abriendo y cerrando las tijeras delante de él.

—No, gracias, estoy bastante conforme con mi vigor.

—No sé qué has venido a hacer aquí, Marcus, pero deberías marcharte. No me interesa hablar contigo, y tu presencia aquí no es decorosa —refunfuñó atacando otra rama.

Marcus se sentó con un ágil salto en la balaustrada de piedra que delimitaba el camino, y la observó mientras decapitaba sin piedad las plantas, tratando sin éxito de mostrar indiferencia.

—Estoy enamorado de ti.

El estómago de Vivian dio un vuelco, su respiración se detuvo unos instantes, y las tijeras estuvieron a punto de escaparse de sus manos, pero respiró hondo y consiguió controlarse.

—Disculpa, estoy un poco confusa. ¿Quién de los tres está enamorado de mí? ¿El Jefe, Rutherford o Marcus? —Dejó las tijeras en el suelo, se quitó los guantes con brusquedad, tirándolos con rabia, y le encaró con los brazos en jarras.

Estaba preciosa con su cara sonrojada por el enfado, su actitud beligerante y el pelo desordenado mecido por la brisa.

—Los tres.

Marcus bajó de un salto de la balaustrada y acortó la distancia que los separaba con pasos lentos y arrogantes. Era el Jefe en estado puro, y su magnetismo hacía imposible concebir que pudiera transformarse en ese conde gazmoño y puritano que todos creían ver en él. La sujetó por el mentón y clavó los ojos en los suyos, y Vivian creyó que podría leer hasta el más íntimo de sus secretos.

—Márchate, por favor. Esto no tiene sentido —titubeó Vivian, incapaz de alejarse.

—No lo tiene. No tiene ningún sentido que quieras hacerme creer que vas a casarte con otro, cuando sabes que estamos destinados a pertenecernos.

Los dedos de Marcus repasaron su mandíbula, sus sienes,

su cuello, en una caricia lenta que la hipnotizaba casi sin darse cuenta. No podía dejar que ejerciera ese poder sobre ella, no se dejaría manipular con un par de palabras bonitas y unas pocas caricias, a pesar de que lo que acababa de confesarle había vuelto su alma del revés, despertando un anhelo y una necesidad temeraria, la necesidad de ser feliz, de amar. Quería arriesgarse a quererle, no había nada que ansiara más que eso, pero sabía que no era posible.

—Es la verdad, Marcus. Estoy prometida —confesó con un suspiro abatido. Las facciones del hombre se endurecieron, aunque sus caricias continuaron su camino con la misma ternura.

—Dime su nombre.

—Archie Carpenter.

—¿Por qué él?

—La historia de siempre. Una chica sin dote y un matrimonio arreglado por su familia. Te ruego que sigas con tu vida.

—Cómo quieres que siga con mi vida, si ahora mismo dejaría todo solo por estar contigo un minuto, Vivian. No me preguntes cómo ha pasado. Solo sé que yo tenía todo bajo control, sabía el camino que debía seguir para conseguir mis metas, y desde luego en ese camino no estaba abrirle mi corazón a nadie. Pero tú has entrado en él sin pedir permiso.

Vivian negó con la cabeza resistiéndose a aquel pequeño resquicio de esperanza que no la llevaría a ninguna parte.

—La boda es inminente y no hay nada que se pueda hacer. —Dio un paso atrás inconscientemente, resistiéndose a ceder al impulso de aferrarse a él.

—Hablaré con tu padre, entenderá las consecuencias de lo que pasó y…

Consecuencias. Consecuencias maravillosas y terribles a la vez. De repente la posibilidad de que dichas consecuencias se materializaran hizo que su estómago diera un nuevo vuelco. Sintió que la sangre la abandonaba y un escalofrío le recorría la espalda mientras su cuerpo se contraía por la náusea. Se llevó las manos a la boca con espanto, mientras Marcus la sujetaba por la cintura, preocupado por su súbito mareo.

—¿Te encuentras bien? —preguntó sosteniéndola al ver que su cara había perdido el color—. Ven, vamos a sentarnos.

Marcus la condujo hasta uno de los bancos de piedra que bordeaba el camino y, tras sentarse a su lado, le dio su petaca para que bebiera. Como un autómata Vivian obedeció dándole un largo trago, hasta que el líquido ardiente la hizo toser y se le saltaron las lágrimas.

—¿Estás loco? ¿Qué demonios me has dado? —vociferó aceptando su pañuelo mientras se hacía aire con la otra mano.

—Brandy. A mis hombres les funciona —contestó Marcus con una sonrisa inocente, ignorando su mirada furiosa mientras le apartaba un mechón oscuro de la frente con dulzura—. ¿A que estás mejor?

—Déjate de bromas. Creo que…, creo que… —Su estómago volvió a contraerse por el nerviosismo y se secó el sudor frío con el pañuelo de Marcus—. Ay, Dios mío. Qué voy a hacer. Ay, Dios. Creo que estoy embarazada.

Marcus enarcó una ceja, sorprendido, y aun poniendo en riesgo su integridad física, no pudo evitar soltar una carcajada. Vivian le miró cada vez más furiosa y le golpeó con el puño cerrado en el brazo.

—Perdóname, cielo. Es una posibilidad, sin duda, pero dudo mucho que seas capaz de percibir algo así tan solo unas horas después de… del acto.

¿Era una posibilidad? Vivian estaba totalmente perdida en esos temas. No le había preocupado entregarse a él, las chicas del club en sus clases teóricas le habían dicho que los hombres tenían sus propios métodos de contención para evitar ese tipo de «posibilidades» no deseadas, y ellas también, por supuesto, pero cuando empezaron a hablarle de esponjitas impregnadas en vinagre y cosas por el estilo, prefirió mantenerse en la ignorancia. Todo ese mundo le resultaba realmente confuso.

—No te burles de mí. Puede que sea ingenua, pero algunas no tenemos la suerte de ser instruidas en ese tipo de cosas —se quejó, un poco más tranquila al pensar que su malestar se debía solo a su nerviosismo o a no haber comido como debería, e ignoró el pellizquito agradable que el apelativo cariñoso le había provocado—. Además, Isabelle tuvo síntomas prácticamente desde el día de la boda.

—Y con toda probabilidad su hijo nacerá sospechosamente prematuro. —Su sonrisa fue más que elocuente, y la expresión de sorpresa de Vivian le indicó que había atado cabos—. Aunque si te encuentras mal me quedaré contigo todo el día, a este paso puede que comiences a sentir pataditas antes de la cena. ¡Augh! —se quejó cuando Vivian le golpeó de nuevo un poco más fuerte.

—Si ya ha dicho todo lo que tenía que decir márchese, milord. Puede saltar por el mismo sitio por donde lo ha hecho para entrar. —Lo despachó con una cortés reverencia, dándole la espalda y dirigiéndose al interior de la casa como un huracán.

Pero lo había juzgado mal si esperaba que el conde se marchara sin más, y en pocas zancadas la alcanzó. Vivian intentó cerrar la puerta con rapidez, pero Marcus lo impidió colando su bota antes de que le diera con la puerta en las narices, atrapándola contra la jamba para presionarla con su cuerpo.

—¿Qué haces? Márchate, por favor —susurró ofuscada y temerosa de que alguien del servicio los viera en esa tesitura.

—Me quedan muchas cosas por decir, y otras tantas que escuchar.

Marcus Bowden siempre le había resultado atractivo a pesar de su porte remilgado y excesivamente tranquilo. Pero ahora, a pesar de que su peinado y su traje eran tan sobrios como siempre, era incapaz de disociarlo del hombre que se escondía bajo su piel. El Jefe latía por sus venas, y el magnetismo y la fuerza que escondía eran casi tangibles. El resultado era un caballero que emanaba peligro, seguridad, un hombre viril al que le resultaba imposible resistirse.

Los ruidos cotidianos de la casa, el bullir del servicio de aquí para allá, llegaron hasta ellos y en un gesto impulsivo lo cogió de la mano para arrastrarlo hasta una de las salas que nunca se usaba, cerrando con llave después. La pequeña habitación que su madre empleaba antiguamente como cuarto de lectura, por los grandes ventanales que daban al jardín, estaba casi a oscuras con las cortinas echadas y olía a cerrado. No había muchos muebles, apenas un diván con un estampado horrible en tonos ocres y varios cojines que ocultaban su desgaste, un butacón y una mesa cerca de la ventana, y una estantería con libros olvidados y cubiertas amarilleadas por el tiempo. Vivian dio un par de pasos y se detuvo en el centro de la estancia, preguntándose qué demonios hacía a solas en una habitación con el hombre al que no podía resistirse en ninguna de sus facetas. Antes de que pudiera reaccionar, Marcus se acercó a su espalda, la abrazó por la cintura y la pegó contra su pecho. Apartó su pelo con suavidad despejando su nuca y su cuello, y comenzó a depositar un reguero de suaves besos que la dejaron aturdida.

—Por favor… —suplicó con un hilo de voz—. No me hagas esto.

—Necesito saber qué sientes, Vivian. Convénceme de que no sientes lo mismo que yo, es la única forma de alejarme de ti.

—Te odio.

—Respuesta incorrecta —gruñó contra la piel de su cuello, mordiéndola con suavidad. En un acto inconsciente, Vivian suspiró y dejó caer su cabeza hacia atrás ligeramente, hasta apoyarla en el cuerpo duro y cálido de Marcus—. Me adoras, aunque ahora estés demasiado enfadada para reconocerlo.

—No, no te adoro. Ni siquiera me gustas.

Marcus la giró con un movimiento rápido para ver sus ojos, pero cuando la tuvo de frente su mirada se desvió hacia su boca, y en un impulso la atrapó en un beso hambriento y desesperado que ella correspondió sin titubear.

Lo deseaba tanto que estaba a punto de olvidarse de todo lo que la ataba a su realidad. Sabiendo que aquel momento no le pertenecía, Vivian se obligó a interrumpir el beso y enterró la cara en su pecho intentando controlar todos aquellos sentimientos que la empujaban hacia el abismo.

—Así que no te gusto. Discúlpame, pero no resultas convincente —susurró él con los labios apoyados en su sien.

—No puedes pretender que me olvide de todo solo porque

me hagas dos carantoñas. Tengo un poquito de cerebro, aunque te cueste creerlo.

—Yo también, pero en cuanto te tengo cerca me olvido de usarlo —reconoció con tono burlón, sujetando su rostro para besarla de nuevo, pero ella lo esquivó. No intentó retenerla y suspiró observando cómo se alejaba de él—. Está bien, no he venido aquí para seducirte, por más que la idea sea tentadora.

Vivian lo miró sorprendida por lo desinhibido que se mostraba ante ella; puede que fuera porque habían rebasado hasta el último límite que existía entre ellos. Ya no tenía demasiado sentido ser recatados o guardar las formas.

—Me debes una explicación, Marcus. Te escucharé, pero por desgracia dudo que eso cambie nuestra situación.

Marcus respiró profundamente y durante unos instantes cerró y abrió los puños con gesto nervioso con los ojos clavados en la gastada alfombra, en un intento de organizar sus pensamientos.

—Tienes razón. Debo hacerlo. Debería haberlo hecho antes de que lo que siento se me fuera de las manos. Quiero que entiendas que no es fácil para mí hablar de esto. Te ruego que me escuches y que no me interrumpas. —Vivian, sobrecogida por el ansia de saber y por la nube oscura que de repente parecía haber enturbiado el semblante de ese hombre al que había empezado a adorar sin darse cuenta, asintió débilmente y se sentó en el sofá—. Es como tomar una amarga medicina, es mejor contener el aliento y beberla de golpe o resultaría imposible de tragar.

Negó con la cabeza cuando Vivian le indicó con un gesto que tomara asiento junto a ella, prefería estar de pie. Al menos así tenía la falsa impresión de poder escapar de sus propios recuerdos si se le hacían demasiado insoportables. Con la vista clavada en la pequeña cuña de luz que entraba por las cortinas echadas, tomó aire varias veces sin atreverse a mirar a Vivian. Era más fácil así, como si estuviera contándose a sí mismo algo que, por más que quisiera, no podía olvidar. Relató, con la vista perdida en algún recuerdo lejano, cómo su padre había decidido arriesgarlo todo y llevar una doble vida, cómo Marcus había encontrado en su hermano menor a su mejor amigo, y cómo había disfrutado de una verdadera familia, en aquel pequeño rincón del mundo, completamente alejados de convencionalismos. No trató de justificarlo, no pintó a su padre como un hombre honesto y sin tacha, ni quiso que ella le diera su aceptación. Simplemente desgranó sus vivencias, haciéndola partícipe de lo que había sido su vida. Vivian lo miraba con una sonrisa, contagiándose de la cálida nostalgia que le trasmitía, tratando de imaginarse a un travieso y rebelde niño pelirrojo que siempre se metía en líos, y su responsable hermano mayor, dispuesto a salvarle de todos sus problemas.

Y entonces Marcus soltó el aire con fuerza y se volvió hacia ella.

—Aún hoy me cuesta discernir si vivíamos nuestra realidad dentro de una burbuja o si nos empeñábamos en creer que aquel espejismo era real sin serlo. Pero éramos felices.

Una sombra oscura empañó su mirada y cerró los ojos unos instantes, en un vano intento de que recordar aquello doliese menos.

—¿Y tu madre? ¿Lo sabía? —Se atrevió al fin a preguntar. Él asintió con los labios convertidos en una línea fina y apretada.

—Desconozco en qué momento se enteró, o si fue mi padre quien se lo confesó. Aunque no se hablara abiertamente del asunto era algo conocido por todos. Dudo que eso tuviera algo que ver en su distante relación conmigo, ella siempre delegó en niñeras y tutores mi cuidado, y yo me refugié en Bertha Jones para obtener el cariño que mi propia madre no podía o no sabía darme. Fuese cual fuese la razón, cada vez había más distancia entre nosotros. Yo me convertí en un joven ansioso por vivir, y entre mis estudios y mis viajes al extranjero cada vez pasaba menos tiempo en casa, mientras mi padre confiaba con más frecuencia sus asuntos económicos en su administrador hasta que llegase mi momento de coger las riendas. —Se pasó las manos por el pelo visiblemente ansioso, pero tras respirar profundamente recuperó la compostura, al menos por fuera, mientras caminaba despacio de un lado hacia otro sin mirar a Vivian a los ojos—. Mi padre pasaba casi todo el año en su pequeña casita de Blythe Hill con la que consideraba su mujer. En la finca de los Rutherford había varias reformas que acometer y se desplazó hasta allí como solía hacer cada pocos meses. Alguien sugirió organizar una jornada de caza a la que acudieron varios de sus conocidos y... —Su voz se estranguló unos instantes—. Durante la cacería un disparo perdido que llegó de Dios sabe dónde impactó directamente en su pecho.

Vivian recordó con pesar la furia de Marcus cuando ella disparó demasiado bajo en aquella absurda competición de tiro al plato. Había creído que había sido una muestra más de su afán por controlarlo todo, cuando en realidad era producto del miedo y el dolor. Se puso de pie e intentó acariciarle la cara para consolar el profundo dolor que contraía sus facciones, pero Marcus estaba demasiado sumido en su pena para aceptar la caricia y dio un paso atrás en un acto reflejo.

—Estuvo agonizando varios días. Tuve que rogarle a mi madre para que dejara a Lion y a Bertha despedirse de él, y al final fueron las amenazas de mi abuela las que surtieron efecto. Mi padre falleció en cuanto todos a los que quería estuvieron a su lado. En un último acto de «generosidad», mi madre incluso les permitió acudir a su discreto entierro en la finca familiar. —Se le escapó una carcajada amarga y rota—. Como si no fueran más que unos invitados en su vida.

Vivian se limpió con rapidez una lágrima furtiva de su mejilla, y tomándolo de la mano lo condujo hasta el sillón para que tomara asiento junto a ella. Cuando al fin Marcus levantó la vista para mirarla, vio la comprensión y el apoyo que necesitaba para seguir. Sin fuerzas para negarse esta vez, ocupó ese lugar con los codos apoyados en sus muslos y la cabeza hundida entre los hombros, vencido y apesadumbrado por el peso de los recuerdos.

—Y entonces se desató el caos. Todo sucedió tan rápido que apenas tuve tiempo para pensar en lo que estaba ocurriendo. En cuanto el sepulturero echó la última palada de tierra sobre el féretro de mi padre, mi madre se montó en su flamante carruaje para venir a Londres y pasar el luto en soledad. Resultaba extraño que lo hubiera hecho antes de la lectura del testamento o antes siquiera de que las autoridades dieran por zanjado el tema del disparo accidental, sin embargo yo quise achacarlo al traumático incidente y a su orgullo maltrecho por haber tenido que soportar bajo su techo a la amante de su marido y a su hijo natural. Nada más lejos de la realidad.

Marcus sujetó la mano que Vivian había apoyado en su muslo y entrelazó los dedos con los de ella, y cuando la miró a los ojos se sobrecogió al ver las lágrimas que rodaban por sus mejillas. Intentó consolarla, enternecido al ver cómo compartía su dolor, dándole un suave beso en los labios sin darse cuenta de que él también estaba llorando.

—¿Qué ocurrió, Marcus? —susurró con la frente apoyada en la de él, sintiendo con total claridad sus músculos tensos y la indefensión que se traslucía en su expresión triste, algo que jamás creyó que vería en un hombre como él.

—No quedaba casi nada. Solo las pocas tierras ligadas al título, algún inmueble sin valor en la ciudad y la casa de campo donde vive mi abuela. —Marcus tragó el nudo que se formaba en su garganta cada vez que pensaba en aquellos días, en los que el dolor por la pérdida se había teñido con la traición de quien se suponía debería haberlo amado sin condiciones—. Sin apenas tiempo para superar el luto me vi completamente superado por lo que descubrimos. Mi madre y el administrador eran amantes, todo el servicio lo sabía, incluso su círculo más íntimo de amistades lo sabía. Nadie la culpaba. Ella tenía derecho a ser feliz, pero dudo mucho que lo que pasó fuese producto del amor ni de ninguna emoción mínimamente pura. He de reconocer que ese hijo de puta hizo un buen trabajo. Engatusó a mi madre, falsificó la firma de mi padre para poder realizar todas las gestiones en su nombre y aduló a todos los que fue necesario para conseguir su objetivo. Falseó las cuentas mientras desviaba el dinero, y malvendió las tierras con la ayuda de mi madre a un precio irrisorio. Con los años mi padre se había vuelto confiado, y yo estaba demasiado ajeno a todo lo referente al título para enterarme de nada. Le ofrecía las tierras a gente que no era de nuestro círculo, nuevos ricos ambiciosos que no hacían demasiadas preguntas, o gente que no vivía en la ciudad, como el tío de Clarice. Lo hizo todo con una rapidez admirable. Mi padre no se dejaba ver en los círculos de la alta sociedad. Todo el mundo dio por bueno que su situación era delicada y que necesitábamos deshacernos de todo lo que pudiéramos cuanto antes para solventar los problemas que su dejadez había causado. De repente me levanté una mañana, mi padre había muerto, mi madre me había traicionado y la ruina más absoluta se cernía sobre nosotros.

—Puede que tu madre no fuera consciente de lo que estaba pasando.

Marcus la miró con una sonrisa triste.

—Lo era. Lo que más me duele es que solo lo hizo por ambición. O puede que por venganza. El dinero y las tierras no me importaban en ese momento. Había algo mucho más podrido en todo esto. Era más que evidente que la muerte de mi padre no fue un accidente, pero para cuando quise darles caza, ella y su amante ya habían desaparecido. Si Lionel no hubiera estado ahí, no sé qué hubiera hecho. Juntos trabajamos muy duro para conseguir salir a flote. Me tragué el orgullo y pedí ayuda a aquellos que presumían de ser amigos de los ilustres Rutherford alegando pérdidas en las cosechas, ya que ni siquiera podía hacer frente a los gastos básicos de las fincas para seguir produciendo. Pero todos me ignoraron con una palmadita en la espalda y me desearon suerte. Solo Sebastian me escuchó de verdad y me ayudó. Una de las cosas que conservamos fue un edifico cochambroso en la peor zona de la ciudad que mi abuelo había adquirido hacía años por alguna peregrina razón. Lion odia el campo, y se le ocurrió que montar una especie de taberna de tres al cuarto sería buena idea, y yo estaba tan destruido que todo me daba igual.

—El club.

Él asintió llevándose la mano de Vivian a los labios para besar sus nudillos en un gesto espontáneo, sin ser muy consciente de lo íntimo que resultaba.

—Al principio solo era un pequeño club donde beber, apostar y escuchar algo de música. Dos niños de buena cuna tratando de hacerse un hueco entre jugadores, proxenetas y borrachos. Todas las noches nos retaban intentando echarnos de allí, teníamos que ganarnos nuestro sitio, y yo estaba tan furioso con el mundo que entraba al trapo con facilidad. He olvidado cuántas palizas di y cuántas recibí, y a menudo pienso que es un milagro que aún esté vivo. Vivian, tienes que saberlo. Más veces de las que me gustaría reconocer he tenido que elegir entre matar o morir.

—Por eso tus cicatrices —apuntó con un hilo de voz temiendo interrumpirlo por si decidía no continuar, pero ansiosa por saber más—. Así nació el Jefe.

—Fue algo natural. ¿Recuerdas la mujer con la que me viste salir del pasillo oscuro? Ella nos ayudó en nuestros inicios. Regentaba un burdel y pensaba retirarse. Nos enseñó todo lo que los hombres adinerados buscaban en los tugurios como aquellos, y nos convenció para que tuviésemos miras más altas. Fundamos el Dark, pero Lion siempre fue más osado, y decidió que quería probar con algo más fuerte. Y acertamos, desde luego. En poco tiempo conseguimos reformar el edificio, invertirlo todo para que los clubes fuesen un paradigma del lujo y el pecado. No me apetecía tirar el apellido de mi padre y la reputación de mi familia por el fango, bastante nos había costado mantener el asunto de mi madre en secreto. No era de recibo que un noble regentara un club así y se nos ocurrió que sería un incentivo extra contar con un misterioso dueño, sin rostro ni escrúpulos. La máscara fue un alivio. Había perdido la fe en los demás, dejé de confiar en la gente. Sobre todas las cosas quería protegerme, refugiarme tras esa careta para que nadie accediera a mí. Supongo que fue una dulce venganza ver cómo todos aquellos que nos habían dado la espalda ahora se dejaban sus fortunas en mis manos. Yo ponía a su disposición las atrayentes herramientas para que dieran rienda suelta a sus perversiones, ampliaba sus créditos y los trataba como si realmente fueran especiales, como si fueran de los nuestros, hasta que no podían vivir sin nosotros. Y entonces les decía que ya no habría más oportunidades, pagar o atenerse a las consecuencias. Disfrutaba de manera perversa, escondido tras mi máscara, de sus balbuceos y sus súplicas, chantajeándoles veladamente a cuenta de sus peores secretos. Estaba tan vacío que no me importaba nada.

—No, había cosas que te importaban. Habéis ayudado a la gente humilde del barrio sin pedir nada a cambio. Habéis salvado vidas.

—Hay mucha más verdad en los ojos de esa gente que en los de nuestro círculo, Vivian. Aunque, honestamente, he de reconocer que al principio lo hicimos por nuestro negocio, limpiar las calles de maleantes y mejorar en lo que pudimos las vidas de los que no habían tenido suerte, a la larga resultó muy gratificante.

—¿Sabes algo de tu madre? —Nombrarla hizo que sus manos se crisparan de nuevo y Vivian se arrepintió de haber preguntado.

—Puse todo mi empeño en encontrarlos, a ella y a su amante. Tardé cinco largos años. Ya no era un joven sobrepasado por el dolor. Era un hombre capaz de destrozar a cualquiera con mis propias manos. Mis hombres me habían dado informaciones confusas y había recorrido muchas millas sin éxito en incontables ocasiones. Pero esta vez la pista era fiable. Viajé hasta Nueva Orleans, y si no me hubiera convertido en un hombre distinto, no hubiera soportado la ansiedad de la espera durante un viaje tan largo. Por desgracia, cuando llegué ya era tarde. Su amante había muerto devastado por la sífilis hacía meses y mi madre dormitaba en un camastro de una pensión de mala muerte, aquejada de las secuelas de la misma enfermedad. Ni rastro de las riquezas que le habían costado la vida a mi padre. —Marcus tragó saliva y movió la cabeza como si todavía no pudiera digerir aquel recuerdo—. Apenas me reconoció, solo era una sombra consumida de ella misma. No tuve generosidad para perdonarla por lo que hizo. Simplemente me encargué de internarla en un hospital, y pagar religiosamente para que al menos viva bien atendida hasta que llegue su hora. Debería haber tenido sangre fría para acabar con su indigna existencia, o al menos recriminarle lo que hizo, pero me di cuenta de que eso no me aliviaría. Eres la primera persona a la que le confieso que los encontré. No puedo dejar de castigarme pensando que, si yo hubiera asumido mis obligaciones, puede que nada de aquello hubiera pasado y mi padre estaría vivo.

—La venganza no sirve de nada. Lo único que te aliviará será perdonarla. No por ella, sino por ti mismo. Era imposible que tú hubieras podido evitar algo así. Mírame —le rogó sujetando su cara entre sus manos—. Marcus, no estaba en tu mano y lo sabes. Nacemos y crecemos con la idea de que nuestros padres nos cuidarán y harán lo que sea para protegernos. Nadie debería sufrir la traición de los suyos —le consoló con los ojos brillantes de lágrimas sin querer reconocerse que sus padres también le habían fallado en lugar de protegerla, aunque el daño no fuera comparable.

—Le fallé a mi padre, Vivian. No estuve ahí para protegerle. Y ni siquiera pude vengarle. Lo único que he podido hacer es recuperar todas las tierras que nos robaron, he conseguido comprar casi todo lo que era importante para él excepto…

—Las que compraron los Hamilton. La dote de Clarice.

—Sí. Por eso me fijé en ella. Puede resultarte mezquino, pero era una unión que beneficiaba a todos. Al fin y al cabo, ellos solo habían comprado unas tierras a un precio ventajoso, no tenían la culpa de lo que eso escondía. Clarice sería condesa, para gran regocijo de la arpía de su abuela, y yo recuperaba lo que nos robaron. No hay sentimientos ni confusiones entre nosotros. Yo no aspiraba a un matrimonio por amor, ni siquiera a tenerle cariño.

—Tienes razón, Clarice no tiene la culpa —admitió más para sí misma que para él.

—Cuando vi a mi madre convaleciente en aquella habitación infernal me asusté, ¿sabes por qué? Porque no sentí nada, ni lástima, ni pena ni rencor. Parecía que mi corazón se había secado dentro de mi pecho hasta que tú lo has hecho latir de nuevo.

Vivian negó con la cabeza, aturdida por la fuerza con la que su propio corazón la golpeaba.

—Marcus, no es tan sencillo, yo… yo…

—Lo es. No me importan esas malditas tierras. Si Dios dispone que sean mías, volverán a mí de una manera u otra. Puedo renunciar a una venganza que yo mismo me impuse para acallar mis remordimientos. Pero no puedo renunciar a ti. Tú estás por encima de todo lo demás.

—¿Renunciarías a recuperar las tierras de tu padre?

—Lo haría encantado, renunciaría a todo lo que tengo. No me permitiré pecar de lo mismo que le recrimino a mi madre. Detesto profundamente a todos aquellos que anteponen sus ansias de riqueza al bienestar de los que aman, los desprecio. Yo no lo haré.

Vivian intentó ponerse de pie, pero él se lo impidió sujetándola de las manos.

—No he intentado pintarme como el bueno de este relato. Te he contado solo la verdad. Mi máscara se convirtió en mi refugio y mi club en mi mundo. Al principio el Jefe era mi disfraz y el conde mi realidad, aunque poco a poco se han cambiado las tornas. He estado demasiadas veces en el lado oscuro de la vida para saber que ahora anhelo más que nada tu luz. Si no me quieres, si no eres capaz de amar lo que soy, me marcharé y no volverás a verme. Pero si sientes lo mismo que yo no consentiré que nada se interponga.

—¿Y si quererte no es suficiente?

—Lo será. Solo contéstame. —Los dedos de Marcus iniciaron un lento recorrido por el borde de su mandíbula hasta llegar a su boca. Se acercó a ella con la necesidad irrefrenable de sentirla, olerla, beberse cada uno de sus suspiros. Deslizó la nariz con suavidad por su cuello provocándole un agradable cosquilleo, con sus cuerpos enloquecedoramente cerca. De repente la temperatura entre ellos se había vuelto insoportable—. ¿Me quieres, Vivian?

Lo miró unos instantes pero no había palabras para describir lo que sentía. No solo lo quería, lo amaba con cada fibra de su ser y el sentimiento parecía inflamar su alma provocando que quisiera escaparse de su pecho. Había sentido su dolor, sus palabras habían sido crudas y sinceras, sin restarle ni un ápice de negrura a su comportamiento, sin edulcorar sus actos por viles que resultasen. Lo que había vivido, su forma de enfrentarse a los problemas le había convertido en lo que era. Se había reconstruido a sí mismo de la única manera que encontró, a pesar de que a la vez también destruía la parte de inocencia que le quedaba. Había sido traicionado y se había protegido tras un personaje despiadado, y sin embargo albergaba más bondad y más justicia que la mayoría de los mortales. ¿Cómo podría no amarle?

34

Vivian acarició la mejilla de ese hombre tan bello y tan oscuro, quedándose atrapada en la luz de sus ojos casi negros, una luz que él desconocía que tenía. No solo le faltaban palabras para describir el amor que sentía, tampoco se veía capaz de confesar el futuro que le esperaba. No era tan valiente como él, o puede que fuera porque las peores consecuencias no las sufriría en sus carnes. Sería su progenitor quien pagaría la penitencia por sus malas decisiones y su egoísmo, en caso de que ella se negara a cumplir con el compromiso. La ruina o, lo que era peor, la cárcel de deudores. En cambio, si ella se comportaba como la obediente hija de buena familia que se suponía que era, su padre saldaría sus deudas y viviría feliz con su nueva esposa, mientras Vivian se condenaba a un matrimonio infeliz y al escándalo de las acciones de los demás. Desterró todas sus dudas y el desasosiego de su mente dispuesta a refugiarse, aunque solo fuera ese instante robado al destino, en los fuertes brazos que la rodeaban, en el cálido aliento que chocaba contra sus labios. Como siempre, Vivian se dejaba llevar por su impulsividad, olvidándose de pensar, actuando según las pulsiones de sus instintos y, sobre todo, por la necesidad de sentirse amada. Aquello no era más que un espejismo condenado a desvanecerse, la realidad estaba detrás de esa puerta, la realidad estaba llena de obstáculos. Pero en ese momento se permitiría sentirse viva.

Sus labios apresaron la boca de Marcus con una pasión que a ella misma le sorprendió. Él gruñó frustrado por no haber podido arrancarle una respuesta, pero le arrancaría algo mucho más elocuente, sus gemidos de placer y la entrega sincera de su cuerpo. Se tumbó sobre ella en el sofá sin dejar de saquear su boca con su lengua, robándole el aire y bebiéndose sus gemidos de placer. Luchó con su ropa, que a pesar de su sencillez era un obstáculo que estaba acabando con su paciencia. Deslizó las manos con suavidad sobre sus brazos al ver que su piel se erizaba al sentir el aire frío de la habitación, o puede que fuera por el efecto de su roce. No importaba, él estaba más que dispuesto a calmar todas sus sensaciones, a colmarla por completo.

—Prométeme que cuando seas mi esposa no te pondrás todas estas capas inservibles de tela. Me está suponiendo un reto no arrancarte la ropa a tirones.

Vivian soltó una carcajada nerviosa mientras le ayudaba en la ardua tarea de deshacerse de su corsé, algo bastante complicado con él enterrado entre sus piernas.

—No creo que tu servicio llevara demasiado bien ver a la condesa pasearse desnuda por la mansión —le siguió la broma evitando recrearse en lo fascinante que le resultaba la idea y jadeó mientras él mordía sus hombros.

—Entonces viviremos en el club. Pasearemos desnudos para poder hacer el amor en cualquier parte, y todos irán con los ojos vendados. O, mejor aún, nos iremos a algún sitio desierto donde solo estemos tú y yo.

—Suena tentador —reconoció con una sonrisa soñadora y mirándole a los ojos durante unos segundos interminables; lástima que eso no fuera más que un sueño irrealizable.

—Tú sí que eres tentadora —dijo mientras se inclinaba a devorar sus pechos arrancándole un gritito.

Las caricias se sucedieron mientras se deshacían del resto de su ropa con tirones desesperados. Su boca se deslizó hambrienta por su cuerpo, mientras ella se arqueaba en respuesta para recibirle. En aquella habitación demasiado fría, en un sofá en el que apenas cabían los dos, se dejaron llevar con el convencimiento de que no había otro lugar en el mundo, por paradisiaco que resultase, en el que quisieran estar en ese momento. Solo necesitaban el cuerpo al que se aferraban con ansias para ser felices, aunque fuera una sensación demasiado efímera. Marcus lamió y mordió sus pechos con reverencia, al tiempo que su mano se deslizaba por su vientre, bajando hasta encontrar la humedad cálida que le esperaba. Estaba enloquecido de deseo, jamás había ansiado tanto poseer a una mujer, atormentado por el miedo a que se desvaneciera entre sus dedos como si no fuera más que un sueño. Pero era real, Vivian era real, y lo que sentía por ella era lo único verdadero que se había atrevido a vivir jamás. Con la rodilla separó sus piernas un poco más y la penetró con un solo movimiento hasta quedar totalmente sumergido en su interior. Vivian se mordió el labio para contener un gemido, sorprendida por su intensidad. Se detuvo disculpándose, temiendo haber sido demasiado brusco. Aún era pronto para dar rienda suelta a la pasión de una manera desbocada. El fuego que sentía por ella le hacía difícil controlar sus instintos, pero Vivian, totalmente entregada, no le permitió arrepentirse. Estaba completamente fascinado por su entrega, por su espontánea fogosidad, por sus labios separados que dejaban escapar el aire de manera entrecortada, por el suave rubor que teñía su piel clara mientras sus ojos se cerraban arrasados por la pasión. Vivian le besó con hambre, mordiendo su lengua y arrancándole un gruñido que la hizo excitarse aún más. Marcus salió de ella y con un movimiento rápido le dio la vuelta colocándola de rodillas ante él. Soltó una carcajada maliciosa ante el jadeo sorprendido de Vivian, que se aferró al brazo del sillón cuando volvió a penetrarla lentamente.

—Me encantan las vistas desde aquí —susurró con voz ronca junto a su oído conteniendo las ganas de moverse en su interior. La mordió en el cuello, en los hombros, y apretó sus nalgas redondeadas y perfectas con fuerza.

Salió casi completamente de su interior muy despacio para volver a entrar haciéndola gemir de nuevo, sobrepasada por el placer. Se sentía perversa y, lo que era mejor, muy deseada.

—Dime, amor. Dime qué sientes por mí —le rogó él con un nuevo susurro ronco. Era como estar haciendo el amor con un hombre distinto; esta vez era el Jefe, desinhibido, autoritario y oscuro el que la transportaba a través de olas interminables de placer.

Era una tortura igual de efectiva para ambos, él lo sabía, pero disfrutaría de ese fugaz momento de desesperación sosteniéndola al borde del abismo. Salió de ella manteniéndose justo en su entrada completamente inmóvil con todos sus músculos en tensión. Por instinto, las caderas de Vivian se impulsaron hacia atrás ansiosa por sentirlo en su interior de nuevo, pero él se retiró negándose a darle lo que quería.

—Placer por placer, Vivian —ronroneó con voz áspera—. Di que me quieres, no se me ocurre nada más placentero que escuchar eso de tu boca.

—Te amo —musitó Vivian con la cabeza enterrada en uno de los cojines, de manera casi inaudible, negándose a darle lo que le pedía. O puede que simplemente le diera miedo reconocerlo en voz alta, por si se hacía demasiado real. Como premio Marcus, o tal vez el Jefe, volvió a hundirse en ella con ímpetu, haciendo que sus paredes se contrajeran mientras la temperatura entre ellos se volvía infernal. Salió despacio repitiendo la táctica.

—No te he oído, quiero que lo digas más fuerte. Que grites si es necesario, o no te daré lo que tanto necesitas —ordenó con los dientes apretados sintiendo que estaba a punto de perder el control de su cuerpo.

—Te amo, Marcus Bowden, amo cada una de tus sombras, tus defectos, tu oscuridad y tu luz —alzó la voz con un gemido.

Percibió que Marcus sonreía contra la piel erizada de su nuca, para después depositar un reguero de besos por su espalda. Pero él no se percató de que mientras lo confesaba ella lloraba. De felicidad, de necesidad, de desesperación. Puede que fuera una mezcla de todas esas cosas, o que en el fondo su mente reconociera que nunca podría tener lo que tanto anhelaba. Se entregaron al placer sin pensar en todos los problemas que se interponían entre ellos, sin medida, sin querer enturbiar aquel momento tan puro. Los labios de Vivian pronunciaron su nombre como si fuera una plegaria, rogando por algo que la consumía y a la vez le daba la vida; y él se lo dio, fundiéndose con su cuerpo, dejándose envolver por ella, esperándola para llegar juntos a aquella explosión de placer desbordante que parecía curarlo todo, hasta la negrura más profunda.

A regañadientes Marcus abandonó el cálido abrazo que lo anclaba a aquella mujer que lo desarmaba por completo. Apenas tapada por una pequeña manta, el pelo cayendo en bucles desordenados sobre sus hombros y la cabeza apoyada de manera relajada sobre la palma de su mano, era la viva imagen de la voluptuosidad y la lujuria. Sus labios estaban hinchados y enrojecidos por sus besos, sus mejillas deliciosamente sonrojadas y una pequeña mancha violácea comenzaba a marcarse en la nívea piel de su cuello, fruto de un beso más apasionado de la cuenta. Prefirió no decírselo, pero sonrió al imaginar la cara que pondría cuando lo descubriera. Se lo debía, después de todo ella también lo había marcado a él, aunque las señales fuesen invisibles. Había marcado su alma, lo había cambiado sin que él se diera cuenta de ello. Se anudó el pañuelo con asombrosa eficacia a pesar de no tener espejo, mirándola con tanta intensidad que consiguió que se mordiera el labio y apartara la mirada unos instantes.

—Me pasaría el día aquí contigo, pero por desgracia tengo muchos asuntos entre manos —lamentó con actitud resignada poniéndose en cuclillas para quedar a su altura. Depositó un beso suave sobre sus labios, y frunció un poco el ceño al notar una respuesta bastante tibia en comparación con el estallido ardiente de unos minutos antes—. ¿Qué te ronda por esa cabecita tuya?

—Marcus, voy a pedirte algo y necesito que me des tu palabra de que lo cumplirás.

—Te escucho —la instó a continuar mientras jugueteaba con un bucle de su pelo.

—Si confías en mí, dame tu palabra primero.

—Pretendes que te prometa que voy a obedecer tus deseos sin saber lo que vas a pedirme. Lo cual implica que lo que me vas a pedir no me va a gustar en absoluto. —Se puso de pie súbitamente tenso al intuir por dónde iban sus derroteros.

—Por favor, confía en mí.

—Si eso es lo que quieres escuchar, de acuerdo. Confío en ti. —Su respuesta fue lo bastante ambigua para que ella se sintiera segura de realizar su petición.

—No hables con mi padre todavía. No puedes llegar y decirle que tenemos que casarnos con urgencia, sin más, cuando estoy comprometida con otro hombre. Dame un poco de tiempo, por favor. La situación de mi familia es complicada —rogó, incorporándose y sujetando la manta contra su pecho para salvaguardar un renovado pudor.

—Lo sé —fue su escueta respuesta mientras se dirigía a la salida, con el ánimo inevitablemente ensombrecido. Le hubiera gustado dedicarle una última sonrisa, pero el cambio en la actitud de Vivian le había borrado las ganas de hacerlo, y se limitó a mirarla de nuevo y aprenderse de memoria aquella imagen cautivadora que ella ofrecía.

Salió de la mansión como un furtivo, saltando la verja del jardín, organizando mentalmente todo lo que tenía que hacer. Si Vivian quería ser quien hablara con su padre lo respetaría, y lo pondría al final de la lista. Pero no era de los que eluden sus obligaciones y no dejaría nada al azar. Por el momento tenía que ordenar sus prioridades. Pedir una licencia especial, disculparse con Clarice Hamilton, localizar al cabeza hueca de Solomon… Aún no sabía en qué orden lo llevaría a cabo, pero sí que tenía clarísimo qué era lo más urgente: encontrar a Archie Carpenter y tener una larga y fructífera charla con él.

Desde que Marcus se había marchado hacía unas pocas horas, Vivian se mantenía en un estado cercano a la levitación, donde alternaba la euforia con la desolación más absoluta. Había sido incapaz de comer, y la idea de echarse una siesta tampoco dio resultado. Se vistió con un vestido sencillo de lana gris y decidió que salir sería una buena idea, quizá visitar a Isabelle la ayudara a encontrar las respuestas que necesitaba. Era demasiado duro asumir que tendría que renunciar al hombre que amaba por los tejemanejes de su padre. Haber compartido esa intimidad con él había sido mágico, abrumador. Pero el pasado de Marcus, además de ayudarla a entender su forma de actuar, le había creado más inseguridad. Su madre lo había traicionado llevada por la codicia, y su frase lapidaria resonaba en su cabeza. «Detesto profundamente a todos aquellos que anteponen sus ansias de riqueza al bienestar de los que aman, los desprecio».

¿Acaso su padre no había hecho exactamente eso? Aunque no la hubiera traicionado en la misma medida que la madre de Marcus, aunque hubiera intentado solventar los problemas económicos antes de que todo se desbordara, había antepuesto su bienestar sin importarle que para ello tuviese que sacrificar el futuro de su hija. No sabía cómo reaccionaría Marcus cuando le dijera que una enorme deuda, la amenaza de que su padre acabase entre rejas y el inminente escándalo de un divorcio se cernía sobre su cabeza. Qué tipo de unión podía funcionar con semejante comienzo. Además, su tío había hecho el pago de una parte de la deuda, ni siquiera sabía si romper el compromiso era factible o si el vizconde de Relish estaría de acuerdo con el cambio de planes. Puede que todo fuera cuestión de dinero, pero no podía pedirle a Marcus que asumiera una responsabilidad que no le incumbía en absoluto. Lo que estaba claro era que de una manera u otra estaba a punto de desencadenarse el desastre. Y como muestra de ello, Flora entró en su habitación intentando disimular la cara de fastidio para informarle que su madre acababa de regresar a casa, y por lo visto venía de un humor de perros, cosa por otro lado bastante habitual.

—Oh, no me digas… Se suponía que regresaría mañana, justo ahora que iba a salir. Lo último que me apetece es escuchar uno de sus sermones o soportar su mirada de censura. Ayúdame a escapar de aquí, por favor.

—Ya lo había pensado. Le he sugerido a su madre que suba a sus habitaciones a refrescarse un poco y echarse un rato.

Como siempre que traspasa el umbral de esta casa, le aqueja una terrible migraña y el viaje de media hora desde unas cuantas manzanas de distancia ha debido resultarle agotador —añadió con ironía—. Si baja ahora no se la cruzará. Le he pedido a Martin que prepare el carruaje para llevarla a casa de la duquesa.

—Gracias, Flora. Eres un sol. —Vivian le dio un rápido abrazo a su doncella y tras coger la capa corta que esta le tendió se marchó rápidamente.

—Espere, ya se me olvidaba. Ha llegado esto para usted —la detuvo mientras sacaba un estuche alargado forrado en terciopelo del bolsillo de su delantal.

Vivian aceptó la caja dándose cuenta en ese momento de que sus manos temblaban. Al abrirla descubrió una pulsera de oro con dos pequeños colgantes, una luna y un sol. El día y la noche, la luz y la sombra. Ella y él. Guardó el estuche en el cajón de su tocador. No se sentía preparada aún para usar esa joya, era algo demasiado personal, demasiado íntimo, demasiado suyo. Abrió la nota que la acompañaba con los dedos crispados por los nervios y sonrió mientras la leía.

> Proverbios 6:28. ¿Puede alguien caminar sobre las brasas sin quemarse los pies?
> P. D.: Regálame tu luz.

Puede que después de haberse entregado al pecado de manera tan complaciente en sus brazos, un fragmento de la Biblia no fuera lo más adecuado, pero así era Marcus, perverso y santo a la vez.

Oscuros nubarrones se arrebujaban en el cielo empujados por el frío viento del norte, pero Vivian apenas lo notó. Estaba a punto de llegar a su carruaje cuando se percató de que una figura menuda vestida de oscuro se acercaba hacia ella. Dio un respingo cuando la anciana puso una pequeña mano con suavidad en su antebrazo.

—Tiene usted cara de ángel, seguro que puede ayudar a esta pobre vieja para que pueda retirarse por hoy, está a punto de llover y no he vendido nada aún —dijo mostrando un hatillo hecho con un pañuelo que llevaba en su otra mano. Vivian miró al cielo y comprobó que la mujer tenía razón, la tarde se oscurecía por momentos y pronto una noche prematura se cerniría sobre la ciudad.

—¿Todo bien, señorita? —inquirió su cochero, incómodo por la excesiva cercanía de aquella desconocida.

—Sí, no te preocupes, Martin.

Vivian miró a la enjuta mujer, que tenía la cara arrugada y la expresión triste y cansada, con la ceguera empañando de blanco uno de sus ojos.

—Dígame, señora. ¿En qué puedo ayudarla? —preguntó con amabilidad.

La mujer sonrió y desanudó el pañuelo para mostrarle pequeñas figuritas talladas en madera.

—Vendo estas figuras. Cómpreme alguna para poder cenar esta noche, no pido mucho.

—Tiene razón, hace frío y debería resguardarse. —Vivian sacó su monedero y le dio todo el contenido a la mujer, que al principio se mostró reticente a aceptar tanto dinero—. Ahora tengo que marcharme, pero venga mañana y pregunte por mí. La ayudaré en lo que…

La mujer levantó la mano para tranquilizarla al ver la expresión compungida de Vivian, que aún no estaba lo bastante curtida para asumir las miserias ajenas. Puede que nunca lo estuviera.

—Con esto es más que suficiente, niña. Se lo agradezco. Y ahora permítame elegir una figurita para usted. —Entre las miniaturas había una tortuga minúscula, un pez, la figura de una mujer con un vestido azul y otras cosas más, que la sorprendieron por la delicadeza y la precisión con las que estaban talladas—. Este es perfecto.

Vivian abrió la palma de la mano y la mujer colocó una figura de un pájaro con las alas extendidas pintado con alegres colores.

—Este es perfecto para un dulce y valiente pajarillo como tú. —Vivian sintió un escalofrío recorriendo su espalda y al mirar a la mujer vio que su expresión había cambiado, volviéndose mucho más intensa. En un acto instintivo buscó con la vista al cochero, pero estaba distraído comprobando las cinchas de los caballos—. Escúchame bien, niña. Hay otro pájaro de llamativas alas que ha tenido que escapar contra su voluntad. Hay alguien que quiere haceros año.

La mujer cerró los dedos de Vivian guardando la figura de madera en su interior y la apretó entre las suyas. En un acto reflejo Vivian tironeó intentando zafarse de su agarre, sin éxito.

—Avisa al León. Alguien llamado Brown os acecha. Estáis en peligro, pajarillo. Vuela, vuela y dale este mensaje antes de que sea tarde.

—Señorita… —Vivian se giró al escuchar la voz del cochero que miraba ceñudo en su dirección, preocupado al ver el forcejeo con la anciana.

Cuando Vivian volvió a concentrar su atención en la mujer, esta ya se alejaba, perdiéndose entre los carruajes y la gente que paseaba apresuradamente para refugiarse de la inminente lluvia.

—¿La ha molestado, quiere que vaya a buscarla?

—No, Martin. Estoy bien —dijo con la voz tensa—. Cambio de planes, no iremos a la casa de los Kensington. Llévame inmediatamente al club.

El trayecto hasta el Dark se le hizo eterno, incapaz de deshacerse del nudo que le impedía respirar con normalidad. Despidió a Martin en cuanto estuvo en la puerta sabiendo que allí estaría a salvo, aunque tenía la terrible sensación de que algo o alguien la acechaba. Antes de entrar miró a su alrededor y no vio nada extraño, solo la noche que ya empezaba a caer sobre la ciudad.

35

Vivian estuvo a punto de chocar con Lionel cuando se dirigía rápidamente hacia sus habitaciones.

—Gracias a Dios que estás aquí —sollozó sin aliento, en parte por el nerviosismo que se aferraba a ella sin tregua.

Lion acunó sus mejillas intentando tranquilizarla, temiendo que hubiera tenido un nuevo enfrentamiento con su hermano.

—¿Qué ha pasado, pequeña? Ven, vamos a sentarnos y cuando estés más tranquila hablaremos.

Vivian negó con vehemencia intentando recuperar la capacidad del habla y simplemente abrió la mano mostrando el pequeño pájaro de madera que le había dado la anciana. El semblante de Lion se oscureció mientras cogía la figura y la observaba con el ceño fruncido, reconociéndola al instante.

—¿De dónde has sacado esto, Vivian?

—Me la entregó una anciana. Me dijo que estamos en peligro, que te buscara y… ¿sabes qué es? —preguntó al ver el semblante ceniciento de Lion.

—Es de Solomon. Le gusta tallar la madera, cuando era pequeño las vendía. Desde que llegó aquí las hace solo para entretenerse. Hace días que no se sabe nada de él.

—Esa mujer me pidió que te transmitiera un mensaje. Dijo que el pájaro no ha tenido más remedio que volar y que tenía que avisar al León. Que alguien llamado Brown nos quiere hacer daño. Ella me llamó pajarillo, igual que Solomon. Crees que…

—Santo Dios —la interrumpió Lion sujetándola del brazo y arrastrándola por el pasillo para sacarla de allí, sin tiempo para dar explicaciones.

—Lion, espera. ¿Crees que le habrá sucedido algo a Solomon? Porque esto es un mensaje de Solomon, ¿verdad?

—Sí, Vivian. Si se ha marchado tiene que haber un motivo importante. —Lion se detuvo con el corazón latiendo con fuerza contra sus costillas—. Si lo que dice es cierto no puedes quedarte aquí. Vamos, tienes que irte.

—¿Dónde está Marcus? Tenemos que avisarle. —Se detuvo con determinación dispuesta a no avanzar ni un paso más hasta que supiera su paradero.

—No lo sé. No lo he visto desde esta mañana, pero él sabe defenderse solo, no te preocupes. La prioridad ahora es que vuelvas a casa. Tengo que hablar con mis hombres y tratar de averiguar qué demonios está ocurriendo. Te prometo que buscaré a Marcus. —Trató de tranquilizarla cogiéndola nuevamente de la mano.

—¿Qué está pasando, Lion? ¿Una nueva redada?

—Puede ser. Sea lo que sea, mi hermano me despellejará si no te pongo a salvo cuanto antes —dijo con una tensa sonrisa, y depositó un suave beso en el dorso de su mano.

—Está bien, pero prométeme que me mantendrás informada.

—Te lo prometo. Y tú júrame que no vendrás por aquí hasta que te avisemos, Vivian. Ese Brown es peligroso.

Ella asintió, aunque lo que menos le apetecía era permanecer en su casa a la espera de noticias. Era demasiado impaciente para eso, pero reconocía que quedándose allí solo sería un quebradero de cabeza para ellos. El nudo en el pecho de Vivian se afianzaba con más fuerza con cada paso que daban hacia el exterior, y un mal presentimiento se cernía sobre ellos. Lion empujó la puerta que daba al callejón con fuerza y el frío de la noche temprana los recibió. Todo pasó tan rápido que ninguno de los dos tuvo tiempo de reaccionar. Lo último que sintió Lion fue el grito amortiguado de Vivian, y su mano cálida que se escapaba de la suya, mientras el dolor de un golpe en su nuca hacía que todo se volviese negro.

El duque de Kensington se bajó de su carruaje oscuro, carente de cualquier distintivo, y se estremeció al sentir el aire helado y los característicos olores del puerto de Londres.

—Llegas tarde —le recriminó el Jefe, que lo esperaba apoyado en la pared del solitario edificio, con una actitud relajada que no ocultaba ni un ápice la tensión de su cuerpo.

—No me toques las narices, Marc. Debería estar debajo de una manta mimando a mi embarazadísima esposa. Y en lugar de eso estoy aquí, con el trasero helado de frío, para ayudarte a intimidar a algún incauto. ¿De quién se trata esta vez? ¿Algún proxeneta con la mano larga? ¿Alguien que quiere invadir tu territorio? —preguntó aceptando la máscara negra que le tendió su amigo.

Ambos se ajustaron sus respectivas máscaras en silencio, mientras el conde pensaba en la mejor manera de plantear lo que se traía entre manos. En bastantes ocasiones había requerido de los servicios de su amigo el duque cuando quería interrogar o simplemente advertir a alguien. Era perspicaz, listo como un zorro, y tenía muchísima información de todos esos descarriados que alternaban la cara inocente que mostraban en los salones con movimientos turbios y negocios oscuros. Y por qué no decirlo, su envergadura y su imponente presencia enmascarada hacían que más de uno se orinase en los pantalones literalmente. Formaban un buen tándem, y la lealtad y el cariño que se profesaban estaban fuera de toda duda. Marcus mataría y moriría por Sebastian, y estaba seguro de que él haría lo mismo. Confiaba en él, y eso no era algo que Marcus sintiera por mucha gente.

—Vamos a tener una pequeña charla con Archie Carpenter.

Sebastian lo detuvo sujetándolo del brazo.

—¿Qué demonios ha hecho ese infeliz para que le des una paliza?

—Solo quiero que me explique por qué demonios va a casarse con Vivian. No voy a darle una paliza, por quién me tomas. —La máscara impidió que Marcus viera la cara de absoluta sorpresa de Sebastian, mientras le abría la puerta para franquearle el paso al oscuro almacén—. A no ser que no se muestre colaborativo, claro, cosa que dudo.

—No sabía nada de ese compromiso. Y tampoco que los planes matrimoniales de Vivian fueran de tu incumbencia.

—Lo son, desde que tengo decidido que seré yo quien la lleve al altar. Adelante, amigo —lo instó a pasar con un gesto de la mano, ignorando su pequeña carcajada.

Ambos se acercaron despacio hacia el centro del almacén abandonado donde se acumulaban cajas vacías, maderas y algunos aparejos de pesca. Un hombre asustado, atado a una silla, temblaba en el círculo de luz que proyectaban varias lámparas de aceite. Tres de los hombres del Jefe, con sus correspondientes máscaras negras, como la de Sebastian, lo rodeaban con actitud amenazante. Archie Carpenter apenas levantó la vista unos segundos para ver quiénes eran los nuevos visitantes y prefirió mantener los ojos clavados en el suelo polvoriento frente a él. Marcus realizó la coreografía de siempre, esa que le daba tan buenos resultados, y se paseó despacio a su alrededor observándole como si fuera a saltar a su cuello para destrozarle en cualquier momento, mientras Sebastian se colocaba amenazador en un segundo plano como un ángel de la muerte.

—¿Sabes quién soy? —preguntó el Jefe con su voz de ultratumba potenciada por el eco del recinto.

No obtuvo respuesta y dio un golpecito con la puntera de su bota en la pierna de Archie para hacerlo reaccionar. Puede que Archie no se prodigara por las fiestas ni los clubes, pero habría que ser de otro mundo para no conocer al Jefe y su fama de pendenciero sin escrúpulos. Las leyendas sobre situaciones como esta corrían por la ciudad, aunque nadie que las hubiera vivido se atrevía a contarlas en primera persona. Asintió levemente temiendo provocar su ira.

—Voy a ser claro contigo, Carpenter. Quiero respuestas.

No me gustan las evasivas. Yo pregunto, tú respondes. Así de fácil. Si me das lo que quiero, esto se acabará muy rápido. —El joven volvió a asentir—. ¿Por qué tu familia te ha comprometido con tu prima?

La pregunta, tan directa como inesperada, hizo que Archie levantara la cabeza, sorprendido, y clavara la vista en la máscara blanca e impasible que le observaba desde arriba. Balbuceó intentando entender qué demonios era todo aquello, pero se quedó sin aire cuando un puño impactó contra sus costillas doblándolo sobre sí mismo. Marcus le dio una colleja a su hombre de confianza aprovechando que Archie no podía verlos, demasiado ocupado tosiendo e intentando recuperar el aliento.

—¿Quién te ha dicho que le golpees, maldición? —susurró con los dientes apretados.

—Lo siento, Jefe. Es la costumbre —se excusó encogiéndose de hombros.

Tras esperar a que Archie recuperase la respiración pacientemente, Marcus le repitió la pregunta y esta vez fue un poco más locuaz.

—Mi tío tenía una situación económica complicada.

—¿Y por qué tu padre no le dejó el dinero, como un buen hermano, sin inmiscuiros a Vivian y a ti en esto? —preguntó con sarcasmo.

—Era mucho dinero.

—No entiendo nada, Archie. Discúlpanos. ¿Vosotros entendéis algo, chicos? —Todos negaron convincentemente mientras el Jefe asentía satisfecho—. Debes explicarte mejor para que todos sepamos de qué estás hablando. No me hagas sacarte las cosas con cuentagotas, ya has visto lo impaciente que es mi amigo. —Le dio una palmadita afable en la cara, mientras el tipo que le había golpeado se crujía los nudillos.

—Yo…, esa es la verdad.

Marcus lo sujetó por el mentón con más fuerza de la necesaria obligándolo a levantar la vista hacia las hendiduras oscuras de la máscara.

—No me toques los cojones, Carpenter. Quiero saber de

cuánto dinero estamos hablando, a quién se debe ese dinero, y por qué, en lugar de prestárselo de buena fe, os ponen a ti y a Vivian como aval. ¿O vas a decirme que ambos queréis ese matrimonio? ¿Quieres ese matrimonio, Archie? —bramó pegado a su oído, enloquecido solo de pensarlo.

Archie sollozó atemorizado, y Sebastian tocó en el hombro a Marcus para proseguir con el interrogatorio, antes de que la cosa se pusiera más tensa.

—No queremos hacerte daño. Solo queremos respuestas. Sabemos que eres un buen chico, pero en estos momentos el silencio y las medias verdades no te favorecen, Carpenter —expuso con tono tan controlado y firme que incluso podría haber pasado por amigable, pero Archie supo que no era más que una treta para soltarle la lengua.

—Y una mierda no vamos a hacerle daño. Habla de una vez o no respondo de mis actos —gritó Marcus sujetándolo de la pechera de la camisa.

—Está bien, está bien —accedió con la voz temblorosa—. Mi tío Ralph, el padre de Vivian, invirtió una suma considerable en un negocio. Pidió dinero, mucho dinero, a un conocido para invertir en el comercio de mercancías, pensando que era una inversión segura. Pero el barco que debía transportar las mercancías se hundió sin dejar rastro. La compañía de seguros que debía haberse hecho cargo de todo ha desaparecido. Todo un cúmulo de malas decisiones y poca fortuna que lo empujaron a la ruina. Mi padre va a ayudarle.

—Muy loable. Pero sigo sin entender el porqué de este matrimonio. ¿Ha sido idea tuya? ¿La quieres?

—¿Qué? No. La quiero, sí. Es como una hermana para mí. Pero yo no planeé esto ni voy de buen grado al altar. Mi padre…

—Habla de una vez, no es momento para ser tímido.

—Yo quiero casarme, pero la mujer que he elegido no es del agrado de mi familia. —Archie miró a su alrededor dudando si debía dar más detalles de su vida sentimental a aquellos salvajes. El panorama era desolador. Cinco hombres amenazantes lo rodeaban y no tenía duda de que podrían acabar con él con una mano atada a la espalda. El enorme edificio donde se encontraban parecía a punto de venirse abajo, el hedor que se filtraba por las ventanas rotas, a aguas estancadas y pescado podrido, era nauseabundo, y apenas se escuchaban sonidos amortiguados y extraños. Aunque le habían trasladado hasta allí con la cara cubierta por una capucha, había deducido que estaba en el puerto, puede que en la peor zona. No quería morir, quizá no fuera honroso reconocerlo, pero era la verdad y, mientras las preguntas siguieran así de inofensivas, les daría lo que querían—. Cuando mi tío le pidió ayuda, mi padre vio la oportunidad de matar dos pájaros de un tiro. Siempre ha existido mucha rivalidad entre ellos, uno demasiado sensato y el otro mucho más inquieto. Mi padre al fin podría demostrar que era mejor que su hermano, que su impulsividad tarde o temprano le traería consecuencias nefastas.

Marcus bufó. Ahora sabía de quién había heredado Vivian su carácter.

—Cuánto amor fraternal —ironizó Sebastian.

—Ninguna familia es perfecta —continuó Archie con un suspiro entrecortado—. A cambio de pagar la deuda y evitar que mi tío acabe en la cárcel, mi padre se queda con su mansión y… la condición es que Vivian y yo nos casemos.

—¿Y tú qué ganas a cambio? —indagó el duque.

—¿Aparte de a Vivian? —preguntó Marcus molesto.

—La promesa de que a la mujer que amo nunca le faltará nada.

—¿La amas lo suficiente como para casarte «por» ella, pero no «con» ella? Discúlpame, pero no lo entiendo. —La paciencia de Marcus estaba llegando a su fin y su cerebro se negaba a atar los cabos sueltos con su agilidad habitual—. No me cuadra en absoluto. Además, te tenía por un hombre demasiado austero como para ahogar tus penas en una taberna del puerto rodeado de rameras mientras tu futuro lo deciden otros. Porque es ahí donde te han encontrado mis hombres, ¿me equivoco? Vaya forma de despedirse de la soltería. ¿Por qué demonios tu papaíto no acepta tu elección? ¿Acaso es alguna meretriz y has venido a despedirte de ella?

Archie lo miró frustrado perdiendo la compostura. Que se hubiera visto obligado a dejarla por las circunstancias no significaba que sus sentimientos no fuesen verdaderos. Gruñó e intentó ponerse de pie, pero seguía firmemente atado a la silla y tuvo que hacer un esfuerzo para no caer de bruces.

—Mi padre se niega a consentir nuestro matrimonio porque es una viuda sin posición y porque es unos años mayor que yo. Pero a mí eso no me importa. La amo, pero, si no desisto, yo acabaré desheredado y en la calle, y ella… ¿Qué clase de vida podré ofrecerle? —Sebastian y Marcus se miraron a través de sus máscaras compadeciéndose del hombre compungido que se deshacía entre sollozos, demasiado cobarde como para cambiar su vida y demasiado honesto como para negarlo—. Y en cuanto a lo de la taberna…, era un encargo de mi tío.

—Habla —ordenó Marcus dando un paso hacia él, deseoso de llegar al epicentro de aquel desastre.

—Antes dígame qué interés tienen en esta información o no diré nada más.

—No estás en posición de negociar, imbécil. —Uno de los hombres de Rutherford dio un paso adelante por si había que emplear métodos más drásticos, pero el conde lo detuvo con un gesto de la mano.

—Dígame por qué tiene tanto interés en Vivian. No diré nada que pueda perjudicarla —volvió a afirmar Archie

Marcus hizo un gesto con la cabeza a sus hombres para que se alejaran, y estos se marcharon en silencio a esperar fuera del edificio, quedándose Sebastian y él a solas con el prisionero.

—Jamás le haría daño. Mis intenciones con ella son honorables —reconoció Marcus sin titubear.

Archie sacó valor suficiente, o puede que solo fuera inconsciencia, para mirar a su alrededor y soltar una carcajada.

—¿Y pretende que le dé mi bendición? El rey de los bajos fondos me secuestra y me golpea para extorsionarme, y pretende que me quede tan tranquilo depositando la felicidad de mi prima en sus manos. Jamás. Puede darme una paliza si quiere, no lo ayudaré a quedarse con ella. Vivian merece una buena vida, al menos una vida decente y no... esto. Y en cuanto a mi presencia en la taberna, solo estaba... buscando información.

—Eres un poco exagerado, Archie. Pero no eres tan pusilánime como pareces —admitió el Jefe—. Verás, haremos un trato, nos ayudaremos mutuamente. Dime qué información estabas buscando y veremos qué se puede hacer. Ayúdame a entenderte.

Archie dudó si debía continuar. Miró a esos dos hombres enormes, que hablaban con un acento refinado, con ropas de calidad y con ademanes elegantes a pesar de las escabrosas circunstancias en las que estaban. Eran gente con clase y no vulgares delincuentes de poca monta. No sabía qué consecuencias podría tener contarles sus sospechas. Pero tampoco tenía demasiadas opciones donde elegir, y uno de ellos, el famoso Jefe, parecía estar realmente interesado en Vivian.

—Mi tío estaba con el agua al cuello y se agarró a las condiciones que le ofreció mi padre como a una tabla de salvación. La certeza de que Vivian estaría bien cuidada lo tranquilizó al principio. Pero sabía que yo estaba enamorado de otra persona y en el fondo era consciente de que esto no nos haría felices a ninguno de los dos. Me hizo partícipe de sus dudas y me pidió ayuda.

—¿Ayuda sobre qué? —apremió Marcus cada vez más impaciente.

—El tipo que le prestó el dinero es un tal lord Relish. ¿Le conocen? —Marcus y Sebastian se miraron en silencio y el rehén se retorció ligeramente en la silla—. Estoy dispuesto a colaborar, y no sé muy bien por qué, créanme. Pero les rogaría que me soltaran. No soy un rival para ustedes y se me están entumeciendo los brazos. Por favor...

Marcus se detuvo con los brazos cruzados frente a la silla en toda su envergadura, oscuro y siniestro, y como acto de buena fe le indicó a Sebastian con un gesto de la cabeza que soltara las ligaduras. Archie musitó un agradecimiento mientras se frotaba las marcas rojizas de las muñecas y, tras un gesto de la autoritaria mano del Jefe, carraspeó para continuar con su relato.

—El padre de Vivian sospecha que hay algo oscuro tras el hundimiento del barco que arrastró su fortuna y sus ilusiones al fondo del mar.

—Qué poético —se burló Sebastian ganándose una mirada de amonestación de Marcus, que no estaba por la labor de tolerar más interrupciones.

—Un navío semejante no puede desaparecer como por arte de magia. Otros barcos que seguían la misma ruta dicen que no lo vieron ni antes ni después del desastre. Un barco hundido deja rastro, mástiles, mercancía..., cadáveres. No encontraron nada y, para colmo, nadie recuerda una tormenta tan devastadora en esas fechas. Simplemente se mandó aviso del hundimiento desde un puerto cercano. En los últimos cinco años se han hundido varios barcos con las mismas características, misma ruta... Y hay algo más. Un pobre hombre, un borracho al que nadie ha querido escuchar, dice que ha visto a varios de los marineros que daban por muertos tripulando otra embarcación sospechosamente similar, recién reformada y con un nombre diferente. Nadie le ha creído, por supuesto. Estoy intentando encontrarlo.

Sebastian asintió lentamente intentando atar cabos.

—¿Sabes algo al respecto? —preguntó Marcus dejando olvidado su acento ronco.

—Cuando investigué la estafa de la que fue víctima mi cuñado, también oí algo de esos barcos y su tripulación fantasma. Yo también escuché esa historia, hace varios años que se oye cada cierto tiempo.

—Hay algo más. La compañía aseguradora cerró a cal y canto pocos días después de que el barco zarpara de Londres, tras cobrar un precio bastante elevado por sus servicios. Mi tío está convencido de que todo está relacionado y que hay algo turbio, pero el vizconde de Relish se niega a darle más tiempo. Y mi padre está ansioso por verme casado, deshacerse de mi problema y ver cómo su hermano se arrastra ante él.

—Así que lord Carpenter ha estado tan ansioso por solucionar sus problemas que se ha aferrado con uñas y dientes a la primera solución que ha encontrado y solo después de eso se ha dado cuenta de que le han timado —resumió Kensington.

—Aún no tenemos pruebas, quería encontrar algún testigo o algo de información. De lo contrario, Vivian y yo tendremos que casarnos en pocos días.

—Sobre mi cadáver —zanjó Marcus con los dientes apretados—. Hoy es tu noche de suerte. Vamos a ayudarte a que te marches con la mujer que dices amar. Dispondrás de un carruaje y los fondos que necesites. Si cuando vuelvas tu padre te deja en la calle, te ayudaré hasta que encuentres un modo de ganarte la vida.

Archie sonrió esperanzado, pero de repente pareció azorarse y su semblante cambió angustiado.

—No pretenderá que me esfume sin más y deje el futuro de Vivian en manos de un delincuente sin rostro. Puede que no sea un hombre aguerrido, pero tampoco soy un donnadie. No hay nada que desee más que casarme con la mujer que amo, pero no a costa de dejar a mi familia en manos de cualquiera.

El duque se encogió de hombros mirando a Marcus.

—Creo que ya puedes encargarte de esto tú solito. Voy a averiguar lo que pueda sobre esos barcos y la compañía de seguros. Os dejo la parte del romanticismo a vosotros —dijo Sebastian y, tras darle una palmada en la espalda al conde, salió hacia el exterior.

—Le he contado lo que sé. Demuéstreme que es digno de confianza.

Digno de confianza. Marcus no sabía a esas alturas si era alguien en quien se pudiera confiar; lo que sí sabía era que daría su vida por Vivian y que no permitiría que nada ni nadie le hiciera daño. Ahora entendía mejor la situación y por qué no había podido negarse a ese compromiso forzoso. Lo primordial era evitar que el matrimonio se celebrara, y después intentar resolver el escabroso asunto del más que probable fraude del que había sido objeto lord Carpenter y a saber cuánta gente más. Con el bueno de Archie Carpenter camino de Gretna Green con su amada tendría resuelto el primer problema, pero entendía la postura del muchacho, que por otra parte le honraba.

—Vivian no es un capricho para mí. Nos queremos y pienso hacer lo que sea necesario para hacerla mi esposa. Lo que sea —aseguró enfatizando las últimas palabras.

—Quizá dar la cara sea un buen comienzo.

Si no fuese porque habló con la voz entrecortada, asustado por su propio atrevimiento, Marcus hubiera pensado que su aspecto apocado no era más que una fachada. Aun así, admiró su entereza mientras dirigía sus manos hacia el cierre de su máscara para liberarse de ella.

36

Nicholas Hamilton tenía muchas cualidades, pero desde luego la entrega al prójimo no era una de ellas. A no ser que el prójimo fuera una bella mujer y la entrega se refiriera a dejarse llevar por los instintos más carnales. Pero cuando su prima Clarice le hizo partícipe de las sospechas que tenía respecto al conde de Rutherford y su hasta ahora mejor amiga, Vivian Carpenter, se vio obligado a tomar cartas en el asunto. Al menos lo justo para que su conciencia no le martirizase por haber dejado en la estacada a un miembro de su familia, y no cualquier miembro, probablemente el único al que le tenía cierto aprecio. Decidió seguir al remilgado conde con la discreción suficiente para no ser descubierto. Solo lo hizo unas pocas veces, pero le quedó bastante claro que el conde se dirigía a la peor zona de la ciudad, concretamente al Dark. Si bien no era del todo descabellado que alguien como él tuviese una doble moral, sí lo eran sus idas y venidas a horas desacostumbradas para la clientela. Lo que no le extrañó tanto fue comprobar que una dama bastante similar a Vivian Carpenter acudía con la misma asiduidad que él.

Para Clarice fue igual de evidente que para Nicholas. Ambos tenían una relación y el punto de encuentro, por alguna inexplicable razón, eran esos clubes llenos de pecado y perversión. Puede que quedaran en una de esas salas privadas para hacer cosas inimaginables. Pero Clarice no quería creer que esa fuera toda la verdad. Si bien el ambiente del club era atrayente, había cientos de lugares mucho más discretos para una cita clandestina que aquel. Siguiendo su instinto decidió averiguarlo prescindiendo de la compañía de Nicholas, que no estaba muy por la labor de continuar perdiendo el tiempo haciendo de detective.

«No sigas investigando, Clarice. Puede que lo que encuentres no sea de tu agrado».

Las palabras de Nick resonaban en sus oídos una y otra vez. Y aunque él las había dicho como una manera cualquiera de intentar disuadirla y quitarse el problema de en medio, encerraban una realidad que ninguno de los dos sospechaba aún. Fuera o no de su agrado, estaba decidida a encontrar la verdad, aunque solo fuese por la satisfacción de decirles que no los necesitaba, que no habían sido honestos con ella, que saldría adelante sin la mano de Vivian sobre la suya y sin el apellido del conde como sostén. Sabía que no existía entre ellos un compromiso oficial, que más allá de un beso sin importancia su relación con Rutherford no había sido más que un espejismo que se había ido enfriando con el tiempo. Por más que su abuela y sus propias circunstancias la empujaran a abrazarse a esa posibilidad como a un clavo ardiendo, en el fondo de su corazón sabía que entre ellos no habría nada jamás. Todo se hacía más evidente cuando Vivian y Marcus estaban cerca el uno del otro. Entre ellos parecía crepitar una llama invisible, como si una fuerza los atrajera inexorablemente y repeliera a todos los que los rodeaban. Clarice no había sentido nada ni remotamente parecido, y en el fondo sentía envidia. Habría sido fantástico que todo hubiera avanzado según lo previsto, pero no podía luchar contra lo que no entendía.

Sin pensar en las consecuencias y llevada por la frustración, se olvidó de la prudencia que llevaba por bandera y se dirigió a la mansión de Vivian para afrontar la verdad. La conversación en su casa le había dejado muy mal sabor de boca, y no sabía exactamente qué conseguiría enfrentándola. Pero no podía seguir fingiendo que no ocurría nada en el extraño triángulo en el que estaban atrapados. Cuando llegó, toda su determinación se esfumó de golpe. Sus pies se negaron a moverse y permaneció allí, inmóvil, hasta que perdió la noción del tiempo y sus extremidades se entumecieron. La tarde se extinguía rauda, el viento empezaba a filtrarse por las rendijas de la puerta del carruaje y algunas gotas dispersas comenzaron a golpear los cristales. A Clarice le habría gustado poder llorar, al menos así habría podido desahogarse, pero parecía haberse secado por dentro, incapaz de sentir algo medianamente humano. Estaba a punto de decirle al cochero, que a estas alturas ya se habría calado de frío, que quería volver a casa, cuando vio que el carruaje de los Carpenter esperaba apostado junto a la puerta. Vivian salió con aparente prisa, pero una anciana vestida de oscuro la detuvo. Clarice observó intrigada el intercambio entre ellas, y el azoramiento más que palpable de Vivian, y cuando la vio montarse en su vehículo decidió que quizá fuera buena idea seguirla. Puede que así, al fin, pudiera averiguar toda la verdad.

La furia de Clarice parecía inflamarse a medida que le quedaba más claro que el destino de Vivian no era otro que el Dark. Mientras el carruaje se acercaba a las calles cada vez más sombrías de la peor zona de la ciudad, mil conjeturas bombardeaban su cabeza, y la posibilidad de que Rutherford estuviera esperando a su amante era bastante factible. Tomó aire intentando serenarse al ver a Vivian bajarse de su vehículo y entrar casi a la carrera en el club, con la familiaridad de quien entra en su propia casa. Era demasiado comedida para montar una escena de celos, pero sentía una satisfacción enfermiza al imaginarse las caras de Vivian y el conde cuando se sintieran descubiertos. Nunca había sido alguien visceral, pero se sentía ultrajada y tenía derecho a patalear o rasgarse las vestiduras si le apetecía.

No sabía qué hora era. La noche era cerrada por culpa de los oscuros nubarrones que se habían cernido sobre la ciudad durante toda la tarde, pero estaba segura de que aún era demasiado temprano para que la actividad en el club fuera bulliciosa. Había estado tan ausente que no había pensado en que no podía permitirse el lujo de llegar demasiado tarde a casa, ya que la excusa de una visita a su amiga la duquesa no incluía trasnochar demasiado. No había previsto que tendría que entrar a cara descubierta, pero no era el momento de dar marcha atrás.

Se subió la capucha de su capa rogando para que fuese suficiente protección y, llevada por una impulsividad totalmente impropia de su carácter, sujetó la manilla de la puerta para bajar del vehículo y enfrentarse a la verdad.

Antes de colocar el primer pie en la escalinata un agudo silbido la dejó paralizada. Tras esa señal, varios hombres vestidos de oscuro comenzaron a bajarse con rapidez de varios carruajes que esperaban aparcados discretamente al otro lado de la calle y sus pasos resonaron con la fuerza de un ejército sobre los adoquines sucios y mojados. Clarice volvió a cerrar la puerta de su vehículo, encogiéndose sobre sí misma, sin poder apartar la vista de lo que ocurría. Sofocó un grito al ver que una de las puertas del edificio se abrió y dos figuras salieron al exterior, ajenas a lo que se avecinaba. Clarice se llevó la mano al pecho al reconocer a la dama. Sin lugar a dudas era Vivian, distinguiría sus andares entre un millón. Intentó gritar para avisarla, sin saber siquiera si los hombres que se acercaban eran peligrosos o no, pero su intuición le decía que algo grave estaba a punto de pasar. Solo pudo articular un quejido ahogado; sus cuerdas vocales, y hasta su pulso, se habían paralizado. Asistió como un testigo mudo y espantado a lo que ocurría ante sus ojos, como si aquello no fuera más que una representación teatral. Alguien colocó una capucha oscura sobre la cabeza de Vivian, arrastrándola sin miramientos hacia el interior de un carruaje, mientras un tipo golpeaba al hombre alto que la acompañaba con un objeto contundente que ella no alcanzó a distinguir, y que resonó en el silencioso callejón con un ruido seco. El hombre cayó inconsciente al suelo, como una marioneta a la que le cortan los hilos de repente, y tres individuos lo lanzaron en volandas hacia el interior de otro vehículo. Tres golpes fuertes resonaron en el exterior de la puerta del carruaje y, si hubiera tenido sangre en las venas, Clarice habría gritado en el momento que su vehículo reanudaba la marcha con rapidez. Estuvo a punto de caer de bruces cuando al cabo de unos minutos el coche se detuvo bruscamente. Solo entonces fue consciente de que ya no estaban frente al callejón del club, sino en una zona mucho más respetable de la ciudad.

Su cochero descendió del pescante y abrió la puerta para comprobar que su señora estuviese bien, sacándola al fin del trance.

—Señorita, ¿se encuentra bien? —Clarice asintió aturdida y con el corazón golpeándole las costillas de manera desenfrenada—. Disculpe por habernos marchado así, pero ese policía nos ha dicho que nos fuésemos si no queríamos tener problemas.

—¿Policía? —El joven asintió mientras miraba con nerviosismo a su alrededor, por si aquellos tipos de aspecto amenazante aparecían.

—Sí, señorita Hamilton. Eran policías.

Clarice tomó aire varias veces intentando controlar la molesta pulsión que retumbaba en sus sienes y, tras unos segundos, le dio una nueva dirección al muchacho. No tenía ni idea de por qué la policía se había llevado a Vivian a la fuerza, ni de quién era su acompañante, e ignoraba si aquello tendría algo que ver con el conde de Rutherford, pero estaba segura de que si había alguien que podría ayudarla era la duquesa de Kensington.

El temblor que sacudía el cuerpo helado de Vivian era tan intenso que temía que no pudiera desprenderse de él jamás. Había perdido la noción del tiempo, pero el dolor intenso y el entumecimiento de sus hombros le indicaba que ya debía de llevar un par de horas con las manos atadas a la espalda. Durante ese tiempo no le habían quitado la capucha por la que apenas se filtraban puntitos de luz anaranjada a través de la tela, pero no podía ver ni intuir absolutamente nada sobre dónde estaba ni de quién podría haberla llevado hasta allí. Se encontraba en un sitio frío y húmedo, sentada sobre un incómodo y estrecho banco, del que no se atrevía a moverse por miedo a caer de bruces. El olor a humedad traspasaba la tela que cubría su cara y estaba empezando a sentir náuseas.

Se esforzaba en intentar captar algún sonido, alguna presencia, pero desde que la dejaron en aquel incómodo asiento solo había recibido una visita. El individuo era un hombre, lo supo por su olor a colonia empalagosa mezclado con sudor acre y tabaco. No dijo nada. Se limitó a permanecer allí de pie lo que pareció una eternidad, mientras ella temblaba como una hoja, temerosa de hacer el más mínimo movimiento que comprometiera su integridad, y luego se marchó cerrando con fuerza el cerrojo que sellaba la puerta.

Escuchó unos pasos lejanos que se acercaban por el corredor y apretó los muslos en un acto reflejo para intentar controlar el temblor, y aunque le resultase humillante pensar siquiera en la posibilidad, ante el temor de orinarse encima por el miedo. El cerrojo chirrió de nuevo con un desagradable sonido y los sentidos de Vivian se pusieron alerta intentando captar lo que pasaba al otro lado de la capucha. Con cada respiración, cada vez más agitada, la tela se pegaba a su boca y sentía que se desmayaría en cualquier momento si aquella tortura no cesaba. Unas manos enormes le soltaron las ligaduras con poca delicadeza y tiraron de la capucha sin importarle que el pelo rizado de Vivian se enganchase en ella provocándole un intenso dolor. Parpadeó para acostumbrarse a la luz de un farol que un chico vestido con un uniforme oscuro y deslucido sujetaba delante de sus narices. El policía, bastante orgulloso de su oficio a juzgar por su actitud altanera, miró a su compañero y, tras dedicarle una sonrisa socarrona, repasó a Vivian con una mirada lasciva.

—¿Has visto esto, Mike? ¿Una putita con aires de señora, o una señora con aires de putita? ¿Tú qué dices?

Su acompañante soltó una carcajada y apoyó una mano en el hombro del compañero para impedir que se acercara a la presa.

—Sea lo que sea, este manjar no es para nosotros —advirtió acercándole una jarra con agua a Vivian.

No se había dado cuenta de cuánta sed tenía hasta que se llevó el líquido a los labios y le dio las gracias al hombre, provocando que este soltara una carcajada ante la inusual muestra de cortesía en semejantes circunstancias. Los hombres se marcharon entre bromas soeces mientras Vivi se frotaba las muñecas doloridas y giraba con cuidado los hombros intentando que la sangre volviera a circular con normalidad por sus articulaciones.

Al cabo de un rato, unos pasos más lentos que los anteriores resonaron de nuevo en el pasillo, el cerrojo chirrió, y esta vez fue un hombre conocido quien apareció en el umbral de la puerta. Vivian contuvo la respiración mientras el vizconde de Relish se acercaba hasta ella con una mirada repugnante. Reconoció inmediatamente el perfume rancio; era él el hombre que había acudido a su celda y la había observado en un inquietante silencio.

—Vaya, vaya, señorita Carpenter —dijo con un tono deliberadamente lento—. En mis tiempos, las niñas de buena cuna pasaban su tiempo libre bordando florecitas, en lugar de aprendiendo a ser meretrices en clubes de mala muerte.

—Dígame qué hago aquí, por favor —preguntó con los dientes apretados, pretendiendo resultar insolente ante su insulto, pero no pudo disimular el temblor de su voz.

Relish miró a su alrededor fingiendo no entender la pregunta y la sujetó por el mentón para obligarla a mirarlo.

—Pagar tu osadía. Hay sitios que una joven no debe frecuentar.

—No entiendo por qué debería importarle a usted lo que yo haga.

—Sí que me importa. Para bien o para mal estoy relacionado con tu familia. —Sonrió cuando ella sacudió la cabeza con fuerza para librarse de su agarre—. Tengo contactos en la policía. Mi buen amigo Brown sabía que yo andaba metido en negocios con los Carpenter y me avisó de lo que estaba ocurriendo. Estoy aquí para ayudarte, y para vigilar mi inversión, por supuesto.

—Por favor, ayúdeme a salir de aquí. Esto es un error, necesito hablar con alguien.

—Ya he mandado llamar a tu padre. —Vivian debería sentir pavor ante la perspectiva de que su padre se enterase de sus actividades, pero en cambio solo experimentó un profundo alivio—. Las chicas malas necesitan recibir un escarmiento. Y tú has sido muy mala. Has jugado a ser una mujer de mundo mezclándote con esa gentuza y a saber qué cosas habrás hecho.

Dudo que tu tío quiera continuar con el compromiso cuando se entere de esto.

—Pase lo que pase encontraremos la manera de pagarle, milord.

—Ya lo creo que la encontraremos. Puedes apostar por ello. Aunque ya es tarde para zanjar la deuda. ¿Te gustan tus aposentos? —preguntó burlándose de ella y paseando la vista por las paredes ennegrecidas por la humedad y la mugre. Se detuvo en el repugnante cubo de metal que tendría que usar para hacer sus necesidades si continuaba mucho tiempo allí—. Supongo que entenderás la situación. A pesar de ser una mujer no pareces demasiado estúpida.

—Es usted un verdadero caballero —se atrevió a decir con sarcasmo a pesar del pánico que sentía.

—Deja la altivez para quien pueda permitírsela. Como sabrás, tu padre me debe mucho dinero. Llegamos a un acuerdo, pero los últimos acontecimientos lo cambian todo. Tu tío es un mojigato y no accederá a casar a su retoño con una fulana, porque de eso es de lo que se te acusa. ¿Lo eres?

Vivian deseaba saltar de aquel incómodo banco y arrancarle los ojos a ese hombre asqueroso, pero se sentía sin fuerzas. Se limitó a apoyar la cabeza contra la sucia pared y cerró los ojos ansiando que, cuando volviera a abrirlos, todo fuera un mal sueño.

—Verás, muchacha. Los pagarés están vencidos desde hace semanas. Con solo mover un dedo, tu adorado padre acabará el resto de su vida en una celda, que seguramente no será tan confortable ni tan íntima como esta. —Vivian sintió que se le revolvía el estómago con fuerza ante la palabra «intimidad» saliendo de su boca—. Con su estado físico dudo que durase más de un par de meses allí, y eso seguro que sería una auténtica bendición en comparación con la perspectiva de toda una vida entre rejas.

—¿Qué quiere, Relish? Dígalo de una vez y márchese de aquí —le encaró ella, reuniendo el último valor que le quedaba.

—¿Qué tipo de hombre sería si no lo quisiera todo? —El

hombre se acercó, y ella se puso de pie de un salto, pero no tenía ningún sitio a donde huir en aquella reducida estancia.

—Uno decente.

El vizconde la acorraló contra la pared, mientras Vivian trataba en vano de eludir su contacto. Con la cara transformada por la lujuria, Relish apretó sus pechos provocándole un estremecimiento de asco, mientras jadeaba con la respiración acelerada. Vivian giró la cara esquivando su boca, y las lágrimas comenzaron a resbalar por sus mejillas, al tiempo que su cuerpo se negaba a responderle, paralizado por el pánico.

—Solo soy uno de los que saben aprovechar las oportunidades. Me quedaré con la casa de los Carpenter, pero por qué iba a conformarme solo con eso si puedo quedarme con un precioso dulce como regalo. Conmigo no te faltará de nada, ni lujos ni un buen apellido, y a cambio me darás ese hijo que Dios me ha negado hasta ahora. Los rumores de tu pequeño pecado serán nuestro secreto. Tu padre tendrá que despedirse de su buena vida, pero al menos será libre. —Vivian tuvo la impresión de que estaba frente a un demente que se había fabricado su propia historia en la cabeza. Su voz era tan repugnante como el resto de su ser, con un tono meloso y suplicante que le provocaba ganas de vomitar—. Te dejaré unas cuantas horas más para que medites un poco sobre tus alternativas. O más bien sobre tu falta de ellas. O te conviertes en mi esposa o tu padre no volverá a dormir en su cama ni una sola noche más. Aunque seguro que él toma la decisión más sensata por ti.

La soledad de aquella celda no era suficiente para calmar la sensación de impotencia y desesperación que la sacudió cuando él se marchó. No sabía qué se estaba fraguando, pero era obvio que su presencia allí no era fruto de un error, y su mente, bloqueada por el terror más absoluto, era incapaz de casar las piezas que unían su mundo y el de Marcus. Ese tal Brown estaba empeñado en acabar con los clubes, y se temía que su secuestro, porque no podía calificarlo de otra manera, fuese parte de su plan. Recordó a Lion y se le escapó un sollozo al pensar qué habría sido de él. Aunque tuviera los ojos tapados había escuchado el golpe, el impacto de su cuerpo contra el suelo y algunas palabras vagas de los hombres que los rodeaban. Solo podía rezar para que estuviese bien, y sobre todas las cosas, rogar a todo aquel que pudiera escucharla para que Marcus se enterase de que estaban en problemas. Aunque su negro futuro parecía estar escribiéndose a marchas forzadas y ni siquiera el todopoderoso Jefe podría encauzarlo.

Faltaban pocas horas para amanecer cuando Marcus se subió al fin a su carruaje para volver a casa. Apoyó la cabeza en el asiento y se apretó el puente de la nariz intentando aliviar el cansancio y el persistente dolor de cabeza que se había convertido en su fiel compañero. No había tenido tiempo de volver a pasar por el club, estaba demasiado agotado, sobre todo mentalmente. Su cabeza se negaba a pensar, necesitaba descansar. Pero hasta que el asunto de Vivian no estuviera resuelto no podría relajarse. Esa era su prioridad absoluta. Al menos había dado un paso hacia delante eliminando de la escena al prometido en ciernes. Había confiado a Sebastian la labor de conseguir información sobre los asuntos de Ralph Carpenter para ocuparse de Archie personalmente. Sin ser muy consciente del gesto, sonrió al recordar cómo el joven le había dado un rápido abrazo de agradecimiento en un acto espontáneo al despedirse de él, y cómo le había hecho jurar que cuidaría de Vivian. Claro que la cuidaría, con su propia vida de ser necesario. El único escollo era que no podía dejar de sentirse egoísta al arrastrarla hacia su mundo. Pensar que ella pudiera verse salpicada por su oscuridad, por el trasfondo poco amable del mundo del juego y los vicios, o incluso por su peligrosa doble identidad, le enfermaba. La noche que transcurría en los bajos fondos cuando se apagaban las glamurosas luces del club era cruel, despiadada y llena de amenazas que él, con los años, había aprendido a sortear. Vivian era demasiado pura, incluso para él mismo. Pero la amaba y no era tan ingenuo como para pensar que podía dominar ese sentimiento. Ya no. Tendría que aprender a crear una barrera de contención que la protegiera, o simplemente dejarlo todo y comenzar un nuevo camino junto a ella.

Pensó en la ilusión que Archie a duras penas podía controlar, liberado del yugo de su padre, simplemente porque alguien le había dado el empujón necesario para lograrlo. Y una cantidad económica más que respetable, había que decir. Había puesto a su disposición el carruaje más ligero que había podido encontrar a esas horas de la noche usando sus contactos, y los mejores caballos para que pudiera buscar a su amada y escapar con la ventaja suficiente para que su padre no fuera capaz de impedírselo. Al menos alguien ya había conseguido su final feliz. Ahora le tocaba a él jugar sus cartas con un obstáculo menos en el camino.

El carruaje se detuvo frente a la fachada de su lujosa mansión y la sangre se le congeló en las venas al ver que las ventanas del piso inferior estaban iluminadas, algo nada usual. Subió los escalones de la entrada de dos en dos y estuvo a punto de arrollar a su mayordomo cuando le dijo que el duque de Kensington y Storm le esperaban.

Storm y Sebastian detuvieron su incesante paseo de una punta a otra de la habitación al verlo entrar, y las dos mujeres que esperaban en el sofá se pusieron de pie inmediatamente. No le quedó ninguna duda, a juzgar por sus miradas, de que cualquiera de ellas estaría más que encantada de seccionarle la yugular con una de sus horquillas para el pelo.

—¿Qué está pasando? —Su instinto le dijo que no era el momento para la prudencia ni las dobleces. El nudo que apretaba su pecho se afianzó aún más al comprender que si Clarice Hamilton y la duquesa de Kensington estaban en su sofá a esas horas de la madrugada era porque el mundo estaba desplazándose de su eje. Al menos su mundo—. ¿Dónde está Vivian?

Sebastian negó con la cabeza y Marcus sintió que el aire le abandonaba. Llevado por la desesperación llegó hasta él en dos zancadas y lo zarandeó sujetándolo por las solapas, tratando de arrancarle una respuesta.

—No lo sabemos, Jefe. —Storm lo detuvo apoyando la

mano en su hombro para tranquilizarle. Marcus estaba tan alterado que ni siquiera se dio cuenta de que acababa de revelar su identidad delante de Clarice. Todos en esa habitación parecían conocer ya los secretos y los entresijos de su vida. Pero ahora nada de eso importaba, solo importaban Vivian y la infinidad de posibilidades funestas que bombardeaban su imaginación. Se pasó las manos por el pelo mientras trataba de encontrar un retazo de la serenidad y la frialdad que le caracterizaba, pero no encontró ni rastro de ellas.

—Tranquilízate, Marcus. La policía se la ha llevado.

—¿Qué?

—Clarice vio que varios hombres la metían en un carruaje cuando salía del club. —Marcus dirigió una rápida mirada hacia Clarice, que, sentada en el sillón, apretaba la mano de Isabelle, ambas con el rostro demudado por la preocupación. Ambos se miraron durante unas décimas de segundo, y no supo precisar si se habían convertido en dos extraños o en cómplices con un mismo propósito. Pero estaba clarísimo que entre ellos existía una distancia insalvable, que siempre había estado ahí. La duda de por qué Clarice Hamilton estaba en los alrededores del club se cruzó vagamente por su cabeza, pero ya habría tiempo para averiguar eso.

—Ese hijo de puta de Brown —masculló intentando pensar con sensatez—. ¿Sabes dónde la ha llevado?

—Tus hombres y los míos están intentando averiguarlo. No sé por qué se la habrá llevado, pero…

—Para atraparme a mí. Por qué si no. Ha conseguido que yo mismo le ponga mi cuello en bandeja.

No podía creer que al final Vivian fuera la víctima y sufriera el daño que solo él estaba destinado a sufrir.

—Hay algo más, Marcus. —La voz de Sebastian sonó extraña. Marcus levantó la cabeza y clavó la vista en el duque. Su instinto se lo dijo antes de que pronunciara ni una sola palabra más. Miró a su alrededor siendo consciente en ese momento de que había una ausencia más en aquella habitación—. También se han llevado a tu hermano.

37

Aunque Lionel intentó prepararse para el impacto, el puñetazo en el estómago lo dejó sin aire y no pudo evitar caer de rodillas en el duro y sucio suelo. Tosió y contuvo la arcada mientras se encogía sobre sí mismo intentando protegerse de la patada, que, como en un macabro ritual, sabría que seguiría al impacto del puño. Su aspecto debió de ser bastante patético, ya que esta vez los dos hombres que llevaban horas golpeándole se detuvieron para dejarlo reponerse. O puede que fuera simplemente porque golpear a alguien inconsciente no resultaba igual de emocionante. Tras varias arcadas Lionel abrió los ojos lentamente para clavarlos en el hombre que, sentado en una pequeña mesa de escritorio, tomaba notas en una hoja amarillenta. La imagen resultaba tan fuera de lugar que dudaba si era real o un delirio producto de la paliza. El tipo, aunque quería aparentar serenidad, sudaba copiosamente y se mordía sin cesar la parte interna de la mejilla, probablemente asqueado e impactado por el espectáculo que estaba presenciando. Una mano ruda sujetó el cabello sudoroso y ensangrentado de Lion y tiró con fuerza hacia atrás arrancándole un gruñido de dolor. Uno más.

—¿De verdad merece la pena, Jones? ¿O debo llamarte Bowden? —El tipo lo soltó con brusquedad y lo empujó con la puntera de su bota, haciendo que sus brazos dejaran de sostenerlo y su cara volviese a impactar contra el suelo.

Por más que su orgullo o su dignidad intentaran ganar la batalla, los interminables golpes que le habían propinado durante toda la noche estaban empezando a hacer mella en él, y cada vez resultaba más imperioso suplicar clemencia. Lion deslizó el dorso de la mano sobre sus ojos intentando limpiar el sudor, la sangre y, aunque le doliera reconocerlo, las lágrimas que cada vez le costaba más contener. Pero solo consiguió que le escocieran más. Entre la neblina producida por el dolor y la hinchazón que palpitaba dolorosa junto a sus sienes, miró la jarra de agua que habían colocado sobre la mesa y que se negaban a darle. Su boca estaba pastosa con el desagradable sabor metálico de la sangre, y su garganta ardía. No se atrevió a deslizar la lengua por los labios resecos sabiendo que los golpes se los habían agrietado.

Abrió la boca para hablar sintiendo que el aire que entraba por su garganta escocía como miles de cristales. Tragó saliva con esfuerzo y volvió a intentarlo, con la sensación de que el simple esfuerzo de pronunciar una frase haría que se desmayase.

—No... conozco a esa gente.

Con un gruñido de furia Horace Brown acortó la distancia que los separaba y le dio un bofetón que lo hizo caer sobre su costado como un guiñapo. El policía compuso una expresión de asco al ver que se había manchado los dedos de sangre y se limpió concienzudamente con un pañuelo.

—Me estoy cansando y parece que no estás entendiendo la situación. Sé que en tu asqueroso club se reúnen todos los degenerados, sodomitas y puteros de la ciudad. Aristócratas, ricachones, esos repugnantes artistas sin un ápice de moral y gente sin oficio.

—Ya tienes esos nombres, para qué me quieres a mí —susurró con la voz áspera y entrecortada sin atreverse a moverse.

—No tiene el mismo peso la confesión de un chapero que la del dueño de ese antro, especialmente cuando es el hijo de un conde, aunque sea un bastardo. Nadie se acercará a ti después de saber que los has traicionado. Y nadie dudará de que poseo toda la información que puede hundirles. Ellos pagarán una pequeña penitencia a cambio de que guarde sus secretos y, lo que es más satisfactorio aún, el club estará acabado. Una pequeña victoria personal que llevo mucho tiempo ambicionando y me llevará a donde quiero estar.

—Con penitencia quieres decir chantaje —consiguió articular con la voz rasposa.

—Llámalo como quieras. Yo prefiero pensar en ello como en una pequeña contribución a mi jubilación. Estoy dispuesto a darte una última oportunidad. Te daré un nombre, a ver si este te suena. Jacob Pearce.

Lion intentó permanecer impasible, ajeno al dolor añadido que suponía que Jacob se viese inmiscuido en toda aquella atrocidad.

—No sé nada —fue su única respuesta.

—Vamos, muchacho. Solo tienes que decirme algo que pueda utilizar. El joven no sufrirá ningún daño, su papaíto aflojará el bolsillo para protegerlo y todos contentos. Tú en una celda para ti solito, yo con mi bolsillo un poco más lleno, y la ciudad con unos cuantos degenerados menos sueltos por ahí. Todos ganamos.

Tras unos segundos en un obstinado silencio Horace hizo una señal a uno de sus hombres, mientras maldecía de manera soez. Por suerte para Lionel, su cuerpo no pudo soportar más golpes y tras el primer puñetazo se quedó inconsciente.

Volvió a la consciencia al sentir cómo era arrojado contra el suelo. El zumbido de sus oídos apenas le dejó escuchar la voz de los guardias y el ruido de la puerta al cerrarse tras él con un estruendo metálico. Abrió con dificultad los ojos hinchados y vio dos caras mugrientas acercándose a él. No sabía dónde estaba ni quién era esa gente, pero apenas podía moverse, era absurdo gastar energía intentando escapar. Una mano ruda sujetó su cabeza, inclinándolo para que pudiera beber agua. Intentó aceptar el líquido y la desesperación hizo que se atragantara y tosiera hasta casi ahogarse.

—Tranquilo, bebe despacio.

—¿Es él? —preguntó alguien desde el fondo de la habitación. Los guardias no destacaban precisamente por su discreción y el rumor de que el dueño del Red estaba allí había corrido entre el resto de los presos como la pólvora.

—Sí, es el León.

—Pues parece un gatito atropellado por un carruaje —se burló alguien con un acento tosco.

—Traed una manta, está temblando —pidió la persona que le sujetaba la cabeza.

—No moveré un dedo por un señorito.

Uno de los presos se levantó de su camastro y acercó una manta raída hasta donde estaba Lion, acurrucado en el suelo sobre sí mismo.

—Puede que no sea de nuestra clase, pero mi madre y mis hermanos han comido muchas veces gracias a él.

Un murmullo se extendió entre los hombres dándole la razón. Desde que el club se estableció en el barrio la miseria, aunque no había desaparecido, al menos se había paliado mejorando la seguridad y la salubridad de las calles. Lion intentó decir algo, pero la voz no salía de su cuerpo dolorido y la consciencia volvió a abandonarle.

Los pasos en la entrada alertaron a Marcus, que estaba a punto de perder el juicio por la espera. El duque de Kensington prácticamente lo había obligado a permanecer en su domicilio hasta que tuvieran algún tipo de información fiable. De nada les serviría que, llevado por la furia y la desesperación, hubiese arrasado con todo a su paso. Sebastian apareció en compañía de Storm, con el cansancio reflejado en sus rostros. Marcus abrió la boca para preguntar, pero los nervios atenazaban su garganta.

—Sabemos dónde está Vivian —anunció Sebastian—. La han retenido en un antiguo calabozo no muy lejos de aquí. Es un lugar un tanto… siniestro. Lo usan para atemorizar a los detenidos. Pero, por lo que mis hombres han conseguido averiguar, ella está bien.

La preocupación y la ira bullían en el interior del conde y todos sus nervios estaban empezando a tensarse de manera peligrosa. Sebastian lo conocía lo suficiente para saber que si se desataba su furia la situación podía tornarse impredecible.

—Apártate, Sebastian. Ya he perdido demasiado tiempo esperando a que todo se resuelva por sí solo como si fuera un pelele —vociferó intentando esquivarlo, pero el duque volvió a interponerse en su camino.

—Marcus, sabes que Vivian no es el objetivo. Tienes que comportarte con serenidad y ella saldrá sana y salva. ¿De acuerdo? Sé que es complicado, lo más complicado que vas a tener que hacer en tu vida, pero tienes que mantenerte frío. Estoy intentando solucionarlo, dame unas horas y…

—¿Lion está también…? —le interrumpió cortante. No tenían unas horas, ya habían pasado demasiadas horas, y las dos personas que más quería en el mundo estaban fuera de su protección. No esperaría ni un minuto más.

La sangre se congeló en sus venas cuando el duque negó lentamente y Storm, que se había mantenido en un segundo plano, soltó una maldición entre dientes.

—No sabemos a dónde lo han llevado, Jefe, pero tenemos hombres levantando hasta la última piedra para encontrarlo.

Ignorando el dolor sordo de su pecho y el negro presagio que estaba a punto de hacerle flaquear, asintió con un gesto brusco. Nunca había estado tan asustado; la idea de que Lionel hubiera sufrido algún daño lo aterrorizaba. Durante años habían tejido una tela de araña a su alrededor a base de contactos, soplones y afines que les ayudaban a estar siempre informados de lo que ocurría y mantenerse a salvo. No había sido gratis, desde luego. Tanto Lion como él habían tenido que mostrar su lealtad a todos aquellos que los habían ayudado en una simbiosis y un equilibrio perfectos. Y ahora, se suponía que no le quedaba más que esperar a que esa red de protección volviera a funcionar. Pero no se quedaría de brazos cruzados mientras Sebastian orquestaba una operación de rescate basada en sus buenos modales y sus contactos con las altas esferas. No se sentaría en su cómodo sofá mientras la mujer que amaba pasaba un minuto tras otro en una asquerosa celda.

El guarda apostado en la puerta estuvo a punto de atragantarse con su propio bostezo cuando el conde de Rutherford salió de la nada convertido en un huracán violento y furioso. Antes de que pudiera decir ni una sola palabra su cuerpo fue lanzado contra la pared dejándolo sin aire y aturdido. Marcus continuó avanzando por el pasillo cegado por la ira y los dos hombres que salieron a su encuentro corrieron la misma suerte que el anterior. Era incapaz de notar el dolor en sus nudillos mientras golpeaba con todas sus fuerzas la mandíbula de esos tipos, sin preocuparse lo más mínimo por su seguridad. En su cabeza solo estaba la imagen de Vivian y la imperiosa necesidad de sacarla de aquel edifico maloliente y desvencijado. Un joven, alertado por el ruido, apareció al fondo del pasillo, y se quedó petrificado al notar los ojos oscuros de Marcus clavados sobre él. En dos zancadas, el Jefe en estado puro, sin necesidad de máscara, llegó hasta él y, tras sujetarlo de la pechera de su deslucido uniforme de policía, lo estampó contra la desconchada pared. En ese momento se dio cuenta de que era el único que vestía uniforme, el resto iban con ropas de paisano, y por sus pintas no parecían demasiado honorables. El joven tartamudeó intentando pedir clemencia, y el conde tuvo la certeza de que si le apretaba un poco más las tuercas le mancharía las botas al orinarse encima.

—Llévame hasta ella o con un solo movimiento separaré tu cabeza de tu cuerpo. ¿Me he expresado con claridad?

Incapaz de hablar, el muchacho señaló hacia el fondo del pasillo con un dedo tembloroso, mientras las voces lejanas de varios hombres indicaban que su presencia no había pasado precisamente desapercibida. Pero no le importaba, sacaría a Vivian de allí aunque tuviera que arrancar los cimientos del edificio con sus propias manos. Empujó al policía con pocas ceremonias hacia la dirección que había indicado. El nudo de su estómago se cerraba con más fuerza con cada escalón que bajaba al percibir la humedad, el frío y el hedor del lugar. Al final del corredor el joven se detuvo frente a una puerta y, tras sacar una enorme llave oxidada de su bolsillo, abrió la cerradura sin dilación.

Vivian ni siquiera se movió. Su cuerpo estaba demasiado entumecido por el frío y el miedo para atreverse a levantar la cabeza, que mantenía enterrada entre sus brazos. Marcus miró con el corazón en un puño su figura inmóvil, que se mantenía con las rodillas encogidas contra el pecho sobre el incómodo asiento, y deseó matar a alguien con sus propias manos.

—Vivian —susurró con más miedo del que había sentido jamás acercándose hasta ella—. Voy a sacarte de aquí, cielo.

Acarició su pelo con dulzura y sujetó sus mejillas para obligarla a mirarlo. A pesar de la escasa luz que entraba por la claraboya pudo ver con total claridad la tristeza que había en sus ojos. Parecía que habían pasado mil años desde la última vez que se habían visto.

Al principio, ella pensó absurdamente que era producto de su imaginación, de sus nervios y las horas de vigilia, pero sus dedos fríos trazando círculos en sus mejillas y su olor a limpio la hicieron reaccionar. Se perdió en su mirada, en aquellos ojos oscuros capaces de fulminar con la fuerza de la ira y de acariciar con ternura a la vez. Marcus Bowden siempre sería un misterio sin resolver. Más aún cuando ya no tenían tiempo para hacerlo. Vivian enterró su rostro en el hueco de su cuello y lo rodeó con fuerza permitiéndose sentir la seguridad de su abrazo una última vez. Rompió en llanto mientras él la apretaba contra su cuerpo intentando calmar su temblor.

—Dime qué te han hecho, Vivian. Voy a matar a todos esos hijos de puta —susurró con la voz entrecortada.

Vivian se limpió las lágrimas y depositó un beso suave en sus labios.

—Estoy bien. Solo estoy asustada. He pasado mucho miedo.

Marcus se puso de pie con la mandíbula apretada y una expresión completamente impropia en un hombre como él, llena de miedo, inseguridad y culpabilidad. Debería haberla protegido, debería haber estado a su lado impidiendo con su misma vida un solo minuto de su sufrimiento.

—Vámonos de aquí, cariño. Esta locura ha terminado. ¿Puedes andar? —preguntó con la intención de llevarla en brazos fuera de aquel infierno.

Vivian asintió, aunque sus piernas aún temblaban y no sabía si sus rodillas aguantarían su propio peso.

—Marcus —apenas contuvo el sollozo que escapó de su garganta—. ¿Has encontrado a Lion?

—Aún no. Pero tengo a medio Londres buscándolo. No te preocupes, voy a encontrarlo aunque tenga que derribar cada muro de esta ciudad yo mismo. Y más les vale no haberle hecho ningún daño.

Marcus volvió a abrazarla intentando transmitirle una calma que él mismo no sentía, y apretó sus labios contra sus sienes con un beso que parecía no querer acabar nunca. Mientras avanzaban por las escaleras, Vivian era consciente de que su vida estaba a punto de cambiar y no podía permitirse el lujo de necesitar su protección. Él había ido a buscarla, como ella había esperado. Solo que cuando salieran por aquella puerta la vida de Vivian se convertiría en un infierno y ni siquiera él podría evitarlo. La amenaza de Relish estaba demasiado presente para poder deshacerse del escalofrío que la recorría. Vivian se aferró a su mano con fuerza como si fuera un ancla de donde coger las fuerzas que necesitaba y, por puro instinto, se pegó más a su cuerpo al escuchar las voces de los hombres que ya los esperaban en la entrada del edificio.

Marcus se colocó delante de ella protegiéndola con su envergadura, dejando bien claro que nada ni nadie la iban a separar de él. Paseó la vista por los presentes, dos de los hombres a los que había golpeado y otros dos con uniforme de policía. Frunció el ceño sin poder contener su cara de desprecio al reconocer a Horace Brown, que lo contemplaba con un brillo en los ojos que dejaba bien clara su satisfacción. En la comitiva que los esperaba, para su sorpresa, había dos hombres más, lord Carpenter y otro caballero a quien reconoció como lord Relish.

—Lord Rutherford, no esperaba su visita a una hora tan desacostumbradamente temprana. Y veo que ha encontrado a nuestra invitada —dijo Brown sin saber que estaba firmando su sentencia de muerte.

—Hija, ¿estás bien? —Lord Carpenter intentó abrirse paso entre los hombres que lo acompañaban para llegar hasta su hija, pero la mirada gélida de Marcus hizo que se detuviera en seco y bajara la vista, avergonzado. Vivian supo en ese momento que todo estaba perdido, que Relish ya había impuesto sus condiciones y que ambos las acatarían sin rechistar.

—¿Su invitada? Muy pronto se le va a pasar el deseo de bromear, se lo aseguro. Va a pagar muy caro esto, Brown. No le quepa ninguna duda. Dígame dónde está mi hermano y acabemos con este despropósito de una vez.

—No tenga tanta prisa, tenemos que hablar como dos hombres civilizados. —El tono calmado de su voz le dio mala espina, y Marcus supo que tenía un as bajo la manga.

—En estos momentos no me siento demasiado civilizado.

—Deje que la chica se vaya con su padre y acompáñeme a mi despacho, conde.

Marcus observó lo que le rodeaba. Los hombres armados y en tensión, la cara sonriente y victoriosa del vizconde, la expresión derrotada de Carpenter. Había tratado con suficiente gente en la vida para saber lo que pasaba por la mente de cada uno en esos momentos, y a pesar de todo, algo se le escapaba. Podía sentirlo en sus entrañas.

La mano de Vivian se aferró a la suya con más fuerza y la miró a los ojos percibiendo su tristeza.

—No voy a dejarte sola. Vamos a ir a mi casa y tú te quedarás allí. Estarás a salvo, Vivian.

Vivian acarició su cara sin poder evitar que, mientras lo hacía, una gruesa lágrima resbalara por su mejilla. No le importaba que una docena de ojos la observaran, se permitiría ese pequeño lujo aunque fuera una última vez. Se puso de puntillas y lo besó en los labios.

—Estaré bien, Marcus. Debo irme con mi padre. Tú… busca a Lion. Haz lo correcto. Recuerda que tienes que hacer lo correcto. Prométemelo.

El nudo en la garganta de Rutherford le impidió decir nada, preguntar qué demonios quería decir con eso. Lo correcto. Lo correcto era protegerla y no permitir que volvieran a separarla de él.

—Cariño, puede que lord Rutherford tenga razón y debas ir con él. —La voz de Carpenter sonó estrangulada y tan débil que Marcus dudó si realmente su boca había emitido algún sonido.

—No tenemos todo el día. Coge a tu hija y vámonos —los interrumpió el vizconde de Relish con una expresión bastante más sombría que la que tenía hasta hacía unos instantes.

Marcus observó cómo Vivian salía cabizbaja del edificio, tras dejarse abrazar por su padre con un gesto rápido, y sintió un ligero pellizco de decepción al ver que ella no se giraba para dedicarle una última mirada.

—Adelante, Rutherford.

La desagradable voz de Brown lo sacó de sus pensamientos devolviéndolo a la realidad que tenía entre manos.

38

La destartalada habitación que hacía las veces de despacho olía como el resto del edificio, a humedad y decrepitud. Las paredes estaban desconchadas y apenas había muebles, solo una mesa con un par de sillas y una estantería con botellas medio vacías y polvo acumulado. Aquel debía de ser el cuartel general donde el desgraciado de Horace Brown planificaba con sus hombres las operaciones que llevaba a cabo fuera de la legalidad. Los rumores sobre los chantajes a los que sometía a algunos de los representantes de las altas esferas a los que podía achacarles algún delito o indiscreción siempre habían circulado por ahí, así como las cantidades que recibía de los maleantes para que hiciera la vista gorda en asuntos turbios.

Marcus ignoró su inútil esfuerzo por aparentar ser un hombre de negocios invitándole a sentarse, y se mantuvo de pie con los puños cerrados a sus costados, consciente del peso de la pistola que guardaba en su bolsillo, con todos los nervios en guardia. Algunos de sus hombres esperaban fuera del edificio, dispuestos a intervenir de ser necesario, aunque esperaba que no hiciera falta llegar a esos extremos.

—Bien —Horace se sentó en su silla y se puso a dar golpecitos con su mano flácida sobre un tomo de papeles que descansaba sobre la mesa—. Como buen hombre de negocios que es, estoy seguro de que no querrá que le haga perder el tiempo, «Jefe».

Su sonrisa se ensanchó y Marcus deseó con todas sus fuerzas arrancarle hasta el último de sus dientes amarillos de un puñetazo.

—Exacto, no me haga perder el tiempo y dígame dónde está mi hermano.

—No, no. Las cosas no funcionan así. Voy a proponerle un trato. Usted aceptará, y después podrá ir a visitar a su hermano.

—¿Visitar?

—Lionel Bowden Jones ha firmado una confesión, amén de una declaración bastante jugosa en la que se detallan todas las actividades perversas y obscenas que se llevan a cabo en ese antro que regentaba. Por suerte, su colaboración le ha valido para que no seamos muy estrictos en la aplicación de las leyes contra la sodomía.

Marcus dio un paso hacia delante dispuesto a estrangularle en ese instante, pero los dos guardias apostados a ambos lados de la mesa se pusieron en alerta inmediatamente y se contuvo.

—¿Se cree tan poderoso como para detener y juzgar sin tener en cuenta nada más? Acusar en falso es un delito muy grave.

Horace empujó los papeles hacia él, pensando que estaba ganando la partida. Marcus ojeó los documentos e intentó contener el asco que le produjo leer las acusaciones que recaían sobre su hermano y el interminable listado de nombres a los que se suponía había delatado. Al final de la hoja se podía leer su nombre escrito con letra tosca y desigual.

—Esta no es la firma de Lionel.

—Estaba un poco nervioso cuando firmó. Quién podría culparle. Verá, Rutherford. Entiendo que es difícil asimilar que uno tiene a un degenerado en la familia, pero lo superará. Después de todo, no son demasiado ejemplares. —Esta vez Marcus no pudo controlarse y acortó la distancia que los separaba para sujetarlo del cuello con tanta fuerza que en pocos segundos su piel comenzó a volverse violácea. Solo el sonido de las armas amartillándose junto a su cabeza le hizo aflojar su agarre.

Estaba seguro de que Lionel jamás traicionaría a nadie, y mucho menos confesaría la sarta de barbaridades que había escritas en ese papel.

Tras toser y pasarse las manos por la garganta para recuperar el resuello, Brown lo miró con todo el desprecio que pudo.

—No va a salirse con la suya —masculló Marcus con el odio tiñendo su voz—. Qué pretende conseguir, ¿dinero? No tendrá suficiente para escapar de mí.

—He de admitir que al principio solo pensaba en pedirle una pequeña contribución para mi jubilación. Pero creo que con todos estos nombres obtendré lo que necesito. Lo que quiero de usted es otra cosa —admitió, inclinándose hacia delante para provocarle—. Quiero que su club desaparezca, quiero que todos esos artistas depravados y esos nobles viciosos tengan que esconderse bajo sus camas por miedo a las consecuencias. Quiero que todo ese brillo y elegancia que rodea sus pecados se convierta en cenizas. Cerrará el club inmediatamente o jamás volverá a ver a su hermano. Pero no se preocupe por él. Tenemos médicos muy buenos que se encargarán de proporcionarle un tratamiento adecuado para curar su tara, y garantizarán su privacidad de tal manera que ni el todopoderoso Jefe podrá encontrarlo.

Marcus intentó atacarle de nuevo, pero los guardias lo sujetaron por los brazos impidiéndole acercarse.

—No puede hacer eso —musitó forcejeando, con el miedo acicateando su confianza.

La risa de Horace le provocó náuseas y una ira incontrolable.

—Ya lo he hecho. Lo único que me falta es zanjar el asuntillo del club para ganarme el buen nombre y el prestigio dentro de mi profesión que la gente como ustedes me quitó. Seguro que esto me lleva directamente a un ascenso.

—No. No se saldrá con la suya. Un burdo chantaje no va a hacerme claudicar —intentó convencerse a sí mismo, aunque a estas alturas lo único que tenía claro era que nunca había estado tan asustado ni tan inseguro de su propia capacidad para cuidar de los que amaba.

—Su hermano, la chica Carpenter… ha arrastrado a demasiada gente a ese asqueroso pozo de lujuria. Si no le preocupa su propia reputación al menos piense en ella; por lo visto estaban muy unidos. Sus iguales nunca le perdonarán a una mujer de buena familia que se haya rodeado de putas y pervertidos, y que haya compartido sus entretenimientos.

—No se atreva a nombrarla —le advirtió con los dientes apretados.

—Ella ya no está a su alcance. Usted mismo ha escrito su destino exponiéndola al escarnio público. Solo si el club desaparece ella estará libre de rumores. Es su única oportunidad de protegerla.

Marcus cerró los ojos y respiró con fuerza. Su hermano y la mujer que amaba. Lo daría todo por cualquiera de los dos. Si tenía que renunciar al Dark por ellos lo haría. Renunciaría a cualquier cosa.

—Señor… —La voz temblorosa del joven que había conducido a Marcus hasta la celda de Vivian los interrumpió desde la puerta—. Creo que… Creo que… tenemos un problema. Debería… salir.

Horace Brown se levantó arrastrando la silla hacia atrás y se asomó por la ventana para ver lo que estaba ocurriendo. Su cara viró de una palidez extrema a un rojo púrpura. Una hilera de lujosos carruajes, totalmente fuera de lugar en una calle como aquella, comenzaron a apostarse uno tras otro bloqueando la entrada. Brown intentó coger los papeles que había enarbolado como pasaje hacia un dinero fácil, pero Marcus fue más rápido y los sostuvo sobre su cabeza evitando que los alcanzara.

—Ya no va a necesitar esto, maldito cerdo.

El duque de Kensington apareció en el umbral seguido de al menos una docena de hombres. Varios nobles, un clérigo, un hombre de la corona y, como no podía ser de otra manera, los superiores de Brown. Todos ellos clientes habituales del club, con algún tipo de vinculación personal con el conde de Rutherford y su círculo más cercano. Todos dispuestos a mantener delante de quien hiciera falta que las actividades que se llevaban a cabo en sus instalaciones eran tan inocentes como las cenas de caridad que organizaban sus madres y esposas. Marcus se percató de que algunos de los hombres que acababan de llegar estaban en la lista que Horace le había mostrado. Aunque Horace parecía haber enmudecido, no les costó demasiado sonsacarle la información que necesitaban a sus hombres, que contaron hasta el último detalle de sus actividades y cómo habían obtenido todos aquellos datos, a cambio de conseguir un poco de indulgencia. Horace Brown no tendría tanta suerte, y todos a los que había extorsionado declararían gustosos a cambio de privacidad, con tal de que ese gusano desapareciese de sus vidas.

A Marcus no le extrañó comprobar que el traidor que había facilitado los nombres había sido Solomon, aunque no podía culparlo por anteponer su seguridad a la de los demás. Era un superviviente, y la vida le había acostumbrado a mirar por su propio pellejo. En cambio, Lion había aguantado golpe tras golpe sin decir ni una sola palabra, hasta que alguien había firmado los papeles en su lugar.

Marcus salió del edificio dejando a Horace empequeñecido y muy alejado del hombre bravucón que se pavoneaba de su éxito unos minutos antes, conteniendo las ganas de despellejarlo y exponerlo en alguna plaza. Pero la perspectiva que se le presentaba, pasar el resto de sus días en una prisión rodeado de gente que él mismo había encerrado, parecía castigo suficiente. Ni siquiera el aire frío de la mañana cortando su cara sirvió para despejar su mente aturdida. Estaba agotado y apenas pensaba con claridad, pero no podía permitirse el lujo de flaquear. Había sido fuerte demasiado tiempo para dejarse vencer ahora. Y no había tiempo que perder.

El joven guarda había confesado que habían trasladado a Lion a un sanatorio mental en el campo, cerca de la carretera del norte. Se negó a pensar en los métodos que se usaban en ese tipo de sitios para «curar las desviaciones de carácter», como ellos llamaban a la homosexualidad o a cualquier otro comportamiento que no fuera el que ellos consideraban correcto. Nadie se atrevía a relatar con claridad el tipo de torturas y atrocidades a las que eran sometidos los pacientes, y la mayoría de la gente prefería ignorarlos. En esos momentos le llevaban horas de

445

ventaja y no podía permitir que le pusieran las manos encima a Lion. Si llegaba demasiado tarde no se lo perdonaría jamás.

—Marc, espera. Voy contigo —dijo Sebastian poniéndose los guantes, tras dirigirse a los hombres que lo esperaban para darles instrucciones.

—No es necesario. Preferiría que te quedases a intentar averiguar lo que puedas sobre ese Relish. —Marcus se pasó las manos por el pelo con frustración, con el corazón dividido. Por una parte ansiaba ir a buscar a Vivian; la forma en la que se había marchado no le había tranquilizado en absoluto. Pero por otro lado, no podía dejar a Lion—. Vivian se ha ido con su padre y ese hombre les ha acompañado. Tengo la desagradable sensación de que algo está a punto de estallar en mis narices y no puedo hacer nada para evitarlo.

—Tengo a Storm y a los hombres del club buscando información sobre eso. Sé que habían encontrado un hilo del que tirar, y estoy seguro de que no descansarán hasta conseguir su objetivo. Voy contigo, Marc.

—No puedo irme tranquilo sin saber si ella… —La voz de Marcus se apagó poco a poco, al entender que no podía hacer nada.

—No eres Dios. No puedes estar en todas partes. Si Vivian se encuentra con su padre estará protegida. La prioridad ahora es tu hermano y no tenemos tiempo que perder.

Marcus asintió agradeciendo su sensatez y su lealtad incondicional, y ambos cogieron sus monturas para emprender el camino.

El desvencijado carruaje se balanceó con brusquedad al pasar por encima de un nuevo bache y Lion gimió al notar cómo se contraían sus músculos doloridos. Había perdido la noción del tiempo, y solo era consciente del dolor de su cuerpo entumecido por los golpes y del traqueteo del vehículo que avanzaba con una angustiosa lentitud por los caminos embarrados. Hacía rato que había amanecido a juzgar por el hilo de luz que se filtraba por el pequeño ventanuco de la puerta del vehículo, aunque sus ojos hinchados no le permitían ver con demasiada claridad. Debería estar aterrorizado, pero se sentía tan agotado y el dolor era tan intenso que parecía que su mente había aceptado el rumbo de los acontecimientos, y ansiaba con desesperación llegar a su destino, por nefasto que este resultase. Lo que fuera con tal de salir de ese reducido espacio y ese asiento duro y demasiado pequeño que se clavaba en su magullado cuerpo. Necesitaba respirar. Sabía que era imposible que el aire se estuviese agotando en ese maltrecho carruaje lleno de grietas, pero su mente le estaba jugando una mala pasada y el dolor sordo de su pecho se hacía cada vez más intenso. Abrió la boca con desesperación intentando que sus pulmones bombearan con normalidad, pero su garganta ardía y sus oídos zumbaron de manera insoportable. Se llevó la mano a la garganta e inútilmente intentó golpear la madera de la pared para pedir ayuda, o un poco de misericordia a aquellos hombres que tan poca piedad le habían mostrado. Puede que ese fuera su final, y puede que fuera una liberación. Sintió que se mareaba y que estaba a punto de perder el sentido cuando un ruido proveniente del exterior lo devolvió a la realidad. El carruaje frenó con brusquedad impulsándolo hacia delante y ni siquiera tuvo fuerzas para gritar de dolor. Se limitó a quedarse inmóvil en el suelo escuchando a través de la neblina que precedía a la inconsciencia el sonido de los cascos de los caballos, los gritos de advertencia, un par de disparos y, después de un largo silencio, el ruido de la puerta al abrirse. El aire frío y la luz entraron a raudales y Lion se quedó allí con los ojos cerrados, esperando el nuevo golpe inmerecido que sabía que llegaría. En lugar de un golpe escuchó la voz familiar de su hermano, reflejando un miedo idéntico al suyo. No pudo despegar los párpados, solo pudo esbozar una débil sonrisa de alivio antes de desmayarse.

Ante la imposibilidad de viajar con Lionel en ese estado habían decidido alojarse en una posada cercana, donde pudieron proporcionarle los primeros cuidados médicos. Por suerte, a pesar de lo alarmante que resultó encontrarlo así y del intenso dolor que apenas le permitía moverse, solo presentaba una costilla y un par de dedos fracturados, además de magulladuras y hematomas por todo el cuerpo, que en un hombre sano y fuerte como él no tardarían en curar.

Marcus miró a su hermano, que descansaba tranquilamente gracias en parte al efecto del láudano. Los moratones y las heridas, todavía con rastros de sangre, que surcaban su cara resaltaban aún más en contraste con las rústicas sábanas blancas. Se sentó en una mecedora junto a su lecho por si necesitaba ayuda cuando despertase. Cerró los ojos un instante y notó que le ardían por el cansancio. No podía recordar cuándo fue la última vez que había dormido toda la noche de un tirón. Sintió una desagradable sensación en el estómago al pensar en Vivian, y se preguntó qué estaría haciendo sin él. Se esforzó en convencerse de que Sebastian tenía razón, que lord Carpenter no permitiría que su hija sufriera ningún daño. El agotamiento al fin le ganó la batalla y lo sumió en un sueño inquieto y en absoluto reparador.

Marcus dio las riendas de su caballo al mozo y se dirigió al interior de su casa sintiendo que sus músculos se quejaban por el esfuerzo excesivo de los últimos días. Pero ya tendría tiempo de descansar cuando todo estuviera resuelto. Había dejado a dos de sus hombres al cuidado de Lion para traerlo de vuelta cuando tuviera la suficiente fuerza para acometer un viaje en carruaje, y había emprendido su regreso a Londres en cuanto los primeros rayos del amanecer comenzaron a teñir el cielo de rosa.

Storm ya lo estaba esperando para darle el parte sobre lo que habían averiguado acerca del vizconde de Relish y sus turbios negocios. Las noticias se desencadenaban a un ritmo tan vertiginoso que resultaba difícil asimilarlo todo. El Jefe tenía oídos y ojos en cada rincón de la ciudad, desde el tugurio más oscuro hasta el salón más prestigioso, y en esos momentos poder disponer de toda esa información valía oro. Sus hombres habían desplegado sus tentáculos para llegar hasta la última persona que pudiera darles un solo dato y en tiempo récord habían desentrañado una madeja de informaciones confusas que ahora resultaban vitales.

Archie Carpenter parecía estar en lo cierto. Durante los últimos años varios barcos comerciales habían desaparecido en idénticas circunstancias sin dejar rastro. Todos ellos habían emprendido un viaje para comprar mercancía que posteriormente se vendería en Inglaterra, y en todos ellos la fortuna de algún pobre incauto había desaparecido, pero no engullida por el mar, precisamente. El patrón se repetía una y otra vez y parecía mentira que nadie se hubiese percatado. Alguien sugería al inversor que invirtiera una fortuna desorbitada en un negocio fructífero y sencillo, con la confianza de que una compañía de seguros le respaldaría ante cualquier eventualidad. Durante años nadie hizo caso a los rumores y supersticiones que aseguraban que los barcos fantasmas existían, y que los marineros desaparecidos habían sido vistos tripulando otros navíos, sospechosamente parecidos a los que supuestamente se habían hundido.

El nexo común de todos estos turbios negocios era un hombre en concreto, el vizconde de Relish. Su nombre estaba ligado a las compañías aseguradoras que misteriosamente desaparecían con la misma velocidad que el mar engullía los barcos, y para más señas, estaba detrás de la mayoría de los préstamos que habían arruinado a los inversores. Exactamente como había ocurrido con Carpenter. Al parecer le había ayudado a invertir amparándose en la buena relación que los unía, le había prestado una cantidad más que considerable y se había quedado con todo, incluyendo la elevada cuantía del seguro.

Marcus intentó tranquilizarse. Al menos, con la marcha de Archie Carpenter, Vivian estaba momentáneamente a salvo de un casamiento forzoso para pagar la deuda. No obstante, la presencia del vizconde le indicaba que el hombre vigilaba su inversión muy de cerca. Un mal presentimiento lo desestabilizó hasta el punto de que tuvo que apoyarse con fuerza en el respaldo de su silla para sostenerse.

Justo en ese momento, la voz chillona de una mujer lo alertó y le hizo salir de su despacho para ver qué estaba ocurriendo.

—Discúlpeme, milord. He intentado detenerla, pero no atiende a razones.

Marcus parpadeó al ver a la pequeña mujer que le miraba con la respiración agitada, mientras intentaba zafarse del agarre del mayordomo.

—¿Flora?

39

Flora hablaba atropelladamente, con la respiración aún agitada por la carrera y el nerviosismo. Marcus intentaba entender lo que decía, pero entre el batiburrillo de palabras inconexas que salían de su boca apenas pudo captar el nombre de Lina Carpenter, un divorcio y una boda. Sujetó a la muchacha de los hombros y la zarandeó con poca delicadeza haciendo que enmudeciera súbitamente.

—Cálmate, Flora. Respira. —Marcus hizo varias aspiraciones profundas y pausadas intentando que ella lo imitara, a pesar de que los nervios lo consumían—. Bien, ahora empieza desde el principio.

—Ese hombre… Ese tipo… —consiguió decir entre hipos y jadeos—. Hay una parroquia, San Jorge, la boda se celebrará allí. Han roto el acuerdo con el hermano del señor Carpenter. El vizconde va a casarse con Vivian y en cuanto termine la ceremonia se la llevará a su casa de campo. Y ya nadie podrá ayudarla.

Las campanadas del reloj del despacho marcaron la hora en punto y Flora jadeó tapándose la boca con las manos.

—Santo Dios, puede que ya sea demasiado tarde, milord. ¡Haga algo!

Marcus sintió que su mundo colapsaba sobre sí mismo y los escombros lo sepultaban todo. Aun así, cuadró los hombros dispuesto a no dejarse doblegar.

Vivian miró el anillo, demasiado grande para ella, que se deslizaba por su dedo anular. El sacerdote pronunció las palabras malditas que la unían a ese hombre despreciable para siempre, hasta el día de su muerte, algo que no sabía si sería capaz de soportar. No importaba el evidente estado de ebriedad del clérigo, que había hecho la vista gorda ante su negativa a responder a la definitiva pregunta de la ceremonia. Su casi inexistente inclinación de cabeza, que bien podía haber sido fruto del temblor que la sacudía, fue suficiente para sellar su destino. Tampoco importó demasiado que su ahora esposo sujetara su mano con fuerza para obligarla a firmar el documento que sellaba su matrimonio ante los ojos de Dios, ni que la licencia especial fuese tan falsa como los votos que acababan de unirles. Clavó la vista en la falda de su vestido verde, un curioso homenaje a la triste y amarga vida de Lina Carpenter, y que ella imitaría a partir de ese momento. Reprimió el estremecimiento fruto del pánico que la recorrió al sentir que el vizconde la sujetaba del brazo para conducirla al exterior. Ni siquiera tuvo fuerzas para despedirse de sus padres. La puerta de la iglesia se abrió y una ráfaga de aire cargada de gotas de lluvia azotó su cara haciéndola volver de golpe a la realidad. Se aferró al pequeño bolsito de tela oscura con perlas bordadas que colgaba de su muñeca, y lo apretó contra su pecho como si pudiera sacar de él la fuerza que necesitaba para afrontar lo que le esperaba. Vivian se sobresaltó al escuchar las campanas de la torre dar la hora, provocando un revoloteo de palomas que surcaron el cielo sobre su cabeza. Estaba hecho. Su padre estaba a salvo y ella se acababa de convertir en la vizcondesa de Relish.

Marcus estuvo a punto de arrollar a Lina Carpenter, que en esos momentos salía de la iglesia para montarse en el carruaje que la alejaría para siempre de lo que había sido su vida hasta ahora. La mujer le dedicó una gélida mirada y se montó en el vehículo, que inició la marcha inmediatamente. Con el frío recorriendo su columna, el conde abrió la puerta de madera sabiendo que ya era absurdo darse prisa, ya era demasiado tarde.

En uno de los últimos bancos, la figura derrotada de Ralph Carpenter se asemejaba a un muñeco de trapo olvidado por su dueño, y por un momento dudó que aún respirase.

Solo cuando las punteras de las botas polvorientas de Marcus entraron en su campo de visión lord Carpenter levantó la cabeza. A Marcus no le sorprendió ver la profunda tristeza de sus ojos ni las lágrimas que corrían sin control por su cara. El hombre negó con la cabeza y por un momento pensó que no iba a decir nada.

—Le pedí que se negara, que no me importaba ir a la cárcel. Pero ella misma se ha condenado. Me dijo que no podría vivir sabiendo que no hizo todo lo posible para salvarme.

—¿Dónde está? —preguntó Rutherford con un sonido de ultratumba que a él mismo le costó reconocer como suyo.

—Se ha ido. Él se la ha llevado. Ahora ya no es nuestra, has llegado tarde, hijo. Ni siquiera el dinero de mi hermano ha servido para impedir este desastre. Ella le pertenece y yo la he condenado.

Marcus lo sujetó por las solapas de su chaqueta y lo levantó de un tirón sacándolo de la nube de autocompasión en la que estaba inmerso.

—Yo no me rindo tan fácilmente, Carpenter. Busque a ese maldito clérigo y no le pierda de vista aunque tenga que atarse a él.

Carpenter estaba aturdido y desolado, pero la seguridad y la determinación que transmitía la voz del conde le permitió sentir un pequeño resquicio de esperanza. Marcus salió en busca de su caballo rezando para que Storm hubiera hecho su parte y los largos tentáculos del Jefe estuvieran extendiéndose a toda velocidad por la ciudad.

No podría huir eternamente del vizconde, y Vivian era plenamente consciente de ello. Pero no podía evitar el asco y el rechazo visceral que le provocaban los constantes intentos de Relish de manosearla. Se pegó a la pared del carruaje todo lo que pudo, pero aun así el espacio no era suficiente. Quería gritar, golpearle, saltar del vehículo en marcha… Cualquier cosa con tal de huir de su nauseabundo olor empalagoso y sus caricias lascivas. El carruaje frenó de golpe y cambió la dirección de manera brusca haciendo que al fin Relish desistiera de sus intenciones. Se asomó por la ventana y su expresión se volvió más seria. El carruaje continuó su marcha unos minutos y de nuevo volvió a frenar en seco. Esta vez los caballos parecieron encabritarse ligeramente y volvieron a virar cambiando de dirección. A pesar de la tensión de su cuerpo y de que su mente parecía haberse licuado por completo, Vivian reunió fuerzas para retirar la cortina de su ventanilla y asomarse al exterior.

Abrió los ojos como platos ante lo que encontró. Puede que fuera fruto de su imaginación, pero le había parecido ver a varios hombres con máscaras blancas cortándoles el paso. Estrujó el bolsito entre sus manos sentándose muy recta en el asiento mientras continuaban su camino. A los pocos minutos, de nuevo otro frenazo la impulsó hacia delante. Esta vez no tuvo dudas. Un grupo de personas con las caras cubiertas por máscaras blancas, inmóviles y desconcertantes, les impedían el paso. Vivian se aferró con fuerza al asiento para no caer cuando el cochero emprendió la marcha con toda la velocidad que pudo. Las calles se hacían más estrechas, las fachadas más deslucidas y sucias, y las miradas de los transeúntes se clavaban en el vehículo con hostilidad. Ahogó un grito cuando el carruaje volvió a detenerse, y al asomarse vio de nuevo las figuras que, como fantasmas blanquecinos paralizados en el tiempo, les bloqueaban el camino. Relish golpeó con violencia el techo del carruaje visiblemente nervioso. La ventana que le comunicaba con el cochero se abrió y fue evidente que la situación se les estaba escapando de las manos.

—¿Qué demonios está pasando? —preguntó el vizconde mientras miraba alrededor, observando con estupor a los hombres sin rostro que se iban aproximando a ellos con una lentitud desconcertante.

—Nos están rodeando, milord. Están por todas partes y no nos dejan avanzar. Nos están acorralando.

—¿No tenéis armas? ¡¡Usadlas, a qué estáis esperando!! —vociferó.

Vivian miró a través del cristal mientras el carruaje iniciaba la marcha por el único callejón que no estaba bloqueado. Era cierto, los estaban acorralando. Estaban en el territorio del Jefe y los estaban conduciendo justo a donde él quería. Con un último empellón, el vehículo se detuvo en una calle sin salida.

Vivian no se había percatado del tamaño descomunal del cochero y el lacayo que los acompañaban hasta que se bajaron del vehículo para enfrentarse a los hombres que los rodeaban, que evidentemente iban desarmados, por lo que comenzaron a recular en cuanto los vieron acercarse con dos enormes barras de madera. Un jinete se abrió paso entre la gente y Vivian estuvo a punto de gritar al comprobar que era el Jefe, sin necesidad de máscara, quien parecía ocupar todo el espacio del callejón. Bajó de su caballo, y con un gesto de su mano, los enmascarados que habían bloqueado la entrada comenzaron a marcharse tan silenciosos como habían llegado. Esperaba ser capaz de manejar la situación y lo último que quería era ser responsable de una masacre.

Relish, envalentonado por la presencia de sus hombres, se bajó del carruaje arrastrando a Vivian con él. Marcus ni siquiera la miró. No podía permitírselo. Había demasiado en juego para perderse en su mirada rota, en su desesperación, y sobre todo en el dolor que le provocaba que hubiese sido capaz de aceptar a ese hombre despreciable en el altar en lugar de confiar en él y pedirle ayuda.

«Haz lo correcto, Marcus».

Sus palabras resonaban hirientes en su cabeza. Ella ya lo sabía cuando las pronunció, ya había tomado su decisión. Lo correcto para ella era entregarse a un hombre que la ultrajaría sin piedad día tras día con el beneplácito de unos votos matrimoniales. Lo correcto era que él se casara con Clarice. Todo era tan retorcido que le provocaba ganas de vomitar. Habían pasado tantas cosas en tan poco tiempo que sabía que sus nervios no aguantarían mucho más. Y ahora su prioridad era claramente intentar revertir aquel horror.

—No sé qué juego se trae entre manos, pero mi esposa y yo

estamos ansiosos por comenzar nuestra luna de miel. Apártese y no habrá consecuencias.

La mirada de asco de Marcus fue más elocuente que cualquier palabra.

—Creo que su destino será mucho menos dulce que eso. Me temo que pasará su noche de bodas en un frío calabozo, Relish.

—¿Por qué? ¿Por robarle a su amante? —Se rio intentando fingir que su anuncio no le había afectado.

—Por fraude, básicamente. Lo sé todo. Lo de los barcos fantasma. Cómo simulaba sus naufragios para quedarse el dinero de los inversores, cómo sus compañías de seguros se quedaron con el dinero de esos pobres incautos. Carpenter es uno de ellos, pero seguro que hay muchos más. Aún no sé qué relación tiene con Brown, pero estoy seguro de que ese gusano cobarde en estos momentos ya estará contándolo todo.

Relish hizo una leve inclinación de cabeza en un gesto bastante parecido a la admiración. Le gustaba la gente inteligente, y el bueno de Rutherford, además de listo, parecía bastante valiente. Lástima que por culpa de su brillantez tuviese que matarle.

—Horace Brown no es más que un pobre desgraciado que me pasa información a cambio de una limosna. Ya sabe, conde, hay que tener contactos hasta en el infierno. Por cierto, el numerito de los enmascarados ha sido sublime, muy teatral. Y ahora, si nos disculpa... —El vizconde intentó sujetar de nuevo a Vivian por el brazo, pero ella forcejeó para evitarlo.

Marcus dio un paso hacia delante con todas las terminaciones nerviosas de su cuerpo alerta, e instintivamente Relish se alejó.

—Si vuelves a tocarla te mataré —le advirtió.

La amenaza pareció surtir efecto y Relish, con un gesto de la cabeza, les dio una orden silenciosa a sus hombres. Con movimientos lentos comenzaron a acorralar a Marcus contra la pared hasta que él, con un gesto rápido que nadie vio venir, asestó un puñetazo en la mandíbula a uno de ellos. Los golpes se sucedieron uno tras otro, y aunque el Jefe era un buen luchador, estaba en clara desventaja ante aquellas moles de músculos sin escrúpulos. Vivian gritó al escuchar el golpe seco de la cabeza de Marcus al impactar con el suelo y volvió a respirar al ver que se levantaba de nuevo, aunque aturdido. Uno de ellos aprovechó para golpearlo por la espalda con la barra de madera, desestabilizándolo. Marcus cayó de rodillas mientras intentaba protegerse de los golpes. Sacó la pistola que guardaba en su chaqueta, pero el hombre al que había golpeado se puso de pie y antes de que pudiera encañonarle le dio una patada en el brazo y le arrebató el arma. Sin darle tiempo a reaccionar, le apuntó y apretó el gatillo.

El grito de Vivian ahogó el gruñido de dolor de Marcus, que cerró los ojos rezando para que sus hombres llegaran a tiempo, antes de que el vizconde se llevara a Vivian. Su propia vida no le importaba, más que en la medida en la que podía protegerla a ella. Relish soltó una carcajada al ver que uno de sus hombres le sujetaba los brazos a la espalda mientras la sangre que manaba por la herida de su hombro comenzaba a teñir sus ropas con rapidez.

—Matadle.

La orden seca sacó a Vivian de su estupor y al fin pudo reaccionar. Relish vio por el rabillo del ojo su rápido movimiento y el brillo metálico junto a su cara. Escuchó cómo ella amartillaba una pequeña pistola, el arma con empuñadura de nácar que su padre le había regalado hacía tanto tiempo y que había guardado en su coqueto bolsito.

—¿Qué demonios crees que estás haciendo? —preguntó Relish sin atreverse a hacer ningún gesto brusco.

—Dígales que le suelten o le vuelo la cabeza. Ahora —ordenó Vivian, sin poder disimular el temblor de su voz.

—Suelta eso, niña. No juegues a un juego de hombres.

—Vivian, suelta la pistola. —La voz entrecortada de Marcus le hizo perder durante unas décimas de segundo la templanza que intentaba mantener, y el vizconde aprovechó la distracción para sujetar su muñeca intentando quitarle el arma.

Pero no estaba dispuesta a dejarse vencer y aferró la pistola con todas sus fuerzas. Relish clavó las uñas en la fina piel de sus muñecas y tiró de sus dedos, retorciéndolos, intentando soltar su agarre sobre el arma. El sonido de la detonación heló la sangre de Marcus, que no pudo contener un grito. El miedo renovó sus fuerzas. Se retorció hasta poder liberarse del agarre de uno de ellos, y le propinó un cabezazo al otro dejándolo aturdido.

Vivian y Relish miraron durante unos segundos eternos, completamente paralizados, la pistola aún humeante y la sangre que salpicaba las manos de ella y el vestido verde, y que goteaba hasta el suelo. El vizconde fue perdiendo la estabilidad hasta acabar hecho un guiñapo sin vida en el suelo a los pies de Vivian, que seguía petrificada. Marcus la abrazó con fuerza ignorando el lacerante dolor del hombro, intentando que apartara su vista del cuerpo inerte de Relish. Sus hombres estaban a punto de huir de allí, a nadie le gustaba estar en la escena de un crimen, sobre todo cuando las acusaciones de Rutherford sobre las actividades ilícitas de su patrón les salpicarían directamente. Pero no tuvieron tiempo de escapar, ya que varios hombres a caballo irrumpieron en el callejón.

—¡Jefe! ¿Estáis heridos? —preguntó Storm lanzándose prácticamente desde su caballo al verlos manchados de sangre.

Marcus negó despacio a pesar de que la herida de su hombro ardía y se notaba cada vez más débil. Con un gesto más brusco de lo que hubiera deseado sujetó los brazos de Vivian, que se aferraban con fuerza a su cintura, para alejarlos de él, ignorando el dolor que le produjo el movimiento. Se quitó la chaqueta como pudo y cubrió con ella el cuerpo de Relish para que ella no pudiese verlo.

Todo había terminado. Vivian estaba a salvo. Al menos estaba a salvo del vizconde. Pero no de él. Había sido un necio presuntuoso al pensar que podía protegerla, dejarla acceder solo a la pequeña parcela de su mundo que él considerase oportuna y segura. Pero su mundo era oscuro, y tras el brillo, la aventura y el placer se escondía la muerte. No podía abrirle una puerta de entrada a su vida sin abrirle todas las demás, y con demasiada frecuencia esas puertas conducían al mismísimo infierno.

«Haz lo correcto». Sus palabras volvieron a taladrar su corazón. Lo correcto hubiera sido mantener a una joven inocente alejada de su perversión; lo correcto hubiera sido no arruinar su reputación; lo correcto hubiera sido no enamorarse de ella permitiendo que ese sentimiento nublara todo lo demás. Siempre había pensado que él era fuerte. Y ahora descubría que no era así. Era tan débil que no había podido protegerla de sí mismo. En cambio, la inocente Vivian Carpenter había sido capaz de mantenerse fría, ocultándole la verdad de lo que estaba ocurriendo y negándose a pedirle ayuda. Había tenido los arrestos para defender a los suyos a cambio de vender su futuro a un hombre despreciable. Ella había hecho lo correcto sin contar con él, apartándolo de su vida como si no fuera importante ni necesario. Se revolvió contra sí mismo y el deseo de autocompadecerse le removió las entrañas. Ella era la fuerte, y él un simple títere que había perdido la voluntad.

—Storm, llévate a la señora de aquí.

Vivian parpadeó, completamente impactada por su repentina frialdad.

—No me iré sin ti. Estás herido —se atrevió a decir, aunque estaba deseando alejarse de aquel lugar y olvidarse de lo que acababa de ocurrir.

—Vete. Aquí hay muchas cosas por hacer y no necesito distracciones. —Las palabras de Marcus fueron tan duras que las lágrimas de Vivian se secaron de repente, al igual que su corazón—. Storm se encargará de que estés bien.

—Marcus, por favor. Mírame.

Y lo hizo, solo que ella no reconoció el brillo furioso y decepcionado de sus ojos oscuros. Marcus tragó saliva y la tensión de su cuerpo hizo que pareciese incluso más alto.

—Ah, disculpa mi falta de tacto. Mis condolencias, lady Relish. Y ahora, márchate, por favor.

Marcus le dio la espalda, mientras Storm la arrastraba hacia un carruaje, y comenzó a dar órdenes a diestro y siniestro, que todos se esforzaron en acatar. El dinero y el poder de nuevo extenderían un pesado manto que convertiría lo que había sucedido en aquel callejón en un robo frustrado que había acabado de manera nefasta o en un ajuste de cuentas por culpa de las malas artes de Relish. Nadie había visto a Vivian, nadie tenía conocimiento de su repentina boda y, por supuesto, el honorable conde de Rutherford jamás había pisado aquel lugar.

40

Tal y como Marcus había imaginado, la boda entre Relish y Vivian tenía tantas irregularidades que no les fue difícil conseguir que se anulara unas pocas horas después de que el fatídico enlace hubiese tenido lugar. Solo necesitaron sugerirle al párroco que el obispo no se tomaría demasiado bien su falta de celo a la hora de comprobar la veracidad de la burda falsificación de la licencia especial, la falta de voluntad de la novia… Y, lo que fue más efectivo, asegurarle que podía quedarse con la jugosa propina que el vizconde le había entregado.

Marcus cargó con las culpas sobre el incidente que le había costado la vida a Relish, pero al tratarse de una muerte en defensa propia y con la necesidad de no dar demasiado bombo al asunto de los barcos fantasma, el problema se zanjó con poco ruido. Hicieron correr el rumor de que había sido un desafortunado robo que acabó mal, algo que nadie se molestaría en desmentir. No era justo, pero era lo más práctico para todos.

Vivian se sentía arropada por sus amigos, que se habían convertido en su segunda familia tras la marcha de su madre, retirada definitivamente al campo, y las ausencias prolongadas de su padre, demasiado centrado en encauzar de nuevo su vida. No podía culparlo. Tras el incidente de su fallida boda y destrozado por los remordimientos, le había prometido cuidar de ella y desistir de la idea de iniciar un escándalo solicitando el divorcio. Pero Vivian no podía permitir que él fuera infeliz por intentar compensar su falta de atención del pasado. Había insistido en conocer a la mujer que se convertiría en su madrastra, y se había llevado una grata sorpresa al encontrar a una dama buena y humilde que se desvivía por hacer feliz al viejo Carpenter.

Isabelle y Sebastian se habían convertido en su verdadero apoyo y pasaba casi más tiempo en su casa que en la suya propia. Incluso Clarice, aunque aún se mostraba algo distante en su presencia, estaba haciendo un esfuerzo para que la relación entre ellas volviera a ser la de antes.

Pero nada de eso parecía llenar el vacío de su interior, ni aliviar las pesadillas que la acosaban durante las noches, ni la soledad que la acompañaba como una sombra desde que Marcus había decidido curar sus heridas en soledad. Había pasado casi un mes y aún no había recibido ni una sola noticia suya, ni siquiera una nota. Era consciente de que probablemente conocería todos sus movimientos, al fin y al cabo el Jefe se enteraba de todo. Sabía por Lion que estaba en casa de Bertha Jones intentando ordenar el desastre que bullía en su interior, luchando con sus demonios. Pero ¿qué había de los demonios de ella, de sus propios miedos? No se permitió caer en el desaliento y descubrió con sorpresa que era mucho más fuerte de lo que ella misma creía. Si Marcus no era capaz de quererla como ella le quería a él, no estaba dispuesta a suplicarle una oportunidad, pero tenía que reconocer que no había nada que necesitara más que un abrazo suyo.

Lionel levantó la cabeza del libro de cuentas al escuchar los suaves golpes en la puerta, una cadencia conocida que llevaba demasiado tiempo sin escuchar. Se puso de pie tras darle permiso para entrar, y sus costillas, aunque ya estuvieran casi curadas, se quejaron en respuesta.

—No esperaba verte por aquí, sinceramente.

Jacob Pearce retorció sus guantes mientras reunía fuerzas para sostenerle la mirada.

—Siento no haber venido antes, pero no sabía si querrías verme.

—Podías haber preguntado, es así de fácil —apuntó el León sin darle tregua.

—Está bien, me lo merezco. Puedes darme un puñetazo si eso te hace sentir mejor. —Lionel asintió con un mohín, dándole a entender que no le parecía tan mala idea, y ambos sonrieron—. He estado muy preocupado por ti, Lion. Casi me vuelvo loco cuando me enteré de lo que te pasó.

—Hubiera estado bien saberlo.

—Lo siento, no tenía la suficiente valentía para afrontarlo. Pero he estado al tanto de todo.

—Lo sé. Kensington me dijo que preguntabas por mí. Supongo que has venido a que te agradezca tu preocupación. Te aviso que no me siento demasiado magnánimo, Jacob.

—No he venido por eso. —Jacob volvió a retorcer los guantes con la vista fija en un punto indeterminado de la alfombra—. He roto mi compromiso.

Lion se dirigió despacio hacia el mueble de las bebidas y llenó dos vasos en silencio. Tras ofrecerle uno a Pearce dio un largo trago a su bebida.

—Lionel..., ¿me has escuchado?

—Qué respuesta pretendes conseguir.

—La que quieras darme. Al fin he conseguido reunir el valor para vivir como quiero. Lo que te pasó me abrió los ojos. Sé que no puedo ser libre, pero un matrimonio con una mujer a la que no amo es imponerme otra cárcel más. Y creo que ya es bastante complicado vivir ocultando lo que sientes de puertas para fuera como para tener que fingir en mi propia casa.

—¿Y tu familia?

—Mi padre no se ha tomado muy bien que no quiera casarme, pero no he entrado en más detalles. Él tampoco los quiere saber. Desde ahora trabajaremos de manera independiente, ya estoy preparado para llevar mi propia editorial sin estar a su sombra.

—Entonces, supongo que debo darte la enhorabuena. —Lion levantó el vaso en señal de brindis.

—No necesito que me felicites, te necesito a ti —admitió con un susurro, acortando la distancia que los separaba y acariciando su mentón. Sus labios se acercaron tanto que Lion casi pudo sentir el sabor del licor en su boca, pero se apartó antes de que le besara.

—Jacob, creo que esto no es una buena idea.

—¿Por qué? Encontraremos la manera de estar juntos. Te necesito. Sin ti no puedo afrontar esto.

—No soy una tabla a la que aferrarte para no hundirte. —Lion se pasó las manos por el pelo intentando ordenar lo que sentía—. He pasado tantas veces el luto por nuestra relación que ya no puedo volver atrás. He intentado superarlo demasiadas veces, olvidarte cada vez que veía que planificabas tu vida sin mí. Intenté con tanto ahínco convencerme de que no podíamos estar juntos que al final he acabado aceptando que esa es la verdad.

—¿Es por lo que te ha ocurrido? No puedo imaginar lo aterrador que fue. Pero sé que me quieres, podemos encontrar la manera.

—Te quiero. Y te deseo con la misma desesperación que el primer día. Pero no sé si estoy enamorado de ti. Estoy cansado de quererte a medias.

Jacob asintió intentando no derrumbarse.

—¿Estás seguro? ¿Esa es tu decisión?

Lionel asintió con la certeza de que separarse sería igual de duro para ambos, pero que era la decisión correcta. Jacob caminó despacio hacia la puerta incapaz de estar más tiempo cerca de Lion sin tocarle, sin besarle, sin rogarle una oportunidad. Se detuvo antes de girar la manivela y le dedicó una última mirada.

—Jacob, yo… —intentó decir una última palabra que hiciera aquello más llevadero, pero no había ninguna que aliviara aquella desolación que sentían.

—Supongo que tienes razón. Nos hemos despedido tantas veces que mis pasos andan el camino que me aleja de ti aunque yo no quiera. Te quiero, Lion, no lo olvides.

Lion se quedó allí, clavado en su lugar, mirando la puerta cerrada tras la marcha de la persona que más había amado. Pero se sorprendió al no sentir el dolor que esperaba. Sentía vacío, nostalgia, pena… pero ya no dolía. Se había convencido a sí mismo tantas veces de que aquello nunca sería que su corazón se había acostumbrado a su ausencia. Acabó la copa que Jacob apenas había probado buscando la huella de sus labios en el cristal, sabiendo que ahora era lo bastante fuerte para no suplicarle una nueva oportunidad. No mendigaría su amor ni el de nadie más.

Arregló su chaqueta y los puños de su camisa intentando ordenar también sus pensamientos con ese gesto, y tras respirar profundamente se dirigió al despacho de su hermano. Dio varios golpes en la puerta, algo desacostumbrado en él, que siempre solía entrar sin llamar. Pero últimamente estaban cambiando bastantes cosas en el club y el aire nuevo era bien recibido por todos.

—¿Y bien? ¿Qué te parecen los espectáculos que te he sugerido? —preguntó repantigándose en la silla frente al enorme escritorio, tratando de concentrarse en algo que no fuera su corazón, que escocía como si acabara de echar sal en una herida abierta.

—Bien, son muy novedosos. Creo que van a tener buena aceptación —contestó Vivian sin levantar la cabeza de los papeles.

—Por cierto. Creo que ha sido un acierto elegir a Chocolat para sustituir a Solomon. Los clientes están muy contentos con su desparpajo.

Vivian levantó al fin la vista para mirarle al percibir el tono apagado de su voz y frunció el ceño al ver el semblante entristecido que Lion trataba de disimular. Durante el último mes se habían convertido en uña y carne. Cuando Marcus decidió tomarse un tiempo para curarse y reordenar su cabeza y su corazón, intentó llevarse a su hermano, todavía convaleciente, con él. Pero lo último que Lion necesitaba era tener demasiadas horas libres para rememorar en su mente una y otra vez lo que había sucedido, y a Vivian le ocurría lo mismo. Ella decidió acompañarle en el club hasta que él se recuperase y echar una mano en lo que pudiese. Solo por Lion, por supuesto, ya que estaba tan enfadada con la actitud de Marcus que por ella podía quedarse en el infierno en el que estuviese escondido.

Storm tenía la suficiente experiencia para gestionar el club, pero a todos les parecieron brillantes las ideas que Vivian aportaba. Poco a poco comenzó a resultar imprescindible y, casi sin darse cuenta, acabó ocupando el despacho del Jefe en su ausencia, solo por un sentido práctico.

—¿Estás bien? —preguntó alargando la mano a través de la mesa para apretar la de Lion.

—Sí, mi pobre y viejo corazón, que no escarmienta —suspiró con una sonrisa triste y, tras levantarse, besó la mano de Vivian con dulzura—. En fin, me voy a trabajar un poco. El espectáculo está a punto de empezar. Pórtate bien, Jefa. Parece que la noche va a ser movida.

—No me llames así, idiota.

Lion abrió la puerta del despacho y a punto estuvo de arrollar a Storm, que entraba en ese momento.

—Dime, Storm. ¿Todo en orden?

—Sí, Jefa. —Vivian puso los ojos en blanco ante el apodo, pero antes de poder amonestarlo, Storm siguió hablando—. La ronda está a punto de empezar y las apuestas se prevén altas.

—Bien, bajaré en un rato.

Storm titubeó unos instantes.

—Verá, Jefa. Han solicitado una partida privada.

—¿Conmigo?

—Sí, como el Jefe no está...

—Pero no se me dan bien las cartas —se quejó, aunque sabía que no podía negarse.

—Mejor. La gente solicita estas partidas para desplumar al dueño —dijo encogiéndose de hombros.

A regañadientes, Vivian accedió y, tras coger su antifaz, se dirigió hacia la sala privada, esperando no demorarse demasiado. Quería revisar las cuentas que había dejado a medias antes de marcharse.

La habitación estaba en penumbra. Era una sala con pocos muebles, con una mesa de billar tapizada en terciopelo verde oscuro y unas majestuosas sillas de roble con unos respaldos enormes. Junto a la chimenea había una mesa baja y un cómodo sofá. Era la primera vez que visitaba esa habitación y le sorprendió lo acogedora que resultaba a pesar de la ostentosidad de la decoración. La puerta se abrió tras ella y su respiración se atascó en su pecho al ver entrar la alta figura del Jefe, completamente vestido de negro a excepción de su máscara blanca.

Inconscientemente dio un paso atrás y él inclinó la cabeza mirándola con curiosidad.

—¿La impresionante Jefa tiene miedo? —Su voz profunda y segura hizo que el estómago de Vivian se encogiera y la sangre de sus venas corriera a toda velocidad.

—Miedo jamás. Simplemente no te esperaba —contestó, controlando el tono de su voz—. No me gustan las sorpresas.

—No debería ser una sorpresa que el dueño de todo esto esté aquí.

—El dueño de todo esto se marchó sin decir una palabra, sin importarle un cuerno cómo estábamos los demás. Pero me alegro de que hayas regresado, así podré volver a mi vida.

Vivian intentó pasar a su lado como una exhalación. Necesitaba salir de allí y alejarse del magnetismo que la atraía de manera inevitable, pero él la interceptó cortándole el paso.

—Vivian, por favor. Déjame hablar.

Tras unos segundos de duda, Vivian asintió con brusquedad con la vista clavada en un punto indefinido de la habitación. Marcus se quitó la máscara y se pasó los dedos por el pelo desordenándolo.

—Habla —pidió, cruzándose de brazos con actitud altanera.

—Bien, primero quiero felicitarte por tu esfuerzo. Has superado mis expectativas.

—No lo he hecho para impresionarte a ti.

—Entonces ¿por qué? —preguntó con un susurro junto a su oído, apartando los bucles oscuros que descansaban en su hombro. El contraste entre el aire frío y el aliento cálido de Marcus sobre la piel de su cuello le provocó un estremecimiento que la hizo enfurecerse aún más. Marcus caminó despacio a su alrededor observando sus manos, que apretaban la tela de su falda azul cielo con fuerza. Sin poder contener más el deseo de tocarla, deslizó las yemas de los dedos en una turbadora caricia justo por el contorno de su antifaz, continuando por sus pómulos y el borde de su mandíbula, donde un músculo se marcaba por la tensión. Sus dedos continuaron por la columna de su garganta, resiguiendo sus tendones, y notó que la piel se erizaba y que ella tragaba saliva de manera involuntaria a su paso.

—Basta. No puedes volver sin más y actuar como si nada hubiera cambiado.

—Lo sé. Han cambiado muchas cosas. La escuela funciona de maravilla y, la verdad, me sorprendió bastante saber que Clarice Hamilton estaba ayudando con las clases. Los pequeños cambios en el club han sido bien recibidos, cosa que también me alegra. Pero también hay cosas que permanecen inmutables. Por ejemplo, tu costumbre de usar máscaras demasiado pequeñas —sonrió al ver que Vivian se mordía el labio intentando contener cualquier gesto—. Y el efecto que causas en mí.

—Palabras, Marcus. Eso no son más que palabras. La verdad de los hechos es que me has dejado sola cuando más te necesitaba. Debería haberme alejado de tu mundo yo también. Pero la única forma de no dejarme vencer por el miedo era estar aquí, sentirte cerca aunque fuera de esta forma. Huir de las pesadillas, de la soledad de mi casa, de tu ausencia…

Vivian se apartó, pero no había sitio donde huir, no podía esconderse de lo que sentía, eso la perseguiría siempre.

—Necesitaba tiempo. Sé que no he estado a la altura, pero necesitaba encontrar una razón para poder perdonar.

—¿Perdonar? ¿Crees que debo pedirte perdón?

—No, necesitaba perdonarme a mí mismo. Por haberte arrastrado a hacer lo que hiciste. Por haberte metido en mi mundo. Pensé que podía controlarlo todo, cuidarte, alejarte de aquello que podía herirte, pero me sentí vulnerable e indefenso. No pude mantenerte al margen de esta oscuridad que me rodea.

—Lo que siento por ti no es oscuro, al menos lo que sentía hasta que me di cuenta de que eres un cretino. Mi amor estaba lleno de luz, una luz brillante capaz de borrar cualquier sombra, cualquier duda. Ahora lo sé, pero te fuiste haciéndome sentir que…, que no podías perdonarme.

—Me costó asumir que no me contases la verdad. Que no confiaras en mí para ayudarte, nos habríamos evitado muchos quebraderos de cabeza. Ya ves, y para colmo me robaste el papel de héroe —bromeó intentando aliviar la tensión y las lágrimas que Vivian contenía a duras penas—. No podía digerir que hubieses aceptado convertirte en la esposa de ese tipo repugnante en lugar de pedirme ayuda, dilapidando la posibilidad de ser felices juntos. Y no podía soportar la idea de haber destrozado tu inocencia en todos los sentidos posibles. No deberías haber estado en ese callejón, no deberías haber entrado aquí, no deberías haberte visto inmersa en un mundo de placeres que no sabías controlar… Y mucho menos haberte visto obligada a… —Marcus se detuvo, el nudo que apretaba su garganta cada vez que recordaba las manos de Vivian salpicadas de sangre de nuevo estaba allí—. Fue por mi culpa. Y no sé si seré capaz de perdonarme alguna vez.

La voz de Marcus se entrecortó y le dio la espalda para que no viera que era incapaz de controlar las lágrimas.

—Hubiera hecho cualquier cosa para que tu vida volviese a ser la de siempre —continuó—. La de la joven muchacha metomentodo, algo torpe e ingenua, demasiado inocente para entender lo corrupto que habita en mi interior. Pero no puedo. Por más que me aleje de ti no puedo cambiarlo.

—¿Y si yo no quiero ser esa muchacha? No quiero ser la Vivian que era antes de ti.

Marcus se giró para enfrentarla completamente hechizado por aquella mujer pequeña y frágil en apariencia, que albergaba más fuerza que él mismo, más que la mayoría de la gente que conocía.

—Siento todo el dolor que has tenido que padecer por mi culpa. Daría mi vida si con eso pudiera deshacerlo.

Vivian se acercó hacia él sin poder evitarlo; lo amaba demasiado para soportar el sufrimiento que veía en sus ojos. No podía entender que un hombre tan fuerte como él pareciera tan frágil, incapaz de soportar ser el responsable de su sufrimiento.

—No cambiaría ni uno solo de los momentos que he compartido contigo, Marcus. En cuanto a Relish… —Marcus negó con la cabeza sabiendo que hablar de ello dolería, pero ella continuó—. Fue un accidente, ni siquiera sé quién de los dos apretó el gatillo. Reconozco que todavía me persiguen las pesadillas, pero volvería a hacerlo si estuvieras en peligro.

Vivian se dejó abrazar, sintiendo que el cuerpo le dolía por la necesidad de sentir sus brazos rodeándola. Él era el único capaz de juntar todos sus pedazos, de reconstruir su corazón.

—Deberías odiarme por no haber tenido la valentía de quedarme a tu lado. Lo siento, Vivian. Lo siento mucho. Pero no ha habido ni un solo instante en el que no estuvieses presente. Ni siquiera sé si merezco que me perdones.

Vivian sonrió con la cara enterrada en su pecho.

—«Corintios 13: 6-7» —susurró. Marcus la miró intrigado elevando una ceja; en esos momentos podía pensar en cualquier cosa excepto en recordar ni una sola palabra de la Biblia—. «El amor no se deleita con la maldad, sino que se regocija con la verdad. Todo se disculpa, todo se espera, todo se soporta». Caramba, san Marcus. Me decepciona usted, está perdiendo facultades.

—Debe de ser que mi parte oscura ha ganado la batalla. Entonces ¿tú…?

—No puedo odiarte, aunque no sé si te perdonaré que me releves de mi lugar aquí. Ser Jefa tiene sus ventajas.

—La verdad es que estoy buscando sustituto. He tomado bastantes decisiones en estos días. La primera, que ya no habrá más Jefe. Voy a dar un paso atrás.

—Pero… este club es tu vida. —Le miró confundida, temiendo que hubiese decidido marcharse de nuevo.

—No. Mi vida no es esto. He decidido que quiero pasar mis noches haciéndole el amor a mi esposa hasta bien entrada la madrugada. Besarla sin descanso y repetirle cuánto la quiero hasta que me eche por pesado. Lo cual nos presenta un nuevo problema: no puedes ser la Jefa.

Vivian no pudo evitar soltar una carcajada nerviosa mientras enlazaba sus brazos en el cuello de él y se dejaba besar.

—Pero quiero ser la Jefa. Quiero poder utilizar esta maravillosa sala privada.

—Creo que eso te lo puedo conceder, seguiré siendo el dueño, no lo olvides. De hecho, otra de las cosas que he decidido es que voy a hacerte el amor sobre esa maravillosa mesa de billar —dijo tomando su boca con un beso hambriento mientras enredaba las manos en su pelo.

—Yo había pensado en el sofá.

—También. —Volvió a besarla y esta vez la sujetó por el trasero para pegarla más a él—. Y sobre la alfombra. Y contra la pared del fondo.

Vivian dio un gritito al sentir sus dientes mordisqueándole el cuello.

—¿Y en las salas del pasillo oscuro?

Marcus levantó la cabeza y la miró fingiendo estar horrorizado.

—Dios santo, he creado un pequeño monstruo.

—Sí, pero soy «tu» monstruo.

Marcus soltó una carcajada sintiendo que el nudo que le había impedido respirar durante todos esos días y sus correspondientes noches se deshacía, y solo quedaba espacio en su interior para una felicidad a la que no estaba acostumbrado. La cogió en brazos para cumplir su promesa y la llevó hasta la mesa.

—Marcus... —susurró Vivian contra su boca mientras él se afanaba en desabotonar su vestido y devorar cada pedazo nuevo de piel que descubría—. ¿Tienes idea de cuánto te amo?

—Tengo idea de cuánto te amo yo, y creo que ni aunque viviera mil vidas podría saciarme de ti, Jefa. —Marcus la miró con intensidad sin poder creer que fuese tan afortunado de tenerla de nuevo entre sus brazos—. Eres mi tentación más dulce, la única a la que jamás renunciaré.

Y así se amaron una y otra vez, porque entregarse a aquella pasión que no entendía de oscuridad se había convertido en su pecado favorito.

Epílogo

La temporada social londinense se preveía más animada de lo normal gracias a los jugosos chismes que sobrevolaban el ambiente. Las jóvenes debutantes, a esas horas de la tarde, estarían ansiosas e ilusionadas, apretándose los corsés e intentando domar sus bucles a base de tenacillas calientes y buenas dosis de paciencia por parte de sus doncellas.

Pero ese era un problema que se le antojaba muy lejano a la condesa de Rutherford, ya que su vida había cambiado tanto en los últimos cuatro meses que la idea de ir a uno de esos tediosos bailes se le antojaba inverosímil.

Las invitaciones para asistir a los eventos en las casas más decentes y prestigiosas de la ciudad se habían reducido vertiginosamente, pero, para ser sinceros, a los Bowden no les preocupaba demasiado. Durante los últimos meses habían estado demasiado ocupados disfrutando de su vida marital y dedicando el tiempo que les quedaba a llevar el club, aunque cada vez intentaban delegar más en Lion y Storm.

Solo había un evento que no se perderían por nada del mundo y que tendría lugar en las próximas semanas. El bautizo de los hijos de los duques de Kensington. Isabelle y Sebastian habían tenido dos hermosos bebés, un niño y una niña, que, a juzgar por las cartas de la orgullosa madre, hacían gala de una extraordinaria potencia vocal que ponían en práctica especialmente durante la noche. Pero ni siquiera las noches sin dormir podrían amargarles ese momento de felicidad.

Vivian entró en la escuela con paso enérgico mientras ojeaba por encima la lista de cosas que tenía que dejar resueltas antes de marcharse a la casa de campo de los Kensington y los asuntos que quería tratar con su marido.

Golpeó con los nudillos en la puerta de la clase y Clarice levantó la cabeza de los papeles que estaba guardando, para recibirla con una sonrisa.

—Estaba a punto de irme —dijo mientras se levantaba y le daba un beso en la mejilla.

—Llevo un día de locos. Solo me he pasado para preguntarte por tu abuela. ¿Está mejor?

El semblante de Clarice se ensombreció reflejando su preocupación, mientras negaba con la cabeza.

—Sigue igual, y los médicos no nos dan demasiadas esperanzas. Es extraño verla así. Está despierta, sus ojos están abiertos, pero no habla ni tiene ninguna otra reacción que indique que sigue con nosotros. Su mirada… es desconcertante. A pesar de que sus ojos están vacíos, reflejan algo que no sé definir, algo que parece miedo. Sé que es egoísta por mi parte, pero no soporto estar a su lado más de unos pocos minutos, me da escalofríos, Vivian.

Vivi apretó sus manos entre las suyas intentando darle consuelo, a pesar de que la vieja señora Hamilton no le había dado motivos para apreciarla nunca.

—Mientras hay vida hay esperanza, ¿no? Quién sabe, puede que cualquier día se levante dando guerra como siempre y diciendo: «Clarice, no te consiento que te relaciones con esa condesa indecente».

Ambas rieron al recordar el carácter agrio de la mujer, pero su situación no daba lugar al optimismo, y haría falta un milagro para que recuperara su ya de por sí precaria salud.

—No sé qué pensar. Desde que ese hombre vino a visitarla está en esa especie de estado catatónico.

—¿Estás segura de que no lo conoces?

—No, lo único que sé es su nombre. Oliver Thorne. El mayordomo dijo que era un tipo extraño, tosco y que no parecía inglés. Que parecía un… pirata.

—¿Y no sabes qué pudo decirle que la alterase tanto como para producirle un ataque?

—No. —Clarice ordenó los papeles con las tareas de los alumnos y los guardó en el cajón de su mesa, intentando mantener las manos ocupadas en algo para controlar la inquietud que le provocaba todo aquello—. Ni siquiera entiendo por qué mi abuela se reunió a solas con un hombre así, con cualquier hombre en realidad, ya sabes cómo es de decorosa, raya el ridículo.

—Clarice, deberías dejar que le pidiera ayuda a Marcus. Si no quieres que él se entere, al menos déjame que hable con Storm. Seguro que pueden averiguar algo de ese tipo y por qué su presencia tuvo ese efecto sobre tu abuela. Si es alguien peligroso deberías estar alerta.

Clarice suspiró y se apretó las sienes con los dedos. Aquella situación estaba empezando a superarla.

—Está bien, pero me gustaría llevar esto con discreción. Puede que todo sea una coincidencia y ese hombre no tenga importancia. —Vivian asintió, entendiendo su reticencia a pedirle ayuda a su marido—. En fin, hablemos de otra cosa. Tengo buenas noticias sobre los alumnos.

—Cuéntame cómo te tratan estos diablillos. Collins me ha dicho que te desenvuelves estupendamente con ellos.

—Sí, estoy muy contenta. Y, adivina qué…, ¡tenemos una nueva alumna!

Vivian y ella dieron un gritito de júbilo cogiéndose de las manos. Desde que Vivian había empezado con la escuela, conseguir que los niños dejaran las calles, aunque fuera unas horas, para asistir a clases había sido una ardua tarea, pero convencer a las niñas, condenadas solo por serlo a mantenerse en un segundo plano, se había convertido en su verdadera cruzada. En esos barrios, donde conseguir una hogaza de pan y un poco de carbón con el que encender la chimenea (quien la tuviera) era la máxima meta en la vida, las chicas no tenían más opciones que casarse cuanto antes o buscarse la vida en trabajos mal pagados, y en los casos más extremos, por desgracia, se veían abocadas a trabajar en las calles vendiendo su cuerpo. Para Vivian se había convertido en algo personal ofrecerles una salida o al menos una opción de poder avanzar, y había encontrado en Clarice Hamilton su mejor apoyo para lograrlo.

Después de despedirse de Clarice se adentró en las entrañas del Dark. Caminó por los silenciosos pasillos sumida en sus pensamientos, sin poder deshacerse de la sensación de intranquilidad que la conversación con Clarice le había provocado.

Apenas pudo contener el grito de sorpresa cuando unas manos fuertes la sujetaron por la cintura. Antes de que pudiera reaccionar se vio arrastrada hasta una de las salas privadas, y una boca de sobra conocida tomó la suya con verdadera vehemencia.

—¡Marcus! —se quejó cuando sintió que él comenzaba a bajarle el corpiño con poca delicadeza, haciendo que las costuras crujieran. Su marido gruñó contra su cuello y ella no pudo contener una carcajada—. Estás loco, ni siquiera has cerrado con llave. Imagínate que nos descubren.

—Te recuerdo que estamos casados —se justificó sin despegar los labios de su cuello.

—Y yo te recuerdo que… —Los dientes de Marcus rozaron un punto sensible de su garganta haciendo que se estremeciera—. Da igual, ya he olvidado lo que quería decirte.

Vivian rodeó su cuello con los brazos devolviéndole el beso con un gemido de rendición. El crujir de los papeles que llevaba en la mano, y que cada vez estaban más arrugados, llamó la atención de Marcus.

—¿Qué es esto? —preguntó quitándole las hojas de las manos.

—He anotado todo lo que tengo que comentarte para no olvidar nada.

Marcus echó un vistazo y enarcó una ceja ante la extensa lista de tareas y anotaciones.

—Caramba, que metódica te estás volviendo, lady Rutherford. Está bien, ven y cuéntame de qué va todo esto —concedió suspirando, arrastrándola hasta uno de los sofás y sentándola sobre su regazo.

—¿Recuerdas lo que te comenté sobre la señora Hamilton? —continuó Vivian mientras Marcus besaba los nudillos de su mano uno a uno. Adoraba cada pequeño pedazo de piel, cada parte de su cuerpo, y procuraba demostrárselo constantemente. Lo que menos le apetecía en ese momento era pensar en esa aborrecible mujer, pero el ceño fruncido de su esposa le indicaba que para ella era importante—. Como sabes, ha sufrido un ataque que la ha sumido en una especie de letargo tras recibir una visita, por lo visto es un desconocido con pinta de pirata, un tal Oliver Thorne. Puede que no sea importante, pero me preocupa la seguridad de Clarice.

—¿Quieres que mande a alguien a investigar?

—Exacto —dijo Vivi con una sonrisa complacida.

—De acuerdo. Qué más. Acaba pronto para poder continuar con lo que estábamos haciendo —rogó deslizando la mano por su costado, rozando el inicio de un pecho de manera casual.

—El resto son buenas noticias. Ya he concretado con Lion las actuaciones para las próximas semanas… —La frase terminó con un jadeo entrecortado cuando la mano de Marcus comenzó a vagar por sus tobillos levantando la falda en su ascenso—. Marcus, déjame continuar.

Vivian examinó el papel, aunque a duras penas fue capaz de centrarse en los renglones torcidos cuando los dedos de su esposo continuaron su recorrido ascendente por sus rodillas.

—Ahora entiendo por qué me llamabas «san Marcus», mi paciencia es encomiable.

—Tu modestia también, cariño —bromeó dándole un beso rápido en los labios, para volver a centrarse en la lista—. ¡Ah, sí! Esto es importante. ¿Recuerdas lo que te comenté sobre los perfumes y los jabones que las chicas estaban fabricando? Pues madame Claire, la afamada modista, se ha comprometido a ofrecérselo a sus clientas. Y Dios sabe que esa mujer tiene un don para engatusar a las damas adineradas. Ya nos ha comprado una cantidad más que considerable y nos ha dado un adelanto para el siguiente pedido. Además, hay dos tiendas que también se han comprometido a vender nuestros productos. Y aunque mi popularidad y mi reputación no estén precisamente en alza, hay varias damas que van a ayudarme a recomendarlas.

—Eso es maravilloso. ¿Quieres que yo también se lo recomiende a mis amigas? —preguntó con tono burlón ganándose un pellizco de su esposa.

—No, listillo. Lo que necesito es que me proporciones un local donde poder fabricarlos. La cocina de Ray no es el lugar más adecuado. Algún día nos va a atizar con una sartén por invadirla, aunque la usemos en las horas en las que él no está. Sé que tienes varios edificios en esta misma calle.

—¿No te parece que estás abarcando demasiado, cielo? Nuestra casa, la escuela, el club y ahora esta nueva faceta de empresaria. ¿Acaso pretendes ser más rica que yo?

—He de reconocer que la faceta de empresaria me seduce bastante más que la de maestra, aunque dudo que gane un solo penique. La idea es que el dinero que se obtenga sea para las chicas que hacen los productos. Quizá, si la cosa funciona, esto sea una opción para esas mujeres que no tienen salida. Además, he de reconocer que Clarice se desenvuelve en la escuela mejor que yo.

—Me alegro, la verdad es que no confiaba demasiado en que dejase de lado sus remilgos.

—Sí. Está muy ilusionada con la incorporación de las niñas a las clases, gracias por el pequeño empujoncito que les has dado a sus padres.

—No hay de qué, aunque se me ocurren varias formas en las que podrías demostrarme tu agradecimiento, pajarillo —susurró con la boca pegada a la suya mientras sus manos se paseaban por sus muslos—. ¿Hemos terminado con la lista?

—Más o menos. He recibido correspondencia.

Marcus gruñó frustrado mientras Vivian apretaba los muslos impidiéndole avanzar por la mera satisfacción de torturarle un poco más.

—Está bien. Suéltalo todo, te escucho —bufó resignado, entrelazando las manos en la nuca para contener el deseo de arrancarle la ropa de una vez.

—Mi primo Archie va a ser padre, contra todo pronóstico.

—Me alegro por él. Espero que si es un varón le pongan mi nombre. Después de todo, están casados gracias a la eficaz intervención del Jefe.

Vivian soltó una carcajada, pero a Marcus no se le escapó que bajó la mirada hacia los papeles que había dejado en su regazo, esquivando su mirada.

—También me ha escrito tu abuela. Por supuesto, el tema de la carta es el mismo desde hace semanas. No quiere morir antes de que le demos un bisnieto.

Marcus acunó sus mejillas entre las manos y la obligó a mirarlo.

—Vivian, escúchame. Solo hace cuatro meses que estamos casados. Hay matrimonios que tardan años en tener hijos. Los niños vendrán si Dios quiere, y si no, no pasa nada. Lion será un conde magnífico. Y tú y yo nos seguiremos queriendo hasta el último día de nuestras vidas. Ya somos una familia, cielo.

—Lo sé. Es solo que parece que últimamente todo gira en torno a ese tema: Isabelle y su prematura maternidad, mi primo, las prisas de tu abuela. Me siento como si estuviera siendo un fracaso.

Marcus sonrió quitándole hierro al asunto.

—No seas tonta, mi amor. No llenes tu cabeza de preocupaciones innecesarias. Me niego a que las prisas de otros empañen nuestra felicidad. ¿Me has oído? Hablaré con mi abuela para que no te presione más. Es absurdo.

—Lo sé. —Vivian apoyó la cabeza en el hueco de su cuello y aspiró su reconfortante aroma con una sonrisa triste, hasta que recordó algo que la hizo soltar una carcajada—. Ha mandado unas semillas que huelen a rayos para hacer infusiones con ellas. Verdaderamente tiene prisa por convertirse en bisabuela.

—¿Semillas para quedarte encinta? Ni hablar, me niego a que tomes esos mejunjes extraños.

—En realidad no son para mí —sonrió, mordiéndose el labio—. Son para que las tomes tú. Para mejorar tu vigor. Por lo visto tus antepasados se las daban a los sementales y obtenían muy buenos resultados. Tenían unas cuadras magníficas y las yeguas estaban más que contentas.

—No sé cómo tomarme que mi abuela me compare con un caballo —dijo conteniendo la risa a duras penas—. Solo se me ocurre que le hayas transmitido las quejas sobre mi actitud en el lecho.

—¡Cómo se te ocurre! Sinceramente, no sé si mi cuerpo soportaría más actividad, por si acaso será mejor que nos deshagamos de esas semillas. Seguro que las carga el diablo. —Vivian soltó un gritito de sorpresa entre risas, cuando con un rápido movimiento Marcus la depositó sobre la alfombra y se situó entre sus piernas.

—¿Es eso una queja? —preguntó mirándola a los ojos, abrasándola con su mirada oscura, mientras sus manos se colaban entre su ropa interior para alcanzar su intimidad, haciendo que se arqueara en respuesta—. Porque puedo detenerme si te parece demasiada actividad.

—No —gimió con la respiración entrecortada. Por más que compartieran sus cuerpos noche tras noche, nunca parecía tener suficiente de él. Se preguntó si eso alguna vez cambiaría, pero lo dudaba. Lo deseaba tanto, lo amaba tanto que no podía concebir la idea de estar separada de él. Su cuerpo y su espíritu parecían haberse fundido con Marcus Bowden y estar alejada de él le provocaba un anhelo parecido a un dolor físico—. Marcus, ¿tienes idea de cuánto te quiero?

Marcus le dedicó una sonrisa un tanto perversa y la besó en respuesta, robándole hasta la última gota de aire y de voluntad.

Por suerte ya no tenían que separarse, no tenían que disimular, ni esconder lo que sentían tras una máscara, real o metafórica. Se pertenecían el uno al otro, luz y oscuridad, oscuridad y luz, y lo único que tenían que hacer era dedicar el resto de sus vidas a amarse sin mesura.